HEYNE BÜCHER

D1923680

SCIENCE FICTION

Herausgegeben
von Wolfgang Jeschke

Von Robert Silverberg erschienen in der Reihe
HEYNE SCIENCE FICTION & FANTASY:

Gast aus der Zukunft · 06/3193
Das heilige Atom · 06/3224
Die Sterne rücken näher · 06/3248, auch ↗ 06/1001
Die Seelenbank · 06/3256
Exil im Kosmos · 06/3269
Schwingen der Nacht · 06/3274, erneut · 06/3929
Macht über Leben und Tod · 06/3282, auch ↗ 06/1006
Dimension 12 · 06/3309
Die Mysterien von Belzagor · 06/3345, auch ↗ 06/4337
Der Gesang der Neuronen · 06/3392, auch ↗ 06/1005
Kinder der Retorte · 06/3441, auch ↗ 06/1003
Es stirbt in mir · 06/3445
Ein glücklicher Tag im Jahr 2381 · 06/3477, auch ↗ 06/1007
Der Seher · 06/3590, auch ↗ 06/4354
Schadrach im Feuerofen · 06/3626, auch ↗ 06/4337
Mit den Toten geboren · 06/3644, auch ↗ 06/4337
Drei Romane in einem Band · 06/4337
(Die Mysterien von Belzagor/Schadrach im Feuerofen/Mit den Toten geboren)
König Gilgamesch · 06/4420
Tom O'Bedlam · 06/4456
Zigeunerstern · 06/4541
Am Ende des Winters · 06/4585

Als Herausgeber:

Die Mörder Mohammeds · 06/3264
Menschen und andere Ungeheuer · 06/3378
Das neue Atlantis · 06/3755

ROBERT SILVERBERG

Am Ende des Winters

Roman

Aus dem Amerikanischen übersetzt
von ROLAND FLEISSNER

Deutsche Erstausgabe

Science Fiction

WILHELM HEYNE VERLAG
MÜNCHEN

HEYNE SCIENCE FICTION & FANTASY
Band 06/4585

Titel der amerikanischen Originalausgabe
AT WINTER'S END
Deutsche Übersetzung von Roland Fleissner
Das Umschlagbild schuf Wolfgang Blanke

Redaktion: Wolfgang Jeschke

Printed in Germany 1989
Umschlaggestaltung: Atelier Ingrid Schütz, München
Satz: Schaber, Wels
Druck und Bindung: Elsnerdruck, Berlin

ISBN 3-453-03470-8

Inhalt

Für Terry Carr
(er hat den Anfang miterlebt, aber nicht
den Schluß der Geschichte)

Beilzeit, Schwertzeit,
Windzeit, Wolfszeit,

zerschmetterte Schilde,
bis einstürzt die Welt.

Die Sonne wird schwarz
Es stürzen vom Himmel
Es rast der Brandrauch
Die lodernde Lohe

Land sinkt ins Meer,
die strahlenden Sterne;
wider das Feuer;
spielt hoch in den Himmel.

Die Weissagung der Seherin der EDDA*

* Aus dem Altnordischen von Arthur Häny, Manesse, Zürich 1987

Prolog

Alles auf Erden hatte gewußt – seit einer Million Jahren oder auch mehr –, daß die Todesgestirne kommen würden und daß die Grandiose Welt dem Untergang geweiht sei. Das war unbestritten, und man konnte es weder ignorieren noch sich vor der Tatsache verkriechen. Die Gestirne waren hereingebrochen, in früherer Zeit, und gewiß würden sie erneut wiederkehren, denn ihre Zeit war unabänderlich, und sie erschienen stets nach sechsundzwanzig Millionen Jahren. Und nun war ihre Zeit erneut gekommen. Einer nach dem andern würden die Sterne schrecklich aus den Höhen des Himmels niederstürzen, erbarmungslos niederregnen über Tausende oder gar Hunderttausende von Jahren hin, und mit sich das Feuer bringen, die Finsternis, Rauchdunst und Kälte, den Tod – einen nicht endenwollenden Winter der Not und Kümmernis ... Ein jedes der VÖLKER der Erde begegnete seinem Geschick auf eigene Weise, denn das genetische Erbe *ist* Schicksal – auf absurde Weise gilt dies sogar für Lebensformen, die über gar kein genetisches Material verfügen. Die Vegetalinischen und die Saphiräugigen VÖLKER wußten, daß es für sie kein Überleben geben würde, und so trafen sie ihre Vorkehrungen dementsprechend. Die Mechanisten-VÖLKER wußten, daß sie überleben konnten, wenn ihnen das die Mühe wert war, doch es lag ihnen nichts am Überleben. Die Beherrscher der Meere erkannten, daß ihre Zeit vorbei sei, und sie nahmen es hin. Die HJJK-Leute, die niemals gewohnt waren, auf irgendeinen Vorteil freiwillig zu verzichten, rechneten damit, daß sie das Kataklysma ungeschoren überdauern und durchstehen würden, und sorgten mit allen Mitteln dafür, das sicherzustellen.

Und die MENSCHEN – – –

– – – die Menschen ...

1. Kapitel
Gesang auf den neuen Frühling

Es war ein Tag, wie es ihn noch nie gegeben hatte, solange das Gedächtnis des Volkes auch zurückreichte. Manchmal verstrich ein halbes Jahr, ein ganzes im Kokon, in dem Koshmars kleiner Stamm vor siebenhundert Jahrhunderten seinerzeit Unterschlupf und Schutz vor dem Langen Winter gesucht hatte, und es ereignete sich nicht die kleinste Kleinigkeit, die buchenswert, der Eintragung in die Chronik würdig gewesen wäre. An diesem Morgen jedoch fanden drei außergewöhnliche Dinge statt, und zwar innerhalb des Verlaufs nur einer Stunde; und nach dieser einen Stunde konnte das Leben für Koshmar und ihr Volk nie wieder so sein wie früher.

Als erstes kam die Entdeckung, daß sich von unten her eine gewichtige Phalanx aus den Tiefen, den Eisestiefen der Welt, näherte. Eisfresser im Anmarsch auf den Kokon.

Es war Thaggoran, der Chronist, der sie als erster ausmachte. Es war der Alte Mann des Stammes, und das war sowohl sein Rangtitel wie auch gleichfalls sein tatsächlicher Zustand. Er hatte schon weit länger gelebt als irgend jemand sonst im Volk. Und als Hüter der Chronik genoß er das Privileg, sein Leben bis zu seinem natürlichen Tode zu Ende leben zu dürfen. Taggorans Rücken war gekrümmt, die Brust hohl und eingefallen, seine Augen waren beständig gerötet an den Lidern und wässerten, und sein Pelz war grauweiß von seinen Jahren. Jedoch, es steckte Lebensmut in ihm und Kraft. Thaggoran verbrachte sein Leben in tagtäglicher Verbindung mit den verflossenen Epochen, und dies, so glaubte er, war es, was ihn am Leben erhielt und vor dem Verfall bewahrte: diese Kenntnis der vergangenen Weltzyklen, das Wissen und die Verbindung zu der Größe, wie sie in den früheren Zeiten der Wärme üppig gediehen war.

Seit Wochen schon war Thaggoran durch die uralten Passagen unterhalb ihres Volkskokons gestreift. Schimmersteine hatte er gesucht, kostbare Edelsteine von hoher Leuchtkraft, die sich bei der Weissagung als nützlich erweisen. Die tiefliegenden Gänge, die er durchstreifte, waren von seinen fernen Vorfahren gegraben worden, die blindlings in alle möglichen Richtungen mit unendlicher Geduld durch das lebende Gestein vorgedrungen waren, damals, als sie sich hierher geflüchtet hatten, um vor den explodierenden Sternen und den schwarzen Regen Schutz zu finden, die die Große Welt zerstörten. In den letzten zehntausend Jahren hatte keiner hier einen Schimmerstein gefunden. Aber Thaggoran hatte in diesem Jahr schon dreimal einen Traum gehabt, daß es ihm bestimmt sei, einen neuen Schatzstein zu dem kleinen Vorrat des Stammes hinzuzufügen. Er wußte Bescheid über die Macht der Träume und achtete und schätzte sie. Und darum stöberte er suchend fast täglich in den Tiefen herum.

Gerade als er sich durch den kältesten, tiefsten Tunnel voranschob, den sie die ›Mutter des Frosts‹ nannten, sich vorsichtig auf Knien und Händen kriechend weiterschob durch die Finsternis und mit seinem Zweiten Gesicht die Umgebung nach Schimmersteinen abtastete, die er – hoffnungsvoll – irgendwo in den Wandungen vor ihm zu spüren gedachte, verspürte er ein fremdartiges plötzliches Beben und Schüttern, ein federleichtes Zucken und Pulsen. Die Sinneswahrnehmung lief bis ans äußerste Ende seines Sinnesorgans, von dem Rückgratende bis in die Verästelungen außerhalb des Körpers bis zur Spitze. Die Wahrnehmung bedeutete, daß Lebewesen sich in sehr geringer Nähe von ihm befanden.

Schrecküberflutet, blieb er sofort still und rührte sich nicht mehr vom Fleck.

Ja. Er fühlte wirklich deutlich die Ausstrahlung von etwas Lebendigem in der Nähe: von etwas Gewaltigem, das sich unterhalb von ihm kreisend drehte wie ein breiter träger Drillbohrer, der sich durch das Gestein voranarbeitet. Etwas war hier unten in diesen kalten lichtlosen Tiefen lebendig und stocherte ziellos im kalten dunklen Herzen des Berges umher.

»Yissu!« murmelte Thaggoran und vollzog das rituelle Zeichen des Beschützers. »Immakis!« flüsterte er und machte das Zeichen des Versorgers. »Dawinno! Friit!«

Ehrfürchtig und ängstlich preßte Thaggoran die Wange an den rauhen Steinboden des Tunnels. Er drückte die Fingerpolster gegen den eisigen Stein. Er lenkte sein Zweites Gesicht nach außen und nach unten. Er ließ sein Schweifsinnesorgan in weitem Kreisbogen schweifen.

Stärkere Sinneseindrücke, unverkennbar, unmißverständlich, strömten in ihn ein. Es schauderte ihn. Nervös befingerte er das uralte Amulett an der Schnur um seinen Hals.

Etwas Lebendiges. Ja. Mit dumpfem Hirn, fast seelenlos, aber eindeutig lebendig und von heißer Lebensintensität pulsend. Und gar nicht weit entfernt. Thaggoran begriff: Das Wesen war nicht weiter als eine Armeslänge weit durch eine Gesteinsschicht von ihm getrennt. Und allmählich gewann das Bild des Wesens für ihn Gestalt: eine massig-mächtige, gliederlose, dickleibige Kreatur, die auf ihrem Schwanz aufgerichtet in einem senkrechten Tunnel stand, der kaum weiter war als sie selbst. Über den fleischigen Leib verliefen große schwarze Stacheln von vorn bis hinten, die dicker waren als ein Männerarm, und aus tiefen roten Kratern in dem bleichen Fleisch strömte ein pulsierender Schwall von Übelkeit erregendem Gestank herauf. Das Wesen bewegte sich mit unerbittlicher Zielstrebigkeit durch den Berg voran, es bahnte sich mit breiten, stumpfen felsbrockenhaften Zähnen kauend und mahlend einen Weg; es nagte am Fels, verschlang-verdaute ihn und schied ihn am Hinterende des massigen fleischigen Leibes, etwa dreißig Mannslängen vom Maul entfernt, als feuchten Sand wieder aus.

Aber das Geschöpf war nicht das einzige seiner Art, das da heraufzusteigen versuchte. Thaggoran saugte inzwischen von beiden Seiten, rechts und links, weitere heftig-pulsierende Emanationen ein. Es mußten drei von diesen großen Tieren sein, nein, fünf, nein, vielleicht ein Dutzend. Jedes steckte eingeschlossen in seinem schmalen Tunnel, und jedes befand sich ohne Hast auf dem Weg nach oben.

Eisfresser, dachte Thaggoran. Yissu! War so was möglich?

Erschüttert und bestürzt kauerte er bewegungslos da und lauschte dem Pochen der Seelen der riesigen Tiere.

Ja, nun war er gewiß: bestimmt waren das Eisfresser, die sich dort unten bewegten. Er hatte nie einen davon gesehen – niemand hatte je einen Eisfresser erblickt –, doch er trug in seinem Hirn ein klares Bild von ihrem Aussehen. Auf den ältesten Blättern der Stammeschronik wurde von ihnen berichtet: gewaltige Geschöpfe, von den Göttern in den ersten Tagen des Langen Winters ins Leben gerufen, während die weniger abgehärteten Bewohner der Großen Welt unter der Finsternis und Kälte verdarben und starben. Die Eisfresser richteten sich Behausungen in den schwarzen Tiefen der Erde ein, und sie bedurften weder der Luft, noch des Lichtes, noch der Wärme. Ja sie scheuten sogar vor derlei zurück, als wären es Gifte. Und die Seher hatten vorhergesagt, daß beim Winterende die Zeit kommen werde, wo die Eisfresser zur Oberfläche heraufzusteigen beginnen würden, bis sie endlich in helles Tageslicht vordringen und dort zugrundegehen würden.

Und nun, so schien es, hatten die Eisfresser ihren Aufstieg begonnen. Nahte also endlich das Ende des langen Winters?

Vielleicht aber waren diese Eisfresser auch nur verwirrt. Die Chroniken legten Zeugnis ab von zahlreichen falschen früheren Vorzeichen. Thaggoran kannte die Texte wohl: das ›Buch der Unseligen Dämmerung‹, das ›Buch des Kalten Erwachens‹ und das ›Buch vom Trügerischen Glühen‹ ...

Es machte jedoch keinen großen Unterschied, ob es das echte Vorzeichen des Frühlingserwachens war oder wieder nur eine weitere quälende Enttäuschung in der langen Reihe fruchtloser Erwartungen. Gewiß war aber eines: Das Volk würde seinen Kokon verlassen und in die geheimnisvolle Fremde der offenen Welt hinausziehen müssen.

Denn Thaggoran erkannte sogleich das ganze Ausmaß des Unglücks. In den Jahren seiner Spähgänge durch die verlassenen unterirdischen Passagen hatte sich eine Karte ihrer verzwickten Anlage mit scharlachrot leuchtenden Linien in sein Gehirn gezeichnet. Die gewaltigen gleichgültigen Ungeheuer, die sich langsam durch Erde und Gestein nach oben gruben, würden dabei schließlich mitten ins Herz der Wohnkammer vorstoßen, in der das Volk seit so vielen Tausenden von Jahren gehaust hatte. Daran konnte man keinen Zweifel hegen. Das Gewürm würde sogar direkt an der Stelle unter dem Opferstein heraufbrechen. Und der Stamm würde ihrem blinden Heraufdringen ebenso wenig Widerstand entgegensetzen können, wie wenn einer versuchte, einen herabstürzenden Todesstern in einem Netz aus geflochtenem Gras einzufangen.

Weit oberhalb der Höhlung, in der Thaggoran kniete und die Eisfresser belauschte, begab sich zur gleichen

Zeit Torlyri, die Opferfrau und Tvinnr-Gefährtin von Koshmar, der Anführerin des Stammes, zum Ausgangsloch des Kokons. Es war die Zeit des Sonnenaufgangs, die Stunde, zu der Torlyri sich anschickte, den Fünf Himmlischen die tägliche Opferspende darzubringen.

Torlyri war hochgewachsen, und sie war sanft und freundlich, und sie war berühmt wegen der großen Schönheit ihres Leibes und der süßen Sanftmut ihrer Seele. Ihr Fell war von einem üppig schimmernden Schwarz, gezeichnet von zwei bestürzenden weißleuchtenden Spiralen, die sich über die ganze Länge ihres Leibes erstreckten. Starke Muskelstränge schwellten sich unter der Haut. Ihre Augen waren weich und dunkel, ihr Lächeln warm und offen. Alle im Stamm liebten Torlyri. Von der Kindheit an war sie ausgezeichnet und bestimmt gewesen, eine wahre Führerin zu sein, eine Leitgestalt, an die andere sich jederzeit um Rat und Hilfe wenden konnten. Wäre da nicht die Sanftmut ihrer Seele gewesen, sie hätte sehr wohl selbst Stammesführerin werden können, an Koshmars Stelle; doch Schönheit und Stärke allein sind nicht genug. Ein Anführer darf nicht sanftmütig sein.

Und darum waren sie an jenem Tag zu Koshmar gekommen und nicht zu Torlyri, neun Jahre war es nun her, als der alte Stammesführer, Thekmur, die Altersgrenze erreicht hatte. »Mein Sterbetag ist gekommen«, hatte die kleine zähe Thekmur feierlich zu Koshmar gesagt. »Und darum ist heute der Tag, an dem deine Führerschaft beginnt«, ergänzte Thaggoran. Und so wurde Koshmar Stammeshäuptling, genau wie man es fünf Jahre zuvor beschlossen hatte. Aber für Torlyri hatte man eine andere Bestimmung beschlossen. Als nicht lange darauf die Zeit für Gonnari gekommen war, die Opferfrau, durch die Tür zu gehen wie Thekmur vor ihr, traten Thaggoran und Koshmar vor Torlyri und legten ihr die Opferschale in die Hände. Und dann umarmten sich Koshmar und Torlyri, und heiße Tränen standen ihnen in den Augen, und sie traten vor den Stamm und nahmen ihre Erwählung an; und etwas später am selben Tag feierten sie ihre zwiefache Ernennung auf intimere Weise, lachend und einander liebend, in einer der Tvinnr-Kammern.

»Jetzt sind wir an der Reihe zu herrschen«, hatte Koshmar an jenem Tag gesagt. »So ist es«, antwortete Torlyri. »Endlich ist unsere Zeit gekommen.« Aber sie wußte die Wahrheit, daß nämlich die Zeit der Herrschaft für Koshmar gekommen sei – und für Torlyri die Zeit des Dienens. Jedoch: Waren sie nicht beide Dienerinnen des Volkes? Die Führerin und die Opferträgerin?

Neun Jahre lang hatte Torlyri an jedem Morgen den gleichen Gang getan, sobald durch das Auge der Luke das lautlose Zeichen zu ihr gelangt war, daß die Sonne in den Himmel heraufgedrungen sei: sie war auf der Himmelsseite aus dem Kokon getreten und durch die engen steilen Gänge im Innern der Felsklippe wie durch ein Labyrinth zum Kamm hinaufgestiegen, bis sie schließlich jene flache Stelle an der Spitze erreichte, den ›Ort des Ausgangs‹, an dem sie das Ritual vollzog, das ihre wichtigste Dienstpflicht gegenüber dem Volk darstellte.

Dort löste Torlyri an jedem Morgen die Haspeln der Ausstiegstür und trat über die Schwelle und ging mit vorsichtigen Schritten ein weniges in die Äußere Welt hinaus. Die meisten Angehörigen des Volks überschritten diese Schwelle nur dreimal im Lauf ihres Lebens: am Tag ihrer Namensgebung, am Tag ihrer Tvinne und an ihrem Todestag. Der Anführer sah die äußere Welt ein viertes Mal, nämlich am Tag, an dem sie gekrönt wurde. Torlyri hingegen genoß das Privileg und die lastende Bürde, an jedem Morgen ihres Lebens in die äußere Welt hinauszutreten. Aber auch ihr war nur erlaubt, bis zu dem Opferstein aus rosigem Granit mit den blitzenden Feuerglimmerfunken zu gehen, sechs Schritte vom Gatter entfernt. Auf diesen heiligen Altarstein setzte sie sodann tagtäglich ihre Opferschale mit einigen Kleinigkeiten aus der inneren Welt, einer Handvoll Glühbeeren, ein paar gelben Halmen von Wandmatten, oder mit einem Stückchen verkohlten Fleisches; sodann leerte sie die Opfergaben aus der Schale des Vortags und sammelte etwas aus der Außenwelt auf, um es mit nach drinnen zu tragen: eine Handvoll Erde, ein paar Steinchen, ein Halbdutzend Rotgrashalme. Dieser tägliche Tausch war für die Wohlfahrt des Stammes von entscheidender Bedeutung. Denn was damit Tag für Tag den Göttern gesagt wurde, war dies: *Wir haben nicht vergessen, daß wir aus der Welt stammen und in der Welt sind, auch wenn wir jetzt von ihr abgesondert leben müssen. Eines Tages werden wir wieder hervorkommen und auf der Welt leben, die ihr für uns geschaffen habt, so nehmt dies hier zum Treuepfand für unser Versprechen.*

Torlyri war nun an der Stelle des Ausgangs angelangt und stellte die Opferschale ab, dann griff sie nach dem Handrad, durch das der Lukendeckel zu öffnen war. Es war nicht ganz leicht, das große blitzende Rad zu drehen, doch unter ihren Händen bewegte es sich geschmeidig. Torlyri war stolz auf ihre Stärke. Weder Koshmar noch gar irgendein Mann im Stamm, nicht einmal der gewaltige Harruel, der größte und stärkste der Krieger, keiner vermochte sich mit ihr im Armstand, Beinringen oder Höhlensegeln zu messen.

Die Schleuse öffnete sich. Torlyri trat hinaus. Die scharfe stechende Morgenluft brannte in ihren Nasenlöchern.

Gerade stieg die Sonne herauf. Ihr eisiges rotes Glühen füllte den ganzen östlichen Himmel aus, und die wirbelnden Staubpartikel, die in der Frostluft tanzten, schienen wie von innen heraus zu brennen und zu glühen. Über den Rand der Felsplatte, auf der sie stand, sah Torlyri tief drunten den breiten schnellen Fluß, der vom gleichen karmesinroten Licht es Morgens glühte.

Einst hatte man diesen gewaltigen Fluß unter dem Namen Hallimalla gekannt, so jedenfalls nannten ihn jene, die an seinen Ufern gelebt hatten; und vor diesen trug er den Namen Sipsimutta; und in einer noch viel weiter zurückliegenden Zeit hatte sein Name Mississippi gelautet. Torlyri wußte von alledem überhaupt nichts. Für sie war der Fluß ganz schlicht nichts weiter als ›der Fluß‹. Alle die anderen Namen waren inzwischen vergessen und waren seit Tausenden von Hundertjahren vergessen. Harte Zeiten waren über die Erde gekommen, als der Lange Winter einsetzte. Die Große Welt selbst war untergegangen, wozu also hätten ihre Namen fortleben sollen? Gewiß, ein paar Begriffe hatten sich erhalten, aber nur einige wenige. Und so war der Fluß nun namenlos.

Der Kokon, in dem die sechzig Stammesangehörigen von Koshmars Volk ihre Lebenszeit zubrachten – wo ihre Ahnen und Urahnen seit unvordenklicher Zeit sich zusammengedrängt hatten, um auf das Ende der endlosen Dunkelheit und Kälte zu warten, die mit den herabstürzenden Todessternen gekommen waren ... dieser Kokon war ein hübsch-gemütlicher Höhlenbau, der in die hohe Steilwand eines Kliffs gegraben war, hoch über diesem gewaltigen Fluß. Am Anfang – so sprachen die Chroniken – hatten sich die Menschen, die Völker, welche die frühen Tage der schwarzen Regenfälle und der entsetzlichen Kälte überlebten, damit begnügt, in rohen Höhlen zu hausen, sich von Wurzeln und Samennüssen zu nähren, und von den fleischbedeckten Lebewesen, sofern es gelang, sie zu fangen. Dann aber war der Winter schärfer geworden, die Pflanzen und die Wildtiere waren aus der Welt verschwunden. War die menschliche Phantasie und Erfindungsgabe jemals vor ein schwierigeres Problem gestellt gewesen? Aber der Kokon war die Lösung: die in der Tiefe vergrabene autarke und autonome Enklave, die man in Bergflanken und Talhängen hoch über der möglichen Schneegrenze anlegte. Zahlenmäßig kleine Gruppen des Volks (und die Anzahl wurde rigoros durch Zuchtwahl- und Fortpflanzungsbeschränkung kontrolliert) zogen in die abgeschotteten Kammern des Kokons. Glühbeerentrauben sorgten für die Beleuchtung; komplizierte Ventilationsschächte führten Frischluft herein; die Wasserversorgung erfolgte durch Anzapfen der tiefen Grundwasserströme. Feldfrüchte und Nutztiere hatte man durch magische Tricks, die inzwischen in Vergessenheit geraten waren, dem Leben unter Kunstlicht angepaßt, und man produzierte sie in anliegenden Kammern um den Kokon. Diese Kokons waren kleine isolierte ›Lebensinseln‹, völlig und komplett in sich geschlossen und abgeschlossen gegen die Außenwelt, als wäre jeder davon auf einem einsamen Flug durch die tiefe Nacht des Weltenraums. In ihnen warteten die Überlebenden des großen Weltenkataklysmas die Zeit ab, jahrhundertelang und zehn und mehr Jahrhunderte lang, die Zeit, bis die Götter müde würden und nicht länger Todessterne vom Firmament herabschleudern wollten.

Torlyri trat an den Opferstein, setzte ihre Schale ab, richtete den Blick in alle Geheiligten Fünf Richtungen und sprach nacheinander die Fünf Namen.

»Jissou«, sagte sie. »Hüter ...«

»Emakkis. Ernährer ...«

»Friit – Heiler ...«

»Dawinnno – Zerstörer ...«

»Mueri – Trösterin ...«

Ihre Stimme klirrklingelte und hallte durch die Stille. Als sie die Opfergaben des Vortags aufnahm, um die Schale zu leeren, blickte sie über den Rand des Felsensimses hinunter zum Fluß. Über den steilen kahlen Hang, auf dem nichts außer einigen kleinen knorrigen holzigen Krüppelsträuchern gedeihen konnte, lagen verstreut splittrige weißgebleichte Knochen wie willkürlich fallengelassene rindenlose Zweige. Da lagen die Knochen von Gonnari und die von Thekmur und die von Thrask, dem Vorgänger des Chronisten Thaggoran. Auch die Gebeine von Torlyris Mutter lagen unter diesen verstreuten Haufen, auch die ihres Vaters und jene von deren Vätern und Müttern. Jeder vom Volk, der je durch die Türluke getreten war, hatte hier an diesem abstürzenden Hang unter dem zornigen Kuß des Winters sein Ende gefunden.

Torlyri überlegte sich, wie lange sie wohl noch leben mochten, alle jene, die aus dem Kokon traten, wenn der ihnen verfügte Todestag endlich gekommen war. Eine Stunde? Oder noch einen Tag lang? Wie weit gelang es ihnen, fortzuwandern, ehe sie niedergestreckt wurden? Die meisten, stellte Torlyri sich vor, hockten sich einfach nieder und warteten, bis ihr Ende zu ihnen kam. Aber hatte nicht doch die eine, der andere unter ihnen sich in den letzten Lebensstunden von einer verzweifelten Neugier überwältigen lassen und den Versuch unternommen, über den festgesetzten Rand hinaus in die Welt vorzudringen? Etwa hinab zum Fluß? Aber – hatte denn jemand wirklich lange genug überleben können, um die Strecke bis zum Gestade des Flusses zu überwinden?

Sie überlegte träumerisch, wie es sein mochte, wenn man den Klippenhang hinabstieg, um dann dort unten die Fingerspitzen in diesen geheimnisvollen mächtigen Strom zu tauchen.

Das würde brennen wie ein Feuer, dachte Torlyri. Aber es würde ein kühles Feuer sein, ein reinigendes. Sie stellte sich vor, wie sie in das dunkle Flußwasser hinauswatete ... bis zu den Knien, bis zu den Schenkeln, bis an den Leib, wie sie das kalte brennende Wasser über ihre Lenden wirbeln fühlen würde, hinauf bis an ihr Sensorzentrum. Dann sah sie sich durch den wilden wirbelden Strom dem anderen fernen Ufer zustreben, das so weit weg lag, daß sie es kaum klar erkennen konnte – sie ging durch das Wasser – oder vielleicht sogar wandelte sie über das Wasser, wie es in den Legenden von den Wasserläufern berichtet wurde, und sie wanderte weiter und weiter bis ins Land des Sonnenaufganges ... und würde den Kokon niemals wiedersehen, niemals wieder betreten müssen ...

Torlyri lächelte. Wie dumm, sich solchen Wirrträumen hinzugeben.

Und was für ein abscheulicher Verrat gegenüber dem Stamm es sein würde, wenn sie als die Opferfrau sich ihr Torprivileg zunutze machen und den Kokon im Stich lassen würde! Dennoch spürte sie eine seltsame Lust bei der Vorstellung, daß sie eines Tages einmal so etwas tun könnte. Schließlich, davon träumen, das durfte man doch wohl. Sie vermutete, daß alle, fast alle, hin und wieder mit sehnsüchtigem Verlangen auf die Draußenwelt blickten und sich einem flüchtigen Traum hingaben, dort hinaus zu entrinnen, obwohl natürlich kaum jemand so etwas eingestehen würde. Sie hatte von den Leuten aus den vielen vergangenen Jahrhunderten gehört, die des Daseins im Kokon überdrüssig geworden waren und sich wirklich durch die Schleusentür davongeschlichen hatten und zum Fluß hinunter und in die unzivilisierten Gegenden, die jenseits lagen ... nicht weil der Kokon sie ausgeschieden hätte, wie einem das am Tag des Todes zukommt, sondern freiwillig sich unter die Wucht des Tages Wagende, die kühn und aus freien Stücken sich in das frostige Unbekannte-Nichterkennbare aufmachten, um zu erfahren, wie es beschaffen sei. Aber hatte in Wahrheit jemals einer von ihnen sich diesen Weg in die Verzweiflung *gewählt?* Die Legenden sagten, es war so; doch wenn derlei wirklich jemals geschehen war, so doch nicht in den Tagen eines der jetzt noch Lebenden des Volkes. Allerdings, die Mutigen, die sich auf diese Weise vorgewagt hatten (sofern es sie jemals gegeben hatte), konnten natürlich niemals zurückkehren, um zu berichten; sie mußten ja doch beinahe sofort in der rauhen feindlichen Draußenwelt sterben. Dort hinauszugehen, das ist Wahnsinn, dachte Torlyri. Aber auch wahnsinnig verlokkend.

Dann kniete sie nieder und sammelte auf, was sie für die Opferzeremonie drinnen benötigte.

Und plötzlich nahm sie aus dem Augenwinkel eine blitzschnelle Bewegung wahr. Sie wirbelte bestürzt herum und blickte hinter sich, zur Luke, gerade noch rechtzeitig, daß sie die kleine federleichte Gestalt eines Jungen hervorschießen und über den Sims an den Rand des Kliffs laufen sehen konnte.

Torlyri handelte, ohne zu denken, der Junge hatte schon begonnen, über die Brüstung zu klettern; aber Torlyri wirbelte herum, glitt nach links, packte ihn kräftig, es gelang ihr, ihn an der Ferse festzuhalten, bevor er in die Tiefe verschwand. Das Kind kreischte und stieß um sich, doch sie hielt es fest, zog es herauf und warf es neben sich auf den Boden.

Die Augen des Jungen waren weit aufgerissen vor Furcht, aber es zeigte sich in ihnen auch Kühnheit und heller Heldenmut. Er blickte an Torlyri vorbei, um einen Blick auf die Uferhänge und den Fluß zu erhaschen. Torlyri stand sprungbereit über ihm, denn sie erwartete fast, daß das Kind noch einmal verzweifelt versuchen würde, an ihr vorbeizugelangen.

»Hresh!« sagte sie. »Aber natürlich – Hresh! Wer sonst würde schon so was Dummes versuchen?«

Der Junge war acht, Minbains Kind, wild und starrköpfig seit seiner Geburt. Hresh – immer-voller-Fragen, so hatten sie ihn neckend genannt, übersprudelnd von sträflicher, unerlaubter Wißbegier. Klein war er, schlank, fast zerbrechlich, ein ungebärdiges zappelndes Stück Tau von einem Jungen; ein gespenstisches Gesichtchen, dreieckig und in scharfen Winkeln von der breiten Stirn sich nach unten zuspitzend; riesige dunkle Augen, die rätselhafte scharlachrote Einsprengsel in der Iris aufwiesen. Alle sagten ihm nach, daß er gewißlich geboren war, Unruhe zu bringen und in Schwierigkeiten zu geraten. Dies hier, jetzt, das allerdings war kein harmloser Bubenstreich, den er sich da geleistet hatte.

Torlyri schüttelte betrübt den Kopf. »Hast du den Verstand verloren? Was denkst du denn, was du da anstellen wolltest?«

Leise sagte der Junge: »Ich hab nur sehen wollen, was da draußen ist, Torlyri. Den Himmel. Den Fluß. Und alles.«

»Das alles hättest du an deinem Namenstag sehen können.«

Er zuckte die Achseln. »Aber bis dahin ist es noch ein ganzes Jahr! Solang kann ich nicht warten.«

»Das Gesetz ist das Gesetz, Hresh. Und wir alle beugen uns ihm – zum Besten aller. Stehst du über dem Gesetz?«

Bockig wiederholte er: »Ich hab doch nur sehen wollen. Nur mal so einen einzigen Tag lang, Torlyri!«

»Weißt du denn nicht, was mit denen geschieht, die das Gesetz übertreten?«

Hresh zog die Stirn in Falten. »Also, so genau weiß ich das nicht. Aber es ist bestimmt was ziemlich Schlimmes, wie? Was wirst du mit mir machen?«

»Ich? Nichts. Die Geschichte geht Koshmar an.«

»Also, was wird dann *sie* mit mir machen?«

»Irgendwas. Ich weiß es nicht. Es wurden schon welche getötet, weil sie das versucht haben, was du da versucht hast.«

»*Getötet?*«

»Ja. Ausgestoßen aus dem Kokon. Und das ist das sichere Todesurteil. Kein Mensch könnte dort draußen allein lange überleben. Schau dort hinunter, Junge!«

Sie wies den Hang hinab und auf das Gebreit gebleichter Knochen.

»Was ist denn das?«

Torlyri faßte den mageren Arm des Kindes und preßte den Knochen unter dem Fleisch. »Skelette. Auch in dir drin ist so eins. Und wenn du *hinaus* gehst, dann bleiben deine Knochen dort unten auf dem Hügelhang. So geht es uns allen.«

»Allen, die jemals *hinausgegangen* sind?«

»Da liegen sie alle, Hresh. Wie Stücke von altem Holz, wie Zweige, die in den Winterstürmen umhergewirbelt werden.«

Hresh bebte. »Dann sind es aber nicht genug«, sagte er mit plötzlicher Keckheit. »Diese ganzen Jahre und Jahre und Jahre von Todes-Tagen – da müßte ja der ganze Hang hoch mit Skeletten bedeckt sein, so hoch, wie ich groß bin.«

Torlyri konnte das unwillkürliche Lachen nicht unterdrücken und wandte kurz das Gesicht ab. So einen wie diesen kleinen Jungen gab es nicht noch einmal, oder? »Aber die Gebeine dauern nicht ewig, Hresh. Vielleicht bleiben sie fünfzig Jahre, hundert vielleicht, dann verwandeln sie sich in Staub. Was du da unten siehst, das sind die der in allerletzter Zeit Ausgeschiedenen.«

Hresh dachte darüber nach.

Mit gedämpfter Stimme sagte er dann: »Und das würden sie auch mit *mir* machen?«

»Alles liegt in Koshmars Händen.«

Plötzlich zuckte panische Furcht in den seltsamen Augen des Jungen auf. »Aber du wirst es ihr nicht sagen, ja? Bitte, sag nichts, Torlyri! Bitte!« Der Gesichtsausdruck wurde berechnend und etwas hinterhältig. »Du brauchst doch überhaupt gar kein Wort zu sagen, nicht? Und du hast mich ja auch fast nicht bemerkt. Einen Hauch später, und ich wäre an dir vorbei gewesen – und drüben. Und dann wäre ich eben einfach bis morgen früh dort geblieben, und niemand hätte überhaupt etwas gemerkt. Ich meine, ich hab ja schließlich keinem was *Böses* getan. Ich wollte doch nur den Fluß sehen.«

Sie seufzte. Der furchtsame, flehende Blick des Jungen war herzerweichend. Und, ehrlich gesagt, was hatte der Kleine denn schon Schlimmes getan? Er war ja nicht einmal weiter als zehn Schritte nach *draußen* gekommen. Und sie hatte Verständnis für das sehnsüchtige Verlangen, herauszufinden, was jenseits der Wände des Kokons lag; diese brodelnde wissenwollende Neugier, der Schwarm unbeantworteter Fragen, die unablässig in diesem Kind toben mußten. Ein bißchen hatte sie das ja auch selbst erlebt, obwohl ihre Seele, zugegebenermaßen, kaum etwas von dem Feuer besessen hatte, das in diesem verwirrten Jungen brennen mußte. Jedoch: Das Gesetz war das Gesetz ... und er hatte es übertreten. Das durfte sie nicht übersehen, es sei denn, sie nahm das Wagnis auf sich, ihre eigene Seele ins Verderben zu stürzen.

»Bitte, Torlyri, bitte ...«

Sie schüttelte den Kopf. Ohne den Blick von dem Jungen zu wenden, schaufelte sie zusammen, was sie für das Opfer im Kokon benötigte. Und wieder warf sie kurze Blicke in alle die Fünf Heiligen Richtungen. Und sie sprach die Fünf Namen. Dann wandte sie sich dem Jungen zu und bedeutete ihm mit einer scharfen Geste, er solle ihr vorangehen und durch die Luke steigen. Das Kind wirkte schreckensstarr. Sanft und leise sagte Torlyri: »Mir ist keine Wahl gegeben, Hresh. Ich muß dich vor Koshmar bringen.«

Vor langer Zeit hatte jemand an der Hinterwand der Zentralkammer in Augenhöhe ein schmales schimmerndschwarzes Steinband angebracht. Keiner wußte mehr, aus welchem Anlaß es dort ursprünglich befestigt worden war, doch im Verlauf der Jahre hatte es den Charakter einer geheiligten Erinnerung an die dahingegangenen Anführer des Stammes angenommen. Koshmar hatte es sich zur Angewohnheit gemacht, mit den Fingerspitzen darüber wegzustreifen und hastig die Namen der Sechs zu flüstern, die ihre jüngsten Vorgänger waren, wenn Ängste über die Zukunft des Volkes sie bedrücken wollten. Dies war ihr Stoßgebet, um die

Kraft der Geister ihrer Vorgänger zu beschwören, um sie zu bitten, in sie einzugehen und sie zu der richtigen Entscheidung zu geleiten. Diese Anrufung erschien ihr irgendwie als eine direktere, eine brauchbarere Art der Hilfesuche, als wenn sie sich an die Fünf Himmlischen wandte. Koshmar hatte sich ihr kleines Ritual ganz allein erfunden.

In jüngerer Zeit war sie dazu übergegangen, das schwarze Steinband jeden Tag zu berühren, und später gar zwei- oder dreimal am Tag, wobei sie jedesmal die ›Namen‹ vor sich hinsprach:

Thekmur Nialli Sismoil Yanla Vork Lirridon ...

Letzthin war sie von Vorahnungen überkommen worden; worauf sie sich bezogen, das hätte sie nicht zu sagen gewußt, doch sie spürte, daß eine gewaltige Veränderung über die Welt herniederkommen mußte und daß sie schon bald starker höherer Lenkung bedürftig sein werde. In solchen Gefühlsaugenblicken spendete der Stein ihr Trost.

Koshmar fragte sich, ob ihre Nachfolgerin ebenfalls das Ritual der Steinberührung vollziehen würde, wenn ihre Seele bekümmert war. Denn sie wußte, es war schon fast die Zeit gekommen, da sie an eine Nachfolgerin denken mußte. Sie wurde in diesem Jahr dreißig. Noch fünf Jahre – und sie hatte die Altersgrenze erreicht. Ihr Todestag würde kommen, wie er für Thekmur und Nialli und Sismoil und die übrigen erschienen war, und das Volk würde sie zu der Ausstiegsluke bringen und sie hinausstoßen, auf daß sie in der Kälte zugrunde ginge. So war es der Brauch, und er war unabänderlich und absolut: Denn der Kokon war begrenzt, die Nahrung war knapp, man mußte den Nachfolgenden Platz machen.

Sie schloß die Augen, legte die Finger auf den schwarzen Stein und stand ganz still; eine starke, breitschultrige Frau mit wachen Augen, auf der Höhe ihrer Stärke und Macht, und sie flehte um Hilfe.

Gerade in diesem Augenblick kam Torlyri in die Kammer gestoben und zerrte Minbains unbotmäßigen Balg Hresh mit sich, den Kleinen, der immer überall herumschnüffelte und seine Nase an alle möglichen Orte steckte, wo er nichts verloren hatte. Der Junge heulte und zappelte und wand sich wütend in Torlyris Griff. Seine Augen funkelten wild und glühten von Furcht, ganz als habe er soeben einen Todesstern auf das Dach des Kokons zuschießen sehen.

Koshmar fuhr erschrocken zu den beiden herum. In ihrer ärgerlichen Gereiztheit stellte sich ihr dichter graubrauner Pelz wie ein Mantel um sie herum auf, so daß sie um fast die Hälfte ihrer Gestalt anzuwachsen schien.

»Was soll das? Was hat er jetzt wieder angestellt?«

»Ich ging zum Opfer hinaus«, begann Torlyri, »und einen Atemzug später fing ich aus dem Augenwinkel den Anblick dieses ...«

Thaggoran betrat in dem Moment die Kammer. Zu Koshmars Verblüffung rollten seine Augen fast so wild wie die von Hresh. Er schlug mit den Armen und dem Sensororgan auf seltsam verwirrte Art umher und seine Stimme schoß so schnell und so verschliffen aus ihm, daß Koshmar nur bruchstückweise verstand, was er ihr zu sagen sich mühte.

»Eisfresser – der Kokon – direkt drunten, genau auf uns zu – ist die Wahrheit, Koshmar, die Weissagung ...«

Und die ganze Zeit über wimmerte und winselte Hresh weiter und Torlyri erzählte weiter mit ihrer sanften Stimme unbeirrbar ihre Geschichte.

»Nicht alle gleichzeitig!« schrie Koshmar. »Ich kann überhaupt nichts hören, was ihr sagt!« Sie funkelte den schrumpeligen alten Chronisten in seinem weißen Alterspelt und mit der gekrümmten Gestalt an, durch die er aussah, als drückte ihn das kostbare tiefe Wissen zu Boden, die Kenntnis der Vergangenheit, die er allein auf seinen Schultern trug. Noch nie hatte sie den Mann dermaßen außer sich erlebt. »Eisfresser, Thaggoran? Sagtest du – Eisfresser?«

Thaggoran zitterte. Er brabbelte dunkel und leise etwas vor sich hin, das jedoch in dem panikhaften Gebrüll Hreshs unterging. Koshmar schaute ihre Tvinnr-Partnerin verärgert an und schauzte sie an: »Torlyri, wieso ist das Kind hier?«

»Das versuche ich dir ja die ganze Zeit zu erklären. Ich erwischte ihn dabei, wie er durch die Luke zu schlüpfen versuchte.«

»Was?«

»Ich hab bloß mal den Fluß sehen wollen!« heulte Hresh. »Bloß mal so ein ganz kleines bißchen!«

»Weißt du, was das Gesetz sagt, Hresh?«

»Aber es war doch bloß ganz, ganz kurz!«

Koshmar seufzte. »Wie alt ist er, Torlyri?«

»Acht, glaube ich.«

»Dann kennt er das Gesetz. Gut, er soll den Fluß sehen. Bring ihn hinauf und stoß ihn hinaus!«

Auf Torlyris sanftem Gesicht zeichnete sich Betroffenheit ab. In ihren Augen glitzerten Tränen. Hresh begann sogar noch lauter zu heulen und zu kreischen. Aber Koshmar reichte es nun. Der Junge war seit langem eine Plage gewesen, und das Gesetz war eindeutig. Also, an die Luke mit ihm, und dann war man ihn glücklich los! Sie machte eine ungeduldige fegende Geste der Entlassung und wandte sich wieder Thaggoran zu.

»So. Und was ist das nun mit den Eisfressern?«

Mit zittriger Stimme ließ der Chronist eine wundersame, bestürzende Mär vom Stapel; er erzählte bruchstückhaft, und man vermochte ihm nur schwer zu folgen. Irgend etwas, daß er nach Schimmersteinen in der Mutter des Frosts gesucht habe und dabei mit dem Sensor Äußerungen von etwas Lebendem in der Nähe aufgefangen hatte, von etwas Großem, das sich in einem

Grabtunnel durch den Fels bewegte. »Ich habe Kontakt aufgenommen«, sagte Thaggoran, »und dabei habe ich das Hirn eines Eisfressers berührt – ich will sagen, man kann ja nicht eigentlich unterstellen, daß Eisfresser so etwas wie Vernunft besitzen, aber gewissermaßen haben sie doch so was dergleichen – und was ich dabei gespürt habe, war ...«

Koshmar knurrte: »Wie weit von dir weg war das?«

»Gar nicht weit. Und es waren noch mehr da. Vielleicht alles in allem ein Dutzend, ziemlich in der Nähe. Koshmar, bist du dir darüber im klaren, was das bedeutet? Es muß das Ende des Winters nahe sein! Die Propheten haben es geschrieben: ›Wenn die Eisfresser sich zu erheben beginnen ...‹«

»Ich weiß, was die Propheten geschrieben haben«, sagte Koshmar scharf. »Und diese – Wesen dringen direkt unter der Wohnkammer herauf, sagst du? Bist du sicher?«

Thaggoran nickte. »Sie werden direkt durch den Boden heraufdringen. Ich weiß zwar nicht, wie bald schon – es könnte in einer Woche sein, in einem Mond, vielleicht auch erst in sechs Monden ... aber ohne jeden Zweifel streben sie genau auf uns zu. Und, Koshmar, sie sind gewaltig, riesenhaft.« Er reckte seine Arme, so weit er nur konnte. »Ihr Umfang ist so groß ... vielleicht noch größer ...«

»Götter, verschont uns!« murmelte Torlyri. Und der Knabe Hresh gab ein kurzes Keuchen der Verblüffung von sich.

Koshmar wirbelte erbost herum. »Seid ihr immer noch da? Ich habe dir befohlen, ihn zur Schleuse zu bringen, Torlyri! Das Gesetz ist klar und deutlich. Wagt sich der Vorwitzige ohne redliches Recht närrisch vom Nest, so sei ihm die Rückkehr zum Kokon künftig verwehrt. Ich befehle es dir zum letztenmal: Bring ihn hinaus!«

»Aber – er hat doch den Kokon gar nicht wirklich verlassen«, sagte Torlyri leise. »Er hat ja nur ein Schrittchen nach draußen gemacht und ...«

»Nein! Schluß jetzt mit dem widersetzlichen Ungehorsam! Sprich den Spruch über ihn und verstoße ihn, Torlyri!« Und wieder kehrte sie ihnen den Rücken zu und wandte sich an Thaggoran. »Komm mit mir, Alter Mann! Zeig mir deine Eisfresser! Wir wollen sie mit unseren Äxten erwarten, wenn sie durchbrechen. So groß sie auch sind, wir werden sie in Stücke hauen, wo sie heraufsteigen, Scheibe um Scheibe um Scheibe, und dann ...«

Sie brach mitten im Satz ab, als plötzlich von der anderen Ecke der Kammer ein seltsames heiseres, ersticktes, ein gurgelndes Krächzen ertönte.

»*Aaoouuuaaaah!*«

Es hörte und hörte nicht auf. Aber schließlich erstarb es. Verdutzte Stille folgte.

»Yissou und Mueri! Was war denn das?« murmelte Koshmar verblüfft.

Solch einen Laut hatte sie noch nie zuvor vernommen. Vielleicht ein Eiswurm, der dicht unter ihnen sich gähnend regte und sich anschickte, durch die Wand der Kammer zu brechen? Verwirrt spähte sie in das Halbdunkel. Doch es blieb alles still. Alles schien rechtens zu sein, wie es sich gehörte. Da war der Tabernakel, da war die Kassette, in der das Buch der Chroniken aufbewahrt wurde, dort war der Wunderstein in seiner Nische und um ihn alle die antiken Schimmersteine, da war die Wiege, in der Ryyig Träume-Träumer seinen ewigen Schlaf schlief ...

»*Aaoouuuaaah!*« Wieder.

»Es ist Ryyig!« rief Torlyri laut. »Er erwacht!«

»Götter!« rief Koshmar. »Wahrlich, er wacht auf!«

Und so war es auch. Koshmars Herz überkam ehrfürchtige Scheu, und ihre Beine wurden ihr schwach. Von einem plötzlichen Schwindelgefühl erfaßt, mußte sie an der Wand Halt suchen, lehnte sich gegen die schwarze Steinplatte und wiederholte flüsternd wieder und wieder: *Thekmur Nialli Sismoil Thekmur Nialli Sismoil!* Der Träumer der Träume saß pfeilgerade aufrecht – wann hatte man so etwas je gesehen? –, seine Augen waren geöffnet – keiner im Stamm hatte jemals seit Menschengedenken in die Augen von Ryyig Träumeträumer geblickt –, und er brüllte laut, er, von dem man niemals einen heftigeren Laut vernommen hatte als ein Schnarchen. Seine Hände kämmten die Luft, seine Lippen bewegten sich. Es sah aus, als versuche er zu sprechen.

»*Aaoouuuaaah!*« brüllte Ryyig Träumeträumer ein drittesmal.

Dann schloß er die Augen wieder und sank in seinen endlosen Traum zurück.

In der hochgewölbten hell erleuchteten Gewächskammer war es warm und feucht; Frauen waren bei der Arbeit und zupften die unerwünschten Blüten von den grünblättrigen Pflanzen und beschnitten die Ranken der Samtbeerenreben. Es war eine stille Arbeit, geruhsam, angenehm.

Minbain reckte sich plötzlich hoch, spähte umher, verzog das Gesicht, neigte den Kopf in scharfem Winkel zur Seite.

»Was nicht in Ordnung?« fragte Galihine.

»Hast du denn nichts gehört?«

»Ich? Keinen Mucks.«

»Ein seltsamer Laut«, sagte Minbain. Sie blickte von einer der Frauen zur anderen, zu Boldirinthe, zu Sinistine, zu Cheysz und wieder zu Galihine zurück. »Das war – wie ein Stöhnen war das.«

»Harruel schnarcht im Schlaf«, brachte Sinistine vor.

»Oder Koshmar und Torlyri machen sich ein hübsches Tvinnrstündchen«, sagte Boldirinthe.

Sie lachten. Minbain preßte die Lippen zusammen. Sie war älter als die übrigen, und sie fühlte sich sowieso meist unter ihnen nicht recht wohl. Das kam daher, daß sie einst eine Zuchtfrau gewesen war und nach dem Tod ihres Gefährten, Samnibolon, Arbeiterin geworden war. Dies war eine ungewöhnliche Entscheidung gewesen. Minbain argwöhnte, daß die anderen sie für sonderbar hielten. Vielleicht glaubten sie ja auch, die Mutter eines seltsamen Kindes wie Hresh müsse selbst ein wenig verrückt sein. Doch was verstanden diese Weiber schon von derlei Dingen? Keine einzige der Frauen, die da mit ihr in der Kammer arbeiteten, hatte je einen Gefährten gehabt, keine einzige hatte ein Kind ausgetragen und geboren, und ebensowenig hatten sie eine Vorstellung davon, was es bedeutet, ein Kind heranzuziehen.

»Da«, sagte Minbain. »Da geht es wieder los! Habt ihr das nicht gehört?«

»Harruel, ganz bestimmt«, sagte Sinistine. »Der träumt davon, wie er mit dir kopuliert, Minbain.«

Boldirinthe kicherte. »Also, das wäre mal 'ne Partie! Die Minbain und der Harruel! Ach, wie ich dich beneide, Minbain! Stell dir bloß mal vor, wie der dich packt und wie er dich niederwirft und dich ...«

»Hssscht!« rief Minbaine. Sie packte ihren Korb mit Grünblattpflanzen und schleuderte ihn gegen Boldirinthe, die ihn gerade noch mit dem Ellbogen abwehren konnte. Der Korb prallte nach oben weg, kippte, und eine Masse der klebrigen gelben Blüten rieselte heraus und verstreute sich über Sinistine und Cheysz. Die Frauen gafften. Ein derartiger Temperamentsausbruch war wirklich eine Seltenheit. »Warum hast du das getan?« fragte Cheysz. Sie war eine kleine sanftmütige Frau, und der Zornesausbruch Minbaines schien sie eher zu erstaunen. »Da, schau nur, sie kleben überall an mir«, sagte Cheysz, und sie sah aus, als werde sie gleich in Tränen ausbrechen. Tatsächlich, die blassen chartreusefarbenen Blüten, die voller glitzerndem Nektar steckten, hafteten an ihrem Fell in kleinen Häufchen,

was ihr ein bizarr geflecktes Aussehen verlieh. Auch Sinistine war mit den Blüten bedeckt, und während sie versuchte, eine wegzuzupfen, blieb ihr Pelzhaar daran haften, und sie heulte vor Schmerz auf. Ihre blaßblauen Augen glitzerten in eisigem Zorn, sie griff nach einer kräftigen schwarzen Samtbeerenranke, die gerade vor ihren Füßen lag, hob sie wie eine Peitsche und schob sich auf Minbain zu.

»Halt!« rief Galihine laut. »Habt ihr allesamt den Verstand verloren?«

»Horcht!« sagte Minbain. »Da ist wieder dieses Geräusch.«

Alle verstummten.

»Diesmal hab ich es auch gehört«, sagte Cheysz.

»Ich auch«, sagte Sinistine und riß glotzend vor Erstaunen die Augen weit auf. Sie schleuderte die Ranke fort. »Wie ein Stöhnen, ja. Genau wie du gesagt hast, Minbain.«

»Was könnte das nur gewesen sein?« fragte Boldirinthe.

»Vielleicht ein Gott, der dicht vor unserer Tür herumwandert«, sagte Minbain. »Vielleicht Emakkis, der ein verlorenes Schaf sucht. Oder Dawinno, der sich die Nase schneuzt.« Sie zuckte die Achseln. »Merkwürdig. Sehr merkwürdig. Wir sollten nicht vergessen, Thaggoran davon zu berichten.« Sie kehrte sich Cheysz zu und lächelte sie um Vergebung bittend an. »Komm, laß mich dir helfen, das Zeug aus deinem Pelz rauszuholen.«

Ryyigs Erwachen hatte nur einen kurzen Augenblick gedauert; alles hatte sich dermaßen rasch abgespielt, daß sogar jene, die Zeugen davon waren, nicht so völlig glauben mochten, daß sie wirklich gesehen und gehört hatten, was sie gesehen und gehört hatten. Und jetzt hatte sich der Träumeträumer erneut in seine Mysterien verloren, seine Augen waren geschlossen, die Brust hob und senkte sich langsam, so langsam, daß er fast wie aus Stein geschnitten aussah. Aber sein Aufschrei war bedeutsam genug, insbesondere da er so kurz auf die Entdeckung Thaggorans erfolgt war, daß die Eisfresser heraufzusteigen begönnen. Beides waren Omen. Ganz eindeutig, es waren Vorzeichen.

Für Koshmar stellten sie Hinweise dar, daß die neue Frühlingszeit der Welt kurz bevorstehe. Vielleicht war die Zeit ja noch nicht ganz da, aber es war gewiß, sie würde kommen.

Schon vor diesem einen Tag der seltsamen Begebnisse hatte Koshmar die Wandlungen verspürt, die sich im Lebensrhythmus des Stammes zu entwickeln begannen. Alle hatten sie es gespürt. Es hatte sich etwas im Kokon geregt. Etwas hatte sich zu regen begonnen im Kokon, ein Ferment der Lebensgeister, ein Gefühl von neuen Anfängen, die knapp vor der Entfaltung stehen. Die alten Verhaltensmuster, die tausend und abertausend Jahre lang Gültigkeit besessen hatten, begannen zu zerbröseln.

Die Schlafperioden hatten sich als erste verändert. Minbain hatte darauf hingewiesen. »Mir kommt es vor, wie wenn ich überhaupt nie mehr schlafe«, hatte sie gesagt, und ihre Freundin Galihine hatte dazu genickt und gesagt: »Genau wie bei mir. Aber ich bin nicht müde. Also, was ist das?« Bislang war es der Brauch beim Volk des Kokons gewesen, einen längeren Abschnitt ihrer Zeit schlafend als wachend zu verbringen; dabei lagen sie dann zu zweit oder dritt in komplizierten pelzigen Knäueln beisammen und gaben sich ganz ihren nebelhaft-dunstigen Traumgeschichten hin. Jetzt war dies anders. Jetzt wirkten alle seltsam wach, ruhelos, aktiv und bestürzt angesichts der Notwendigkeit, die zusätzlich geschenkten Tagesstunden sinnvoll auszufüllen.

Am schlimmsten waren die Jungen. »Ach, diese Kinder!« hatte der bärbeißige Krieger Konya gemurrt. »Wenn die sich weiterhin dermaßen wild aufführen, sollten wir für sie wirklich wieder die militärische Dienstpflicht einführen und sie schleifen!« Und die Jugendlichen störten ja wahrhaftig mit ihren lauten Aberwitzigkeiten die friedliche Ruhe im Kokon, dachte Koshmar oft, besonders der sonderbare kleine Hresh und die bezaubernde Taniane mit den traurigen Augen, und dieser Orbin, der kleine Muskelprotz mit dem riesigen Brustkasten, und sogar Haniman, untersetzt und tolpatschig. Gewiß, Kinder sollten lebhaft sein; doch konnte sich keiner im Volk an vergleichbare Energieausbrüche und irre Hektik erinnern, wie diese vier sie zur Schau stellten: Sie tanzten stundenlang ununterbrochen wie irre im Kreis und sangen und grölten lange Liedgesänge ohne Sinn dazu; sie hantelten sich Hand über Hand die rauhen Wände des Kokons nach oben und baumelten schaukelnd von der Decke. Gerade vor einer Woche, als Koshmar den Ritus am Lord Fanigole-Tag feierlich zu vollziehen versucht hatte, war man gezwungen gewesen, die kleinen Rabauken zur Stille zu ermahnen, und selbst dann gehorchten sie nicht allzu eifrig. Und dieser Versuch von Hresh heute morgen, nach draußen zu gelangen ... das alles war Ausfluß ein und derselben Wildheit.

Danach waren die Brutpaare von dem Fieber erfaßt worden, Nittin und Nettin, Jalmud und Valmud, Preyne und Threyne. Es war klar genug, daß alle drei Paare ihren Zuchtpflichten gebührlich nachgekommen waren – das stand außer Zweifel, und man konnte es an den schwellenden Bäuchen ablesen –, und dennoch, da waren sie und waren immer noch dabei und kopulierten den ganzen Tag lang in hektischem Eifer trotzdem weiter, als könnte irgendwer sie beschuldigen, sie wären pflichtvergessen gewesen.

Und ganz zuletzt wurden auch die älteren Stammesangehörigen von dieser neuen Rastlosigkeit angesteckt: Thaggoran, der in den uralten tiefen Gängen nach Schimmersteinen herumschnüffelt; der klobige Rotbart

Harruel, der wie ein Junge die Wände emporklettert; Konya, der die Muskeln spielen läßt und auf und ab marschiert. Und Koshmar spürte es auch selbst. Es war wie ein tiefsitzendes Jucken unter ihrem Fell, sogar unter der Haut selbst. Und sogar die Eisfresser hatten sich erhoben und stiegen auf. Großer Wandel war auf dem Wege: Denn wozu sonst hätte Ryyig Träumeträumer denn an diesem Morgen erwachen sollen – wenn auch nur für einen kurzen Augenblick –, wozu hätte er so laut schreien sollen?

»Koshmar?« mahnte Thaggoran schließlich, nachdem sie allesamt lange geschwiegen hatten.

Sie schüttelte den Kopf. »Laßt mich in Frieden!«

»Du hast gesagt, du willst zu den Eisfressern hinabgehen, Koshmar.«

»Nicht jetzt. Wenn *er* wieder aufwacht, dann muß ich an seiner Seite sein.«

»Ist es möglich?« fragte Torlyri. »Daß er jetzt noch einmal aufwacht? Was meinst du?«

»Woher soll ich das wissen? Du hast das gleiche gehört wie ich, Torlyri.« Dann fiel Koshmar auf, daß das Kind Hresh sich ebenfalls noch immer im Raum befand; stumm jetzt, bewegungslos, in ehrfürchtiger Scheu erstarrt. Sie funkelte ihn böse an. Dann glitten ihre Augen zu Torlyris Augen hinüber, und sie erkannte das weiche sanfte Flehen darin.

Torlyri schlug das Zeichen Mueris in ihre Richtung, der sanften, gütigen Mutter Mueri, der Trösterin, der Göttin Mueri, deren Schutz Torlyri sich ganz besonders geweiht hatte.

»Also gut«, sagte Koshmar endlich und gab ein Zeichen stummen Einverständnisses. »Ja, ich begnadige ihn. Wir können doch nicht am Tag, an dem der Träumeträumer erwacht, einen von unseren Leuten verstoßen – denke ich mir jedenfalls. Aber schaff ihn augenblicks hier raus. Und sorg dafür, daß er begreift, wenn er sich noch einmal was zuschulden kommen läßt, dann werde ich ... dann werde ich ... ach, verdammt, schaff ihn mir aus den Augen, Torlyri! Sofort!«

In der Kriegerkammer brach Staip den Exerzierdrill ab und blickte stirnrunzelnd nach oben.

»Habt ihr grad auch was gehört?«

»Ich hör das Geräusch von 'nem Kneifarsch«, grunzte Harruel.

Staip überging die Beleidigung. Harruel war groß und gefährlich; man legte sich nicht leichtfertig mit ihm an. »Ein Aufschrei – irgendwie«, sagte er. »Fast wie ein Schmerzensgeheul.«

»Erst die Übung, dann das Quatschen«, sagte Harruel.

Staip wandte sich an Konya. »Hast du es nicht gehört?«

»Ich war mit meiner Aufgabe beschäftigt«, sagte Konya gelassen. »Meine Aufmerksamkeit war auf das konzentriert, weswegen ich hier bin.«

»Genau wie ich«, schnaubte Staip, inzwischen leidlich hitzig. »Aber ich habe einen schrecklichen Schrei gehört. Zweimal. Vielleicht waren's auch drei. Was, wenn da draußen irgendwas los ist. Was meinst du? Konya? Harruel?«

»Also, ich ... ich hab nichts gehört«, sagte Harruel. Er bearbeitete das Dawinno-Rad und ließ die gewaltige schwere Spule kreisen und kreisen. Konya hielt die Garnspulen des Emakkis-Webstuhls. Staip hatte sein Pensum an Yissous Leiter absolviert. Sie waren die drei Senioren-Krieger des Stammes, starke düstre Männer, und auf diese Weise wurden sie ein wenig von ihren überquellenden Energien los, an jedem Tag und Tag für Tag, die sich in der langen faulen süßen Etappe-Isolation im Kokon in ihnen ansammelte.

Staip starrte sie kalt an. Er sah den funkelnden Hohn in ihren Augen, und er trieb ihn zum Wahnsinn. Er hatte genauso schwer und hart an seinen Übungen geschuftet wie sie. Und wenn sie diese drei schrecklichen Schreie nicht gehört hatten, also, war das dann seine Schuld? Die hatten kein Recht, sich über ihn lustig zu machen. Er spürte, wie der Zorn in ihm höherschwoll. In seiner Brust hämmerte etwas. So stolz waren die auf ihr blödsinnig-braves Training. Nannten *ihn* einen Kneifarsch! Beschuldigten ihn der Unkonzentriertheit und Disziplinlosigkeit, nur weil ...

Bildete er sich das nur ein, oder hatten die beiden tatsächlich seit ein paar Wochen immer wieder einmal ein paar kleine Giftpfeile gegen ihn abgeschossen? Sie hatten Zeug gesagt, das er ganz beiläufig übergangen hatte, doch jetzt, während er noch einmal darüber nachdachte, bekam er doch das Gefühl, daß sie ihm auf vielfältige Weise zu verstehen gegeben hätten, er sei ein Faulpelz, er sei ein Trottel, er sein ein Lahmarsch.

Das Leben war heutzutage wirklich kompliziert. Alle waren sie von einer ganz neuen Stimmung erfaßt: sie waren schärfer, wachsamer, leichter erregbar, empfindlicher, jeder Mann sozusagen auf dem Sprung. In der letzten Nacht war es Staip schwergefallen, Schlaf zu finden; den andern ging es offenbar ebenso ... Es gab mehr Gemecker und Zank als früher ... alle verloren viel zu rasch die Geduld und gingen hoch.

Aber trotzdem – derartige Beleidigungen ... sie hatten einfach kein Recht dazu ...

Dann brodelte sein Zorn über, und er trat auf sie zu, in der heißen Absicht, sie herauszufordern. Er schob sich auf Konya zu und nahm bereits die Position zum Kickringkampf ein, doch dann bremste er sich und wich beiseite. Er und Konya waren so ziemlich gleichstark. Und darin würde sich für ihn keine Genugtuung finden lassen. Nein, er wollte mit Harruel ringen. Mit dem gewaltigen Überheblichen turmhohen Harruel, dem Besten unter den Männern – ja, genau das war die rechte Art! Wenn er *ihn* zu Boden streckte, würden alle es wissen, daß Staip nicht einer war, den man leichtnehmen durfte! »Also, komm!« sagte er und funkelte zu Harruel hinauf, während er die als »Doppelangriff« bekannte Stellung einnahm. »Komm und ring mit mir, Harruel!«

Aber Harruel blieb ganz gleichmütig. »Was ist denn mit dir los, Staip?« fragte er ruhig.

»Du weißt schon, worum es geht. Also, komm! Miß dich mit mir!«

»Wir müssen unsere Übungen machen. Ich hab noch die Leiter vor mir und den Webstuhl, und dann eine Stunde lang Hüpfen und Rumpfbeugen ...«

»Fürchtest du mich?«

»Du hast wohl den Verstand verloren.«

»Du hast mich beleidigt. Darum kämpfe mit mir. Deine Übungen haben Zeit.«

»Die Übungen sind unsere geheiligte Pflicht, Staip. Wir sind Krieger.«

»Krieger? Für welchen Krieg bereitest du dich denn vor, Harruel? Aber, wenn du dich schon einen Krieger nennst, gut, so kämpfe gegen mich. Kämpfe – oder – bei Dawinno! – ich werfe dich zu Boden, ob du die Kampfposition beziehst oder nicht!«

Harruel seufzte. »Zuerst der Drill, kämpfen können wir dann später.«

»Bei Dawinno ...«, keuchte Staip mit belegter Stimme.

Hinter ihm war ein Geräusch. In die Kriegerkammer trat Lakkamai, ein drahtiger dunkelpelziger Mann von nüchtern-brüskem Gehabe, der nicht zu vielen Worten neigte. Schweigend schritt Lakkamai an ihnen vorbei und plazierte sich an den Fünf Göttern, dem anstrengendsten Drillgerät, das sie benutzten. Sodann schien er die Gespanntheit in der Kammer überhaupt erst zu bemerken, blickte auf und sagte: »Was treibt ihr zwei denn da?«

»Er hat behauptet, er hat ein seltsames Geräusch gehört«, gab Harruel zur Antwort. »Wie jemand, der vor Schmerz aufschreit, sagt er, zwei- oder dreimal wiederholt.«

»Und deswegen wollt ihr miteinander kämpfen?«

»Er hat mich einen Kneifarsch genannt«, sagte Staip. »Außerdem gab es da noch weitere Beleidigungen.«

»Also schön, Staip«, sagte Harruel. »Dann komm! Wenn du Prügel haben willst, ich geb sie dir gern, und reichlich. Komm also, damit wir es hinter uns bringen.«

»Narren«, sagte Lakkamai leise vor sich hin und schob die Arme in die Schlaufen der Fünf Götter.

Wieder rückte Staip auf Harruel zu. Dann aber hielt er verlegen inne, als wundere er sich, wieso er etwas so Törichtes beginnen könne. Die kühle Verachtung Lakkamais hatte seinen ganzen Zorn aus seiner entbrannten Seele entweichen lassen wie Luft aus einer löchrigen Blase. Auch Harruel blickte verdutzt drein, und dann gafften sie einander unsicher und verwirrt an. Dann machte Harruel kehrt und befaßte sich wieder mit seinen Übungen, als sei gar nichts gewesen. Staip gaffte hinter ihm drein und überlegte, ob er nicht trotzdem auf der Herausforderung zum Kampf beharren solle, doch irgendwie war der Drang dazu von ihm gewichen. Schleppend begab er sich wieder an seine Übungen. Von der gegenüberliegenden Seite der Kammer hörte man das schwere Schnaufen Konyas, der sich erneut am Webstuhl abarbeitete.

Lange Zeit führten die vier Männer ihre Übungen durch, und keiner sagte ein einziges Wort. Staip verspürte noch immer ein dumpfes zorniges Pochen hinter der Stirn. Er war nicht sicher – hatte er nun bei der Auseinandersetzung mit Harruel gewonnen oder verloren, auf jeden Fall jedoch war ihm dabei keine Spur eines Triumphgefühls zuteil geworden. Um seinem Herzen Luft zu verschaffen, stürzte er sich mit verdreifachter wilder Wut auf seine Trainingsmaschinen. Sein ganzes Leben lang hatte er mit diesen Maschinen gearbeitet, seinen Körper gestählt und die Muskeln geschmeidigt, denn das war die Pflicht eines Kriegers, stark zu sein, wie friedlich immer das Leben im Kokon auch dahingehen mochte (und friedlich war es ja immer gewesen). Es würde eine Zeit kommen, so ging die Rede, in der das Volk den Kokon verlassen und in die Draußenwelt würde ziehen müssen, und wenn es an dem war, dann mußten die Krieger stark und trainiert sein.

Nach sehr langer Zeit sagte Lakkamai, als Antwort auf eine von keinem gestellte Frage: »Was Staip da gehört hat, das war der Träumeträumer. Er wacht auf, hab ich mir sagen lassen.«

»*Was?*« schrie Konya.

»Siehst du?« sagte Staip. »Siehst du?«

Und Harrual hüpfte von seiner Yissou-Leiter, stürzte eilends herbei und verlangte, Genaueres zu hören. Lakkamai aber zuckte nur die Achseln und fuhr dann in seiner Arbeit fort.

Den ganzen Tag lang stand Koshmar neben der Wiege des Träumeträumers und beoachtete, wie seine Augäpfel unter den blaßrosa Lidern rollten. Wie lang schon, überlegte sie, hat er da so geschlafen? Hundert Jahre? Tausend? Die Stammeslegende besagte, daß er am ersten Tag des Langen Winters, der über die Welt kam, die Augen geschlossen hatte und daß er sie erst wieder auftun werde, wenn der Winter endete; und es war geweissagt worden, der Winter werde siebenhundertmal-tausend Jahre dauern.

Siebenmal hunderttausend Jahre! Aber hatte der Träumeträumer dann wirklich so lange geschlafen?

So wurde behauptet. Und es mochte ja auch so sein. Vielleicht.

Und in all der Zeit seines Schlafes hatte seine träumende Seele die Himmel durchstreift und ausgespäht nach den flammenden Todesgestirnen, die auf die Erde zureisten und Ströme von Licht hinter sich dreinschleppten, und sie auf allen ihren weiten Wanderungen beobachtet; und er würde weiter schlummern und schlafen und Träume träumen, so lautete die Legende, bis der letzte der schrecklichen Sterne herabgestürzt war aus dem Himmel, bis die Welt wieder warm geworden und das Volk der Menschen sich fröhlich gefahrlos wieder hervorwagen durfte aus seinem Versteck in den Kokons. Und nun hatte der Träumer seine Lider geöffnet, wenn auch nur kurz, und er hatte angesetzt und etwas gesagt, oder doch immerhin versucht, etwas zu sagen. Also – was sonst sollte die ganze Sache sein, wenn nicht die Ankündigung, daß das Winterende sich nahte! Ohne Zweifel, dieses erstickte gurgelnde Gebrüll verkündete den Anbruch der Neuen Zeit. Torlyri hatte es gehört. Thaggoran hatte es gehört. Und dieser Hresh hatte es auch gehört – und sie, Koshmar, ebenfalls. Aber durfte man einem derart grotesken Gurgeln Glauben schenken? Ihm trauen? War wirklich und wahrlich das Ende des Winters gekommen? Die Wahrsprüche weissagten es so. Und es gab die Eisfresser als zusätzlichen Hinweis; und war diese ungewöhnliche Unrast nicht auch ein Zeichen, die den Stamm befallen hatte? Und nun dies. Aaaah! So sei es denn, flehte Koshmar. Yissou, laß es zu meiner Zeit geschehen! Gönn mir die Gunst und laß es zu, daß ich das Volk voran und in das freie Licht der Sonne führe!

Sie blickte sich sorgsam um. Es war untersagt, Ryyig Träumeträumer auch nur im geringsten zu stören. Aber vieles, was verboten war, schien inzwischen erlaubt zu sein. Es war keiner außer ihr in der Kammer. Sacht senkte sich die Hand auf die nackte Schulter des Träumeträumers. Wie fremdartig sich diese Haut anfühlte! Wie ein altes abgewetztes Stück Leder, erschreckend weich, zart, verletzlich. Sein Leib glich keinem der andern im Volk: er war vollkommen pelzlos, ein nackthäutiges rosighäutiges Geschöpf mit langen schmalen Armen und spillerigen spindeldürren schwachen Beinen, auf denen er nie einen Schritt weit irgendwohin hätte tun können. Und überdies – er hatte gar kein Sensororgan.

»Ryyig! Ryyig!« flüsterte Koshmar. »Tu deine Augen wieder auf! Und sag mir an, was zu sagen dir bestimmt ist!«

Es sah so aus, als bewegte er sich ein wenig in seiner Wiege, fast so als sei er ärgerlich darüber, daß sie sich in seinen Schlummer drängte. Die nackte Stirn furchte sich; die schmalen Lippen stießen ein schwaches Pfeifen aus. Die Augenlider blieben geschlossen.

»Ryyig? Sag mir: Ist die Zeit der niederstürzenden Sterne vorbei? Wird die Sonne wieder scheinen? Können wir ungestraft hinaus?«

Koshmar bildete sich ein, sie hätte seine Augenlider flattern sehen. Kühn rüttelte sie ihn an der Schulter, und dann erneut, heftiger, als wollte sie ihn gewaltsam aus seinem Schlaf rütteln. Ihre Finger gruben sich tief in das hagere Fleisch, und sie konnte die zarten Knöchlein dicht darunter fühlen. Ob Thekmur so etwas gewagt hätte? Oder Nialli? Wahrscheinlich nicht. Es war unwichtig. Koshmar rüttelte den Schläfer noch einmal. Ryyig gab einen leisen maunzenden Ton von sich, dann wandte er den Kopf von ihr ab.

»Aber du hast es doch vorher schon versucht und wolltest es sagen«, flüsterte Koshmar drängend. »So sag es doch! *Der Winter ist gegangen ... es kommt die Frühlingszeit ...* Sag es! So sag es doch!«

Und plötzlich hoben sich die dünnen bleichen Lider, und sie sah sich der Tiefe fremdartiger verzaubernder dunkelvioletter Augen ausgesetzt, über denen ein Schleier von Traum und Geheimnis lag, von denen sie sicher wußte, daß sie niemals auch nur einen Hauch von ihnen begreifen könnte. Die Gewalt dieser Augen – so dicht vor ihr – war dermaßen bestürzend, daß Koshmar unbewußt ein, zwei Schritte zurückwich. Doch sie faßte sich rasch wieder.

»Kommt!« rief sie. »Kommt alle her! Er wacht wieder auf! Kommt! Kommt und eilt euch!«

Die schmale zerbrechliche Gestalt in der Wiege schien

sich erneut aufzurichten und senkrecht sitzen zu wollen. Koshmar schlang ihren Arm um den schmalen Rücken und zog den Körper herauf. Der Kopf wackelte, als sei er zu schwer für den Hals. Und wieder drang dieser gurgelnde Laut aus seiner Kehle. Koshmar beugte sich tief über ihn, das Ohr dicht an seinem Mund. Das Volk kam nun durch beide Eingänge in die Kammer hereingeströmt und sammelte sich dichtgedrängt um sie. Da war Minbain, und sie sah die kleine Cheysz und den Jungkrieger Salaman. Harruel kam wuchtig hereingestapft, schubste andere beiseite und glotzte mit glosenden Augen den Träumeträumer an.

Und dann redete Ryyig und sprach.

»Der ... Winter ...«

Die Stimme war schwächlich, aber die Worte unmißverständlich.

»Der ... Winter ...«

»... ist dahin«, soufflierte Koshmar. »Ja! Ja! Sag es doch! Sag: *Was wartet ihr? Der Winter ist vorbei!*«

Und ein drittesmal: »Der ... Winter ...«

Die schmalen Lippen quälten sich krampfhaft. In den hageren Kinnbacken zuckten Muskeln. Ryyigs Körper sackte schwer gegen Koshmars Arm; seine Schultern wurden von einem wellenartigen Beben überzogen ... die Augen trübten sich und verloren alle Schärfe.

»Ist er tot?« fragte Harruel. »Ich glaub, er ist tot. Der Träumeträumer ist tot!«

»Er ist bloß wieder eingeschlafen«, sagte Torlyri.

Koshmar schüttelte den Kopf. Harruel hatte recht. Es war überhaupt kein Leben mehr in Ryyig. Sie kam mit ihrem Gesicht dem seinen ganz nahe. Sie berührte seine Wangen, den Arm, seine Hand. Tot. Ja, er war tot. Kalt, schlaff und tot. Ganz gewiß bedeutete dies das Ende einer Zeit und den Beginn einer neuen. Koshmar ließ die zarte schlaffe Gestalt in die Wiege zurückgleiten. Dann wendete sie sich triumphierend ihrem Volk zu. Ihre Brust vibrierte vor Begeisterung. Der Augenblick war gekommen. Ja – und er war gekommen, während Koshmar Stammesoberhaupt war, wie sie das so oft betend erfleht hatte.

»Ihr habt ihn gehört!« verkündete sie. »*Was wartet ihr?* hat er verkündet. *Der Winter ist vorbei!,* hat er gesagt. Wir werden unseren Kokon verlassen. Wir werden von dem Berg hier fortgehen: sollen ihn doch diese stinkenden Eisfresser haben, wenn sie ihn haben wollen. Kommt, macht euch auf, wir sollten damit beginnen, unseren Besitz zusammenzutragen! Wir müssen uns auf die Wanderung vorbereiten! Der Tag ist gekommen, an dem wir *hinausziehen!*«

Torlyri sprach in ihrer gewohnten sanften Art: »Koshmar, ich habe ihn nichts weiter sagen hören als ›der Winter‹ ... nichts sonst.«

Koshmar starrte sie verblüfft an. Nun war sie endgültig sicher, daß sie sich in einer Zeit der großen Veränderung befanden, denn bereits zum zweitenmal an einem einzigen Tag hatte die sanftmütige Torlyri sich bewußt und deutlich dem Willen ihrer Tvinnr-Partnerin widersetzt. Da sie Torlyri innig liebte, unterdrückte sie ihren aufflammenden Zorn und sagte: »Dann hast du fehlgehört. Seine Stimme war sehr schwach, aber für mich gibt es keinen Zweifel an seinen Worten. Was sagst du dazu, Thaggoran? Ist nicht die Zeit zum Aufbruch gekommen? Und du, was sagst du? Und du?«

Streng blickte sie in der Kammer umher. Keiner wagte es, ihren Augen standzuhalten.

»Also seid ihr einverstanden«, sagte sie. »Der Winter ist vorbei. Es werden keine Sterne mehr niederstürzen. Also kommt! Die Zeit der Dunkelheit ist vorbei, und nun werden wir Menschen – dank der Huld Yissous und Dawinnos – unsere Welt wieder voll in Besitz nehmen.«

Sie peitschte ihr pralles kräftiges Sensororgan weit und autoritätspochend her und hin. Die heftige Bewegung forderte sie alle heraus, ihr zu widersprechen.

Keiner wagte es. Koshmar sah, daß der Junge, dieser Hresh, sie mit Augen voller höchster Erregung starr anfunkelte. Schön, also war es entschieden. Dies war der Tag. Über das praktische Verfahren würde sie sich noch mit Thaggoran besprechen müssen; denn das – soviel war ihr klar – würde kompliziert sein und ziemlich viel Zeit beanspruchen. Doch die Vorbereitungen auf die Auswanderung, der komplizierte Ablauf ritueller Handlungen und Zeremonien und das ganze restliche Brimborium sollten so bald wie möglich beginnen. Und danach – danach würde das Volk aus Koshmars Kokon sich aufmachen, um die Welt zu erobern.

Aus der Nische, in der die Schimmersteine aufbewahrt wurden, nahm Thaggoran die fünf ältesten, die als Vingir, Nilmir, Daralmir, Hrongnir und Thungvir bekannt waren, und legte sie als Pentagramm auf dem Altar aus. Das waren die heiligsten und die allerwirksamsten Steine im Besitz des Volkes. Er berührte einen nach dem anderen und baute so zwischen ihnen das magische Band auf, das die Weissagung ermöglichen würde. Die spiegelblanken schwarzen Flächen blitzten hell unter den Trauben der Glühbeeren, die die Wohnkammer erhellten, und es war ein hartes, scharfes Licht, obschon das von den Glühbeeren strömende eher mild und sanft war; es war, als werde durch die weiche Beleuchtung von außerhalb in den Schimmersteinen ein kaltes, aber heftiges Feuer entzündet.

Thaggoran hatte sich inzwischen damit abgefunden, daß er wahrscheinlich keinen neuen Schimmerstein zu dem gesammelten Schatz werde beitragen können, trotz seines dreimaligen Traums, daß es ihm beschieden sei, einen zu finden. Aber er hatte dort drunten in dem Höhlengängegewirr nur die Eisfresser ausfindig gemacht – keinen neuen Schimmerstein. Und nun blieb ihm keine Zeit mehr, seine Suche fortzusetzen.

Jedoch, die Träume waren nicht immer deutlich in

dem, was sie vorhersagten. Immerhin, ihm war ein Vorzeichen einer großen Entdeckung zuteil geworden ... und – hatte er nicht eine große Entdeckung gemacht?

Er berührte Vingir und Dralmir und Thungvir, und er spürte die Kraftströme der schimmernden schwarzen Steine. Er berührte Nilmir. Er berührte Hrongnir. Er hob an, die Anrufung zu singen: *Sagt an, sagt an, sagt mir an ...*

»Sag mir ...«, erklang ein Stimmchen in seinem Rükken.

Er hüpfte senkrecht in die Höhe, so betroffen war er, daß die Worte in seinem Geist plötzlich leibhaftig von außen in sein Gehör drangen. Unter der Tür zur Kammer stand Hresh und balancierte auf seine absonderliche Art auf nur einem Bein, stierte ihn mit weit aufgerissenen Augen an, äffte ihn nach, war aber bereit, beim leisesten Stirnrunzeln die Flucht zu ergreifen. »Ich bitte dich, Thaggoran, sag es mir ...«

»Knabe, es ist nicht die Zeit für kecke Fragen!«

»Was machst du da mit den Schimmersteinen, Thaggoran?«

»Hast du nicht verstanden, was ich dir sagte?«

»Och, ich versteh schon«, sagte Hresh. Seine Lippen bebten. Die riesigen unheimlichen Augen wurden feucht. Er begann zurückzuweichen. »Bist du zornig auf mich? Ich hab nicht gewußt, daß du Gewichtiges wirkst.«

»Wir machen uns bereit, aus dem Kokon fortzuziehen. Verstehst du das?«

»Ja. Ja.«

»Und ich muß den Ratschluß der Götter erforschen. Ich muß herausfinden, ob unser Vorhaben erfolgreich sein wird.«

»Und die Schimmersteine verraten dir das?«

»Wenn ich die Fragen richtig stelle, dann werden sie mir die richtige Antwort geben«, sagte Thaggoran.

»Darf ich zuschauen?«

Thaggoran lachte. »Du hast den Verstand verloren, Junge!«

»Wirklich? Meinst du, ich bin verrückt?«

»Komm her zu mir!« sagte der Chronist. Er krümmte gebietend den Finger, und Hresh hüpfte in die Heilige Kammer. Thaggoran legte dem Kleinen den Arm um die Hüfte. »Als ich in deinen Jahren war«, sagte er, »sofern es dir möglich ist, dir auszumalen, daß ich einst jung war, so wie du es heute bist, war Thrask der Hüter der Chronik. Und wenn ich damals je gewagt hätte, hier hereinzuplatzen, während Thrask mit den Schimmersteinen beschäftigt war, dann hätte er dafür gesorgt, daß eine Stunde später mein Fell an Pflöcken zum Trocknen an der Wand ausgespannt gewesen wäre. Du hast verdammtes Glück, daß ich ein mildherzigerer Mann bin, als Thrask es war.«

»Und warst du so wie ich, als du so alt warst wie ich?« fragte Hresh.

»Kein Kind war jemals so wie du«, antwortete Thaggoran.

»Was meinst du damit?«

»Wir sind ruhige Leute, Knabe. Wir leben, wie man uns zu leben befohlen hat. Wir gehorchen den Gesetzen des Volkes. Du aber, du achtest auf nichts und keinen, nicht wahr? Du fragst Fragen, und wenn man dir bedeutet, den Schnabel zu halten, dann fragst du weiter, warum du ihn halten sollst. Aah, es gab vieles, was auch ich gern gewußt hätte, als ich ein Knabe war, und es kam auch die Zeit, da ich es erfuhr ... Aber niemand ertappte mich jemals dabei, daß ich naseweis und neugierig spähte und schnüffelte, wo ich nichts zu suchen hatte. Ich habe gewartet, bis es an der rechten Zeit war, daß man mich lehrte. Das soll aber nicht heißen, daß ich nicht auch Wißbegier in mir verspürt hätte. Aber nicht so wie du. Bei dir ist die Neugier eine Krankheit. Diese deine Neugier hat dich neulich fast das Leben gekostet, bis du dir dessen bewußt?«

»Meinst du wirklich, daß Koshmar mich diesesmal wirklich rausgeschickt hätte, Thaggoran?«

»Ja. Ich glaube, das hätte sie.«

»Und dann wäre ich – gestorben?«

»Mit ziemlicher Sicherheit, ja.«

»Aber jetzt gehen wir doch alle hinaus. Werden wir also alle dort sterben?«

»Ein kleiner Junge wie du, du hättest *dort* allein keinen halben Tag überleben können. Aber der ganze Stamm – o doch, wir werden es durchstehen. Wir haben Koshmar, die uns führen wird, und wir haben Trolyri, die uns trösten wird, und Harruel, der uns beschützen wird.«

»Und wir haben dich, der uns den Willen der Götter weisen wird.«

»Noch eine kleine Weile länger wird dies so sein, ja«, sagte Thaggoran.

»Ich verstehe dich nicht.«

»Ja meinst du denn, ich würde ewig leben können, Kind?«

Er hörte Hresh scharf den Atem einziehen. »Aber du bist doch jetzt schon so alt!«

»Genau darum geht es. Ich bin dem Ende nahe. Begreifst du das nicht?«

»Nein!« Hresh zitterte. »Wie kann das sein? Wir brauchen dich, Thaggoran. *Brauchen* dich. Du mußt einfach leben! Denn wenn du stirbst ...«

»Alles und jeder stirbt, Hresh.«

»Koshmar wird sterben? Und – meine Mutter – sie wird sterben? Werde auch ich ...?«

»Alle sterben.«

»Ich will aber nicht, daß Koshmar stirbt – oder du – oder Mutter Minbain. Oder irgendwer. Und besonders nicht *ich!*«

»Aber du weißt doch Bescheid über die Altersgrenze, nicht wahr?«

Hresh nickte feierlich mit dem Kopf. »Das ist, wenn

du fünfunddreißig Jahre alt wirst, und dann mußt du *hinaus!* Ich hab die Knochen gesehen, als ich – draußen war, vor der Schleuse. Da war alles voller Knochen, überall verstreut. Und die sind alle gestorben, jeder, der dort rausgegangen ist. Aber das war doch im Langen Winter! Und der Lange Winter ist jetzt zu Ende ...«

»Vielleicht. Vielleicht ist es so.«

»Ja, bist du denn nicht sicher, Thaggoran?«

»Ich hatte gehofft, daß die Schimmersteine es mir sagen würden.«

»Aber – dann hab ich dich ja wirklich gestört. Ich geh jetzt wohl besser.«

Lächelnd sagte Thaggoran: »Bleib hier! Bleib eine kleine Weile. Noch bleibt mir ja die Zeit, die Schimmersteine um Rat und Antwort zu bitten.«

»Und wenn wir dann aus dem Kokon herausgehen, gibt es dann auch noch die Altersgrenze?«

Die scharfsinnige Frage des Kindes bestürzte den Chronisten. Nach einer Weile sagte er: »Ich weiß es nicht. Vielleicht nicht mehr. Das wäre dann ja ein – obsoleter Brauch, nicht wahr? Wir wären dann ja nicht länger an diesem kleinen Ort hier zusammengezwängt.«

»Aber dann werden wir nicht sterben müssen! Niemals!«

»Alles muß sterben, Hresh.«

»Aber warum denn?«

»Der Leib braucht sich auf. Seine Kraft versiegt. Du siehst doch, wie mein Fell weiß geworden ist? Wenn die Farbe verschwindet, dann heißt das, daß auch das Leben davongeht. Auch in mir drinnen verändert sich alles. Das ist in der Natur der Dinge, Hresh. Und alle Lebewesen machen diese Erfahrung durch. Dawinno hat uns den Tod bestimmt, auf daß wir am Ende unserer Mühen und Plagen Frieden – den Frieden fänden. Davor muß man sich doch nicht fürchten!«

Hresh verdaute das eine Weile lang stumm.

Dann aber sagte er: »Ich mag aber immer noch nicht gern sterben.«

»In deinem Alter ist diese Vorstellung auch unerhört. Später wirst du Verständnis dafür aufbringen. Aber – versuche nicht jetzt schon, so etwas zu verstehen.«

Wieder trat ein längeres Schweigen ein. Thaggoran sah, daß der Knabe auf das Kästchen starrte, das die Stammeschroniken enthielt; mehr als nur einmal hatte er dem Kind erlaubt, einen Blick da hineinzuwerfen, ja sogar die Aufzeichnungen zu berühren (was jeglichem Anstand und Brauch zuwiderlief). Der Knabe war so des Eifers voll; der Knabe war so schmeichlerisch-überzeugend ... und es war ja doch wirklich weiter kein Schaden damit verbunden, wenn das Kind diese alten Bücher – betrachtete. Und mehr als nur einmal hatte Thaggoran sich bei dem Wunsche ertappt, Hresh möge doch früher geboren worden, älter sein, oder daß er selbst in einem späteren Lebensabschnitt in sein Chronistenamt berufen worden wäre; denn hier, in diesem Kind, hatte er den geborenen Historiographen und Chronisten vor sich, ganz ohne Zweifel ... ein Kopf, wie er in jeder Generation bestenfalls einmal geboren wurde. Aber leider, leider, der Knabe war ja noch ein Kind, und Jahre trennten ihn von einer möglichen Nachfolge. Ich werde lang dahin sein, dachte Thaggoran, ehe dieses Kind ein Mann wird. Und doch ... und trotzdem ...

»Du solltest jetzt aber machen, was du mit den Schimmersteinen machen mußt«, sagte Hresh schließlich.

»Ja. Das – sollte ich wohl.«

»Darf ich bleiben und dir zuschauen?«

»Ein andermal, vielleicht«, sagte Thaggoran lächelnd und fuhr dem Jungen über den schlanken Arm, versetzte ihm einen fast unmerklichen Schubs und sandte ihn so aus der Kammer. Dann wandte er sich wieder aufmerksam den Schimmersteinen zu. Und wieder berührte er Vingir und dann Daralmir. Doch etwas war falsch. Fühlte sich nicht richtig an. Es war eine Disharmonie in der Einstimmung; das Leuchten und Flimmern, das sich für ein anständiges Orakel gehörte, blieb aus. Er blickte sich um – und da sah er Hresh, der um den Pfosten der Kammertür herumschielte. Thaggoran hustete – so gut es eben ging – das Lachen weg und sagte – so streng, wie er es eben zustandebrachte: »Verschwinde, Hresh! *Zieh ab!*«

Im Schein einer spuckenden rußenden Talglampe erblickte Salaman vor sich die gewundenen, sich verzweigenden dunklen Höhlengänge. Ehrfürchtige Scheu durchlief ihn, als gleite eine Bergschlange in seinem Rückenmark nach oben. Er war zehn Jahre alt, fast schon elf, kurz vor der ersten Schwelle der Mannheit. Nie zuvor war er hier unten gewesen; eigentlich hatte er nie so recht an die Existenz dieser Höhlen geglaubt.

»Hast du Schiß?« fragte Thhrouk, der hinter ihm kam.

»Ich? Nein. Warum sollte ich?«

»Also, ich hab Schiß«, sagte Thhrouk.

Salaman fuhr herum. Mit einem derart offenen Eingeständnis hatte er nicht gerechnet. Von Kriegern erwartete man, daß sie keinerlei Furcht zu erkennen gäben. Und Thhrouk gehörte wie Salaman zur Kriegerklasse und war ein Jahr, vielleicht sogar mehr, älter, fast schon reif für das Tvinnr-Alter. Jetzt jedoch war sein Gesicht vor Furcht ganz verzerrt und starr. Im trüben Schein der Lampe sah Salaman seine Augen, sie tränten und waren vom Rauch gerötet. Sie glitzerten so hell wie Schimmersteine in dem Kopf, gläsern, ohne zu blinzeln. An den Kinnbacken zuckten die Muskeln, und jene am Hals waren verkrampft und verrieten durch ihre Schwellung die Unsicherheit des Jungen.

»Vor was sollte man hier Schiß haben?« sagte Salaman kühn. »Anijang bringt uns hier schon wieder raus!«

»Anijang!« sagte Thhrouk. »Ein hirnloser alter Arbeiter!«

»Er ist gar nicht hirnlos«, sagte Salaman. »Ich hab gesehen, wie er seinen Kalender führt. Er behält die Zeit genau im Kopf, die Jahre und so, das alles, das kann ich dir verraten. Der ist gescheiter, als du glaubst.«

»Außerdem war er früher schon hier unten«, sagte Sachkor von weiter hinten im Trupp. »Der kennt sich hier aus.«

»Wollen wir's mal hoffen«, sagte Thhrouk. »Das würde mir nämlich gar nicht passen, wenn ich den Rest meines Lebens da in den Tunnels zubringen müßte.«

Vor ihnen erklang das scharfe Prasseln stürzender Steine, dann kam ein gedämpfteres, aber lauteres Geräusch, als ob die Decke des Gangs einzustürzen begonnen hätte. Thhrouk beugte sich nach vorn, ergriff Salaman bei den Schultern, seine Finger gruben sich schreckhaft tief ins Fleisch. Doch dann vernahm man von vorn Anijangs Stimme, die unmelodiös den Hymnos von Balilirion zu grölen begann. Also war der Mann in Ordnung.

»Seid ihr noch da, Jungs?« rief der ältere Mann. »Schließt mal dichter auf, bleibt bei mir, ja?«

Salaman stieß gebückt, um einer herabhängenden Deckenbosse auszuweichen, voran. Die beiden anderen Jungen blieben dicht hinter ihm. Kleine huschende Geschöpfe mit roten Knopfaugen rannten an ihren Beinen vorbei. Über den Tunnelboden lief quer ein Rinnsal kalten Wassers. Sie erfüllten hier unten eine Staatsmission, nämlich einen Dekonsekrationsauftrag: In diesen dumpfen alten Kavernen ruhten heilige Objekte, die man nicht zurücklassen durfte, wenn das Volk den Kokon verließ. Es war nicht gerade ein Job, um den man sich begeistert reißen konnte; aber Sachkor und Salaman und Thhrouk waren die jüngsten Krieger, und Aufgaben wie diese gehörten nun einmal zu ihrer Ausbildung. Eine eklige Arbeit. Harruel selbst hätte so etwas nur höchst widerwillig getan ... aber Harruel brauchte derlei nicht mehr zu tun.

Direkt hinter einer Biegung erwartete Anijang die Jungen. Da waren tatsächlich ein paar Felsbrocken niedergebrochen – sie lagen bis zu den Knöcheln um ihn herum –, und Anijang stierte zu dem offenen Bruch, aus dem sie sich gelöst hatten. »Frischer Gang«, sagte er. »Oder genauer, ein alter. Sehr alter Tunnel. Alt und vergessen. Yissou allein mag wissen, wieviele Schächte es hier insgesamt gibt.«

»Müssen wir da hinein?« fragte Thhrouk.

»Steht nicht auf der Liste«, sagte Anijang. »Wir gehen hier weiter.«

In diesem Labyrinth von Tunneln gab es Nischen, alkovenartige Kapellen, die den Fünf Himmlischen geweiht waren, und in jeder lagerten hochheilige Kunstwerke, die man dort in den ersten Tagen des Kokons deponiert hatte. Die Kapelle Mueris und die von Friit hatten sie bereits gefunden; aber schließlich waren die beiden ja auch die ›leichten‹ Götter, die Trostspender und Heiler. Die Votivhöhle von Emakkis-dem-Ernährer sollte eigentlich als nächste kommen und dann, in tieferen Schichten, die Heiligtümer Dawinnos und, ganz tief unten, Yissous.

Die Kompliziertheit dieser düsteren unterirdischen Welt erstaunte Salaman. Nun, da das Volk sich anschickte, aus seinem Kokon auszuziehen, begriff er zum erstenmal ahnungsvoll, was es bedeutet haben mußte, siebenmal hunderttausend Jahre hier an diesem einen Ort festzusitzen. Nur über immense Zeiträume hinweg war es möglich gewesen, diese weitläufigen Konstruktionen anzufertigen. Jeder dieser Tunnelgänge war von Hand ausgekratzt, geschabt und geglättet worden, von Leuten, die genau wie er selbst waren, die geduldig Tag um Tag auf den dunklen kalten Fels meißelten und kratzten, sich in die Erde gruben, den Abhub fortschafften, die Wandungen glätteten und die Gewölbe mit

Strebebögen abstützten – es mußte anderthalb Ewigkeiten gedauert haben, auch nur einen solchen Gang zu gestalten. Und wieviele davon gab es hier unten! Dutzende, Hunderte – die eine Weile in Gebrauch waren, ehe man sie aufgab. Salaman fragte sich, wieso das Volk nicht einfach dieselbe Anordnung von Gängen und Kammern von Anfang an und über die Zeiten hin beibehalten hatte, da der Stamm ja während des jahrhundertelangen Aufenthalts im Kokon zahlenmäßig nicht gewachsen war. Die Antwort darauf, vermutete er, mußte wohl in dem menschlichen Bedürfnis zu suchen sein, beständig und unablässig mit etwas beschäftigt sein zu müssen, höhere Ziele im Leben, als nur zu fressen und zu schlafen. Während einer Zeitspanne, die jeden Begriff überstieg, war das Volk in diesem Berghang am Großen Fluß gefangen gewesen und hatte sozusagen geschlafen, sich vor dem bitterharten Winter draußen lange und gemütlich in einem Zufluchtsort versteckt; und das Volk mußte dort seine Feldfrüchte besorgen und die Tiere versorgen und hatte seinen Exerzieraufgaben und den Ritualpflichten nachzukommen – doch selbst dies genügte dem Volk nicht. Andere Anlässe und Auslässe zur Energieverschwendung mußten gefunden werden. Also erbauten die Menschen des Volkes diesen Tunnelwirrwarr. Yissou! Was für eine Plackerei das gewesen sein mußte!

Als sie weiter vorankamen, erblickte Salaman in allen Winkeln seltsame Schatten. In den Tiefen schwebten geheimnisvolle Lichterfunken. Ab und zu sah er in der Ferne rätselhafte schimmernde Umrisse – gedrungene Pfeiler, schwere Bögen. Die vergessenen Kunstwerke vergessener Menschen. Hier unten war ein ganzes geschlossenes System von Höhlen und Gängen. Uralte Kammern, verlassene Altäre, Nischenreihen, steinerne Bänke. Zu welchem Zweck? Wie alt? Wann, vor wie langer Zeit verlassen?

Ab und zu vernahm er Laute wie ein weit entferntes

Brüllen, wie von einem großen ungeheuerlichen Tier, das in den fernen Winkeln im riesigen Bauch des Berges in Ketten liegt. Und Salaman hörte seinen eigenen keuchenden Atem kontrapunktisch gegen das ferne Brüllen. Die Welt hing in der Schwebe rings um ihn. Und er befand sich in ihrem Mittelpunkt, begraben in einem Grab aus Stein.

»Hier gehen wir links weiter«, sagte Anijang.

Sie waren an einem Punkt angelangt, von dem aus ein halbes Dutzend unregelmäßig geformter Tunnels strahlenförmig von einer Zentralgalerie ausgingen. Der Steinboden war hier ungeglättet und fiel steil ab, beunruhigend steil: es strengte die Knie stark an, wenn man derart steil und rasch abwärts steigen mußte. Der Gang verengte sich, je tiefer sie kamen. Salaman begann zu begreifen, warum man für diese Expedition Knaben ausgewählt hatte – und einen zusammengeschrumpelten Uralten wie Anijang. Gestandene, ausgewachsene vollfleischige Männer – wie etwa Harruel und Konya –, die wären zu feist gewesen für diese engen Korridore. Und sogar er hatte wegen seiner breiten Schultern und seines starken Körperbaus an manchen engeren Stellen Schwierigkeiten voranzukriechen.

»Sag mal, Salaman ... was meinst denn du, wie das sein wird, wenn wir *hinaus* ziehen?« fragte Thhrouk plötzlich völlig zusammenhanglos.

Die Frage überraschte Salaman. Er wandte den Kopf über die Schulter. »Woher soll ich denn das wissen? War ich etwa schon mal draußen?«

»Bestimmt nicht. Bloß an deinem Namenstag, und das dauerte ja wohl nicht besonders lang. Aber was meinst du, wie es dort *sein wird?*«

Er zögerte. »Anders. Schwierig. Schmerzlich.«

»Schmerzlich?« fragte Sachkor. »Wieso denn das?«

»Dort draußen ist die Sonne. Und die verbrennt dich. Und der Wind ist dort. Man sagt, der schneidet durch dich hindurch wie ein Messer.«

»Wer sagt das?« fragte Thhrouk. »Thaggoran?«

»Weißt du denn nicht mehr, wie das an deinem Namenstag war? Auch wenn du bloß einen Augenblick oder zwei draußen warst. Und du hast doch gehört, was Thaggoran aus der Chronik rezitiert hat. Wie nackt und offen dort alles ist, dort *draußen*. Der Sand, der dir in die Augen peitscht. Und Schnee – so kalt wie Feuer.«

»So kalt wie Feuer?« fragte Sachkor. »Aber Feuer ist doch *heiß,* Salaman.«

»Ach, du verstehst schon, was ich meine.«

»Nein. Nein, ich versteh nicht, ganz und gar nicht. Solches Zeug würde man von Hresh erwarten. Kalt wie das Feuer: das ist doch sinnloser Quatsch.«

»Ich meine damit, daß der Schnee dich verbrennt. Und es ist ein anderes Brennen als das vom Feuer oder von der Sonne.« Salaman sah, daß sie ihn anstarrten, als habe er den Verstand verloren. Keine so gescheite Idee, dachte er, daß ich zu denen davon spreche. Aber er hatte insgeheim ziemlich intensiv über das alles nachgedacht. Er war ein Soldat, also war es nicht seine Aufgabe zu denken. Seine Kameraden würden da eine Seite von ihm kennenlernen, die er ihnen eigentlich lieber vorenthalten hätte. Er zuckte die Achseln und sagte: »Ich habe wirklich überhaupt keine Ahnung von dem ganzen. Ich hab bloß so Vermutungen.«

»Hierher!« rief Anijang. »Hier geht es lang!«

Er tauchte in eine schwarze Öffnung, die kaum weiter war als sein Leibesumfang.

Salaman blickte zu Sachkor und Thhrouk zurück, schüttelte den Kopf und tauchte hinter Anijang her. Hier gab es an den Wänden Markierungen, blutfarbene Streifen und tiefeingeritzte Dreiecke, heilige Zeichen, Hinweise darauf, daß man sich auf die göttliche Nähe Emakkis' zubewege. Also wußte Anijang anscheinend noch immer, was er tat: sie näherten sich dem dritten der fünf heiligen Schreine.

Und da Thhrouk diesen Gedanken in ihm ausgelöst

hatte, ertappte sich Salaman erneut dabei, daß er über die vor ihnen liegenden Veränderungen nachdachte. Ein Teil seiner Seele vermochte es noch immer nicht so recht zu glauben, daß sie wirklich aus dem schützenden Kokon hinauswandern würden. Jedoch, die wochenlangen Vorbereitungen ließen sich nicht wegdiskutieren. Sie *würden* hinausgehen. Um in der Kälte zugrundezugehen? Nein. Nicht, wenn Thaggoran und Koshmar recht behielten: Der Neue Lenz war gekommen, sagten sie, und wer hätte ihnen widersprechen können? Und doch entdeckte er in sich Furcht vor dem ›Aufbruch‹. Vor dem Abschied aus der gemütlichen sicheren Schutzhülle des Kokons, davor, alles abzustreifen, das ihm im Leben liebvertraut und angenehm war. – *Mueri!* Die Vorstellung war furchteinflößend. Und nun hatte er sich selber noch größere Furcht eingejagt, durch sein eigenes Gerede nämlich von der brennenden Sonne und dem brennenden Schnee und dem scharfen beißenden Sandwind in den Augen ...

»Was ist das für ein Geräusch?« sagte Thhrouk und bohrte erneut die Finger in Salamans Schultern. »Das Grummeln in den Wänden? Eisfresser!«

»Wo?« fragte Salaman.

»Da. Und da.«

Salaman preßte ein Ohr an die Wand. Tatsächlich, er hörte etwas dahinter, ein merkwürdiges reißendes, schabendes, gleitendes Geräusch. Er malte sich einen gigantischen schnaubend-röchelnden Eisfresser aus, dicht auf der anderen Seite der Wand, der sich hirnlos zum Kamm des Kliffs hinauf vorwärtsfraß. Dann lachte er. Er unterschied in dem Geräusch ein entferntes Platschen, ein leises Murmeln. »Das ist Wasser«, sagte er. »Durch die Wand da läuft eine Wasserader.«

»Wasser? Bist du sicher?«

»Aber, hör doch bloß mal hin!« sagte Salaman.

»Salaman hat recht«, sagte Sachkor nach einer Weile. »Das ist kein Eisfresser. Schaut mal dort, da könnt ihr ein Stück weiter vorn das Wasser aus der Wand rinnen sehen.«

»Aha«, sagte Thhrouk. »Ja. Du hast recht, Yissou! ich möcht nicht grad 'nem Eisfresser begegnen, wenn wir hier drunten herumziehen.«

»Kommt ihr endlich weiter?« rief Anijang. »Haltet euch hinter mir, oder ihr verlauft euch, das versprech ich euch!«

Salaman lachte. »Na, das wollen wir aber wirklich nicht.«

Und er eilte so rasch voran, daß er in seiner Überstürzung beinahe seine eigene Lampe ausgepustet hätte. Anijang erwartete sie am Zugang zu einer Kammer, die von der abzweigte, in der sie sich befanden; er zeigte nach drinnen und auf das heilige Emakkis-Abbild, das dort auf einem Altar stand. Von den vier Kriegern war nur Sachkor schlank genug, sich hineinzuzwängen und das Bildnis zu holen.

Während Sachkor behutsam in das Heiligtum des Ernährers schlüpfte, trat Salaman beiseite und dachte weiter über den Großen Auszug nach, über die Gefahren, die er mit sich brachte. Die Mühsal und Not und Neuheit, dachte erneut über die Sonne nach, die auf sein Gesicht brennen würden, über den Schnee, über den Sand. Ja doch, es war ein erschreckendes Unterfangen. Und dennoch, je länger er darüber nachdachte, desto weniger schrecklich schien es ihm zu sein. Hinauszugehen, gewiß, das war ein Risiko – es war rundum *nur* und ausschließlich ein *Risiko* –, aber was für eine Alternative gab es denn? Sein Leben in diesem Bau von dunklen dumpfigen Höhlengruben zu Ende zu leben? Nein! Und abermals NEIN! Sein Volk würde den Großen Aufbruch wagen, den Auszug in die Freiheit, und diese Vorstellung war begeisternd. Die ganze Welt stand für sie bereit ... Sein Herz begann zu rasen. Seine Befürchtungen fielen von ihm ab wie Schuppen.

Sachkor kam aus der kleinen Kapellenkammer geklettert. Das Eidolon Emakkis' hielt er fest umklammert. Er bebte, und auf seinem Gesicht lag ein seltsamer Ausdruck.

»Was ist denn?« fragte Salaman.

»Eisfresser«, sagte Sachkor. »Nein, diesmal ist es kein Wasserlauf. Diesmal sind sie es wirklich. Ich hab sie am Fels direkt auf der anderen Seite der inneren Wand nagen hören.«

»Nein«, sagte Thhrouk. »Das kann nicht sein.«

»Geh rein und hör es dir selber an!« sagte Sachkor.

»Aber ich paß doch nicht durch.«

»Dann geh eben nicht rein. Wie du willst. *Ich* hab jedenfalls Eisfresser gehört.«

»Kommt weiter!« sagte Anijang.

»Wartet mal!« sagte Salaman. »Laßt mich mal da rein! Ich will das hören, was Sachkor da gehört hat.«

Doch er war zu stämmig für den Durchgang; und nachdem er es eine Weile versucht hatte und seine Schultern nicht durch die enge Öffnung passen wollten, gab er es auf, und sie zogen weiter und überlegten sich, was es wohl wirklich gewesen sein mochte, was Sachkor dort drin gehört hatte. Aber direkt hinter der nächsten Biegung bekam Salaman seine Antwort. Dort dröhnte die Höhlenwandung in einer dumpfen schweren Vibration. Er drückte die Hand dagegen, und es war so, als erschütterte etwas die ganze Welt. Vorsichtig hob er sein Sensororgan und griff mit seinem Zweiten Gesicht zu. Und was er auffing, das war Wucht, Masse, Kraft, Bewegung.

»Eisfresser, genau«, sagte Salaman. »Ganz dicht hinter der Wand da. Sie fressen den Fels auf.«

»Yissou!« flüsterte Thhrouk und vollzog hastig den ganzen Kanon der heiligen Schutzzeichen. »Dawinno! Friit! Die werden uns vernichten!«

»Dazu werden sie keine Gelegenheit bekommen«, sagte Salaman. Er lächelte. »Wir verlassen den Kokon, hast du das vergessen? Wir sind schon durch die halbe

Welt davon, bevor die auch nur in die Nähe der Höhe unserer Wohnkammer kommen.«

Minbains Erwachen erfolgte rasch, wie stets. Ringsum vernahm sie die Morgengeräusche des Kokons – das vertraute Scheppern und Schnattern, das Lachen, das Brabbeln von Unterhaltungen, das Platschen laufender Füße über dem Steinboden der Wohnkammer. Sie schälte sich aus ihren Schlafpelzen, erhob sich und verrichtete das morgendliche Gebet zu Mueri, dann sprach sie die vorgeschriebenen Worte für die Seele ihres davongegangenen Partners, Samnibolon.

Dann stürzte sie sich auf ihre Pflichten. Es war so viel zu tun, Millionen von Dingen mußten erledigt werden, ehe das Volk im Ernst den Kokon verlassen konnte.

Hresh war bereits wach. Sie sah, wie er ihr aus der Schlafnische zugrinste, wo weiter unten die Kleinen untergebracht waren. Immer war er vor allen anderen wach, sogar schon, bevor Torlyri aufstand, um das Morgenopfer darzubringen. Manchmal fragte Minbain sich, ob der Junge überhaupt je schlief.

Er kam zu ihr herübergehoppelt, die dünnen Arme und Beine wirbelten wie Trommelstöcke, sein Sensororgan stakte komisch unorthodox hinter ihm drein. Sie umarmten einander. Der Bub besteht ja nur aus Knochen, dachte sie. Er ißt einigermaßen, aber nichts setzt bei ihm an: er verbraucht die ganze Energie für dieses viele Denken, was er da immer tut.

»Was meinst du, Mutter? Ist heute der Tag?«

Minbain lachte leise. »Heute? Nein, Hresh, nein, noch nicht. Heute noch nicht, Hresh.«

Als Hresh nämlich Koshmars Erklärung gehört hatte, in der sie sagte: »Der Tag ist gekommen, an dem wir hinausziehen ...«, da hatte er doch tatsächlich geglaubt, das Volk werde am selbigen Tag losziehen. Aber das war natürlich nicht möglich. Zunächst mußte man die Totenfeier für den dahingegangenen alten Träumeträumer abhalten, und dies war ein Ereignis voll Großer Zeremonial- und Mysteriengewalt. Niemand wußte so recht, welches Ritual beim Tode eines Träumeträumers nun wirklich das rechte sei – irgendwie erschien es nicht als passend, ihn einfach hinauszubringen und zu den übrigen Gebeinen unten am Hang zu werfen –, doch schließlich hatte Thaggoran eine relevante Stelle in den Chroniken entdeckt (oder doch behauptet, er habe so etwas gefunden), und das Zeremoniell erforderte eine Menge Gesang und Gebete und einen Fackelzug durch die niederen Kammern bis zur Kammer Yissous, wo dann der Leichnam unter einem Grabhügel aus blauem Felsgestein zur Ruhe gebettet wurde. Für das Ganze waren mehrere Tage bei den Vorbereitungen und der Durchführung verstrichen. Und danach mußten die Dekonsekrationsrituale des Kokons durchgeführt werden, auf daß das Volk auf dem langen Marsch, der ihm bevorstand, nicht gar seine Seele zurücklasse. Sodann das Verpacken all der geheiligten Gegenstände; dann die Schlachtung des Großteils der Fleisch spendenden Tiere des Stammes und das Räuchern und Pökeln der Stücke; und danach würde man allen brauchbaren Besitz in Bündel verschnüren müssen, die leicht genug waren, getragen zu werden ... und dann – und dann – kam noch dieses Ritual und jenes, diese notwendige Aufgabe und jene – und alles den Vorschriften entsprechend, die Tausende von Jahren alt waren. Ach, es würde noch viele, viele Tage länger dauern, das wußte Minbain, ehe der Große Auszug wirklich beginnen konnte. Und schon konnte man ja wirklich die Eisfresser direkt unter dem Boden der Wohnkammer knabbern hören, ein stumpfes Nagegeräusch, das Nacht und Tag und Tag und Nacht unablässig weiterging. Aber jetzt mochten diese Eisfresser diesen Ort in Besitz nehmen und sich seiner freuen, soweit es möglich war. Das Volk würde in diesen Kokon niemals mehr zurückkehren. Aber schwierig war eben diese Zeit des Wartens. Und wahrscheinlich war sie für keinen vom Volk schwerer als für Hresh. Für ihn war ein Tag wie ein Mond, ein Mond wie ein Jahr. Die sprungbereite Ungeduld knisterte in dem Jungen wie ein Feuer, das sich durch trokkenes Reisig frißt.

»Werden sie heute noch mehr Tiere töten?« fragte Hresh.

»Nein, das ist alles erledigt«, beschied ihn Minbain.

»Gut. Gut so. Ich fand es abscheulich, als sie das machten.«

»Ja, das war nicht schön«, sagte Minbain. »Aber es war notwendig.« In der Regel schlachtete man jede Woche eines oder zwei der Tiere für die Ernährung des Stammes, doch diesmal hatten Harruel und Konya ihre Klingen ergriffen und hatten stundenlang im Gehege gemetzelt, bis das Blut den Abzugskanal überflutet hatte und sogar bis in die Wohnkammer selbst geflossen war. Nur wenige Exemplare konnte man als Zuchttiere mitnehmen; die anderen mußten getötet und ihr Fleisch getrocknet, gepökelt oder geräuchert und verpackt werden, um das Volk auf seinem langen Marsch bei Kräften zu halten. Hresh hatte den Männern beim Schlachten zugeschaut. Minbain hatte ihm verboten zu gehen, ihn gewarnt, doch er hatte darauf beharrt, und dann stand er ernst dabei und sah zu, wie Harruel die Tiere packte und ihnen den Kopf in den Nacken bog, damit Konyas Messer leichter traf. Hinterher hatte der Junge stundenlang vor Entsetzen gezittert; doch Tags darauf war er wieder dabei und schaute dem Schlachten zu. Nichts was Minbain zu ihm sagte, konnte ihn davon abhalten. Hresh verwirrte sie und war ihr ein Rätsel. Das war schon immer so gewesen. Und es würde wohl weiter so sein.

»Wirst du heute wieder Fleisch einpacken?« fragte er.

»Vielleicht. Es sei denn, Koshmar hat heute eine andere Arbeit für mich. Ich tue, was sie mir aufträgt.«

»Und wenn sie dir befiehlt, kopfunter über die Decke zu laufen?«

»Sei nicht albern, Hresh!«

»Koshmar sagt immer allen, was sie tun sollen.«

»Sie ist die Führerin«, sagte Minbain. »Sollten wir über uns selber befehlen? Es muß doch jemand da sein, der die Anordnungen trifft.«

»Aber nimm mal an, daß du das machst, statt Koshmar. Oder Torlyri. Oder Thaggoran.«

»Der Körper hat nur einen Kopf. Das Volk hat einen Führer.«

Hresh überachte das eine Weile. »Harruel ist aber stärker als alle andern. Wieso ist nicht er der Führer?«

»Hresh-der-Sack-voller-Fragen!«

»Ja, aber warum ist er dann nicht der Anführer?«

Mit einem nachsichtigen Lächeln antwortete Minbain: »Weil er ein Mann ist, und die Führerschaft muß bei einer Frau sein. Und weil groß und stark sein nicht die wichtigste Eigenschaften sind, die ein Führer braucht. Harruel ist ein prächtiger Krieger. Er wird unsere Feinde verjagen, wenn wir *draußen* sind. Aber du weißt doch, sein Gehirn arbeitet langsam. Koshmar dagegen denkt rasch.«

»Harruel denkt viel schneller, als du dir vorstellen kannst«, sagte Hresh. »Ich habe mit ihm geredet. Er denkt zwar wie ein Krieger, aber das heißt ja noch nicht, daß er überhaupt nicht denkt. Jedenfalls, ich kann viel schneller denken als Koshmar. Vielleicht sollte ich der Anführer sein.«

»Hresh!«

»Halt mich, Mutter!« sagte er plötzlich.

Der plötzliche Stimmungsumschwung bestürzte sie. Es schüttelte ihn. Im einen Augenblick übersprudelnd auf seine Hreshart, dachte sie, und im nächsten drückt er sich fest gegen mich und ist ein kleines Angstbündel, das nach Trost und Schutz sucht. Sie fuhr ihm streichelnd über die dürren Schultern. »Minbain liebt dich«, murmelte sie. »Mueri wacht über dich und beschützt dich. Ist ja schon gut, Hresh. Alles, alles ist gut.«

Eine Stimme hinter ihr sagte: »Das arme Kerlchen Hresh. Er fürchtet sich vor dem Auszug, was? Ich kann's ihm nicht verdenken.«

Minbain blickte sich um. Cheysz war zu ihr getreten, die kleine furchtsame Cheysz. Gestern hatten Minbain und Cheysz und noch zwei Frauen stundenlang geschuftet, um Fleisch in aus Haut gefertigte Säcke zu verstauen.

Cheysz sagte: »Du, ich hab nachgedacht, Minbain. Wo wir doch da jetzt diese ganzen Vorbereitungen auf den Auszug machen ... was ist, wenn sie sich irren?«

»Was? Wer?«

»Koshmar. Thaggoran. Sich irren – und es kommt noch gar nicht der Neue Frühling.«

Minbain drückte Hresh noch fester an die Brust und bedeckte mit den Handmuscheln seine Ohren. Wütend sagte sie zu Cheysz: »Bist du verrückt geworden? *Du* hast *nachgedacht?* Denk lieber nicht, Cheysz. Koshmar denkt für uns.«

»Bitte, sieh mich doch nicht so an. Ich hab Angst.«

»Wovor?«

»Dem dort *draußen.* Dort draußen ist es gefährlich. Und wenn ich gar nicht gehen mag? Wir könnten in der Kälte sterben. Und es gibt wilde Tiere dort. Yissou allein mag wissen, was dort auf uns wartet, dort *draußen.* Mir *gefällt* es hier im Kokon. Wieso müssen wir denn alle fortgehen, bloß weil Koshmar es so will? Minbain, ich möchte hierbleiben.«

Minbain war entsetzt. Das war zutiefst aufrührerisches Gerede. Es entsetzte sie, daß Hresh das alles mitbekam.

»Wir alle wollen hierbleiben«, sagte eine neue, eine dunkle Stimme hinter Minbain. Das war Kalide, die Mutter von Bruikkos, auch eine der Fleischpackerinnen vom Vortag. Wie Minbain war sie eine Frau über die mittleren Jahre hinaus, deren Gefährte gestorben war und die von der Züchterklasse in die der Arbeiter übergewechselt war. Sie war höchstwahrscheinlich die älteste Frau im Kokon. »Natürlich *wollen* wir bleiben, Cheysz. Hier drin haben wir es warm und sind in Sicherheit. Doch es ist unser Schicksal, wir müssen hinausziehen. Wir sind die Auserwählten – das Volk des Jungen Neuen Frühlings.«

Mit funkelnden Augen wirbelte Cheysz herum. Sie lachte beißend. Nie hatte Minbain soviel Feuer in ihr erlebt. »Du hast leicht reden, Kalide! Du bist sowieso praktisch schon an der Altersgrenze. Also gehst du so oder so bald aus dem Kokon. Aber ich ...«

»Sprich zu mir nicht in einem solchen Ton!« sagte Kalide schneidend. »Du kleines feiges Miststück, ich sollte ...«

»Was ist denn hier los?« fragte Delim plötzlich und trat zu den Frauen. Sie war die vierte Packerin, ein kräftiges Weibstück mit tief-orangerotem Pelz und schweren Hängeschultern. Sie zwängte sich zwischen Cheysz und Kalide und stieß sie auseinander. »Haltet ihr euch etwa jetzt schon für Krieger? Na, kommt schon, kommt! Gebt auf! Wir haben zu tun. Was ist denn da los, Minbain? Wollen die beiden etwa Krach anfangen?«

Leise sagte Minbain: »Cheysz ist ein wenig mit den Nerven herunter. Sie hat etwas wenig Freundliches zu Kalide gesagt. Aber das gibt sich wieder.«

»Wir sind heute wieder zum Packen eingeteilt«, sagte Delim. »Wir gehen wohl besser jetzt.«

»Geht ihr schon mal vor!« sagte Minbain. »Ich komm in einer Weile nach.«

Sie funkelte Cheysz an und vertrieb sie mit einer fegenden Handbewegung aus der Nähe. Cheysz zauderte einen Augenblick lang, dann zog sie ab in Richtung auf das Viehgehege. Delim und Kalide folgten dichtauf. Minbain gab Hresh frei. Er trat außer Reichweite ihres Griffs und blickte zu ihr empor.

»Ich wünsche, daß du das alles vergißt, was du gerade gehört hast«, sagte sie.

»Wie kann ich denn so was? Du weißt doch, ich kann nie was vergessen.«

»Sprich zu keinem darüber, das hab ich gemeint. Über das, was die Cheysz gesagt hat.«

»Daß sie sich fürchtet, aus dem Kokon fortzugehen? Oder das, was sie meinte, ob Koshmar vielleicht schiefliegt, was den Neuen Frühling angeht?«

»Wiederhole auch nichts davon mir gegenüber. Cheysz könnte sehr hart bestraft werden dafür, daß sie so was gesagt hat. Sie könnten sie vielleicht sogar aus dem Volk ausstoßen. Aber ich weiß, sie hat das wirklich nicht so ganz wörtlich gemeint. Sie ist eine sehr liebe Frau, die Cheysz – sehr sanft ... und sehr ängstlich ...« Minbain brach ab. »Fürchtest *du* dich denn davor, den Kokon zu verlassen, Hresh?«

»Ich?« sagte er, und in seiner Stimme schmetterte empörte Ungläubigkeit. »Aber ganz bestimmt nicht!«

»Das habe ich mir beinahe gedacht«, sagte Minbain.

»Im Glied angetreten!« rief Koshmar. »Etwas zackiger! Ihr kennt alle eure Plätze. Also, stellt euch schon auf!« In der linken Hand trug sie den Stab des Aufbruchs, einen Speer mit Obsidianspitze in der Rechten. Um die rechte Schulter und über ihre Brust war eine leuchtendgelbe Schärpe geschlungen.

Hresh merkte, daß er zu frösteln begann. Endlich war der Augenblick gekommen! Sein Traum, sein Wunsch, seine Freude. Der ganze Stamm war auf dem Platz des Auszugs versammelt. Torlyri, die Opferpriesterin mit der milden Stimme, drehte das Rad, das die Wand bewegte, und die Wand bewegte sich.

Kühle Luft strömte herein. Die Luke war offen.

Hresh starrte Koshmar an. Sie wirkte seltsam. Ihr Fell war so aufgeplustert, daß sie doppelt so groß wie sonst wirkte, und ihre Augen waren zu schmalen Schlitzen zusammengezogen. Die Nasenlöcher waren gebläht; zwanghaft fuhren ihre Hände immer wieder über ihre Brüste, die größer wirkten als gewöhnlich. Sogar ihre Geschlechtsteile wirkten wie von Hitze oder Brunft geschwollen. Aber Koshmar war keine Brüterin und gehörte nicht zur Züchterkaste; es war merkwürdig, sie in einem derartigen hormonalen Erregungszustand zu sehen. Irgendeine starke Emotion mußte von ihr Besitz ergriffen haben und tobte nun in ihr. Dachte Hresh. Eine Erregung, ausgelöst vom Anbruch der Zeit des Aufbruchs. Wie stolzgeschwellt sie sein mußte, daß sie es war, die den Stamm aus dem Kokon führen durfte! Wie aufgeregt!

Und Hresh wurde bewußt, daß auch er eine Spur der gleichen Erregung fühlte. Er blickte an sich hinunter. Auch seine unentwickelte Kopulationsrute ragte steif schräg empor. Die kleinen Kugeln darunter kamen ihm schwer und hart vor. Sein Sensororgan summte und sauste.

»Also gut, und jetzt vorwärts, marsch!« dröhnte Koshmar. »Bewegt euch und bleibt im Glied – und singt! *Singt!*«

In den Augen vieler ringsum war deutlich Entsetzen zu lesen. Die Gesichter waren schreckensstarr. Hresh schaute zu Cheysz hin und sah, daß sie bebte, doch Delim hatte sie an einem Arm gepackt und Kalide am anderen, und sie schoben sie so mit sich vorwärts. Ein paar unter den anderen Frauen sahen genauso ängstlich aus – Valmud, Weiawala, Sinistine –, auch einige der Männer, sogar Krieger wie Thhrouk und Moarn, fühlten sich sichtlich unwohl. Hresh begriff das nur schwer, was für eine schreckliche Furcht sie fühlen mußten, als sie da nun aufbrachen in die unbekannte frostige Wüstenei, die sie erwartete. Für Hresh war der Große Aufbruch nicht früh genug gekommen, aber den meisten anderen erschien er wohl als ein scharfer trennender Schnitt, wie von einem niedersausenden Hackbeil. Den starren Blick hinaus zu wenden in diese geheimnisschwere frostige Fremde jenseits des Kokons – zu weichen von der einzigen wärmenden Welt, die sie und ihre Vorväter während einer Zeit so gewaltiger Weite erfahren hatten, daß es schon fast eine Ewigkeit war – nein-nein, die Männer auch, sie waren hirnlos vor Furcht, männiglich allesamt, bis auf ein paar wenige Mutige. Hresh erkannte dies ohne Schwierigkeiten. Er fühlte Verachtung in sich für ihre feige Verzagtheit und ein mitleidiges Verständnis für ihre Furcht; eine unentwirrbar ineinander verschlungene Empfindung.

»*Singt!*« schrie Koshmar noch einmal.

Ein paar Stimmen brachten brüchige scheppernde Laute hervor. Koshmars Stimme, Torlyris, Hreshs. Der Krieger Lakkamai, der sonst stets so still war, begann auf einmal zu singen. Und dann kam auch Harruels rauhe unmusikalische Stimme und die Salamans; und dann – zu seiner Überraschung – die seiner Mutter, Minbain, die kaum jemals gesungen hatte; und einer nach dem anderen griffen sie die Melodie auf, unsicher zunächst, dann kräftiger, bis schließlich aus sechzig Kehlen zugleich der *Hymnus an den Neuen Frühling* ertönte:

Das Dunkel endet
Leuchten wird das Licht
Die Wonnezeit der Wärme
Unsre Zeit ist jetzt.

Koshmar und Torlyri traten, Schulter an Schulter, durch die Schleuse; Thaggoran humpelte dicht hinter ihnen, danach kamen Konya, Harruel, Staip, Lakkamai und die übrigen älteren Männer. Hresh, der als der Drittletzte im Zug kam, warf den Schädel in den Nacken und grölte die Worte lauter als irgendwer sonst:

Weit in die Welt nun
Kampfstolz und kühn
Herrlich nun sind wir
Herrschen werden wir hier.

Taniane warf ihm einen verachtungsvollen Blick zu, als verletze sein rauhes Gebrüll ihre zarten Ohren. Und auch Haniman, der dickliche, watschelnde Fettsack, der sich wie üblich dicht an Taniane anschmiß, schnitt ihm eine Grimasse. Hresh streckte ihnen die Zunge heraus. Was kümmerte ihn schon, was Taniane von ihm hielt, oder der glasigglotzäugige Haniman? Endlich war der große Tag gekommen. Der Auszug aus dem Kokon war endlich da; und nichts sonst war noch wichtig. Nichts.

Uns liebt der Lenz
Das junge lohende Licht
Yissou nun schenkt uns
Reiche und Reichtum.

Aber dann trat Hresh selbst durch die Schleuse, und die Draußenwelt prallte ihm entgegen und traf ihn wie eine mächtige Faust. Gegen seinen Willen war er überwältigt, war verwirrt, betäubt.

Damals bei jenem erstenmal, als er sich hinausgeschlichen hatte, da war das alles viel zu rasch gegangen, war alles viel zu sehr durcheinander gewesen, ein Schwall von Bildeindrücken, wirbelnde Gefühle, und dann hatte ihn auch bereits Torlyri gepackt, und sein kleines Abenteuer war vorbei, fast ehe es recht begonnen hatte. Doch das hier, das war der echte Aufbruch. Er hatte ein Gefühl, als ob der Kokon und alles, wofür er stand, hinter ihm abbröckelte und in einem tiefen Abgrund verschwände, tiefer und tiefer in den gewaltigen Brunnen der Rätsel und Geheimnisse versank.

Er kämpfte, um seine Fassung wiederzugewinnen. Er

biß sich fest auf die Lippen, ballte die Fäuste, atmete langsam und tief durch. Dann schaute er, was die anderen taten.

Der Stamm verharrte dichtgedrängt vor der Luke auf dem Felsansatz. Manche weinten leise, manche gafften verblüfft, manche waren in tiefem Schweigen versunken. Keiner war unbewegt geblieben. Die Morgenluft war kühl und frisch, und die Sonne stand als riesiges schreckliches Auge jenseits des Flusses hoch in den Himmeln. Das Firmament drückte wie eine Decke auf sie herab. Es hatte eine schneidende harte Färbung, und dicke staubige Dunstnebel bildeten Spiralmuster darin, wenn sie vom Wind erfaßt wurden.

Die Welt breitete sich vor ihnen weit und immer weiter aus, eine riesenhafte leere Ödnis, in alle Richtungen hin offen, soweit Hresh nur blicken konnte; es gab keine Wände, es gab überhaupt nichts, das beschränkte, eingrenzte. Und das war am allerbestürzendsten – diese *Offenheit.* Keine Wände, keine Mauern, nirgendwo! Immer hatte es Mauern gegeben, gegen die man sich drücken konnte, und ein Dach über dem Kopf, einen Boden unter den Füßen. Hresh stellte sich vor, daß er einfach nach vorn in die Luft springen könnte, über den Rand des Plateaus hinweg, und dann einfach weiterschweben würde auf immer und ewig, ohne je gegen etwas zu stoßen. Selbst die Decke, die der Himmel bildete, hing so hoch über ihnen, daß sie kaum ein Gefühl von Begrenzung erlaubte. Es war wirklich erschrekkend, so in diese gigantische offene Weite zu starren.

Aber wir werden uns daran gewöhnen, dachte Hresh. Wir werden uns daran gewöhnen müssen.

Er wußte, wie sehr er vom Glück begünstigt war. Lebensperiode um Lebensperiode war vergangen. Tausende Generationen von den Lebendigen, und die ganze Zeit hindurch hatte das Volk gemütlich-schnukkelig wie Mäuschen in den Löchern dahingelebt und sich wundersame Märchen vorgesäuselt, wie wunder-,

wunderschön die Welt außerhalb des Kokons sei, aus der die Todesgestirne die Vorfahren vertrieben hatten.

Hresh wandte sich Orbin an seiner Seite zu. »Ich hab nie so richtig geglaubt, daß ich das jemals zu sehen kriegen würde. Und du? Hast du es geglaubt?«

Orbin schüttelte den Kopf – mit einer kaum sichtbaren steifen Bewegung, als wäre sein Hals zu einem unbeugsamen Stengel erstarrt. »Nein, niemals.«

»Ich kann es einfach noch nicht glauben, daß wir wirklich *draußen* sind«, flüsterte Taniane. »Yissou, ist das kalt hier! Sollen wir hier draußen erfrieren?«

»Ach, es wird schon gutgehen«, sagte Hresh.

Er spähte angestrengt in die graue Ferne. Wie stark hatte es ihn verlangt, auch nur einen einzigen kurzen Blick auf die Draußenwelt zu werfen! Und er hatte sich damit zufriedengegeben, sein Geschick auf sich zu nehmen, wohl wissend, daß ihm bestimmt war, im Kokon zu leben und zu sterben ... wie alle anderen auch, die seit dem Beginn des Langen Winters gelebt hatten, ohne jemals einen flüchtigen Blick auf die Welt der Wunder außerhalb der Nesttür werfen zu dürfen, es sei denn jene überaus kurzen Blicke, wie sie ihm für den Tag seiner Namensgebung und später für seinen Tvinnr-Tag versprochen waren. Ihm war es im Kokon zum Ersticken eng geworden. Jedoch auch wenn er das Dasein im Kokon haßte, so schien es doch für ihn kein Entkommen aus ihm zu geben ... Und doch waren sie *draußen* jetzt, jenseits der abschottenden Kokontür.

Haniman sagte: »Also, mir gefällt das gar nicht. Ich wollte, wir wären noch drin und daheim.«

»Typisch für dich«, sagte Hresh verachtungsvoll.

»Bloß Verrückte, so wie du einer bist, können so was mögen, wie das hier draußen.«

»Genau«, sagte Hresh. »Genau das ist es. Und jetzt geht mein Wunsch in Erfüllung.«

Er hatte aber von dem alten Thaggoran die Namen sämtlicher verlorener Städte gelernt: Valirian, Thisthissima, Vengiboneeza und Tham; Mikkimord, Bannigard, Steenizale und Glorm. Wundererfüllte Namen! Aber was genau war eigentlich eine ›Stadt‹? Zahlreiche nebeneinanderliegende Kokons? Und die Dinge der Natur hier draußen: Flüsse, Berge, Meere, Bäume. Er hatte die Namen gehört, aber was verkörperten sie in Wirklichkeit? Den Himmel zu schauen – nichts weiter als nur den Himmel –, war er denn nicht bereit gewesen, nein hatte er nicht fast sein Leben dafür preisgegeben, damals, als er an jenem Tag an der freundlichen Opferfrau vorbei aus der Luke geschlüpft war? Er hatte doch wirklich *beinahe* sein Leben dafür aufs Spiel gesetzt. Aber würde Koshmar ihn wirklich aus dem Kokon verstoßen haben, wenn nicht gerade in diesem Augenblick der Träumeträumer erwacht wäre? Wahrscheinlich schon. Koshmar war eine harte Person. Häuptlinge mußten so sein. Ein, zwei Augenblicke später hätte er sich ohne den plötzlichen Ausbruch des Träumeträumers *draußen* befunden, jawohl, und die Lukentür wäre auf ewig hinter ihm zugefallen. Das war eine knappe Sache gewesen, sehr knapp eigentlich. Und einzig sein Glück hatte ihn gerettet.

Hresh war schon immer überzeugt gewesen, daß er von außergewöhnlichem Glück begünstigt sei. Zwar sprach er zu keinem darüber, aber er glaubte, daß er unter dem speziellen Schutz der Götter stehe, aller Götter, nicht bloß Yissous, der ja schließlich jedermann schützte, oder Mueris, der Instanz für die Sorgenvollen und Beladenen; auch Emakkis beschützte ihn und Friit und Dawinno, jene etwas ferneren Gottheiten, die für die komplizierteren, verzwickteren Weltumstände zuständig waren. Ganz besonders aber glaubte Hresh, daß Dawinno ihn in seinen Alltagsgeschicken lenke und leite. Gewiß, es war Dawinno-der-Vernichter gewesen, der die Todessterne auf die Welt herabgeschleudert hatte, aber doch keineswegs in übler Absicht, nein-nein. Er hatte diese Sterne geschickt, weil sie kommen *mußten*.

Es war an der Zeit, also mußten sie kommen. Und jetzt würde die Welt erneut in Besitz genommen werden und besiedelt, und Hresh glaubte, daß ihm dabei eine bedeutende Rolle zugedacht sein werde; also würde er den Auftrag erfüllen den Dawinno für ihn ganz besonders ausgewählt hatte. Der Zerstörer war der Schützer und Wächter des Lebens, und keineswegs der Feind des Lebens, wie naivere Gemüter dies glaubten. All dies hatte Thaggoran Hresh gelehrt. Und Thaggoran war der weiseste der Männer, die jemals gelebt hatten.

Allerdings hatte Hresh damals, an jenem Tag, als er versucht hatte, *hinauszugehen,* wirklich beinahe den Eindruck gehabt, als habe ihn sein Glück verlassen. Und *wenn* sie ihn aus dem Kokon in die Draußenwelt verstoßen hätten, die zu sehen ihn dermaßen brennend verlangte – und das hätten sie bestimmt getan, Torlyri hin oder her, dessen war er sich ganz sicher, denn das Gesetz war das Gesetz und Koshmar war eine eiserne Führerin –, was wäre dann aus ihm geworden? Sobald er erst einmal ›draußen‹ war, vermutete Hresh, konnte er wohl kaum, auf sich allein gestellt, einen halben Tag lang überleben. Nun, möglicherweise einen Dreivierteltag, sofern sein Gottesglück durchhielt. Aber keiner hatte so unverschämt viel Glück, daß er in der Draußenwelt allein lange überleben konnte. Nein, ihn hatte nur Torlyris rascher Einfall gerettet – und die gnädige Laune Koshmars.

Seine Spielgefährten hatten ihn verspottet, als ihnen bekannt geworden war, was er getan hatte. Orbin, Taniane, Haniman – sie vermochten einfach nicht zu verstehen, was ihn dazu drängen konnte, hinauszugehen, noch, warum Koshmar ihm die Strafe dafür erlassen hatte. Sie hatten vermutet, daß er sich selbst töten hatte wollen. »Kannst du denn nicht warten, bis dein Todestag gekommen ist?« hatte Haniman gefragt. »Es sind doch sowieso nur noch zwanzig Jahre und sieben.« Und er hatte gelacht, und Taniane hatte mit ihm gelacht, und sogar Orbin, der bisher immer sein guter Freund gewesen war, hatte gemein gegrinst und ihn in den Arm geknufft. »Hresh-Fragesack« hatten sie ihn beschimpft, »Hresh-möcht-gern-erfrieren« hatten sie gespottet.

Das war weiter nicht wichtig. Nach ein paar Tagen hatten sie seine kleine Eskapade vergessen. Und nun war sowieso alles anders. Denn der Stamm zog ja wirklich *hinaus.* Innerhalb von einigen wenigen Wochen erblickte Hresh erneut den Draußenhimmel, und diesmal war es nicht für einen kurzen flüchtigen Augenblick. Und er *würde* die Berge sehen ... und die Ozeane. Vengiboneeza würde er mit seinen Augen schauen und Mikkomord. Die ganze Welt würde ihm gehören.

Die Wonnezeit der Wärme
Unsre Zeit ist jetzt.

»Ist das – der Himmel?« fragte Orbin.

»Ja, das ist der Himmel«, bestätigte Hresh mit der stolzen Sicherheit dessen, der (wenn auch nur einige wenige Minuten) vorher bereits ›hier draußen‹ war. Orbin, untersetzt und sehr stark, mit strahlenden Augen und einem immer bereiten strahlenden Lächeln, war ganz genau so alt wie Hresh und sein engster Freund im Kokon. Aber Orbin hätte sich nie getraut, mit ihm zusammen ›nach draußen‹ zu schleichen. »Und das dort unten, das ist der Fluß. Dieses grüne Zeug dort – ist Gras. Und das rote Zeug – ist auch Gras, aber von einer anderen Sorte.«

»Die Luft schmeckt merkwürdig«, sagte Taniane und krauste die Nase. »Brennt mir irgendwie im Hals.«

»Das kommt daher, daß es hier *kalt* ist«, erklärte Hresh dem Mädchen. »Nach einer Weile macht es dir nichts mehr aus.«

»Aber wieso ist es kalt, wo doch der *Winter* vorbei ist?« klagte sie.

»Frag mich nicht so blöde Sachen!« grollte Hresh.

Dennoch beunruhigte ihn eben dieses Problem gleichfalls, trotz allem.

Weiter vorn, am Opferstein, vollzog Torlyri geschäftig irgendein Ritual. Das endlich letzte, hoffte Hresh, ehe der Auszug dann endlich wirklich begann. Ihm kam es so vor, als hätten sie während der ganzen letzten Woche nichts weiter getan, als Rituale erfüllt und feierliche Zeremonien abgehalten, seit der Träumeträumer erwacht war und Koshmar verkündet hatte, daß der Stamm aus dem Kokon ausziehen werde.

»Werden wir über den Fluß hinübergehen müssen?« fragte Taniane.

»Das glaub ich eigentlich nicht«, sagte Hresh. »Dort steht die Sonne, und wenn wir in diese Richtung ziehen, könnten wir Verbrennungen bekommen. Ich glaube, wir werden in die andere Richtung ziehen.«

Er hatte zwar einfach geraten, doch es stellte sich heraus, daß er sich zumindest in der Marschrichtung nicht gerirrt hatte. Koshmar – sie trug nun die Liridonmaske, die so lange an der Wand der Wohnkammer gehangen hatte, gelb und schwarz und mit einem gewaltigen Schnabel, was ihr das Aussehen eines riesenhaften Insekts verlieh – erhob den Speer und rief laut die Fünf Namen. Dann beschritt sie einen schmalen Pfad, der vom Sims zum Hügelkamm hinaufführte, von dort zur anderen Bergflanke und über den Westhang hinab in das weite kahle Tal drunten. Nacheinander reihten sich die anderen hinter ihr und stiegen langsam unter ihren schweren Packlasten hinter ihr drein.

Sie waren *draußen.* Sie waren auf ihrem Weg.

In ungebrochener Formation marschierten sie über den weiten Hang ins Tal hinab, in der selben Reihenfolge wie beim Verlassen des Kokons: Koshmar und Torlyri bildeten die Spitze, dann folgte Thaggoran, dann die Krieger, dann die Arbeiter, dann die Zuchtammen, und Hresh mit den anderen Kindern bildete die Nachhut. Das Tal lag viel weiter entfernt, als es den Anschein gehabt hatte, ja zuweilen schien es sich sogar vor ihnen zurückzuziehen, während sie darauf zumarschierten. Koshmar hatte ein bedächtiges Tempo angeschlagen. Auch die kräftigsten Marschierer, die vorn im Glied, schienen rasch zu ermüden; und für einige der übrigen, besonders die Ammenfrauen, und für den feisten Haniman und die kleineren Kinder war der Auszug von Anfang an mühsam gewesen. Ab und zu vernahm Hresh weiter vorn ein Weinen, doch hätte er nicht zu sagen gewußt, ob Furcht oder Erschöpfung es auslösten. Schließlich hatte ja keiner vom Stamm je so weit laufen müssen, sondern immer nur sich im Kokon hin und her bewegt, und das war irgendwie anders gewesen. Jetzt mußte man die Beine auf einer rauhen unwegsamen Oberfläche niedersetzen, die manchmal unter einem nachgab oder wegrutschen konnte. Oder man mußte Hänge hinan oder hinab klettern oder Hindernisse überwinden oder umgehen. Es war sehr viel schwieriger, als Hresh es sich vorgestellt hatte. Er hatte geglaubt: du setzt einfach einen Fuß vorwärts und dann den zweiten und dann wieder den ersten. Und im Grunde tat man ja auch genau dies; doch er hatte sich nicht klar vorgestellt, wie ermüdend so etwas sein kann.

Auch die kalte Luft erwies sich als behindernd. Sie war dünn und schien mit jedem Atemzug zu sengen und zu brennen. Sie fuhr einem wie ein Bündel Messer durch die Kehle. Man bekam einen trockenen Mund davon und wurde benommen, und sie kniff in die Ohren und in die Nase. Aber nach einer Weile machte einem das nicht mehr so viel aus.

Es herrschte eine gewaltige Stille, und das war beunruhigender, als Hresh sich hätte vorstellen können. Im Kokon war man die ganze Zeit rings von den Geräuschen des Stamms umgeben. Das bot ein Gefühl von Sicherheit. Hier draußen war das Stammesvolk leiser, die Stimmen von scheuer Furcht erstickt, und selbst wenn sie sprachen, verwehte der Wind die Worte, oder die weite Kuppel aus kalter Luft und die gewaltigen offenen Räume schienen sie zu verschlucken. Die Stille hatte etwas Bedrückendes, Hartes, Metallisches, das keinem behagte.

Ab und zu blieb einer stehen, als wolle er oder sie einfach nicht mehr weitergehen, und mußte durch Streicheln und gutes Zureden ermuntert werden. Cheysz zuerst; sie sackte zu einem schluchzenden Häuflein Elend zusammen; aber Minbain kniete bei ihr nieder und streichelte sie, bis sie sich wieder aufraffte. Danach brach der Jungkrieger Moarn zusammen und bohrte die Finger in den Boden, als wirbelte die Welt wild kreisend um ihn; er klammerte sich verzweifelt fest, die Wange an den kalten Boden gepreßt, und Harruel mußte ihn mit Tritten und barschen Worten losreißen. Ein wenig später war es Barnak, einer der Arbeiter, ein stumpfsinniger Mann mit gewaltigen Händen und einem mächtigen Nacken: er machte kehrt und begann den Weg zurück auf das Kliff zu entlangzustolpern, doch Staip lief ihm in langen Sätzen nach, packte ihn an einem Arm, gab ihm Ohrfeigen und hielt ihn fest, bis er sich wieder beruhigt hatte. Danach marschierte Barnak mit gesenktem Schädel wortlos weiter. Aber Orbin sagte: »Nur gut, daß Staip ihn erwischt hat. Wenn er weggelaufen wäre, dann wären bestimmt zehn, zwölf andere gleichfalls dorthin zurückgerannt.«

Koshmar verließ die Spitze der Prozession und kam nach hinten; sie sprach mit jedem, sprach Mut zu, lachte oder betete mit den Leuten. Auch Torlyri schritt den Zug ab und kümmerte sich um die Allerängstlichsten. Sie hielt an Hreshs Seite und fragte ihn, wie es mit ihm stehe, und er kniff ein Auge zu, und sie lachte und zwinkerte ihm gleichfalls zu.

»Hier hast du doch immer schon eimmal sein wollen, was?«

Er nickte. Sie streichelte ihm die Wange und ging dann wieder nach vorn.

Der Tag schritt weiter fort. Die Zeit schien es eilig zu haben. Die Sonne unternahm etwas Komisches. Sie bewegte sich über den Himmel, anstatt dort im Osten hängenzubleiben, wo Hresh sie zum erstenmal erblickt hatte. Zu seiner Überraschung sah es so aus, als verfolgte die Sonne sie, und irgendwann, so um die Mitte des Tages, überholte die Sonne sogar den Zug, so daß sie dann am Nachmittag sogar vor ihnen im westlichen Himmel stand.

Es war ein verwirrendes Rätsel für Hresh, seine Entdeckung, daß die Sonne sich solchermaßen fortbewegte. Denn er wußte schließlich, daß sie ein großer Feuerball war, der den ganzen Tag über *droben* schwebte und dann in der Nacht erlosch – »Tag« war also, wenn die Sonne da war und »Nacht«, wenn dies nicht der Fall war –, aber es war für ihn schwierig zu begreifen, wieso sie sich *bewegen* konnte. Hing sie denn nicht festverhaftet an ihrem Ort? Er mußte unbedingt Thaggoran darüber befragen – ein wenig später. Für den Augenblick war seine Entdeckung der Sonnenbewegung nur eine unerklärliche Überraschung. Er vermutete jedoch, daß weitere, noch größere Überraschungen vor ihm lagen.

2. Kapitel

Und gieren geifernd nach deinem Fleisch

Thaggoran schlurfte weiter, dicht an seinem Platz hinter Koshmar und Torlyri her. Es pochte in seinem linken Knie, und beide Fußgelenke waren steif, und der schaurig-kalte Wind biß ihm durch den Pelz, als trüge er gar keinen. Seine Augen waren geschwollen und verklebt von der stechenden Sonne. Es gab kein Entrinnen vor diesem gewaltigen wütenden wabernden Licht. Es erfüllte das ganze Firmament und strahlte von jedem Fels, jedem Fleckchen Boden zurück.

Es war eine schwere Mühsal für einen Mann von fast fünfzig Jahren, das kuschelige Wohlbehagen im wohnlichen Kokon preiszugeben und durch solch ungewohnte, abweisende Weltweite zu wandern. Doch war es gerade die Ungewohntheit, die Fremdartigkeit, die ihn vorantrieben, Stunde um Stunde, Tag um Tag. Denn trotz all seines eifrigen Studiums in den Chroniken hatte er sich nie vorgestellt, daß es in der Welt derartige Farben, solche Gerüche, solche Formen geben könne.

Das Land hier war rauh und nahezu leer, eine breite unfruchtbare Ebene. Ihre Abgestorbenheit wirkte entmutigend. Ringsum sah Thaggoran nur angstzerquälte Gesichter. Furcht hatte das ganze Volk ergriffen. Sie spürten eine schreckliche Nacktheit und Entblößung, nachdem sie ihren Kokon verlassen hatten und sich nun dermaßen weit entfernt von dem vertrauten Versteck befanden, das ihnen ihr Lebtag lang Schirm und Schutz und Heimat geboten hatten. Aber Koshmar und Torlyri mühten sich gewaltig, die drohende Panik von den Wandernden abzuwehren. Thaggoran sah, wie sie immer und immer wieder denen zuhilfe eilten, die von ihren Ängsten überwältigt zu werden drohten. Er selbst verspürte wenig Furcht, bestenfalls die vor der drohenden Erschöpfung; doch er zwang sich weiter und lächelte tapfer, wenn immer jemand zu ihm herblickte.

Als der Tag verstrich, dunkelte der Himmel mehr und mehr: aus einem hellen harten Fahlblau blühte eine dunklere, üppigere Färbung, die dann, während die Schatten sich sammelten, fast purpurn und dann düstergrau wurde. Das hatte er nicht erwartet. Er wußte über die Gegebenheiten von Tag und Nacht aus den Chroniken, aber er hatte sich stets vorgestellt, die Nacht sinke herab wie ein Vorhang, der das Licht wie mit einem einzigen Hieb abschneidet. Daß sie langsam dahergeschritten komme durch die späten Stunden, daran hatte er nicht gedacht, ebensowenig daran, daß das Licht der Sonne sich gleichfalls verändern könne, über den Nachmittag hin immer rötlicher würde, bis dann, wenn das Firmament sich gerade grau zu färben begann, die Sonne sich in einen prallen roten Ball verwandelte, der dicht über dem Horizont schwebte.

Spät am Nachmittag des ersten Tages, als gerade die langen Purpurschatten über das Land zu kriechen begannen, war die vorderste Marschlinie auf drei große vierbeinige Bestien gestoßen, Tiere mit mächtigen spießartigen Hörnern, die scharlachrot in Dreierpaaren von ihren Schnauzen hervorragten. Sie weideten anmutig an einem Hang und bewegten sich dabei mit achtsam hochbeinigen Schritten, als tanzten sie einen feierlichen Tanz. Doch bei der ersten Witterung, die sie von den Menschen bekamen, rissen sie entsetzt die Köpfe empor und stoben in wilder Flucht mit verblüffender Schnelligkeit über die Ebene davon.

»Hast du die gesehen?« fragte Koshmar. »Was waren das für Geschöpfe, Thaggoran?«

»Weidende Tiere«, sagte er.

»Aber wie lautet ihr Name, Alter Mann! Wie heißen sie, diese Geschöpfe?«

Er kramte in seinem Gedächtnis. Das »Bestiarium« sagte nichts über langbeinige Geschöpfe mit dreipaarigen langen roten Stacheln auf den Nasen.

»Ich glaube, sie sind wohl während des Langen Winters erschaffen worden«, brachte Thaggoran vor. »Es sind keine Tiere, wie es sie in der Großen Welt gab.«

»Bist du dir ganz sicher?«

»Ja. Es handelt sich um unbekannte Geschöpfe«, sagte Thaggoran hartnäckig.

»Dann müssen wir ihnen aber einen Namen geben«, sagte Koshmar entschlossen und bestimmt. »Wir müssen allem einen Namen geben, das wir sehen. Denn, Thaggoran, wer weiß, vielleicht sind wir das einzige Menschenvolk, das es noch gibt. Also wird die Benennung mit Namen eine unserer Aufgaben sein.«

»Und das ist eine gute Aufgabe«, sagte Thaggoran, aber er dachte dabei an den brennenden Schmerz in seinem linken Knie.

»Also, welchen Namen sollen wir ihnen geben? Na, komm schon, Thaggoran, nenn uns einen Namen für sie!«

Er hob den Blick und sah die hohen graziösen Tiere in scharf gezeichneten Silhouetten vor dem dunklen Himmel auf dem Kamm eines fernen Hügels, von wo aus sie argwöhnisch zu der Marschkolonne herabspähten.

»Tanzhörner«, sagte er, ohne zu zögern. »Diese Tiere nennt man Tanzhörner.«

»So sei es denn! Tanzhörner sind sie!«

Die Dunkelheit verdichtete sich. Der Himmel war nun beinahe schwarz. Thaggoran blickte in die Höhe und sah ein paar Vögel mit weiten Schwingen im Dämmerlicht nach Osten fliegen, doch sie flogen zu weit droben, hoch über ihm, als daß er auch nur den Versuch einer Identifizierung hätte wagen können. Er stand da und starrte empor, und er malte sich aus, wie es sein mußte, wenn er selbst da so hoch droben dahinschwebte, mit nichts außer der Luft unter sich; für eine kurze Weile war dieser Gedanke erheiternd und erhebend, dann verwandelte er sich in Entsetzen, und er spürte in sich einen würgenden, ekligen Schwindel aufsteigen, der ihn fast hätte zu Boden stürzen lassen. Er atmete tief und wartete, daß es vorbeigehen möge. Dann hockte er sich nieder, grub die Knöchel seiner Hände in die trockene Festigkeit des sandigen Bodens, beugte sich vor und preßte sein ganzes Körpergewicht gegen die Erde. Sie trug und hielt ihn, genau wie es vordem der Boden des Kokons getan hatte. Das war tröstlich und beruhigend. Nach einer Weile erhob er sich und schritt weiter.

In der sich verdichtenden Schwärze begannen scharfe helle brennende Lichtpunkte aufzutauchen. Hresh hatte sich zu ihm vorgeschlichen und fragte, was das sei.

»Das sind die Sterne«, sagte Thaggoran.

»Was macht sie so hell? Brennen sie? Dann muß das aber ein sehr kühles Feuer sein.«

»Nein«, antwortete Thaggoran, »ein sehr feuriges Feuer, ein rasendes Feuer wie das Feuer der Sonne. Denn, Hresh, auch sie sind Sonnen. Wie die große Sonne, die Yissou in den Taghimmel gesetzt hat, um die Welt zu wärmen.«

»Die Sonne ist viel größer als die da. Und viel, viel heißer.«

»Aber nur, weil sie uns näher ist. Glaub mir Sohn: Was du da siehst, das sind feurige Kugeln, die im Himmel hängen.«

»Aha. Kugeln aus Feuer. Und sie sind sehr weit weg?«

»So weit weg, daß der kühnste Krieger bis an sein Lebensende laufen müßte, um nur den allernächsten von ihnen zu erreichen.«

»Aha«, sagte Hresh. »Aha.« Und er stand da und starrte lange zu diesen – Sternen hinauf. Auch andere hatten innegehalten und beobachteten die verwirrenden flimmernden Lichterspitzen, die in immer größerer Zahl über dem Firmament auftauchten. Thaggoran verspürte ein Frösteln über seinen Leib laufen, und es kam nicht vom Abendwind. Er schaute das Himmelsfirmament voller Sonnen, und er wußte, es waren Welten um alle diese Sonnen angeordnet, und er verspürte das Verlangen, auf die Knie zu fallen und mit seiner Stirn die Erde zu berühren, zum Zeichen, daß er erkannt habe, wie winzig er sei und wie gewaltig die Götter, die das Volk in diese maßlose Welt herausgeführt hatten, diese Welt hier, die nur ein Sandkörnchen in der Unermeßlichkeit des Universums war.

»Da, schaut!« sagte einer. »Was ist denn das?«

»Ihr Götter!« schrie Harruel. »Ein Schwert im Himmel!«

Und wirklich, es erschien nun etwas Neues – eine blendendweiße Sichelklinge aus Licht, eine Sichel aus Eis glitt über den fernen Berg in ihr Gesichtsfeld. Ringsum lagen alle vom Stamm auf den Knien, brabbelten, stammelten verzweifelte Opfergebete zu dem großen schweigenden schwebenden Ding empor, das in kaltem blauweißen Schein über ihnen glühte.

»Der Mond!« rief Thaggoran. »Das ist der Mond!«

»Der Mond ist rund wie ein Ball, hast du uns jedenfalls immer gesagt«, protestierte Boldirinthe.

»Aber er wechselt«, erklärte Thaggoran. »Manchmal ist er so wie jetzt, und manchmal ist sein Gesicht eben runder.«

»Mueri! Ich spüre das Licht des Mondes auf meiner Haut!« jammerte einer der Männer. »Werde ich zu Eis erstarren, Thaggoran? Was wird geschehen? Was wird es mit mir machen? Oooh, Mueri-Friit-Yissou!«

»Ihr braucht euch nicht zu fürchten«, sagte Thaggoran. Doch er selbst zitterte nun gleichfalls. So vieles hier ist so fremd, dachte er. Wir sind in eine andere Welt eingetreten. Und wir stehen hier nackt unter diesen

Sternen und diesem Mond, und wir wissen nichts, auch ich nicht, nicht einmal ich weiß etwas, und alle Dinge sind neu, und alle Dinge sind furchtbar.

Er trat zu Koshmar. »Wir sollten jetzt das Lager aufschlagen«, sagte er. »Es ist zu dunkel, um weiterzumarschieren. Und dann haben sie etwas zu tun, während die Nacht über uns kommt.«

»Was wird geschehen, wenn die Nacht kommt?« fragte Koshmar.

Thaggoran zuckte die Achseln. »Schlaf wird kommen in der Nacht. Und dann kommt der Morgen.«

»Wann?«

»Wenn die Nacht getan ist«, sagte er.

In dieser ersten Nacht lagerten sie in einer Senke bei einem dünn dahinrieselnden Bach. Und wie Thaggoran vorhergesagt hatte: Die Arbeiten des Haltmachens, Auspackens und das Anlegen eines Lagerfeuers lenkten den Stamm von seinen ängstlichen Befürchtungen ab. Jedoch hatten sie sich kaum zur Ruhe niedergelassen, als irgendeine Art vielgelenkiger Insekten von der Länge eines Mannsbeines und mit riesigen vorgewölbten gelben Augen und mächtigen grünen Beinen, an deren Spitzen ekelhaft scharfe Klauen saßen, aus niedrigen Hügeln in der Nähe über die Erde zu strömen begannen. Das Licht des Lagerfeuers zog die Geschöpfe an, so schien es, oder aber die Wärme der Flammen. Sie sahen wild aus und häßlich-bösartig, und mit den glänzendroten Kiefern vollführten sie einen scheußlichen schnappenden Lärm. Die Kinder und auch einige der Frauen rannten kreischend vor ihnen davon; aber Koshmar trat hervor und durchbohrte furchtlos eines der Tiere mit einem verachtungsvollen Stoß ihres Speeres. Das Tier hämmerte seine beiden Enden erbärmlich eine Weile auf die Erde, ehe es starr wurde. Die anderen, die gesehen hatten, was ihrem Gefährten geschehen war, krochen ein Dutzend oder mehr Schritte zurück und starrten von dorther dumpf herüber. Und nach einer weiteren Weile wichen sie wieder in ihre Erdlöcher zurück und wurden von da an nicht mehr gesehen.

»Das sind Grünklauen«, sagte Thaggoran hastig – er hatte den Namen soeben erfunden –, bevor Koshmar ihn fragen konnte. Es war ihm peinlich, daß er die Namen der zwei Spezies nicht kannte, die ihnen als erste Geschöpfe auf ihrem Auszug in die Welt begegneten. Und im ›Bestiarium‹ hatte auch nichts über diese Kreaturen gestanden. Dessen war er sicher.

Koshmar briet die tote Grünklaue über dem Feuer dieser Nacht, und sie und Harruel und ein paar andere Mutige kosteten von dem Fleisch. Sie gaben an, es besitze keinen besonderen großartigen Eigengeschmack, aber ein paar holten sich dennoch eine zweite Portion. Thaggoran selbst lehnte mit taktvollem Dank seine Zuteilung ab.

Während der Nacht stellte sich eine weitere ärgerliche Störung ein: kleine rundliche Geschöpfe von der Größe eines menschlichen Daumenpolsters, die sich in gewaltigen Wahnsinnssprüngen vorwärtsbewegten, obwohl sie keine sichtbaren Beine zu haben schienen. Wenn sie auf dem Leib eines Menschen landeten, bohrten sie sich sogleich tiefer in den Pelz und versenkten ihre winzigen Zähnchen in das Fleisch, was eine sensorische Reaktion wie von brennendheißen Kohlen hervorrief. Aus dieser und jener Richtung des Lagers hörte man laute Aufschreie ärgerlichen Unwillens oder von Schmerz, bis schließlich alle wachgeschrieen waren und das Volk sich in einem Kreis versammelte, um sich gegenseitig von dem Ungeziefer zu befreien, wobei sie die Plagetiere zwischen Zeigefinger und Daumen zerquetschten, nachdem sie sie unter einigen Schwierigkeiten aus dem Pelz des Geplagten herausgelöst hatten. Thaggoran bedachte sie mit dem Namen ›Feuerkletten‹. Sie verschwanden mit dem Morgengrauen.

Der fahle Morgenschein holte Thaggoran aus einem

unruhigen Schlaf. Fast schien es ihm, er habe überhaupt nicht geschlafen, aber dennoch konnte er sich an Träume erinnern: Gesichte von Gesichtern, die mitten in der Luft schwebten, eine Frau mit sieben furchtbaren roten Augen ... an ein Land, in dem Zähne aus der Erde wuchsen. Er schmerzte am ganzen Körper. Die Sonne – sie sah klein, fest und abweisend aus – lag wie eine unreife Frucht auf dem gezackten Bergkamm im Osten. Er sah weit entfernt Torlyri, die das Morgenopfer darbrachte.

Kaum einer sprach ein Wort, als sie das Lager abbrachen. Wohin immer er auch blickte, Thaggoran sah nur bleiche, ausdruckslose Gesichter. Alle kämpften sichtlich mit der Kälte, der nachwirkenden Erschöpfung des Marsches vom Vortag, mit der ärgerlichen Schlafstörung durch die Feuerkletten, mit der Unvertrautheit der umgebenden Landschaft. Viele bedrückte die überwältigende Weite der Landschaft. Thaggoran sah, wie sie sich die Hände vor das Gesicht legten, als mühten sie sich, auf diese Weise einen persönlichen Kokon für sich zu schaffen.

Er selbst fühlte seine Seele bedrückt von dem kahlen, unfruchtbaren Terrain und dem scharfen, beißenden Klima. War dies denn wirklich der Neue Frühling? Oder hatten sie ihr kleines Nest im Berg zu früh verlassen und waren vorzeitig aufgebrochen in eine unwirtliche Winterszeit und in den sicheren Tod? Vielleicht sollten sie das ›Buch der Unseligen Morgenröte‹ oder das ›Buch des Kalten Erwachens‹ noch einmal ganz neu schreiben müssen.

Die Schimmersteine hatten dazu keine eindeutige Antwort geliefert. Seine Weissagungsversuche hatten in Zweideutigkeiten und Ungewißheit geendet, wie dies bei derartigen Unterfangen ja oft der Fall ist. »Ihr müßt hinausziehen«, hatten die Steine ihm befohlen, aber soviel hatte Thaggoran auch bereits selbst gewußt: denn hatten sich die Eisfresser nicht praktisch schon bis zu ihnen durchgefressen? Andererseits aber hatten die Steine auch nicht geweissagt, daß sie in Glückseligkeit ausziehen würden, noch auch, daß dies der rechte Zeitpunkt sei.

Er entfernte sich von den anderen und schrieb für einige Zeit an der Chronik. Während er an der offenen Lade kauerte, die Hände über dem Buch, trat Hresh zu ihm, doch der Knabe stand nur da und schwieg, als fürchte er, ihn zu stören. Als Thaggoran geendet hatte, blickte er auf und sagte: »Nun? Möchtest du auch gern etwas auf diese Blätter schreiben, Knabe?«

Hresh lächelte ihm ins Gesicht. »Wenn ich das nur könnte.«

»Oh, ich weiß wohl, daß du schreiben kannst.«

»Aber nicht in deine Chronik, Thaggoran. Ich trau mich nicht, die Chronik zu berühren.«

Thaggoran sagte lachend: »Du klingst so fromm, Knabe.«

»Tu ich das?«

»Aber ich lasse mich trotzdem nicht täuschen.«

»Nein«, sagte Hresh. »Ich möchte nicht gern den Chroniken Schaden zufügen, indem ich versuche, etwas hineinzuschreiben. Ich könnte ja etwas Dummes niederschreiben, und dann würde man in all den kommenden Jahren lesen, was ich geschrieben habe, und sie könnten sagen: Der Narr Hresh hat diesen Blödsinn da verfaßt. Allerdings würde ich gern die Chroniken lesen können.«

»Ich lese sie dem Volk doch jede Woche vor.«

»Ja. Das weiß ich. Aber ich möchte sie gern für mich allein lesen. Alles, auch das in den ältesten Büchern. Ich will mehr über den Kokon wissen, wie er erbaut wurde und wer ihn erbaut hat.«

»Der Herr Fanigole erbaute unseren Kokon«, sagte Thaggoran. »Mit Balilirion und der Herrin Theel. Aber das weißt du doch bereits.«

»Ja. Aber wer waren sie? Das sind doch bloß Namen.«

»Das waren die URALTEN«, sagte Thaggoran. »Gar gewaltig waren sie und groß.«

»Saphiräugige – waren sie das?«

Thaggoran warf Hresh einen seltsamen Blick zu. »Wie kommst du denn auf so was? Du weißt doch, daß alle Saphiraugen starben, als der Lange Winter begann. Herr Fanigole und Balilirion und die Herrin Theel waren Leute von unserm Blut. Das heißt, sie waren Menschen, darin stimmen alle Texte überein. Aber sie waren die größten aller Helden, diese drei: Als das Entsetzen kam, als die Todeskälte einsetzte, bewahrten sie allein die Herzensgelassenheit und führten uns in den Schutzraum.« Er pochte auf die Lade mit den Chronikbänden. »Das steht alles hier drin niedergeschrieben, da in diesen Büchern.«

»Ich möchte diese Bücher gern einmal lesen«, wiederholte Hresh.

»Ich glaube, du wirst die Möglichkeit dazu bekommen«, antwortete Thaggoran.

Graue Nebelschwaden wehten auf sie zu. Thaggoran machte sich daran, die heiligen Gegenstände wegzupacken. Seine Finger waren taub und steif vor Kälte und fuhren unbeholfen über die Schlösser und Siegel der Lade. Nach einiger Zeit winkte er mit einer ungeduldigen Bewegung Hresh zu Hilfe und zeigte dem Knaben, was er zu tun habe. Gemeinsam verschlossen sie den Kasten, und dann legte Thaggoran die aufgesprungenen Hände auf den Deckel, als könne er sich an dem Inhalt darunter wärmen.

Hresh fragte: »Werden wir je in den Kokon zurückkehren, Thaggoran?«

Und wieder blickte Thaggoran ihn verwirrt und prüfend an. »Wir haben den Kokon für immer verlassen, Knabe. Wir müssen vorwärts gehen, bis wir gefunden haben, was zu finden uns bestimmt wurde.«

»Und was ist das?«

»Das, was wir benötigen, um über die Welt zu herrschen«, sagte Thaggoran. »So, wie es geschrieben steht im Buche des Weges. Diese Dinge erwarten uns da draußen in den Trümmern der Großen Welt.«

»Aber – was ist, wenn das alles gar nicht wahr ist. Neuer Frühling? Sieh doch bloß, wie kalt es ist! Fragst du dich denn gar nicht, ob wir vielleicht irgendwie einen Fehler gemacht und zu früh herausgegangen sind?«

»Niemals«, versicherte Thaggoran. »Es kann keinen Zweifel geben. Sämtliche Vorzeichen waren günstig.«

»Ja, aber trotzdem ist es sehr kalt«, sagte Hresh.

»Ja, wahrlich. Sehr kalt. Aber siehst du nicht, wie die Nacht langsam den Tag erstickt, wie der Tag langsam aus der Nacht geboren wird? So ist das auch mit dem Neuen Frühling, Knabe. Der Frühling kommt nicht in einem einzigen großen Einbruch von Wärme, sondern Augenblick nach Augenblick, Stückchen um kleines Stückchen.« Thaggoran schauderte vor Kälte und schlang die Arme um seine Schultern, als der Nebel ihm bis auf die Knochen drang. »Komm her, Hresh, und hilf mir mit der Lade, und schauen wir, daß wir wieder zu den andern kommen!«

Es beunruhigte ihn, daß Hresh Zweifel an der Weisheit des Auszugs hegte, denn oftmals verbarg sich in den Worten des Knaben eine prophetische Scharfsicht, und das unbehagliche Gefühl dieses seltsamen kleinen Hresh war wie ein Widerhall seiner eigenen düsteren Ahnungen. Vielleicht hatte Koshmar doch überstürzt gehandelt, dachte er, als sie diesen Zeitpunkt für die ›Zeit des Auszugs‹ erklärte. Und der Träumeträumer hatte ja nicht direkt gesagt, der Augenblick sei da, nicht wahr? Er hatte nur ein paar Worte hervorgestöhnt, und Koshmar hatte den Satz an seiner Statt beendet und hatte so dem Träumeträumer Worte in den Mund gelegt. Sogar Torlyri hatte ihr dies vorgehalten. Aber wer wollte es schon wagen, Koshmar in die Quere zu kommen. Thaggoran war sich darüber im klaren, da Koshmar seit langem fest entschlossen gewesen war, unter ihrer Führerschaft den Auszug zu vollziehen.

Außerdem waren da auch noch die Eisfresser: nicht bloß ein Vorzeichen des Frühlings, sondern auch eine direkte Bedrohung des Kokons. Dennoch, ob es nicht vielleicht weiser gewesen wäre, anderwärts Unterschlupf zu suchen und auf wärmere Witterung zu warten, anstatt sich durch diese weglose Wüste aufzumachen?

Nun, dafür war es zu spät. Zu spät. Der Auszug war im Gange, und Thaggoran wußte, er würde nicht enden, ehe nicht Koshmar sich den Ruhm errungen hatte, den sie stets erstrebt hatte, worin immer der auch bestehen mochte. Oder aber, es würde mit ihrer aller Tod enden. So geschehe es denn, sagte Thaggoran bei sich. Es würde so kommen, wie es kam, genau wie es meist der Fall ist.

Der zweite Tag war rauh und voller Beschwernis. Gegen Mittag stießen zornige Schwärme geflügelter Geschöpfe mit gespenstisch weißen Augen und gierigen blutsaugenden Schnäbeln auf sie herab. Delims Arm wurde aufgeschlitzt, und der Jungkrieger Praheurt trug zwei Wunden auf dem Rücken davon. Das Volk verscheuchte die Bestien mit Gebrüll und Steinwürfen und Feuerbränden, doch war es ein mißliches Tun und widerwärtig, denn sie kehrten immer wieder zurück, so daß man über Stunden hin keine Ruhe fand. Thaggoran gab ihnen den Namen ›Blutvögel‹. Später fanden sich andere Tiere ein, noch ekelhaftere, die schwarze ledrige Schwingen mit scharfen Hornkrallen an den Spitzen und feiste kleine Leiber hatten, die mit einem stinkenden grünen Pelz bedeckt waren. In der Nacht kamen wieder die Feuerkletten in solchen Massen, daß man hätte verrückt werden können. Um die Stimmung zu heben, befahl Koshmar, alle sollten singen, und sie sangen, doch war es ein lustloser Gesang, den sie von sich gaben. Mitten in der Nacht kam Hagel über sie, ein hartes kaltes Zeug, das einem auf die Haut prallte wie eine Schütte glühender Aschen. Als Torlyri ihr Morgenopfer beendet hatte, machte sie die Runde durch das Volk und bot allen den Trost ihrer Wärme und Zärtlichkeit. »Das war der schlimmste Teil«, sagte sie. »Jetzt wird es bald besser werden.«

Sie zogen weiter.

Als sie am dritten Tag über eine Gruppe von kahlen runden grauen Berghängen hinabstiegen, die sich zu einer flachen grünen Wiese hin auftaten, entdeckte die scharfäugige Torlyri weit in der Ferne eine seltsame einsame Gestalt. Sie schien sich ihnen zu nähern. Sie wandte sich an Thaggoran und sprach: »Siehst du das dort, Alter Mann? Was meinst du, was es sein könnte? Gewiß doch nicht menschlich!«

Thaggoran kniff die Augen zusammen und spähte. Seine Augen reichten bei weitem nicht so weit in die Ferne wie die Torlyris, doch sein Zweites Gesicht war das schärfste im ganzen Stamm, und es wies ihm deutlich die gelben und schwarzen Streifenbänder auf dem langen schimmernden Leib des Geschöpfes, den langen gefährlichen Schnabel, die großen blitzenden blauschwarzen Augen, die tiefe Einschnürung zwischen Kopf und Brustkorb und die zwischen dem Thorax und dem Hinterleib. »Nein, kein Mensch«, murmelte er, bis in die Tiefen seiner Seele erschüttert. »Erkennst du denn einen *Hjjk* nicht, wenn du einen siehst?«

»Ein männlicher Hjjk!« sagte Torlyri staunend.

Thaggoran wandte sich ab, um sein Beben zu verbergen. Er hatte ein Gefühl, als erlebe er einen besonders ungewöhnlich lebendigen Traum. Er vermochte es kaum zu glauben, daß ein Hjjk-Männchen, ein echtes lebendiges Hjjk-Männchen in eben diesem Augenblick über das Grasland kam. Es war, als sei eines der Bücher seiner Chroniken aus der Lade gesprungen und zum

Leben erwacht, ein Buch voller Gestalten der verloren gegangenen Großen Welt, die heranströmten und vor ihm umhertanzten. Das Hjjk-Volk war für ihn nur ein Name gewesen, die Begriffsverbindung von etwas Trockenem-Uraltem-Abstraktem, eine bloße Erscheinung in einer weit entfernten Vergangenheit. Koshmar war wirklich; Torlyri war wirklich, Harruel war wirklich; diese kahle kalte Gegend war wirklich. Was in den Chroniken stand, das waren nur Worte. Aber das dort vorn, das, was da auf sie zukam, das waren nicht bloß Worte.

Trotzdem traf es Thaggoran nicht als große Überraschung, daß auch die Hjjks den Winter überlebt hatten. Es entsprach genau dem, was die Chroniken vorhergesagt hatten. Man hatte erwartet, daß das Hjjk-Volk die schweren Zeiten überdauern werde. Es handelte sich bei ihnen um geborene Überlebenskünstler. In den Tagen der Großen Welt waren sie eines der Sechs Völker gewesen: Insekten-Wesen, das waren sie gewesen, blutlos und starr. Thaggoran hatte nichts Liebenswertes über sie gehört. Selbst über die weite Entfernung hin konnte er die Ausstrahlung des Hjjk-Männchens fühlen: dürr und kalt wie das Land, das sie durchzogen – gleichgültig, fremd und fern.

Koshmar trat zu ihnen. Auch sie hatte den Hjjk gesehen.

»Wir werden mit ihm reden müssen. Er weiß sicher Nützliches über die weitere Strecke. Meinst du, du kannst ihn zum Sprechen bewegen?«

»Hast du einen Grund anzunehmen, daß ich das nicht könnte?« fragte Thaggoran brummig zurück.

»Koshmar grinste. »Wirst wohl allmählich müde, Alter Mann?«

»Ich werde jedenfalls nicht als erster umkippen«, erwiderte er schroff.

Sie überquerten nun ein Stück versengter Erde: der Boden war sandig und barst knirschend unter dem

Schritt, als sei hier seit Tausenden von Jahren kein Mensch mehr gegangen. Hie und da stachen spärliche starre blaugrüne Grasbüschel hervor, harte kantige Stengel mit einem glasigen Schimmer. Am Vortag hatte Konya ein Büschel auszureißen versucht und sich dabei die Finger zerschnitten, und er hatte es blutend und fluchend aufgegeben.

Den ganzen Nachmittag über, während sie den letzten Hang des Massivs hinabstiegen, konnten sie den Hjjk ausmachen, der stumpfsinnig unbeirrt auf sie zukam. Er stieß kurz vor der Dämmerung auf sie, als sie gerade den östlichen Rand des Graslandes erreicht hatten. Obgleich sie sechzig waren, er aber allein, hielt er an und wartete auf sie, das mittlere Paar seiner Arme über dem Thorax gekreuzt, scheinbar ohne Furcht.

Thaggoran starrte angespannt zu ihm hin. Sein Herz donnerte, die Kehle war ihm wie ausgebrannt vor Erregung. Nicht einmal der Auszug selbst hatte ihn so mitgenommen wie jetzt das Erscheinen dieses Geschöpfes.

Vor langer Zeit, in den herrlichen Tagen der Großen Welt, ehe die Todessterne kamen, hatten diese Insekten-Wesen gewaltige bienenstockähnliche Städte in Landstrichen erbaut, die für die Menschen und Pflanzlichen zu trocken waren, oder zu kalt für die Saphiräugigen, oder zu naß für die Mechanischen. Wenn niemand sonst einen Landstrich haben wollte, beanspruchten die Hjjk-Leute ihn für sich, und sobald sie ihn einmal in Besitz genommen hatten, gaben sie ihn nie wieder preis. Jedoch die Chronisten der Großen Welt hatten die Hjjk-Leute nicht für die Beherrscher der Erde gehalten, trotz all ihrer festen Beharrlichkeit und Anpassungsfähigkeit; nein, diesen Rang nahmen die Saphiräugigen ein, so stand es geschrieben. Die Saphiräugigen waren die Könige; danach kamen alle restlichen Völker, einschließlich der Menschen, die in irgendeiner noch urälteren Vorzeit ihrerseits selbst Könige gewesen waren.

Und die es nun wieder sein würden, jetzt nach ihrem Aufbruch. Aber die Saphiräugigen, das wußte Thaggoran, hatten den Winter nicht überdauern können, und die Menschen hatten sich in ihre Bunkerkokons zurückgezogen. Waren also die Hjjk-Leute durch Disqualifikation der Konkurrenten zu den Herren der Welt geworden?

In dem schwindenden Tageslicht verbreitete der Leib des Hjjk einen stumpfen Schein, als ob er aus poliertem Stein wäre. Von der Spitze bis zum Ende war sein langer Körper mit abwechselnd gelben und schwarzen Streifenbändern bedeckt – und er war schlank und hochgewachsen, größer sogar noch als Harruel – und sein hartes, kantiges, scharfnasiges Gesicht sah der Lirridon-Maske sehr ähnlich, die Koshmar am Tag des Auszugs aus dem Kokon getragen hatte. Die riesenhaften facettenreichen Augen schimmerten wie dunkle Schimmersteine. Dicht unter ihnen baumelten die Segmentschlingen der leuchtend-orangefarbenen Atmungsröhren zu beiden Seiten des Schädels.

Der Hjjk-Mann betrachtete sie schweigend, bis sie nahe bei ihm angelangt waren. Dann sprach er seltsam interesselos: »Wo zieht ihr hin? Es ist eine Torheit für euch, hier zu wandern. Hier draußen wird euch der Tod ereilen.«

»Nein«, widersprach Koshmar. »Der Winter ist vorbei.«

»Das mag sein, wie es mag, ihr werdet sterben.« Die Stimme des Hjjk-Mannes war ein trockenes raschelndes Summen, aber, wie Thaggoran nach einem Augenblick begriff, es war keine Vokaläußerung, sondern der Mann sprach in ihrem Geist, er redete sozusagen vermittels des Zweiten Gesichts zu ihnen. »Direkt hinter mir im Tal dort wartet euer Tod auf euch. Zieht weiter und erfahrt, ob ich euch belogen habe.«

Und ohne ein weiteres Wort setzte er sich in Bewegung, um an ihnen vorbeizugehen, als habe er damit dem Volk das Maß an Aufmerksamkeit geschenkt, das dieses verdiene.

»Warte«, sagte Koshmar und stellte sich ihm in den Weg. »Sag uns, Hjjk-Mann, was für Gefahren vor uns lauern.«

»Das werdet ihr sehen.«

»Sag du es uns jetzt, oder du wirst in diesem Leben keinen Schritt mehr weiterwandern.«

Kühl antwortete der Hjjk: »In diesem Tal versammeln sich die Rattenwölfe. Sie gieren geifernd nach deinem Fleisch, denn du bist ein Volk aus Fleisch, und sie sind sehr hungrig. Laß mich vorbeiziehn.«

»Warte nur ein wenig«, sagte Koshmar. »Sag mir noch eins: Hast du bei der Durchquerung des Tals andere Menschliche gesehen? Stämme wie den unsrigen, die aus ihren Kokons hervorgehen, nun, da die Frühlingszeit gekommen ist?«

Der Hjjk-Mann vollführte ein summendes Geräusch, das möglicherweise Ungeduld ausdrücken sollte. Es war der erste Anflug einer Gefühlsregung, die er zeigte. »Wieso sollte ich dort Menschliche gesehen haben?« fragte das Insekten-Geschöpf. »Dieses Tal ist kein Ort, an dem man Menschliche findet.«

»Du hast überhaupt keine gesehen? Nicht einmal einige wenige?«

»Du sprichst ohne Sinn und Bedeutung«, sagte der Hjjk. »Ich habe keine Zeit, sie mit solcher Zwiesprache zu verschwenden. Ich bitte dich nun noch einmal, laß mich vorbeiziehn.« Thaggoran fing einen seltsamen Duft auf, ganz plötzlich, süß und scharf. Er sah auf dem gestreiften Abdomen des Hjjk-Männchens ein tröpfchenartiges braunes Sekret austreten.

»Wir sollten ihn lieber ziehen lassen«, sagte er leise zu Koshmar. »Er wird uns nichts weiter verraten. Und er könnte gefährlich werden.«

Koshmar ließ die Finger über den Speerschaft gleiten. Harruel, der dicht bei ihr stand, verstand dies als Stichwort, ergriff seinen eigenen Speer fester und fuhr mit den Pranken den Schaft auf und ab. »Ich spieß ihn auf, ja?« murmelte er. »Ich ramme ihm den Speer genau mitten in den Leib. Soll ich, Koshmar?«

»Nein«, sagte Koshmar. »Das wäre ein Fehler.« Langsam umschritt sie den Hjjk-Mann, den dieser Wortwechsel anscheinend völlig unberührt gelassen hatte. »Ein letztes Mal«, sagte Koshmar. »Sag mir, befinden sich keine weitere Menschenvölker in dieser Gegend? Es würde uns gewaltige Freude bereiten, sie aufzufinden. Wir sind herausgekommen und ausgezogen, um der Welt einen neuen Anfang zu geben, und wir sind auf der Suche nach unseren Schwestern und Brüdern.«

»Du wirst gar nichts Neues beginnen, denn die Rattenwölfe werden dich binnen Stundenfrist zerfleischen«, antwortete der Hjjk-Mann gleichmütig. »Und ihr seid Narren. Es gibt keine Menschlichen, Weib aus Fleisch.«

»Was du da sagst, ist widersinnig. Du siehst Menschen vor dir in eben diesem Augenblick.«

»Ich sehe Narren«, sagte der Hjjk-Mann. »Und nun laß mich weiter meines Weges wandern, oder du sollst es bereuen.«

Harruel fuchtelte mit seinem Speer. Koshmar schüttelte den Kopf. »Laß ihn vorbei!« sagte sie. »Spar dir deine Kräfte für die Rattenwölfe auf!«

In brennender Sorge blickte Thaggoran dem Hjjk nach, der auf die Berge zustakte, aus denen sie gerade herabgekommen waren. Ihn verlangte danach, sich mit dem fremdartigen Geschöpf niederzusetzen und mit ihm über die Vorzeit zu reden. Sag mir, was du von der Großen Welt weißt, hätte er ihn dann gefragt, und ich will dir alles mir Bekannte berichten! Laß uns von den großen Städten Thisthissima und Glorm reden und von den Kristallenen Berg und dem Turm der Sterne und dem Baum des Lebens, und von allen anderen vergangenen großen Wundern, von deinem Volk und von dem meinigen, und von den glatthäutigen Saphiräugigen, die über die Welt herrschten, und von den anderen Völkern auch. Und dann laß uns sprechen von den Schwärmen der Stürzenden Sterne, deren gewaltige Schweife durch das Himmelsfirmament wie Feuer fuhren, und vom Donnern ihres Niedergangs beim Aufschlag auf die Erde, und von den Feuerwolken und den Wolken von Rauch, die sich erhoben, wo sie einschlugen, und von den Winden und dem schwarzen Regen, von der Kälte, die über das Land kam und über die See, als die Sonne von Staub und rußiger Asche ausgelöscht ward. Wir könnten vom Sterben der Völkerrassen sprechen, dachte Thaggoran, und vom Sterben der Großen Welt selbst, denn man wird niemals wieder ihresgleichen schauen.

Doch der Hjjk-Mann war mittlerweile fast außer Sichtweite und verschwand dann ganz hinter der Hügelkette im Osten.

Thaggoran zuckte die Achseln. Es war töricht anzunehmen, daß der Hjjk sich an einem derartigen höflichen Austausch von Wissen beteiligt hätte. In den Tagen der Großen Welt ging die Rede von seinem Volk, so hatte Thaggoran gelesen, daß es ihm an jeglicher Wärme fehle, ein Volk, das nichts von Freundschaft, Freundlichkeit oder Liebe wisse, ja, daß sie tatsächlich keine Seele hätten. Und der Lange Winter hatte bei ihnen in der Beziehung wohl kaum Besserung bewirkt.

Einige Tage weiter westwärts lagerte der Stamm eines Nachmittags auf Terrain, das anscheinend ein ausgetrockneter Seegrund war, eine Senke, die tief unterhalb der Talsohle lag. Jeder – und sei er noch so jung – hatte bestimmte Aufgaben zu erfüllen. Ein paar schickte man aus, um Zweige und Büschel trocknen Grases für das Hauptlagerfeuer zu sammeln, andere suchten nach Grünem, um das zweite, das rauchigere Feuer zu speisen, vermittels dessen man gelernt hatte, sich die Feuerkletten vom Leib zu halten, wieder andere machten sich daran, das Vieh dicht zusammenzutreiben, und einige gesellten sich zu Torlyri und sangen mit ihr den Schutzzauber zur Abwehr der nächtlichen Unholde.

Hresh und Haniman waren abgeordnet, Zunderholz zu sammeln. Hresh fühlte sich dadurch gekränkt, daß man ihm die gleiche Arbeit auftrug wie dem feisten, unnützen Haniman. Er neidete es Orbin, daß er mit den Männern hatte ziehen dürfen, um die Tiere zusammenzutreiben. Aber natürlich, Orbin war auch für sein Alter schon sehr kräftig. Trotzdem, es war entwürdigend, auf diese Art mit Haniman auf eine Stufe gestellt zu werden. Hresh fragte sich, ob Koshmar tatsächlich so gering von ihm denke.

»Wo sollen wir denn suchen?« quengelte Haniman.

»Du kannst gehen, wohin du Lust hast«, erklärte Hresh derb. »So lang es nicht die gleiche Richtung ist wie meine.«

»Aber, wollen wir nicht zusammenarbeiten?«

»Mach du mal deine Arbeit, und ich mach die meinige. Aber bleib mir aus dem Fell, verstanden?«

»Hresh ...«

»Los! Zieh schon ab! Beweg dich! Ich hab keine Lust, dich zu sehen.«

Blitzhaft zuckte in den kleinen runden Äuglein Hanimans fast so etwas wie Zorn auf. Hresh überlegte sich, ob er wirklich mit dem Kerl würde kämpfen müssen. Haniman war langsam und unbeholfen, aber mindestens um die Hälfte schwerer als Hresh. Der braucht ja gar nichts weiter zu machen, als sich auf mich draufzusetzen, dachte Hresh. Aber das soll er mal versuchen. Soller mal!

Hanimans Zornesanflug, sofern es sich um so etwas gehandelt hatte, verging. Haniman war kein Kämpfer. Er warf Hresh einen vorwurfsvollen Blick zu, dann verzog er sich allein, wobei er ständig die Fußspitzen in den Boden stieß.

Mit seinem kleinen Flechtkorb zog Hresh genau nach Westen und ein bißchen nördlich vom Lagerplatz los und begann nach allem und jedem zu spähen, das irgendwie brennbar aussah. Es schien nicht sehr viel davon hier zu geben. Also zog er weiter hinaus. Auch da war noch immer alles kahl. Und so zog er noch weiter fort.

Die Nacht trat nun sehr rasch ein, und gewaltige ausgezackte Streifen lodernder Farben – üppiges Purpur und heftig pulsierendes Scharlachrot und ein düsteres schweres Gelb – machten den westlichen Himmel schön und schrecklich zugleich. In seinem Rücken war bereits alles schwarz geworden, eine betäubende, alles verschlingende Dunkelheit, die nur von der trübe flackernden rauchigen Fackel des Lagerfeuers unterbrochen war.

Hresh kroch vorsichtig noch ein Stück weiter um einen Felsvorsprung herum. Er wußte, was er da tat, war unbedacht. Er entfernte sich sehr weit vom Lagerplatz. Zu weit, vielleicht. Er konnte von hier aus den Gesang kaum noch wahrnehmen, und als er einen Blick über die Schulter warf, befand sich kein anderes Stammesmitglied in Sicht.

Trotzdem streunte er weiter und weiter durch die geheimnisvolle schauerliche Weite ohne Wände und ohne Gänge, über der der dunkle Himmel sich wie eine bestürzende offene Kuppel wölbte, die über alles Verständnis hinaus – und hinaufreichte bis zu den fernen Sternen, die vom Dach des Himmels hingen.

Er mußte alles sehen. Denn wie sonst sollte er verstehen können, wie die Welt beschaffen war?

Und alles sehen zu wollen, das hieß natürlich, daß man sich gewissen Gefahren aussetzen mußte. Aber schließlich war er ja Hresh-der-Fragesack, der Immer-Neugierige, und so lag es eben in seiner Natur als der unersättliche Frager, ungeachtet der Gefahren nach Antworten zu suchen. Es ist achtbar und höchlichst ehrenwert, dachte er, eine derart unruhige forschende Seele zu haben wie ich. Noch verstanden es die anderen an ihm nicht, da er ja noch ein Kind war. Doch eines Tages würden sie begreifen, das gelobte er sich.

Er glaubte, in der Ferne Stimmen zu hören, die vom Wind zu ihm herübergetragen wurden. Erregung stieg in ihm empor. Wenn er nun direkt da vorn den Lagerplatz eines anderen Stammes entdeckte?

Die Vorstellung ließ ihn unbesonnen werden. Der Alte Thaggoran behauptete doch stets, daß es andere Stämme gäbe, daß es Kokons wie den ihrigen überall auf der Welt gäbe; und – wußte Thaggoran nicht alles, oder doch beinahe alles! Aber keiner, nicht einmal Thaggoran, konnte wirklich mit Bestimmtheit wissen, ob dies auch wahr sei. Hresh wünschte sich, es möge so sein, er wollte es glauben: Dutzende, Hunderte gar von kleinen Stammesgruppen, alle in ihrem eigenen kleinen Kokon, und sie warteten Generation um Generation auf den Zeitpunkt des Aufbruchs, des Auszugs. Jedoch existierten keinerlei Beweise dafür, außer natürlich denen in der Chronik. Mit Gewißheit hatte nie ein Kontakt mit einem fremden Stamm stattgefunden, jedenfalls nicht seit den ersten frühen Tagen des Langen Winters. Wie hätte das auch sein sollen, wo doch keiner jemals den Heimatkokon verließ?

Doch jetzt war der Stamm Koshmars auf dem Marsch in die offene Welt. Und es war gut möglich, daß es hier draußen noch weitere Stämme gab. Eine faszinierende Vorstellung für Hresh. In den ganzen acht Jahren seines Lebens hatte er immer nur die gleiche Gruppe von sechzig Leuten gekannt. Hin und wieder wurde es einem Neuen erlaubt, geboren zu werden, dann nämlich, wenn einer von den Alten die Altersgrenze erreicht hatte und zur Luke hinausgedrängt wurde, um zu sterben – aber davon abgesehen waren es stets die gleichen Leute tagaus, tagein: Koshmar und Torlyri und Harruel und Taniane und Minbain und Orbin und die ganzen andern. Die Vorstellung, er könnte auf einen Trupp völlig andrer Menschen stoßen, war wundervoll.

Hresh versuchte sich auszumalen, wie sie aussehen würden. Vielleicht hatten sie gelbe Augen und einen grünen Pelz. Und vielleicht gab es Männer, die noch größer waren als Harruel. Und ihr Führer würde keine Frau sein, sondern ein junger Knabe. Und warum auch nicht? Es war doch ein andersartiger Stamm, oder? Die würden natürlich alles anders machen. Anstelle eines Alten Mannes im Stamm würden die drei Alte Frauen haben, die auf hellen Bögen von Grasglas die Chronik führten und unisono redeten. Hresh lachte. Und andere Namen als wir, ja, die würden sie auch haben. Sie heißen so irgendwie Migg-wungus und Kik-kik-kik und Pinnipoppim, entschied er, eben Namen, wie sie noch keiner je in Koshmars Stamm gehört hatte. Ein andrer Stamm! Sagenhaft!

Hresh bewegte sich inzwischen weniger vorsichtig weiter. In seiner Begierde, zum Ursprung der Stimmen vor ihm vorzustoßen, begann er sogar leicht zu traben und lief weiter in die dichter werdende Dunkelheit hinein.

Ein anderer Stamm, jawollja! Die Stimmen wurden nun deutlicher.

Er stellte sich vor, wie sie um ein qualmendes Lagerfeuer hockten, gleich dort, dort hinten, hinter dem nächsten Haufen Felsbrocken. Er sah sich selbst kühn in ihre Mitte schreiten. »Ich bin Hresh aus Koshmars Kokon«, würde er sagen, »und mein Stamm lagert gleich dort drüben. Es ist unsere Absicht, der Welt einen Neubeginn zu geben, denn jetzt ist der große Frühling angebrochen!« Und sie würden ihn in die Arme schließen und ihm Samtbeerwein zu trinken anbieten, und sie würden zu ihm sagen: »Auch wir wollen der Welt einen neuen Anfang geben. Führe du uns zu deinem Häuptling!« Und er würde lachend und rufend zum Lagerfeuer zurücklaufen und aus vollem Hals schreien, daß er andere Menschliche gefunden habe, einen ganzen Stamm davon, Männer und Weiber und Knaben und Mädchen, und sie hätten Namen wie Wigg-wungus und Kik-kik-kik und ...

Plötzlich blieb er wie erstarrt stehen. Seine Nüstern bebten, sein Sensororgan stand stocksteif und bebend aufgerichtet. Etwas war falsch.

In der stillen Nacht hörte er die Laute des anderen Stammes nun inzwischen sehr deutlich. Und das waren sehr seltsame Laute: ein hohes pfeifendes, schnappendes Quieken, vermischt mit einem gefämpften röchelnden Schnüffeln ... ein eigenartiges Lautgemisch, häßlich ...

Nein, das war nicht die Stimme eines anderen Stammes. Nein!

Das waren überhaupt keine menschlichen Laute.

Hresh schickte sein Zweites Gesicht aus, so wie Thaggoran es ihn gelehrt hatte. Kurze Zeit blieb alles verschwommen und trübe, doch dann stimmte er seine Wahrnehmungen exakter ein, und das Tonbild wurde scharf. Dicht hinter den Felsbrocken da vor ihm hielt sich ein Dutzend Lebewesen auf. Ihre Leiber waren etwa so lang wie der eines Menschen, aber sie gingen auf allen vier Gliedmaßen, und von ihren Muskeln bekam er den Eindruck, als wären sie stark und schnell beweglich. Die starren, funkelnden roten Augen waren klein, hell und wild, die Zähne lang und scharf und ragten wie Dolche aus den schnurrbärtigen Schnauzen hervor. Auf der Haut trugen sie einen dichten grauen Pelz, und ihre Sensororgane ragten gerade an ihrem Hinterteil hervor und zuckten dort wie lange dünne rosafarbene und fast haarlose Peitschenschnüre.

Nicht-Menschliche. Oh, ganz bestimmt!

Sie bewegten sich in einem Kreis, um und herum, kriechend und gleitend, und ab und zu hielten sie inne, richteten die Schnauzen in die Höhe und schnüffelten. Hresh verstand die Sprache nicht, die sie sprachen, aber die Bedeutung wurde ihm von seinem Zweiten Gesicht klar genug nahegebracht:

»Fleisch-Fleisch-Fleisch-Fressen-Fressen-Fleisch-Fressen…«

Wie hatte der Hjj-Mann gesagt? Die Rattenwölfe sammelten sich im Tal. Und sie gieren nach eurem Fleisch, denn ihr seid ein Fleischvolk, und sie haben großen Hunger. Koshmar hatte dabei nicht besonders aufgeschreckt gewirkt. Vielleicht hatte sie angenommen, der Hjjk-Mann lüge, vielleicht nahm sie an, daß es Geschöpfe wie Rattenwölfe gar nicht geben könne. Aber was sonst sollten denn diese schnüffelnden, raschelndhuschenden helläugigen Langzähne sonst sein? Wenn es nicht diese Rattenwölfe waren, vor denen der Hjjk-Mann sie zu warnen versucht hatte?

Hresh machte kehrt und rannte.

Um weitklaffende Felsenmäuler herum, an sandigen Bodenerhebungen vorbei und hinab zum ausgetrockneten Seegrund … er stolperte verzweifelt durch die Finsternis, verlor unterwegs in der Hast den Korb mit dem Brennholz und rannte, so schnell er nur konnte, zum Lagerfeuer seines Stammes zurück. Die Fremdheit des Dunkels griff nach ihm. Etwas Großes mit Flügeln und vorquellenden grüngoldnen Augen surrte um seinen Kopf. Er verscheuchte es mit einem Schlag und rannte weiter. Etliche hundert Schritte weiter erhob sich ein neues Etwas, das aussah wie drei lange schwarze Seile nebeneinander, vor ihm und wand und ringelte sich in dem kalten dünnen Licht der Sterne. Hresh schoß zur Seite, aber er blickte sich nicht um.

Außer Atem und keuchend stürzte er in die Mitte des Lagers.

»Die Rattenwölfe!« schrie er und deutete mit der Hand in die Nacht. »Die Rattenwölfe! Ich hab sie gesehen!« Und erschöpft fiel er fast vor Koshmars Füßen zu Boden.

Er fürchtete, daß sie ihm keinen Glauben schenken würden. Schließlich war er ja nur der wilde Hresh, der

Mistbalg Hresh, Hresh-voller-Fragen, oder? Doch ausnahmsweise achteten sie diesmal auf ihn.

»Wo waren sie?« verlangte Koshmar zu wissen. »Wieviele? Wie groß?«

Harruel gab alle – außer an die kleinsten Kinder – Speere aus. Thaggoran hockte am Feuer und richtete sein Sensororgan über den Trockensee, um die Ausstrahlung der Rattenwölfe zu ertasten.

»Sie kommen«, rief er Alte. »Ich spüre sie, sie kommen auf uns zu!«

Koshmar, Torlyri und Harruel bezogen Schulter an Schulter mit den griffbereiten Speeren an der westlichen Flanke des Lagers Stellung. Großartig sehen sie aus, dachte Hresh: die Stammesführerin, die Priesterin, der gewaltige Krieger. Neun weitere standen hinter ihnen, und hinter diesen eine weitere Reihe von neun Kämpfern, in deren Mitte sich die Kinder und die schwangeren Frauen drängten.

Hresh hörte, wie Koshmar die Fünf Himmlischen anrief, sah, wie sie die Fünf Zeichen schlug und danach das Zeichen Yissous des Beschützers immer und immer wieder von neuem. Auch er selbst murmelte ein Stoßgebet zu Yissous. Er als einziger im Stamm hatte die Rattenwölfe gesehen, ihre langen Schnauzen, die wilden kleinen Augen, die klingenscharfen Zähne.

Es trat ein langer Moment ein, in dem nichts geschah. Die Krieger, die den Zugang zum Lager bewachten, stapften in dichten Kreisen herum. Hresh begann sich zu fragen, ob er dort draußen in der Finsternis die Rattenwölfe vielleicht nur geträumt habe. Und er überlegte sich auch, wie streng Koshmar ihn bestrafen würde, sollte sich die Sache als ein falscher Alarm erweisen.

Aber dann war plötzlich der Feind über ihnen. Hresh hörte entsetzliche schrille pfeifende Schreie, und er roch einen merkwürdigen abscheulich dumpfigen Gestank; und einen Augenblick darauf, war der Feind ins Lager eingebrochen.

»Yissou!« brüllte Koshmar. »Dawinno!«

Die Rattenwölfe kamen gleichzeitig von allen Seiten heran, sie heulten gellend, sie sprangen, sie knurrten, ihre Zähne blitzten.

Frauen begannen zu kreischen, auch ein paar der Männer. Keiner hatte je solche Tiere gesehen, Tiere, die sich von lebendigem Fleisch nährten und ihre Zähne als Waffe benutzten. Und keiner vom Volk hatte jemals vorher auf diese Weise kämpfen müssen, in einem echten Kampf, nicht nur eine kleine gesellschaftliche Rangelei unter Freunden, sondern ein Kampf ums Überleben. Im Kokon war es so einfach gewesen, so leicht, so sicher. Doch sie waren nicht länger im Kokon.

Das Wolfsrudel kreiste und kreiste um sie, als versuche es, die schwächeren Stammesangehörigen auszusondern und von den anderen zu trennen. Der säuerlich-faule Gestank der Feinde hing schwer in der Luft. Im flackernden Feuerschein sah Hresh die roten Knopfaugen, die langen kahlen Sensororgane, und sie sahen genauso aus, wie er sie im Zweiten Gesicht vor kurzem gesehen hatte, nur vielleicht noch widerwärtiger und abstoßender. Was für scheußliche Wesen, was für Ungeheuer!

Er wich zum Kern der Gruppe zurück, er streckte den Speer vor sich hin, den Harruel ihm gereicht hatte, aber er wußte nicht so recht, was er damit beginnen sollte. Da packte man ihn an, ja? Und dann stößt man, wie – nach oben? Na, soll mal ein Rattenwolf mir nahe kommen, dann werde ich es schon ganz schnell raushaben, sagte er sich.

Die gewaltige Gestalt Harruels hob sich vor der Dunkelheit ab, er stieß, er grunzte und stieß erneut zu. Und dort war Torlyri und hielt sich tapfer mit kräftigen Tritten einen Rattenwolf vom Leib, während sie einen zweiten mit der Speerspitze aufspießte. Lakkamai kämpfte gut, auch Konya und Staip. Salaman, der nicht viel länger war als Hresh selbst, streckte zwei zu Boden, mit nur zwei aufeinanderfolgenden Hieben seiner Waffe. Koshmar schien überall gleichzeitig zu sein, und sie setzte nicht nur die scharfe Spitze ihres Speeres ein, sondern auch das stumpfe Ende und rammte es mit blutlüsterner Wonne diesem und jenem Wolf ins zähnefletschende Maul. Hresh hörte schreckliches Geheul. Die Rattenwölfe riefen einander zu, fast in einer Art Sprache: *»Kill-kill-kill-Fleisch-Fleisch-Fleisch* ...«. Und ein Mensch stöhnte vor Schmerzen; und ein anderer stieß ein tiefes angstvolles Wimmern aus.

Und dann, so blitzartig, wie er begonnen hatte, schien der Kampf vorbei zu sein.

Von einem Augenblick zum nächsten wurde alles still. Harruel stand auf seinen Speer gestützt da, atmete heftig, wischte sich ein blutiges Rinnsal immer wieder ab, das aus seinem Schenkel sickerte. Torlyri lag auf den Knien, von Entsetzen geschüttelt, und sagte unablässig den Namen Mueris vor sich hin. Koshmar, den Speer im Anschlag, stapfte auf und ab auf der Suche nach weiteren Angreifern, aber es gab keine mehr. Tote Rattenwölfe lagen überall verstreut umher. Sie wurden bereits steif, und sie sahen im Tod noch scheußlicher aus, als sie es lebend getan hatten.

»Jemand verwundet?« fragte Koshmar. »Meldet euch, wenn ich euch beim Namen rufe! Thaggoran?«

Es kam keine Antwort.

»Thaggoran?« rief sie noch einmal, weniger selbstsicher.

Und wieder kam von Thaggoran keine Antwort. »Such ihn!« befahl sie Torlyri. »Harruel?«

»Hier!«

»Konya?«

»Konya, zur Stelle!«

»Staip?«

»Staip, jawoll!«

Als Hresh aufgerufen wurde, konnte er kaum sprechen, so benommen war er von allem, was sich an diesem Abend ereignet hatte. Aber es gelang ihm, seinen Namen heiser krächzend zu flüstern.

Schließlich ergab die Volkszählung, daß alle Stammesmitglieder vorhanden waren – außer zweien, nein, eigentlich dreien, denn eine der Toten war Valmud, eine sanftmütige, wenn auch nicht übermäßig mit Intelligenz gesegnete junge Frau, die zu einer der Fortpflanzungspaarungen gehört hatte; und sie hatte in ihrem Leib ein Ungeborenes getragen. Das war schwer genug für das Volk, doch der andere Tote war geradezu eine Katastrophe.

Und es war Hresh, der ihn fand. Er lag niedergestreckt inmitten abgestorbenen, stacheligen Unkrauts, nicht weit vom Lagerrand entfernt. Thaggoran-der-Alte-Mann hatte sich tapfer gewehrt. Der Wolf, der ihm die Kehle aufgerissen hatte, lag mit herausquellenden Augen und schwarzer, geschwollener Zunge an seiner Seite. In seinem Todeskampf hatte der Chronist die Bestie erwürgt.

Vor Entsetzen fast gefühllos starrte Hresh düster auf den Toten hinab. Er konnte nicht einmal weinen. Dieser Verlust war zu gewaltig. Ihm war so, beinahe, als hätte man ihm selbst die Kehle zerfetzt. Nach einiger Zeit brachte er einen leisen erstickten Laut hervor, dann so etwas wie ein Schluchzen. Er war unfähig, sich zu bewegen. Er wagte nicht einmal, Atem zu schöpfen. Er wollte, daß die Zeit sich umstülpte und nicht gewesen wäre, daß dieser ganze Tag rücklings wieder zu seinem Anfang rolle.

Dann aber kniete er schließlich neben dem Alten Mann nieder und berührte zitternd seine Stirn, als hoffte er, daß das Weistum und Wissen, das so tief hinter dieser Stirn lagerte, durch die Berührung aus Thaggorans Geist in den seinen übergehen möge, ehe Thaggoran ganz erkaltet war. Aber Thaggorans Geist war schon fort.

Es war unfaßlich. Nie zuvor hatte Hresh ein derartiges Gefühl von Verlust erfahren. Sein leiblicher Erzeugervater, Samnibolon, war stets nur ein Name für ihn gewesen – und außerdem schon lange tot. Doch dies hier ... dies ...

»Dawinno ...«, setzte er unsicher zum Gebet an.

Und dann brach sich die aufgestaute Gefühlsflut seines Herzens Bahn. Von ganz tief in seinem Körper quoll ein schreckliches Schreien herauf, und er ließ es aufsteigen, eine gewaltige, stoßweise stockende Weheklage, ein wütendes krampfhaftes Heulen, das ihn beinahe in Stücke riß, als es aus ihm herausbrach. Dann stürzten ihm Tränen über die Wangen und verklebten seinen Pelz zu spitzen Haardornen. Es schüttelte ihn am ganzen Leib, er stöhnte, er trampelte mit den Füßen auf die Erde.

Nachdem der Gipfel seiner krampfhaften Erschütterung überstanden war, kauerte er, zitternd und schweißgebadet, auf dem Boden und bedachte den großen Verlust für das Volk und dachte an all das, was durch den Tod des Alten Mannes, dieses Weisen und Wissenden, ihm selbst aus dem Zugriff seiner Finger geglitten war.

Es war viel mehr als der Tod eines Mannes: Schließlich – sterben mußte ja jeder eines Tages, und Thaggoran hatte schon ganz schön lange gelebt. Aber sein Tod bedeutete das Sterben von Wissen. Ein unendlicher weiter Bereich der Leere in Hreshs Seele, würde nun nie mehr gefüllt werden können. Es gab so viel, was er von Thaggoran über diese fremdartige Welt zu lernen erhofft hatte, in die der Stamm ausgezogen – und gestürzt – war ... und nun würde er, Hresh, sie niemals lernen können. Manches stand in den Chroniken, viele Dinge waren dort festgehalten, ja, aber manches andere war nur durch das gesprochene Wort von Mund zu Ohr weitergegeben worden, von einem Chronisten zum anderen im Verlauf der Hunderttausende von Jahren ... und nun war die Kette der Weitergabe zerbrochen, von nun an würde all dieses Wissen für immer verloren sein.

Aber ich will trotzdem alles lernen, was ich nur kann, befahl Hresh sich.

Ich werde an Thaggorans Stelle aus mir einen Chronisten machen. Das sagte er zu sich kühn, in diesem Augenblick, in dem er von Erschütterung und unerträglichem Kummer und Verlustgefühl fast überwältigt war.

Er senkte die Hand und tastete kaltblütig in dem von Blut steifen Pelz dicht unter Thaggorans Hals. Da war ein Splitter grünen Glases, ein Amulet, klein, oval, sehr alt, auf dem viele Dinge in winzigen Zeichen eingekerbt waren. Thaggoran hatte ihm einmal gesagt, es sei ein ›Stück aus der Alten Großen Welt‹. Behutsam holte Hresh das Amulett hervor. In seiner Handfläche schien es kühl zu glühen. Er hielt das Ding mit heftig hämmerndem Herzen lange Zeit fest in der verkrampften Hand. Dann ließ er es in den kleinen Beutel fallen, den er an der Hüfte trug.

Er wollte es sich nicht um den Hals hängen, dieses Zauber-Stück: noch nicht. Aber bald, eines Tages würde er es tun.

Und so beschloß er: *Ich will überallhin über die Fläche dieser Welt gehen, und ich will alles sehen, was da existiert, und alles lernen, was gelernt werden kann, denn ich bin Hresh-der-voller-Fragen-steckt!* Ich will alle Geheimnisse beherrschen, die der vergangenen Zeiten und die der Zeiten, die da kommen werden, und ich werde meine Seele mit Wissen und Weisheit füllen, bis ich fast davon zerspringe, und dann werde ich meinen Wissensschatz in den Chroniken niederschreiben – zum Nutzen aller jener, die nach uns kommen werden in dieser Neuen Frühlingszeit.

Und während er all dies dachte, spürte Hresh, wie der Schmerz über Thaggorans Tod mehr und mehr verebbte.

Die ganze Nacht hindurch sang das Volk die Totenklagen über den zwei gefallenen Stammesmitgliedern, und beim ersten Schimmer des Morgengrauens trugen sie die Leichname eine kleine Strecke nach Osten, hinauf in die Hügelhänge und sangen die Worte Dawinnos über ihnen und sangen die Worte von Friit und Mueri für sich selber. Und dann gab Koshmar das Zeichen, und sie brachen das Lager ab und zogen hinaus auf die weiten Ebenen, die westlich lagen. Koshmar wollte ihnen nicht sagen, wohin sie zögen, sie sagte nur, daß es der Ort sei, zu dem zu gelangen ihnen bestimmt sei. Und keiner wagte es danach, weitere Fragen zu stellen.

3. Kapitel
Eine Landschaft ohne Grenzen

Ein beißender Wind fegte schneidend über das trokkene Flachland, riß den leichten Sandboden mit sich und wirbelte ihn zu dunklen Wolken auf. Hier wuchs beinahe überhaupt nichts: Es war, als hätte eine gewaltige Klinge die Oberfläche der Erde bis an die Wurzeln kahlgeschoren und alle fruchtbare Krume und alle kümmerliche Frucht davongekarrt.

Rechts von der Marschkolonne, nicht übermäßig weit entfernt, erstreckte sich ein Strang von blaugrünen niedrigen kahlen runden Hügeln. Links breitete sich ein endlos erscheinendes flaches Land bis zum Horizont. Es lag eine Schärfe in der Luft, und ihr Geschmack war ätzend. Aber der Tag war merklich wärmer als irgendeiner vordem. Es war in der dritten Woche des Auszuges.

In der nachmittäglichen Stille erhob sich ein seltsames Knurren, ein dumpfer Laut, wie keiner vom Volk ihn je vernommen hatte.

Staip wandte sich an Lakkamai, der an seiner Seite ging. »Die Berge dort reden zu uns.«

Lakkamai zuckte nur stumm die Achseln.

»Sie sagen: *Kehrt um, kehrt um, kehrt um*«, sagte Staip.

»Wie willst du das wissen?« fragte Lakkamai. »Es ist doch bloß ein Geräusch.«

Auch Harruel hatte es gehört. Er blieb stehen, wandte sich dem Geräusch zu und beschattete die Augen gegen den Glast. Nach einer Weile beugte er sich dem Wind entgegen, schüttelte den Kopf, lachte und wies zu den Bergen hin.

»Mäuler«, sagte er.

Seine Augen waren außergewöhnlich scharf. Auch die anderen Krieger beschatteten die Augen wie er, doch sahen sie nur die Berge. »Was soll das heißen – Mäuler?« fragte Staip.

»Vor den Bergen. Große sonderbare Tiere hocken dort und machen dieses Gebell. Sie haben keine Leiber, nur Mäuler«, sagte Harruel. »Seht ihr's denn nicht?«

Inzwischen hatte auch Koshmar es gesehen. Sie trat neben Harruel und sprach: »Schau dir das an! Meinst du, sie sind gefährlich?«

»Ach, die sitzen bloß da«, sagte Harruel. »Und wenn sie sich nicht von der Stelle bewegen, dann können sie uns ja nichts tun, nicht wahr? Aber ich geh da mal rüber und inspiziere sie mal aus der Nähe.« Er drehte sich um. »Staip! Salaman! Ihr kommt mit mir!«

»Darf ich auch mit?« bat Hresh.

»Du?« Harruel gluckste. »Dich werfen wir einem ins Maul und warten was passiert.«

»Bitte nicht«, sagte Hresh. »Aber darf ich mit?«

»Wenn es schon sein muß! Aber halt dich zurück, damit dir nichts geschieht.«

Sie gingen in langen Schritten über die Ebene auf die Berge zu, die drei Krieger und Hresh, und er hatte arge Mühe, mit ihnen mitzuhalten. In dichterer Nähe war das grunzende Bellen bedrückend laut, es ließ den Boden leise erbeben, und nun begriffen sie alle, daß Harruel sich über den Ursprung nicht getäuscht hatte. Am Fuße der Bergkette hockten in einer Reihe an die zehn, zwölf riesige schwarzblaue höckerförmige Wesen in gleichem, weitem Abstand zueinander. Es sah aus, als besäßen sie überhaupt keine Gliedmaßen oder Leiber, sondern wären nur unbewegliche riesenhafte Schädel mit stumpf glotzenden Augen. Und in regelmäßigem Rhythmus rissen sie die weiten Maulhöhlen auf und stießen ihre wummernden Unkenrufe aus.

Über die ganze Weite her nahten sich kleine Tiere, als wären sie von diesen dumpfen quäkenden Lauten mit unwiderstehlicher hypnotischer Kraft angezogen. Eins nach dem anderen trippelten oder krochen oder hüpften oder glitten sie ohne Zögern auf die großen Schädel zu und über den Rand der dunkelroten Unterkiefer und hinab in den schwärzlichen Schlund dahinter.

»Haltet euch zurück!« befahl Harruel scharf. »Wenn wir zu dicht herangehen, werden wir vielleicht ebenfalls da hineingezogen.«

»Ich spüre kein Ziehen«, sagte Staip.

»Ich auch nicht«, versicherte Salaman. »Nur so ein winziges Kitzeln, vielleicht. Aber – Hresh! Hresh, komm zurück!«

Der Junge hatte sich immer weiter nach vorn geschoben, bis er vor den Kriegern stand. Und jetzt schritt er merkwürdig ruckartig über die Ebene auf die Kopfmäuler zu; mit zuckenden Schultern, und die Knie sausten bei jedem Schritt fast bis in Hüfthöhe empor. Das Sensororgan hatte er wie eine Schärpe um den Leib geschlungen.

»Hresh!« brüllte Harruel.

Hresh befand sich inzwischen nicht weiter als fünfzig Schritt von dem nächsten Kopfmaul entfernt. Er bewegte sich wie ein Schlafwandler. Der Rhythmus des dröhnenden Brüllens beschleunigte sich. Der Erdgrund schwankte heftig. Harruel warf ärgerlich den Kopf zurück und stürzte vorwärts. Er faßte den Jungen um den Leib und hob ihn vom Boden hoch. Hresh starrte ihn blicklos an.

»Früher oder später wird dir deine Neugier den Hals kosten«, knurrte Harruel grimmig.

»Was? Was?«

»Der Junge ist ganz benommen«, sagte Staip. »Das Gedröhn – das hat ihn regelrecht reinziehen wollen ...«

»Ich spür es jetzt auch«, sagte Salaman. »Wie eine Trommel, die uns ruft ... *wumm – wumm – wumm* ...«

Harruel blickte glotzäugig in fasziniertem Entsetzen zurück. Salaman hatte recht: der Lärm übte eine irgendwie magnetische Kraft aus und zog über die ganze Ebene her Lebewesen an sich, die von den Kopfmäulern verschlungen wurden. Abrupt bückte sich Harruel, packte einen Steinbrocken so groß wie seine Faust und warf ihn heftig auf das klaffende Maul zu. Aber der Wurf war um fünf oder zehn Schritte zu kurz geraten.

»Kommt!« krächzte er laut. »Verziehen wir uns von hier und weg von dem Zeug da, bevor es zu spät ist!«

Und sie rannten wieder zurück zur Marschkolonne. Harruel trug Hresh unterm Arm, auf daß der nicht noch einmal unter den hypnotischen Zwang gerate und etwa wieder in sein Verderben zu stürzen versuche. Das Brüllen der gewaltigen Kopfmäuler in ihrem Rücken wurde lauter und fordernder, aber nur kurz, dann schwächte die Entfernung es ab.

Als die Männer wieder beim Stamm angelangt waren, fanden sie dort alles in Wirrwarr und Wirrsal. Es hatte ein erneuter Angriff von Blutvögeln eingesetzt. Plötzlich waren die wildwütigen weißäugigen Wesen in einem dichten Schwarm aus der Düsternis im Osten herangekommen und wirbelten nun kreischend über den Köpfen der Menschen, auf die sie mit ihren rasiermesserscharfen Schnäbeln niederstießen. Delim kämpfte gegen eine Bestie an, die ihren ganzen Kopf mit hämmernden Flügelschlägen einhüllte, und Thhrouk wehrte sich gegen zwei Vögel gleichzeitig. Lakkamai schoß vorwärts, zerrte den Blutvogel von Delim weg und zerriß ihn in zwei Stücke. Die Frau kauerte auf der Erde und preßte beide Hände übereinander auf eine Augenhöhle, aus der das Blut strömte. Harruel sichelte mit seiner Speerspitze durch die Luft und spießte erst einen, dann einen zweiten Vogel auf. Koshmar befand sich mitten im Kampfgetümmel und brüllte allen ermutigend zu. Noch immer war aus der Ferne das dröhnende Brüllen der Maulköpfler vernehmbar, und darüber schrillten die kreischenden Schreie der Blutvögel.

Der Kampf dauerte zehn Minuten. Dann verzogen sich die Vögel ebenso rasch, wie sie erschienen waren. Der Stamm hatte sechs Verwundete, darunter Delim am schwersten verletzt. Torlyri verband ihr das Auge, aber sie würde damit nie wieder sehen können. Harruel hatte zwei tiefe Schnitte am Speerarm davongetragen. Auch Konya war verwundet worden. Allesamt waren sie erschöpft, bedrückt und mutlos.

Und zu allem brach auch noch die Nacht herein. Die letzten Lichtströme der sterbenden Sonne tauchten das flache Land in eine scharlachrote Flut.

»Ja also«, sagte Koshmar. »Es ist zu spät, um weiterzumarschieren. Wir schlagen hier das Lager auf.«

Harruel schüttelte den Kopf. »Nicht hier, Koshmar. Wir müssen erst etwas weiter wegkommen von diesen Mäulerbiestern. Hörst du sie nicht? Ihr Gebrüll ist gefährlich. Wenn wir hierbleiben, passiert es uns, daß die Leute in der Nacht davonlaufen und wie Schlafwandler mitten in deren Rachen stolpern.«

»Meinst du das im Ernst?«

»Wir haben so beinahe Hresh verloren«, sagte Harruel. »Der ist einfach direkt auf eins von den Dingern zugewankt.«

»Yissou!« Stirnrunzelnd betrachtete Koshmar eine Weile die großen Schädel am Horizont. Dann spuckte sie aus und sagte: »Also gut. Ziehen wir weiter!«

Sie marschierten weiter, bis die Finsternis sie zum Anhalten zwang. Das Röhren der großen Maulköpfe war hier nur noch sehr leise vernehmbar. An einem Platz, wo aus dem Sand ein dünnes Wasserrinnsal brach, sank das Volk erleichtert zur Ruhe nieder.

»Es war ein Fehler«, sagte Staip leise.

»Daß wir aus dem Kokon ausgezogen sind, meinst du?« fragte Salaman. »Du glaubst, wir hätten bleiben sollen? Versuchen sollen, es mit den Eisfressern aufzunehmen?«

Harruel fuhr sie wütend an. »Es war richtig, daß wir

den Auszug gemacht haben«, sagte er mit fester Stimme. »Da kann es überhaupt gar keinen Zweifel geben, daß es die richtige Entscheidung war.«

»Was ich meine«, sagte Staip, »ist, daß wir in diese Richtung ziehen. Koshmar hat nicht recht getan, daß sie uns in diese elenden Ebenen führt. Wir hätten uns südwärts wenden sollen, dem Schein der Sonne zu.«

»Ach, wer weiß?« sagte Harruel. »Eine Richtung ist so gut wie die andere.«

Im Dunkel der Nacht gab es beständig fremdartige unheimliche Geräusche: Zischen, Schnattern, Schrillen. Und das unablässige bohrende Röhren der Großmäuler in der Ferne, die ihren gierigen Hungergesang hinausgröllten, während sie am Fuß der kahlen Berge lauerten, bis ihre wehrlose Beute zu ihnen kam.

Es war die fünfte Woche der Wanderschaft. Torlyri war wie üblich bei Tagesanbruch aufgestanden, um das Opfer zum Sonnenaufgang darbringen zu können, und rollte, räkelte und streckte sich nun, ehe sie tapsig auf die Beine kam. Die Frühsonne badete sie in angenehme Wärme. Leise verließ sie den Lagerplatz, wo alle anderen noch schliefen, und spähte umher, bis sie einen passenden Fleck für ihr Opfer gefunden hatte: ein kleines Stück gen Westen. Es schien so, als sei da ein geheiligter Ort: ein kleiner Abhang, abgeschirmt, an dem Tausende von kleinen rotrückigen Insekten emsig mit dem Bau einer komplizierten türmebestückten Konstruktion über dem Sandboden beschäftigt waren. Also kniete sie daneben nieder, sprach die Worte, rief die Namen an, bereitete die Opfergaben.

Die frühe Morgensonne fühlte sich warm an, stark, angenehm. Während der paar letzten Tage war Torlyri aufgefallen, daß das Wetter irgendwie mehr und mehr angenehm geworden war. In den ersten Tagen war sie stets in einem kalten Dunst und zitternd und steif an jedem Morgen erwacht; jetzt aber kam ihr die Morgenluft milder und weicher vor, wenn auch nicht gerade schon wirklich mild und weich.

Trotzdem, es war ein Anzeichen für etwas, und es löste Hoffnung in ihr aus. Vielleicht war dies wahrhaftig der Neue Frühling ... trotz allem.

In dem Punkt war Torlyri nämlich nie so ganz sicher gewesen. Genau wie alle übrigen Stammesmitglieder hatte sie sich von Koshmars hartnäckigem Optimismus fortreißen und aus dem Kokon wegreißen lassen. Aus Liebe zu Koshmar hatte sie ihre starken Bedenken nicht laut vorgebracht, aber sie wußte, es gab eine Gruppe im Stamm, die es vorgezogen hätte, wenn man im Kokon geblieben wäre. Dieser Auszug war ein gewaltiger, furchteinflößender Entschluß. Die Veränderungen waren dermaßen stark, daß Torlyri noch kaum zu glauben vermochte, daß sie diesen Schritt hinaus wirklich getan hatten. Seit ewig hatte der Stamm in seinem Kokon gelebt – oder doch jedenfalls beinahe seit ewigen Zeiten, was ja fast das gleiche war. Hunderte von Tausenden von Jahren – hatte der arme alte Thaggoran immer gesagt! Es war für Torlyri unmöglich, sich vorzustellen, wie lange so etwas sein mochte, viele hundert von tausend Jahren – oder auch bloß tausend Jahre. Tausend Jahre – das war doch eigentlich schon ›immer und ewig‹. Also waren wohl Hunderttausend Jahre hundertmal mehr ›ewig und immer‹.

Aber sie waren gehorsam ausgezogen – nachdem sie hundertmal für immer und ewig in ihrem Kokon gelebt hatten. Wie schlafbenommene, traumbetäubte Taumler waren sie Koshmar hinausgefolgt in eine Welt urplötzlich auftauchender Gefährdung.

Diese wilden blindwütigen, knurrend-pfeifenden Rattenwölfe – was für ein Segen, daß der Stamm vor ihnen gewarnt worden war, oder es hätte mehr als nur zwei Leben gekostet, soviel war sicher. Und dann diese Blutvögel – was war das für ein scheußlicher Kampf gewesen, bis man sie vertrieben hatte! Und dieses Fluggeziefer mit den Lederschwingen, das danach auftauchte. Und dann ... nach dem ... da kam ...

Nein, Torlyri wußte es, es würde kein Ende geben der tödlichen Gefahren, die auf dieser weiten flachen Erdfläche auf das Volk lauerten. Und *kalt* war es hier, sogar jetzt noch, und trocken und zum Herzerbarmen öde, und es gab auch keine Mauern, Wände, Grenzen ... *Hier gab es keine Grenzen.* Der Kokon hatte absolute Sicherheit geboten – und hier gab es nichts davon, überhaupt nichts an Sicherheit.

Und wenn sie nun den Kokon zu früh verlassen hätten?

Sicher, es waren Jahrhunderte seit dem letzten größeren Kataklysma vergangen, hatte jedenfalls Thaggoran behauptet. Was jedoch, wenn dies jetzt nur eine jener ruhigeren Intervallperioden war, zwischen dem Niedergang eines der Todessterne und dem Sturz des nächsten?

Vor ein, zwei Tagen hatte Minbain genau die gleichen angstvollen Befürchtungen ausgedrückt, als sie zu Torlyri kam, um in Kommunion mit Mueri zu treten. Es war das drittemal innerhalb einer Woche, daß Minbain um diese Vereinigung gebeten hatte. Die Auswanderung schien schwerer auf ihr zu lasten als auf den übrigen Frauen, den meisten jedenfalls, vielleicht weil sie älter war als die meisten anderen, obwohl es ein paar gab, die sogar noch älter waren als Minbain und dennoch recht gut durchhielten. Sie aber wirkte abgehärmt und niedergeschlagen und steckte voller Zweifel.

»Thaggoran hat uns immer gesagt«, stammelte Minbain, »daß mindestens fünftausend friedliche Jahre vorbeigehen, zwischen der Zeit der niederstürzenden Todessterne. Aber das bedeutet doch nicht, daß damit alles vorbei ist, hat er gesagt. Jedesmal nach einer Zeit ohne Todessterne soll ein neuer Todesstern auftauchen. Wie können wir also sicher sein, daß die Welt jetzt den *letzten* von ihnen gesehen hat?«

»Yissou-der-Beschützer hat uns herausgeführt«,

sagte Torlyri beschwichtigend und haßte sich im gleichen Augenblick dafür, daß ihr die tröstliche Lüge so glatt über die Zunge glitt.

»Wenn es aber *nicht* der Beschützer war, der uns herausgeführt hat?« fragte Minbain. »Wenn es der Vernichter war?«

»Frieden«, flüsterte Torlyri. »Komm ganz dicht zu mir, Minbain. Laß mich deiner Seele Erleichterung spenden.«

Doch ihre eigene Seele fand wenig Ruhe. Zwar mühte sie sich, es nicht merken zu lassen, doch in ihr herrschte fast ebenso große Furcht wie in Minbain. Es gab einfach keine Garantie dafür, daß dies wirklich die richtige Zeit des Auszugs und Aufbruchs sei. Torlyri glaubte daran, daß die Götter es gut mit ihnen meinten; doch gab es auch keine Möglichkeit, das Walten und Wirken der Götter weislich zu wissen, die in ihrer Weisheit, so groß sie auch sein mochte, das Volk leicht in furchtbares Verderben führen mochten. Denn wie sollte denn irgend jemand wissen, was werden würde und kommen? Morgen oder über den Morgen oder am übernächsten Tag mochte man vielleicht schon das schreckliche Feuer aus dem Schweif eines Todessterns über die Himmel hereinfahren sehen, und dann würde die ganze Welt unter der gewaltigen Wucht des Zusammenpralls erbeben, und der Himmel würde schwarz sein, und die Sonne verborgen, und alle Wärme würde weichen von der Welt, und verderben würden alle wärmeliebenden Wesen, so sie nicht zeitig Schutz und Zuflucht fänden. Dies war so vielmals geschehen, in der Vorzeit, in den siebenhunderttausend Jahren des Langen Winters: Wie also sollte man gewiß sein, daß es nicht wieder so werden würde? Der Stamm schuldete es der Menschheit, sich zu bewahren und lebenskräftig zu erhalten, bis der lange Alptraum endlich von der Welt weichen würde.

Es ist möglich, daß wir die einzigen sind, die es überhaupt noch irgendwo gibt, dachte Torlyri.

Dieser Gedanke war entsetzlich. Nur dieses eine kleine, verwundbare Häufchen, etwa sechzig Frauen, Männer und Kinder, als Bollwerk und Brücke zwischen dem Menschen und seiner Auslöschung! Dürfen wir überhaupt auch nur das geringste Risiko eingehen, vernichtet zu werden, dachte sie, wenn wir die einzigen Überlebenden unserer Art sind? Es war doch so, als trügen sie die gesamte Bürde aus all den Millionen Jahren der menschlichen Existenz auf Erden: und alles zentrierte sich nun auf diese kleine Stammeshorde, diese lächerlich wenigen Versprengten und unsicher über die öden Ebenen Wandernden. Und das war eine fürchterliche Vorstellung.

Aber dennoch, die Tage wurden wirklich *wärmer*.

Es wäre ein Aberwitz gewesen, hätte sich das Volk bis ans Ende der Zeit in seinem kuscheligen Kokon verstekken wollen, um darauf zu warten, bis man absolut sicher sein konnte, der Auszug in die Welt sei gefahrlos. Die Götter gaben niemals absolute Gewißheit über etwas. Nein, man mußte den Einsatz wagen und glauben. Koshmar glaubte, daß es ungefährlich sei hinauszuziehen. Die Weissagungen hatten es ihr angedeutet. Und Koshmar war Stammesoberhaupt. Torlyri wußte, sie selbst würde die Dinge nie mit dem klaren, kühnen Blick Koshmars sehen können. Dies war der Grund, warum Koshmar Häuptling war – und sie nur eine Priesterin.

Geschäftig bereitete sie das Sonnenaufgangsopfer vor. Allmählich ging es ihr besser. Ja, Yissou beschützte und ernährte sie *wahrhaftig*. Die Götter hatten das Volk nicht im Stich gelassen oder gar Verrat an ihm geübt, als sie Koshmar erlaubten, das Volk hinauszuführen. Alles würde sich zum Guten wenden. Sie waren durch gewaltige Fährnis gewandert, und große Gefahren lagen zuhauf noch vor ihnen; doch alles würde gut sein. Sie standen unter dem Schutze Yissous.

Der Auszug hatte die Erfindung eines neuen Morgenrituals erforderlich gemacht. Es vollzog sich nicht mehr der tägliche Tausch der Dinge aus dem Innern des Kokons gegen die Dinge von außerhalb. Statt dessen füllte Torlyri jeden Abend eine Schale mit Grashalmen und Erde von dem Ort, an dem sie über Nacht lagerten, und am nächsten Morgen bot sie die Gaben den vier Himmelsrichtungen dar und erflehte den Schutz der Götter, und dann trug sie den Inhalt der Schale mit sich, um ihn abends auf dem nächsten Lagerplatz zu verstreuen. Auf diese Weise wob Torlyri ein heiliges Band auf dem Weg des Volkes über das Antlitz dieser unvertrauten Welt.

Diese Kontinuität herzustellen, das erschien ihr als lebenswichtig. Nach Thaggorans Tod war es, als sei die ganze Vergangenheit abgeschnitten und der Stamm verwaist und ohne Ahnen und Erbe. Sie stolperten im Finstern weiter und konnten nur ahnen, was zu tun ihnen bestimmt sei. Da ihnen das Gestern so grausam abgeschnitten war durch den Tod des Chronisten, mußten sie einen neuen Geschichtsstrang spinnen, der sich bis in die künftigen Jahre erstrecken sollte.

Als Torlyri das Morgenritual beendet hatte, erhob sie sich und wollte ins Lager zurückkehren. Unerwartet bewegte sich unter ihren Füßen etwas im Boden. Sie blickte hinab, scharrte im sandigen Boden und fühlte ein antwortendes Zucken auf ihr Bohren. Sie stellte die Schale ab, schaufelte die oberste Erdschicht fort und enthüllte dabei ein Ding, das aussah wie ein dickes rosigschimmerndes Seil, das ein Stückchen tiefer vergraben lag. Das Ding wand sich konvulsivisch, irgendwie gereizt oder ärgerlich. Behutsam berührte sie es mit der Fingerspitze, und diesmal zuckte es dermaßen heftig, daß zwei Armeslängen aus der Erde hervorbrachen und sich wie strammes Tau in die Höhe krümmte. Kopf- und Hinterende des Dings blieben weiter verborgen.

»Was für ein scheußlicher Wurm!« kam von oben eine Stimme. »Töte ihn, Torlyri! Töte ihn!«

Sie blickte auf. Koshmar stand oben am Hang.

»Wieso bist du gekommen?« fragte Torlyri.

»Weil ich nicht dort sein mochte«, sagte Koshmar mit einem merkwürdig verlegenen Lächeln.

Torlyri verstand. Das Lächeln war unmißverständlich. Koshmar verlangte es nach ihrem Tvinnrpartner; sie hatten sich seit dem Auszug aus dem Kokon noch nicht ein einzigesmal gedoppelt.

Daheim im Kokon gab es die Tvinnr-Kammern für derlei intime Aktivitäten, doch hier, unter der gewaltigen offenen Kuppel des Firmaments war Heimlichkeit nicht möglich. Und inmitten der ungewohnten angespannten Atmosphäre des Trecks war ihnen Tvinnr irgendwie nicht passend erschienen. Jedoch Doppeln war für das Wohlsein der Seele wesentlich. Und allem Anschein nach vermochte Koshmar nicht länger zu warten und war deshalb Torlyri zur Opferstelle gefolgt. Torlyri freute sich darüber. Freudig streckte sie ihrer Tvinnr-Partnerin die Hand entgegen. Koshmar schlitterte die Böschung herab an ihre Seite.

Das Geschöpf wand sich noch immer zuckend in der Erde. Koshmar zog das Messer. »Wenn du es nicht töten magst, dann tu ich es.«

»Nein«, sagte Torlyri.

»*Nein?* Aber wieso nicht?«

»Es hat uns nichts getan. Wir wissen nicht, was es ist. Warum können wir es nicht einfach in Ruhe lassen und woanders hingehen?«

»Weil ich es verabscheue. Es ist scheußlich.«

Torlyri starrte sie seltsam an. »Noch nie hab ich dich so sprechen hören. Töten ohne Grund, nur um zu töten, Koshmar? Das paßt nicht zu dir. Tu ihm nichts, ja? Ohne Not zu töten – das ist eine Sünde wider den Ernährer. Laß die Kreatur in Ruhe!« Etwas bedrückte Koshmar schwer, soviel war deutlich. Torlyri bemühte sich, sie abzulenken. »Du, schau dir noch mal die Burg an, die die Insekten dort gebaut haben.«

Gleichgültig sagte Koshmar: »Wie interessant.«

»Nicht wahr? Schau mal, da haben sie ein kleines Tor gemacht, und da Fenster und Verbindungswege, und hier unten ...«

»Ja, es ist wunderbar«, sagte Koshmar, ohne hinzusehen. Sie steckte das Messer fort; anscheinend hatte sie auch das Interesse an dem Seilgeschöpf verloren. »Komm, laß uns doppeln, Tvinnr Torlyri«, sagte sie.

»Gern. Gleich hier, meinst du?«

»Gleich hier! Und jetzt! Es ist schon eine Million Jahre her, seit ...«

»Ja. Ja, natürlich.«

Torlyri nickte zustimmend. Sanft fuhr sie mit der Hand über die Wange ihrer Partnerin, und sie legten sich gemeinsam nieder. Ihre Sensororgane berührten sich, zogen sich zurück, betasteten einander aufs neue. Dann umwanden sie sich gegenseitig sacht mit den Sensororganen und vollzogen jene behutsamen und Umschlingungsbewegungen der Tvinnr und glitten in die Anfangsstadien ihrer Zusammenfügung hinüber.

Eine Stufe nach der anderen erreichten sie die Eingliederung, leicht, mühelos, mit der Gewandtheit, die aus der langen Vertrautheit miteinander erwachsen war. Sie waren Tvinnr-Partnerinnen seit ihren Jungmädchenjahren, und sie hatten nie Verlangen nach irgend jemand sonst gehabt, ganz so, als wären sie als die zwei Hälften eines einzigen Ganzen geboren worden. Manche hatten Probleme mit dem Tvinnr; Koshmar und Torlyri, niemals.

Dennoch gab es diesmal kleine Momente des Zögerns und der verfehlten Kontakte, auf die Torlyri nicht vorbereitet gewesen wäre. Koshmar war ungewöhnlich angespannt und starr; ihre ganze Seele schien froststarr zu sein, wie ein Stab aus einem biegsamen Metall, der lange an einem kalten Ort verweilte. Vielleicht kommt es nur daher, daß wir so lange nicht mehr getvinnrt haben, dachte Torlyri. Doch wahrscheinlicher war, daß das Problem vielschichtigere Ursprünge hatte als nur bloße Enthaltsamkeit. Sie öffnete sich für Koshmar, und während ihre Seelen sich mischten, mühte sie sich, aus Koshmars Seele zu lösen, was immer an Dunklem, Bedrückendem dorthin eingedrungen war.

Es handelte sich um eine viel intimere Verschmelzung als sie bei der bloßen Kopulation üblich ist; ein Akt, den Koshmar stets verabscheut und vermieden hatte und den Torlyri im Verlauf der Jahre nur zwei-, dreimal ausprobiert hatte, ohne dabei sehr viel davon zu haben. Die meisten Stammesangehörigen kopulierten nur selten, denn die Kopulation führte oftmals zu Befruchtung, und die Austragung einer Frucht mußte notwendig selten sein, da das Bedürfnis, Nachwuchs für den Stamm zu schaffen, im Kokon sich so selten ergab. Aber Tvinnr – ach, Tvinnr, die Dopplung, das war etwas anderes! Es war eine Methode der Liebe, ja, und eine Methode der Heilung, und zuweilen war es auch eine Methode, Wissen zu erwerben, das anders nicht gewonnen werden konnte; aber es war noch vieles andere außerdem.

Ihre Leiber hielten einander umschlungen, und ihre Seelen umfingen einander, und gemeinsam sanken sie tiefer und tiefer hinab, durch alle Schichten ihrem Ziel entgegen, der warmen dunklen Vereinigung, sie wehten wie Daunenflaum in warmen Windschüben, schwerelos, mühelos dahingetragen, glitten mit Leichtigkeit an den felsigen Abstürzen und scharfkantigen Steinsedimenten der Seele vorbei, meisterten mit arglos reiner Schlichtheit die hinterhältigen Klüfte und Kloaken der Vernunft. Bis sie schließlich völlig ineinandergefügt waren und eins im andern zur Einheit verschmolzen, eins das andere umfassend und einschließend, völlig geöffnet für das Fluten und Ebben der anderen Seele. Torlyri suchte den Ursprung für Koshmars Beklommenheit, konnte ihn aber nicht finden; und dann – fortgerissen von der Wonne der Tvinnr-Vereinigung – vermochte sie sich nur noch dem Tvinnr selbst hinzugeben.

Hinterher lagen sie in warmer Erfülltheit dicht beisammen.

»Ist es jetzt fort aus dir?« fragte Torlyri. »Der Schatten, die Wolke, die auf dir lasteten?«

»Ja, ich glaube.«

»Was war es? Magst du es mir sagen?«

Koshmar antwortete eine Weile nicht. Sie schien nach Worten zu ringen, um dem inneren Schmerz Ausdruck zu verleihen, der Qual, die Torlyri während des Tvinnr nur als harte dunkle Verknotung hatte wahrnehmen können, in den sie weder vorzudringen vermochte, noch ihn begreifen oder zur Auflösung veranlassen konnte.

Dann, einige Zeit später, vergrub Koshmar sacht die Finger in Torlyris dichtes schwarzes Fell und sagte wie von sehr weit her: »Weißt du noch, was der Hjjk-Mann sprach? Seine letzten Worte an uns? *Es gibt keine Menschlichen, Frau aus Fleisch,* das hat er gesagt.«

»Ja, ich erinnere mich daran.«

»Es haftet in meiner Seele, Torlyri, und es brennt mich. Was kann er damit gemeint haben?«

Torlyri wandte sich ihr zu, so daß ihre Augen dicht vor den Koshmars intensiv leuchtenden Augen waren. »Er sprach so nur aus reiner übermütiger Bosheit. Er wollte unsere Seelen betrüben, mehr nicht. Er war ungeduldig, es verdroß ihn, daß wir ihn nicht vorüberziehen lassen wollten. Also sagte er etwas, von dem er annahm, es würde uns schmerzen. Es war nur eine Lüge.«

»Aber er sprach die Wahrheit über die Rattenwölfe«, warf Koshmar ein.

»Dennoch. Das bedeutet ja nicht, daß auch alles übrige, was er sagte, Wahrheit gewesen ist.«

»Aber wenn es nun doch so wäre? Wenn wir die einzigen wären, Torlyri?« Koshmar schien die Worte aus der Tiefe ihrer Brust heraufzupressen.

Die eisige Vorstellung war wie ein Echo auf Torlyris eigene unheilvolle Grübelei vor einiger Zeit. Düster bekannte sie: »Mir ist der gleiche Gedanke gekommen, Koshmar. Aber auch der Gedanke, was für eine Verantwortung wir tragen, was für eine Verpflichtung zum Überleben, falls wir sechzig Leute die einzigen Menschlichen sind, die es noch auf der Welt gibt, wenn alle anderen in des Langen Winters Wüten untergingen.«

»Verantwortung, ja.«

»Wie schwer dich dies bedrücken muß, Koshmar!«

»Aber nun bin ich nicht mehr gar so voll Sorge. Ich fühle mich stärker, Torlyri, seitdem wir Tvinnr waren.«

»Wirklich?«

Koshmar lachte. »Vielleicht brauchte ich weiter nichts, als mit dir zu doppeln, wie? Ich war so voller Trübsal, voll düsterer Ahnungen, so überwältigt von einem Gefühl, daß ich eine wahnwitzige Torheit begangen hätte und daß die Strafe für Dummheit stets schrecklich ist ... – und ich wußte, daß ich allein verantwortlich sein würde, weil ich es war, die entschied, daß wir den Kokon verlassen müßten, und daß Thaggoran Zweifel hegte, und auch du ...« Sie schüttelte den Kopf. »Wie immer hast du mich getröstet und froh gemacht, Torlyri. Du hast mir von deiner Kraft gegeben und mich befähigt, weiterzuhandeln. Das Hjjk-Männchen hat also gelogen, was? Wir sind nicht allein. Wir werden die anderen suchen und finden, und gemeinsam werden wir die Welt neu aufbauen. Ist es nicht so? Gewiß. Ganz gewiß. Wer könnte daran zweifeln! Ach, Torlyri, Torlyri, wie sehr lieb ich dich!«

Und sie umarmte Torlyri stürmisch. Doch Torlyri ging darauf nur halbherzig ein. Während der letzten paar Augenblicke hatte sie gespürt, wie etwas sich in ihrer Seele veränderte, etwas, das ihr Gemüt wie ein grimmiger, schwerer Schatten umdüsterte. Die Unruhe und Unsicherheit des Vortages waren wieder in sie zurückgekehrt. Wieder schien es ihr, daß das Schicksal des Volkes auf höchst unsichere Weise über einem unendlich tiefen Abgrund hinge. Und nun war sie in Zweifel und Verzweiflung verstrickt, als wäre bei ihrer Vereinigung mit Koshmar deren Seelenpein auf sie übergegangen.

»Bist jetzt *du* in deinem Herzen betrübt?« fragte Koshmar nach einer Weile und zog die Hand zurück.

»Vielleicht.«

»Das lasse ich nicht geschehen. Sollst du mir das Herz leichter machen, nur um deines zu beladen?«

»Wenn ich dir deine Befürchtungen nehmen konnte, freut mich das sehr«, sagte Torlyri. »Aber ich fürchte, jetzt lastet deine Furcht und Sorge schwer auf mir.« Sie schaufelte mit beiden Händen die sandige Erde auf und verstreute sie gereizt wieder. Schließlich sagte sie: »Koshmar, was wird, falls wir *wirklich* die einzigen Menschlichen sind?«

»Na und? Wenn wir es wären?« sagte Koshmar großspurig. »Dann werden wir unser Erbe antreten und die Erde beherrschen, wir sechzig! Wir werden uns unser Königreich bauen auf dieser Erde. Wir werden sie mit Leuten unseresgleichen neu besiedeln. Wir müssen nur sehr achtsam und vorsichtig sein, mehr nicht, denn wir sind etwas Seltenes und Kostbares, wenn wir die einzigen überlebenden Menschen sind, die es noch gibt.«

Der plötzliche Überschwang Koshmars wirkte unwiderstehlich auf Torlyri. Beinahe sogleich spürte sie, wie die düstere Bedrückung sich von ihr zu heben begann.

»Dennoch bleibt sich das gleich«, fuhr Koshmar fort. »Ob wir nun die einzigen überlebenden Menschlichen sind oder nur ein Häufchen unter Millionen. Wir müssen uns dennoch stets höchst vorsichtig verhalten auf unserem Zug und tunlichst allen Gefährdungen ausweichen, die diese Welt für uns bereithält. Denn vor allem anderen haben wir die Pflicht, einander zu beschützen und zu erhalten und ...«

»Oh! Schau doch, schau, Koshmar!« rief Torlyri plötzlich.

Sie deutete auf die Insektenburg. Das seilartige Geschöpf hatte sich mit einem Ende völlig vom Erdboden losgerissen. Es war unmäßig lang, dreifach oder gar vierfach mannslang. Hochgekrümmt und niederstoßend schlug das Ding wieder und wieder gegen die kunstvollen Mauern und Türmchen des Bauwerks. Das ausdruckslose, augenlose Vorderende öffnete sich zu einem klaffenden Schlund. Und sobald das Geschöpf eine Bresche in die Burg gebrochen hatte, begann es die kleinen roten Insekten und ihre zerschmetterten Wehrwälle mit gierigen Schlucken zu verschlingen, so daß bald keine Spur mehr von den Erbauern und ihrem Werk mehr übrigbleiben würde.

Koshmar schauderte. »Ja, Gefahren überall. Ich sagte dir ja, daß ich das da töten wollte.«

»Aber es hat *dir* doch nichts getan.«

»Und den Insekten, deren Burg es zerstört hat?«

Torlyri lächelte. »Koshmar, denen bist du keinen Gefallen schuldig. Alle Geschöpfe müssen essen, sogar ekelhafte Wurmstricke. Komm weg, lassen wir es sein Frühstück in Ruhe beenden!«

»Es gibt Augenblicke, da vermute ich, daß du weit weniger sanftmütig und mild bist, als es den Anschein hat, Torlyri.«

»Alle Wesen müssen essen«, sagte Torlyri.

Koshmar überließ Torlyri ihren Pflichten, der Beendigung der Morgenrituale, die sie unterbrochen hatte, und kehrte zu der Stelle zurück, wo der Stamm lagerte. Inzwischen war es weit über die Stunde des Sonnenaufgangs hinaus, und sämtliche Stammesmitglieder waren auf den Beinen.

Koshmar hielt auf einem Hügelchen an und spähte gen Westen. Die Wärme der Morgensonne war angenehm auf dem Rücken und den Schultern.

Das vor ihr liegende Land flachte zu einer weiten nicht sehr tiefen Senke ab, ohne Bäume und nahezu ohne irgendwelche Merkmale. Es war hier sehr trocken,

Sandboden, keine Seen, keine Flüsse, nur äußerst schmale Rinnsale. Ab und zu sah man die Buckel niederer Hügel, die aussahen, als wären sie von etwas gewaltig Starkem zerquetscht und dann glattpoliert worden, was höchstwahrscheinlich der Fall gewesen war. Koshmar versuchte sich vorzustellen, wie es gewesen sein mochte: tiefe Lagen von Eis überall auf dem Land, Eis, das so schwer war, daß es wie ein Strom dahinfloß. Eis, das in Berge schnitt und sie zu Geröll zermahlte, sie dann in den Hunderten Tausenden von Jahren des Langen Winters davonfegte. Dies, so hatte Thaggoran gesagt, war geschehen in der Welt, während der Stamm sicher eingenistet im Kokon überwinterte.

Koshmar wünschte, Thaggoran könnte jetzt bei ihr sein. Es hätte keinen schmerzlicheren Verlust geben können als durch seinen Tod. Erst als er dahin war, hatte sie sich bewußt gemacht, in wie hohem Maß sie sich auf ihn gestützt und verlassen hatte. Er war das Gehirn des Stamms gewesen und seine Seele – und die Augen überdies auch noch. Ohne ihn waren sie wie Blinde, die hierhin und dorthin schwanken und nichts von den tiefen Geheimnissen wissen, die sie auf allen Seiten umgeben.

Sie verscheuchte die Vorstellung. Ja, Thaggoran war wichtig gewesen, aber nicht unersetzlich. Keiner war das. Sie hatte sich dagegen gewehrt, sich von seinem Tod entmutigen zu lassen. Thaggoran oder nicht, sie würden weiterziehen, weiter und weiter und weiter, bis sie Pfade über den ganzen runden Bauch der Welt gezogen hatten, sofern das sich als notwendig erweisen sollte, denn es war ihre Bestimmung, weiterzuschreiten, bis sie erreicht hatten, wozu immer sie in die Welt gerufen worden waren. Sie waren besondere Leute, dieser ihr Stamm. Das wußte Koshmar. Und sie – sie war eine besondere Führerin. Auch dessen war sich Koshmar gewiß. Und nichts würde sie von dieser Überzeugung abbringen können.

Manchesmal hatte sie auf diesen langen Märschen – wenn sie auch nur ein bißchen schwankend wurde, wenn Übermüdung und Sonnenglast und die trockenen kalten Winde Zweifel und Furcht und Schwäche in ihre Seele trugen – den Geist Thaggorans aus dem Tod heraufbeschworen in ihrem Herzen und ihn dazu benutzt, ihre Entschlossenheit zu bestärken. »Was sagst denn *du* dazu, Alter Mann?« fragte sie den Geist Thaggorans dann. »Sollen wir umkehren? Sollen wir irgendwo einen sicheren Berg suchen und uns einen neuen Kokon graben?«

Und Thaggoran grinste sie dann an. Er neigte sich ganz nah zu ihr, und seine wäßrigen rotlidrigen alten Augen blickten forschend in die ihren, und er sagte dann meist: »Du redest törichtes Zeug, Weib.«

»Tu ich das? Wirklich?«

»Du bist geboren, um uns aus dem Kokon herauszuführen. Das fordern die Götter von dir.«

»Die Götter! Wer wüßte den Willen der Götter?«

»Eben«, sagte dann der alte Thaggoran meistens. »Es steht uns nämlich nicht zu, den Versuch zu unternehmen, die Götter begreifen zu wollen. Wir sind nur hierhergesetzt, um ihr Geheiß zu tun, Koshmar. He? Was sagst jetzt *du* dazu, Koshmar?«

Und dann sagte sie meist: »Wir werden weitergehen, Alter Mann. Du könntest mich nie zum Umkehren überreden.«

»Das würde ich auch niemals versuchen«, sagte der Geist Thaggorans, wurde nebelhaft und durchscheinend und entschwand ihren Blicken.

Koshmar blickte angestrengt nach Westen und versuchte aus dem abweisenden, flachen blauen Himmel die Vorzeichen abzulesen. Im Norden hing ein Zug weicher weißer Wolken, sehr hoch und mit weiten Zwischenräumen. Gut so. Graue, tief und schwer herabhängende Wolken waren schneeträchtige Wolken. Aber solche sah sie jetzt nirgendwo. Diese Wolken da droben bargen keinen Anlaß zu Besorgnis. Nach Süden hin sah sie einen Streifen wirbelnden Staubes über dem Horizont. Das allerdings konnte alles mögliche bedeuten. Stürme, die über das trockene Land herfielen, vielleicht. Oder eine Herde gewaltiger schwerhufiger Tiere, die dort dahindonnerte. Oder aber sogar ein feindliches Heer im Anzug. Es konnte alles sein und jedes.

»Koshmar?«

Harruel war an ihre Seite auf dem kleinen Hügel getreten, ohne daß sie dessen gewahr geworden wäre. Er stand, turmhoch, halb hinter ihr, eine mächtige, kraftstrotzende, breitschulterige Gestalt mit riesenhaften Unterarmen, anderthalb mal so groß wie Koshmar, und warf einen riesigen Schatten zur einen Seite, der sich wie ein schwarzer Mantel über den Erdboden breitete. Sein Pelz war von einem düsteren gelbroten Ziegelton, büschelhaft von den Wangenknochen und dem Kinn zu einem dichten verfilzten wilden roten Bart sprossend, unter dem seine Gesichtszüge nahezu versteckt lagen, so daß man nur noch die scharfen blauschwarzen Augen hindurchfunkeln sah.

Es erzürnte Koshmar, daß Harruel so insgeheim sich ihr genähert hatte und nun so dicht bei ihr stand, stumm – und irgendwie unausgesprochen einen Mangel an Respekt demonstrierend.

Kühl fragte sie: »Ja, was gibt es denn, Harruel?«

»Wie bald werden wir das Lager abbrechen, Koshmar?«

Sie hob die Schultern. »Das habe ich noch nicht entschieden. Wieso fragst du?«

»Sie fragen mich. Dem Stamm gefällt es hier nicht. Die Leute finden es hier zu trocken ... zu ... tot. Sie wollen zusammenpacken und weiterziehen.«

»Wenn der Stamm Fragen hat, dann sollte er sie vor mich bringen, Harruel.«

»Aber du warst nirgendwo zu finden. Also haben wir angenommen, daß du mit Torlyri unterwegs bist. Und sie haben mich gefragt. Aber ich konnte ihnen keine Auskunft geben.«

Sie blickte ihn fest an. Er hatte eine Färbung in der Stimme, die ihr mißfiel und die sie niemals vordem bei ihm wahrgenommen hatte. Mit dem bloßen Ton der Stimme schien er Kritik an ihr zu unterstellen; es war ein scharfer nörgelhaft-schuldsuchender Ton. Beinahe enthielt er eine Herausforderung.

»Und du hast ein Problem, Harruel?«

»Problem? Ja, was denn für eins? Ich hab dir doch gerade erklärt, die fragen mich, wann wir von hier aufbrechen.«

»Das hätten sie *mich* fragen sollen.«

»Aber, ich hab dir doch gesagt, du warst nirgendwo zu finden!«

»Ja, eigentlich«, fuhr Koshmar fort, als habe Harruel gar nichts geäußert, »hätten sie gar niemand fragen dürfen, sondern einfach darauf warten sollen, daß man ihnen befiehlt, was sie tun müssen.«

»Aber sie *haben* mich gefragt. Und ich hatte ihnen nichts Verbindliches zu sagen.«

»Genau«, sagte Koshmar. »Es gibt gar nichts, was du ihnen hättest sagen können. Du brauchst doch im Grunde gar nichts weiter zu sagen als: Wir werden hier aufbrechen, wenn Koshmar bestimmt, daß wir aufbrechen. Derartige Entscheidungen fallen unter meine Weisungsbefugnis. Oder hättest du Lust, Harruel, statt meiner zu bestimmen?«

Er wirkte bestürzt. »Aber, wie sollte denn das sein? Du bist doch der Führer, Koshmar!«

»Ja. Und du tätest gut daran, das nicht zu vergessen.«

»Ich verstehe nicht, worauf du anspielen ...«

»Verschwinde!« sagte sie. »Sei so gut und hau ab! Geh! Geh, Harruel!«

Kurz zuckte etwas wie Wut in seinen Augen auf – vermischt mit Bestürzung und vielleicht sogar Furcht. In letzterem war Koshmar sich unsicher. Sie hatte immer geglaubt, Harruel leicht durchschauen zu können. Diesmal ging dies nicht. Er stand einen Augenblick lang da, funkelte sie an, öffnete die Lippen und schloß sie wieder fest, mehrmals, als bedenke er verschiedenartige wütende Widerreden und verwerfe sie allesamt; und dann vollzog er widerwillig die Ehrenbezeugung, wandte sich gewichtig um und wanderte steifbeinig davon. Kopfschüttelnd schaute sie hinter ihm drein, bis er wieder ins Lager hinabgestiegen war.

Seltsam, dachte sie. Sehr seltsam.

Alle Leute schienen sich zu verändern, hier draußen unter den Unbilden des Lebens an diesem Ort ohne schützende Wände. Sie vermochte die Veränderungen in ihren Augen zu erkennen, in ihren Gesichtern, in ihrer Körperhaltung. Einigen schienen Not und Mühsal geradezu Auftrieb zu bringen. Konya war ihr aufgefallen, ein sonst stets stiller Mann, der lieber für sich blieb, der auf einmal beim Marsch inmitten der Kolonne sang und tanzte. Oder der Knabe Haniman, der immer dermaßen weichlich und träge gewesen war: Gestern war er an ihr vorübergerannt, und sie hatte ihn kaum wiedererkannt, so hurtig und lebensheftig war er geworden. Und da waren die anderen, die bleich und müde wurden auf dem Marsch: Minbain etwa, oder der Jungmann Hignord, die sich fortschleppten, mit hängenden Schultern und die ihr Sensororgan im Staub hinter sich dreinschleppten.

Und jetzt dies: Harruel, der herumstampfte und von ihr forderte, daß sie ihm ihren Marschplan mitteile, und der fast so tat, als glaube er sich berechtigt, ihren Rang als Führer des Stammes einzunehmen. So groß und so kräftig er sein mochte, nie zuvor hatte er Koshmar gegenüber derartige ehrgeizige Regungen erkennen lassen. Stets war er auf seine grobschlächtige brummige Weise höflich-ergeben geblieben, gehorsam und verläßlich. Aber hier in diesem grenzenlosen Land ohne Mauern schien etwas Schwarzes, störrisch Starres in seine

Seele eingezogen zu sein. Und in jüngsten Tagen schien es ihm kaum noch möglich, sein sehnliches Verlangen, den Stamm an Koshmars Statt zu führen, zu verhehlen.

Natürlich konnte derlei niemals geschehen. Seit ewigen Zeiten war ein Weib der Führer des Stammes gewesen, und nie hatte es darin, seit Begründung des Volks, eine Ausnahme gegeben, und so würde es auch ohne Wandel weiter sein. Gewiß, ein Mann wie Harruel war größer und kräftiger, als jemals eine Frau es ein könnte, aber der Stamm würde kaum einem männlichen Anführer vertrauen, gleichgültig, wie stark er sein mochte. Männer mangelte es an Klugheit; Männer waren bar der Fähigkeit, die Wichtigkeiten unter langfristigen Gesichtspunkten abzuwägen; Männer – jedenfalls die Starken Männer – waren zu plump-direkt und handelten zu rasch und viel zu hastig überstürzt. Es steckte in ihnen einfach zu viel an zorniger Wut, Yissou mochte wissen, warum, aber es hinderte sie daran, ungetrübt zu denken. Koshmar erinnerte sich, wie Thekmur ihr gesagt hatte, daß die blinde Wut der Männer aus diesen Kugeln ströme, die sie zwischen den Beinen trugen, was ihnen beständig ins Gehirn steige und sie deshalb zu vernünftiger Ausübung von Herrschaft unfähig mache. Dies war während der letzten Lebenswochen Thekmurs gewesen, kaum wenig später, nachdem sie Koshmar offiziell zur Nachfolgerin deklariert hatte. Und Thekmur hatte wahrscheinlich ihre Kenntnisse über die Männer in enger Bekanntschaft mit diesen erworben, denn sie hatte oft Männer erkannt, in der Weise, wie Frauen Männer erkennen (was Koshmar selbst nie in ihrem Leben getan hatte).

Ihr Götter, dachte sie. Ist es etwa das? Begehrt Harruel mich?

Es war eine zugleich erregende und entsetzliche Vorstellung. Sie würde ihn von nun an strikt beobachten müssen. Denn soviel war klar, etwas lastete auf Harruels Seele, was da vordem nie sichtbar geworden war.

Vielleicht war es so, daß er – wenn er schon nicht selbst Führer des Volkes werden konnte – wenigstens der Verführer und Häuptling der Führerin sein wollte. Und das würde sie natürlich niemals erlauben. Aber – sie brauchte Harruel, sie brauchte seine große Kraft und Stärke und seinen kühnen Mannesmut, ja, sie brauchte sogar seinen Zorn und seine Wut. All dies erforderte sorgfältiges Überdenken.

4. Kapitel
Der Chronist

Hresh mußte allen seinen Mut zusammenraffen, um vor Koshmar hinzutreten und darum zu bitten, man möge ihn an Thaggorans Stelle zum Chronisten ernennen. Er fürchtete nicht so sehr eine Abweisung, denn immerhin war sein Ansinnen ja ziemlich unerhört. Nein, wovor ihn grauste, das war, daß man sich über ihn lustig machen könnte. Und Koshmar konnte grausam sein; Koshmar konnte grob und verletzend sein. Außerdem wußte Hresh, daß sie bereits Grund genug hatte, ihn nicht zu mögen.

Doch zu seiner Überraschung schien die Stammesführerin sein unverschämtes Ersuchen huldvoll entgegenzunehmen. »Chronist, sagst du? Aber das ist eine Stellung, die üblicherweise dem ältesten Mann im Stamm gebührt, nicht wahr? Und du bist – wie alt?«

»Ich bin fast schon neun«, sagte Hresh mit Festigkeit.

»Neun. Ja, das ist aber noch nicht ganz Ältester Mann.« Versuchte Koshmar ein Lächeln zu unterdrükken?

»Der Älteste Mann derzeit ist Anijang. Aber der ist ja wohl zu dumm für den Posten des Chronisten, nicht wahr? Außerdem, Koshmar, was hat mein Alter damit zu tun? Hier draußen sind doch alle Dinge für uns anders geworden. Gefahren lauern auf allen Seiten. Sämtliche erwachsenen Männer müssen beständig Wache halten. Wir hatten den Angriff durch die Rattenwölfe, wir hatten die Blutvögel, die Feuerkletten, die Lederflügler, wir müssen nahezu jeden Tag neue feindselige Kreaturen abwehren. Und die kommen alle immer und immer wieder. Ich bin noch zu klein, um im Kampf viel zu taugen. Vorläufig. Aber die Chronik führen, das kann ich.«

»Bist du da ganz sicher? Kannst du lesen?«

»Thaggoran hat es mich gelehrt. Ich kann Worte schreiben und sie lesen. Ich kann mich auch gut an Sachen erinnern. Ich beherrsche schon jetzt einen guten Teil der Chroniken auswendig. Prüfe mich mit irgendeiner Stelle! Die Niederkunft der Todessterne ... die Erbauung der Kokons ...«

»Du kannst die Chroniken lesen?« fragte Koshmar erstaunt.

Hresh spürte, wie ihm die Röte ins Gesicht schoß. Was für ein dummer Fehler! Die Chroniken waren mit Siegeln gesichert; niemand – außer dem Chronisten selbst – hatte das Recht, die Lade, in der sie geborgen waren, zu öffnen. Tatsächlich jedoch hatte Hresh es schon in den Tagen im Kokon manchmal bewerkstelligen können, ein paar Seiten der Texte zu studieren, die Thaggoran zuweilen offen in seiner Kammer umherliegen hatte lassen, denn der Alte Mann war manchmal sorglos gewesen oder allzu liebevoll vertrauend, aber er schien nie bemerkt zu haben, was Hresh hinter seinem Rücken anstellte. Den Großteil seiner Spurensuche in die Geschichte allerdings hatte Hresh erst nach Thaggorans Tod und klammheimlich durchgeführt, während die älteren Stammesmitglieder auf Nahrungssuche außerhalb des Lagers weilten. Oft blieb der Troß unbewacht; es gab keinen Chronisten mehr, der ein besonders wachsames Auge auf den Schatz gehabt hätte; niemand schien den kleinen Jungen zu bemerken, wenn er die geheiligte Lade öffnete, und niemand schien sich darüber Gedanken zu machen.

Hresh hoffte, daß Koshmar seine glatte Lüge nicht durchschauen möchte, und sagte stotternd: »Thaggoran hat mich die Chroniken sehen lassen. Er nahm mir das Versprechen ab, daß ich nie zu jemand darüber reden würde, aber ab und zu – als besondere Gunst – hat er mich ...«

Koshmar lachte. »Das hat er getan? Wirklich? Fühlt sich keiner in diesem Stamm an seinen Schwur geschmiedet?«

Verzweifelt improvisierte Hresh weiter: »Er erzählte so gern die alten Geschichten. Und ich interessierte mich eben mehr als alle anderen dafür – und so hat er ... und so haben wir – er und ich ...«

»Ja. Ja, ich verstehe schon. Nun, es spielt jetzt keine große Rolle mehr, welche Eide gehalten und welche gebrochen worden sind, ehe wir in die Welt aufbrachen.« Koshmar blickte wie aus Turmeshöhe auf ihn herab. Lange schien sie in eine ganz persönliche Grübelei versunken zu sein. Schließlich sagte sie: »Also, Chronist soll es sein? Und noch keine neun Jahre alt? Eine außergewöhnliche Vorstellung!« Und dann, gerade als Hresh sich anschicken wollte, schmachbedeckt davonzuschleichen, sagte sie: »Aber ja. Geh und hol die Schriften! Und zeig mir, wie deine Schrift ist, danach werden wir entscheiden. Also, geh! Sofort!«

Mit hämmerndem Herzen stürzte Hresh davon. Meinte sie das im Ernst? Nahm sie *ihn* wahrhaftig und wirklich ernst? Würde sie ihm das Amt übertragen? Anscheinend bestanden Chancen. Natürlich konnte sie ja auch ein grausames Spiel mit ihm treiben, sich einen Spaß mit ihm erlauben; andererseits aber war Koshmar, obschon sie grausam sein konnte, nicht dafür bekannt, daß sie Scherze machte. Also meinte sie es ehrlich, entschied Hresh. *Chronist!* Er, Hresh sollte Chronist werden! Er vermochte es kaum zu glauben. Er würde der Alte Mann sein – und das mit nicht einmal neun Jahren!

An diesem Tag hatte Threyne die Heiligen Dinge in Obhut. Sie war eine kleine Frau mit weit auseinanderstehenden Augen und von dem Ungeborenen in ihrem Leib unförmig angeschwollen. Hresh stürzte auf sie zu und brüllte laut, daß Koshmar ihm befohlen habe, die

Heiligen Bücher zu holen. Threyne begegnete dem mit Skepsis und wollte sie ihm nicht aushändigen; am Ende begaben sie sich beide vor das Stammesoberhaupt, wobei sie die schwere Schriftenlade zwischen sich mitschleppten.

»Doch«, erklärte Koshmar, »ich wollte, daß er mir die Bücher bringt.« Threyne stierte sie kuhäugig verblüfft an. So etwas war in ihrem Hirn eindeutig gotteslästerlich; aber gegen Koshmar würde sie keinen Widerspruch wagen, nicht einmal in solch einer Sache. Brummig überließ sie Hresh die Lade.

»Verschwinde!« sagte Koshmar zu Threyne und verscheuchte sie mit einer Handbewegung, als wäre sie ein Staubkorn. Als sie fort war, sagte die Anführerin zu Hresh: »Dann öffne das mal, da du ja anscheinend sowieso schon weißt, wie das geht.«

Eifrig setzte Hresh die Hände auf den Kasten, bewegte die Buckelknöpfe und ineinandergreifenden Siegel hierhin und dorthin. Trotz des nervösen Zitterns in seinen Fingern gelang es ihm fast sogleich die Verschlüsse zu entriegeln. Und da lag das Barak Dayir in seinem Beutel, daneben die Schimmersteine, und die Bände der Chronik, aufgestapelt, genau wie Thaggoran sie anzuordnen liebte: der Band des laufenden Jahres obenauf und das Buch des Weges direkt darunter.

»Also schön«, sagte Koshmar. »Nimm Thaggorans Buch heraus, schlag die letzte Seite auf und schreibe, was ich dir sagen werde.«

Er zog das Buch heraus und streichelte es ehrfürchtig. Als er es aufschlug, vollzog er das Schutzzeichen des Zerstörers: denn Dawinno war es, der Ausgleichende und Zerspellende, der zugleich auch der für die Wahrung des Wissens zuständige Gott war. Behutsam legte Hresh Seite um Seite um bis zur letzten beschrifteten, auf der Thaggoran links oben in seiner eleganten Handschrift die Geschichte des Auszugs niederzulegen begonnen hatte. Sein Bericht endete plötzlich, unvollständig, mitten auf der Seite; das rechte Blatt war leer.

»Bist du bereit?« fragte Koshmar.

»Du willst, daß ich in *dieses* Buch schreiben soll?« fragte Hresh, der seinen Ohren nicht traute.

»Ja. Also schreib!« Sie zog die Brauen zusammen und schob die Lippen vor. »Schreib dies: *Es wurde aber sodann von Häuptling Koshmar beschlossen, daß der Stamm ausziehen und* Vengiboneeza *suchen solle, die Große Stadt der Saphiräugigen, denn es galt als möglich, daß man dort auf Geheimnisse stoßen könnte, die von Wert bei der Neubesiedlung der Welt mit Völkern sein mögen ...*«

Hresh starrte sie an, rührte aber keinen Finger.

»Nun mach schon und schreib dies nieder. Du *kannst* doch wirklich schreiben, oder? Du stiehlst mir doch nicht etwa die Zeit mit solchem Firlefanz? Oder? Hast du etwa wirklich ...? Schreib, Hresh, oder bei Dawinno, ich laß dir die Haut abziehen für ein Paar Pelzstiefel für diese saukalten Nächte! *Schreib!*«

»Ja«, flüsterte er. »Ja, ich werde schreiben.«

Er drückte die fleischigen Polster seiner Finger auf die Seite, sammelte die ganze Kraft seines Gehirns in einen Punkt und sandte holterdipolter die von Koshmar diktierten Worte in einem wilden, verzweifelten Sturzbach von Worten auf das empfindliche Velinpergament. Und zu seiner erstaunten Bestürzung begannen sich sofort Schriftcharaktere abzuzeichnen: dunkelbraun auf dem gelben Grund. Schrift! Er schrieb wahrlich und wahrhaftig, er schrieb im Buch des Auszugs! Seine Schrift war nicht so geschliffen und kultiviert wie die Thaggorans, nein, aber sie war gut genug, eine wirkliche klare und verständliche Schrift.

»Laß mich mal sehen!« sagte Koshmar.

Sie beugte sich nahe heran, spähte, nickte.

»Ah ja. Du hast die Gabe, wirklich. Du kleiner Unruhestifter und Fragesack, du kannst ja wahrhaftig schreiben! Ja. Ja.« Sie schob die Lippen vor und packte das

Buch an den Rändern mit festem Griff, und dann kniff sie die Augen zusammen und ließ den Finger über die Seite gleiten, runzelte die Stirn und begann nach kurzem murmelnd zu lesen: *»Also beschloß der Häuptling Koshmar, daß der Stamm sich auf die Suche nach der Großen Stadt* Vengiboneeza *der Saphiräugigen ...«*

Das kam der Sache ziemlich nahe, aber die Worte, die sie jetzt vorlas, waren nicht ganz jene, die Koshmar gerade kurz vorher gesprochen und die Hresh niedergeschrieben hatte. Wie konnte so etwas sein? Er reckte den Kopf vor und starrte auf das Buch in ihren Händen. Der von ihm geschriebene Text begann dort noch immer so: *»Es wurde aber sodann von Häuptling Koshmar beschlossen ...«* War es denkbar, daß Koshmar selbst *nicht lesen konnte,* daß sie sich selbst aus dem Gedächtnis zitierte? Das war bestürzend. Aber nach kurzem Überlegen erkannte Hresh, daß es wirklich gar nicht so erstaunlich war.

Ein Häuptling brauchte die Kunst des Lesens nicht zu beherrschen. Dafür hatten Führer ihre Chronisten ...

Und kurz darauf begriff Hresh noch etwas ebenfalls Bestürzendes, nämlich daß man ihm soeben Ziel und Bestimmungsort preisgegeben hatte, auf die sie während all dieser Monde zugewandert waren. Bis zu diesem Augenblick hatte sich die Führerin standhaft geweigert, das Ziel ihrer Wanderschaft irgendwem zu eröffnen. Und Hresh war dermaßen befangen und eingefangen gewesen von seinem Akt des Schreibens, daß er den Worten, die Koshmar geäußert hatte, keine Beachtung schenkte. Jetzt aber ging ihm deren Bedeutung auf.

Vengiboneeza! Sein Herz pochte fühlbar heftiger.

Bald würden sie sich auf die Suche machen nach dieser prunkvollsten, prächtigsten Stadt der Großen Welt!

Ich hätte es erraten müssen, dachte Hresh, zerknirscht. Thaggoran hatte nämlich darüber manchmal gesprochen, wie es im Buch des Weges geschrieben stehe, daß mit dem Ende des Winters das Volk aus seinen Kokons hervorkommen und mitten in den Trümmern der Großen Welt alle Dinge finden werde, die es brauchte, um sich zu Beherrschern des Planeten zu machen. Und wo konnte es einen besseren Ort geben, nach solchen Dingen zu suchen, als in der ehemaligen alten Hauptstadt der Saphiräugigen? Vielleicht war auch Koshmar auf diesen Gedanken gekommen; oder aber Thaggoran hatte ihn ihr aller Wahrscheinlichkeit nahegelegt. Vengiboneeza! Also wirklich, dachte Hresh, das Leben hat sich in einen Traum verwandelt.

Er hob die Augen zu Koshmar. »Also, bin ich nun der neue Chronist?« fragte er.

Sie blickte ihn fest und prüfend an. »Wie alt sagtest du, bist du an Jahren? Neun?«

»Nicht ganz neun.«

»Nicht ganz neun Jahre.«

»Aber ich kann lesen. Ich kann schreiben. Ich habe schon viele Dinge gelernt, und ich steh doch erst am Anfang, Koshmar!«

Sie nickte. »Ja, so ist es wohl«, sagte sie. »Und vielleicht ist das ja auch die einzige Möglichkeit, wie ich dich unter Kontrolle halten kann, wie, Hresh? Hresh-der-Fragesack? Also wirst du diese Bücher lesen, und sie werden dir einige deiner Fragen beantworten und dir so viele neue Fragen stellen, daß du dermaßen viel mit deinen Büchern zu tun haben und dich gar nicht mehr davonschleichen wirst, um dir neue Methoden auszudenken, wie man einen Wirbel anzettelt, eh?«

»Ich hab aber schließlich die Rattenwölfe entdeckt, damals als ich mich allein weggeschlichen habe«, erinnerte er sie.

»Ja. Ja, wahrlich, das hast du getan.«

»Ich kann nämlich beides sein, nützlich und ein Nichtsnutz.«

»Ja. Vielleicht kannst du das wirklich«, sagte Koshmar.

»Das ist doch nicht so ein dummes Spiel, das du mit mir spielst, Koshmar? Bin ich wirklich der neue Chronist?«

Koshmar lachte. »Das bist du, Junge! Ja, du bist der *neue* Chronist. Wir ernennen dich noch heute öffentlich. Auch wenn du nicht einmal alt genug bist, um deinen Tag der Namensgebung zu feiern. Es sind neue Zeiten, und alles ist nun anders, wie? Oder doch fast alles. Was, Junge? Na?«

Also war es geschehen. Hresh widmete sich seinen neuen Aufgaben mit großem Eifer. So gut er konnte, ergänzte er Thaggorans unvollendeten Bericht über den Auszug des Volkes bis zur Aktualität und beschrieb die Fährnisse und Abenteuer, die das Volk an dem oder jenem Ort erfahren hatte. Er unternahm den Versuch, das Tageskalendarium zu rekonstruieren, auf daß man die Riten wieder korrekt erfüllen könne; aber in der Verwirrung, die auf Thaggorans Tod eingetreten war, hatte keiner sich um diese Aufgabe gekümmert, und so argwöhnte Hresh, daß seine Zählung wohl doch nicht so ganz exakt erfolgt sein mochte, so daß man also in Zukunft damit würde rechnen müssen, daß vielleicht Namenstage und Tvinnr-Tage und weitere Ritualereignisse nicht unbedingt exakt am richtigen Tag gefeiert werden würden. Er bemühte sich hingebungsvoll, dem abzuhelfen, allerdings ohne größere Zuversicht, daß es ihm gelingen könne, da Ordnung zu schaffen.

Es ergab sich, daß Hresh nun täglich zur Stammesführerin ging und daß sie zu ihm redete, und was von hoher Bedeutung schien, das schrieb er sodann in das große Buch. Und wenn sich ihm die Gelegenheit bot, vergrub er sich stets mit der brennend-eifrigen Neugier eines Höhlenmaulwurfs in die tieferen Schichtungen der Geschichtslade, denn ihn dürstete, alles zu entdekken, was es dort zu finden gab. Er schwelgte geradezu in dem Überfluß historischer Schätze. Es würde ihn vielleicht die Hälfte seines Lebens kosten, sämtliche Bücher durchzulesen, doch er war entschlossen, es wenigstens zu versuchen. In einer Art fieberischem Wissensdurst blätterte Hresh durch die Seiten der Texte, er streichelte sie, nahm sie in sich auf, erlaubte sich kaum je, mehr als ein paar Zeilen zu überfliegen, die ihn auf einer Seite gefangennahmen, ehe er zur nächsten weitereilte und zur übernächsten und übernächsten. Die Wahrheiten, die die Bücher enthielten, wurden verschwommen und verworren, während er durch die Texte irrte, und verwandelten sich für ihn zu noch dunklerer geheimnisvoller Rätselhaftigkeit als in der Zeit, in der er noch überhaupt keine Ahnung von ihnen gehabt hatte ... – aber das war nicht wichtig, denn er würde ja ausgiebig Zeit haben, dieses Wissen meisterlich zu beherrschen. Im Augenblick aber wollte er nur wild in sich hineinschlingen.

Er legte sich das Amulett um den Hals, das Thaggoran gehört hatte, und trug es von nun an Tag und Nacht. Anfangs fühlte es sich merkwürdig an, wenn es ihm gegen das Brustbein schlug, doch gewöhnte er sich rasch daran, bis es schließlich sozusagen ein Teil von ihm wurde. Durch das Tragen fühlte er sich Thaggoran nahe. Und wenn er es berührte, konnte er Thaggorans Weisheit in sich herüberströmen fühlen.

Er griff auf die allerältesten Bücher zurück, die er kaum begriff, da sie in einem fremdartigen Duktus geschrieben waren, der nicht leicht mit Hreshs Gehirn in Harmonie zu bringen war. Dennoch ließ er die Fingerspitzen zitternd über die steifen Seiten gleiten, und nach einigem drang aus ihnen ein gewisser Sinn zu ihm herüber, der allerdings stets zweideutig war, vieldeutig, bruchstückhaft, flüchtig. Die Texte waren im Grunde fragmentarische Aufzeichnungen über die Umstände der Großen Welt: anscheinend Geschichten von der Zeit, da die Sechs Völker in Harmonie miteinander auf der Erde gelebt hatten – die Menschlichen und die

Hjjk-Leute und die Vegetalischen und die Mechanischen und die Meeresbewohner und die Saphiräugigen. Das Ganze war blaß und verschwommen, der dünne Widerhall eines Widerhalls, aber selbst dieses Echo noch ertönte in seiner Seele wie eine schmetternde Fanfare aus der dunklen Tiefe der Zeit herauf. Es war gewiß die erstaunlichste Epoche aller Äonen, der Gipfelpunkt der verschwundenen Pracht der Erde, und die ganze Welt war ein einziges Freudenfest, damals. Beim bloßen Gedanken, an dies bebte er: die Vielzahl an Völkern, die vielen Rassen, die schimmernden Städte, die Schiffe, die zwischen den Sternen reisten. Er wußte kaum, wo er ansetzen sollte, um dies alles in sich aufzunehmen und zu begreifen. Er fühlte, wie das Wissen von diesen Dingen – so bruchstückhaft es sein mochte – in ihm sich ausbreitete und aufquoll, so daß er manchmal fürchtete, daran zu ersticken. Dann übersprang er Teile und las die Berichte über den tragischen Untergang der Großen Welt, als die Todessterne herabzustürzen begannen, genau wie es vor so langer Zeit vorhergesagt worden war. Warum hatten sie zugelassen, daß dies geschah, sie, diese Völker, die zu solch großer Herrlichkeit aufgestiegen waren? Hatten sie die niederfallenden Sterne nicht weglenken können? Das mußte doch gewiß in ihrer Macht gelegen haben, da sie ja auch Herrscher über alle anderen Dinge waren. Aber sie taten nichts! Nirgendwo war etwas erwähnt, nur das Nahen des drohenden Untergangs selbst. Damals gingen die Saphiräugigen zugrunde, denn ihr Blut war kalt und sie konnten Frostwetter nicht ertragen; und die Vegetalischen starben gleichfalls, da sie aus Pflanzenzellen waren, konnten auch sie den Frost nicht überleben. Hresh las den heroischen Bericht über den Freitod der Mechanischen, die nicht in die Neue Zeit als Überlebende eingehen wollten, obschon es ihnen ja möglich gewesen wäre. Er las und las und schlang alles in großen Schlukken in sich hinein, die ihn trunken machten.

Auch die Schimmersteine holte er aus der Lade, legte sie zu verschiedenen Mustern aus, streichelte und drückte sie und murmelte über ihnen, in der Hoffnung, Weistum aus ihnen zu gewinnen. Aber sie blieben stumm. Ihm erschienen sie nur wie dunkelschimmernde Steine. So sehr er sich mühte, sie verrieten ihm nichts. Betrübt erkannte er, daß das Volk künftig ohne ihre Weisung würde leben müssen. Das Geheimnis, wie die Schimmersteine zum Sprechen zu bringen seien, war dem Stamm mit Thaggorans Tod für immer verloren gegangen.

Der Barak Dayir, der ›Wunderstein‹, war der einzige Gegenstand in der Lade, den Hresh überhaupt nicht zu untersuchen wagte. Er ließ ihn unangetastet in dem grünen Samtbeutel ruhen, ja er wagte es nicht einmal, diesen zu berühren. Der Stein würde – das wußte er – Pforten zu Wissensbereichen auftun, wie sie ihm nicht einmal durch das Lesen kundwerden konnten; aber er schreckte davor zurück, zuviel zu früh tun zu wollen. Der Wunderstein war Sternenstoff, so hatte Thaggoran ihm gesagt. Und er hatte auch gesagt, daß der Stein Gefahren in sich berge. Hresh zog es vor abzuwarten, bis er auf einen Hinweis für den sicheren Gebrauch gestoßen sein würde. Insgeheim und ohne daß andere etwas davon ahnten, pries er sich selbst eifrig für diesen singulären Akt klugen Verzichts, der seinem Wesen so vollkommen fremd war, und dann lachte er sich selbst wegen dieses widersinnigen Stolzes aus.

Den übrigen Stammesangehörigen bot die Erhöhung Hreshs in den Stand des Chronisten vor allem Anlaß zu Belustigung. Sie hatten gehört, wie Koshmar ihn ernannt hatte, und sie konnten ihn tagtäglich beim Bagagetrain herumpottern sehen, in dem die Lade mit den Chroniken mitgeführt wurde; aber es bereitete ihnen einige Schwierigkeiten, die Tatsache zu begreifen, daß der Stammeschronist nunmehr ein kleiner minderjähriger Knabe sein sollte. Auch Mutter Minbain lachte und fragte ihn: »Also soll ich dich jetzt als Alter Mann anreden?«

»Es ist doch bloß ein Titel, Mutter. Mir ist es gleichgültig, ob man ihn benutzt, oder nicht.«

»Aber du bist der Chronist? So richtig wirklich der Chronist?«

»Du weißt doch, daß ich es bin«, antwortete Hresh.

Minbain preßte sich die Hände auf die Brüste. Unter schütterndem Gelächter keuchte sie scheinbar liebevoll, aber nicht eben freundlich: »Wie konnte ein so sonderbarer Wechselbalg wie du aus meinem Leib kommen? Wieso? Wie?«

Torlyri war ihm gegenüber netter, denn sie sagte ihm, man habe mit ihm die rechte Wahl getroffen, denn es sei ja offensichtlich, daß er zum Chronisten geboren sei; aber Torlyri war schließlich zu allen immer freundlich. Und Orbin, der sein Spielgefährte und Freund gewesen war, schaute ihn jetzt an, als sei ihm plötzlich ein zweiter Kopf gewachsen. Die anderen Kinder in Hreshs Alter hatten sich in seiner Gegenwart sowieso nie so recht wohl gefühlt. Nun hielten sie sich ihm gänzlich fern, alle, außer Taniana, die von seiner neuen Erhabenheit völlig unbeeindruckt zu sein schien. Wie zuvor sprach sie mit ihm und wanderte im Treck an seiner Seite, als habe nichts sich verändert, obschon auch sie in der letzten Zeit ziemlich viel mit Haniman zusammensteckte, ausgerechnet mit dem. Was sie an diesem Hohlkopf interessieren konnte, war für Hresh schwer zu begreifen, auch wenn Haniman, seit er marschieren mußte, weniger schwabbelig geworden war und Anzeichen erkennen ließ, daß er etwas geschmeidiger und graziöser zu werden versprach, wenn auch nicht viel.

Anijang, der in der alten Zeit einfach auf Grund der Tatsache, daß er der älteste Mann im Stamm war, wohl Chronist geworden wäre, kicherte nur glucksend in sich hinein, wenn Hresh an ihm vorbeikam. »Was du mir für 'ne Menge Ärger erspart hast, Kleiner! Wenn ich mir vorstelle, was für eine Schinderei es für mich gewesen wäre, lesen zu lernen!« Er schien ehrlich erleichtert zu sein. Die jüngeren Männer, die Krieger, beachteten Hresh im allgemeinen nicht, außer Salaman, der gelegentlich stehenblieb und ihn anstarrte, als könne er sich nicht überwinden zu glauben, daß ein Knabe, der sogar noch jünger war als er selbst, Chronist und ›Alter Mann‹ des Stammes hatte werden können. Die übrigen Krieger beachteten ihn gar nicht. Der Chronist war eine ehrfurchtgebietende Respektsperson für sie, aber sie waren nicht bereit, Hresh mit Ehrfurcht zu begegnen, also ignorierten sie ihn. Als einziger von ihnen ließ sich Harruel herab, überhaupt mit ihm zu sprechen. Er gloste ihn von seiner Turmeshöhe herab an und wünschte ihm Erfolg bei seiner Arbeit. »Du bist sehr jung«, sagte er, »aber – andere Zeiten, andere Bräuche, und wenn du nun einmal unser Chronist sein sollst, so habe ich daran nichts auszusetzen.« Worauf sich Hresh gebührlich bei Harruel bedankte, auch wenn dieser in letzter Zeit so riesig und seltsam geworden war – irgendwie verbittert über eine schmerzhafte Enttäuschung, so schien es, stets mit finsterer Miene herumlaufend, mit düsteren Augen und verkniffenen Lippen –, daß Hresh es vorzog, ihm nicht in die Quere zu kommen.

Natürlich galt als abgemacht, daß Hresh jedes Wort, das Koshmar ihm diktierte, als vertraulich und geheim betrachten sollte, bis der Häuptling bereit war, den ganzen Stamm zu unterrichten. Aber schließlich war Hresh ja erst neun Jahre alt. Und so geschah es eines Tages, nicht lange nach seiner Ernennung zum Chronisten, als er und Taniane allein zusammen waren, daß er zu ihr sagte: »Weißt du, wohin wir ziehen?«

»Das weiß niemand, außer Koshmar.«

»Ich weiß es.«

»Ach ja?«

»Und ich sage es dir, wenn du es als Geheimnis bei dir behältst.« Er kam ihr mit dem Kopf ganz nahe. »Wir ziehen nach Vengiboneeza. Hältst du das für möglich? *Vengiboneeza*, Taniane!«

Er glaubte, die Offenbarung müsse sie sprachlos machen. Doch sie bewirkte weiter nichts als Verständnislosigkeit in ihrem Gesicht.

»Wohin?« fragte sie.

Sie zogen westwärts weiter und immer weiter durch wechselndes Gelände; es wurde mit jedem Tag etwas wärmer, war aber noch weit von einem angenehmen Klima entfernt.

Kein einziges Mal stießen sie auf andere menschliche Wesen, sondern ihnen begegneten nur die fremdartigen Tiere der Wildnis. Koshmar hegte darin zwiespältige Gefühle. Gern wäre sie auf einen anderen Menschenstamm gestoßen, um so die Bestätigung zu erlangen, daß es keine überstürzte Torheit gewesen sei, als sie ihr Volk vor dem wirklichen Ende des Winters in den Auszug gehetzt hatte; ferner wäre sie auch gern die Sorge wegen der bedrückend unangenehmen Möglichkeit losgewesen, daß ihre sechzig Seelen alles waren, was von der Menschenrasse noch übrig war. Und in Wahrheit wünschte sie sich sehnlich, sich mit irgendwelchen anderen Wandergruppen zusammenzuschließen, mit denen ihr Volk die Nöte und Gefahren des Zuges hätte teilen können.

Gleichzeitig jedoch war ihr die Vorstellung, auf andere Stämme zu treffen, alles andere als angenehm. Seit langem hatte sie nun geherrscht, ihr Wille hatte absolut und unbestritten gegolten. Harruels sauertöpfisches Gesicht und sein unzufriedenes leises Nörgeln stellten für Koshmar keine echte Bedrohung dar, denn das Volk würde ihn nie an ihrer Stelle als Anführer annehmen. Wenn man jedoch auf einen anderen Stamm stieß und mit ihm eine Art Bündnis einging, dann könnten sich dabei sehr wohl Rivalitäten ergeben, Auseinandersetzungen, vielleicht gar Kampf. Aber Koshmar wollte auf keinen Fall ihre Macht mit einem anderen Häuptling teilen. Sie erkannte, daß sie bis zu einem gewissen Grad sogar *wünschte*, ihr Volk möchte die einzigen Menschlichen sein, die den Untergang der Großen Welt überleben konnten.

Auf diese Weise würde sie nämlich – sofern alles gut verlief – als eine der größten Führergestalten aller Zeiten in die Geschichtschronik eingehen, als jene, die allein die Menschenrasse wieder zum Leben erweckt hatte. War dies Hochmut und Eitelkeit? Ja, und sie gestand es sich ein. Aber es war doch gewiß auch keine unverzeihliche Ruchlosigkeit, solchen Ehrgeiz zu hegen.

Jedoch, ihre Aufgaben und ihre Verantwortung lasteten schwer auf ihr. Sie zogen durch gefährliches Land einem unbekannten Ziele zu. Jeder neue Tag brachte neue Beunruhigungen, die den Mut und das Durchhaltevermögen des Stammes auf harte Proben stellten, und Koshmar selbst war oft ungewiß, welche Richtung sie wählen sollte. Diese Zweifel allerdings mußte sie vor dem Volk verbergen.

Sie rief den Stamm zusammen und eröffnete ihm endlich, daß das Endziel Vengiboneeza sei. Die älteren Leute kannten diesen Namen aus den Geschichten, die Thaggoran ihnen erzählt hatte, als sie noch im Kokon lebten; aber die Jugend riß nur weit die Augen auf.

»Erzähle ihnen von Vengiboneeza!« befahl sie Hresh.

Er trat vor und sprach von den herrlichen Türmen der uralten Stadt, von ihren leuchtenden Steinpalästen, den wundersamen Maschinen, den warmen blitzenden Teichen und den lichtflimmernden Gärten. Alle diese Beschreibungen hatte er entdeckt, indem er die Hände auf die Blätter der Chronik gelegt und die Bilder in seinem Gehirn hatte aufsteigen lassen.

»Aber wozu sollte Vengiboneeza für uns gut sein?« fragte Harruel, als Hresh geendet hatte.

Koshmar fuhr scharf dazwischen: »Es ist der Beginn unserer Größe. Die Chroniken berichten uns, daß die

Maschinen aus der Großen Welt dort noch immer warten und daß, wer sie findet, mächtig sein wird durch sie. Also werden wir nach Vengiboneeza ziehen und hineingehen und nach seinen Schätzen suchen. Und wir werden uns davon nehmen, soviel wir brauchen, und uns zu Beherrschern der Welt machen und uns eine eigene prachtvolle große Stadt erbauen.«

»Eine Stadt?« fragte Staip. »Wir sollen eine Stadt haben?«

»Selbstverständlich werden wir eine Stadt haben«, sagte Koshmar. »Sollen wir denn wie die wilden Tiere des Feldes hausen, Staip?«

»Vengiboneeza ist Staub seit siebenmal hunderttausend Jahren«, sagte Harruel düster. »Dort wird es nichts geben, was uns nutzen könnte.«

»Die Chroniken berichten es anders«, widersprach Koshmar.

Es erhob sich ein Murren an mehreren Stellen. Staip brummte weiter, und Kalide und ein paar andere von den Älteren gleichfalls. Koshmar fing den Blick Torlyris auf, die bekümmert und besorgt zu ihr herschaute, und sie begriff, daß ihre Macht über das Stammesvolk aufs schwerste gefährdet war. Sie hatte ihnen mit dem leidensvollen schweren Treck zuviel abverlangt. Sie hatte sie aus der Bequemlichkeit des Kokons in Stürme und bittere Kälte gerissen und sie dem grausamen Glast der Sonne und dem bleichen kalten Licht des Mondes ausgesetzt. In eine Welt voll Blutvögel und Feuerketten und Wesen mit höhlenweit klaffenden Mäulern hatte sie das Volk überantwortet. Und geduldig hatten sie all das Ungeheure und die Plagen erduldet, nun aber fand ihre Langmut allmählich ein Ende. Jetzt mußte sie ihnen gewinnträchtigen Lohn anbieten, wenn sie das Volk dazu bewegen wollte, ihr weiterhin zu folgen.

»Hört mich an!« rief sie laut. »Hat einer unter euch Grund, an mir zu zweifeln? Ich bin Koshmar, die Tochter von Lissiminimar, und ihr habt mich unter der Herrschaft Thekmurs zum Häuptling erwählt, und habe ich euch je im Stich gelassen? Ich werde euch nach Vengiboneeza führen, und alle die Wunder der Großen Welt werden uns gehören! Und dann werden wir uns erneut aufmachen und uns zu Herrschern über alles machen! Wir werden an warmen Orten schlafen und vom Süßen trinken, und es wird da sein Nahrung und feine Kleider und ein leichtes Leben für alle! Das gelobe ich euch, und dies ist das Gelöbnis des Neuen Frühlings!«

Noch immer mürrische Blicke da und dort. Staip trat unruhig von einem Bein aufs andere. Koshmar sah, wie Konya ihm etwas zuflüsterte. Auch Kalide wirkte unsicher und sagte ein, zwei Worte zu Minbain. Harruel schien irgendwo weit weg, in dumpfes Brüten versunken zu sein. Doch keiner erhob offen die Stimme gegen sie. Sie spürte, daß der Wendepunkt in dem Gefühl der Leute erreicht war.

»Auf nach Vengiboneeza!« schrie Koshmar.

»Auf nach Vengiboneeza!« kam das Echo von Torlyri. »Vengiboneeza!« schrillte auch Hresh.

Ein Augenblick gespannter Unsicherheit. Die anderen schwiegen noch immer. Die Augen waren noch immer verdrossen. Koshmar sah die müden, bekümmerten, aufsässigen Leute. Einzig Torlyri und Hresh hatten sich für sie ausgesprochen; aber Torlyri war ihr Tvinnr-Partner; und Hresh, Hresh war ihre Kreatur, ihr Knecht. Wollte denn keiner sonst den Ruf aufgreifen?

»Vengiboneeza!« Endlich. Eine helle kräftige Stimme. Orbin, dieser brave kräftige Junge. Und dann, ganz überraschend, auch Haniman, und dann ein paar von den älteren Leuten, Konya, Minbain, Striinin – und dann schließlich alle, alle, sogar Harruel, sogar widerwillig: Staip. Sie waren wieder ein geeinter Stamm und sprachen mit einer Stimme: »Vengiboneeza!«

Dann zogen sie weiter. Aber wie lange wird es dauern, fragte sich Koshmar, bis ich sie wieder ganz von vorn auf meine Seite bringen muß?

Je weiter sie zogen, desto höher wurden die Verluste. An einem Tag voll merkwürdig heißer, sprunghaft stürmischer Winde wurde der Jungmann Hignord von etwas Grünem-Gewundenem-Vielbeinigem, das aus einer im Boden versteckten Grube herausfuhr, davongetragen. Einige Tage später wurde das Mädchen Tramassilu, das ausgezogen war, um kleine gelbe baumbewohnende Kröten zu fangen, von einem riesenhaften wahnsinnigen Hüpfer mit einem langen roten Schnabel aufgespießt, der auf sie niedergefahren kam wie eine Lawine und dann schnatternd über ihrem Leichnam tanzte, bis Harruel ihn mit der Keule zerschmetterte.

Dies waren bereits vier Gefallene von sechzig Personen bei Beginn des Auszugs. Die Bäuche der Brutpaare schwollen vom Ersatz für die Verlorengegangenen, doch eine Geburt brauchte viel Zeit, und der Tod kam rasch hier draußen. Koshmar quälte die Furcht angesichts ihres schrumpfenden Stammes; was, wenn die Zahl so gefährlich abnahm, wenn noch mehr Frauen zugrundegehen sollten. Zwei der Verluste bisher waren schon fruchtbare Frauen gewesen. Man brauchte nicht mehr als ein männliches Stammesmitglied, um einen ganzen Stamm zu schwängern, das wußte Koshmar sehr wohl; aber es waren die Frauen, welche die Kinder trugen und gebaren, und sie brauchten lange zum Austragen.

Die schweren Wolken barsten, und es regnete zehn Tage und zehn Nächte lang, so daß alle vor Nässe troffen und stanken. Vorher hatten sie auf dem Treck keinen Regen gehabt. Aber der Anblick des vom Himmel fallenden Wassers verlor rasch seine Faszination. Regen hörte auf, etwas Neues zu sein und wurde zur quälenden Plage.

»Vengiboneeza?« begannen sie zu sagen. »Wie lang dauert es denn noch bis Vengiboneeza?«

Es gab solche, die beharrlich behaupteten, ein neuer

Todesstern sei auf die Erde geschlagen, zu weit weg, als daß man den Aufprall hier hätte hören können, und daß der Regen nur der Beginn einer neuen Zeit der Finsternis und Kälte sei. »Nein!« beschied sie Koshmar heftig. »Der Regen ist nur etwas, das es eben in diesem Land hier gibt. Da, wo wir herkamen, war es trocken, nun, und hier ist es eben naß. Seht ihr denn nicht, wie dicht das Gras hier wächst, wie üppig das Laub ist?« Und wirklich, es war so. Also zogen sie weiter, gebückt und durchnäßt und rochen nach feuchtem Fell. Und nach einiger Zeit hörten die Regen wieder auf.

Dann wurden die Tage allmählich kürzer. An jedem Tag seit dem Auszug aus dem Kokon war jeder Tag immer ein Stückchen länger gewesen als der vorherige; doch nun, man konnte es einfach nicht bezweifeln, sah man die Sonne an jedem Nachmittag ein wenig früher hinter den westlichen Horizont sinken.

»Vengiboneeza ...?« begann das Stammesvolk wieder zu brummen.

Und Koshmar nickte und wies gen Westen.

»Ich glaube, wir betreten ein Land der ewigen Nacht«, sagte Staip. Früher war er stets lustig gewesen, ein Mann, dem Zweifel und Schwarzseherei fremd waren. Nun war dies nicht mehr so. »Und ein dunkles Land, das wird ein kaltes Land sein«, sagte er.

»Ja, und ein totes Land«, sagte Konya, der nicht mehr lachte und sang. Während der letzten paar Wochen war er zu seiner vorherigen natürlichen Reserviertheit zurückgekehrt, ja sie hatte sich noch bedeutend verstärkt, so daß er nun nicht mehr bloß verschlossen und abweisend wirkte, sondern frostig und wie in irgendeinem schrecklichen Bezirk seiner Seele verirrt. »Nichts kann an einem solchen Ort überleben«, sagte er. »Wir sollten besser umkehren.«

»Wir müssen weiterziehen«, beharrte Koshmar. »Das, was jetzt geschieht, ist normal und naturgemäß. Wir sind an einen Ort gelangt, an dem die Dunkelheit stärker ist als das Licht. Wenn wir darüber hinaus sind, wird alles sich zum Besseren wenden.«

»Wirklich?« fragte Staip.

»Habt Vertrauen«, sagte Koshmar. »Yissou wird uns beschützen. Emakkis wird uns ernähren. Dawinno wird uns leiten.«

Und so zogen sie weiter.

Doch in ihrem Innersten war die Anführerin gar nicht so gewiß, daß ihre Zuversicht berechtigt sei. Im Kokon waren Tage und Nächte stets gleich lang gewesen. Offenkundig war das hier draußen anders. Doch was bedeutete es tatsächlich, dieses Schwinden der hellen Tagesstunden? Vielleicht hatte Staip doch recht, und sie zogen in ein Reich, in dem die Sonne niemals aufging, und sie würden alle den Tod durch Erfrieren finden.

Sie wünschte sich sehr, Thaggoran wäre noch da, damit sie ihn um Rat fragen könne, denn er würde eine Erklärung gewußt haben – oder doch wenigstens irgend etwas Vertraueneinflößendes erfunden haben. Doch sie hatte jetzt keinen Thaggoran mehr, und der Alte Mann ihres Stammes war – ein Kind! Aber Koshmar ließ den Jungen trotzdem zu sich rufen und, achtsam bemüht, ihn nicht merken zu lassen, wie verwirrt sie sei, sprach sie zu ihm: »Ich muß einen sehr alten Namen finden, Chronist.«

»Und welcher Name wäre das?«

»Der Name, den die Uralten fanden für den Wechsel der Zeiten des Lichts und der Dunkelheit. Es muß da doch etwas in den Chroniken vermerkt sein. Und der Name ist der Gott; wir müssen diesen Gott bei seinem richtigen Namen anrufen, wenn wir beten, sonst wird das Licht der Sonne niemals wiederkehren.«

Hresh machte sich daran, die Archive zu durchstöbern. Er arbeitete das ganze Buch des Weges durch, das Buch der Stunden und der Tage, das Buch des Goldenen Erwachens, das Buch des Trügerischen Scheins, und manch anderen Band, darunter auch solche, die nicht einmal einen Titel hatten. Teilantworten fand er hier in dem oder jenem Buch und Bruchstücke in wieder einem anderen, und nach dreitägigem Forschen trat er wieder vor Koshmar hin und sprach: »Der Name lautet ›*Jahreszeiten*‹. Es gibt die Jahreszeit des vollen lichten Tags, auf welche folgt die Zeit der Dunkelheit, und nach dieser kommt die lichte Zeit wieder herauf.«

»Das ist ja einleuchtend«, sagte Koshmar. »Die Jahreszeiten. Wie konnte ich nur dieses Wort vergessen?« Und sie ließ Torlyri holen und trug ihr auf, zu dem Gott der Jahreszeiten zu beten.

»Und was für ein Gott ist das?« fragte die sanftmütige Opferpriesterin.

»Ja, eben der Gott, der die Zeit des Lichtes und die Zeit der Dunkelheit schenkt«, sagte Koshmar.

Torlyri war unsicher. »Meinst du Friit? Aber Friit ist der Heiler. Also, der würde wohl Licht nach der Dunkelheit bringen.«

»Aber Friit würde nicht die Dunkelheit bringen«, sagte Koschmar. »Nein, es ist ein ganz anderer Gott.«

»Also, dann sage es mir, denn ich weiß wahrhaftig nicht, wem ich opfern soll.«

Koshmar hatte zwar gehofft, daß Torlyri da Bescheid wissen würde, aber nun erkannte sie, daß ihre Geliebte die Entscheidung von ihr erwartete. »Es ist Dawinno«, sagte sie ohne weiteres.

»Ja. Der Zerstörer«, sagte Torlyri und lächelte. »Die Finsternis und dann das Licht, ja, das wäre genau die Art von Dawinno. Er hält alles in Ausgewogenheit, damit es richtig werde – am Ende.«

Also ging von da an jeden Tag zur Mittagszeit, wenn die Sonne am höchsten am Firmament stand, Torlyri ans Werk und opferte Dawinno-dem-Vernichter in seiner Gestalt als Gott der Zeit des Jahres. Dabei verbrannte sie ein paar alte Fellflausen und ein Stück trokkenes Moderholz in einer kostbaren alten Opferschale aus geschliffenem grünen Stein, der von Goldadern durchzogen war. Der zur Sonne aufsteigende Rauch enthielt ihre Botschaft an den Gott, dessen schwer begreifliche Feinheiten menschliches Begriffsvermögen überstiegen.

Obgleich die Tage immer kürzer wurden, ließ Koshmar keine weiteren Diskussionen über diese Erscheinung zu. »Das ist der Lauf der Jahreszeiten«, sagte sie und wedelte Einwände gebieterisch mit der Hand weg. »Das weiß doch ein jeder! Also, was wäre daran zum Fürchten? Jahreszeiten, die sind naturgegeben. Sie sind ein Geschenk Dawinnos an das Volk.«

»Ja«, brummte Harruel, nicht leise genug, daß Koshmar ihn nicht hören mußte. »Genau wie die Todessterne.«

Aber auch die Landschaft wandelte sich. Lange Zeit waren sie durch flaches Land gezogen; dann kamen Aufbrüche, die Gegenden wurden wild, voller brennend scharlachroter Felskämme, deren Oberkanten messerscharf waren. Und gleich jenseits davon stießen sie auf etwas Seltsames: etwas Totes aus Metall, doppelt so breit wie ein Mann, aber nur knapp halb so groß, das da ganz allein an einem kahlen felsigen Hang stand. Der Kopf war eine weitgeschwungene Kuppel mit einem Auge, die Beine höchst kunstvoll gestaltet. Früher einmal muß das Ding eine dichte schimmernde Metallhaut besessen haben, aber jetzt war es von den Regen unzähliger Jahre mit Rost und Korrosionsnarben übersät. »Es ist ein Mechanischer«, verkündete Hresh, nachdem er seine Bücher befragt hatte. »Hierher müssen sie gegangen sein, um zu sterben.« Und wirklich, weiter drunten in den Niederungen stießen sie auf viele weitere derartige Objekte oder Geschöpfe, auf Hunderte, Tausende der untersetzten Metallwesen, auf ganze Plantagen von ihnen, die das Land in jeder Richtung bedeckten, wo sie aufrecht auf ihren kleinen einsamen Privatzonen ruhten, jeder in seinem kleinen abgeschlossenen Privatbereich. Und alle waren sie tot, und alle rosteten vor sich hin. Sie waren dermaßen zerfressen, daß sie bei der kleinsten Berührung sich auflösten und zu staubigen Rostwolken zusammenbrachen. »In den Tagen der Großen Welt«, erklärte Hresh feierlich, »lebten diese Wesen in den mächtigen großen Städten der großen Königreiche, wo alles und jeder eine Maschine war. Aber sie legten keinen Wert darauf weiterzuexistieren, als die Todessterne herabzustürzen begannen.«

»Was ist das, eine ›Maschine‹?« fragte Haniman.

»Eine Maschine«, erklärte Hresh, »ist eine Vorrichtung, die Arbeit erledigt. Ein Ding aus Metall, denkbefähigt und zweckorientiert und mit einer Art Leben ausgerüstet, das dem unsrigen nicht entspricht.« Eine bessere Definition hatte er nicht gefunden. Aber das Stammesvolk nahm sie hin. Doch als dann ein anderer fragte, wieso es möglich sei, daß ein Etwas, das Leben besaß, selbst wenn es dem des Volkes unähnlich sein mochte, dieses Leben bereitwillig und widerspruchslos aufzugeben bereit sein konnte, als die Todessterne kamen, da wußte Hresh keine Antwort. Es überstieg nämlich sein Verständnis, wie man willig auf das Leben verzichten konnte.

Koshmar schlenderte suchend zwischen den Horden toter Mechanischer herum, weil sie hoffte, vielleicht auf einen zu stoßen, der möglicherweise noch genug Leben in sich hatte, um ihr sagen zu können, wie sie in die Stadt Vengiboneeza gelangen könnten, aber die blinden verrosteten Visagen höhnten ihr nur schweigend entgegen. Alle, allesamt waren sie so tot, daß eine Hoffnung, sie wieder zum Leben zu erwecken, unsinnig war.

Danach kamen sie durch eine scheußliche Sandwüste, die schlimmer war als alles, was der Stamm an Trockengegenden vordem überstanden hatte. Hier gab es überhaupt kein Wasser, nicht einmal ein Bächlein, kein Rinnsal. Wenn die Schwere eines Fußes auf ihn sank, zerriß und zerbröckelte der Erdboden. Nichts konnte hier grünen oder wachsen, nicht das winzigste

Büschel Grashalme, und die einzigen Tiere waren flache, gelbe niedrige Wesen, die klingenscharfe Spuren hinter sich zurückließen, wenn sie durch den Sand glitten. Sie stachen Staip und Haniman, und denen schwollen schmerzhafte blaurote Beulen an den Beinen, die mehrere Tage lang nicht verschwanden. Sie stachen auch ein paar Tiere der Herde, die daran starben. Die Wanderer hatten mittlerweile nur noch sehr wenige ihrer Tiere übrig. Sie hatten die meisten von jenen, die sie mit sich aus dem Kokon geführt hatten, schlachten müssen, um die Leute zu ernähren, aber es waren auch einige weggelaufen und waren nun verloren, oder aber sie waren unterwegs von anderen Geschöpfen getötet worden. An diesem Ort der Trockenheit wurde dem Volk die Kehle versengt und die Augen sanken zurück in die Höhlen, und das Volk sagte unablässig immer wieder, wie dankbar und glücklich sie sein würden, wenn ihnen jetzt ein weniges von jenen Regen geschenkt wäre, die sie noch vor kurzer Zeit als derart beschwerlich empfunden hatten.

Dann aber ließen sie den Ort der Trockenheit hinter sich und kamen in ein grünendes Land, das von Seenketten und einem tückischen Fluß durchbrochen war, und sie überquerten es auf Flößen aus Leichtholz, deren Stämme sie mittels der Rindenhaut eines schmalen azurblauen Geschöpfes verbanden, das halb Schlange und halb Baum zu sein schien. Am andern Ufer des Flusses lag eine Kette niedriger Hügel. An einem Tag, während sie die Bergkette überquerten, erhaschte die scharfsichtige Torlyri einen Blick auf einen riesigen Trupp Hjjk-Leute in der Ferne, ein ganzes gewaltiges südwärts marschierendes Heer. In dem trüben kupfernen Dämmerlicht wirkten sie nicht größer als Ameisen, als sie durch einen felsigen Engpaß zogen; aber es mußten Tausende sein, eine erschreckend hohe Zahl. Wenn sie Koshmars kleinen Trupp entdeckt hatten, so ließen sie sich jedoch nichts davon anmerken, und bald darauf war das Insektenvolk hinter den Bergfalten dem Blick entschwunden.

Die Tage wuchsen wieder und wurden länger. Die Luft wurde wärmer. Ab und zu fegten frische winterliche Luftströme von Norden herab, doch sie wurden immer seltener. Keiner vermochte mehr daran zu zweifeln, daß der tödliche Griff, in dem der Winter die Welt gefangen gehalten hatte, sich lockerte, sich gelöst hatte und bedeutungslos geworden war. Irgendwo auf der Welt war es noch Winter, aber das Land, das sie durchzogen, war ein Frühlingsland, und je weiter westlich sie kamen, desto milder wurde die Witterung. Koshmar fühlte sich bestätigt. Der Gott der Jahreszeiten blickte huldvoll auf sie.

Wo aber lag das gewaltige Vengiboneeza? Der Chronik zufolge lag die ehemalige Hauptstadt der Saphiräugigen an dem Ort, wo die Sonne sich zur Ruhe begibt, aber wo war das? Im Westen, gewiß. Aber Westen, das war ein riesig weites Land, das sich immer weiter und weiter erstreckte ohne Ende. An jedem Abend war der Stamm um viele müdemachende Meilen weiter westwärts gewandert, und jedesmal wenn die Sonne hinter dem Rand der Welt verschwand, wenn der Tag erlosch, zeigte es sich deutlich, daß sie trotz allen Marschierens diesem Platz nicht nähergekommen waren.

»Forsche erneut in den Büchern«, befahl Koshmar in ihrer Verzweiflung dem Knaben Hresh. »Es gibt bestimmt eine Stelle in den Büchern, die du übersehen hast und die uns sagt, wie wir nach Vengiboneeza gelangen können.«

Und er ließ die Hände wieder und immer wieder über die Seiten gleiten. Er forschte in den verstaubtesten, urältesten Bänden, in denen nur von der Großen Welt berichtet wurde. Doch da war nichts zu finden. Vielleicht suchte er an den falschen Stellen. Oder vielleicht hatten die Verfasser der Chroniken es nicht für nötig befunden, den Ort dieser großen Stadt anzugeben, da sie derart berühmt gewesen war. Oder aber die Information war einfach verlorengegangen. Außerdem waren diese ältesten Chroniken auch gar nicht die Originaltexte, soviel wußte er. Denn diese waren schon vor Hunderten von Tausenden von Jahren zu Staub zerfallen; seine Bücher waren die Abschriften von Abschriften der Abschriften, die während der langen Nacht im Kokon von Generationen von Chronisten nach den zerfallenden früheren Textversionen angefertigt worden waren; und wer wollte wissen, wieviel dabei durch Fehlerhaftigkeit verändert oder ganz fortgelassen worden war, bei diesem unablässigen Niederschreiben neuer Kopien? Manche Inhalte konnte er sowieso unmöglich begreifen, und was da stand, selbst wenn es oft ganz klar war, erschien ihm in einer trügerischen gespenstischen Schärfe fast wie in einem Traum, wo alles ordentlich und logisch zu sein scheint, während doch in Wirklichkeit nichts einen Sinn ergibt.

Also überlegte Hresh, ob es nicht an der Zeit sei, den Barak Dayir zu befragen. Doch er schreckte noch davor zurück. Nie zuvor hatte er sich vor etwas gefürchtet, nicht einmal damals, als er sich aus dem Kokon zu stehlen versucht hatte. Nein, das war gelogen. Er hatte sich damals doch davor gefürchtet, daß Koshmar ihn töten lassen könnte; vor dem Tod hatte er Angst, das wollte er gar nicht abstreiten. Aber der Tod war die einzige Frage, die ihre eigene Antwort bereits enthielt und umfaßte, und wenn man diese Frage stellte und damit die Antwort hatte, dann war man dahin und ein Nichts. Darum war dies die einzige Antwort, die er fürchtete. Und die Frage, wie man den Wunderstein benutzen sollte, konnte leicht die gleiche sein wie die Erkenntnis des Todes; und wenn er sich nicht angemessen schützte, mochte die Antwort gleichfalls die gleiche sein. Darum ließ er den Barak Dayir unberührt in dem Samtbeutel.

»Sag mir, wie wir nach Vengiboneeza gelangen!« befahl Koshmar erneut.

»Ich forsche weiter«, antwortete Hresh. »Laß mir noch einige Tage Zeit, dann will ich dir sagen, was du zu wissen begehrst.«

Harruel trat zu Hresh, während dieser in den Schriften suchte. Er ragte turmhoch auf wie stets und sprach: »Alter Mann! Chronist!«

Erschrocken blickte Hresh auf. Unbewußt zog er das Buch von Harruel fort und bedeckte es mit der Hand. Als ob Harruel fähig sein könnte, darin zu lesen!

»Setz dich nieder, wenn du mit mir reden willst«, sagte Hresh. »Du bist zu weit weg, und mir tut der Hals weh, wenn ich versuche zu dir hinaufzuschauen.«

Harruel lachte. »Du bist ganz schön keck!«

»Was möchtest du von mir wissen?«

Wieder lachte Harruel. Es war ein rauhes Lachen, und es polterte aus ihm heraus mit dem Geräusch, das Steine machen, die einen Berghang hinunterrollen, aber seinen Augen zwinkerten, und blitzten dabei. Und Hresh wußte, daß er da ein verrücktes Spiel trieb, wenn nicht gar ein gefährliches. Ein noch nicht ganz neun Jahre alter Knabe erteilte dem stärksten Mann des Stammes Befehle: Wie sollte Harruel darüber nicht lachen müssen, wenn er ihn nicht statt dessen wütend in die Landschaft schleudern wollte? Aber ich bin der Stammeschronist, dachte Hresh trotzig. Ich bin der Alte Mann. Und er ist nur ein einfältiges Muskelpaket.

Der Krieger kniete an seiner Seite nieder und beugte sich nahe zu ihm, zu nahe, als daß Hresh sich dabei wohl gefühlt hätte. Es ging nämlich von Harruel ein scharfer stechender Geruch aus, und allein seine mächtige Masse von Leib wirkte beunruhigend.

Mit gedämpfter Stimme sagte Harruel: »Ich brauche dein Wissen.«

»Sprich!«

»Sag mir Kunde über das Ding, das Königtum heißt.«

»Königtum?« wiederholte Hresh. Das war ein sehr altes Wort, und es war ihm zeit seines Lebens nie laut begegnet. Seltsam, es nun von Harruels Lippen zu hören.

»Du hast Kunde über das Königtum?«

»Einige«, gab Harruel zurück. »Ich erinnere mich, daß Thaggoran einmal davon sprach, als er aus den Schriften las. Du warst damals ein Säugling. Er sprach vom Herrn Fanigole und der Herrin Theel und Belilirion, und von den anderen Begründern des Volkes, damals in der Zeit, als die Todessterne kamen. Sie waren allesamt Männer, alle außer der Herrin Theel, und sie herrschten. Und ich fragte Thaggoran, ob es in den alten Zeiten oft so war, daß die Männer herrschten. An jenem Tag sagte Thaggoran, daß es in der Zeit der Großen Welt viele Könige gegeben habe, die Männer waren, und nicht nur unter den Menschlichen – auch die Spahiräugigen hatten Könige, sagte Thaggoran –, und er sagte zu mir, wenn der König sprach, dann gehorchte man seinen Worten.«

»Genau wie den Worten des Stammesführers heute.«

»Genau wie denen des Stammesführers, ja«, sagte Harruel.

»Dann weißt du ja bereits, was Königtum ist«, sagte Hresh. »Was kann ich dir mehr darüber sagen?«

»Sag mir, daß es dieses Ding wirklich gab.«

»Daß es in der Großen Welt Männer gab, die Könige waren?« Hresh zuckte die Achseln. Er hatte sich damit nicht weiter befaßt. Aber auch wenn er es getan hätte, er bezweifelte doch, daß es recht wäre, Harruel oder irgend sonst einem, außer Koshmar, darüber etwas kundzutun. Die Chroniken existierten hauptsächlich zum Zwecke der Erleuchtung und Leitung des Stammesführers, nicht aber zur Belustigung des Volkes. »Ich weiß wenig über Königtum«, sagte er deshalb. »Was du sagtest, ist wohl schon das Wesentliche dabei.«

»Aber du könntest mehr darüber herausfinden, nicht wahr?«

»Vielleicht steht mehr in den Schriften«, sagte Hresh zögernd.

»Dann suche es hervor und berichte mir davon. Denn mir will scheinen, daß Königtum etwas ist, das nicht hätte in Vergessenheit geraten dürfen. Die Große Welt wird erneut erstehen; also müssen wir wissen, wie es in den Tagen der Großen Welt zuging, wenn wir sie ein zweites Mal zum Leben erwecken wollen. Forsche du in deinen Büchern, Knabe. Verschaff dir Kunde über die Könige und berichte mir darüber.«

»Du sollst mich nicht ›Knabe‹ nennen«, sagte Hresh.

Wieder lachte Harruel, aber diesmal blitzten sein Augen nicht.

»Forsche in den Büchern darüber nach«, sagte er. »Und belehre mich in diesem, was du herausfindest – Alter Mann und Chronist.«

Er ging davon. Hresh blickte ihm furchtsam nach. Er bedachte bei sich, daß die Sache höchstwahrscheinlich Ärger bringen werde, und möglicherweise Gefahr. Beunruhigt betastete er das Amulett Thaggorans. An diesem Tag begann er in der Lade der Bücher nach der Bedeutung des Königtums zu suchen, und was er dabei fand, bestätigte seine Vermutungen.

Vielleicht sollte ich Koshmar davon berichten, dachte er.

Doch er tat es dann doch nicht; ebenso wenig wie er auch nur das geringste Stückchen Information, das er aus seinem Forschen gewann, an Harruel weitergab. Und dieser wiederholte zu der Zeit und im weiteren auch seine Fragen in diesem Bereich nicht mehr. Das Gespräch blieb eine persönliche Angelegenheit zwischen ihnen beiden; ein schwärendes Geheimnis.

Koshmar spürte die Niederlage auf sich zukommen. Wäre doch nur Thaggoran noch da, um sie zu leiten! Doch Thaggoran war dahin, und ihr Chronist war ein Kind. Sicher, Hresh war hurtig und voll Eifer und Willigkeit, doch es mangelte ihm an Thaggorans tiefer Weisheit und an dem Wissen über alle die Zeitalter, die vergangen waren, an der Vertrautheit mit ihnen.

Allmählich mußte sie sich der Wahrheit stellen: Sie konnte nicht hoffen, daß es ihr gelingen werde, das Volk noch länger zum Weiterziehen zu bewegen. Das Murren hatte wieder begonnen, und diesmal war es hitziger und aufsässiger. Es gab, wie sie wußte, bereits Leute, die sagten, man zöge ziellos und sinnlos dahin. Harruel hatte sich zum Anführer dieser Gruppe aufgeschwungen. Laßt uns doch an einem guten, fruchtbaren Ort siedeln und uns dort ein Dorf errichten – so redete er hinter Koshmars Rücken. Torlyri hatte ihn gehört, wie er vier, fünf andere Männer mit derlei Gewäsch bedachte. Im Kokon wäre es unvorstellbar gewesen, daß das Stammesvolk auch nur auf die Idee hätte kommen können, dem Wort und Geheiß des Führers zu widersprechen, aber sie waren eben nicht mehr im Kokon. Koshmar sah allmählich bereits das Schreckensbild vor sich: Sie, ihrer Macht entblößt – nicht mehr Retterin und Heilsbringerin einer wiedergeborenen Welt, sondern nichts weiter als ein abgesetzter Häuptling.

Und wenn man sie absetzte, würde man sie überhaupt am Leben lassen? Lauter vollkommen neue Vorstellungen für Koshmar. Es gab keine Überlieferung über die Absetzung von Häuptlingen und ihre Geschicke nach ihrer Entmachtung.

Koshmar hatte im Kokon die Platte aus schimmerndem schwarzen Stein zurückgelassen, in dem die Seelen der Stammesführer wohnten, die vor ihr gewesen waren. Sie hatte nichts weiter mit sich genommen als deren Namen; und diese sprach sie immer und immer wieder vor sich hin; aber vielleicht besaßen die Namen keine Kraft mehr, ohne den Stein, genau wie der Stein stumm und ohne Stärke war ohne die Namen.

Thekmur, dachte sie. *Nialli. Sismoil. Lirridon. Wenn ihr noch immer bei mir seid – so führt mich jetzt!*

Aber die dahingegangenen Führer zeigten sich ihr nicht. Koshmar wandte sich an Hresh um Rat. Ihm gegenüber – und er war der einzige, bei dem sie dies tat – hatte sie es aufgegeben, so zu tun, als folge sie einem klaren Befehl und Auftrag der Götter.

»Was können wir tun?« fragte sie.

»Wir müssen einfach um Hilfe bitten«, antwortete der Knabe.

»Wen?«

»Ja, natürlich die Geschöpfe, denen wir unterwegs begegnen.«

Koshmar hielt nicht viel davon. Aber alles war immerhin einen Versuch wert. Und so ließ sie von dem Tag an jedes Lebewesen, das irgendwie über Denkvermögen verfügte, und sei es ein noch so einfaches, ergreifen, und dann beruhigte sie es, bis es still wurde, und dann bemühte sie sich mittels des Zweiten Gesichts und des Sensororgans, mit dem Geschöpf in Kontakt zu gelangen und von ihm das zu erfahren, was sie wissen mußte.

Das erste dieser Geschöpfe war ein komisches rundliches Fleischding, ohne Leib, nur ein Kopf mit einem Dutzend feister Beinchen. Lebhafte Erregungswellen durchströmten das Ding, als Koshmar sein Hirn nach Bildern von Vengiboneeza auslotete, doch mehr als dieses Gekräusel trat dabei nicht zutage. Von einem Trio ungeschlachter stelbeiniger, blauer Fellwesen, die anscheinend nur ein gemeinsames Gehirn besaßen, erhielt man bei der Befragung über Städte im Westen ein Gedankenmuster, das aus heftigem Schnauben und Brummen zusammengesetzt war. Und ein scheußliches Waldgeschöpf mit Hakenkrallen, doppelt so groß wie ein Mann, nur großes Maul und vorspringende Nase und übelriechendes orangerotes Haar, lieferte ein wildes rauhes Gelächter und das blitzhafte Abbild von erhabenen Türmen, die von erstickenden Schlingpflanzen überwuchert waren.

»Das bringt uns nicht weiter«, sagte der Häuptling zu Hresh.

»Aber wie interessant diese Tiere sind, Koshmar!«

»Interessant! Wir sterben hier vielleicht hundertmal in dieser Wildnis, und du würdest das bestimmt ebenfalls interessant finden, wie?«

Dessenungeachtet trug sie Hresh auf, allen diesen Geschöpfen Namen zu geben, ehe sie wieder in Freiheit gesetzt wurden, und er mußte diese Namen in sein Buch niederschreiben. Koshmar war überzeugt, daß die Benennung mit Namen für die Dinge der Welt wichtig sei. Denn, so meinte sie, dies mußten samt und sonders ganz neue Geschöpfe sein, Tiere, die erst nach dem Untergang der Großen Welt zu leben begannen, weswegen ja wohl auch in den Chroniken nichts über sie zu lesen stehe. Und indem man ihnen Namen gebe, gewinne man mehr und mehr Macht über sie, dachte sie. Noch immer klammerte sie sich nämlich an die Hoffnung, daß sie – und durch sie, ihr Volk – Beherrscher dieser Welt des Neuen Frühlings werden könnten. Und darum die Benennung mit Namen. Doch auch als Hresh die Namen sagte, empfand sie jedesmal nach langem Nachdenken die Sinnlosigkeit eines solchen Tuns. Sie wanderten als Verirrte in diesem Land umher. Und es gab kein Ziel für sie und keinen, der sie leitete und lenkte.

Koshmars Herz wurde von tiefster Niedergedrücktheit erfüllt.

Und dann, als das Volk am Rande eines gewaltigen schwarzen Sees im Kern eines feuchten Sumpflandes entlangzog, wallten die schwarzen Wasser auf und kochten heftig, und aus den Tiefen begann langsam ein absonderlicher Koloß sich zu erheben: ein Ding von enormer Höhe, aber so zerbrechlich zusammengefügt, daß es der nächste Windstoß zerschmettern mußte – bleiche Gliedmaßen, die nicht mehr waren als dünne Streben, ein Leib, der nur aus einer unendlich langgestreckten häutchenbedeckten Röhre zu bestehen schien.

Als das Ding sich immer höher und höher hinaufreckte, bis es fast das ganze Firmament vor ihnen verdeckte, warf Koshmar die Arme über ihr Gesicht vor Bestürzung, und Harruel stieß ein röhrendes Brüllen aus und schwang seinen Speer, und einige der furchtsameren Stammesmitglieder ergriffen die Flucht.

Aber Hresh hielt stand und rief laut: »Dies muß einer vom Volk der Wasserwanderer sein. Es ist ungefährlich, glaube ich.«

Höher und höher türmte sich das Ding und stieß aus dem See empor bis zu einer Höhe, die zehn- oder fünfzehnmal größer war als der längste Mann. Dort hielt das Geschöpf inne, schwebte über ihnen, hielt sich mit weitgespreizten Beinen im Gleichgewicht auf der oberen Seite des Wassers, auf dem es kaum eine Störung zu bewirken schien. Aus einer reihenartig angeordneten Zahl starrer strahlender grüngoldener Augen spähte es zum Volk herunter und nahm es irgendwie betrübt und mißmutig in Augenschein.

»Du da! Du Wasserläufer!« brüllte Hresh hinauf. »Sag uns, wie wir die Stadt der Saphiräugigen finden können!«

Und erstaunlicherweise gab das gewaltige Geschöpf sogleich in der wortlosen Rede der Gedanken Antwort und sprach: »Ach, das ist nicht weit, nur zwei Seen und einen Fluß weiter drüben, Richtung Sonnenuntergang. Aber das weiß doch schließlich jeder! Bloß, was habt ihr davon, wenn ihr dort hingeht?« Der Wasserschreiter lachte, scheußlich scheppernd, schrill und hysterisch und begann sich Stück um Stück zusammenzufalten und wieder in den See zu tauchen. »Was habt ihr? Was? Habt? Ihr? Davon? Heh?« Und dann noch einmal das Gelächter, und dann verschwand das Ding im schwarzen Wasser.

5. Kapitel
Vengiboneeza

Am Nachmittag des Tages des Wasserschreiters kam Threyne mit in die Flanken gepreßten Händen zu Torlyri und verkündete, daß ihre Zeit gekommen sei. Und Torlyri konnte erkennen, daß dem so war: Das Ungeborene stieß eifrig gegen den hochgewölbten Bauch der jungen Frau, und es gab auch andere Anzeichen dafür, daß die Geburt unmittelbar bevorstehe.

»Wir können nicht so rasch weiterziehen«, beschied Torlyri Koshmar. »Threynes Zeit ist gekommen.«

Ganz kurz blitzte Verdruß in Koshmars Augen auf. Torlyri wußte, daß Koshmar danach fieberte, eilends nach Vengiboneeza zu gelangen, nun, wo sie erfahren hatte, daß die große Stadt so nahe lag. Doch sie würde warten müssen. Die Geburt eines Kindes besaß Vorrang vor allem anderen. Man mußte Threyne versorgen; das Kind mußte heil geboren werden.

In den Tagen im Kokon war die Geburt jedes neuen Kindes nicht nur von Freude, sondern auch von einem versteckten dunkleren Gefühl begleitet gewesen, denn man gestattete nur dann einem neuen Leben den Eintritt in die Welt, wenn ein anderes sich dem Zeitpunkt näherte, an dem es sie zwangsläufig verlassen mußte. Innerhalb des Kokons war kein Platz für Zuwachs und Erhöhung der Zahl, und so war Geburt unlösbar mit dem Tod verschlungen. Deswegen hatte man das Grenzalter oder die Altersgrenze eingeführt, auf daß das Volk wählen müsse zwischen einer Existenz in unerträglicher bedrückender Enge und dem praktischen Verbot neuer Geburten. Aber hier draußen, wo so vieles für den Stamm völlig neu war, brauchte man eine Übervölkerung nicht zu fürchten. Ganz im Gegenteil: Das Volk hatte jedes Neugeborene dringend nötig, das man produzieren konnte. Aber das war nicht alles: Keiner würde mehr sterben müssen, um Platz zu schaffen für die Nachkommenschaft. Alle mit der Befähigung zum Kindertragen, dachte Torlyri, sind es dem Stamm schuldig, ein Ungeborenes auszutragen. Und sie begann auch für sich selbst mit dieser Vorstellung zu spielen.

Sie zogen so weit wie möglich von dem Sumpf und dem schwarzen See weg. Niemand wollte, daß der Wasserschreiter wieder auftauche und die Luft mit seinem entsetzlichen Lachen erfülle, während Threyne ihr Kind gebar.

Ein paar Männer schnitten Schößlinge, um ihr eine Laubhütte zu errichten. Minbain und Galihine und ein paar weitere ältere Frauen wuschen sie und hielten ihr die Hände, als ihre Wehen heftig wurden. Preyne, der Kindesvater, kauerte eine Weile an ihrer Seite und berührte mit dem Sensororgan das ihre, um ihr einen Teil der Beschwernis abzunehmen, wie es seine Pflicht und sein Privileg war. Torlyri bereitete das Geburtsopfer vor für Mueri in ihrer Verkörperung als Trösterin und für Yissou, den Beschützer, und auch für Friit, den Heiler, für nach der Geburt. Die Wehen dauerten lang, und Threyne stöhnte stärker, als die meisten Frauen sonst es taten. Die Mühen des Trecks machen es ihr so schmerzlich, dachte Torlyri.

Koshmar, die den ganzen Nachmittag über gereizt umhergestapft war, kam zu der Hütte, als die Sonne untergehen wollte, und blickte starr auf Threynes pralle Leibesmitte herab. Zu Torlyri sagte sie nur: »Also? Läuft alles, wie es sein soll?«

Torlyri winkte Koshmar beiseite, wo Threyne sie nicht hören konnte, und sprach: »Es dauert zu lange. Und sie hat große Schmerzen.«

»So soll doch Preyne ihr die Schmerzen nehmen.«

»Er gibt sich alle Mühe.«

»Wird sie sterben?«

»Nein, das glaube ich nicht«, sagte Torlyri. »Aber sie leidet sehr. Und wenn sie es überlebt, wird sie über Tage hin noch sehr schwach sein.«

»Was sagst du da, Torlyri?«

»Wir werden eine Weile nicht weiterziehen können.«

»Aber Vengiboneeza ...«

»... hat siebenmal hunderttausend Jahre auf uns gewartet«, unterbrach Torlyri. »Es kann gut noch ein paar Wochen länger warten. Wir dürfen nicht wegen deiner Ungeduld Threynes Leben aufs Spiel setzen. Und Nettins Kind ist ebenfalls bald fällig, in zwei, drei Tagen. Also bleiben wir am besten hier, bis die zwei wieder kräftig genug sind weiterzuziehen. Sonst aber teile den Stamm und sende Harruel und ein paar der Männer voraus und laß sie ausspähen nach der Stadt, und wir rasten hier und versorgen die Kindsmütter.«

Koshmar blickte verärgert drein. »Wenn Threyne etwas geschähe, ich würde es mir niemals verzeihen. Aber kannst du nicht begreifen, wie mir zumute ist, wo die Stadt so nahe vor uns liegt?«

Sanft legte Torlyri Koshmar die Hände auf die Schultern und drückte sie kurz an sich. Leise sagte sie: »Ich weiß. Du hast so schwer gekämpft, um uns bis hierher zu führen.«

Aus Threynes Hütte drang in diesem Augenblick ein neuer Laut, ein schriller, schärferer.

»Es ist soweit«, sagte Torlyri. »Ich muß zu ihr. Wir ziehen bald wieder weiter. Ich verspreche es dir.«

Koshmar nickte und stapfte davon. Kopfschüttelnd blickte Torlyri ihr nach. Es erstaunte sie, daß sie der sonst so klar und abwägend denkenden Koshmar hatte sagen müssen, daß man hier für eine Weile würde haltmachen müssen, und daß Koshmar vielleicht sogar jetzt noch Mühe hatte, die Notwendigkeit zu akzeptieren. Andererseits fehlte es Koshmar aber auch an jeglicher

Einsicht und Fähigkeit für solche Frauensachen. Nie hatte sie einem Mann erlaubt, ihre Schenkel mit Händen zu berühren; sie hatte niemals auch nur kurz daran gedacht, ein Kind zu tragen; sie hatte sich von Kindheit an nur auf ein Ziel ausgerichtet, auf die Führerschaft und nichts sonst, und das schloß in ihren Augen jeden Gedanken an Mutterschaft aus. Führer hatten keine Kinder, so war es der Brauch. Aber, dachte Torlyri, das war doch bestimmt nur deshalb so, weil man die Volkszahl im Kokon so strikt beschränken mußte. Alle möglichen festen Bräuche bezüglich des Verbots und der Erlaubnis, Kinder zu haben, waren im Verlauf der Jahrhunderte entstanden, aber ihnen lag doch stets die Furcht zugrunde, daß die unbeschränkte Fortpflanzung den Kokon ersticken und den Stamm vor der richtigen Zeit in die grausame Unbill des Winters treiben müßte.

Minbain rief nach ihr. Das Kind wollte kommen.

Torlyri eilte gerade noch rechtzeitig zur Hütte zurück. Zwischen Threynes Schenkeln zeigte sich bereits das winzige Köpfchen. Torlyri lächelte. Koshmar hatte es noch nie ertragen können, bei der Geburt eines Kindes dabei zu sein, doch für Torlyri war es ein Moment der Schönheit. Sie kniete am Fuß des Lagers und umfaßte Threynes Fußknöchel mit festen Händen, während sie die Gebete zu Mueri-der-Mutter sprach.

»Ein Knabe!« verkündete Minbain.

Er war sehr klein, sehr laut, sehr verhutzelt und sehr rosig am ganzen Leib, mit dünnen fahlgrauen Pelzbüscheln, die mit der Zeit über den ganzen Körper wachsen würden. Das kleine Sensororgan bewegte sich steif hin und her und zuckte durch die Luft: ein gutes Anzeichen, ein Zeichen von Kraft und Leidenschaft. Torlyri erinnerte sich, wie sie vor neun Jahren Minbain bei deren Entbindung geholfen hatte, als Minbain den Hresh geboren hatte, und wie damals Hresh mit seinem Sensororgan wütend die Luft gepeitscht hatte. Und der hatte doch wahrlich das Omen voll bestätigt, dieser Hresh.

»Wo ist der Alte Mann!« sagte eine der Frauen. »Wir brauchen den Alten Mann hier, damit er den Geburtsnamen verleiht.«

Minbain gab ein unterdrücktes Geräusch von sich, ein ersticktes Lachen. Ein paar andere Frauen lachten gleichfalls.

»Der Alte Mann!« sagte Galihine. »Wer hätte je von einem Alten Mann gehört, der ein Kind war!«

»Oder davon, daß ein Kind die Geburtszeremonie leitet«, sagte Preyne.

»Sei dem wie immer«, sagte Torlyri mit fester Stimme. »Wir brauchen ihn für das, was getan werden muß.«

Sie wandte sich einem Mädchen namens Kailii zu, fast schon einer für die Mutterschaft reifen jungen Frau, die der Entbindung fasziniert zugeschaut hatte, und sandte sie aus, um Hresh zu holen.

Er kam sogleich. Torlyri sah, wie seine scharfen kleinen Augen mehrmals die Szene rasch abtasteten: die dicht um das Laublager gescharten Frauen, die erschöpfte Threyne und die Blutspuren im Fell ihrer Schenkel, das kleine runzelige Neugeborene, das mehr wie eine Wurzel aussah als wie ein Mensch. Hresh wirkte unsicher; vielleicht weil seine Mutter anwesend war, oder vielleicht auch, weil er wußte, daß in der Regel Knaben nicht Zeuge solcher Begebnisse sein durften.

»Wie du siehst, wurde uns ein Kind geboren«, sagt Torlyri. »Es muß einen Namen verliehen bekommen, und es ist deines Amtes, das zu tun.«

Sogleich schien die Unsicherheit von Hresh abzufallen. Er reckte sich hoch auf – ach, wie lächerlich klein er doch noch ist! fuhr es Torlyri durch den Kopf – und umhüllte sich sozusagen mit der Majestät seiner Stellung.

Feierlich schlug er die Zeichen Yissous, dann das Zeichen von Emakkis-des-Ernährers, dann das der Mueri-Mutter und dann das Zeichen Friits-des-Heilers. Und schließlich, ganz zuletzt, das Zeichen Dawinnos-des-Zerstörers, des undurchschaubarsten, vieldeutigsten Gottes.

Torlyri fühlte Freude und stolzes Entzücken in sich aufsteigen. Hresh vollzog das Ritual korrekt und genau in der rechten Reihenfolge! Der alte Thaggoran hätte es nicht besser gekonnt. Und dabei war Hresh noch nie bei der Zeremonie der Namensgebung dabei gewesen. Bestimmt hatte er das Ritual in den Büchern nachgelesen. Dieser gescheite Knirps ... was für ein bemerkenswertes Kind er doch war!

»Ein männliches Kind ist uns geboren«, sprach Hresh mit volltönender Stimme. »Durch Preyne, aus Threyne – ein Sohn, uns allen geschenkt. Und so benenne ich ihn mit dem Namen des Großen, der uns so grausam entrissen wurde. Er soll Thaggoran heißen und sein.«

»Thaggoran!« rief Preyne. »Thaggoran Preyne-Sohn, Thaggoran Threyne-Sohn!«

»Thaggoran!« schrillten die Frauen in der Laubhütte. »Thaggoran ...«, stammelte Threyne mit schwacher Stimme.

Hresh streckte seine Hände der Mutter, dem Vater und Torlyri entgegen, genau wie das Ritual es verlangte. Dann trat er zu einer jeden der anwesenden Frauen, zu einer nach der andern, sogar vor seiner Mutter, Minbain, und berührte sie mit einer segnenden Geste an beiden Wangen. Das allerdings hatte Torlyri noch nie zuvor gesehen; Hresh mußte es selbst erfunden haben, oder aber er hatte einen uralten Ritus wiederaufleben lassen, von dem er Beschreibungen in seinen Büchern gelesen hatte. Vor Torlyri trat er zuletzt und berührte auch ihre Wangen in gleicher Weise. Seine Augen leuchteten. Was muß das für ein großartiger Augenblick für ihn sein, dachte sie. Unser kindhafter Chronist, unser seltsamer kleiner Hresh-Fragesack, der auf einmal zugleich Mann war und Kind, ein Mann im Körper eines Kindes. Und sie dachte an jenen Tag im Kokon zurück, als sie ihn an der Luke gepackt hatte, ehe er fliehen konnte, und sie erinnerte sich wieder an das Entsetzen in seinen Augen, als sie ihm sagte, daß er vor Koshmar gebracht und gerichtet werden mußte. Und wie grundlegend hatte sich seit damals alles für sie alle verändert! Da stand dieser Hresh (derselbe Hresh?) und verkündete der Welt, in einem Land, das weit, weit vom Kokon entfernt lag, die Geburt eines neuen Thaggoran – und mit dem gleichen feierlichen Ernst, wie ihn der alte Chronist besessen hatte.

Hinterher zog Hresh sie beiseite und fragte: »Hab ich es gut hingekriegt? Habe ich alles richtig gemacht?«

»Du warst großartig, hinreißend«, sagte sie zu ihm. Und in einer Gefühlsaufwallung riß sie ihn in ihre Arme, hob ihn hoch und preßte ihn an die Brust, und küßte ihn trotz der strampelnden Beine zweimal.

Der Vorfall schien ihn zu verwirren. Als sie ihn wieder zu Boden setzte, warf er ihr einen merkwürdigen Blick zu und begann sogleich mit dem unübersehbaren Ausdruck verletzter Würde sein Fell zu glätten. Aber als sie ihm dann lächelnd und mit einer ihm anscheinend willkommeneren Zärtlichkeit die Arme auf die Schultern legte, verlor sich der verstörte Ausdruck der Abwehr allmählich. Niemand konnte schließlich Torlyri gegenüber lange grollen.

»Da ist noch eine Zeremonie, die wir bald schon durchführen müssen«, sagte Hresh.

»Das Kind von Nettin?«

»Ja, das auch. Aber ich spreche eigentlich von mir.«

»Und was ist das?« fragte Torlyri.

»Mein eigener Namenstag«, sagte er. »Ich werde bald neun sein, weißt du.«

Sie kämpfte gegen das Lachen an, vermochte es nicht zu unterdrücken und lachte schließlich schallend los.

Hresh starrte sie von neuem erzürnt an.

»Hab ich was Komisches gesagt?«

»Nein, das ist nichts Komisches, Hresh, gar nicht – nur ... nur ...« Sie mußte wieder lachen. »Verzeih. Es ist nicht richtig von mir ...«

»Ich verstehe dich nicht«, sagte Hresh.

»Dein Namenstag. Du bist der Alte Mann des Stammes, und du hast gerade selbst einem Kind einen Namen gegeben. Und du hast noch nicht einmal deinen eigenen Namenstag gehabt! Ach, Hresh, Hresh, wir leben wahrlich in seltsamen Zeiten!«

»Trotzdem, es ist meine Zeit«, sagte er.

Sie nickte. »Stimmt. Du hast absolut recht, Hresh. Ich will heute nachmittag mit Koshmar darüber sprechen. An welchem Tag soll es sein, weißt du das?«

Trübselig sagte er: »Ich bin mit der Zählung durcheinander, Torlyri. Bei all den Wochen und Monden der Wanderung ist der Tag möglicherweise schon vorbei. Seit ein paar Tagen.«

»Na ja, das spielt weiter keine Rolle. Ich rede jedenfalls mit Koshmar«, versprach sie ihm.

Wie die passende Verfahrensweise beim Tag der Namensgebung in diesen neuen Lebensumständen sein sollte, das war sowohl für Torlyri wie auch für Koshmar ein Rätsel. Denn seit dem Auszug aus dem Kokon hatte sich kein Anlaß für eine solche Zeremonie geboten.

In den Zeiten des Kokons war der Tag der Namensgebung der Tag, mit dem ein Kind offiziell in den Erwachsenenstatus eintrat, und es war einer der drei geheiligten Tage gewesen, an denen ein Stammesangehöriger über die Schwelle treten und sich kurz in der Äußeren Welt aufhalten durfte. Einzig von der Opferfrau begleitet, stolperte dabei das zitternde neunjährige Kind durch die Schleusenluke, rief den Namen, den er oder sie von nun an zu tragen beschlossen hatte, und dann folgten – obwohl völlig benommen vom Anblick des Kliffs und des Flusses und der offenen Himmelsschale, von den angehäuften ausgebleichten alten Gebeinen und wie betrunken von der scharfen kalten Luft – die Kleinen der Tradition und boten den Großen Fünf die erheischten Opfer dar. Einige Jahre später kam der zweite Ritualschritt, der Tvinnr-Tag, der die formelle Anerkenntnis der seelischen Reife darstellte. Und die nächste Gelegenheit, bei der die meisten Stammesangehörigen ins Freie gelangten, war am Tag ihres Todes, wo sie – sofern sie noch kräftig genug waren zu gehen – von der Opferpriesterin, dem Stammeshäuptling oder manchmal auch von dem ältesten Krieger zur Tür geleitet wurden oder – wenn sie zu gebrechlich waren – einfach von der Opferfrau hinausgeschleift und dort abgesetzt wurden, damit Wind und Regen sich ihrer bemächtigten.

Aber wie hätte Hresh für das Ritual seines Namenstages aus dem Kokon treten sollen, wo er doch längst schon draußen war?

Der alte Ritus war sinnlos geworden. Der Tag der Namensgebung allerdings war wichtig. Und wieder einmal begriff Torlyri, daß es an ihr lag, ein neues Ritual zu erfinden. Es war irgendwie seltsam und auch ein wenig beunruhigend, diese Aufgabe: einfach ein neues Ritual zu erfinden. Waren denn auch alle die alten Riten auf diese Weise entstanden? fragte sie sich. Von Priesterinnen jeweils für den Notfall erfunden? Oder vom Alten Mann? Um einem plötzlich auftretenden Bedürfnis zu genügen? Und waren sie überhaupt in keiner Weise göttliche Fügung?

Aber der Gott – so beruhigte sie sich – spricht durch den Geist der Opferfrau.

Nun, so sei es denn. Sie erbat Urlaub von Koshmar und ging für sich allein zurück zu dem See des Wasserschreiters und kniete dort nieder vor Dawinno und erflehte von ihm Weisung. Und Dawinno schenkte ihr ein neues Ritual. Und es sprang hell und quellenklar in ihrer Seele auf.

Während sie da so kniete, erschien der Wasserschreiter wieder. Sie blickte furchtlos zu ihm hin, während er sein gewaltiges spilleriges Selbst entfaltete. Sie lächelte. Du könntest mir nichts antun, auch wenn du es wolltest, dachte sie. Aber auch wenn du es wirklich vermöchtest, so würde ich dich einfach anlächeln, und du würdest mir nicht ein Haar krümmen wollen. Der Wasserschreiter betrachtete sie düster und leicht schwankend aus seiner großen Höhe. Und dann hatte sie den Eindruck, als lächle er ihr zu, als sei ihm ihre Anwesenheit hier durchaus angenehm.

Sie nickte ihm grüßend zu.

»Mögen die Fünf dir nahe und hold sein, Freund«, sagte sie. Und der Schreiter lachte; aber sein Gelächter wirkte irgendwie freundlicher als beim erstenmal.

Als Torlyri ins Lager zurückkehrte, sah sie droben einen Schwarm jener Geschöpfe kreisen, die Thaggoran ›Blutvögel‹ genannt hatte und die den Stamm weit drüben in den Flachländern mehr als einmal belästigt hatten, wo sie das wandernde Volk mit ihren Schnäbeln aufzuspießen versucht hatten. Sie erinnerte sich an das schreckliche Herabstoßen, an das schrille Kreischen, an die Wunden, die sie geschlagen hatten. Aber diesmal fühlte sie, daß kein Anlaß zu Panik bestehe. Sie blickte den Blutvögeln ebenso furchtlos entgegen, wie sie es bei dem Wasserschreiter getan hatte, und sie hielten sich weit entfernt und hoch droben und kreisten, ohne herabzustoßen.

Ja, das ist der rechte Weg, so müssen wir an diesem Ort hier leben, dachte sie. Tritt den Geschöpfen ohne Furcht entgegen ... begegne ihnen – wenn du kannst – mit Liebe ... dann werden sie dir nichts Böses antun.

»Also«, erklärte sie Koshmar, »das neue Ritual ist folgendermaßen: Ich werde mit ihm fortgehen ins Gehölz, weit fort vom Stammeslager, an einen Ort, wo wir ganz allein sind und wo uns nur die Geschöpfe des Waldes umgeben. Das wird dann so sein wie in den alten Tagen das Heraustreten aus dem Kokon. Und dort wird er die Opfer vornehmen für die Fünf Erhabenen, und dann muß er hintreten vor irgendein Geschöpf der Wildnis, es ist nicht weiter wichtig, was für eins es ist, eine Schlange, ein Vogel, ein Wasserschreiter, irgendein Wesen, solang es nur uns Menschen unähnlich ist ... und er wird hintreten vor dieses Geschöpf in friedlicher Weise und wird ihm seinen neuen Namen sagen.«

Koshmar blickte verwirrt drein. »Und wozu soll das gut sein?«

»Es bedeutet, daß wir ein Volk sind in der Welt und zu der Welt gehören und daß wir uns wieder in das Leben der Geschöpfe der Welt eingliedern. Daß wir in Liebe und ohne Furcht auf sie zutreten und nun, da der Winter vergangen ist, gern ihre Welt mit ihnen teilen möchten.«

»Aha!« sagte Koshmar. »Ich verstehe.« Aber Torlyri erriet aus der Art, wie sie es sagte, daß Koshmar nicht überzeugt war.

Jedenfalls, es war an der Zeit, daß Hresh seinen Namenstag habe, es gab keinen Kokon, aus dem er hätte hervortreten können, und dies war der neue Ritus, den Torlyri sich ausgedacht hatte, und immerhin war sie die einzige Opferfrau, die das Volk zur Verfügung hatte. Also, wer hätte sagen können, das neue Ritual sei irrig oder falsch? Und so unterrichtete Torlyri Hresh, was er zu tun habe, und sie machten sich gemeinsam und nur zu zweit in der Dämmerung auf den Weg. Hresh trug eine Opferschale in der Hand, und während sie dahinzogen, sammelte er Blüten und Beeren als Gaben für die Götter.

»Sag mir, wenn wir am rechten Ort sind«, bat er.

»Nein, du mußt es mir sagen«, antwortete Torlyri.

Seine Augen glühten vor Lebenslust und Lebenskraft. Torlyri hatte das Gefühl, niemals zuvor einem Wesen begegnet zu sein, das dermaßen *voller Leben* war, wie dieses Kind, dieser Knabe es war, und das Herz quoll ihr über, so voll Liebe war sie für ihn. Ganz gewiß, es strömte die Kraft von den Göttern durch seine Adern!

»Hier ist es«, sagte Hresh.

Es war düster an dem Ort, den Hresh gewählt hatte, denn die Wipfel der Bäume droben waren durch Geflechte von Schlingpflanzen, von Reben, dicker als ein Mannsarm, zusammengeheftet. Der Boden war feucht und weich. Sie hätten sehr wohl die einzigen Menschen in der Welt sein können.

Hresh kniete nieder und begann sein Opfer.

»Und nun will ich meinen Neuen Namen annehmen«, sagte er.

Dann begab er sich auf die Suche nach einem Geschöpf, das sein Namenstier sein sollte; und nach einiger Zeit kam ein Wesen von anständigen Ausmaßen auf die Lichtung getrabt; ein Tier, etwa von der Größe eines Rattenwolfs, aber bei weitem hübscher anzusehen. Es hatte leuchtende Augen, einen länglichen zugespitzten Schädel und zwei schaufelartige goldene Stoßzähne neben der Schnauze, und dazu noch eine Reihe hellgelber Streifen entlang des bräunlichgelben Rückens. Die Beine waren schlank und endeten in je drei scharfkralligen Zehen: Höchstwahrscheinlich ein im Erdreich grabendes Tier, eines, das sich von Insekten ernährte. Es schaute ihn an, als habe es noch zuvor so etwas wie ihn erblickt.

Er trat nahe heran.

»*Dein* Name ist Goldzahn«, sagte Hresh.

Das Tier starrte angstlos, vielleicht neugierig zurück.

»Und ich«, fuhr Hresh fort, »ich bin Hresh-der-voller-Fragen-steckt, und heute ist mein Namenstag, und ich habe dich als mein Namenstier erwählt. Und so sage ich dir hiermit feierlich, Goldzahn, daß ich den Namen wähle – und er lautet Hresh! Hresh-der-Antwortfinder!«

Torlyri atmete heftig ein. Was für eine Keckheit von dem Knaben!

Hin und wieder geschah es zwar, daß jemand seinen Geburtsnamen auch als Erwachsenennamen beibehielt, aber es war selten, ja es war beinahe unerhört, und wer so etwas wagte, der verriet damit eine innere Zuversicht, ein Selbstvertrauen, die fast an bedenkenlose Kühnheit grenzte. Hresh, der sich den Namen Hresh wählt! Hatte es je einen Menschen gegeben wie dieses Kind Hresh?

Und doch – und dennoch ... war es denn wirklich der *selbe* Name? Vor dem Hresh-voller-Fragen, und das war der Name, den andere ihm angehängt hatten, und nun Hresh-der-Antwortfinder ... und diesen Namen hatte er sich selbst gewählt.

Er redete mit dem Goldzahn, stand ganz dicht bei ihm, streichelte und tätschelte das Tier. Dann klopfte er ihm auf den Schenkel, und das Tier trabte davon und verschwand im Unterholz. Er wandte sich Torlyri zu.

»Also?« fragte er. »Habe ich nun meinen rechtmäßigen Namen?«

»Du hast deinen rechtmäßigen Namen, ja.« Sie zog ihn ganz fest an sich und umschlang ihn. »Hresh-Antwortfinder ... das ist dein Name.« Er ließ sich die körperliche Nähe ein wenig zögernd, ein wenig steif gefallen, als bereite ihm ihre heftige Zuneigung Unbehagen. Sie gab ihn frei und sagte: »Komm jetzt! Wir müssen zum Lager zurück und den anderen sagen, was du dir erwählt hast. Und dann wird es auch allmählich Zeit, daß wir uns auf die Suche nach dem berühmten Vengiboneeza machen.«

Doch sie konnten nicht sogleich nach Vengiboneeza weiterziehen. Denn nun war Nettin im Kindbett, und diesmal war es ein Mädchen, und Hresh leitete erneut die Namensgebung und nannte das Kind Tramassilu, nach dem Mädchen, das von dem rotgeschnäbelten Hüpfer aufgespießt worden war. Er plante, alle Neugeborenen nach den während des Trecks Gestorbenen zu benennen, zum Zeichen dafür, daß die Verluste wettgemacht waren. Also brauchte man noch einen neuen Hignord und eine neue Valmud; danach konnte man dann bei neuen Geburten andere Namen verwenden. Jalmud, dessen Partnerin von den Rattenwölfen getötet worden war, hatte bereits um die Erlaubnis nachgesucht, das Mädchen Sinistine zur Paarungspartnerin nehmen zu dürfen, und Hresh nahm an, daß sich bald neue Paarungen bilden würden, da es inzwischen allen bewußt geworden war, daß man die Zeugung neuen Lebens nicht fürchten, sondern im Gegenteil als geheiligte Pflicht erkennen lernen müsse.

So lagerte der Stamm noch einige Tage länger unweit des Teichs des Wasserschreiters, bis Threyne und Nettin wieder kräftig genug für den Weitermarsch waren. Für Koshmar, die sich so stark nach dem Anblick von Vengiboneeza sehnte, war das eine schwere Prüfung. Auch Hresh litt ungeduldig. Mehr als irgend jemand sonst besaß er eine deutlichere Vorstellung davon, was sie in Vengiboneeza erwartete, und er brannte vor Ungeduld.

Und dann war er auch tatsächlich der erste von allen, der vier Tage nach Wiederaufnahme der Wanderung einen Blick auf die Türme der Stadt warf. Im Westen trafen sie auf einen See von solch tiefem Blau, daß das Wasser fast schwarz wirkte, und danach auf einen weiteren, genau wie der Wasserschreiter es gesagt hatte; und dann stießen sie an einen Fluß, und dies hieß, das Vengiboneeza ganz nahe sein müsse ... Es war kein besonders breiter Fluß, aber er schoß kalt und rasch dahin, und überall ragten reißende Felszähne empor. Die Übersetzung mit dem Train war schwierig und dauerte viele Stunden, so daß sogar Koshmar es für das Klügste hielt, am anderen Ufer erst einmal das Lager aufzuschlagen und zu rasten. Hresh aber konnte nicht warten. Nach der Überquerung schlich er sich, von keinem beobachtet, heimlich davon und rannte rasch durch die Bäume, bis ihn die Überraschung plötzlich zum Innehalten zwang.

Vor ihm ragten die schimmernden Türme einer prachtvollen großen Stadt empor wie hochgerichtete gewaltige Platten aus Schimmerstein über einem Dschungel, und es waren mehr Türme, als er zu zählen vermochte, Kette um Kette hintereinander – hier einer in schillerndem Violett, dort einer in feurigem Gold, da einer scharlachrot mit mitternachtsblauen Balkonen, dort einer in tiefstem Gagatschwarz. Manche waren von erstickenden Reben umrankt, genau wie das Waldgeschöpf gesagt hatte, doch die meisten lagen frei.

Mit pochendem Herzen raste er sodann zum Lager zurück und brüllte: »Vengiboneeza! Ich habe Vengiboneeza gefunden!«

Aber er hatte kaum die Hälfte der Strecke bis zum Lager durchmessen, als etwas Dickes, Pelziges, unglaublich Kräftiges seinen Hals umschlang und ihn zu Boden riß.

Verzweifelt rang Hresh nach Luft. Er erstickte fast. Die Augen quollen ihm aus den Höhlen. Alles war ganz verschwommen. Er konnte kaum seine Angreifer erkennen. Anscheinend waren sie zu dritt. Zwei hüpften auf und ab, der dritte hielt ihn mit seinem langen seilartigen Sensororgan gefangen. Also, wenn die menschlich sind, dachte Hresh, dann gehören sie aber zu einem ganz anderen Stamm. Ihre Arme und Beine waren außerordentlich lang, die Körper schmal und kompakt, die Köpfe klein, die Augen groß, hart und schimmernd, aber ohne einen Schimmer von Intelligenz darin. Alle drei waren vom Schädel bis zu den schlanken schwarzen Zehen von einem dichten graugrünen Fell einer fremdartigen Stofflichkeit bedeckt.

»Ich ... krieg ... keine Luft ...«, japste Hresh. »Bitte!«

Er hörte ein rauhes höhnisches Lachen und ein wildes Gebrabbel von Lauten in einer unbekannten Sprache, schrill und aufgeregt. Verzweifelt zerrte er an dem peitschenartigen Sensororgan, das ihn würgte. Er bohrte fest die Fingerspitzen hinein. Seltsamerweise bewirkte das keine Reaktion, es sei denn, daß der Würgegriff noch enger wurde. Hresh war noch nie einem dermaßen unsensiblen Sensororgan begegnet. Der andere schien kaum etwas zu spüren.

»Bitte ... bitte ...«, flehte er schwach mit seinem allerletzten Atem. Dann wurde um ihn herum alles schwarz.

Ein plötzliches wildes Kreischen. Der Druck an seiner Kehle löste sich etwas, er rollte davon und war frei und rang keuchend und würgend zusammengekrümmt nach Luft. Sein Kopf wirbelte kreisend. Die Erde drehte sich wild unter ihm. Zunächst konnte er überhaupt nicht klar sehen, sondern hatte nur Flecken und Wirbel vor Augen. Nach einer Weile erholte er sich allmählich und blickte hoch.

Harruel und Konya standen über ihm. Sie hatten zwei der drei Fremden mit den Speeren durchbohrt und die blutigen Leiber wie Unrat beiseitegeworfen; der dritte Angreifer war geflohen, hinauf in die Bäume, und dort hing er nun an seinem Sensororgan und kreischte wild zu ihnen herab.

»Bist du unverletzt?« fragte Harruel.

»Ich glaub schon. Bloß ... Luft ... ein ... bißchen knapp.« Er richtete sich kniend auf, rieb sich die schmerzende Kehle und füllte seine Lungen so tief er atmen konnte. »Noch ein Augenblick, und für mich wäre alles zu Ende gewesen.« Er blickte zu den zwei zerknautschten toten Körpern hinüber und schauderte. »Aber ihr habt mich gerettet. Und dort – schaut doch, seht ihr sie? Die Stadt! Die Stadt!« Hresh streckte zitternd die Hand aus. »Vengiboneeza!«

Vengiboneeza, ja. Die beiden Krieger blickten flüchtig

zu den Türmen hinüber, deren Spitzen von dort aus kaum zu sehen waren. Konya stieß ein überraschtes Grunzen aus, sank in die Knie und schlug das Zeichen des Beschützers. Harruel stützte sich nur stumm auf seinen Speer und schüttelte langsam und erstaunt den Kopf.

Dann kam Koshmar angerannt, und Torlyri, und hinter ihnen auch noch fast alle anderen. Hresh war zwar noch ziemlich wackelig und unsicher auf den Beinen, aber er führte sie durch das Dickicht von Ranken und sägezähnigen Gräsern an die Stelle, von der aus er die leuchtenden Türme in den Himmel hatte aufragen sehen. Doch die Angehörigen des schnatternden graugrünen Volks waren überall, wurlten zu Dutzenden in den Bäumen umher, baumelten von ihren Sensororganen, sprangen von Ast zu Ast, keckernd, lachend, schmetternde höhnische Herausforderungen kreischend. Sie haben mich also schon die ganze Zeit beobachtet, erkannte Hresh.

»Was ist das für ein Stamm?« fragte Torlyri.

»Ein äußerst dummer, glaube ich«, sagte Hresh.

»Sie sehen uns aber irgendwie ein bißchen ähnlich«, sagte Torlyri.

»Also doch wohl kaum!« erwiderte Koshmar entrüstet.

»Aber sie sind schnell«, sagte Hresh.

»Nicht so schnell, daß wir sie nicht abmurksen könnten, wenn sie uns stören«, sagte Koshmar. »Ihr Götter! Das ist doch kein Volk! Das sind keine menschlichen Wesen! Das sind weiter nichts als Tiere. Ungeziefer! Da, schaut: die Stadt! Vengiboneeza wird uns gehören. Alle Mann an die Speere! Fackeln! Auf nach Vengiboneeza!«

Ungeziefer mochte das fremde Volk ja sein, und möglicherweise auch ziemlich dumm, aber es entpuppte sich als eine lästige Plage. Die Wesen weigerten sich nämlich, von den Bäumen herabzusteigen, und bewarfen

Koshmars Volk vielmehr mit Ästen und Früchten und sogar mit ihrer grünen Scheiße, wobei sie unablässig unverständliche Beleidigungen brüllten. Galihine wurde von einer schweren blauroten Frucht zwischen die Schultern getroffen und niedergestreckt, und Haniman wurde Ziel einer gewaltigen grauen papierartigen Kugel, die sich als das Nest eines Schwarmes von halbfingerlangen wütenden stechenden Insekten herausstellte.

Koshmar und ihre Krieger jedoch rückten stetig weiter voran, sie setzten die Speere ein, Wurfstöcke, Wurfpfeile und alle anderen Arten von Waffen, die sie hatten; und nach und nach zog sich der fremde Stamm zurück. Hresh, der die Gefechte aus sicherer Entfernung beobachtete, war von diesen Waldleuten angewidert und entsetzt. Wie häßlich sie waren, wie niederträchtig, wie – nichtmenschlich! Sie besaßen die Gestalt von Menschen (oder doch fast), aber sie handelten und betrugen sich wie Tiere. Die Fackeln jagten ihnen Entsetzen ein, als hätten sie nie zuvor Feuer gesehen. Ihr Sensororgan benutzten sie ausschließlich als Greiforgan, ganz wie irgendein banales wildes Wesen, als besitze dieses Organ keinerlei andere Kraft und Funktion, als sich mit seiner Hilfe durch die Bäume zu schwingen.

Trotzdem, dachte Hresh, so übermäßig anders als wir sehen sie eigentlich doch wieder nicht aus. Und das ist am schlimmsten dabei. Wir sind menschlich, sie sind tierisch – und trotzdem sind sie gar nicht so viel anders als wir! Und ohne die Gnade der Götter wären wir genauso wie sie!

Nach einer halben Stunde war die Schlacht beendet. Die Waldschnatterer waren verschwunden, und der Weg nach Vengiboneeza lag frei.

»Laß mich zuerst gehen«, flehte Hresh. »Ich hab es gefunden. Ich will der Erste sein.«

Koshmar gluckste, nickte aber huldvoll. »Noch immer unser Hresh-der-Fragesack, was? Na, schön. Geh!«

Die Gewährung seiner Bitte, vor allem weil sie so rasch und leicht erfolgte, bestürzte ihn ein wenig, aber er wandte sich ohne Zögern um und glitt durch das massive aus drei schweren grünen Steinsäulen bestehende Tor, das sich an der Schwelle zu Vengiboneeza auftat.

Zu seinem Erstaunen erwarteten ihn direkt dahinter drei Gestalten, in denen er Angehörige der saphiräugigen Rasse erkannte. Ihresgleichen hatte er viele Male gesehen, wenn er die Hände über die Seiten der Chronikbücher gleiten ließ: massige, auf gewaltigen dickschenkligen Beinen aufrechtstehende Wesen, die sich auf mächtige Sensororgane stützten – oder vielleicht waren es ja auch nur Schwänze? Die kleinen Unterarme waren in einer Haltung ausgestreckt, die deutlich einladend war. Die riesigen schwerlidrigen Augen, von einem so tiefdunklen Blau, daß sie nicht wie Augen, sondern wie Meere wirkten, strahlten Weisheit und Macht aus.

Bestürzt wich Hresh zurück. Zweimal hatten diese Wesen über die Welt geherrscht: einmal in der allerurältesten Zeit, lang bevor es überhaupt Menschliches gab, in einer lang verwehten Zivilisation, die von einem früheren Überfall der Todessterne vernichtet worden war; und sodann noch einmal während der Zeit der Menschen, in der die wenigen Überlebenden des Imperiums der Saphiräugigen ein zweitesmal zu Größe und Macht aufgestiegen waren. Der Abstammung nach kriechende Reptilien der Krokodilart, Abkömmlinge von Geschöpfen, die seit langem sich damit zufrieden gaben, träge im Schlamm tropischer Flüsse zu ruhen, gelang ihnen ein Aufschwung hoch über diese Stufe hinaus; doch die Wiederkehr der Todessterne hatte das Reich der Saphiräugigen erneut zerschlagen, und diesmal hatte es die neue schreckliche Kälte bewirkt, daß es keine Überlebenden gab. So jedenfalls hatten die Chroniktexte in ihrer komplizierten Nebelhaftigkeit behauptet, und so hatte Thaggoran es gelehrt.

»Nein«, flüsterte Hresh. »Euch kann es ja gar nicht geben. Ihr seid doch alle mitsamt der Großen Welt ausgestorben!«

Der Saphiräugige zur Linken hob fragend einen seiner kleinen Unterarme.

»Wie hätten wir denn sterben können, du kleiner Affe, wenn wir doch niemals lebendig waren?« Die Sprache klang gestelzt und antiquiert, sie war merkwürdig, aber verständlich.

»Niemals lebendig?«

»Wir sind Maschinen«, sagte der zur Rechten.

»Hier aufgestellt, um beim Winterende Menschliche in der Stadt unserer Herren und Meister willkommen zu heißen, nach deren Bildnis wir geschaffen wurden«, sagte der Saphiräugige in der Mitte.

»Maschinen«, sagte Hresh, das Wort prüfend und sich zu eigen machend. »Geschaffen nach dem Bild eurer Herren. Die im Langen Winter starben. Aha, ich verstehe. Ich begreife.« Er trat so nahe an sie heran, wie er es wagte, legte den Kopf in den Nacken und starrte in die geheimnisvollen Tiefen der leuchtenden Augen. »Wir können also die Stadt betreten? Und ihr werdet uns alles zeigen, was sie enthält?«

Er bebte vor ehrfürchtigem Schrecken. Noch nie hatte er etwas so Majestätisches erblickt wie diese drei Gestalten. Zugleich jedoch empfand er ein undeutliches Gefühl der Enttäuschung. Sie waren nichts weiter als irgendwelche kluge Künstliche. Nicht lebendig, nicht wirklich. Er hätte sich gewünscht, daß sie echte Vertreter des Saphiraugen-Volks wären, die auf wundersame Weise die Zeit der Kälte überdauert hätten. Doch das war unmöglich. Er schob diese Hoffnung beiseite.

Nach einer Weile sprach er dann: »Warum habt ihr mich ›kleiner Affe‹ genannt? Könnt ihr ein menschliches Wesen nicht erkennen, wenn ihr eines seht?«

Die drei Saphiräugigen gaben seltsame Zischlaute von sich, die nach Hreshs Empfinden so etwas wie ein

Lachen sein mußten. Hinter sich hörte er andere Laute: leises Keuchen, verblüfftes Seufzen. Hastig blickte er sich um und sah Koshmar und Torlyri und die übrigen mit weit aufgerissenen Mäulern da stehen.

»Aber du *bist* ja ein kleiner Affe«, sagte der mittlere Saphiräugige. »Und die da hinter dir, das sind größere Affen. Und es waren Affen einer anderen und dümmeren Art, die euch im Wald angegriffen haben.«

»Ja, vielleicht waren *die* Affen. Wir jedenfalls sind menschliche Wesen«, erklärte Hresh mit Festigkeit.

»Aber, nicht doch«, sagte der linke Saphiräugige und gab wieder den leisen Zischlaut von sich. »Keine Menschlichen, nein. Die Menschen sind schon lange dahin und fort, schon mit dem Anbruch des Langen Winters.«

»Dahin? Wohin?«

»Sie sind fort, ja. Ihr seid bloß ihre entfernten Vettern, verstehst du? Ihr, aber auch die Waldleute, die in den Baumkronen schnattern.«

Hresh spürte, wie vor Bestürzung und Ärger sein Gesicht sich rötete.

»Ich glaub kein Wort davon.«

»Aber es ist so. Ihr und die Waldleute ...«

»Ich verbiete dir, von denen und uns in einem Atemzug zu sprechen!«

»Aber sie sind eure Verwandten, kleiner Affe.«

»Nein! Nein!«

»Oh, eure Gattung ist weit überlegen, was den Verstand betrifft, das gebe ich gern zu. Aber ihr dürft euch niemals mit den Menschlichen verwechseln, Kind. Ihr seid nicht aus menschlichem Stoff, sondern aus einem anderen, etwas ähnlich vielleicht, vielleicht aus einer anderen Abstammungslinie von einem und demselben uralten Vorfahren der Menschen und der Affen: ein zweiter Versuch, vielleicht, das zu bewirken, was die Götter mit den Menschen erreicht haben.«

Hresh starrte stumm. Verwirrung und Zorn erstickten ihm die Kehle. Das sind böswillige Lügen, dachte er. Darauf abzielend, ihn zu demütigen und zu betrüben, weil er so keck gewesen war, in die äonenalte Einsamkeit dieser drei mißgünstigen Künstlichen einzudringen.

»Ihr seid den Menschlichen in gewissen Stücken ähnlich«, sagte der linke Saphiräugige, »aber nicht übermäßig. Das versichere ich dir. Sie trugen kein Fell, die Menschen, und sie hatten keine Schwänze, und ...«

»Das ist kein Schwanz!« rief Hresh empört. »Es ist ein Sensororgan!«

»Gewiß, ein modifizierter Schwanz«, fuhr der Saphiräugige unerbittlich fort. »Und er ist ziemlich gut, ja effektiv geradezu wirklich bemerkenswert. Aber ihr seid trotzdem keine Menschen. Es gibt hier keine Menschen mehr. Was ihr seid – ihr seid Affen – oder aber die Kinder von Affen. Die Menschen haben die Erde verlassen.«

Diese unglaublichen Worte waren niederschmetternd. Es mußte eine Lüge sein, die Künstlichen spielten gewiß nur mit ihm, versuchten ihn zu quälen und zu demütigen mit dieser abscheulichen, unmöglichen Schmachrede. Aber er konnte es dennoch nicht mit der gebührenden Verachtung abschütteln. Er spürte, wie sein Grimm der Verzweiflung wich.

»Nicht menschlich?« stammelte Hresh, den Tränen nahe und mit einem Gefühl von Winzigkeit und Häßlichkeit. »Nicht – menschlich? Nein. Nein. Das kann nicht sein.«

»Was soll das?« mischte sich Koshmar endlich ein. »Was sind das für Geschöpfe da? Saphiräugige, oder? Und sie sind noch am Leben?«

»Nein«, sagte Hresh, der sich allmählich wieder fing. »Es sind Künstliche in der Gestalt von Saphiräugigen. Nur die Torwächter von Vengiboneeza. Aber hast du gehört, was sie sagten, Koshmar? Ganz verrücktes Zeug? Daß wir keine Menschlichen seien. Daß wir Affen seien, oder Abkömmlinge von Affen, daß unsere Sensororgane nichts weiter seien als Affenschwänze, und daß die wirklichen Menschen von hier fortgezogen ...«

Koshmar blickte bestürzt drein. »Was ist denn das für ein Unsinn?«

»Sie sagen ...«

»Ja, ich hab gehört, was sie sagen.« Sie wandte sich Torlyri zu. »Was hältst du davon?«

Die Opferfrau war sichtlich verwirrt, sie blinzelte, lächelte nervös, runzelte die Stirn. »Das sind sehr alte Geschöpfe. Vielleicht verfügen sie über Wissen, das ...«

»Das ist absurd«, sagte Koshmar grob. Sie machte eine Bewegung zu Hresh hin. »Du da! Chronist! Du hast die Vergangenheit studiert. Sind wir Menschliche oder nicht?«

»Ich weiß es nicht. Die ganz frühen Chroniken sind sehr kompliziert. Die Menschen sind fort, sagen diese Künstlichen hier«, murmelte Hresh. Er fröstelte trotz der Wärme. Die Augen waren ihm heiß und wie geschwollen; jeden Augenblick konnten die Tränen hervorbrechen.

Koshmar schien sich vor Zorn zu blähen. »Und was wären dann Menschliche, wenn wir keine sind?«

»Die Künstlichen sagen, sie haben keinen Schwanz – keine Sensororgane ... und daß sie keinen Pelz haben ...«

»Dabei handelt es sich um eine andere Art von Menschlichen«, sagte Koshmar und erledigte mit einer wegwerfenden Handbewegung dieses Thema. »Ein anderer Stamm, längst schon verschwunden, falls es ihn je gegeben hat. Woher sollen wir wissen, daß sie je gelebt haben? Wir haben nichts als das Wort dieser – dieser Dinger da, dieser Künstlichen. Mögen sie sagen, was immer sie wollen. Wir wissen, wer wir sind.«

Hresh sagte nichts. Er mühte sich, das aus den Chroniken erlangte Wissen zu Rate zu ziehen, aber in seinem

Kopf stiegen nur nebelhaft vieldeutige Bruchstücke herauf.

»Wir sind die Kinder des Herrn Fanigole und der Herrin Theel, die uns in den Kokon führten«, sagte Koshmar heftig. »Sie waren menschlich und wir sind menschlich. Und so ist es und so bleibt es. Basta!«

Von den saphiräugigen Künstlichen ertönte wieder das zischende Gelächter.

Koshmar fuhr wild zu ihnen herum. Sie vollführte eine zornige weitausholende Armbewegung, als schöbe sie Spinnengewebe beiseite, die ihr vor dem Gesicht in der Luft hingen. »Wir sind Menschliche«, widerholte sie, und sie sagte es schrecklich und furchtbar. »Und möge kein Geschöpf – sei es lebendig oder künstlich – dies leugnen!«

Hresh hing zwischen leidenschaftlicher Zustimmung und betäubtem Unglauben in der Schwebe. Ihm war, als flattere seine Seele unsicher auf und ab. Nicht menschlich? Keine Menschen? Was bedeutete dies? Wie konnte das sein? Ein Affe, nichts weiter als ein Affe, eine etwas höhere Affenart? Nein. Nein. Nein. Er blickte zu Torlyri, flehte um Beistand, und die Opferpriesterin nahm seine Hand in ihre Hände. »Koshmar hat recht«, flüsterte sie. »Die Saphiraugen wollen uns nur beirren. Koshmar spricht die Wahrheit.«

»Ja«, schrie Koshmar, die sie gehört hatte. »So lautet die Wahrheit. Wenn es jemals hier Menschliches gegeben haben sollte, die kein Fell hatten und keine Sensororgane, nun, dann waren sie Bastarde und Mißgeburten, ein Irrtum der Götter, und sie sind jetzt verschwunden. Wir aber, wir sind hier. Und wir sind menschlich, gemäß dem Recht des Blutes, gemäß dem Gesetz der Generationenfolge. So lautet die Wahrheit. Bei Yissou, es ist die Wahrheit!« Und sie trat vor und stellte sich vor den drei mächtigen Reptilien mitten im Tor auf. »Was habt ihr dazu zu sagen, ihr Saphiräugigen? Ihr sagt uns, wir seien keine Menschlichen? Aber sind wir denn nicht jetzt die einzigen Menschlichen? Menschen von einer anderen Art als jene, die ihr gekannt zu haben vorgebt, das vielleicht, aber auch Menschliche von einer besseren Art: Denn *sie* sind dahin, falls sie denn überhaupt jemals gelebt haben, und *wir, wir sind hier.* Wir haben ausgeharrt, während sie es nicht taten. Wir haben bis zum Ende des Winters überlebt, und nun werden wir die Welt wieder von dem Hjjk-Volk zurückerobern, oder von wem immer, der sich ihrer vielleicht in den Zeiten der Kälte bemächtigt hatte. Was sagt ihr dazu, ihr Saphiräugigen? Sind wir etwa keine Menschen? Und dürfen wir nicht in das Große Vengiboneeza einziehen? Was sagt ihr?«

Es trat ein langes qualvolles Schweigen ein.

»Ich sage es euch noch einmal«, verkündete Koshmar unerschütterlich. »Wenn wir nicht die Menschlichen sind, wie ihr sie gekannt habt, so sind wir doch jetzt *die Menschen.* Gesteht es zu! Gesteht! Menschen gemäß dem Recht der Nachfolge. Es ist unser schicksalhaftes ererbtes Recht, diese Stadt zu besitzen. Denn wo sind sie, jene, die ihr die echten Menschlichen nennt? Wo? *Wo?* Wir aber sind hier! Und so sage ich euch denn: Wir sind jetzt die Menschen.«

Immer noch Schweigen, gewaltig und tief. Hresh dachte bei sich, daß er Koshmar nie zuvor so majestätisch erlebt hatte.

Der mittlere Saphiräugige, der bisher zum fernen Horizont gestarrt hatte, wandte sich nun Koshmar zu. Lange betrachtete er sie mit reserviertem Interesse.

»So sei es denn«, sagte das Kunstgeschöpf schließlich, und genau in dem Augenblick, als werde die Luft selbst unter der Spannung krachend auseinanderbersten. »Ihr seid von nun an die Menschen.« Und das Ding schien irgendwie zu lächeln.

Sodann verneigten sich die Reptiliengestalten und gaben den Weg frei.

Sie haben uns nachgegeben, dachte Hresh, von

Freude und Staunen überwältigt. Sie sind uns gewichen!

Und Koshmar, die Führerin, reckte ihr Sensororgan hoch empor wie ein Zepter und führte ihre kleine Horde von Menschen durch das Tor und auf die leuchtenden Türme Vengiboneezas zu.

6. Kapitel
Die Kunst des Wartenkönnens

In wundersamem Staunen bezogen Koshmar und ihr Volk Wohnung in der großen Stadt der untergegangenen Saphiräugigen.

In Trümmern und zerfallend war Vengiboneeza noch immer ein Ort, dessen Pracht das Vorstellungsvermögen aller weit überstieg. Die Lage war vorzüglich, in einer geschützten Senke, die nördlich und zum Teil auch östlich von einem goldbraunen Gebirgswall abgeschirmt war, während südlich und östlich schützend der dichte Dschungel lag, durch den der Stamm soeben gezogen war, und im Westen ein dunkler See – oder vielleicht ein Meer – von solcher Weite, daß es unmöglich war, bis an das andere Ufer zu spähen. Von Westen her wehten beständig warme Winde und trugen Feuchtigkeit von dem Wasser heran. Die Regen fielen häufig, und das Land grünte üppig. Es war Winter, die Zeit der kurzen Tage, die zugleich auch die Regenzeit zu sein schien, und sie war wirklich außerordentlich naß. Aber tagsüber war die Luft mild, und Frost gab es nur in ganz wenigen Nächten, und auch dann nur in der Stunde kurz vor der Dämmerung. Als die Tage länger wurden, trat eine sichtliche Wachstumssteigerung ein, und die Witterung wurde sogar noch wärmer. Alles war nun sehr anders als während jener ersten erbärmlichen Monate nach dem Auszug aus dem Kokon, als sie die trostlosen kahlen Weiten im Herzen des Kontinents durchqueren mußten. Es war eindeutig: Die Zeit des Langen Winters war vorbei. Keiner zweifelte nun mehr daran.

Vengiboneeza war überall ringsum, weitgestreckt, gewaltig, unbegreiflich, eine in sich geschlossene, in ehrfurchtgebietendem Schweigen ruhende Welt. Vom Gestade des Meeres bis an den Rand des Dschungels und zu den waldbedeckten Vorbergen des Felsmassivs breitete sich die tote Stadt in alle Himmelsrichtungen aus, ohne erkennbare Planung, ohne erkennbare Geordnetheit. In einigen Teilen liefen die Straßen als breite offene Boulevards mit grandiosem Ausblick auf die Berge oder die See dahinter; in anderen Stadtbezirken waren die Straßen ein Geflecht winzigkleiner Alleen, die sich in verzweifelter Intimität ineinander wanden oder von hohen Mauern abgesperrt waren, die den direkten Zugang zu dahinterliegenden Plätzen abriegelten. Vielerorts ragten hohe Türme auf, meist dichtgedrängt in Reihen zu zehnt oder zwanzig, manchmal aber – und dies waren dann die höchsten gewaltigsten Türme – standen sie in erhabener Vereinzelung über einer Umgebung von niederen Flachbauten mit grünen Kachelkuppeln.

Besonders direkt an der Küste lagen weite Stadtbezirke in Trümmern; doch vieles hatte auch standgehalten.

Der Lange Winter hatte hier weniger Narben hinterlassen als in den ungeschützten Ebenen im Osten, jedoch gab es auch hier der Narben genug. Während der Winterzeiten war die See mehr als einmal hochgegangen und hatte die näheren, tieferliegenden Bezirke überschwemmt. Man konnte an hohen Wänden uralte graue Wassermarken sehen, und auf Balkonen in Höhe der zweiten Stockwere lagen Strudelteppiche von Sand und Geröll. Auf den Flachdächern häuften sich die verstreuten, zerschmetterten Knochen von Seegeschöpfen wie Schneedriften. Auch wurde deutlich, daß einst träge kriechende Eisflüsse von den Bergflanken herabgeflossen sein mußten und die Bauten in den höhergelegenen Bezirken ineinandergeschoben und zermalmt hatten. Auch sah es so aus, als wäre die Erde selbst aus ihren Tiefen heraufgebrochen und habe in vielen Teilen der Stadt die Straßendecke senkrecht aufgestülpt, Bauten gefährlich schiefgekippt oder zerquetscht, so daß sie in zerschmetterten Trümmerstücken und Scherben regenbogenfarbigen Metalls umherlagen.

»Wunderbar dabei ist aber«, sagte Torlyri, »daß überhaupt etwas übrig ist, nach diesen ganzen siebenmal hunderttausend Jahren.«

»Es hat sich bestimmt jemand darum gekümmert«, sagte Koshmar. »Das kann gar nicht anders sein.«

Und dies schien wirklich der Fall zu sein. Vielerorts sah man Anzeichen von Reparaturarbeiten, ja sogar von Wiederaufbau in größerem Umfang, als rechneten die Hüter der Stadt jederzeit mit der Rückkehr der Saphiräugigen und mühten sich, die Stadt einigermaßen empfangsbereit für sie zu machen. Aber wer waren diese Hüter? Nirgendwo sah man Anzeichen von Mechanischen oder Künstlichen irgendwelcher Art: der Ort schien vollkommen verlassen zu sein, bis auf die drei gewaltigen Wächter vor dem Tor, und die verließen ihren Posten niemals.

»Suche in den Chroniken!« befahl Koshmar dem Hresh. »Und sage mir dann, auf welche Weise diese Stadt gewartet und erhalten wurde.«

Und er suchte höchst eifrig. Zwar entdeckte er eine ganze Menge über die Gründung und die Hochblüte von Vengiboneeza, aber nicht den geringsten Hinweis auf ihr Fortbestehen. Alles in allem hätten es auch die Gespenster der Saphiräugigen selbst sein können, die durch die Straßen huschten, um das Nötige zu tun.

Anfänglich wagte sich der Stamm noch nicht in die entfernteren Bezirke der Stadt vor. Koshmar führte sie nur gerade so tief in die Stadt, daß sie sich vor den Geschöpfen des Dschungels sicher fühlen konnten, nicht jedoch so weit, daß sie sich in dem Labyrinth zerstörter Straßen hätten verirren können. Später war noch Zeit genug für solche riskanten Unternehmungen; vorläufig galt es vor allem, Geduld zu wahren in diesen ersten

Tagen voller Rätsel. Siebenhundertmal tausend Jahre lang hatten sie die Geduld aufgebracht, in einem einzigen Kokon in einem Berghang zu überleben. Koshmar selbst war keine außergewöhnlich geduldige Frau, doch sie bemühte sich unablässig, die Kunst zu meistern, die jeder weise Häuptling erlernen muß: das Wartenkönnen.

Sie suchte ein Viertel in der Nähe des Südtores aus, das nicht allzu stark zerstört war. Hier erhob sich ein prachtvoller sechseckiger Turm aus glattem blauroten Stein mit zahlreichen Fenstern über einem ausgedehnten Bezirk jener kleinen Gebäude mit den grünen Kuppeln. Diese wies sie mit – wie sie meinte – beträchtlichem Führungsgeschick den Stammesmitgliedern zu. Jedem der Zuchtpaare wurde ein eigenes Haus zugeteilt. Die Krieger bekamen ein Gemeinschaftsquartier, auf daß sie sich beständig auf die Füße treten mußten, wobei sie zum Teil diese ruhelose Energie loswerden konnten, die sonst vielleicht zu Ärger führen mochte. Den älteren Stammesangehörigen erlaubte man, in Dreier- und Vierergruppen zusammenzuhausen, damit sie sich gegenseitig um den anderen kümmern könnten, und sämtliche Kinder brachte man in einem Haus, direkt angrenzend an das der unverheirateten Arbeiterinnen, unter. Für sich selbst und Torlyri bestimmte Koshmar das dem großen Turm nächstgelegene Haus. Der Turm sollte der Stammestempel werden, und später, wenn sie erst einmal die Stadt durchstreiften, konnte er ihnen als Wahrzeichen dienen, um sie wieder sicher in ihren Heimatbezirk zurückzuführen, denn es hatte den Anschein, daß es keine Gegend in Vengiboneeza gab, von der aus man ihn nicht hätte sehen können.

Es war die glücklichste Zeit, die Koshmar je erlebt hatte. An jedem Tag mußte sie irgendeine Schwierigkeit lösen, irgendwelche Verordnungen erlassen, irgendwelche Entscheidungen treffen.

Im Kokon war sie oft von Unruhe und Unsicherheit

erfüllt gewesen. Ihr starker Drang nach Führerschaft war überwiegend unerfüllt geblieben. Von ihrer Kindheit an war sie für das Häuptlingsamt geformt worden, und sie benutzte ihre Fähigkeiten mit Scharfsinn und Stärke. Aber sie war ein Anführer, der seine Führerschaft nicht einsetzen konnte, denn im Kokon war alles viel zu glatt verlaufen. Gewiß, sie erfüllte die ihr zustehende Rolle bei sämtlichen Ritualen, sie hielt Gericht und sprach Urteile, wenn Zwistigkeiten oder Zank ausbrachen, sie fungierte als Rat und Stütze für die Schwachen und als Besänftiger der Starken und Starrköpfigen. Darin bestand ihr Leben und ihre Aufgabe als Stammesführerin im Kokon.

Doch sie hatte ihre Tage verstreichen sehen, ohne einen wirklichen Zweck, ohne Ziel, und sie hatte das Ende ihrer Tage auf sich zukommen sehen, ohne daß ihre innere Ruhelosigkeit Linderung gefunden hätte. Obschon sie mit dreißig noch so lebensvoll war wie ein junges Mädchen, wußte sie doch, daß es auch für sie keinen Weg gab, dem heransausenden Grenzalter zu entrinnen. Das Gesetz galt absolut. Nur der Chronist durfte zuweilen über sein fünfunddreißigstes Jahr hinausleben. Für Häuptlinge jedoch gab es da keine Ausnahmen. Koshmar hatte sich oft darüber Gedanken gemacht, wie das in ein paar Jahren sein würde, wenn man sie aus der Ausstiegsluke stoßen mußte, gleichgültig wie lebensstark sie noch sein mochte, auf daß sie draußen in der Welt ihren Tod finde.

All das war nun anders. Jetzt war es von vordringlicher Bedeutung, daß sie allesamt so lange wie nur möglich lebten, daß jene, die dazu in der Lage waren, Kinder zu tragen, sich eifrig dieser Aufgabe widmeten.

Manche vom Stamm verstanden das nicht, jedenfalls anfangs. Anijang, der der älteste von allen war, kam nicht lange nach dem Einzug in Vengiboneeza zu Koshmar und sagte: »Dieser Tag ist mein Todestag. Was soll ich tun? Allein in den Dschungel wandern?«

»Anijang, es gibt keine festgesetzten Todestage mehr!« hatte Koshmar gesagt und dabei gelacht.

»Keine Todestage? Aber ich bin fünfunddreißig. Ich habe ganz sorgfältig mitgezählt.« Er holte eine brüchige alte Lederschnur hervor, die mit Knoten übersät war. »Da, hier ist der Tag.«

»Ja, bist du denn nicht noch stark und gesund?«

»Nun ...« Er zuckte die Achseln. Seine Schultern waren krumm, und die Haare um die Schnauze begannen grau zu werden, aber für Koshmars Blick sah er noch recht gesund und munter aus.

»Es besteht kein Anlaß, daß du sterben solltest, ehe die natürliche Zeit für dich gekommen ist«, sagte sie. »Wir leben jetzt nicht mehr im Kokon. Jetzt gibt es Platz für alle, und zwar solange sie leben können. Außerdem wirst du hier noch gebraucht. Es gibt hier viel zu tun für uns alle, und in Zukunft wird es noch mehr Arbeit geben. Wie könnten wir auf dich verzichten, Anijang?«

Der verwirrte, verlorene Ausdruck in den Augen des Alten verblüffte sie. Dann aber begriff sie, daß er schon vor langer Zeit seinen Frieden mit dem Tod gemacht hatte und nun nicht fähig war, die Gnadenfrist, den Aufschub willkommen zu heißen, ja nicht einmal ihn zu begreifen. Ihm, diesem durchschnittlichen, schlichten, denkträgen schwer schuftenden Mann, genügten die fünfunddreißig Jahre Leben. Er sah keinen Grund zum Weiterleben. Tod, das war für ihn nur ein unendlicher, friedlicher, angenehmer Schlaf.

»Ich soll also nicht gehen?« fragte Anijang.

»Du *darfst* nicht gehen. Dawinno verbietet es.«

»Dawinno? Aber er ist doch der Vernichter.«

»Er ist der Ausgleicher«, sagte Koshmar. »Er gibt und er nimmt. Er hat dir dein Leben geschenkt, Anijang, und du sollst es noch viele künftige Jahre hindurch behalten.« Sie ergriff ihn fest an den Armen und zog ihn an sich. »Freue dich, Mann, und juble! Du sollst lange leben! Geh und suche deinen Tvinnr-Gefährten und feiert diesen Tag!«

Mit schlurfenden Schritten ging Anijang davon. Er schien nichts zu begreifen; aber er würde sich fügen.

Manche andere, auch das wußte Koshmar, würden ähnlich verwirrt werden. Man würde das Problem mittels eines Häuptlingserlasses regeln müssen. Lange besprach sie sich mit Torlyri über das, was dabei zu erklären sein würde. Es fiel ihnen dermaßen schwer, die Formulierungen auszuarbeiten, daß sie schließlich ein Tvinnr vornahmen, wobei sie das nötige Tiefenverständnis fanden. Hierauf rief Koshmar den Stamm zusammen und verkündigte die Neue Ordnung.

Das Volk tue nicht recht, wenn es glaubte, daß die Götter jemals den frühen Tod von ihnen gefordert hätten. Sie gemahnte an die Lehren, mit denen sie erzogen seien. Die Götter hätten nur verlangt, daß das Volk auf ordentliche Weise im Kokon lebe, bis die Zeit des Auszugs gekommen war. Und da die Götter das Leben liebten, war es wichtig gewesen, daß ab und zu junges Leben in den Kokon Einzug halte; da aber der Stamm nicht leicht den Kokon erweitern konnte und weil die Nahrungsmittel knapp waren, hatten die Götter die Weisung erteilt, die Bevölkerung im Gleichgewicht zu halten. Fünfunddreißig Jahre und nicht mehr hatten sie leben dürfen, dann mußten sie den Kokon verlassen und sich ihrem Schicksal ausliefern, damit neues Leben Einzug halten könne. Für jedes Neugeborene ein Tod. Und keiner, verkündete Koshmar, bezweifelte jemals die Notwendigkeit und Weisheit dieser Anordnung.

Aber die erbarmungsvollen Götter brachten sie nun gnädig aus dem Kokon heraus in die Welt, und die alten Einrichtungen waren nicht mehr angemessen. Die Welt war riesenhaft groß – der Stamm war klein; Nahrung war leicht zu finden. Und deshalb war es nun das Verlangen der Götter, daß das Volk fruchtbar sei und sich mehre. Der Tod würde für jeden kommen, wenn es dem Willen der Götter so gefalle, aber nur dann. Dieses Jetzt, sagte Koshmar, sei die Zeit des Lebens, die Zeit der Freude, die Zeit des Wachsens für den Stamm.

»Und wie lange werden wir dann leben von nun an?« fragte Minbain. »Werden wir ewig leben?«

»Nein«, erwiderte Koshmar. »Nicht ewig. Nur für die natürliche Zeitspanne, wie lang sie eben sein mag.«

»Schön«, sagte Galihine, »aber wie lang ist das?«

»So lange, wie vordem die Chronisten gelebt haben«, erklärte Koshmar. »Denn sie allein erfüllten ihre natürliche Lebenszeit.«

Immer noch blieben die Gesichter ausdruckslos.

»Ja, und wie lang ist denn *das?* « wiederholte Galihine.

Koshmar warf Hresh einen Blick zu. »Sag mir, Knabe, wie lautete der Name des Chronisten, der die Lade vor Thaggoran hütete?«

»Thrask«, sagte Hresh.

»Thrask, ach ja. Ich hatte das vergessen, weil ich bei seinem Tod noch sehr jung war. Kaum einer unter euch war in Thrasks Tagen schon geboren, aber ich sage euch dieses, er lebte, bis er alt war und gebückt und bis sein Pelz ganz und gar weiß war. Und dies ist die natürliche Zeit.«

»Alt und gebückt sein«, sagte Konya und schauderte ein wenig. »Ich bin nicht so ganz sicher, ob ich das möchte.«

»Für Krieger«, sagte plötzlich der junge Haniman ziemlich vorlaut, »wird die natürliche Zeit ganz bestimmt kürzer gemacht, Konya.«

Die Versammlung löste sich unter Gelächter auf. Koshmar erkannte, daß größere Unsicherheit herrschte, als sie vorausbedacht hatte: Der Tod bedeutet für manche die Befreiung, begriff sie, und ist nicht der brutale Abbruch des Lebens, als der er ihr erschien. Aber sie würden lernen. Sie würden mit der Zeit die neue Lebensweise erfassen. Aber auch wenn sie noch sich mit dem Neuen Denken herumschlugen, ihre Kinder würden es nicht mehr tun, und ihren Kindeskindern würde es schwerfallen, überhaupt nur zu glauben, daß einstmals ein Grenzalter und ein Sterbetag im Stamm wirklich Gesetz gewesen waren.

Koshmar sah auch, daß es nicht damit getan war, den Zwangstod abzuschaffen, sie mußte gleichzeitig auch die Produktion neuen Lebens fördern. Deshalb widerrief sie in einem weiteren neuen Gesetz die Geburtenbeschränkungen. Nicht länger mehr, verkündete sie, dürfe die Zeugung und Aufzucht von Nachkommen nur auf einige wenige Partnerpaare des Stammes beschränkt bleiben – und bei diesen gar jeweils auf nur ein einziges Kind, das gezeugt werden sollte, wann immer der Stamm Ersatz benötige für einen, der das Grenzalter erreicht habe. Nein, von nun an könne jeder, der das Tvinnr-Alter erreicht habe, Kinder in beliebig großer Anzahl haben. Nein, *könne* nicht bloß, sondern *sollte* sie haben. Der Stamm sei zu klein, dem müsse Abhilfe geschaffen werden.

Sogleich traten immer neue junge Paarungen vor Koshmar und ersuchten um die Kopulationsrituale. Als erste kamen Konya und Galihine, danach Staip und Boldirinthe. Dann – höchst überraschend – Harruel mit Minbain, die den Hresh von ihrem Partner Samnibolon getragen hatte, und Samnibolon war schon vor langem am Fieber gestorben. Gedachte Minbain allen Ernstes noch einmal an Kinder? Koshmar fragte sich, ob es jemals eine Frau im Stamm gegeben habe, die zwei Kinder zur Welt brachte, und noch dazu von verschiedenen Vätern. Aber was soll es, mahnte sie sich zum tausendstenmal, wir haben eine Neue Zeit. Und hatte sie nicht selbst verkündet, daß alle dazu Befähigten die heilige Pflicht hätten, Nachwuchs zu produzieren? Warum also nicht Minbain, die ja noch im fruchtbaren Alter stand? Warum nicht jede unter uns?

Und warum nicht du selbst, Koshmar? fragte überraschend eine Stimme in ihrem Innern.

Die Vorstellung war so seltsam, daß sie laut losprustete vor Lachen. Ich bin ein Häuptling, gab sie sich selbst Antwort und versuchte sich vorzustellen, wie sie mit riesig angeschwollenem Bauch in einer Laubhütte lag, umringt von hilfreichen Weibern, während ein Kind sich den Weg aus ihrem Leib zu bahnen mühte. Im übrigen konnte sie sich nicht einmal in den Armen eines Mannes sehen, seine Hände auf ihrer Brust, seine Hände, die ihre Schenkel spreizten. Oder – wie immer hatten sie es denn gern? Die Frau bäuchlings auf dem Boden liegend, und der Mann wirft sich mit seinem Gewicht über sie und nimmt sie von hinten – nein, nein, das war nichts für sie, für sie war die Führerschaft als Bürde schwer genug.

Aber warum nicht Torlyri? fragte die selbe Stimme.

Koshmar zog zischend die Luft ein und preßte die Fäuste in die Flanken, als hätte jemand ihr einen Bauchtritt versetzt. Die warme liebe Torlyri? *Ihre* Torlyri? Aber, sie war doch schon die Mutter des ganzen Stammes, ihre Torlyri. Sie brauchte nicht auch noch selbst Kinder zu gebären. Wie hätte auch die Opferfrau Zeit für Kinderaufzucht finden sollen, wie? Sie hatte so vieles andere zu tun.

Dennoch, das Bild wollte nicht von ihr weichen: Torlyri in den Armen eines Kriegers, dessen Gesicht sie nicht sehen konnte. Torlyri keuchend und stöhnend. Torlyris Sensororgan peitschenzuckend, wie es bei der Kopulation geschieht. Torlyri, die ihre Schenkel öffnet ...

Nein. Nein. Nein. *Nein!*

»Aber warum nicht Torlyri?« fragte die selbe Stimme wieder.

Koshmar ballte die Fäuste.

Es ist die Neue Zeit, gewiß, sprach sie bei sich selbst. Aber Torlyri gehört mir.

Taniane fragte: »Was haben diese Dinger der Saphiräugigen damit gemeint, als sie sagten, wir seien Affen, keine Menschlichen?«

»Nichts«, beschied Hresh sie. »Es war weiter nichts als eine blöde Lüge. Die haben nur uns runtermachen wollen.«

»Aber warum wollen die so was machen?«

»Weil wir lebendig sind«, sagte Hresh. »Und sie sind Sachen, die nie lebendig waren, Dinge, von einer ebenfalls toten Rasse erbaut.«

Harruel sagte: »Sie haben uns Affen genannt. Ich weiß, was Affen sind. Ich hab die zwei erlegt, die dich im Dschungel angegriffen haben. Und beim Einzug in die Stadt tötete ich noch mehr. Ich wollte, ich hätte sie alle umgebracht, die dreckigen scheißeschmeißenden Tiere. Was sind die, diese Affen, die angeblich unsere Verwandten sind?«

»Tiere«, sagte Hresh. »Nur Tiere.«

»Und wir, sind wir auch nur Tiere?«

»Wir sind menschliche Wesen«, sagte Hresh.

* * *

Hresh sagte solche Worte, als könne an ihrem Wahrheitsgehalt kein Zweifel bestehen. Doch in Wirklichkeit empfand er keine Gewißheit, sondern tapste nur verwirrt in einem dunklen Sumpf umher.

Ein Menschlicher zu sein, dachte er, das war etwas Großes und Herrliches. Es hieß, Glied in einer endlosen aufsteigenden Kette zu sein, die von den urältesten Zeiten der Welt heraufreichte. Ein Affe zu sein – oder auch nur der Vetter eines Affen –, das war kaum besser als diese übelriechenden und schnatternden dummen Viecher, die an ihren Sensororganen von den Bäumen schaukelten – nein, verbesserte Hresh sich, von ihren *Schwänzen* – dort drüben am Stadtrand im Dschungel.

Also, was sind wir, fragte Hresh sich, Menschen – oder Affen?

Im Buch des Weges der Chroniken stand geschrieben, daß zum Winterende die Menschlichen aus ihren Verstecken herauskommen und zu dem zerstörten Vengiboneeza ziehen würden, wo ihnen die Dinge zuteil werden würden, die sie brauchten, um die Herrschaft über die ganze Welt zu erlangen. Dies jedenfalls las Hresh aus dem Text heraus; und er interpretierte es sich auch so, daß die Schriften das ›Volk‹, *sein* Volk, meinten, wenn im ›Buch des Weges‹ von den ›Menschlichen‹ die Rede war.

Aber stimmte das auch? Die Chroniken waren nicht in den einfachen Worten alltäglicher Rede abgefaßt; sie setzten sich aus verkapselten Denkpaketen zusammen, zu denen der Leser durch seine Geisteskräfte Zugang erhält. Und darin eröffnete sich ein weites Feld für Fehlinterpretationen. Das, was von dem Pergamentblatt in seine Finger sprang und von seinen Fingern in seinen Verstand, wenn er im Buch des Weges studierte, war ein Konzept, das das ›Volk‹ zu meinen schien, also wohl Jene-für-die-das-Buch-geschrieben-ist. Jedoch konnte es ebenso leicht auch bedeuten Menschliche-die-anders-sind-als-das-Volk. Bei genauerem Studium erkannte Hresh, daß die einzige unstrittige Lesart jene war, die sagte, daß ›Jene-die-sich-für-Menschliche-halten‹ am Winterende nach Vengiboneeza kommen würden, um die Schätze der Stadt für sich zu fordern.

Jedoch, es war möglich, sich für menschlich zu *halten*, auch ohne es wirklich *zu sein!*

Die künstlichen Wächter der Saphiräugigen, sagte Hresh zu sich, erklären uns, wir seien Affen – oder doch Abkömmlinge von Affen. Koshmar erwidert erzürnt, wir seien Menschliche. Wer hat recht? Meint das Buch des Weges, daß *wir* nach Vengiboneeza kommen werden – oder irgendwelche geheimnisvollen *sie?*

Alles übrige im Buch des Weges schien für das ›Volk‹ und zu seinem Nutzen geschrieben zu sein. Es war schließlich ihr Buch, von ihnen und für sie geschrieben. Also, wenn das Buch des Weges sagt ›Menschliche‹, dachte Hresh, dann muß es sich doch gewißlich auf uns beziehen. Aber sagt das Buch des Weges tatsächlich ›Menschliche‹, fragte sich Hresh. Oder war dies nur die Bedeutung, die das ›Volk‹ dem Wort unterlegt hat, weil es sich im Verlauf der Jahrhunderte angewöhnt hat, sich als menschlich zu betrachten, auch wenn dies tatsächlich nicht der Fall war?

Er fand aus der Verwirrung nicht heraus.

Er fragte sich: Aber spielt es wirklich eine Rolle, ob wir menschlich sind oder etwas anderes? Wir sind, was wir sind, und was wir sind, das ist keineswegs irgendwie niedrig oder verächtlich.

Nein. Nein.

Genauer als irgend jemand sonst wußte er, wie diese Affenwesen aus dem Dschungel waren. Er hatte ihnen direkt in die Augen geblickt und die Tierhaftigkeit dort gesehen. Um seinen Hals hatte sich ein kräftiger behaarter Schwanz geschlungen und ihn fast zu Tode gewürgt. Er hatte das Keckern und sinnlose Geschnatter gehört. Aus ganzer Seele verabscheute er sie, und aus ganzer Seele betete er, die Künstlichen möchten gelogen haben und zwischen seinem Volk und den Affen des Dschungels gebe es nicht einmal eine allerfernste Verwandtschaft.

Fest redete er sich ein, daß er und sein Volk menschliche Wesen seien, genau wie Koshmar es behauptete. Aber er wünschte sich auch sehr, daß er dessen so gewiß sein könnte, wie sie es zu sein schien. Er wünschte, er fände irgendeinen Beweis. Aber bis er den nicht gefunden hatte, würde er eben weiter mit seinen quälenden Zweifeln leben.

Das Volk mußte Vengiboneeza mit anderen Lebewesen, mit kleineren, teilen, von denen manche sehr unangenehm waren.

Die Dschungelaffen kamen manchmal herein, kletterten auf den hohen Simsen und Dachkronen nahegelegener Häuser herum und bewarfen die unten mit Gegenständen – Steinchen, Kotkugeln, kleinen scharfkantigen knallroten Beeren, die wie glühende Kohlen brannten. Schlangen mit hochgespreizten grünen Hauben hinter dem Kopf waren überall, ringelten sich schläfrig zwischen Steinen, entrollten sich aber dann und wann zischend und stießen zu. Das Mädchen Bonlai wurde gebissen, ebenso der Jungkrieger Bruikkos, und beide lagen viele Tage krank darnieder, fiebernd und trotz der Arzneien und Bannsprüche, die Torlyri bei ihnen anwandte, von Schmerzen gepeinigt.

Salaman stieß beim Stöbern zwischen zwei schrägbedachten dreiseitigen Alabastergebäuden, etwa hundert Schritte hinter dem Zentralturm auf eine Platte im Boden, auf der ein Metallring befestigt war, und er beging den Fehler, daran zu ziehen. Die Platte ließ sich mühelos heben, aber sofort kamen aus den Tiefen der Erde in Horden schimmernde, grün-golden blitzende Geschöpfe herauf, nicht länger als ein Mannsdaumen und umschwärmten ihn. Ihre Augen waren riesig und glitzerten wie feurigrote Edelsteine, und ihre klickenden kleinen Kiefer waren messerscharf. Salaman mußte ein Dutzend Bisse erdulden, aus denen sogleich Blut floß. Er brüllte vor Schmerzen, und Sachkor und Moarn kamen hinzugelaufen, und zu dritt gelang es ihnen, die Angreifer abzuwehren, aber inzwischen hatten sich die kleinen Bestien überall hin verbreitet. Allerdings waren ihre Leiber weich und konnten leicht mit dem Schlag eines Strohbesens zerschmettert werden. Nach einstündigen Kampfmaßnahmen seitens einer sechsköpfigen Kampftruppe des Stammes waren sämtliche Biester tot. Während der Nacht sammelten unsichtbare Aasfresser die kleinen Leichen auf der Plaza auf, und im Morgengrauen war nichts mehr von ihnen sichtbar.

Aber jeder Tag brachte irgendwelchen neuen Ärger mit sich. Es gab vielerlei Arten von stechenden Insekten, kleine und schwierige und hartnäckige. Es gab giftige kleine Eidechsen, die leise zischten. Es gab Vögel mit spitz zulaufenden durchsichtigen Flügeln und zierlichen zartblauen Schnäbeln, die auf hohen Wipfeln aufbaumten und jeden, der unter ihnen vorbeikam, mit einem schimmernden klebrigen Speichel beschossen, der auf der Haut schmerzhafte Striemen hervorrief.

Doch alles in allem war die Stadt kein unangenehmer Aufenthaltsort. Es gab sogar Leute, die sagten, das Leben hier sei beinahe so angenehm wie damals im Kokon. Und andere erklärten gar, trotz all der kleinen Ärgernisse und der Existenz unter dem furchtbaren freien Himmel sei das Leben hier doch wahrlich jenem in den alten Tagen im gemütlichen engen Bau im Bauch des Berges vorzuziehen.

An einem Tag in der fünften Woche nach dem Einzug in Vengiboneeza rief Koshmar Hresh vor sich und sprach zu ihm: »Morgen sollt ihr, du und Konya, beginnen die Stadt zu erforschen.«

»Konya? Warum Konya?«

»Ja hast du etwa gedacht, ich würde dich allein ausschicken? Wir können nicht Gefahr laufen, dich zu verlieren, Hresh.«

Das war verdammt ärgerlich. Er hatte sich vorgestellt, daß er sich nach eigenem Belieben werde umsehen können, wenn Koshmar ihn endlich in die Stadt hinaussandte, daß er ungestört denken könne und seine Nase überall hineinstecken, wo er Lust dazu empfand, ohne dabei beständig Rücksicht auf einen klobigen großen Klotz von reizbarem Krieger nehmen zu müssen, der auf ihn aufpassen sollte. Hresh brachte Einwände vor, doch umsonst. Die Saphiräugigen, sagte Koshmar, konnten möglicherweise die Stadt mit tödlichen Fallen übersät haben; oder vielleicht wären die weiter außerhalb gelegenen Bezirke von den Brüllaffen besetzt, oder von einer unbekannten Art gemeiner Insekten oder Reptilien mit giftigem Biß. Hresh sei für den Stamm zu wertvoll. Nein, sie wolle da keinerlei Risiko eingehen. Einer der Krieger müsse mit ihm ziehen. Entweder dies, beschied sie Hresh, oder er müsse in der Siedlung bleiben und ältere, kräftigere Männer würden ohne ihn die Erkundungen durchführen.

Hresh war inzwischen klug genug geworden und wußte, wann der Versuch sich lohnte, gegen Koshmars Entscheidungen zu opponieren, und wann man sich am besten ihren Wünschen fügte. Er verzichtete.

Am Morgen des bestimmten Tages war es warm und hell, die tiefkriechenden Bodennebel wurden rasch von der Sonne aufgesogen. Konya und er standen auf dem Platz vor dem Großen Turm. »In welche Richtung willst du gehen?« fragte Konya.

Hresh hatte keinen Plan. Doch er spähte äußerst ernsthaft nach rechts und nach links, ganz so, als sei er mit tiefen Überlegungen beschäftigt, dann streckte er den Zeigefinger geradeaus und deutete auf einen breiten eindrucksvollen Boulevard, der zu einem der grandiosesten Teile der Stadt zu führen schien.

»Da lang«, sagte er.

Anfangs schritt Konya vor ihm her und stampfte mit den Beinen auf das Pflaster, um zu prüfen, ob es ihr Gewicht tragen werde, spähte in Türöffnungen und Seitengassen nach verborgenen Feinden, pochte mit dem Ende seines Speeres gegen die Mauern von Gebäuden, um sich zu vergewissern, daß sie nicht zusammenfallen würden, wenn er und Hresh daran vorbeigingen. Aber als es nach einer Weile deutlich wurde, daß nirgends wilde Bestien sprungbereit lauerten, daß die Straßen unter ihnen nicht einbrechen, daß die Häuser nicht zusammenstürzen würden, eilte Hresh voraus und wandte sich allem zu, was seine Neugier erregte, und Konya erhob dagegen keine Einwände.

Hresh war es, als betrete er eine verzauberte Welt. Er war vor Erregung ganz benommen, und seine Augen zuckten dermaßen hastig von einem Ding zum anderen, daß ihm der Kopf zu dröhnen begann. Er wollte alles mit einem einzigen gewaltigen gierigen Schluck in sich hineintrinken.

Überall sah er Bauten, deren Großartigkeit und massige Gestalt ihm den Atem verschlugen. Fast schien die Große Welt noch zu leben. Jeden Augenblick, stellte er sich vor, konnten aus diesem Bau da Saphiräugige oder Vegetalische oder Seeherren auf die geschwungenen Zinnen strömen, oder aus jenem anderen dort, das in zarten Filigranbögen aufstieg, die wie gefrorene Musik wirkten, oder jenem dort mit seinen gelben Türmen und weitgespannten Flügeln.

»Hier herein«, rief er Konya zu. »Nein, lieber das da! Nein, dies sieht noch besser aus! Was hältst du davon, Konya?«

»Ach, welches du willst«, erwiderte der Krieger stumpfsinnig. »Mir kommen sie alle gleich gut vor.«

Hresh grinste. »Wir werden viele wunderbare Dinge finden. Das steht in den Chroniken. Alles ist erhalten geblieben, die wundersamen Maschinen, die sie in der Großen Welt benutzt haben. Wir werden es alles vorfinden, genau da, wo die Saphiräugigen es zurücklassen mußten, als die Todessterne kamen.«

Aber er fand sehr bald heraus, daß dem leider ganz und gar nicht so war.

Viele der äußerlich so guterhalten wirkenden Bauten waren in ihrem Innern nur noch Trümmer. Manche waren leere Schalen, in denen nichts weiter war als leise rieselnder uralter Staub. Andere waren in sich zusammengestürzt, und die einzelnen Stockwerke lagen chaotisch über- und durcheinander, und man hätte ein Heer von kräftigen Gräbern benötigt, um in diese Schutthügel vorzudringen. Bei wieder anderen Gebäuden scheinbar unversehrten Fassaden und Gehäusen genügte die leiseste Berührung, um sie zu dunklen Dunstwolken zerstieben zu lassen, wenn Hresh ihnen nahekam.

»Wir sollten jetzt aber umkehren«, sagte Konya schließlich, als die purpurnen Schatten des Nachmittages zu wachsen begannen.

»Aber wir haben nichts gefunden!«

»Morgen ist auch noch ein Tag«, erklärte Konya.

Es war ihm arg peinlich, daß er mit leeren Händen von seiner Expedition zurückkehren mußte, und er konnte Koshmar kaum ins Gesicht blicken, als er Bericht erstattete.

»Nichts?« fragte Koshmar.

»Nichts«, murmelte Hresh kläglich. »Noch nicht.«

»Nun, morgen ist auch noch ein Tag«, sagte Koshmar.

Und er zog beinahe Tag um Tag aus, nur nicht an Tagen, an denen es regnete. Gewöhnlich begleitete ihn Konya, manchmal auch Staip; niemals Harruel, denn dieser war zu riesenhaft und überwältigend, und Hresh erklärte Koshmar unverblümt, daß er niemals etwas Vernünftiges zustandebringen werde, wenn ihm dabei Harruel beständig seinen Atem ins Genick schnaufte. Er hätte auch liebend gern auf Konya oder Staip verzichtet, doch dies untersagte Koshmar ganz strikt, und widerwillig mußte er zugeben, daß sie recht habe, wenn sie ihn nicht allein in die Stadt ziehen ließ. Kaum sonst jemand im Stamm konnte überhaupt lesen, von der Auslegung der Chroniken ganz zu schweigen. Wenn Hresh etwas zustieß, würde das Volk hilflos sein, aller Kenntnis der Vergangenheit beraubt sein und ohne Hoffnung auf Verständnis und Kunde des Künftigen.

Nach einigem, als Koshmars Befürchtungen bezüglich der Gefahren in der Stadt sich ein wenig gelegt hatten, zog Hresh manchmal mit Orbin als Begleiter aus.

Orbin war zwar nicht älter als er, aber er war stets größer und stabiler gewesen, und jetzt wuchs er dermaßen rasch, daß es so aussah, als werde er in wenigen Jahren ebenso gewaltig und stark sein wie Harruel selber. Und noch etwas später wählte Hresh sich Haniman als Gefährten und Leibwächter. Zur allgemeinen Verblüffung wuchs auch Haniman zu einem großen und starken und sogar einigermaßen beweglichen Jüngling heran. Er war nun dem Haniman, den Hresh im Kokon gekannt hatte, ganz und gar nicht mehr ähnlich, der so langsam und feist und tolpatschig und – wie es den Anschein hatte – aufreizend dumm gewesen war. Der Treck quer durch den Kontinent hatte ihn anscheinend verwandelt, oder aber, bedachte Hresh, es hat mehr in Haniman gesteckt von Anfang an, als ich zu erkennen bereit war.

Es machte aber keinen Unterschied, mit wem er auszog – gleich ob Konya oder Staip, Orbin oder Haniman – oder in welcher Richtung er die Stadt durchforschte – nach Nord oder Süd, Ost oder West. Zu seiner beschämten Erbitterung vermochte er nämlich nichts zu entdecken, was von irgendwelchem denkbaren Nutzen gewesen wäre, höchstens gelegentlich ein verbeultes Stück Blech oder Scherben trüben Glases.

»Du siehst so traurig aus«, sagte Taniane. »Es ist enttäuschend, nicht?«

»Ach, da draußen gibt es massenhaft Sachen. Bald werde ich was finden.«

»Ich bin sicher, daß du das tust.« Taniane schien sich stark für seine Explorationen zu interessieren. Er fragte sich, warum. Vielleicht hatte er auch sie unterschätzt. Sie war inzwischen größer als er und wuchs rasch weiter, und ihr Verstand schien sich zu dehnen und zu vertiefen und in alle Richtungen zu strecken. In ihren Augen lag ein ungewöhnlicher Ausdruck, ein seltsames forschendes Leuchten, das auf verborgene Kompliziertheit schließen ließ. Es war, als wäre ihre füllenhafte Mädchenhaftigkeit nur die Maskierung für etwas dunkler Fremdartiges. Eines Tages bat sie ihn, er möge ihr das Lesen beibringen, was ihn ziemlich überraschte. Also begann er sie zu unterrichten. Er gewann ein unerwartetes Vergnügen daraus, wenn er mit ihr an einen stillen Ort, fern von den anderen, sich zurückzog und ihr die Geheimnisse der geheiligten Kunst erläuterte. Dann jedoch kam einige Zeit später auch Haniman und bekundete Interesse am Lesenlernen, und das verdarb natürlich alles. Hresh konnte ihn schlecht zurückweisen, doch damit fanden auch die Stelldicheins mit Taniane ein Ende, denn er verfügte nicht über genug Zeit, um beiden Privatunterricht zu erteilen, und nach einiger Zeit kam er auf den Gedanken, daß Haniman ihn genau aus diesem Grund darum gebeten hatte.

Das große Rund der Jahreszeiten drehte sich weiter. Den milden Regenwinter löste eine trockenere, heißere Zeit ab, und danach kam eine Zeit voll kühler Winde aus dem Osten und kündigte die Wiederkehr des Winters an. Unerschütterlich zog Hresh weiter suchend durch die Ruinenstadt. Durch eine staubige leere Haushülse nach der anderen stöberte er und fand nichts. Er kochte vor Ungeduld. Er fragte sich, ob er jemals irgend etwas Verwendbares finden werde.

Allmählich sah es nämlich so aus, als sei Vengiboneeza vollkommen nutzlos.

Aber was war dann mit den Weissagungen im Buch des Weges? Waren sie bloßer Lug und Trug? Und angenommen, er entdeckte niemals etwas in diesen Ruinen, wie es mehr und mehr den Anschein hatte? Bedeutete dies dann, daß die Schätze der Stadt wahrhaftig ausschließlich den wirklich Menschlichen vorbehalten bleiben sollten, wer immer und wo immer die sein mochten? Und daß also die Leute vom Volk in Wirklichkeit doch nichts anderes waren als arrogante aufmüpfige Affen, die sich zur Krone der Schöpfung hochstilisierten und in einen Rang erhoben, in dem sie nichts zu suchen hatten?

Hresh kämpfte erbittert gegen diese niederschmetternde Schlußfolgerung an. Jedoch tauchte sie wieder und immer wieder aus den Tiefen seines Denkens herauf und quälte ihn.

Er suchte immer weiter und immer ferner und ferner von der Niederlassung des Stammes. Inzwischen wanderte er oftmals zu weit, als daß er am selben Tag noch hätte zurückkehren können, und er ersuchte um die Erlaubnis und erhielt sie, an irgendwelchen allzu weit entfernten Forschungsstätten über die Nacht ein Lager errichten zu dürfen. Für solcherlei Exkursionen mußte er zwei Leibwächter mit sich nehmen, in der Regel Orbin und Haniman, auf daß einer während der nächtlichen Stunden wachbleiben und Wache halten könne. Doch stießen sie nie auf Gefahren, auch wenn gelegentlich ein streifendes Dschungeltier äsend vorbeizog und ein-, zweimal eine Affenhorde lärmend durch die oberen Geschosse der umliegenden Gebäude tobte, sich durch die leeren Fensterhöhlen hantelte und wütend von einer Zinne zur nächsten sprang.

Die Ausmaße und die Vielschichtigkeit der Stadt verwirrten Hresh noch immer, doch nach Ablauf eines Jahres, oder beinahe, kannte er sich darin weit besser aus als irgendwer sonst vom Volk. Er als einziger sah in Vengiboneeza nicht nur ein vollkommen unbegreifliches Labyrinth. Er teilte die Stadt in Zonen auf und begann jeden Sektor nach einem der Fünf Himmlischen, und jeden dieser fünf Sektoren unterteilte er wiederum in fünf-bis-zehn Unterbereiche, die er nach Angehörigen des Stammes benannte. Sodann fertigte er eine schlichte auf einen alten Pergamentstreifen gezeichnete Planskizze der Stadt an, die er die ganze Zeit über mit sich trug.

Taniane sah den Plan einmal, als er ihn zufällig aus dem Leibgurt holte, und fragte: »Was ist denn das? Lernst du jetzt auch noch, wie man Bilder schreibt?«

»Ach, das ist weiter nichts von Bedeutung.«

»Darf ich's mal anschauen?«

»Lieber nicht.«

»Ich lach dich auch bestimmt nicht aus, ich verspreche es dir!«

»Es – es ist was Heiliges«, sagte er lahm. »Das darf nur der Chronist ansehen.«

Er überlegte sich, warum er ihr wohl diese Lüge aufgetischt hatte. An dem Stadtplan war überhaupt nichts Heiliges. Ganz im Gegenteil, es bestand nicht nur kein Grund zur Geheimhaltung, sondern er wußte, daß er wahrscheinlich sogar noch Abschriften anfertigen sollte, damit auch die übrigen vom Volk endlich eine Art Grundbegriff von der Stadt bekämen. Doch irgend etwas in ihm ließ ihn zögern. Seine Kartenskizze verlieh ihm Macht über die Stadt – aber auch Macht über den Rest des Stammes. Die Lust, die er aus diesem Exklusivwissen gewann, war nicht besonders nobel, das wußte Hresh, doch war es ein unverfälschtes Vergnügen, und überhaupt, ihm gefiel es eben so.

An einem Tag im Frühwinter, als Hresh wieder einmal bis in die tiefsten Tiefen seiner Seele betrübt war über die enttäuschende Ergebnislosigkeit seiner fruchtlosen Suche, begab er sich wieder zum südlichen Haupttor, an dem er auf die drei künstlichen Riesen gestoßen war, die von den Saphiräugigen dort zurückgelassen worden waren. Sie standen noch immer am selben Ort, bei den großen Säulen aus grünem Stein, schweigend, bewegungslos, erhaben.

Er schritt um sie herum, bis er vor ihrem Angesicht stand. Und diesmal starrte er ohne Furcht oder Ehrfurcht zu ihnen hinauf.

»Wenn ihr etwas anderes als Maschinen wäret«, sagte er, »dann würdet ihr wissen, daß es reine Zeitverschwendung war, daß ihr hier diese ganzen Tausende von Jahren Wache geschoben habt.«

Das Ding zur Linken blickte ihn mit einem beinahe

amüsierten Funkeln in den riesenhaften leuchtenden Augen an.

»Ist dies an dem und wahr, kleiner Affe?«

»Du sollst mich nicht so heißen! Ich bin menschlich! Ein Mensch!« Hresh wies erzürnt auf das Monster in der Mitte, den Saphiräugigen, der Koshmar und ihrem Volk seinerzeit schließlich die Erlaubnis zum Betreten der Stadt gegeben hatte. »Du selber hast dies zugestanden! ›Also seid ihr von nun an die Menschlichen‹, das hast du uns gesagt.«

»Ja, das stimmt«, sagte der Saphiräugige in der Mitte. »Ihr seid jetzt die Menschen.«

»Hast du das gehört?« wandte sich Hresh an den Linken Riesen.

»Ich habe. Und ich stimme zu: Ihr seid von nun an die Menschen. Was immer ihr davon haben mögt. Aber warum sagst du, wir hätten unsere Zeit vergeudet, kleiner Affe?«

Hresh würgte seine Verärgerung hinunter.

Frostig sagte er: »Weil ihr Wache haltet über eine leere tote Stadt. In unseren heiligen Schriften steht, daß es hier nützliche und brauchbare Dinge aufbewahrt geben soll. Aber hier ist nichts außer zerstörten Gebäuden, Elend, Chaos, Staub und Abfall.«

»Eure Bücher sagen die Wahrheit«, sprach der mittlere Riese.

»Ich habe überall gesucht. Es ist nichts da. Die Bauten sind leer. Ein herzhaftes Niesen, und die halbe Stadt stürzt zusammen.«

»Du solltest tiefer schürfen«, sagte der Saphiräugige zur Linken.

»Und suche, forsche mit dem, was dir helfen kann zu finden, was du suchst«, ergriff der Riese rechter Hand zum erstenmal das Wort.

»Ich verstehe nicht. Sagt mir, was ihr meint.«

Das Zischelgeräusch ihres Gelächters rieselte auf ihn herab.

»Kleiner Affe, Äffchen!« sagte der linke Riese beinahe zärtlich. »Ach, du ungeduldiges kleines Äffchen!«

»Sagt es mir!«

Aber sie gönnten ihm nichts weiter als ihr zischendes Lachen und ihr hochmütig-herablassendes Krokodillächeln.

Ein, zwei Monate später befand sich Hresh mit Hanuman in jenem Stadtsektor, den er Emakkis Boldirinthe genannt hatte, als er endlich das erste noch funktionstüchtige Artefakt aus der Großen Welt entdeckte.

Emakkis Boldirinthe war ein Distrikt im Norden der Stadt und war von außergewöhnlicher Schönheit und hohem Liebreiz. Er lag halbwegs zwischen der See und den Vorbergen, und drei Dutzend schlanke, sich nach oben hin verjüngende Türme aus dunkelblauem Marmor waren als Ring um einen weiträumigen Platz angeordnet, der mit schimmernden schwarzen Schieferplatten ausgelegt war. Die Scheiben in den dreieckigen Fenstern der Türme waren heil und strahlten im Spätnachmittagslicht in einem funkelnden rosa Widerschein. Raffiniert gearbeitete doppelt mannshohe Metallportale saßen noch fest auf ihren massiven Drehangeln, als warteten sie nur darauf, bei jeder Berührung sich aufzutun. Die Bauten selbst wirkten, als seien sie gerade erst vorgestern verlassen worden. Hresh bestaunte sie ergriffen und spürte, wie sich die Last ihres unvorstellbar hohen Alters drückend auf ihn senkte, und es war ein Gefühl, als werde die Zeit als Ganzes in diesen einen einzigen Augenblick zusammengedrückt. Ein Prickeln lief ihm über den Nacken, als werde er von Myriaden unsichtbarer Augen beobachtet.

»Was meinst du?« fragte Haniman. »Sollen wir versuchen hineinzugehen?«

Sie hatten den ganzen Tag lange gesucht. Es ging ein feuchter Wind. Hresh fühlte sich müde und mutlos.

»Ich war bereits drin«, sagte er, obwohl es gelogen

war. Er hatte zwar diese Türme inzwischen mehrmals aus der Entfernung gesehen und war ihnen auch einmal genauso nahe gekommen, doch auf eine widerwärtige Weise hatte ihn eben ihre Unversehrtheit entmutigt und vom Betreten abgehalten. Irgendwie war es ihm als sinnlos erschienen. Sie würden ebenso leer sein wie die übrigen alle; und seine Enttäuschung würde dann nur um so schmerzlicher sein, weil sie so guterhalten wirkten.

»Warste schon? In allen? In jedem einzelnen?«

»Zweifelst du an meinem Wort?« fragte Hresh scharf.

»Es ist ja bloß, es sind so viele davon da – und es besteht ja schließlich immer mal die Chance, daß einer irgendwo weiter drüben in dem Kreis was enthält ... irgendwas ...«

»Also schön«, sagte Hresh. Ihm fehlte der Mut, seine Schwindelei noch länger aufrecht zu erhalten. Es ist ja bloß, weil ich dermaßen müde bin, dachte er, daß ich keine Lust habe, diese Türme zu untersuchen, und dabei habe ich mir doch so viele ganz und gar nicht so vielversprechende Gebäude angesehen. Und ein Hresh, der stolz war auf den Namen Hresh-voller-Fragen und Hresh-der-sie-beantwortet, der sollte es eigentlich nicht nötig haben, daß Kerle wie Haniman ihn dazu drängen müssen, eine Inspektion jetzt und sofort in Angriff zu nehmen. »Also schön, schauen wir das uns mal an, und dann machen wir für heute Schluß.«

Haniman zuckte nur die Achseln.

»Ich geh zuerst rein«, sagte er.

Und ohne auf Hreshs Erlaubnis zu warten, lief er zu dem nächstgelegenen Turm und blieb dann vor dem großen Eingangstor kurz stehen. Dann streckte er die Arme aus, soweit sie reichten, als wollte er das Gebäude damit umarmen, dann preßte er sich fest dagegen und schob kräftig. Die Tür tat sich so überraschend auf, daß Haniman mit einem überraschten Schrei vorwärts in die Eingangshalle taumelte und dort in der Dunkelheit verschwand.

Hresh stürzte hinter ihm drein. In einem langen Lichtstrahl sah er dicht hinter der Türschwelle Haniman bäuchlings daliegen.

»Alles in Ordnung?« rief Hresh.

Er sah, wie Haniman sich langsam aufrappelte, sich den Staub aus dem Pelz klopfte und dann nach oben starrte. Hresh folgte seinem Blick, und ihm stockte der Atem. Das Gebäude war innen hohl, ein einziger dunkler offener Raum, der nichts weiter enthielt als eine spiralige Anordnung metallischer Streben und Röhren, die wenige Fuß über dem Grund begann und dann in Zickzacksprüngen von Wand zu Wand verlief, höher und höher hinauf, in einem derart komplizierten Muster, daß ihm schwindlig wurde, als er versuchte, ihm zu folgen. Zunächst konnte er das Muster nur ein paar Stockwerke hoch nachvollziehen, doch je mehr sich seine Augen an die Düsternis gewöhnten, desto besser erkannte er, daß die sich überkreuzenden Strukturen immer höher und höher, vielleicht gar bis an die Spitze des Turmes hinaufreichten. Es war wie ein gewaltiges Netzgewebe. Hresh überlegte sich, ob vielleicht in den fernen oberen Bereichen eine gigantische Spinne bebend auf sie lauerte. Aber nein, das hier war ja ein Metallgeflecht, unbezweifelbar Metall, schimmerndes leichtes silbernes Material, das sich kühl und glatt unter den Händen anfühlte.

»Ob wir da raufklettern?« fragte Haniman.

Hresh schüttelte den Kopf. »Versuchen wir zuerst mal rauszufinden, was das hier für ein Ort ist.«

Er langte nach oben und berührte die nächste Sprosse. Sie ertönte in einem satten musikalischen Klang, tief und erstaunlich schön, der langsam und feierlich in die nächste Schicht des Gewebes aufstieg und zur übernächsten und so fort und auf jeder Stufe widerhallende Klänge auslöste. Wundersam vibrierende Töne hallten überall um sie herum wider, wurden stetig intensiver, je höher sie im Turm nach oben stiegen, bis zu einem betäubenden Getöse anschwollen, von dem das ganze Innere des Baus erfüllt war.

Hresh starrte benommen, entzückt, aber auch furchtsam hinauf und dachte, daß der Klang im nächsten Augenblick die Spitze erreichen müsse und daß unter der Gewalt dieses schrecklichen ansteigenden Getöses der ganze Bau über ihnen niederbrechen könne.

Aber es tat sich nichts weiter, als daß der Ton, nachdem er ein atemverschlagendes, hirnsprengendes Höchstvolumen erreicht hatte, sehr rasch wieder schwächer und zarter wurde. Und Augenblicke darauf war er völlig verklungen, und sie standen in bestürzender Stille da.

»Mach deine Lampe an«, sagte Hresh. »Ich will sehen, was auf der andern Seite ist.«

Vorsichtig umkreisten sie den Innenraum, wobei sie sich dicht an der Außenwandung hielten. Jedoch schien das schimmernde Metallgewebe über ihren Köpfen alles zu sein, was der Bau enthielt. Zu ebener Erde jedenfalls war nichts Bemerkenswertes irgendwo zu entdecken. Der Boden bestand aus nackter, trockener und harter brauner Erde. Als sie wieder beim Eingang angelangt waren, winkte Hresh Haniman zu, und sie traten ins Freie und gingen über den Platz zum nächsten Turm in dem Kreis. Er entsprach genau dem ersten – raffinierte Metallstrukturen in einer dunklen hohlen Schale. Und so war es auch beim dritten, vierten und fünften Turm. Erst als sie beim zehnten Bau der Serie angelangt waren, stießen sie auf eine Verschiedenheit.

In diesem Turm nämlich war ein rechteckiger schimmerndschwarzer Steinquader von der selben Art Stein, wie er draußen zur Pflasterung des Platzes verwendet worden war, glatt in dem nackten Boden genau in der Mitte des Raums eingelassen. Es hätte eine Art Opferstelle sein können, oder aber vielleicht war es auch der Verschluß über einer unterirdischen Kammer.

Du solltest tiefer schürfen, hatte der Künstliche der Saphiräugigen gesagt. Hresh verzog die Stirn und schüttelte den Kopf. Ganz bestimmt hatte doch die Kreatur damit nicht etwas so töricht Wortwörtliches gemeint wie, daß er unter der Erde suchen solle.

Er kniete nieder und rieb die Hände über das schwarze Steinviereck. Es fühlte sich kühl an und sehr glatt, wie etwa schwarzes Glas, und es waren darauf keinerlei Inschriften, die Hresh hätte entdecken können, ja nicht einmal Spuren von solchen. Dann trat er in die Mitte des Steines und blickte in das verwirrende Strebenwerk über ihm hinauf. Die untersten Sprossen lagen hier in der Mitte des Turmes knapp außerhalb seiner Reichweite.

»Komm her und mach einen Buckel!« befahl Hresh. »Ich will etwas versuchen.«

Haniman ging gefügig auf die Knie nieder. Hresh kletterte ihm auf die Schultern und befahl ihm dann aufzustehen; und als Haniman wieder aufrecht dastand, versetzte Hresh dem nächsterreichbaren Metallstab mit zwei Fingern einen kräftigen Stups, und das ganze Gebäude begann in klaren Tönen zu widerhallen.

Sogleich reagierte die schwarze Steinplatte mit einem dunklen Stöhnen und einem irgendwie mechanischen Seufzen; und dann setzte sie sich in Bewegung und glitt langsam abwärts.

»Hresh?«

»Halt dich gerade!« schrie Hresh. »So, jetzt laß mich erst mal wieder runter!« Er sprang von Hanimans Rükken und stand stocksteif neben ihm, unsicher darum bemüht, das Gleichgewicht zu wahren, während der Steinquader gemächlich weiter abwärts sank, beinahe schwebend und immer tiefer und tiefer und tiefer in die Dunkelheit hinunter.

Schließlich hielt die Platte an. Und plötzlich glühte ringsum bernsteingoldenes Licht auf. Hresh blickte sich um. Sie befanden sich auf dem Grund einer hochgewölbten Höhle, die sich endlos weit durch die Tiefen der Erde zu erstrecken schien. Die Decke verlor sich in den Schatten über ihnen. Die Luft war trocken und abgestanden, besaß aber dabei etwas scharf Stechendes, das Hresh an die kalte Luft während der ersten Tage nach dem Auszug aus dem Kokon erinnerte, obwohl es hier unten gar nicht kalt war.

Die Höhlenwände rechts und links entlang und bis zu einer Höhe, wo sich die Sicht verlor, waren mit einem Gewirr von Götzenbildern bedeckt, riesenhafte halb im Dunkel verhüllte Plastiken, die Fries um Fries in die Höhe stiegen. Anfangs fiel es schwer zu erkennen, was für Gestalten dort dargestellt waren, doch allmählich konnte Hresh Einzelheiten unterscheiden und erkannte, daß es sich vorwiegend um Saphiräugige handle, die aus irgendeinem grünen Stein als Hochrelief gearbeitet waren, allerdings waren die schweren ausladenden Kieferknochen und die gerundeten Bäuche wüst übertrieben. Die Figuren waren grotesk, bizarr und besaßen einen Hauch sowohl von Entsetzlichkeit wie von Komik. Einige waren abnorm feist oder besaßen absurd verlängerte Gliedmaßen oder Augen, die so groß waren wie eine dutzendfach vergrößerte Untertasse. Vielen von ihnen sproßten fünf oder sechs verkleinerte Abbilder ihrer selbst wie Pusteln aus den Bäuchen und Schultern. Die unheimlichen dolchartigen Zähne waren gefletscht. Aus den klaffenden Rachen schien lautlos Gelächter zu dröhnen.

Doch die zu beiden Seiten emporwuchtenden Statuen waren nicht nur Bildnisse der Saphiräugigen. Nein, hier fand sich eine ganze Welt zusammen – ja sogar ein ganzer Kosmos – aus dichtgedrängten wogend-wuchernden Statuen in aberwitziger Vielfalt und Zahl, Geschöpfe jeglicher Art, in gräßlich gedrängten verrenkten Gruppen dicht zusammengepackt.

Hie und da sah Hresh die Gestalten von Hjjk-Leuten zwischen den Saphiräugigen, auch einige kuppelköpfige Mechanische, die sich nicht sehr von jenen unterschieden, die der Stamm in den Niederungen dicht hinter den scharlachroten Felsbergen rostzerfressen angetroffen hatte, und da waren andere Wesen, die wie wanderndes Gestrüpp aussahen, mit Blütenblättern als Gesichtern und belaubten Ästen anstelle von Armen und Beinen.

»Was ist denn das für ein Zeug?« fragte Haniman.

»Vegetalische, glaube ich. Ein Volksstamm aus der Großen Welt, der im Langen Winter vernichtet wurde.«

»Und die da?« fragte Haniman. Er wies auf eine Gruppe bleicher länglicher Gestalten, die Hresh stark an Ryyig den Träumeträumer gemahnten, dieses sonderbare haarlose Geschöpf, das schlummernd im Kokon über – wie man sagte – hundertmal Tausende Jahre gelebt hatte. Hier schritten sie aufrecht auf zwei langen dünnen Beinen dahin, und gewissermaßen ähnelten sie auch den Menschen des Volkes, aber sie besaßen kein Fell und keine Sensororgane, und ihre schwächlichen Leiber wirkten sogar in Stein weichlich und verletzbar.

Hresh schaute sie lange, lange an.

»Also, ich weiß nicht, was die darstellen sollten«, sagte er schließlich.

»Aber die sind doch wie der Träumeträumer, oder?«

»Ja, das schien mir auch so.«

»Aber – eine ganz große Rasse von Träumeträumern ...?«

Hresh erwog dies bei sich. »Wieso nicht? Vor dem Langen Winter lebten möglicherweise vielerlei Arten von Lebewesen auf der Erde.«

»Also waren die Träumeträumer eins von den Sechs Völkern der Großen Welt, von denen die Chroniken berichten?« Haniman begann an den Fingern abzuzählen. »Die Saphiräugigen, die Seeherren, die Hjjks, die Vegetalischen, die Menschlichen – das macht fünf ...«

»Du hast die Mechanischen weggelassen«, sagte Hresh.

»Stimmt. Also, damit haben wir alle sechs. Also – wer waren dann die Träumeträumer?«

»Vielleicht Leute von einem fremden Stern. In jenen Tagen gab es hier alle möglichen Leute von fremden Sternen.«

»Aber was hatte einer von einem fremden Stern in unserem Kokon zu suchen? Wieso lebte der da?«

»Das weiß ich leider auch nicht.«

»Du scheinst 'ne ganze Menge nicht zu wissen, was?«

»Du stellst zu viele Fragen«, antwortete Hresh ärgerlich.

»Ach, und ich dachte, du bist Hresh-der-die-Antworten-weiß.«

»Also, frag mich das lieber ein andermal, ja?« sagte Hresh.

Er drehte ihm den Rücken zu, stieg behutsam von dem Steinquader, der sie hier heruntergetragen hatte, und machte ein paar vorsichtige Schritte in die Höhle hinein. Bei seiner Bewegung glitt das bernsteinfarbene Licht vor ihm her und erhellte seinen Weg. Es schien aus unsichtbaren Öffnungen zu strömen, die wohl fünfzehn bis zwanzig Schritte voneinander angeordnet waren und die durch seine Annäherung in Betrieb gesetzt wurden.

Zwar quollen überwältigend komplizierte Massen von Skulpturen zu beiden Seiten bis in weite Entfernung, doch der Boden der Höhle selbst schien glatt und leer zu sein. Als Hresh jedoch weiterging, nahm er nach und nach einen brockenähnlichen Gegenstand wahr, etwas Hohes, Breites, das weit hinten in der Düsternis auf seinem Weg hockte. Als er näher herangekommen war, erkannte er, daß er von einer komplexen, deutlichen Struktur war, vielleicht eine Maschine, die überall mit Knöpfen und Hebeln bestückt war und aus einem schimmernden bräunlichgelblichen Material, das fast wie Bein aussah.

»Was hältst du davon?« fragte Haniman.

Hresh gluckste. »Bald wird man dich noch Haniman-den-Fragesack nennen!«

»Ist das was Gefährliches?«

»Könnte sein. Aber ich weiß es nicht. In allen Texten, die ich gelesen habe, steht kein Wort über das alles hier.« Er hob die Hände und hielt sie über der nächsten Reihe von Knöpfen in der Schwebe, wagte jedoch nicht, etwas zu berühren. Plötzlich überkam ihn das klare Gefühl, daß dieses Ding da eine Art übergeordneter Kontrollapparatur sein müsse, mit der das ganze Webgeflecht der drei Dutzend Türme um die Plaza in Verbindung stehe. Und diese Spiralen und Streben und Sprossen dienten dann vielleicht dazu, Energie zu sammeln und hierher zu schleusen.

Und wenn ich nun diese Knöpfe berühre? fragte er sich. Fährt dann diese gesammelte Energie durch meinen Leib und zerstört mich?

Und zu Haniman sagte er: »Tritt zurück!«

»Was hast du denn vor?«

»Ich mache einen Test. Und es könnte gefährlich sein.«

»Wäre es nicht besser, du wartest erst noch ein bißchen und untersuchst das Ding erst mal genauer?«

»Genau das mache ich jetzt, ich untersuche es.«

»Hresh ...!«

»Tritt zurück! Weiter! Noch weiter!«

»Hresh, das ist irrsinnig. Du redest Blödsinn, und deine Augen sind ganz wild. Geh weg von dem Ding!«

»Ich muß es aber versuchen«, sagte Hresh.

Er legte die Hände an die nächsten Knöpfe und preßte sie, so hart er konnte.

Er rechnete mit allem: Daß Blitze plötzlich wie ein funkelndes Schwert durch die Höhle zucken würden; das Krachen furchtbarer Donner, das Brüllen von Winden, das Schreien und Wimmern verlorener Seelen. Daß er selbst sogleich zu Asche und Staub verbrennen werde. Doch er verspürte weiter nichts als eine schwache Wärme und ein leises Kitzeln. Flüchtig schoß ihm ein bestürzendes sinnenverwirrendes Bild durch das Gehirn: ihm schien, als wären all die Myriaden Bildnisse in der Höhle zum Leben erwacht, als bewegten sie sich, wanderten gestenreich, redend, lachend umher. Ihm war, als werde er in einen reißenden Fluß gerissen, als sauge ihn ein Strudel von Lebendigkeit in sich hinein.

Der Gefühlseindruck dauerte nur kurz. Doch in diesem kurzen Augenblick hatte Hresh die Empfindung, als sei er, er höchstselbst, Erbe und Bürger der Großen Welt. Er befand sich inmitten ihres wundersamen heftigen Gezeitengewoges. Er sah sich selbst durch die pulsierenden Straßen Vengiboneezas schreiten, sich durch das Gedränge und den Trubel auf dem Marktplatz schieben, auf dem sich Angehörige der Sechs Rassen zu Tausenden drängten, Seeherren, Vegetalische, Hjjks, Saphiräugige, Schulter an Schulter. Er nahm die drükkendfeuchte schwüle Luft auf seinem Gesicht wahr. Schlanke Bäume beugten sich tief unter der Last ihrer dicken, schweren, öligschimmernden blaugrünen Belaubung. Fremdartige Musik zirpte in seinen Ohren. Der Duft von hundert unbekannten Gewürzen ließ seine Nüstern erstaunt beben. Der Himmel war ein Teppich von leuchtenden Farben: azur, türkis, ebenholzschwarz, scharlachrot. Alles, alles war da, und alles war wirklich.

Es betäubte ihn, und er empfand Demut und Scham.

Mit einem Schlag begriff er, was eine Zivilisation in Wahrheit sei: er verstand die maßlose ungebändigte wimmelnde Vielfalt, die Myriaden vielfältig verflochtener Interaktionen, den Austausch von Ideen, auch das Rangeln und Feilschen auf dem Marktplatz, verstand das Ränkeschmieden und Planen, die Konflikte, den Ehrgeiz und die Eigensucht, und er erfaßte das Wesentliche an einer großen Masse von Leuten, die gleichzeitig in unendlich viele persönlich ihnen wichtige Richtungen streben. Dies hier war so drastisch anders als das einzige soziale Leben, das er bislang gekannt hatte, das Leben im Kokon, das Leben des »Volks«, daß ihn eine tiefe ehrfürchtige Erschütterung überkam.

Wir sind wirklich ein Nichts, dachte er. Wir sind nichts weiter als Kreaturen, die Jahrhundert über Jahrhundert versteckt und geschützt gelebt haben, die einen endlosen, sich ständig wiederholenden Kreislauf erbärmlich trivialer Aktivitäten abspulten, die nichts aufbauten, nichts veränderten, nichts schufen.

Seine Augen brannten von den heißen Tränen. Er fühlte sich klein und erbärmlich, ein unbedeutendes Kürzel in einer Gruppe unwichtiger Kürzel, die sich von der eigenen Überheblichkeit verblenden ließen. Dann aber machte sein tiefer Gram auf einmal einem trotzigen Stolz Platz, und er dachte: Wir waren nur ganz wenige. Und wir lebten, wie wir es mußten, um zu überleben. Unser Kokon wuchs und gedieh, und wir bewahrten unsere Überlieferungen. Wir haben unser Bestes getan. O ja, wir haben das Beste daraus gemacht! Und als es an der Zeit zum Aufbruch war, zum Auszug aus der Isolation im Kokon, da sind wir fortgezogen, um die Welt in Besitz zu nehmen, die uns als Erbteil hinterlassen wurde; und wenn man uns nur ein bißchen Zeit gibt, dann werden wir diese Welt wieder groß machen.

Dann rutschte die Vision fort, der bestürzende Augenblick war vorbei, und Hresh stand zitternd da, blinzelte mit den Augen, war verwirrt, aber noch immer lebendig.

»Was ist denn passiert?« fragte Haniman. »Was hat das Ding gemacht?«

Hresh wies ihn mit einer zornigen Geste ab. »Laß mich!«

»Ist alles in Ordnung?«

»Ja. Ja, doch. Laß mich in Ruhe!«

Er war stark benommen. Die Welt, in die er in dieser dumpfdunklen Höhle zurückgekehrt war, wirkte auf ihn nur wie ein verabscheuungswürdiges Trugbild, während eine andere Welt, die so hell, so lebendig war, die wahre Welt für sein Leben darstellte. So jedenfalls war es ihm vorgekommen, bis dann die Höhlenwelt wieder über ihn hereingebrochen war und die andere Welt seinem Zugriff entrissen und dahin war. Und in diesem Augenblick hätte er alles darum gegeben, hätte er sie wieder zurückholen können.

Ihm kam der Verdacht, daß er wahrscheinlich nur ein winziges Bruchteil dessen erfahren habe, was diese Maschine ihm zu bieten hatte. In ihr erwachte die Große Welt erneut zum Leben! Hier verbarg sich der glimmende Zunder einer uralten Magie, hier schwelte ein Kraftfeld, das durch die drei Dutzende Türme hier herabgezogen und aufgebaut wurde, mitten durch das abnorme Statuengewirr hindurch, eine Kraft, die durch sein Gehirn getobt war und ihn durch die verflossenen Jahrhunderte hinweg und zurück getragen hatte in eine verlorene Welt der unfaßbaren Wunder. Und er würde diesen Sprung über die Äonen hinweg wiederholen können! Es war nichts weiter dazu erforderlich als eine Handberührung.

Zum zweitenmal hielt er die Hände über die Schaltknöpfe.

»Du, he, mach das nicht!« schrie Haniman. »Das bringt dich um!«

Hresh verscheuchte ihn mit einer Handbewegung und packte die Hebel.

Doch diesmal geschah – nichts. Er hätte ebensogut die eigenen Ellbogen festhalten können, was die Wirkung anging.

Er tapste umher, berührte diesen Knopf, dann jenen, dann wieder einen anderen. Nichts. Nichts.

Vielleicht hatte sich die Maschine leergebrannt, um ihm diesen einmaligen Blick ins Wunder zu ermöglichen.

Oder aber dachte er, *ich* bin es, der ausgebrannt ist. Es könnte ja sein, daß sein Gehirn vom Anprall dieser

Kraft dermaßen betäubt war, daß es nichts weiteres fürderhin aufnehmen konnte.

Er trat zurück und betrachtete sich das ›Ding‹ eindringlich. Möglich, daß es eine gewisse Zeit brauchte, um die Energie wieder neu aufzubauen, nachdem es sie abgegeben hatte. Nein, er würde eine Weile warten und es ein wenig später noch einmal versuchen.

Also hatten ihn auch die Künstlichen Wächter der Saphiräugigen am Tor nicht betrogen, als sie ihn aufforderten, mehr in die Tiefe zu gehen bei seiner Suche. Sie hatten es in einem ganz primitiven Sinne wortwörtlich gemeint. Und vielleicht warteten alle die Wunderdinge, die Vengiboneeza noch enthielt, gleichfalls in unterirdischen Höhlen wie dieser hier verborgen, tief unter den großen Bauten.

Dann fiel Hresh der andere Rat ein, den die Saphiräugigen ihm gegeben hatten: *Suche mit dem, was dir hilft, das zu finden, wonach du suchst.*

Damals hatte der Rat ihm wenig sinnvoll geklungen. Jetzt aber erkannte er darin plötzlich einen Sinn. Er holte heftig Luft, während Furcht und Erregung ihn gleichermaßen durchliefen.

Meinten sie etwa den Barak Dayir? Den Wunderstein?

Der magische Talisman, den Generationen von Chronisten sorgsam in der Lade mit den Heiligen Schriften aufbewahrt hatten? Der Mechanismus, das Werkzeug, das Ding, das Thaggoran höchstpersönlich mit so hoher furchtsamer Ehrerbietung gehandhabt hatte?

Also, versuchen kann ich es ja, dachte Hresh. Vielleicht kommt etwas dabei heraus.

Und wenn er bei diesem Versuch sterben sollte, so war es doch ein lohnender Versuch; hier gab es nämlich bedeutende Fragen, die auf Antwort warteten, und wenn er alles aufs Spiel setzen mußte, um – wie er hoffte – alles zu gewinnen, nun, dann sollte es eben so sein.

»Komm«, sagte er zu Haniman. »Verschwinden wir von hier – wenn wir können.«

»Willst du denn nicht weiter daran rummachen?«

»Jetzt nicht«, sagte Hresh. »Erst muß ich einiges nachforschen. Ich glaub, ich weiß, wie man das Ding in Gang setzt, aber ich muß erst die Chroniken zurate ziehen, ehe ich es versuche.«

»Was hast du denn da vorhin gesehen?«

»Die Große Welt«, sagte Hresh.

»Ach – ehrlich?«

»Ja. Einen Augenblick lang. Nur einen Augenblick lang!«

Haniman sackte vor Verblüffung die Kinnlade nach unten, und er stierte ihn an.

»Und – wie war das?«

Hresh zuckte die Achseln. »Überwältigender als alles, was du dir jemals vorstellen kannst«, sagte er mit leiser, erschöpfter Stimme.

»Ja, sag doch! Sag es mir doch!«

»Später einmal.«

Haniman sagte dann nichts mehr. Aber nach einer Weile fing er erneut an. »Also, was wirst du jetzt machen? Was mußt du denn wissen, damit du diese Maschine in Gang setzen kannst?«

»Da kümmre du dich mal nicht drum«, sagte Hresh. »Was wir im Augenblick rauskriegen müssen, das ist, wie wir diesen Steinblock da dazu veranlassen können, wieder nach oben zu gehen, damit wir von hier wegkommen.«

In seinem heißen Eifer, die Höhle zu erforschen, hatte er diesem Problem überhaupt keine Beachtung geschenkt. Es war leicht genug gewesen, hier herunterzukommen; aber was sollten sie jetzt tun, um wieder hinaufzugelangen? Er nickte Haniman zu, und sie sprangen wieder auf die schwarze Steinplatte. Aber der Steinquader blieb reglos, wo er auf dem Boden der Höhle lag.

Hresh patschte mit den Handflächen auf den Stein. Ohne Ergebnis. Er tastete an den Kanten entlang, um vielleicht einen Hebel zu finden, der das Ding in Bewegung setzte, so etwas ähnliches wie das Rad, mit dem sie in der Vergangenheit die Luke des Stammeskokons geöffnet hatten. Aber es tat sich nichts.

»Vielleicht gibt's ja 'nen anderen Weg nach oben«, schlug Haniman vor. »Eine Trepe, irgendwo.«

»Ja, und wenn wir vielleicht wild genug mit den Armen wedeln, dann können wir hier raus*fliegen*«, fuhr Hresh ihn scharf an. Er kniff die Augen zusammen und spähte in die Düsternis ... Ein Hebel vielleicht, der aus der Wand ragt – du läufst rasch hin, ziehst ihn, saust zu dem Steinblock zurück ...

Kein Hebel irgendwo. Also, was jetzt? Zu Yissou beten? Nun, Yissou selber hatte vielleicht auch keine Ahnung, wie man von hier wieder nach droben-draußen gelangen konnte. Oder er hatte kein Interesse daran, was mit zwei naseweis-neugierigen kleinen Jungen passierte, die sich hierher verlaufen hatten.

»Mensch, wir können doch nicht den ganzen Tag lang hier rumhocken«, sagte Haniman. »Komm schon, gehn wir da weg und schaun wir, daß wir was finden, was das Ding da bewegt! Oder aber 'nen andren Weg nach draußen. Wie willste denn eigentlich wissen, daß es nicht *doch* da irgendwo 'ne Treppe gibt?«

Hresh zuckte die Achseln. Schließlich, sich umzusehen, das kostete ja nichts. Also suchten sie in der entgegengesetzten Richtung den Höhlenboden ab, spähten da und dort die Sockel der Reliefgruppen ab, ob dort nicht ein Schaltapparat, eine Geheimtür, eine Treppe oder irgend etwas verborgen sei.

Plötzlich erklang ein stöhnender Laut, als ächzte und vibriere der Boden unter ihnen schwerfällig. Bestürzt und ängstlich blieben sie stehen und blickten einander an. In der dicken, stickigen und schalen Luft breitete sich ein Staubgeruch aus.

»Eisfresser?« flüsterte Haniman. »Die sich von unten rauf zu uns durchbohren wie damals im Kokon?«

»Eisfresser? Hier?« antwortete Hresh. »Nein, das kann nicht sein. Ich dachte, die leben bloß in Bergen. Aber der Untergrund wackelt, das stimmt. Und ...«

Danach erklang ein Seufzen, wie er es bereits früher vernommen hatte, und darauf wieder ein tiefes qualvolles Stöhnen; und dann begriff Hresh, was da geschah. Nein, Eisfresser gab es hier keine. Die Geräusche, die sie da vernahmen, waren die der unsichtbaren Mechanismen, die sie in diese Tiefen herabgetragen hatten.

»Zum Stein!« brüllte er. »Der geht ganz allein nach oben!«

Und wirklich hatte die Platte sich langsam zu heben begonnen. Verzweifelt rannte er auf sie zu. Sie war bereits bis zu seinen Knien aufgestiegen, als er die Kante packen und sich hinaufwuchten konnte. Er blickte sich nach Haniman um und sah, daß der ganz komisch schwerfällig und unbeholfen herumtapste, wie wenn er durch Wasser zu laufen versuchte. Es war wieder der Haniman von früher, der feiste, ungeschlachte Junge, aus dem sich Haniman herausgewachsen hatte; aber der feiste alte Haniman mochte ja verschwunden sein, doch war offensichtlich auch diese seine neue verbesserte Ausgabe immer noch langsam auf den Beinen. Hresh beugte sich über die Kante des Steinquaders und gestikulierte heftig zu ihm hin.

»Mann! Beeil dich doch! Das Ding geht hoch!«

»Ich – versuch – es – ja –«, grunzte Haniman, Kopf auf dem Brustbein und mit wirbelnden Armen.

Aber als Haniman dann endlich – eine Ewigkeit später – den Steinblock erreichte, war der bis in seine Schulterhöhe aufgestiegen. Hresh streckte die Arme nach unten, um ihn an den Handgelenken zu fassen. Er verspürte einen scheußlichen reißenden Schmerz, als würden ihm die Arme aus den Schultergelenken gekugelt, und einen Augenblick lang glaubte er, daß das Gewicht Hanimans ihn von dem Steinquader herunterzerren müsse. Aber irgendwie fand er auf dem glatten schmiegsamen Stein Halt und zerrte. Und mit einem entsetzlichen Übermaß an Krafteinsatz hievte Hresh Haniman hoch, bis der sich mit dem Kinn an der Kante des Steins festhalten konnte. Und danach war es leichter. Der Steinquader erhob sich in die dunkle Kuppel über ihnen. Seite an Seite lagen sie bäuchlings da, und sie keuchten alle beide, sie zitterten und waren ganz erschöpft. Nie zuvor hatte Hresh solche körperlichen Schmerzen gefühlt wie jetzt: über die ganze Länge seiner Arme hin, pochende, brennende, zuckende Schmerzen, die nicht aufhören wollten; und er hatte den starken Verdacht, daß die Geschichte noch schlimmer werden würde, ehe sie wieder heilte.

Der Steinquader glitt weiter und weiter aufwärts. Hresh faßte schließlich Mut und spähte über den Rand nach unten, über den Rand hinweg, und sah nur Dunkelheit dort; das Bernsteinlicht mußte wohl erloschen sein, kaum waren sie halbwegs in der Luft. Auch über ihnen – Finsternis! Doch es dauerte nicht lang, und sie waren wieder droben im Turm der Metallspiralen, und der Steinquader lag wieder festverankert und plan im Lehmboden des Erdgeschosses.

Stumm erhoben sich die beiden von dem Stein. Und ohne ein Wort wanderten sie den Weg zu ihrem Stamm zurück. Die Nacht war hereingebrochen, eine schwerlastende, sternlose, geheimniserfüllte Nacht. Hresh vermochte sich nicht zu erinnern, daß er sich je zuvor in seinem ganzen Leben dermaßen müde und ausgelaugt gefühlt hätte, nicht einmal an den allerschlimmsten Tagen des Langen Marsches. In seinem Kopf jedoch brannte der Widerschein der Bilder, die er in diesem einen kurzen Augenblick aus der Großen Welt in all ihrer Lebendigkeit geschaut hatte. Er wußte, er würde bald wieder in die Höhle unter dem Turm zurückkehren.

Nein, nicht sogleich, das nicht, so sehr er es sich auch ersehnte, denn ihm war klar, daß er für das nächstemal gewisse Vorbereitungen würde treffen müssen, ehe er es wagen durfte. Aber bald ...

Und dann würde er den Barak Dayir mitnehmen.

In den folgenden Tagen beobachtete Taniane Hresh und Haniman ausgiebig, denn sie spürte, daß denen bei ihrem jüngsten Erkundungsgang ins Herz der Stadt etwas Ungewöhnliches widerfahren sein müsse. Bei der Rückkehr hatten ihre Augen geleuchtet, und die Gesichter eine seltsame Verwirrtheit verraten. Hresh war direkt zu Koshmar gegangen und hatte dabei alle und jeden beiseitegeschoben, die mit ihm reden wollten, bevor er die Führerin gefunden hatte, als quelle er über von dringlichen Berichten. Aber als Taniane ihn dann später am Abend ausfragen wollte, was er denn gesehen habe, funkelte er sie an, als wäre sie eine Hjjk, und sagte fast wütend: »Nichts. Ganz und gar nichts.«

Ihr kam es so vor, als hätte sie schon ihr ganzes Leben lang sich bemüht, Hresh dazu zu bringen, daß er ihr etwas, irgendwelche von seinen Geheimnissen verrate, und daß er sie stets auf Armeslänge im Abstand von sich gehalten habe. Sie wußte natürlich, daß dieser Eindruck nicht ganz den Tatsachen entsprach. Damals, in den Tagen des Kokons, hatten sie oft zusammen gespielt, und er hatte ihr viel erzählt, verrückte phantastische Sachen über seine Visionen von der Welt draußen vor dem Kokon, seine Träume über das Leben in den Alten Zeiten oder seine Varianten von den Märchen, die der alte Chronist Thaggoran ihm weitergab. Nur zu oft war sie nicht fähig gewesen zu begreifen, wovon Hresh dann redete, oder aber es hatte sie einfach nicht genug interessiert. Und wieso auch? Damals war sie ja nur ein Kind gewesen. Alle waren sie nur Kinder gewesen, sie, Orbin, Haniman, auch Hresh. Aber Hresh war schon immer der Sonderling gewesen, der Andersartige, weit über die anderen hinaus und fern von ihnen, Hresh-der-Frager.

Er hält mich bestimmt für eine Idiotin, dachte Taniane bedrückt. Und er glaubt, ich bin hohl, ich bin einfältig.

Doch sie war jetzt kein Kind mehr. Sie entwickelte sich bestürzend rasch auf ihre Weiblichkeit hin. Wenn sie mit den Händen über ihren Leib strich, konnte sie die harten Knospen ihrer Brüste spüren. Ihr Pelz gewann an satter Färbung und wurde mehr und mehr zu einem schimmernden Dunkelbraun mit rötlichen Schattierungen, und er wurde dicht und seidig. Und sie wurde größer, fast war sie schon so lang wie manche der vollreifen Frauen, etwa wie Sinistine oder Boldirinthe. Und jedenfalls war sie größer als Hresh, bei dem das Wachstum etwas langsamer voranzugehen schien.

In dieser Zeit begann Taniane sich Gedanken darüber zu machen, wen sie sich als Partner suchen solle.

Sie wünschte sich dafür Hresh. Das hatte sie schon immer getan. Sogar damals, als sie noch kleine Kinder und im Kokon waren und in den wilden Spielen, die sie spielten, von Wand zu Wand kullerten, den Fußringkämpfen, dem Handstand und dem Höhlensegeln ... stets hatte sie davon geträumt, erwachsen zu sein, Kinderträgerin zu sein, davon geträumt, wie sie im dunklen Paarungstrakt des Kokons bei Hresh lag. Und auch wenn er so klein war, auch wenn er derart seltsam war, sie spürte in ihm eine drängende Kraft, eine Energie und eine vibrierende Erregtheit, die sie veranlaßt hatten, sich nach ihm zu sehnen, auch wenn sie damals noch nicht gewußt hatte, was Sehnsucht und Verlangen ist.

Jetzt aber war sie älter. Aber sie sehnte sich noch immer nach Hresh. Allerdings, so wie es aussah, behandelte er sie auch weiterhin als ganz beiläufig-nebensächlich und ohne ihr besonderes Interesse zu widmen. Er schien völlig in seiner Aufgabe als Chronist aufzugehen und in einer Welt für sich zu leben.

Und Chronisten wählten sich ja sowieso nie Fortpflanzungspartner. Selbst angenommen, Hresh würde sie so innig lieben wie sie ihn, was hatten sie denn für eine Chance, jemals zu einer Paarung zu kommen? Ach, nein, sie würde sich wahrscheinlich mit irgendwem sonst verkuppeln müssen, wenn es für sie an der Zeit war ...

Orbin? Gut, der war groß und kräftig, und dabei in all seiner Stärke sanft. Aber – er war auch langsam im Denken und dumpf. Mit ihm würde sie sich sehr bald langweilen. Außerdem galt sein unverhohlenes Interesse der kleinen Bonlai, auch wenn die zwei, drei Jahre jünger war als ihre Altersgruppe. Diese Bonlai, die war genau die Art von bequemer derber und kumpelhafter Frau, wie Orbin sie bevorzugen würde. Und er, der ruhige, geduldig-gelassene Orbin, würde durchaus bereit sein (unterstellte Taniane), zu warten, bis Bonlai reif genug war.

Und damit blieb nur Haniman. Der einzige andere Jungmann ihrer Altersgruppe. Aber der Gedanke, sich mit Haniman paaren zu sollen, kam ihr doch als recht absonderlich vor. Als sie noch jünger waren, war der so eine erbärmliche Gestalt gewesen, so langsam, so träge, so feist, immer hechelnd hinter den anderen herjapsend. Damals – in den Kokontagen – hätte sie sich nicht vorstellen können, daß irgendeine Frau Lust darauf haben könnte, mit Haniman zu kopulieren – oder eine Tvinnr-Beziehung zu ihm einzugehen ... oder überhaupt irgend etwas mit ihm anzustellen. Dennoch besaß er etwas Liebenswertes, oder er war vielmehr so ganz und gar unbedrohlich – und so hatte sie sich einfach zu ihm als zu einem Gefährten hingezogen gefühlt. Jetzt aber hatte er sich dermaßen grundlegend verändert. Langsam war er zwar immer noch ein bißchen, auch unbeholfen, immer noch ein Taps mit Dingen, und andauernd zerbrach er etwas ... aber er war inzwischen ein starker Junge geworden, und der ganze wabblige

Babyspeck war von seinem Leib verschwunden. Gewiß, faszinierend war er nicht – wie etwa Hresh es war. Aber ... er war einigermaßen akzeptabel als Mannspartner – meinte sie jedenfalls. Außerdem war er möglicherweise tatsächlich ihre einzige Chance.

Schön, also werde ich mich mit Haniman zur Kopulation verbinden, beschied sie sich und schmeckte sozusagen diese Vorstellung bei sich ab, um zu sehen, was sie dabei empfinde. Taniane und Haniman ... Haniman und Taniane ... ja, aber in den Namen steckte doch sogar eine Klangassonanz! Das paßte ja ganz gut zusammen ... Taniane und Haniman ... Haniman und Taniane ...

Und trotzdem ... trotzdem ...

Sie brachte es doch nicht so ganz über sich. Eine Kopulationspartnerschaft mit Haniman, nur weil er der einzig greifbare Partner war? Mit Haniman, dem Lahmlack, Haniman, dem Außenseiter, der bei jedem Spiel immer die allerletzte Wahl gewesen war ... auch wenn er jetzt ja ein bißchen verändert war, für sie blieb er doch und würde es immer sein, der gleiche Haniman: ein Junge, den sie gern zum Freund hatte, aber als Kopulationspartner? – Nein, das nicht, o nein ...

Vielleicht stießen sie irgendwann einmal bald auf einen anderen Stamm von Leuten, wie Hresh das immer so kühn mutmaßte. Und dann würde sie einen Kopulationspartner in diesem anderen Stamm finden ... da sie ja Hresh selbst nicht haben konnte.

Oder aber sie würde sich überhaupt nicht binden. Diese Möglichkeit gab es schließlich immer noch. Torlyri hatte nie kopuliert. Koshmar hatte nie kopuliert. Also – man *mußte* nicht unbedingt verpartnert sein, nicht wahr? Koshmar war eine hervorragende Stammesführerin, fand Taniane, auch wenn sie manchmal den Eindruck erweckte, als sei sie von irgend etwas gehetzt, als sei sie engherzig und hart. Aber in Koshmars Leben war nun einmal kein Platz für einen Kopulationsgefährten: das äußerste, was sie sich in der Hinsicht erlauben durfte, war das, was sie mit Torlyri machte, nämlich die Tvinnr-Sache, aber eben keine nachwuchsorientierte Kopulation. Aber schließlich war sie ja Stammesführer. Der Stammeshäuptling paarte sich nicht, das war so Brauch. Oder vielleicht war es auch Gesetz. Und in Koshmars Fall war es zweifellos auch das, was sie selbst vorzog.

Aber traurig war das schon, sich auszumalen, daß man nie, gar nie einen Kopulationspartner haben sollte. Andererseits, wenn das der Preis war, den man dafür zu bezahlen hatte, daß man Stammesoberling sein durfte, dann war es vielleicht auch wieder nicht zu viel.

»Nimmt sich der Häuptling wirklich niemals einen Kopulationspartner?« fragte Taniane Torlyri.

»Vielleicht haben sie es früher getan«, antwortete Torlyri. »Du könntest ja Hresh dazu fragen. Aber eins ist sicher, keine Führerin, von der ich je gehört habe, hatte einen Partner.«

»Aber ist es das Gesetz – oder bloß ein Brauch?«

Torlyri lächelte. »Da ist der Unterschied nicht besonders groß zwischen den beiden. Aber wieso fragst du? Meinst du, daß Koshmar sich einen Kopulationspartner suchen sollte?«

»Koshmar?« Taniane brach in schallendes Lachen aus. Die Vorstellung von Koshmar mit einem männlichen Partner war vollkommen absurd. »Aber nein, bestimmt nicht!«

»Nun, aber du hast mich gefragt.«

»Ach, das war nur so ganz allgemein. Wo sich doch inzwischen so viele unserer alten Bräuche verändern, da habe ich eben wissen wollen, ob das auch hier der Fall ist. Jetzt paaren sie sich doch fast alle, nicht bloß die zur Zucht bestimmten Paare. Und vielleicht kommt ja mal eine Zeit, wo Häuptlinge das auch tun.«

»Höchstwahrscheinlich wird das so sein«, sagte Torlyri. »Aber ich glaube, nicht bei Koshmar.«

»Würde es dir Kummer bereiten, wenn Koshmar sich paart?«

»Wir sind Tvinnr-Partnerinnen. Und daran würde sich nichts ändern, wenn sie sich mit einem Mann paart. Oder wenn ich es täte. Das Tvinnr-Band bleibt immer und ewig bestehen, gleichgültig, was sonst geschieht. Aber Koshmar ist eigentlich nicht von der Art, die sich einem *Mann* überantworten würde ...«

»Nein. Nein, das ganz und gar nicht.« Taniane zögerte ein wenig. »Und du? Bist du es, Torlyri?«

Torlyri lächelte. »Ich gestehe, daß ich mir genau diese Frage in letzter Zeit öfter gestellt habe.«

»Aber die Opferfrau ist doch auch eine, die dem herkömmlichen Brauch gemäß nie kopuliert, oder irre ich mich? Wie der Stammeshäuptling ... oder der Chronist. Aber alles ändert sich jetzt dermaßen schnell. Jetzt könnte doch auch die Opferpriesterin sich einen Kopulationspartner nehmen. Oder sogar der Chronist.«

Torlyris Augen glitzerten in gutmütiger Belustigung. »Ja doch, sogar der Chronist könnte das tun. Das würde dir wohl gefallen, wie?«

Taniane wandte die Augen ab. »Ich habe nur ganz allgemein gefragt.«

»Oh. Dann verzeih. Ich dachte, du hast einen besonderen Grund.«

»Nein. *Bestimmt nicht!* Ja, glaubst du denn, ich würde den Hresh haben wollen, selbst wenn er mich anfleht? Diesen komischen Jungen, der den ganzen Tag über seine Nase in irgendwelche staubige Ecken steckt und für niemanden mehr ein vernünftiges Wort übrig hat ...?«

»Hresh ist kein gewöhnlicher Junge, gewiß. Aber auch du bist nicht durchschnittlich und gewöhnlich, Taniane.«

»Ich?« fragte sie bestürzt. »Wieso?«

»Du bist es eben nicht, und weiter nichts. In dir verbirgt sich mehr, glaube ich, als die meisten Leute vermuten.«

»Meinst du wirklich? Ehrlich?« Sie dachte darüber nach. Un-gewöhnlich? Außer-gewöhnlich? Ihr Stolz sträubte ihr funkelnd das Fell. Natürlich war ihr klar, wie dumm-kindisch es war und wie unreif, deswegen so offenkundiges Vergnügen zu zeigen ... aber niemand hatte sie jemals zuvor dermaßen gepriesen ... und *so etwas* von Torlyri zu vernehmen...von *Torlyri*...

In einer plötzlichen Gefühlsaufwallung warf sie die Arme um die Ältere. Einen Augenblick lang hielten die beiden Frauen einander eng umschlungen. Dann löste sich Taniane und trat zurück.

»Ach, Torlyri, ich hoffe so sehr, daß du den Partner findest, den du haben willst, wenn du das wirklich haben willst.«

»He, du, warte mal!« rief Torlyri lachend. »Wann hätte ich je gesagt, ich hab irgend etwas in der Hinsicht vor? Ich habe doch nichts weiter gesagt, als daß ich anfange mich zu fragen, ob so was sich für mich schicken würde, weiter nichts!«

»Aber du solltest dich verbinden«, sagte Taniane. »Alle, alle sollten sich paaren und kopulieren. Die Stammesführerin sollte es tun – ich meine, die nächste Führerin, die nach Koshmar. Der Chronist sollte sich paaren. In diesem Neuen Frühling sollte niemand, keiner einzeln und allein bleiben. Denkst du das nicht auch, Torlyri? Alles verwandelt sich! Also muß alles sich ändern!«

»Ja«, sagte Torlyri, »alles verändert sich.«

Später fragte sich Taniane, ob sie vielleicht nicht doch zu direkt und offen gewesen sei, zu naiv. Worte, die man Torlyri gegenüber aussprach, konnten ja nur allzu leicht direkt in Koshmars Ohr gelangen, und diese Vorstellung fand Taniane denn doch ein wenig beunruhigend.

Dann aber zuckte sie die Achseln und begann sich mit

den Händen den Leib abzutasten. Sie ließ die Hände über ihre glatten festen Flanken gleiten und hinauf zu den kräftigen jungen Brüstchen, die sich unter ihrem schimmernden kastanienroten Pelz abhoben. Ihr Körper schmerzte vom Wachsen. Eine wilde Schar unbeantworteter Fragen schnatterte in ihrem Kopf herum. Aber die Zeit wird die Antworten auf all das finden, dachte Taniane. Was ich jetzt tun muß – ist die Kunst des Wartens zu erlernen.

7. Kapitel

Die Stimme des Sturms

Der Platz mit den dreimal zwölf blauen Türmen im Bezirk Emakkis. Boldirinthe wich nie aus der Seele Hreshs, ob er wachte oder in Träumen lag. Oftmals erwachte er dann schaudernd und schweißüberströmt und hatte jene Szene aus dem lebendigen Vengiboneeza erneut in allem pulsierenden Glast leibhaftig vor dem inneren Auge: den menschenerfüllten Marktplatz, alle jene Geschöpfe aus den Sechs Völkern, dicht zusammengedrängt ... Doch er ließ viele Wochen verstreichen, bevor er sich erlaubte, wieder dorthin zurückzukehren. Er wußte, er war noch nicht bereit, und so zwang er sich mit aller Kraft zu Zurückhaltung.

Ungeduldiges Verlangen und Neugier nagten an ihm wie ein gefräßiger Wurm. Aber er ging nicht zu den Türmen. Es fiel ihm schwer, sich fernzuhalten, doch er ging nicht hin. Überall sonst suchte er, überall entdeckte er neue Routen und Seitenstraßen durch die Stadt. Er fand eine Terrasse mit blitzenden warmen Wasserteichen. Er stieß auf rhombusförmig angeordnete schlanke Steinobelisken um eine onyxgesäumte Grube von äußerster Dunkelheit, und als er einen Stein hineinfallen ließ, fiel dieser und fiel und fiel, ohne je auf den Grund zu treffen. Im Distrikt Dawinno Weiawala kam er zu einem düster brütenden grünschwarzen Gebäude von riesigen Ausmaßen, das er die Zitadelle taufte, da es wie kein anderer Bau in der Stadt für sich allein an einem grünbewachsenen Hügelhang hoch oben wie ein Wächter über Vengiboneeza thronte. Seine Länge war viel größer als seine Höhe, die Mauern schmucklos, mit Ausnahme von zehn mächtigen Säulen zu beiden Längsseiten, auf denen das Steildach ruhte, und es gab weder Türen noch Fenster, wodurch der Bau blind und abweisend aussah, als sei er eine vollkommen nach innen gewandte Struktur. Seine Funktion war nicht nur unbekannt, sondern sichtlich auch nicht eruierbar, obschon es sich zweifellos um ein irgendwie hochbedeutendes Bauwerk gehandelt haben mußte. Hresh entdeckte nirgends einen Zugang, obwohl er sich mehrmals darum bemühte. Derartige Entdeckungen trugen ihm jedoch nichts Nutzbringendes ein.

»Warum bist du denn noch nicht wieder in diese Kuppelhöhle zurückgegangen?« fragte Taniane, der Haniman darüber erzählt hatte.

»Ich bin noch nicht bereit dazu«, sagte Hresh. »Zuerst muß ich den Barak Dayir meistern lernen.« Und er bedachte sie mit einem Blick, der jede weitere Diskussion verbot.

Und das war nämlich wirklich sein Problem – der Barak Dayir. Ohne ihn hatte es keinen Sinn, wieder dorthin zu gehen, denn er war überzeugt, daß er nur durch die Herrschaft über den Wunderstein das Rätsel dieser Visionsmaschine in der Kellerhöhle unter diesem Turm werde lösen können. Doch der Wunderstein war ihm nicht geheuer – ihm, dem Hresh-voller-Fragen – und beunruhigte ihn wie kaum etwas sonst. So richtig mit Augen gesehen hatte er ihn ja noch nie. Wie alle anderen des Volkes auch wußte Hresh nur vom Hörensagen, daß es sich dabei um irgendein sagenhaftes Instrument handle, das der Chronist zu hüten habe, das aus Sternenstoff bestand und außergewöhnliche Eigenschaften besaß, das jedoch jedem, der es falsch benutzte, das Lebenslicht auslöschte. Thaggoran hatte den Stein als den Schlüssel zu den tiefsten Erkenntnisbereichen bezeichnet; doch Thaggoran hatte stets sorgsam darauf geachtet, daß Hresh ihn nicht beobachten konnte, während er ihn benutzte, so sorglos er sonst auch zuweilen bei der Wahrung seiner Amtsgeheimnisse gewesen sein mochte, und außerdem hatte auch Thaggoran immer wieder von der Gefährlichkeit gesprochen und bekannt, daß er den Wunderstein nicht allzu häufig zu befragen wage. Und Hresh hatte sich – seit er selbst nun der Chronist war – nicht überwinden können, ihn auch nur in Augenschein zu nehmen. In seinen Chronikbüchern konnte er nirgendwo eine wie immer geartete Gebrauchsanleitung entdecken, auch keine Angaben über seine Funktionsweise, darum ließ er lieber die Finger davon. Wo es um den Barak Dayir ging, machte seine angeborene Neugier seiner Furcht Platz, daß er zu früh sterben könnte, noch ehe er all das Wissen erworben hätte, das sich anzueignen er hoffte.

Doch dann endlich hob Hresh den Sammetbeutel zum erstenmal aus der Lade der Chroniken und hielt ihm mit beiden Händen behutsam fest. Das Säckchen war klein, klein genug, um in einer Hand Platz zu finden, und es verströmte eine leichte Wärme.

Sternenstoff, sagte man. Was bedeutete dies?

Er hatte erst beim Auszug aus dem Kokon erfahren, was ein Stern ist, als er die vielen zum erstenmal am Himmel erblickt hatte, diese zauberhaften hellen Lichtpunkte, die dort oben in der Finsternis brannten. Feurige Kugeln, das sind sie, hatte Thaggoran gesagt. Wenn sie uns näher wären, sie würden so heiß lodern wie die Sonne. War also der Wunderstein ein Stück von einem Stern?

Doch die lichtspendenden Sterne, soviel wußte Hresh, waren nicht die einzigen Sterne am Himmel. Es gab da auch die Todessterne, diese schrecklichen Dunkelkörper, die auf die Welt herniedergestürzt waren und den Langen Winter gebracht hatten. Und die bestanden keineswegs aus Feuer; es waren Kugeln aus Eis und Felsgestein, sagten die Chroniken. Hresh wog den Beutel mit dem Barak Dayir in der Hand. Sollte da drin das Stück eines Todessterns sein? Er versuchte sich die wilde Bahn des torkelnden Sterns vorzustellen, das

Donnergetöse, mit dem er auf der Erde aufschlug, die Wolken von Staub und Rauch, die das Licht der Sonne erlöschen ließen und die tödliche Kälte brachten. Das da? Dieses kleine Ding in seiner Hand – ein Bruchstück des gigantischen Unheils?

In den Chroniken stand auch, daß die fernen Himmelssterne von Welten umgeben sind, die ihnen aufwarten, ganz ebenso wie diese Welt hier, auf der die Völker lebten, Dienerin ihrer eigenen Sonne ist. Auf diesen fremden Welten gab es Leute von aller möglichen Art. Vielleicht, bedachte Hresh, ist der Stein auf einer Welt eines dieser anderen Sonnensterne gemacht worden. Er berührte das Ding durch den Stoff und ließ eine fremde Welt in sein Gehirn strömen, gelber Himmel, reißende purpurne Flüsse, eine rote Sonne, die am Tage schwelend brannte, sechs kristallen singende Monde am nächtlichen Himmel.

Vermutungen. Nichts als Vermutungen. Er stolperte im Finstern umher. In den Chroniken standen alle möglichen Informationen, aber nichts, was ihm hier hätte helfen können.

Er schlug die Fünf Heiligen Zeichen. Er flehte um Schutz zu Yissou und dann zu Dawinno, der ihm stets besondere Gunst erwiesen hatte. Sodann atmete er langsam tief ein und zog ängstlich den Barak Dayir aus seiner Umhüllung. Dabei dachte er: Vielleicht nehme ich nun den Tod in meine Hände. Und es überraschte ihn, wie ruhig er dabei war.

Wenn der Stein ihn töten sollte, nun, dann würde er eben sterben. Eine Stimme in seinen Kopf befahl ihm dröhnend wie ein Gong, daß er das alles trotzdem tun müsse, daß er es seinem Stamm und auch sich selbst schulde, sich endlich an die Geheimnisse dieses Dinges zu wagen, wie hoch auch die Gefahren sein mochten.

Der Barak Dayir war angenehm anzuschauen, aber nicht irgendwie außergewöhnlich. Er war ein polierter Stein, länger als breit, braun mit blauroten Einsprengseln und an einem Ende spitz zulaufend. Obwohl er sich so glatt und weich anfühlte, als könnte ihn ein Fingernagel zerkratzen, war er doch in Wahrheit fest und hart, furchtbar hart. Und abgesehen von seinem schmucken Aussehen hätte es sehr wohl weiter nichts als eine kleine Speerspitze sein können. Entlang den Kanten verliefen verwirrende, verschlungene eingegrabene Kerben und bildeten ein derart feines Muster, daß er es nahezu nicht erkennen konnte, so scharf seine Augen auch sein mochten.

Er hielt den Stein eine Weile in der Linken, dann nahm er ihn in die rechte Hand. Er fühlte sich warm an, aber nicht unangenehm warm. Es ging etwas beinahe Heilsames von ihm aus. Jedenfalls schien er Hresh nicht töten zu wollen. Seine Furcht schwand mehr und mehr, allerdings betrachtete er ihn auch weiterhin ehrfürchtig.

Aber was tat man damit? Wie brachte man den Stein dazu, daß er einem gehorchte?

Er hielt ihn ans Ohr, vielleicht war in seinem Innern eine Stimme vernehmbar, doch er hörte nichts. Er drückte ihn zwischen beiden Handflächen, ohne Ergebnis. Dann preßte er ihn fest an die Brust. Er sprach zu ihm, nannte ihm seinen Namen, erklärte, daß er der Nachfolger des Chronisten Thaggoran sei. Doch nichts von alledem bewirkte etwas. Und zuletzt dann tat Hresh das Offensichtliche und Natürliche, das er bisher aufgeschoben hatte: Er schlang sein Sensororgan um den Stein und schaltete auf sein Zweites Gesicht um.

Und nun vernahm er eine ferne Musik, einen seltsamen, unirdisch fremdartigen Klang, der nicht aus dem Stein selbst, sondern von überall um ihn herum zu dringen schien. Die Musik senkte sich in seine Seele und erfüllte sie bis in die tiefsten Tiefen, sie umfing ihn und berauschte ihn. An der Zungenwurzel verspürte er ein heißes Prickeln, und sein Fell wurde leicht, schwebte von ihm fort und breitete sich um ihn wie dünner Dunst. Die Empfindungen waren derart intensiv, daß sie ihm Furcht einflößten. Hastig ließ Hresh den Wunderstein los, und die Musik brach ab. Aber als er dann sein Sensororgan wieder darumschmiegte, kehrte die Musik wieder zurück. Doch auch diesmal konnte er es nur einen kurzen Augenblick lang ertragen. Wieder brach er den Kontakt ab. Also waren die ganzen Geschichten über die Kraft des Barak Dayir doch keine Lügen gewesen. Er besaß hohe Macht und Magie.

Hresh holte tief Luft. Er fühlte sich erschöpft und zum Umfallen müde. Aber er hatte den ersten Schritt auf einer Bahn getan, die – er wußte nicht, wohin, ins Unermeßliche? – führen würde. Voll Dankbarkeit verbarg er den Wunderstein wieder in seinem Beutel. Er würde seine Forschungsbemühungen an einem anderen Tag fortsetzen. Aber wenigstens hatte er nun den Anfang gemacht. Endlich.

In einem unruhevollen Traum erblickte Harruel sich selbst, wie er die Türme von Vengiboneeza mit seinen Händen packte und bis auf den Grund aus der Erde riß und sie wie dürre Stecken gegeneinander schlug, um dann verächtlich die Bruchstücke fortzuwerfen.

Koshmar zeigte sich in seinem Traum und stellte sich ihm gegenüber und höhnte ihn herausfordernd, er möge versuchen sie zu Boden zu werfen. Er brach einen gewaltigen Steinturm los und schwang ihn wie eine Keule hoch über Koshmars Haupt und suchte sie zu zerschmettern. Sie aber sprang hurtig beiseite. Er brüllte und schwang den Turm erneut. Und noch einmal. Und verfolgte sie durch die Straßen der Stadt, bis er sie zwischen zwei mächtigen schwarzwandigen Gebäuden in die Enge getrieben hatte. Ruhig erwartete sie ihn dort, ein furchtloses spöttisches Lächeln auf dem Gesicht.

In brüllendem Groll faßte Harruel nun den Turm unter den Arm wie einen Speer. Und er begann damit auf die Führerin loszupreschen; aber gerade als er sich dazu anschickte, packte ihn etwas an der Kehle und hielt ihn fest. Der Turm entfiel seinen Händen und stürzte krachend zu Boden. Wer besaß die Kühnheit, ihn auf diese Weise zu hindern? Torlyri? Ja, Die Opferfrau hielt ihn mit erstaunlicher Stärke umfangen, so daß er spürte, wie ihm die Seele in seiner Brust nach oben und außen gepreßt wurde. Verzweifelt kämpfte Harruel, und allmählich gelang es ihm, ihre Umklammerung aufzubrechen, doch während sie noch rangen, nahm sie eine andere Gestalt an und verwandelte sich in seine Kopulationspartnerin, Minbain, und dann in diesen sonderbaren Jungen Hresh, der solch ein Rätselding für ihn war, und danach wurde sie zu einem brüllenden, tobenden Saphiräugigen, riesenhaft und grün und abscheulich, mit flammendblauen Augen und einem scheußlich schnappenden Riesenmaul voller zahlreicher unheilvoll blitzender Zahnreihen.

»Verwandle dich nur, wie du willst!« brüllte Harruel. »Ich werde dich dennoch töten!«

Er packte die langen Kiefer des Saphiräugigen und mühte sich, sie auseinanderzuzwängen, einhändig, und sie gespreizt zu halten, während er mit der anderen Hand nach einem Turm griff, um ihn wie einen Keil hineinzustopfen und das gräßliche Maul des Geschöpfs am Zuschnappen zu hindern. Die Kreatur wehrte sich mit wütenden Prankenhieben der krallenbesetzten Hände, doch er achtete dessen nicht, sondern zwang die gewaltigen Kiefer auf und stieß das große Haupt zurück ...

»Harruel!« schrie das Ding. »Bitte, laß ab, Harruel! – Harruel!«

Die Stimme war merkwürdig leise, fast nur ein Wimmern. Und es war eine Stimme, die er kannte. Die Stimme einer Frau, beinahe wie die Stimme seiner Partnerin, Minbain ...

»Harruel! Nicht ...«

Er driftete ins Bewußtsein herauf, das wie ein Steinpflaster über ihm lag. Als er hindurchgebrochen war, merkte er, daß er sich dicht am Ende des Raumes befand, in dem er und Minbain schliefen. Minbain war gegen die Wand gedrückt und mühte sich, ihn fortzuschieben. Seine Arme waren wie in einem Irrsinnskrampf um die Frau geschlungen, sein Kopf preßte sich in die Grube zwischen Schulter und Hals.

»Yissou!« brummte er, und er gab sie frei und wälzte sich von ihr fort. Der dumpf stechende Gestank seines eigenen ranzigen Schweißes erfüllte den Raum und erregte bei ihm Übelkeit. Die oberen Muskelpartien seiner Arme zuckten und hüpften, als wollten sie von seinem Körper wegplatzen, und über seine Schultern und seinen Nacken verlief eine brennende Schwellung. Er wischte sich glitzernde Speichelfäden aus dem groben Pelzhaar um seine Kiefer. Über seinen Leib liefen heftige krampfartige Zuckungen.

Mit unsicherer Stimme fragte Minbain in die Stille: »Harruel?«

»Ein Traum«, stammelte er mit dicker Zunge. »Meine Seele hat sich von mir gelöst, und ich war in einer fremden Welt. Hab ich dir weh getan?«

»Du hast mir Angst gemacht«, antwortete Minbain. Ihre dunklen ernsten Augen bohrten sich in die seinigen. »Du warst irgendwie ganz wild – hast gräßliche Laute ausgestoßen, ein Würgen und Keuchen – und du hast um dich geschlagen – und dann hast du mich gepackt, und ich dachte schon, ich dachte, du willst ...«

»Ich würde dir nie was tun.«

»Aber ich hatte Angst. Du warst dermaßen seltsam.«

»Mir macht es auch Angst.« Er schüttelte den Kopf. »Sag, habe ich jemals früher so was getan, Minbain? So was Wildes, so eine Raserei?«

»Nein, nicht so. Dunkelträume, das ja. Du hast dich herumgewälzt, gestöhnt, gejammert, im Schlaf geredet, geflucht und manchmal sogar mit den Händen auf den Boden geschlagen, als wolltest du irgendwelche Wesen töten, die sich um dich herumbewegten. Aber diesmal – ich hab mich wirklich schrecklich gefürchtet, Harruel! Es war, wie wenn ein Dämon in dich eingedrungen wäre.«

»Ja, wahrlich, ein Dämon hat von mir Besitz ergriffen«, sagte er trübsinnig. Er erhob sich und trat ans Fenster. Die Nacht schien noch nicht einmal zur Hälfte vorbei. Dichte Dunkelheit lag schwer wie ein erstickendes Tuch über der Welt. Das häßliche Narbengesicht des Mondes flammte eisig hoch droben, und dahinter hingen in dichten wirbelnden Bändern und Haufen im Zenith des Himmels die Sterne, diese verwirrenden boshaften weißen Feuer, die keine Wärme spendeten. »Ich geh noch ein wenig raus, Minbain.«

»Nein, bleib doch hier, Harruel! Ich fürchte mich jetzt, allein zu sein.«

»Was könnte dir schon Böses geschehen? Die einzige Gefahr hier bin doch ich. Und ich gehe hinaus.«

»Bleib!«

»Ich muß eine Weile für mich allein sein«, sagte er. Er wandte sich zu ihr um und betrachtete sie. Im Halbdunkel, in dem kühlen Schimmer von Mond und Sternen, schien Minbain eine Schönheit zu besitzen, die sie – wie er sehr wohl wußte – in Wirklichkeit nicht hatte. Das zarte gerundete Gesicht schien die Jahre abgestreift zu haben, sie wirkte zart, frisch und jung, fast wie ein Mädchen. Ihm quoll das Herz über von Liebe zu ihr. Er konnte diese Liebe nur schwer mit Worten ausdrücken; aber er trat zu ihr, kauerte sich neben ihr hin und streichelte zart mit den Händen über ihre Schulter und ihren Hals, wo er ihr weh getan hatte, über die Brüste und über den weichen Bauch. Er hatte ein Gefühl, als könne er dort ein neues sich bildendes Leben spüren. Es war natürlich noch zu früh, um sicher zu sein, doch er bildete sich ein, daß seine Finger eine Bewegung dort fühlten, eine Konzentration von Lebenskraft, die einmal sein Sohn, Harruels Sohn, sein würde. So weich, wie es ihm möglich war, sagte er: »Ich habe dir nicht weh tun wollen, Minbain. Ein übler Alp hielt mich im Schlaf befangen. Es war nicht ich selber. Ich könnte dir niemals ein Leid antun.«

»Aber das weiß ich doch, Harruel. Unter deiner grollenden Grobheit bist du ein feinfühliger Mann.«

»Und du glaubst das wirklich?«

»Ich weiß es«, sagte Minbain fest.

Er ließ die Hand flach eine Weile auf ihrem Bauch ruhen. Er war nun ruhiger, auch wenn der Schwarztraum ihn noch weiter bedrückte. In Wellen flutete tiefe Liebe zu der Frau heftig durch seine Seele.

Sie war drei Jahre älter als er, und in der Zeit seines Heranreifens hatte er überhaupt nicht an Kopulationspartner gedacht – denn schließlich gehörte er zur Kriegerkaste, und in jenen Tagen hatten sich die Krieger nicht zur Fortpflanzung partnerschaftlich gebunden ... Damals war es ihm vorgekommen, als gehöre sie mehr der Generation seiner Mutter an als seiner eigenen; aber als dann die neuen Kopulationsregeln verkündet wurden, hatte er sich Minbain als Partnerin gewählt. Eine jüngere Frau hätte möglicherweise mehr Schönheit besessen, doch Schönheit schwindet rasch, und Minbain verfügte über Vorzüge, die sie bis ans Ende ihrer Tage behalten würde. Sie war warmherzig und freundlich, irgendwie ein wenig wie Torlyri in dieser Beziehung. Aber Torlyri hatte nicht viel für Männer übrig ... Minbain dagegen schon, und darum hatte Harruel ganz schnell zugegriffen. Ihn störte es gar nicht, daß sie ein bißchen älter war als er, oder daß sie bereits ein Kind hatte. Wenn das überhaupt etwas besagte, dann sprach es eher zu ihren Gunsten, daß sie bereits Mutter geworden war, denn ihr Kind war dieser Hresh, der in einem solch übernatürlich jungen Alter bereits solch eine bedeutende Macht im Stamm ausübte. Oh, Harruel sah viele Verwendungsmöglichkeiten für Hresh; und ein Weg zu dem Jungen lief möglicherweise über seine Mutter. Nicht etwa, daß dies der hauptsächliche Beweggrund war, warum er sich für Minbain entschieden hatte. Aber mitgespielt hatte es schon, o ja, ganz gewiß hatte es eine Rolle gespielt.

»Laß mich jetzt weg!« bat Harruel.

»Komm bald zurück!«

»Bald«, versprach er. »Ganz bestimmt.«

Minbain blickte ihm nach: diesem massiven Riesenschatten, der sich übertrieben behutsam durch den Raum bewegte und zur Tür hinausschlich. Sie tastete mit der Hand an ihre Kehle. Er hatte sie schwerer verletzt, als sie ihn wissen lassen wollte. In seiner Raserei hatte er sie mit einem wildfuchtelnden Ellbogen getroffen, er hatte sie an beiden Schultern gepackt und sie gegen die Wand gerammt, und als er sich an ihrem Hals vergraben hatte, hätte er sie mit dem Gewicht seines schweren Schädels fast erstickt. Aber daran war natürlich der Wahn schuld, der wilde Alp. Es war nicht Harruels Tun. Minbain verstand sehr wohl, daß er ihr auf seine ungeschlachte Art zugetan sei.

Und sie trug sein Kind im Leib. Das wußte sie mit völliger Gewißheit, und aus der Art, wie er soeben ihren Leib berührt hatte, erkannte sie, daß auch er es wissen müsse. Bald würden sie zu Torlyri gehen müssen, damit diese die Ersten Worte über Minbains Bauch spreche.

Hresh würde einen Bruder bekommen. Sie würde einen zweiten Sohn gebären. Sie war ganz sicher, daß es ein Sohn sein werde; aus Harruels Samen konnten ja nur Söhne sprießen, soviel immerhin schien ja wohl klar zu sein. Und damit würde sie selber die erste Frau seit Tausenden von Jahren sein, die zwei Söhne zur Welt brachte. Aber wird der neue Sohn in irgendeiner Weise so sein wie Hresh, überlegte sie sich.

Nein! Nie wieder würde es ein Kind geben wie den Hresh. Ihr Hresh war einzigartig. Auch hatte sie nie so einen wie Harruel gekannt. Sie liebte ihn, und sie fürchtete sich vor ihm, und an manchen Tagen hatte die

Liebe die Oberhand, und an anderen Tagen war wieder die Furcht stärker, und dann gab es auch Zeiten, in denen beides sich gleichmäßig mischte. Er war dermaßen sonderbar. Die Götter hatten ihr in ihrem Sohn einen Fremdling in den Schoß gelegt, und nun lag auch dieser fremde Mann als Bettgefährte bei ihr. Wie konnte das denn geschehen? Harruel war dermaßen wuchtig und gewaltig, er war so stark, er übertraf alle die anderen so sehr an Kraft – doch, ja, gewiß, in seiner Kraft war er außergewöhnlich. Er besaß die Wucht eines herabstürzenden Berges. Aber da war noch etwas anderes. Es gab in seiner Seele einen düsteren Bereich. Und es nagte an ihm ein grämlicher Zorn. Als sie allesamt noch im Kokon gehaust hatten, war Minbain das nie aufgefallen, doch sobald sie auf Wanderung waren, wurde es unübersehbar. Tag und Nacht verdüsterte ihm eine Unruhe das Herz und trieb ihn um. Er lechzte nach etwas – aber wonach? Wonach?

Harruel wanderte eine Straße hinunter und dann durch eine andere wieder zurück; er hatte keine Ahnung, wohin er ging, und es kümmerte ihn auch nicht. Er spürte das scharfe kalte Licht des Mondes auf sich wie eine Peitsche, die ihn vorantrieb. Er hatte Minbain versprochen, er werde zurückkommen, und das wollte er auch. Aber nicht vor dem Morgengrauen. Er hätte doch keinen Schlaf finden können.

Diese Stadt war ein Kerker für ihn. Das Leben im kasernierten Kokon hatte er ziemlich unproblematisch gefunden und ertragen, weil ihm nie in den Sinn kam, daß es etwas anderes als dieses Leben geben könne. Jetzt aber, nachdem sie die Enge des Kokons abgeschüttelt hatten und er begreifen gelernt hatte, was es bedeutete, kühn und ungehindert unter dem freien Himmel zu schreiten, wurmte es ihn, daß er hier an diesem glattgeschniegelten Totenort festsitzen sollte, an dem es für seine Nase allzu stark nach dem vernichteten Volk der

Saphiräugigen stank. Außerdem ließ es ihm die Galle schwellen und brannte ihm wie eine Feuerklette auf der bloßen Haut, daß er bis ans Ende seiner Lebenstage unter der Herrschaft dieses Weibes, dieser Koshmar, würde leben müssen.

Es war wirklich an der Zeit, daß die Weiberherrschaft beendet werde. Es war höchste Zeit, die Macht der Mannskönige neu zu errichten.

Aber leider, so schien es Harruel, würde diese Koshmar Häuptling sein und bleiben, bis er selbst alt und krumm und sein Fell ganz weiß waren. Denn es gab ja jetzt keine ›Todestage‹ mehr. Koshmar war älter als er, aber sie war leider gesund und kräftig, und sie würde bestimmt noch sehr lange leben. Und nichts und niemand würde ihn je von diesem lästigen Weib in seinem Nacken befreien, es sei denn, er täte es höchstselbst mit eignen Händen; und an diesem Punkt setzte Harruel die Grenze. Es lag außerhalb seiner Möglichkeiten, jemals seinen legitimen Führer zu töten. Ja, allein die Vorstellung von so etwas überstieg bereits sein Begriffsvermögen. Dennoch würde er es nicht sehr viel länger ertragen können, sich Koshmars Herrschaft zu beugen.

In letzter Zeit hatte er sich angewöhnt, häufig allein und in weiten Streifzügen durch die Stadt zu streifen, in dem Bestreben, sie genauer kennenzulernen. Diese Stadt – sie war für ihn der ›Feind‹. Und er hatte stets dem Prinzip gehuldigt, daß es von Wichtigkeit sei, seinen Feind zu erkennen und zu kennen. Heute allerdings war er zum erstenmal in der Nacht losgezogen.

Alles sah verändert aus. Die Türme wirkten höher, die niedrigeren Bauten erschienen ihm flacher. Straßen krümmten sich in unvertrauten Richtungen und Winkeln. In jedem Schatten lauerte etwas Bedrohliches. Aber Harruel wanderte fürbaß und immer weiter. Schließlich trug er seinen Speer. Und er war furchtlos.

Einige Straßen waren mit makellosen Steinplatten bedeckt, als hätten die saphiräugigen Bewohner sie erst vorgestern verlassen. Andere Straßen waren aufgebrochen und zerspellt, und grobe Gräser erhoben sich zwischen den Pflasterplatten. Und wieder andere waren gänzlich ohne Decke und waren nur mehr von Erdschlamm bedeckte Schneisen zwischen Reihen von zerbröckelnden Häusern. Er begriff diese Stadt nicht. Er verabscheute sie. Ihm wurde übel bei der Vorstellung, daß sein leiblicher Sohn hier geboren werden sollte, hier, an diesem scheußlichen fremden Ort, an dem so ganz und gar nichts Menschliches war.

Es gab Gespenster hier. Und während er so dahinstreifte, hielt er nach ihnen Ausschau.

Er war sicher, daß überall Spuk und Geister lauerten. Sie mußten die Leute sein, die die Reparaturen ausführten. Aber sie taten es nachts, wenn keiner sie dabei sehen konnte. Wie es schien, wurden willkürlich eingestürzte Gebäude abgesichert, erhielten neue Fassaden, wurden von Trümmern befreit. Er sah die Veränderungen hinterher. Auch einige der anderen hatten dies bemerkt – Konya, Staip, Hresh. Wer aber ordnete das alles an?

Er spähte auch scharf nach kriechenden, schleichenden, stechenden Nachtgeschöpfen aus. Die meisten Plagen, mit denen Vengiboneeza geschlagen war, verschwanden mit Einbruch der Dunkelheit, mit Ausnahme jener, die in den Bauten selbst hausten. Aber das hieß noch nicht, daß er sich vor ihnen völlig in Sicherheit fühlen durfte.

Früh an einem Abend vor gar nicht langer Zeit, als Harruel wieder einmal ruhelos umherwanderte wie heute, gelangte er an den Rand des warmen Meeres, das gegen die Westflanke der Stadt brandete, und hatte dort beobachtet, wie ein Heer von häßlichen grauen Eidechsenwesen aus dem Wasser gekrochen kam. Es waren bösartige kleine Geschöpfe mit schlanken röhrenförmigen Leibern, etwa so lang wie sein Unterarm, mit feisten fleischigen Beinen und knautschigen, grünen, hinter dem Hals gefalteten Flügeln, und in ihren hellen gelben Augen stand ein unheilschwangeres Glitzern. Sie gaben einen grollend-brummenden Ton von sich, drohend und ekelhaft, als stießen sie drohend seinen Namen aus: »Harruel! Harruel! Harruel! Heut werden wir dich zum Nachtmahl fressen!«

Wie eine dichtgedrängte Insektenschar rückten sie mit schnappgierigen Kiefern näher, bis sie nur mehr dreißig Schritt von ihm entfernt waren und er Umschau hielt, ob er nicht etwas fände, womit er sich verteidigen könnte. Zurückweichend hob er eine Handvoll Kiesel auf und noch eine und beschoß die Anrückenden damit, ohne sie jedoch zum Innehalten bewegen zu können. Als sie jedoch bis zu einer Reihe rechteckig geschnittener Grünsteinquader gelangten, die direkt unter seinem Standpunkt in die Ufermauer eingelassen waren und auf denen winzige rätselhafte Gesichter eingemeißelt waren, hielten sie plötzlich an, als wären sie wider einen unsichtbaren Wall gestoßen. Darauf machten sie trübselig-träge und bestürzt kehrt und strebten wieder dem Wasser zu. Vielleicht war ihnen die Witterung von einer noch ekelhafteren Tiergattung zugeweht, deren Schwarm sich jenseits dieser Trümmersäulen befand, dachte er. Oder – vielleicht mögen sie einfach nicht, wie *ich* rieche. Wie dem immer war, er begriff, daß er Glück gehabt habe, so leicht davonzukommen.

Bei anderer Gelegenheit sah er Wolken von Geflügelten in einem derart dichten Schwarm droben dahinziehen, daß sie in der Mitte des Tages das Firmament verdunkelten. Er hielt sie für diese wilden weißäugigen Wesen, die sie als Blutvögel bezeichneten und die seinerzeit drüben im flachen Land dem Stamm so zugesetzt hatten. Er stand gespannt da, bereit, sogleich zur Siedlung zu laufen und den Alarm zu geben, doch obgleich die Fluggeschöpfe unentwegt über der Stadt kreisten und kreisten, stiegen sie doch nie tiefer als bis zu den höchsten Spitzen der höchsten Türme herab.

Inzwischen befand er sich den Grünsteinsäulen ziemlich nahe, wo der Standort der Drei Wächter der Saphiräugigen war. Nicht weit entfernt lag vor ihm die Zufahrtschneise am Rand des Dschungels.

Ohne bestimmte Absicht schritt er auf das Südtor zu. Doch ein, zwei Minuten später blieb er wie gebannt stehen. Hinter sich vernahm er ein Geräusch, wie wenn jemand atmete und sich umherbewegte. Er packte den Speer fester. War etwa Minbain ihm gefolgt? Oder war es eines der Gespenster, die im geheimnisvollen Dunkel der Nacht durch die Stadt patrouillierten? Er wirbelte auf dem Absatz herum und spähte in die nächtlichen Schatten.

»Wer da?«

Stille.

»Ich hab dich gehört. Komm heraus, damit ich dich sehen kann!«

»Harruel?« Die Stimme eines Mannes, tief und fest und vertraut.

»Ja, wer sonst sollte ich denn sein? Bist du das, Konya?«

Aus der Finsternis kam ein Lachen. »Du hast ein gutes Ohr, Harruel.«

Konya tauchte auf und kam langsam nach vorn. Ein großer Mann, auch wenn er Harruel nur bis an die Schultern reichte; aber weil sein Brust- und Rückenumfang so beträchtlich war, wirkte er nicht so hochgewachsen, wie er in Wahrheit war. Im Stamm galt er als zweithöchster Krieger, und man vermutete allgemein, er sei Harruels Rivale und von Neid über dessen Vorrangstellung zerfressen. Und nur sie beide wußten, wie falsch eine solche Vermutung war. Konya war stark genug, sich bewußt zu sein, daß es keinerlei Schmach darstellte, nicht der Allerstärkste zu sein. Und sein Naturell war still, eher unzugänglich, aber ausgeglichen. Harruel gegenüber empfand er eine Achtung, die sich aus der natürlichen Ordnung der Dinge ergab, aber keineswegs

Neid; und Harruel empfand seinerseits gleichfalls Respekt für ihn, auch wenn ihm bewußt war, daß Konya ihm nicht ebenbürtig sei.

»Also wanderst auch du heute nacht umher«, sagte Harruel.

»Ich konnte nicht einschlafen. Der Mond schien mir in meinem Bett zu grell in die Augen.«

»Jaja, im Kokon gab es solche Probleme nicht.«

»Nein«, sagte Konya mit einem leisen Lachen. »Der Mondschein machte uns keinen Ärger, als wir im Kokon lebten.«

Danach schritten sie eine Weile schweigend weiter. Es ging durch eine Straße von Trümmerbauten, deren goldgetönte Fassaden perverserweise völlig intakt waren. Vor leeren Fensterhöhlen rankte sich noch immer das elegante, feingeschnittene Maßwerk aus weißem Stein. Prachtvoll gearbeitete Türen und Tore standen halboffen und ließen dahinter Trümmer oder Leere erkennen. Dann stießen sie auf ein Gebäude, bei dem dies umgekehrt war: Hier war die Fassade zur Straße verschwunden, so daß man an dieser Seite jeden der zahlreichen Stöcke entblößt und offen sehen konnte, aber das Innere des Baus war intakt. Wortlos trat Harruel ein und begann aufwärts zu steigen, ohne zu wissen, wonach er suchte. Konya folgte ihm gehorsam.

Es bereitete einige Schwierigkeiten, die Treppen zu bewältigen, die für Saphiräugige konstruiert waren; die vertikale Stufung war dermaßen abgeflacht und niedrig, daß die ganze Konstruktion mehr einer Rampe als einer Treppe ähnelte. Aber bald hatte Harruel heraus, daß es einfacher war, zwei oder gar drei dieser Stufen hüpfend zu überwinden, und damit wurde der Aufstieg leichter. Den ganzen Weg aufwärts befanden sich an den Wänden Skulpturen, die einem den Blick verwirrten. Von der Seite her gesehen, schienen sie Abbilder und Gestalten lebendiger Wesen zu sein, Saphiräugige und Hjjks und andere Geschöpfe, die in den Tagen der Großen Welt gelebt haben mußten, aber wenn man direkt auf sie blickte, lösten sie sich in Linien ohne jegliche Bedeutung auf. Die Räumlichkeiten in diesem Gebäude waren leer. Es lag nicht einmal Staub darin.

Schließlich verengte sich der Treppenschacht zu einer Spirale, die sich um ein halbes Dutzend Wendeln aufwärts erstreckte und sie endlich auf das dunkelgedeckte flache Ziegeldach führte. Sie standen hier hoch über dem ganzen Stadtbezirk. Die Stadt lag hinter ihnen, nördlich. Der Blick nach Süden über die Dachbrüstung bot die dichtgedrängten Baumdickichte des Dschungels, die gespenstisch im scharfen Mondschein schimmerten.

In den Baumwipfeln regte es sich, es waren kleine knackende Laute vernehmbar.

»Da sind Affen«, sagte Konya.

Harruel nickte. Sie schwangen sich durch die Baumwipfel, kaum weiter als einen guten Steinwurf entfernt, diese kreischenden, stinkenden, schnatternden Dschungelwesen. Wie sehr er sie verabscheute! Er hörte ein Rauschen in seinen Ohren. Wenn er nur könnte, er würde durch diesen Dschungel ziehen, von Baum zu Baum, und sie allesamt mit seinem Speer aufspießen und ihre widerwärtigen kleinen Kadaver zu einem Haufen auftürmen, damit die schnüffelnden Aasfresser sich ein Festmahl bereiten könnten.

»Dreckiges stinkiges Zeug«, sagte Harruel. »Ich würd die am liebsten alle umbringen. Bloß gut, daß die sich aus der Stadt raushalten, meistens wenigstens.«

»Ich seh manchmal welche. Aber nicht viele.«

»Ja, ein paar, ab und zu. Ist ja nicht weiter schwer für die, hier reinzukommen. Die brauchen doch bloß da drüben die freie Stelle zu überwinden, und schon sind sie bei uns drinnen. Bloß gut für uns, daß es meistens jeweils nur einer oder zwei sind. Yissou, wie ich die verabscheue! Widerliches Dreckszeug!«

»Harruel, es sind doch bloß wilde Tiere.«

»Tiere? Schleimiges Ungeziefer sind sie. Du hast sie

doch selber gesehen, ganz aus der Nähe. Die haben doch keine Seele. Die haben doch keinen Verstand.«

»Aber die Saphiräugigen am Tor sagten, daß sie unsere Verwandten, unsere Vettern sind.«

Harruel spuckte aus. »Dawinno! Glaubst du etwa so was Blödes?«

»Ja, aber sie sehen uns doch wirklich ein bißchen ähnlich.«

»Alles, was zwei Beine und zwei Arme hat und einen Schwanz und auf den Hinterbeinen geht, würde uns ähnlich sehen. Aber wir sind Menschliche, Konya, und sie – sie sind Tiere.«

Konya schwieg eine Weile. »Du glaubst also, das ist so, Harruel? Aber wie steht es denn damit, was der Saphiräugige gesagt hat, daß nämlich wir selber überhaupt keine Menschen sind, daß die Menschen überhaupt eine ganz und gar verschiedene Rasse waren – und daß wir nichts weiter sind als übermäßig eingebildete Affen?«

»Wir sind menschlich, Konya. Was sonst sollten wir denn sein? Hast du das *Gefühl,* du bist mit diesen Tieren verwandt, die da draußen an ihren Schwänzen baumeln?«

»Aber der Saphiräugige hat gesagt ...«

»Ach, die Saphiräugigen sollen zu Dawinno fahren! Die sind nichts weiter als tote Lügner. Die wollen nichts, als uns Ärger machen!« Harruel wandte sich Konya zu und funkelte ihn eisig an. »Schau mal: *Wir,* wir denken, wir reden, wir haben Bücher, wir kennen die Götter. Also sind wir Menschliche. Ich weiß das einfach. Und ich habe keinen Zweifel daran. Und es spielt für mich keine Rolle, was ein Saphiräugiger sagen mag. Außerdem, sie haben uns ja in die Stadt reingelassen, oder etwa nicht? Und diese Stadt ist aufbewahrt und vorbehalten den Menschlichen, die da kommen werden, wenn der Winter zu Ende geht. *Das* sagen die Prophezeiungen. Und der Winter *ist* zu Ende, und wir sind hier, und zwar mit dem Einverständnis der Drei Wächter. Also sind wir klar genau jene, die hierher kommen sollten. Die Menschen, heißt das.«

»Koshmar hat sie dazu bewogen, uns reinzulassen.«

»*Bewogen* – die? Wo die Zauberkräfte in Händen haben? Nein, Konya, das war nicht Koshmars Werk. Sie hätte den ganzen Tag lang auf sie einreden können, aber wenn die gedacht hätten, daß wir keine Menschlichen sind, die hätten uns nie und nimmer eingelassen. Nein, die haben uns den Zugang erlaubt, weil es unsere Bestimmung war, hierher zu kommen, unser *Recht,* hierher zu kommen, und das wußten sie. Mit ihren blödsinnigen Lügen wollten sie uns nur auf die Probe stellen, ob wir über ausreichend Herzensstärke verfügten, unser Recht einzufordern. Wenn Koshmar nicht das Maul aufgemacht hätte, dann hätte ich es getan, und sie hätten sich mir gefügt. Und wenn sie nicht nachgegeben hätten, dann hätte ich diese drei Saphiräugigen niedergestreckt, um uns den Zutritt hierher zu verschaffen.«

Nach einem weiteren längeren Schweigen fragte Konya: »Du hättest sie niedergestreckt? Wo die doch Zauber in den Händen haben?«

»In diesem Speer steckt auch ein Zauber, Konya.«

»Aber wie könntest du etwas töten, das nicht lebendig ist? Der Knabe Hresh sagt, es sind nur Künstliche in der Gewandung von Saphiräugigen, keine echten.«

Harruel nickte beiläufig und gelangweilt. Er hatte das Interesse an dem Gespräch verloren. Er kniff die Augen gegen das Mondlicht zusammen und starrte zu der tobenden fröhlichen Affenhorde hinüber. Und in seiner Seele schwärender Groll und schwarze Gedanken an ein Gemetzel.

Nach einiger Zeit sprach er: »Diese Stadt steckt voller Rätsel und Geheimnisse. Ich finde, sie ist ein unguter Ort.«

»Ich finde sie abscheulich«, sagte Konya mit einer

plötzlichen, völlig überraschenden Heftigkeit. »Ich verabscheue sie so stark, wie du die Dschungelaffen verabscheust.«

Harruel wandte sich ihm mit weitgeöffneten fragenden Augen zu. »Wirklich?«

»Weil es ein toter Ort ist. Er hat keine Seele.«

»Aber nein, er lebt«, sagte Harruel. »Sicher, irgendwie ist es hier tot, da geb ich dir schon recht, aber irgendwie lebt das auch. Und ich finde es genauso scheußlich wie du, aber nicht weil es tot ist. Es gibt hier ein ganz fremdartiges Leben, das irgendwie nicht unser Leben ist. Und die Stadt hat eine Seele, aber sie ist nicht wie die unsere. Und aus diesem Grund verabscheue ich sie.«

»Tot oder lebendig, ich würde liebend gern schon morgen von hier abhauen, Harruel. Und ich wäre selig, wenn ich sie nie zu Gesicht bekommen hätte. Wir hätten überhaupt erst gar nicht herkommen sollen.« Etwas in Konyas Stimme schien Harruel anzuflehen, er möge doch zustimmen.

Aber Harruel schüttelte den Kopf. »Nein«, sagte er, »so nicht, Konya. Es war schon richtig, daß wir hierher zogen. Es gibt in dieser Stadt Dinge, die für uns wichtig sind. Du weißt doch, wie es in den Chroniken steht. Wir sollen in Vengiboneeza uralte Dinge finden, aus dem Besitz der Saphiräugigen, die uns helfen werden, die Welt zu beherrschen.«

»Aber wir sind schon viele Monde hier, und wir haben nichts gefunden.«

Mit einem Achselzucken sagte Harruel: »Koshmar ist zu bedachtsam und zauderlich. Sie läßt ausschließlich den Hresh suchen, keinen sonst. Eine riesige Stadt – ein kleiner Knabe ... nein, wir alle sollten Tag für Tag draußen sein und jeder sollte in den versteckten Orten suchen. Diese Dinge sind hier. Und wir werden sie früher oder später auch finden. Und dann müssen wir sie in Besitz nehmen und von hier verschwinden. Das ist nämlich wichtig dabei, daß wir von hier fortgehen, sobald wir erreicht haben, was zu tun wir gekommen sind.«

Konya sprach: »Also, mir kommt es ja so vor, wie wenn Koshmar vorhätte, für immer und ewig hierzubleiben.«

»Nun, so soll sie doch bleiben.«

»Nein, was ich meine, ist, daß sie möchte, daß wir *allesamt* hier bleiben sollen. Diese Stadt wird für sie zu einem neuen Kokon. Sie denkt überhaupt nicht an Aufbruch.«

»Wir müssen aber weiter und fort«, sagte Harruel. »Auf uns wartet die ganze Welt. Wir sind ihre neuen Herren und Meister.«

»Trotzdem, ich glaube, Koshmar ...«

»Koshmar spielt keine Rolle mehr!«

Verwirrung glomm plötzlich in Konyas Augen auf. »Aber, was sagst du denn da, Harruel?«

»Was ich sage, das ist, daß wir zu einem ganz bestimmten Zweck und in bestimmter Absicht in diese Stadt gekommen sind, und zwar um zu erfahren, wie wir in der Zeit des Neuen Frühlings über die Welt herrschen können, und wir müssen uns mit allen unseren Kräften bemühen, dieses Ziel zu erreichen. Und danach müssen wir von hier weiterziehen, auf daß wir anderwärts unser Schicksal erfüllen. Du verabscheust diesen Ort hier. Ich auch ... Und wenn Koshmar da anders denkt, so kann sie sich liebend gern hier niederlassen und immer hier bleiben. Aber wenn die Zeit gekommen ist – und sie muß zwangsläufig bald kommen –, dann werde ich das Volk von hier in die Freiheit führen.«

»Und ich, ich will dir folgen«, sagte Konya.

»Das weiß ich.«

»Aber wirst du auch alle die anderen mitnehmen?«

»Nein, nur die, die mir folgen wollen«, sagte Harruel. »Nur die Starken und Kühnen. Die anderen können von mir aus hier bis ans Ende ihrer Lebenstage versauern, es soll mich nicht kümmern.«

»Also wirst du dich dann zum Häuptling machen?«

Harruel schüttelte den Kopf. »Häuptling, das ist ein Titel aus der Zeit des Lebens im Kokon. Und dieses Leben ist vorbei. Außerdem sind die Häuptlinge Weiber. Wenn Koshmar Lust dazu hat, kann sie von mir aus gern Häuptling bleiben, allerdings wird sie einen verdammt winzigen Stamm haben, über den sie herrschen kann. Nein, ich werde mir einen anderen Titel zulegen, Konya.«

»Und was für ein Titel wird das sein?«

»Man wird mich *König* heißen«, sagte Harruel.

Die milde Witterung, in deren Genuß das Volk seit dem Einzug in Vengiboneeza gekommen war, endete mit einem Schlag, und es folgten drei Tage voller stürmischer Winde aus dem Norden mit schweren kalten Regengarben. Der Himmel verfinsterte sich und blieb schwarz. Man sah Geschöpfe der Luft, die unsteten Flugs gegen den Wind ankämpften und vergeblich sich mühten, nach Westen zu streben, während sie beständig weit in den Süden abgetrieben wurden.

»Ein neuer Todesstern hat die Erde getroffen«, sagte Kalide zu Delim. »Der Lange Winter kehrt zurück.«

Delim trug diese Information weiter und erklärte Cheysz, sie habe gehört, daß der Regen sich bald in Schnee verwandeln werde.

»Und wir werden alle erfrieren«, sagte Cheysz zu Minbain. »Wir müssen alles abdichten und versiegeln, so wie es damals im Kokon gewesen ist, oder wir werden des Todes sterben, wenn der Lange Winter wiederkehrt.«

Und Minbain ließ Hresh zu sich rufen und fragte ihn aus, was er von diesen Dingen wisse. »War es also nichts weiter als ein Scheinfrühling?« fragte sie streng. »Und sollten wir nicht in den Höhlen unter Vengiboneeza Nahrung einlagern, damit wir die Zeit des Frostes überdauern?« Das Leben hier in Vengiboneeza, sagte sie, sei zu leicht geworden, zu bequem, es sei eine Falle, die ihnen die Götter aufgestellt hätten: Die Sonne werde sich verdunkeln und ausgelöscht werden, über Monde oder gar Jahre hin, und sie würden allesamt zugrunde gehen, wenn man nicht Sofortmaßnahmen ergreife. In den alten Kokon könne man unmöglich zurückkehren; nein, sie würden sich hier in Vengiboneeza Schutz und Zuflucht schaffen müssen. Aber selbst hier, so groß Vengiboneeza auch sein mochte, würde sich vielleicht nicht ausreichend Asyl finden lassen, falls der Lange Winter wieder über die Welt hereinbräche. Schließlich, die Saphiräugigen hätten ja hier auch nicht überleben können. Als würde der Stamm ein günstigeres Schicksal haben?

Hresh lächelte. »Du besorgst dich zu sehr, Mutter. Es besteht nicht die Gefahr des Erfrierens und des Frosts. Das Wetter hat sich nur gerade mal ein wenig verschlechtert, und in ganz kurzer Zeit wird es sich wieder bessern.«

Aber das Gerücht war sogar bis an Koshmars Ohren gedrungen und war unterwegs verhängnisvoll angeschwollen. Darum sandte auch sie nach Hresh. »Bedeutet dies wahrlich die Wiederkunft des Langen Winters?« fragte sie ihn, und sie sah dabei düster aus und verkniffen, hatte den Kopf tief zwischen die Schultern gezogen, und ihre Augen unter den gesenkten Lidern funkelten hart. »Trifft es zu, daß die Sonne tausend Jahre lang nicht mehr scheinen wird?«

»Es ist weiter nichts als ein übler Wettersturz – glaube ich.«

»Aber wenn es hier im geschützten Vengiboneeza schon so schlimm ist, dann muß es anderwärts noch viel scheußlicher zugehen.«

»Vielleicht. Aber in ein paar Tagen wird es hier wieder angenehm warm sein, Koshmar. Jedenfalls glaube ich das.«

»Du glaubst es! Nimmst es an? Aber kannst du sicher

sein, daß es so kommt? Es muß doch eine Methode geben, wie man das feststellen kann.«

Er warf ihr einen unsicheren Blick zu. Koshmar hatte für sich und Torlyri ein schnuckeliges Nest eingerichtet in diesem festen kleinen Haus im Schatten des Großen Turmes. An den Wänden hingen zartduftende Binsengewebe, überall waren dicke Fellteppiche und Sträuße trockener Blüten. Und doch pfiff nun der bittere Wind peitschend gegen die Fenster und schoß durch die Luftschächte und brachte einen eisigen Hauch in den Raum. Von allem Anfang an hatte Koshmar immer darauf beharrt, daß der Lange Winter beendet sei. Sie hatte sich mit der ganzen Glut ihres Herzens dafür stark gemacht, den Auszug aus dem Kokon zu organisieren und den Großen Treck nach Vengiboneeza zu führen. Hresh kam der Gedanke, daß etwas in Koshmar zerspellen könnte, sollte es sich erweisen, daß sie sich geirrt hatte.

Sie verlangte also nach Sicherheit, nach Bestätigung von ihm, ihrem Chronisten, von ihrem Stab und Stekken der Weisheit. Aber was hatte er ihr zu sagen? Er wußte über Wind und Stürme ebensowenig wie alle anderen. Er war aufgewachsen in dem Kokon, in dem keine Winde wehten. Vielleicht wäre Thaggoran in der Lage gewesen, die Omina zu deuten und Koshmar wahrzusagen, was die jetzige Lage betraf. Thaggoran, tief verwurzelt, eingebettet im Schatz der Überlieferung, war fast jeder Situation gewachsen gewesen. Aber er war eben ein alter und weiser Mann gewesen. Und Hresh war nur jung und klug und noch kein Mann – und das war durchaus nicht vergleichbar.

Es muß eine Methode geben, wie man das herausfinden kann, hatte Koshmar gesagt.

Und es gab einen Weg. Der Barak Dayir konnte ihm vielleicht die Wahrheit sagen; doch während der Wochen, die verstrichen waren, seitdem er zum erstenmal den Mut aufgebracht hatte, den schimmernden Stein aus seiner Umhüllung zu holen und sein Sensororgan um ihn zu legen, war er mit für ihn außergewöhnlicher behutsamer Zurückhaltung verfahren und hatte seine Bemeisterung des magischen Dinges nur minutenlang, in allmählichen Schritten ausgedehnt. Er hatte gelernt, wie man den Stein zum Leben erweckt und wie man den starken Zauberschwall der in ihm enthaltenen Musik auslöst, und er hatte gelernt, wie er seine Stärke gegen die Grenzen seines Bewußtseins branden lassen mußte. Aber weiter war er bisher nicht vorzudringen bereit und mutig genug gewesen. Man konnte ja leicht einsehen, wie schnell der Wunderstein ihn verschlingen konnte, wie leicht er seine Seele gänzlich in den Strom und Strudel der alles Verstehen übersteigenden Stärke verstricken konnte. Und wenn er sich erst einmal diesem Strudel preisgegeben hatte, gab es vielleicht kein Zurück mehr. Und deshalb hatte er sich dazu gezwungen, dem Unwiderstehlichen Widerstand zu leisten. Er hielt sein Denken wach, beweglich und war auf der Hut: stets sprang er hastig zurück, wenn der Gesang des Barak Dayir zu süß verführend und verlockend wurde. Zwar tauchte er jedesmal, wenn er den Stein hervorholte, ein wenig tiefer in sein Wesen ein, aber er achtete darauf, daß er nicht von seiner Seele Besitz ergreife, wie insgeheim fürchtete, daß es der Fall sein könne; aber deshalb wußte er auch, daß er noch weit davon entfernt war, dieses rätselhafte, geheimnisvolle Instrument zu beherrschen.

Der Sturm, der über uns gekommen ist, dachte er, ist die Strafe der Götter für meine feige Faulheit. Und wenn dieser Sturm vielleicht Koshmar dazu veranlaßt, in ihrem Schrecken sich zu erzürnen, dann werden die Götter sie führen, so daß sie ihren Zorn gegen mich richtet. Also muß ich handeln.

Er aber sagte: »Ich werde den Wunderstein um Rat angehen, Koshmar. Und er wird mir verraten, was dieser Wettersturz zu bedeuten hat.«

»Gut. Genau das hoffte ich, daß du tun würdest.«

Er lief eilends in den sechseckigen Turm, der jetzt der Heilige Tempel war, und dort in die Kammer, in welcher er die Lade mit den Schriften aufbewahrte – und wo er in letzter Zeit auch meistens schlief, denn er fand sich in dem Gemeinschaftsschlafsaal, in dem die übrigen unverheirateten jungen Stammesmitglieder hausten, nicht mehr so recht am Platz. Ohne Zaudern zerrte er den Wunderstein aus seinem Beutel. Über ihm krachte entsetzlich der Donner des Unwetters.

Er legte sein Sensororgan um den Stein und richtete rasch den Strahl seines Zweiten Gesichts darauf. Aufschub konnte nun nur noch einen Fehlschlag bewirken. Ab sofort drang von dem Stein diese fremdartige intensive Musik zu ihm, wie er sie ein dutzendmal und öfter erlebt hatte. Diesmal aber, da er wußte, daß er nicht schwanken dürfe, öffnete er sich und machte sich für diese Musik weit, wie es bisher nie so gewesen war. Er fühlte, wie die Musik von ihm Besitz ergriff – und er erlaubte es, daß er selbst in diese Musik überging, die Musik wurde.

Er war eine Säule aus reinem Klang und hob sich, ohne auf Widerstand zu stoßen, bis zum Dach der Welt.

Er schwang sich auf den Rücken des Sturms. Er ragte weit über Vengiboneeza empor wie ein Gott. Die Stadt erschien ihm wie ein Spielzeugmodell ihrer selbst. Die erhabenen Bergketten, die sie beschützten, kamen ihm nun nur wie schlichte niedere Bodenerhebungen vor. Das große Meer im Westen der Stadt war nichts weiter als eine bleigraue, windgezauste Pfütze, die halb versteckt unter schwarzen Wolkenwirbeln lag, die sich um seine Knöchel schmiegten. Jenseits erblickte er Land, und dahinter eine noch gewaltigere See, eine See, die sich schimmernd so gewaltig um die Krümmung der Welt bog, daß nicht einmal er – so kolossal groß er nun geworden war – die andere Küste ausmachen konnte.

Er sah die Sonne. Er erblickte den Himmel, blau und strahlend über dem Rücken des Sturms. Er spähte nach

Osten, wo der Große Fluß lag und ihr alter Kokon, und er sah, daß dort die Luft klar war und daß dort die Wärme des Neuen Frühlings noch herrschte ...

Es gab keinen Anlaß zu Ängsten. Der Barak Dayir hatte ihm verraten, was zu wissen ihm nottat. Nun konnte er wieder hinabsteigen und Koshmar die frohe Kunde vermelden.

Aber er blieb länger, als notwendig gewesen wäre. Es fiel ihm nicht leicht, die Herrlichkeit seines Höhenfluges wieder preiszugeben. Die Musik, die sein neues Selbst war, dröhnte majestätisch über die Welt, sie brach über das Meer herein und über das Land, über die Berge und durch die Täler in schrecklicher, in gewaltiger Größe. Er blickte zum Mond und streckte ihm eine tastende Klangranke entgegen, so leicht und unbeschwert, wie er in seinem früheren Leben die Hand nach einer Frucht an einem tiefhängenden Ast ausgestreckt hätte. Er wußte: es würde ein Leichtes sein, den Mond mit Klang zu umspinnen, ihn auf seiner Bahn zu verschieben, oder ihn näher an die Erde heranzuholen, oder ihn gar ganz zu zerquetschen. Aber er konnte auch den Mond völlig ignorieren und sich selbst in die Leere und Tiefe hinausschleudern und mitten unter den Sternen schwimmen. Nie hätte er sich eine derartige Macht vorstellen können. Der Zauberstein konnte einen zum Gott machen.

Und dann begriff er, warum der alte Thaggoran den Wunderstein so gefürchtet hatte, warum er gesagt hatte, er sei gefährlich. Es war nicht so, daß der Stein dem, der ihn benutzte, etwas Böses antun würde; aber seine Kraft war so gewaltig, daß durch sie dem Benutzer jegliches Urteilsvermögen abhanden kam und er – geblendet vom Glanz seiner erborgten Gottähnlichkeit – sich selbst sehr leicht Schaden zufügen konnte. Die Gefahr lag in der Maßlosigkeit.

Mit ihm bislang in seinem ganzen Leben unbekannt gebliebener Anstrengung hangelte Hresh sich wieder zurück. Er stieg wieder in seinen Leib hinab; er gab seine Gottheit auf und streifte sie ab. Er schrumpfte wieder in sein Selbst zurück, und lag dann da auf dem Steinboden der Kammer, schlaff und schwitzend, bebend und betäubt.

Nach einigem raffte er sich auf, verstaute den Stein in seinen Beutel und verbarg ihn an seinem Ort, und dann verschloß und versiegelte er die Lade mit achtsamerer Sorgfalt als gewöhnlich. Draußen fiel noch immer schwer der Regen, ja vielleicht strömte er sogar dichter als vordem, obwohl Hresh den Eindruck hatte, als sei er nun weniger wild und heftig, gewiß, ein hartnäckiges unablässiges Niederströmen von hämmernden Wasserfluten, aber doch eben nicht mehr ganz so wütend wie vordem. Noch immer war der Himmel dunkel, doch er glaubte, daß er hier und dort eine Aufhellung in der Finsternis ausmachen könne.

Hresh achtete des Regens nicht, sondern trabte hinüber zu Koshmars Haus. Torlyri war inzwischen ebenfalls dort, und die beiden Frauen kuschelten sich aneinander wie furchtsame Tiere. Nie zuvor hatte Hresh eine der beiden in solch einem Zustand gesehen: weit aufgerissene Augen, die Zähne schnatternd, das Fell geplustert und gesträubt. Als er eintrat, machten sie ein paar Anstalten, sich wieder in die Gewalt zu bekommen doch ihr Entsetzen blieb trotzdem weiterhin unübersehbar.

Mit unterdrückter, flüsternder Stimme fragte Koshmar: »Ist das das Ende der Welt?«

Hresh starrte sie an. »Was meinst du damit?«

»Ich dachte, der Himmel zerreißt. Ich dachte, die Blitze entzündeten die Berge mit Feuer.«

»Und die Donner«, sagte Torlyri. »Wie eine riesige Trommel. Ich hab schon gedacht, ich werde taub davon.«

»Ich habe nichts gehört«, sagte Hresh. »Ich habe nichts gesehen. Ich hatte im Tempel zu arbeiten und habe nach den Antworten gesucht, die du von mir haben wolltest.«

»Du hast gar nichts gehört?« fragte Torlyri. »Ganz und gar überhaupt nichts?« Die beiden fröstelten immer noch. Also muß es wohl wirklich kataklystische Ausmaße gehabt haben, dachte er. Die Frauen konnten nicht begreifen, wie ihm entgangen sein könne, was da geschehen war.

»Vielleicht schützte mich der Stein gegen den Lärm des Sturmes ab«, sagte er.

Aber er wußte, daß das nur ein Teil der Wahrheit war, und überdies ein sehr kleiner Teil. Denn was da an fürchterlichem Aufruhr geschehen sein mochte – es war sein Werk gewesen. Er hatte den gewaltigen Donner und die schrecklichen Blitze ausgelöst, während er den Wunderstein benutzte – und ihn möglicherweise auch ein wenig *falsch* benutzte. Natürlich hatte er das Getöse nicht gehört, so hoch droben, wie er gewesen war. Er *war* schließlich das Getöse gewesen, als dieses seinen Höhepunkt erreicht hatte.

Aber, das zu wissen, das wäre für die beiden Frauen gar nicht so besonders gut.

Er sagte also nur: »Ich habe jetzt die Gewißheit, die du haben wolltest, Koshmar. Der Wunderstein hat mir die Umgrenzung und Ausmaße des Unwetters gezeigt. Nach Osten und Westen hin ist alles frei und klar, und die angrenzenden Lande sind sämtlich unbetroffen und freundlich. Es ist also keine Wiederkunft des Langen Winters, und es ist auch kein neuer Todesstern niedergestürzt. Es ist nur ein Gewitter, Koshmar, ein sehr schweres Unwetter, aber es wird nicht mehr lange anhalten. Wir haben nichts zu befürchten.«

Und tatsächlich, nach wenigen Stunden wurde der Sturm schwächer, der Donner verstummte, der Regen ließ nach, und in der Schwärze droben brachen Flecken blauen Himmels auf.

8. Kapitel

Ein großes Ding

Nach dem Unwetter wurde es in Vengiboneeza sogar noch wärmer, als es zuvor gewesen war. Auf den Hügeln und Hängen über der Stadt brachen Dutzende von Blumen in wilden Farbenräuschen hervor, die Bäume wuchsen so rasch, daß man ihre Zweige sich fast wie Arme ausbreiten sehen konnte, und die Luft war erfüllt von schweren Düften. Es war fast so, als wären diese drei Tage des schwarz-verfinsterten Himmels und der krachenden Gewitter nur das letzte konvulsivische Aufzucken des Langen Winters gewesen und als sei nun wahrhaftig der Junge Frühling angebrochen und werde ewiglich währen.

Koshmar jedoch steckte voller Unruhe, und ihre Bekümmerung vertiefte sich von einem Tag zum nächsten immer mehr.

Es gab da einen versteckten Ort, den sie in einem zerstörten Stadtteil gefunden und sich erwählt hatte, einen Ort, den sie als ›meinen Schrein‹ bezeichnete und den sie so geheim hielt, daß nicht einmal Torlyri davon wußte. An diesen Ort ging sie, wenn sie sich unsicher fühlte oder des Beistands der Götter oder ihrer Vorgängerinnen im Führertum besonders bedurfte – kurz, es war ein Ersatz für ihren Schwarzen Stein daheim in der Zentralkammer des Kokons.

Zu Beginn war dieser Schrein, ihre Kapelle, für sie nichts weiter als eine Ablenkung gewesen, ein Ort heiterer Entspannung, den sie in weitbemessenen Abständen aufsuchte und manchmal wochenlang vergaß. Nun jedoch fühlte sich Koshmar beinahe täglich zu diesem Ort hingezogen und schlich sich heimlich in den frühen

Morgenstunden, oder spät in der Nacht, oder zuweilen gar mittags davon, anstatt ihre Pflichten als Richterin zu erfüllen, wie es sich für eine Stammesführerin gehörte.

Um zu ihrer Kapelle zu gelangen, wandte Koshmar sich ein Stück weit ostwärts den Bergen zu, dann nach Norden und vorbei an einem uneinladenden Stumpf von einem schwarzen Turm, der als Überrest eines urzeitlichen Erdbebens dort aufragte, sodann fünf bestürzend steile Treppenfluchten hinab, die auf einen flachen schalenförmigen Platz führten, der mit rosa Marmorplatten gepflastert war. Auf der gegenüberliegenden Seite des Platzes standen fünf intakte und sechs eingebrochene Bögen, deren jeder einmal der Zugang zu einem von elf Räumen gewesen sein mußte, die in den Tagen der Großen Welt von hohem Zeremonialcharakter gewesen sein mußten. Nun waren diese Räume leer; doch alle außer zweien oder dreien waren noch mit reichen vergoldeten Wandreliefs geschmückt, Darstellungen absonderlicher, schöner Gestalten mit beinahe menschlich wirkenden Leibern und Gesichtern von Sonnen, Darstellungen gespenstischer Tiere mit langgestreckten Gliedmaßen und solchen von Girlandenkränzen ineinander verschlungener langstieliger unirdischer Pflanzen. Zu diesen Kammern führten auf Zapfangeln ruhende steinerne Türen.

Koshmar hatte durch Zufall herausgefunden, wie sich diese Türen bewegen ließen, und sie hatte sich die mittlere der elf Kammern ausgewählt und dort ihre ›Kapelle‹ eingerichtet. Sie hatte dort einen kleinen Altar gebaut und um ihn herum Gegenstände von ritualistischer Wichtigkeit oder von starkem Gefühlswert angeordnet; und hier kniete sie in keuscher klosterhafter Klausur und sprach mit den Göttern – oder eigentlich meistens mit Thekmur, die vor ihr Führer des Stammes gewesen war.

So kniete sie eben jetzt und häufte vertrocknete Blüten zu einem Arrangement, das sie dann entzündete.

Der duftende Rauch stieg aufwärts – zu Thekmur. Koshmar trug die altelfenbeinerne Maske der vorherigen Führerin, Sismoil, ein flaches schimmerndes Stück mit nur zwei sehr knappen Sehschlitzen für die Augen.

»Wie lange noch wird es währen«, fragte sie die tote Stammesführerin, »bis wir herausfinden, warum wir hier sind? Du sitzest nun bei den Göttern, o Thekmur. So sag mir denn an und künde mir, was uns die Götter im Ratschluß bereiten. Und natürlich auch, was sie mit mir vorhaben ... bitte, o Thekmur.«

Fast konnte sie Thekmurs Seele vor sich in der Luft schweben sehen. Bei jedem Besuch in der Kapelle wurde Thekmur ein wenig deutlicher sichtbar. Koshmar hoffte, daß die Zeit kommen werde, da Thekmurs Erscheinung für sie so lebendig und fest werden würde, wie es ihr eigener Arm war.

Thekmur war eine kleine, massige Frau gewesen, sehr stark in Körper und Geist, mit einem ergrauten Pelz und grauen Augen, die ruhig und stetig der Welt entgegenblickten. Sie hatte viele Männer geliebt, aber auch viele Frauen, und sie hatte über den Stamm geherrscht, ruhig und in selbstverständlicher Sicherheit, bis ihr Todestag nahte; und dann war sie ohne den leisesten Schauder aus der Schleusentür des Kokons gegangen. Manchmal gestand sich Koshmar ein, daß sie selber nur ein bleicher schattenhafter Abklatsch von Thekmur sei, ein schwacher Ersatz für die dahingegangene Stammesführerin; allerdings, derartig düstere Gedanken überkamen Koshmar nur selten.

»Die Götter wollen nicht zu mir sprechen«, beklagte sie sich bei Thekmur. »Ich sende den Knaben Hresh hinaus, und er findet nichts, und nun hat er etwas gefunden, aber bisher ist nichts von Nutzen daraus gekommen. Und es gab ein furchtbares Unwetter, und während dieses Unwetters zerriß der Himmel, und die Feuerblitze waren schrecklich. Was hat das alles zu bedeuten? Worauf warten wir denn hier? Antworte mir doch, o Thekmur! Nur dies einemal, antworte mir!«

Der Rauch kräuselte sich in die Höhe, und das blasse Abbild Thekmurs wirbelte dahinter in der Dunkelheit. Aber Thekmur sprach nicht, oder wenn sie sprach, so konnte doch Koshmar die Worte nicht hören.

Nur allmählich, Stückchen für Stückchen, war es Koshmar im Verlauf der verflossenen Monde bewußt geworden, daß sie mehr und mehr in eine graue farblose Verzweiflung versinke, oder doch in einen Zustand, der Verzweiflung so nahe, wie sie es zu empfinden vermochte. Dem Leben war der Antrieb nach vorn, die Zielstrebigkeit verloren gegangen, hier in Vengiboneeza. Alles schien stillzustehen und auf der Stelle zu treten. Und das Glücksgefühl, das sie in der ersten Zeit durchströmt hatte, während sie das Neue Leben in der Stadt organisierte, war inzwischen völlig dahingeschmolzen.

Im Kokon erwartete man, daß alles auf ewig unbeweglich und unveränderlich bleibe, statisch und im ausgewogenen Stillstand. Niemand stellte dieses Leben in Frage. Man wuchs heran, man tat genau, was einem zu tun aufgetragen wurde, man hielt sich an die Gebote der Götter, und man wußte, daß man zu seiner an- und zugemessenen Zeit sterben mußte, so daß andere den freigewordenen Platz einnehmen könnten; aber man begriff auch gleichfalls stets und immer, daß das eigene persönliche Leben vom ersten bis zum letzten Tag sich innerhalb der starren schützenden Mauern des Kokons abspielen werde und daß es in keinem grundlegenden Punkt verschieden sein könne von dem Leben, welches die Großeltern oder die Großeltern der Großeltern in ferner Vergangenheit über Tausende und Abertausende Jahre gelebt hatten. Ziel und Zweck deines Individuallebens war es nur, das ›Leben des Volkes‹ weiterzutragen, ein Glied zu werden in der gewaltigen Verkettung der Zeitalter, die sich von der Epoche der Großen Welt dehnte bis zu der erhofften, erwarteten Neuen Frühlingszeit. Man erwartete als Individuum nicht, daß man selbst diesen Jungen Frühling noch erleben werde; aber ebenso wenig glaubte man an ein persönliches Leben außerhalb des Kokons.

Nun aber war (ungeachtet der gelegentlich aufsteigenden Zweifel) der Neue Frühling erschienen. Die Welt entfaltete sich wie eine Knospe zur Blüte. Und das Volk war aufgebrochen und dem entgegen gewandert. Der geweissagte erste Schritt aber, die erste Etappe in diesem Großen Auszug sollte der Aufenthalt in Vengiboneeza sein, und bisher hatte dieser Aufenthalt nichts weiter gebracht als Unruhe, Unbehagen und Unsicherheit. Sogar ihre Menschlichkeit war in Zweifel gezogen worden – durch jene abscheulichen verächtlichen Lügner, diese Künstlichen der Saphiraugen am Tor. Und obwohl Koshmar absolut überzeugt war, daß die Behauptung dieser drei seltsamen Wächter, daß das Volk nicht zu den Menschlichen gehöre, völliger Unsinn sein mußten, obwohl, wie sie argwöhnte, für einige der anderen im Stamm dieses Problem noch ungelöst blieb und Anlaß bot für eine große Angst und Aufgeregtheit des Herzens.

»Wie kann ich den Lauf der Dinge beeinflussen?« fragte Koshmar die Frau, die vor ihr geherrscht hatte. »Mein Leben rauscht an mir vorbei; ich will die Welt mit meinen Armen an mich reißen, nun da sie uns gehört. Ich bin ungeduldig, Thekmur, ich komme mir eingesperrt vor, als lebten wir immer noch im Kokon!« Etwas in ihrem Wesen sehnte sich danach, aus dieser Stadt fortzuziehen, weiterzuziehen, auch wenn sie nicht wußte, wohin; und dennoch verspürte sie gleichzeitig den Zauber Vengiboneezas über sich und fürchtete sich davor, hier fortzugehen, während sie gleichzeitig ein Sehnen nach neuen Wagnissen in der Fremde und weit fort in der Seele brannte.

Koshmar wußte, daß viele vom Stammesvolk hier

durchaus glücklich und zufrieden waren. Aber diese waren Menschen, die überall glücklich und zufrieden sein würden. Anstelle des bedrängten, intensiven nach innen gewandten Lebens in der Welt des Kokons bot sich ihnen jetzt eine ganze gewaltige Stadt als Bühne. Sie hatten ein angenehmes Leben – aus den Gärten, die sie hier angelegt hatten, strömte Nahrung im Überfluß, und es gab Fleisch genug, das die Krieger von den Hängen des ›Frühlingsberges‹, wie Hresh ihn getauft hatte, nach Hause brachten, wo es Wild aller Art zuhauf gab und die Jagd leicht war. Für diese Leute im Stamm war es eine Zeit des Frohlockens und der Leibesseligkeit. Sie tvinnerten, sie sangen und sie spielten. Sie paarten sich und brachten Nachkommen hervor. Die Zahl der Stammesangehörigen war bereits über siebzig, und in kurzem war mit der Ankunft weiterer Kinder zu rechnen. Und allesamt durften sich auf ein üppiges und angenehmes Leben freuen, ohne daß die grimmige Aussicht auf ein grausames Grenzalter nun ihr Glück schmälern konnte.

Andere allerdings waren nicht aus solchem milchsuppensanften Material. Koshmar erkannte durchaus, daß beispielsweise Harruel vor Ungeduld und Gier nach Veränderung geradezu kochte. Konya und einige der Jungmänner, wie Orbin, schienen mehr und mehr in seine Richtung zu treiben und unter seinen Einfluß zu geraten. Und Hresh, der allmählich zum Mann heranwuchs, war ihr mehr denn je ein Rätsel. Das Mädchen Taniane entpuppte sich auf einmal als Ränkeschmiedin, als Flüsterpropagandistin und ausgekochte Ausbrüterin von Träumen. Man konnte den Ehrgeiz direkt in ihren Augen funkeln sehen. Aber worauf richtete sich ihr Ehrgeiz?

Selbst Torlyri wirkte inzwischen abweisend und war wie eine Fremde. Sie tvinnerten jetzt nur noch selten, und wenn sie es taten, war es irgendwie eine verkrampfte, unergiebige Angelegenheit. Koshmar wußte, daß Torlyri sich partnerpaaren wollte; aber sie enthielt sich dem, vielleicht weil sie das Gefühl hatte, daß dadurch ihre Beziehung zu Koshmar leiden müsse, vielleicht weil sie als die Opferfrau des Stammes nicht absehen konnte, wie sie damit die Funktionen einer Ehepartnerin und Mutter würde in Einklang bringen können. Oder aber sie glaubte vielleicht, daß es im Volk keine Männer gebe, mit denen sie sich als passende gleichrangige Partnerin verbinden könne, nachdem sie so lange Zeit ihre Priesterin gewesen war. Was immer es sein mochte, es bewirkte Störung und Verstörung in Torlyri: und alles, was Torlyri beunruhigte, beunruhigte auch Koshmar.

»Was könnte ich tun, damit du zu mir redest?« flehte sie Thekmur an. »Soll ich einem der Götter ein besonderes Opfer darbringen? Soll ich auf Pilgerschaft gehen? Soll ich Torlyri hierher bringen, und wir tvinnern und kommen euch dabei nahe?«

Aus irgendeiner Ritze in der Wand tauchte ein kleines Geschöpf auf, ein schmales blaues Tierchen mit schimmernder Schuppenhaut, langen zierlichen Beinen und leuchtend goldenen Augen. Beim Anblick Koshmars hielt es inne, schnüffelte in die Luft und richtete sich hoch auf den dünnen Beinchen auf und betrachtete sie eindringlich. Es war etwas Stilles und Sanftes an dem Geschöpf, der feuchte Blick war ruhig und ohne Furcht.

»Bist du zu mir gesandt?« fragte Koshmar.

Das Tier beobachtete sie weiter schnüffelnd.

»Was bist du für ein Geschöpf? Hresh würde das wissen – oder doch so tun, als ob, und dir deinen Namen geben. Aber das kann ich auch selbst tun. Du bist das Thekmur, ja? Gefällt dir der Name? Thekmur war eine große Führerin. Sie fürchtete nichts, genau wie du.«

Das Thekmur schien zustimmend zu lächeln.

»Und sie war eine Führerin, die alles aushielt, genau wie du alles ausgestanden haben mußt«, sprach Koshmar weiter. »Denn du hast den Langen Winter durchlebt, wie? Du wirkst so zart, doch deine Art muß zäh sein. Die Saphiräugigen sind ausgestorben und die Seeherrscher sind tot und alle die anderen großen Völker sind ebenfalls nicht mehr, aber dich, dich gibt es noch. Nichts jagt dir Furcht ein. Nichts wird dir zuviel. Ich will deinem Beispiel folgen, kleines Thekmur.«

Auf einmal begann der Boden zu schwanken, eine seitliche schwingende Bewegung versetzte die ganze Kapelle ins Wanken. Früher hätte Koshmar sich wohl mit einem Satz ins Freie gerettet, in die Sicherheit; aber das Thekmur rührte sich nicht von seiner Stelle auf der anderen Seite des Altares, und sie hielt gleichfalls stand und wartete ohne Bestürzung auf das Ende des Bebens. Und es war auch kurz darauf wieder vorbei. Das kleine Tier schritt mit großer Würde aus der Kammer. Koshmar folgte ihm. Es war wenig Schaden entstanden, nur ein paar überhängende Balustraden einer Ruine waren herabgestürzt.

Das ist ein Omen, sagte Koshmar zu sich selber. Es zeugt von der Wachsamkeit der Götter, die ihre Hände auf die Erde gelegt haben, um mich daran zu mahnen, daß es sie gibt und daß sie allmächtig sind, und daß ihr Planen gut ist, und daß wir, wenn die Zeit reif ist, ihre Wünsche wissen werden.

Das Erdbeben so kurz nach dem Unwetter ließ Hresh keinen Zweifel mehr, daß es für ihn Zeit sei, endlich wieder zu dem Platz mit den sechsunddreißig Türmen zurückzukehren. Derartige Omina waren zu gewichtig und zu dringlich, als daß man sie hätte mißachten dürfen. Die Götter hatten schwer die Hand auf ihn gelegt und drängten ihn. Es geziemte sich nunmehr, daß er den Wunderstein einsetzte, um an das in der unterirdischen Höhle angehäufte Wasser zu gelangen.

»Mach dich bereit«, beschied er Haniman. »Heute ist der Tag. Ich gedenke erneut in die verborgene Höhle hinabzusteigen.«

Und sie stapften davon in Richtung auf das Stadtviertel Emakkis Boldirinthe. Es war ein sonniger Morgen, der Himmel wolkenlos, doch voller gewaltiger Schwärme von breitschwingigen, langhalsigen blauroten Vögeln, zweifellos auf einem gewaltigen Wanderzug, die kreischend oben dahinzogen. Auf dem ganzen Weg tanzte und kapriolte und jodelte Haniman, so begierig war er darauf, die geheimnisvolle Höhle erneut zu erleben.

Sie betraten den Turm der schwarzen Steinplatte. Sogleich rannte Haniman in die Mitte und kauerte sich auf dem Stein nieder wie beim erstenmal, auf daß Hresh auf ihn steigen und gegen die Metallstrebe schlagen könne, durch die die Plattform abwärts in Bewegung gesetzt wurde. Hresh aber bedeutete ihm mit einer Handbewegung, von da wegzugehen. Diesmal hatte er nämlich einen Stab mitgebracht und brauchte darum nicht auf Hanimans Rücken zu klettern, um die Verstrebung zu erreichen.

»Warte du hier auf mich!« befahl Hresh. »Ich will allein hinabsteigen.«

»Aber ich will doch auch sehen, was dort unten ist, Hresh!«

»Ja, das kann ich mir denken. Aber ich möchte sicher sein, daß ich von dort unten auch wieder heil herauskomme. Beim letztenmal ist die Platte von allein wieder aufgestiegen. Vielleicht passiert das diesmal nicht. Bleib also du hier, bis ich dich anrufe, dann schlage mit diesem Stab da gegen das Metall und hole mich herauf!«

»Aber ...«

»Tu, was ich dich heiße!« sagte Hresh und versetzte der Strebe rasch einen Schlag mit dem Stab. Die Steinplatte setzte sich ächzend und stöhnend in Bewegung. Rasch warf er Haniman den Stab zu. Dieser stand mit sauertöpfischem, enttäuschtem Gesicht da, während Hresh in die Kellertiefen versank.

Bernsteinlicht erglühte. Scharen von düsterglotzenden Gestalten an den Wänden wurden sichtbar, dieses wilde Getümmel monströser plastischer Leiber. Hresh holte unwillkürlich tief Luft vor Verblüffung, und die stechende abgestandene, so fremdartige Luft drang ihm in die Lungen.

Vor ihm lag die Apparatur mit den Hebeln und Knöpfen. Er lief auf sie zu.

Hastig holte er den Barak Dayir aus seinem Beutel und schlang rasch sein Sensororgan um ihn. Sogleich durchflutete die seltsame Musik des Steins seine Seele mit fernem Klingen und einem matten gedehnten Dröhnen, von scharfen ehernen Schlägen akzentuiert.

Er begriff nun besser, wie er das Gerät zu beherrschen habe. Diesmal gab es keine Stürme. Diesmal schwebte er nicht in die Himmel hinauf, sondern weitete den Wahrnehmungsbereich horizontal nach allen Richtungen aus, so daß er sich ausbreitete, bis er die ganze Stadt Vengiboneeza umfaßte. In seinem summenden Verstand erspürte er die Struktur der Stadt als eine Reihe ineinander greifende Ringe, zu Hunderten, große und breite und schmale, kleine, und er erkannte sie so klar, als wären sie nichts weiter als ein halbes Dutzend in den Boden geritzte gerade Linien. Flimmernde glühendrote Lichterpunkte brannten an vielen Stellen entlang dieser Ringzonen.

Hresh beschloß, diese Lichterpunkte ein andermal zu untersuchen. Heute war seine Aufgabe, sich mit der Maschine der Knöpfe und Hebel vertraut zu machen. Er faßte die selben Knöpfe wie zuvor – er konnte auf ihnen die Markierungen seiner Handwärme von seinem letzten Besuch auf ihnen ausmachen – eine erregte flakkernde gelbe Schwingung –, und er ergriff sie mit aller seiner Stärke.

Eine unwiderstehliche Kraft bemächtigte sich seiner sogleich und riß ihn empor und trug ihn, als wäre er ein Staubkorn, in eine andere Dimension.

Die Große Welt explodierte rings um ihn zu grandiosem Leben.

Er befand sich noch immer in Vengiboneeza, doch war es nicht mehr die Ruinenstadt. Es war wieder, wie es einst gewesen, die von Leben überquellende Stadt; diesmal aber war es keine flüchtige gleitende Vision, sondern lebendig, leibhaftig und greifbar, von der unbestreitbaren Dichte der höchsten Realität.

Die Stadt schimmerte im heißen Schein ihrer Lebensüberfülle und Lebendigkeit, und er, Hresh, befand sich überall mitten darin, schwebte durch sämtliche Straßen gleichzeitig, ein unsichtbarer Beobachter auf dem zentralen Marktplatz, auf den Marmorkais am Gestade, in den Villen auf den begrünten Hängen des Hügeldistriktes.

Ich bin hier, dachte er, ich bin wirklich und wahrhaftig hier. Ich bin in den Mahlstrom, den Abgrund der Zeit wie ein Staubkorn hinabgesaugt worden wie durch einen Strohhalm und mitten ins Herz der Großen Welt geschleudert worden.

Er bangte, ob es ihm je wieder möglich sein werde, in seine vertraute Welt zurückzukehren.

Und dann erkannte er, daß es ihm unwichtig war.

Wohin er den Blick wandte, sah er dichte Gruppen von Saphiräugigen. Die Leute bewegten sich gelassen, selbstsicher mit untergehakten Armen dahin, schlendernd, gemächlich. Und wieso sollten sie auch nicht selbstsicher und gelassen sein? Sie waren die Herren der Welt. Hresh betrachtete sie ehrfürchtig. Was für gewaltige, furchterregende Bestien sie doch waren, mit ihren übermäßigen Kieferbacken, der Myriade blitzender Zähne, den rauhen grünen Schuppen und diesen glotzenden saphirblauen Augen! Wie stolz sie auf ihren mächtigen fleischigen Hinterbeinen durch die Straßen schwankten, wie sie sich mit den riesigen dicken Schwänzen abstützten! Jedoch, man durfte sie eigentlich nicht wirklich als Bestien ansehen, so furchteinflößend sie auch aussahen. In ihren seltsamen Augen leuchtete eine hellwache, scharfe Intelligenz. Die langen Schädel wölbten sich zu erstaunlich hohen Kranialschalen auf, unter denen Hresh die Ströme in ihren großen Gehirnen ticken fühlte.

Diese gewaltigen Gehirne waren von einer kalten trägen Flüssigkeit durchströmt, fast wie Blut, aber eben überhaupt nicht Blut. Aber das Denken, der Verstand der Saphiräugigen war weder träge noch kalt. Hresh spürte das Donnern ihrer Gedanken von überall her auf ihn einhämmern. Handelsherren, Dichter, Philosophen, Weisheitswissende, Meister des praktischen und des ideellen Wissens: sie alle arbeiteten eifrig in jedem Augenblick des Tages und der Nacht und registrierten, analysierten und faßten alles zu einem ganzen zusammen. Er erkannte und begriff nun noch deutlicher als vorher, was für ein gigantisches Werk, was für Arbeit und Mühe es bedeutete, eine große Zivilisation wie diese hier zu schaffen und aufrecht zu erhalten: Wieviel Denken dazu nötig war, wieviel Informationen gesammelt, gespeichert und verbreitet werden mußten, wie verzahnt und schwierig das Geflecht der Planung und Durchführung war. Während er die Saphiräugigen beobachtete und über sie nachdachte, erschienen ihm seine ›Leute‹, ›das Volk‹, mit dem lächerlich kleinen Kokon, den erbärmlichen Chronikbüchern, den unbedeutenden mündlichen Überlieferungen und ›geheiligten‹ Sitten und Bräuchen als noch unwichtiger und bedeutungsloser denn je zuvor. Die Saphiräugigen, selbst wenn sie sich wollüstig in den steingemauerten Badeteichen voll rosa Strahlung suhlten, die sie so sehr liebten, waren beständig mit Studieren beschäftigt, mit Denken, mit leidenschaftlichen Streitgesprächen. Hatte es je eine Rasse von solcher Art gegeben? Und wie hatte es geschehen können, daß solche wundervollen Geschöpfe aus dem gleichen Erbmaterial entstanden waren wie die niederen vernunftlosen Echsen und Schlangen?

Und wieso, überlegte Hresh, haben sie es zugelassen, daß ihnen der Lange Winter den Tod brachte, wo sie doch gewiß über Macht und Mittel genug verfügten, die Katastrophe abzuwehren, die über ihre Welt hereinzubrechen drohte?

Und er erkannte, daß auch die anderen fünf der Sechs Völker in diesem verlorengegangenen uralten Vengiboneeza vertreten gewesen waren.

Da gab es Hjjk-Leute, eisig und abweisend, in Rotten von fünfzig oder hundert wie Ameisen. Hresh fühlte das dürre Rascheln ihrer kargen Gedanken, das Klicken und Knistern ihrer harten spröden Seelen. Es fiel leicht, sie nicht zu mögen. Sie besaßen keine Eigentümlichkeit, nichts Individuelles. Jeder war Teil der größeren Einheit seiner Hjjk-Gruppe, und jede Hjjk-Gruppe war Teil der Totalität des Hjjk-Volkes, der Hjjk-Rasse.

Sie strahlten die verbissene Überzeugung ihrer eigenen beharrlichen Überlegenheit aus. *Wir werden hier sein, wenn ihr schon lange dahin seid,* verkündeten die Hjjk mit jedem Schwenken ihrer anmaßenden Antennen. Auch war deutlich, daß ihnen das unmittelbare Verschwinden aller Angehörigen der übrigen Rasse als ein hohes Glück erschiene. Doch keiner murrte wider die Anwesenheit dieser feindseligen Insektenleute in der Stadt. Hresh sah, daß sie sich aktiv unter die anderen mischten, Waren kauften, tauschten.

Und da waren auch die Pflanzlichen, das zarte Blüten-Geschlecht, auf sonnigen Veranden in kleinen Gruppen versammelt. Die Petalkronen ihrer Gesichter waren gelb oder rot oder blau, und in der Mitte eines jeden befand sich ein einzelnes goldenes Auge. Ihre Hauptstengel waren kräftig, die Gliedmaßen weitaus weniger, sondern vielmehr biegsam und weich. Sie redeten in sanften Flüstertönen und mit viel Laubgeraschel und eleganten Zweiggestikulationen. Ihren Bewegungen und Lauten haftete eine sanfte weiche Poesie an.

Durch welches Wunder war es geschehen, fragte sich Hresh, daß Pflanzen sprechen und umherzuwandern lernen konnten? Er vermochte diesen Vegetalischen ins Innere zu blicken und konnte die knotigen Faserstränge und Knoten echter Gehirne erkennen, kleine harte Knötchen, eingebettet an der geschützten Stelle, wo ihre Kronenblätter an den Zentralstengel stießen. Auf dem Marsch über die Ebenen war er auf keine vernunftbegabten Pflanzen gestoßen; aber natürlich waren die Vegetalischen, die er jetzt hier sah, Geschöpfe aus einer uralten Zeit. Ihre Gattung war von den bitteren Eisstürmen des Langen Winters fortgefegt worden, und möglicherweise war nichts von ihrer Art fähig gewesen, sich bis in die Ära des Volkes herüberzuretten.

Es gab auffallend viele Mechanische. Hresh sah sie in jedem Stadtviertel schwer schuften, diese massiven, rundschädeligen Metallwesen mit den Scharniergliedmaßen. Sie bauten, reparierten, reinigten, rissen Häuser ein. Sie waren Diener der Saphiräugigen; und doch besaßen sie ein klares starkes Denkvermögen und die klare Erkenntnis ihrer Eigenexistenz. Maschinen mochten sie ja sein, doch für Hresh waren sie einfacher zu erfassen als die Hjjk-Leute. Denn jeder von ihnen war ein Individuum, besaß eine klare Identität und war nicht wenig stolz auf diese.

Spärlicher als Gruppe waren die Seeherren, doch dies, machte sich Hresh klar, hing wohl mit den Problemen zusammen, welche die Fortbewegung an Land für sie mit sich brachte. Sie waren glatte, geschmeidige mit dichtem braunen Pelz bedeckte Geschöpfe, an den Enden graziös sich verjüngend, mit kräftigem Skelett und flossenhaften Gliedmaßen. Sie waren deutlich Wasserwesen, auch wenn sie die Luft in Vengiboneeza ohne sichtliche Schwierigkeit atmen konnten. Jeder befand sich auf einem raffiniert konstruierten Wagen mit Silbergleitern, der durch geschickte Bewegungen der Flossenspitzen gelenkt wurde. Man sah sie vorwiegend in den hafennahen Bezirken, was ja nur vernünftig war, in den dortigen Tavernen, Ladengeschäften und Gaststätten. Ihr Gesichtsausdruck war kühn und hochmütig, als betrachte ein jeder sich als einen Prinzen unter seinesgleichen. Vielleicht stimmte dies ja auch.

Und weiter und immer weiter schwebte er, und die Große Welt schimmerte und leuchtete um ihn herum in ihrem vollsten Glanz. Was vordem nur als Widerhall einer Erinnerung auf den ältesten Seiten der Chroniken existiert hatte, war für Hresh nun leibhaftig und lebendig geworden. Es gab für ihn keine Zeit außerhalb der Zeit seiner Vision. Das war die Welt, wie sie vor der Katastrophe gewesen war; die Welt auf dem Höhepunkt ihrer höchsten zivilisatorischen Entwicklung, als Wunder etwas Alltägliches waren.

Und er war Bürger jener Welt geworden. Er streifte durch die Straßen des alten Vengiboneeza und blieb hier stehen, um sich vor einem hohen saphiräugigen Herrn zu verneigen, hielt sodann inne und wechselte Scherzworte und Komplimente mit einer Gruppe errötender zwitschernder Vegetalischer, trat höflich beiseite, um einen Seelord in einem prachtvoll funkelnden Wagen an sich vorbeizulassen. Er wußte, er befand sich an der Nabe des Universums. Die Epochen eines jeden Sterns trafen hier zusammen. Und nie zuvor hatte es etwas Vergleichbares im Universum gegeben. Es war sein einzigartiges grandioses Privileg, dies erschauen zu dürfen. Er wollte durch alle Straßen streifen, wollte jedes Gebäude besichtigen, wollte alles sehen und begreifen und in sich aufnehmen: wollte von nun an in zwei Welten leben und – wenn er konnte – die Bürgerschaft in diesem der Vernichtung geweihten Land einer längst verflossenen Vergangenheit bewahren.

Und wenn das ein Traum ist, dachte er, dann ist es der köstlichste Traum, den je einer geträumt hat.

Nur sehr wenig von dem, was er sah, besaß deutlicher Ähnlichkeit mit dem Vengiboneeza, wie er es kennengelernt hatte. Vielleicht ein Halbdutzend von diesen grandiosen Bauwerken, überlegte er, haben sich bis in meine Zeit erhalten. Die übrigen waren gänzlich verschieden, ebenso wie es auch das Straßennetz war. Er wußte, das hier war Vengiboneeza, denn die Stadt lag genauso zwischen den Bergen und dem Wasser eingebettet; doch die Stadt mußte viele Male immer wieder umgebaut und neugebaut worden sein im Verlauf ihrer langen Existenz. Er empfing von ihr das starke Gefühl von etwas Lebendigem, sich Wandelndem, wie von einem riesenhaften Geschöpf, das atmete und sich bewegte.

Nun erkannte Hresh mehr denn je die Vielfältigkeit und Kompliziertheit der Großen Welt, und er fühlte sich bedrückt und mutlos angesichts der Aufgabe, die sein Volk würde zu meistern haben, wenn es versuchte, seinen Ehrgeiz so hoch zu schwingen, es den Leistungen dieser verlorenen Zivilisation gleichzutun. Und wieder sagte er sich, daß auch die Große Welt nicht an einem Nachmittag gebaut wurde. Die mühevolle Arbeit von Millionen Einzelnen über Tausende von Jahren hinweg hatten sie erschaffen. Und wenn man ihnen nur genug Zeit ließ, dann konnte sein Volk es ebensogut zustande bringen.

Er streifte weiter, schwebte wie ein Gespenst dahin, spähte hierhin, lugte dorthin, bemüht, dies alles in sich aufzunehmen, ehe ihm diese Vision – wie die vorige – entrissen würde.

Und nach einiger Zeit wurde ihm bewußt, daß es etwas gab, das er hier nicht erblickt hatte.

Meine eigenen Leute, dachte er. Wo sind wir?

Er zählte sorgfältig. Von den Sechs Völkern, von denen die Chroniken berichteten, die sich friedlich in diese entschwundene Welt geteilt hatten, waren Hresh bislang fünf vor Augen gekommen: Saphiräugige, Hjjks, Vegetalische, Mechanische und Seeherren. Aber das Sechste Volk waren die Menschen. Und von ihnen hatte er überhaupt nichts gesehen. Von der Fremdartigkeit und Üppigkeit des Ganzen benommen, war ihm die Abwesenheit dieser einen Rasse erst jetzt aufgefallen.

Er durchsuchte die Stadt bis an den Rand, aber er fand nirgendwo Menschliche. Von einem weiten Platz zum anderen, jenen breiten Boulevard hinauf und diesen hinab, in den Weintavernen des Hafens und den weißen Marmorvillen der Vorberge suchte er nach den Menschen und hoffte sehnlichst, einen einzigen Blick auf dichtes dunkles Fell und helle wache Augen zu erhaschen, auf stolz hochgereckte Sensororgane. Nichts. Nicht einer. Es war, als seien Menschliche im antiken Vengiboneeza der großen Hochkulturzeit gänzlich unbekannt.

Aber während seiner Queste stieß Hresh ab und zu auf Geschöpfe einer anderen ihm vertrauten Art; merkwürdige schwächliche Wesen waren sie, spärlich über die große Stadt verstreut, verstreut zu zweit oder zu dritt über Vengiboneeza wie kostbare Edelsteine auf einem Sandstrand. Sie waren hochgewachsen und schlank, und sie gingen aufrecht, genau wie das Volk. Ihre Schädel waren hochgewölbt, ihre Lippen waren schmal, ihre Haut war bleich und ohne Fell; und ihre Augen hatten einen geheimnisvollen, rätselhaften violetten Schimmer. Und von ihnen strahlte eine große Kraft und hohes Alter aus, die in einem derart festen Selbstgefühl verankert lagen, daß es überwältigend war, ja, es war in seiner starken Selbstgefälligkeit geradezu niederschmetternd.

Hresh hatte diese Wesen vorher schon gesehen, und zwar als Bilder auf den Wänden der unterirdischen Höhle, in der er diese Reise durch die Zeit begonnen hatte. Ja, er hatte eins von ihnen sogar bereits im Kokon selber gesehen: dieses rätselhafte schlafende Geschöpf, das so lange unter dem Volk gelebt hatte, ohne jemals Eingang zu finden in das Leben des Volkes. Das waren also die Träumeträumer-Leute. Haniman hatte in aller

Unschuld gefragt, als er sie unter den Skulpturen des Gewölbes sah, ob sie eines der Sechs Völker seien, und Hresh hatte rasch gelogen und gesagt, nein, nein, sie müssen Leute von einem andern Stern sein. Doch nun war er da gar nicht mehr so sicher. Nun begann ein furchtbarer Verdacht, eine Ahnung der entsetzlichen Wahrheit in seiner Seele zu keimen und zu wachsen.

Er sah sie durch die Stadt gehen, schweigend, erhaben-abweisende von Geheimnis umhüllte Wesen, wie Könige, wie Götter. Fast schienen sie ein wenig über dem Pflaster zu schweben. Dann gelangte er an ein Gebäude, das er wiedererkannte: den dunklen flachen Komplex mit den schweren Mauern, den er die Zitadelle getauft hatte; fensterlos, massiv, bedrohlich ragte sie in düsterer Majestät auf einem hohen Hügel auf und sah genauso aus wie in seiner eigenen Zeit. Und dort sah er Dutzende von diesen Geschöpfen kommen und gehen, gerade so, als wäre hier ihre besondere Herberge – oder vielleicht auch ihr Palast. Sie schenkten ihm keine Beachtung. Er beobachtete, wie sie einer nach dem anderen sich dem Gebäude näherten und es mit ihren langen Fingern an den Seiten berührten und dann hindurchgingen, als wären die Mauer nichts weiter als gestaltloser Dunst; und wenn sie hervorkamen, war es ebenso.

Er ließ seinen Geist zu ihnen niedergleiten, und er tauchte in die Glut ihrer verwirrenden Aura ein, und er sank in den Schattenmantel, der ihre Seele umhüllte.

Und er fühlte ihre innere Beschaffenheit und erkannte ihre Natur. Und diese Erkenntnis traf ihn mit solcher Stärke, daß sie ihn zu Boden schmetterte und er sich auf den Knien zusammenkrümmte, als preßte ihn eine mächtige Hand im Rücken nach unten.

Und wieder hörte Hresh die spöttische Stimme des künstlichen Wächters der Saphiräugigen, die donnernde Stimme: *Ihr seid nicht Menschen. Es gibt hier keine Menschen mehr. Ihr seid Affen, oder die Abkömmlinge von*

Affen. Die Menschlichen sind vom Angesicht der Erde verschwunden.

War das so? Ja. Ja, so war es!

Diese Geschöpfe hier waren die wirklichen Menschen. Diese bleichen, langbeinigen pelzlosen Wesen, die Träumeträumer, diese Gespenster und Phantome, die durch das alte Vengiboneeza schwebten.

Er berührte ihre Seelen, und er erkannte die Wahrheit, und es war unmöglich, davor die Augen zu verschließen.

Er fühlte, wie uralt sie waren. Ihre endlose Lebenslinie, die zurück und zurück in die Zeit sank, über so viele Jahre hin, daß er für eine so hohe Zahl keinen Begriff hatte, Millionen Jahre, Ewigkeiten. Sie hatten auf dieser Welt von ihren Anfängen an gelebt, so schien es jedenfalls. Das Gewicht ihrer unermeßlichen Vergangenheit, diese schwankende Last ihrer Geschichtlichkeit drohte ihn zu zerdrücken. Er blickte in ihre Seelen und schaute eine lange Prozession von Staaten und Reichen einander folgen, die erblüht und zugrunde gegangen waren und wieder erblühte, ein endloser ewiger Zyklus von Größe, Königen und Königinnen, Kriegern, Dichtern, Chronisten, Unmengen von Errungenschaften und Leistungen von solcher Größe, daß sie sein Begriffsvermögen überstiegen und ihn verwirrten. Gewiß doch waren die hier Götter. Denn wie die Götter war ihnen Schöpfertum gegeben und sie konnten etwas erschaffen und dann ihren Schöpfungen den Rücken zukehren; sie konnten es sich gestatten Errungenschaften, so turmhoch, daß Hresh sie nicht begriff, in Vergessenheit versinken zu lassen, um dann etwas Neues zu erschaffen und erneut das Interesse daran zu verlieren – und immer so weiter.

Ganz gewiß, dachte Hresh, müssen diese Leute die wahren Herren von Vengiboneeza sein, und nicht die Saphiräugigen, die er für die Herrscher gehalten hatte.

Aber nein, nicht doch. Sie waren nicht Herrn und

Meister, diese Menschen. Das hatten sie nicht nötig. Den Saphiräugigen fielen die Pflichten und die Verantwortung der Planung und Regierung zu; den Mechanischen war die Last der Arbeit auferlegt; und den Hjjk und den Seeherren und den Vegetalischen waren die verschiedenen kommerziellen Funktionen überlassen, auf denen das Leben der Großen Welt ruhte. Und Hresh erkannte, daß die Menschen einfach nur *waren*. Eine uralte Rasse, schwindend an Zahl inzwischen, wärmten sie sich an ihrer ur-ur-uralten Größe und Glorie. Diese Welt hatte einstmals ihnen gehört, ihnen allein, und allein der Ausdruck in ihren Augen verriet, daß sie diese uralte Suprematie, diese Überordnung, nicht vergessen hatten, aber auch, daß sie nicht grämlich bereuten, sie preisgegeben zu haben, denn sie hatten es bereitwillig getan. Vielleicht hatten sie die anderen fünf Rassen vor langer Zeit erschaffen. Und die anderen, selbst die Saphiräugigen, beugten sich ihnen ja unbezweifelbar ohne Zögern. Also waren sie sicherlich Götter. Bestimmt. Jedesmal wenn er das Denken eines von ihnen berührte, bekam er ein Gefühl, so wie er es sich bei der Berührung mit dem Denken Dawinnos oder Friits vorstellte.

Nach einer Weile konnte Hresh es in ihrer Nähe nicht länger aushalten. Er wich von ihnen zurück wie von einem lodernden Feuer und zog weiter, immer noch suchend, immer wieder findend.

Es gab noch weitere Rassen in der Stadt und sogar noch zahlenmäßig viel kleinere als die der Menschen. Seltsame Geschöpfe waren sie, von vielerlei bestürzender Art. Von manchen entdeckte er nicht mehr als vier oder fünf Vertreter, bei manchen entdeckte er nur einen einzigen. Sie sahen in keiner Weise irgend etwas ähnlich, worauf er aus dem Studium der Chroniken hätte vorbereitet sein können. Hresh sah Wesen mit zwei Köpfen und sechs Beinen, und Wesen ganz ohne Kopf, aber dafür mit einem Wald voller Arme. Solche mit

Zähnen wie tausend Nadeln um einen kreisrunden Mund, der sich in ihrem Magen öffnete. Er sah Geschöpfe, die in versiegelten Tanks lebten, und andere, die wie Blasen über den Kopf dahinschwebten. Gewichtige Wesen sah er, die sich mit erdbebenhaftem Getöse bewegten, und leichte Flatterwesen, deren Bewegungen das Auge verwirrten. Sie alle verströmten einen unverkennbaren Schimmer von Intelligenz, auch wenn es keine irdische Intelligenz war, und die Ausstrahlungen ihrer Seelen waren ihm rätselhaft und verwirrten ihn beträchtlich.

Mit der Zeit erkannte Hresh, was diese Geschöpfe sein müßten: Sternenwesen, Besucher von den Welten, die um die hellen kalten Feuer der Nacht kreisten. In den Tagen der Großen Welt muß es ein beständiges Kommen und Gehen von Reisenden unter den Himmelswelten gegeben haben. Und von einem dieser Fremdlinge war vielleicht der Wunderstein gekommen, der ihm nun diese Vision verschaffte.

Aber wir? dachte er. Das Volk? Gibt es denn von uns keine Spur in diesem gewaltigen Vengiboneeza?

Nirgendwo ein Hauch von uns. Uns gibt es hier nicht.

Es war eine niederschmetternde Erkenntnis. Das Volk, sein Volk, *gab* es einfach überhaupt nicht in dieser herrlichen grandiosen Großen Welt.

Er rang mit sich in Verzweiflung, diese Tatsache als gültig in sich aufzunehmen und sie zu verarbeiten. Er redete sich ein, daß die Szene, die er hier sah, sich aus einer unvorstellbar fernen Vergangenheit heraus entfalte, einer Zeit lange vor dem Auftreten der Todessterne. Vielleicht werden ganze Völker einfach geboren – wie Einzelwesen –, dachte er, und vielleicht war in dieser ur-fernen Zeit, in die ich gereist bin, *unsere* Gattung noch gar nicht *erschaffen,* und unsere Zeit ist *noch* nicht gekommen.

Das bot nur geringen Trost. Die tiefere Wahrheit dröhnte hallend wie ein Donnerecho in seiner Seele.

Ihr seid keine Menschen, was ihr seid – ihr seid Affen, oder die Abkömmlinge von Affen ...

Und der Beweis bot sich ihm hier dar. Und noch immer nicht vermochte er ihn zu akzeptieren. Nicht menschlich? Keine Menschen? Sein Kopf wirbelte. Er wußte, was es hieß, ein Mensch zu sein, oder glaubte doch jedenfalls, daß er es wisse, und der Gedanke, von diesem gewaltigen Lebensstrang ausgeschlossen zu sein, der sich bis in die tiefsten Tiefen der Zeit erstreckte, bereitete ihm eine unerträgliche Qual. Er fühlte sich hilflos von allen Wurzeln abgeschnitten, dahintreibend, die ihn an die Welt befestigt hatten. Lange hing er schwebend und bewegungslos in einer Luftblase oberhalb des antiken Vengiboneeza. Er war benommen, bestürzt, ratlos.

* * *

Hresh hatte keine Vorstellung davon, wie lange er an dem Apparat in dem unterirdischen Gewölbe gestanden und die Schalter und Hebel umklammert hatte, durch die er sich die Große Welt in gewaltigen Sturzbächen durch sein betäubtes Hirn jagen lassen konnte. Nach einer Weile allerdings spürte er, daß seine Vision blasser wurde. Die glitzernden Türme wurden nebelhaft unklar, die Straßen lagen wie Schmelzbäche unter seinen Augen.

Er packte die Schalthebel fester. Es half nicht. Sein Geist hob sich nun aufwärts, zurück in die steinerne Wirklichkeit der Höhle unter dem Turm.

Und dann war das antike Vengiboneeza verschwunden. Hresh aber befand sich noch immer unter dem Zauber des Barak Dayir, und während er emporstieg, sah er in seiner Seele erneut das Muster der Ruinenstadt, genau wie er es beim Hinabsteigen erblickt hatte, diese ineinandergeschlossenen Ringe und die flammenden roten Lichterpunkte. Und auf einmal begriff er, was diese roten Punkte bedeuten mußten: sie bezeichneten die Stellen, an denen das Leben der Großen Welt sich noch immer unter den Trümmern erhalten hatte und brannte. Also, wo immer er diese glühenden Lichtpunkte sah, würde er auf verborgene Schätze stoßen, nach denen er auf der Suche war.

Aber jetzt besaß Hresh weder Zeit noch Kraft genug, sich damit zu befassen. Ihm war ganz schwummerig, und er fühlte sich sehr schwach. Dennoch erfüllte ein starkes Hochgefühl sein Herz und mischte sich in die tiefe Verwirrung, die Selbstzweifel und die Verzweiflung.

Ungläubig blickte er sich in dem gewaltigen Gewölbe der Höhle um: trockener Lehmboden unter den Füßen, darüber Staub und Spinnweben in langen Strängen, wenig bröckeliger Schutt, das gedämpfte Licht, die halb-sichtbaren Reliefstatuen in aberwitziger Üppigkeit die Wandungen hinaufwuchernd. Die Große Welt erschien ihm noch immer leibhaftig lebendig und wirklich vor dem inneren Blick, und der Ort hier wirkte nur wie ein fader, trübseliger Traum. Aber die Gewichtung verschob sich von Augenblick zu Augenblick mehr und mehr: die Große Welt entzog sich seinem Griff, und diese Höhle wurde zu der einzigen ihm faßbaren Wirklichkeit.

»Haniman!« schrie er.

Seine Stimme kam brüchig, scheppernd und dünn aus seiner Kehle, und außerdem auch noch eine halbe Oktave zu hoch.

Hresh versuchte es erneut. »Haniman, hol mich rauf!«

Es kam keine Reaktion von oben. Er stierte in das dumpfe Schwarz hinauf, kniff die Augen zusammen, spähte. Er hörte leise scheppernde Geräusche von Bewegungen in den Wänden. Kein Laut von Haniman.

»Haniman!«

Er brüllte aus voller Lunge. Es folgte ein Geräusch

wie von einem dünnen Regen. Regen, hier unten? Nein, das doch nicht, machte Hresh sich klar. Winzige Steinchen, Sand und Dreck, die sich von der Höhlendecke lösten. Einzig seine Stimme hatte sie losgelöst und niederregnen lassen. Und noch ein solches Brüllen, dachte er, und ich habe die ganze Decke auf dem Kopf.

Seine Nervenstränge schwangen wie die Saiten einer Laute. Er fragte sich, ob Haniman ihn in dieser Grabesgruft im Stich gelassen haben könnte – einfach so, indem er fortging und ihn da unten im Stich ließ, damit er vergammeln und krepieren müßte. Oder war er vielleicht nur losgezogen, um allein irgend etwas Interessantes zu untersuchen. Ja, vielleicht war es weiter nichts, als daß Hresh so tief unten war und Haniman sein Rufen nicht hören konnte? Yissou! Hresh überlegte sich, ob er noch einmal laut brüllen solle. Immerhin, die Lokalität hier hatte die Erdbeben in siebenmal hunderttausend Jahren überstanden, wieso sollte das hier jetzt von einem einzigen Ruf zusammenbrechen? *»Haniman!«* brüllte er, und noch einmal. *»Haniman!«* Und wieder erfolgte auf seinen Hilfeschrei nichts weiter als ein Regen feinen Trümmerschutts von oben.

Was sollte er tun? Hier verhungern? Nein! Hinaufklettern? – Wie?

Er dachte daran, sein Sekundärsensorium, das Zweite Gesicht, einzuschalten, um damit Hanimans Aufmerksamkeit zu erreichen. Das war strikt verboten, das Zweite Gesicht gegen einen Stammesbruder zu richten und damit seine geheiligte Intimsphäre in seinem Hirn zu verletzen. Aber sollte er denn hier unten vergammeln in dieser Düsternis? Oder rechtfertigte die Situation einen Verstoß gegen den Brauch?

Hresh konzentrierte seine Kräfte und schickte den Strahl seines Zweiten Gesichts aus.

Hinauf durch die Finsternis tasteten sich die Ranken seiner Wahrnehmung. Doch, ja, dort oben war jemand. Er fühlte Leben und Wärme. Haniman ... – und er schlief selig! Dawinno soll ihn holen, der Scheißer war eingeschlafen!

Hresh versetzte ihm einen mentalen Puff. Droben regte sich etwas: Haniman brummte und murrte in sich hinein. Hresh empfing ein Gefühlsmuster von Haniman, der sich im Schlaf herumwälzte, sich vielleicht über das Gesicht fuhr, als wolle er einen ärgerlichen Traum fortwischen. Hresh stieß erneut zu, stärker diesmal. *Haniman! Du Superarschidiot! Wach auf!* Und noch einmal, noch fester. Und dann war Haniman wach. Ja, doch, da hockte er, und hatte die Augen offen. Durch Hanimans Augen sah Hresh den Boden des oberen Stockwerks. Ein absonderlicher Eindruck, so durch das Hirn eines anderen zu reagieren. Hresh wußte, daß er sich eigentlich zurückziehen müßte. Aber er blieb noch für einen Moment dort, aus lauter Neugier. Dieses Gefühl, Hanimans Bewußtsein um sich herum zu fühlen wie ein zweites Fell. Hanimans kleine Sehnsüchte und Bedürfnisse zu fühlen, seine zornigen Frustrationen. Zu entdecken, wie es sich anfühlte, damals, als feist und träge heranzuwachsen in einem Stamm, wo alle anderen schlank und agil waren. Völlig überraschend für ihn selbst fühlte Hresh eine Flut von Sympathie mit diesem Jungen in sich aufsteigen. Es war beinahe wie ein Tvinnr-Akt, und in gewisser Weise war es sogar viel intensiver und viel intimer. Seine Verägerung über Haniman schwand deswegen nicht, aber nun war daraus so etwas wie Ärger über sich selbst geworden, eine mit amüsierter Nachsicht durchsetzte Gereiztheit.

Dann schüttelte sich Hanimans Bewußtsein wütend frei, schubste Hresh fort, und dieser zog sich hastig zurück, und beim Abbruch des Kontakts überlief ihn ein Frösteln.

»Hresh? Warst du das?«

Hanimans Stimme drang schwach und verschwommen von oben herab, in vielfältige Echos gehüllt.

»Ja. Holst du mich rauf, bitte?«

»Warum haste denn das nicht gesagt?«

»Ich ruf dich schon seit zehn Minuten. Hast du geschlafen?«

»Geschlafen?« sagte die Stimme von oben. Aber Hresh konnte nicht mit Sicherheit erkennen, ob Haniman das Wort wiederholte, oder aber ob es seine eigene Stimme war, die von der Wölbung der Höhle zu ihm zurückgeworfen wurde.

Kurz darauf gab die Steinplatte das vertraute Ächzen von sich, das knirschende Seufzen, und Hresh kletterte hastig auf sie, und sie begann sich wieder zu heben. Er lag still da. Sämtliche Knochen schmerzten ihn, so müde war er.

Er langte oben an. Haniman stand mit über der Brust gefalteten Armen da und glotzte ihn mürrisch an.

»Es ist mir verdammt egal, ob du der Chronist bist«, sagte er. »Wenn du mich noch einmal so anfaßt, dann ersäuf ich dich im Meer!«

»Ich mußte aber deine Aufmerksamkeit irgendwie rankriegen. Ich hab die ganze Zeit gerufen, aber du hast nicht geantwortet.«

»Na, dann haste vielleicht nicht laut genug gerufen.«

»Laut genug, um Steine von der Decke der Höhle zu lösen.«

Haniman zuckte die Achseln. »Ich hab gar nichts gehört.«

»Ja, weil du geschlafen hast.«

»Wirklich? Wie soll denn das möglich sein? Du warst doch kaum länger als zwei Minuten da drunten.«

Hresh starrte ihn verblüfft an. »Meinst du das etwa im Ernst?«

»Zwei Minuten! Nicht länger! Du bist da runtergestiegen, und ich hab mich ein bißchen hingesetzt, um auszuruhen, und vielleicht hab ich auch mal kurz die Augen zugemacht, und das nächste, was ich weiß, ist, daß du da bist und auf so 'ne dreckige Weise in meinem Bewußtsein herumgrapschst, und ...« Haniman brach plötzlich ab. Er kam auf Hresh zu und schaute ihm aus nächster Nähe ins Gesicht. »Yissou! Was hammse denn mit dir angestellt da drunten?«

»Was meinst du?«

»Du siehst ja aus wie hundert. Deine Augen sind ganz anders. Dein Gesicht ... – alles ist anders. Wie von innen raus ausgehöhlt.«

»Ich habe eine Vision gehabt«, sagte Hresh. Er berührte sein Gesicht und fragte sich, ob es sich wirklich so verändert hatte, wie Haniman gesagt hatte, sah er vielleicht gar aus wie der alte Thaggoran? Doch sein Gesicht fühlte sich genauso an wie immer. Wenn also eine Verwandlung eingetreten war, dann mußte sie innerlich sein.

»Was hast du gesehen?«

Hresh zögerte. »Dinge. Viele seltsame, fremde Dinge. Beunruhigende Dinge.«

»Was denn?«

»Ach, laß nur«, sagte Hresh. »Schaun wir lieber, daß wir von hier verschwinden.«

Auf dem Rückmarsch zur Siedlung überkam ihn tiefe Müdigkeit. Er mußte oft haltmachen und sich ausruhen, und einmal wurde ihm übel, und er kniete endlos lange hinter einem Säulenstumpf und kotzte sich keuchend die Seele aus dem Leib. Auf dem Rest des Weges fühlte er sich alt und schlapp und schleppte sich hinter Haniman drein, der wieder vorausging, und dann fühlte er sich beschämt, weil Haniman es nötig fand, umzukehren und nach ihm zu sehen. Erst als sie wieder bei der Siedlung angelangt waren, kehrte ihm die jugendliche Vitalität zurück, und er fühlte sich allmählich wieder stark. Er bewegte sich rascher, legte weniger oft Pausen ein, auch wenn Haniman wieder und wieder umkehren und ihn vorantreiben mußte.

Hresh wußte, daß er lange brauchen würde, um das zu durchdenken, was er in dem Gewölbe unter dem Platz der Sechsunddreißig Türme erfahren hatte. Das höhnisch zischelnde Lachen jenes künstlichen Saphiräugigen am Südportal quoll in seiner Seele auf, bis es die ganze Welt zu erfüllen schien.

Kleiner Affe, Äffchen, kleiner Affe.

Es war ihm nun nicht mehr möglich, den bitteren Hohn aus seinem Herzen zu verbannen. Aber dennoch hatte er auch den Schlüssel zu dem verschwundenen Vengiboneeza gefunden. Ein großer Sieg, eine vernichtende Niederlage, und beides ineinander verschlungen. Es verwirrte ihn. Er beschloß, dies alles für sich zu behalten, bis er einen etwas tieferen Einblick in die Angelegenheit gewonnen hatte. Aber die Schätze der Stadt Vengiboneeza lagen nun für ihn zum Zugreifen bereit. Soviel immerhin würde er Koshmar berichten müssen.

Direkt vor dem Haus der Führerin stieß er auf Torlyri.

»Wo ist Koshmar?«

Die Opferfrau wies auf das Haus. »Drinnen.«

»Ich habe ihr Dinge zu berichten! Wundersame Dinge!«

»Sie ist jetzt beschäftigt«, sagte Torlyri. »Du wirst ein Weilchen warten müssen.«

»Warten? Warten?« Es war wie ein Guß kalten Wassers mitten ins Gesicht. »Was soll das heißen, warten? Ich habe die Große Welt geschaut, Torlyri! Ich habe sie leibhaftig und lebendig gesehen, so wie sie war! Und ich weiß jetzt, wo all das verborgen ist, das zu suchen wir hergekommen sind!« In seinem Begeisterungsüberschwang fielen Müdigkeit und Verwirrung von ihm ab. »So hör doch, geh zu ihr, ja? Und sag ihr, sie soll alles stehen und liegen lassen, was sie gerade tut, und mich empfangen. Klar? Sagst du ihr das? Was hat sie überhaupt dermaßen Wichtiges zu tun?«

»Sie hat einen Fremden zu Gast«, sagte Torlyri.

»Einen Fremdling?«

»Einen Kundschafter von einem fremden Stamm, wie es scheint.«

Wie so oft schlich sich Hreshs Hand zu dem Amulett Thaggorans um seinen Hals. Ein Fremder.

Mit offenem Mund blökte er: »Was? – Wer?«

»Also, um genauer zu sein, ein Späher. Harruel und Konya haben ihn vor einer Weile geschnappt, wie er auf dem Frühlingsberg herumgeschnüffelt hat.« Torlyri lächelte und legte ihre Hände über die seinen. »Ach, Hresh, ich weiß doch, daß du übersprudelst von dem, was du ihr berichten willst. Aber könntest du bitte etwas warten? Nur ein ganz kleines bißchen warten? Denn dies ist ebenfalls wichtig. Es ist nämlich ein echter Mann von einem anderen Stamm, Hresh. Und das ist ein ungeheuer wichtiges Faktum. Sie kann sich nicht mit mehr als einer Außergewöhnlichkeit auf einmal befassen. Keiner kann das. Begreifst du dies, Hresh?«

Koshmar stand kerzengerade und aufgereckt vor dem dunklen Rattenwolffell, das als Siegestrophäe an der Wand ihres Gemaches hing. Ihre breiten Schultern straff zurückgereckt. Auf dem Gesicht feste Entschlossenheit. Harruel stand links von ihr, Konya rechts, beide mit Waffen und zu ihrer Verteidigung bereit; sie aber wußte, daß die Speere in dem jetzigen Augenblick nutzlos waren. Was sich hier entfaltete, war eine Herausforderung, die sich einzig durch Intelligenz würde meistern lassen. Seit den Tagen des Auszugs hatte sie mit so etwas gerechnet gehabt, aber nun, da es tatsächlich eingetreten war, endlich, war sie alles andere als sicher, wie sie am besten vorgehen solle.

Jetzt hätte sie den alten Thaggoran mehr als je nötig gehabt. Ein zweiter, ein fremder Stamm! Natürlich war damit zu rechnen gewesen, aber trotzdem war es nahezu kaum zu glauben. Während seiner gesamten geschichtlichen Entwicklung hatte sich ihr Volk für einmalig und für das einzige Menschenvolk der Welt gehalten, und im wesentlichen stimmte das ja auch. Aber jetzt ... jetzt ...

Sie blickte den Späher am anderen Ende des Gemachs starr an.

Er bot einen schrecklichen Anblick. Und ihm haftete eine überwältigende Fremdartigkeit an. Sein Gesicht war mager und schmal, scharfe Wangenbeine strebten kantig von einem langen spitzen Kinn weg. Die Augen lagen sehr weit auseinander und hatten eine Färbung, wie Koshmar sie noch nie gesehen hatte: bestürzend leuchtendes Rot wie die Abendsonne. Der Pelz war golden und lang und üppig, und in nichts dem Fell eines aus ihrem eigenen Stamme ähnlich. Trotz seiner Schlankheit und Grazilität wirkte der Fremdling stark und geschmeidig, wie ein feingeflochtenes Tau, das nie zerspellen kann. Seine Beine waren nahezu so lang wie die von Harruel, allerdings war er bei weitem nicht so massiv. Und auf dem Kopf trug er einen merkwürdigen Helm, durch den er sogar noch länger wirkte als Harruel.

Dieser Helm war ein richtiger Alptraum. Ein hoher Konus aus einem dicken, schwarzen lederartigen Stoff, mit einem Visier, das vorn beinahe bis zur Stirn des Fremdlings reichte, und eine geriffelte Platte bedeckte hinten das gesamte Genick. Am Scheitelpunkt des Helms nach hinten zu befand sich ein Kreis aus goldenem Metall und fünf lange wie Speere davon aufragende Metallradien. Vorn, über der Stirn des Fremden, war das Abbild eines unheilverkündenden riesigen goldenen Insekts angebracht, die vier Flügel gespreizt, die gewaltigen Augen aus rotem Stein brannten in einem wilden Feuer.

Bei flüchtigem Betrachten wirkte der Mann wie eine Art aufrecht wandelndes Ungeheuer mit einem scheußlichen furchterregenden Kopf; und erst wenn man genauer hinsah, erkannte man, daß der Helm künstlich war, ein bloßer Kopfschmuck, der unten am Hals mit grober fester Schnur verschnürt war.

Konya und Harruel waren auf den Mann gestoßen, als sie in den Vorbergen auf Jagd waren. Er hatte sein

Lager in einer Höhle dicht über der letzten Reihe von zerfallenen Villen aufgeschlagen, und wie es den Anschein hatte, hatte er hier schon einige Zeit gehaust, vielleicht bereits seit einer Woche, denn überall lagen die Knochen von kürzlich geschlachteten und gebratenen Tieren verstreut. Als sie ihn fanden – er saß still da, den Helm auf dem Schädel, und blickte starr über die Stadt hinweg –, sprang er sogleich auf und rannte an ihnen vorbei in den Hochwald hinauf. Sie verfolgten ihn, aber es war keine einfache Jagd. »Er rennt wie eins von den Tieren mit den roten Hörnern auf der Nase«, sagte Harruel.

»Wie ein Tänzerhorn, ja«, kommentierte Konya.

Mehrmals verloren sie seine Spur in dem wilden Waldgestrüpp, doch immer wieder verriet ihn der Goldschimmer seines Strahlenhelmes in der Ferne. Schließlich hatten sie ihn in einem Talkessel in die Enge getrieben, er hatte keine weitere Fluchtmöglichkeit; und obwohl er mit einem wundervoll gearbeiteten Speer gerüstet und durchaus in der Lage schien, ihn auch zu benutzen, leistete er keinen Widerstand, sondern ergab sich ihnen plötzlich ohne Gegenwehr und ohne ein Wort.

Und er hatte auch seither kein Wort gesagt. Koshmars Blick hatte er ruhig erwidert, furchtlos, und er bewahrte weiterhin Schweigen, als sie versuchte ihn auszuforschen.

»Mein Name lautet Koshmar«, begann sie. »Ich bin hier Häuptling. Nenne du mir deinen Namen, und wer dein Häuptling ist.«

Als darauf weiter nichts als ein stummes ruhiges Augenstarren kam, befahl sie ihm im Namen der Götter, er solle sprechen. Sie rief Dawinno an, Friit, Emakkis und sogar Mueri, aber ohne Erfolg. Sie hatte den Eindruck, daß er bei dem Namen Yissou leicht reagierte, mit einem leisen Zucken der Lippen, aber er sprach noch immer nicht.

»So sprich endlich, verdammter Kerl!« knurrte Harruel zornig und machte einen Schritt nach vorn. »Wer bist du? Was suchst du hier?« Und er fuchtelte mit dem Speer vor dem Gesicht des Fremden herum. »Rede, oder wir ziehen dir bei lebendigem Leib die Haut ab!«

»Nein!« fuhr Koshmar scharf dazwischen. »Es ist nicht meine Absicht, so mit ihm zu verfahren!« Sie zog Harruel an ihre Seite zurück und sprach mit leiser Stimme zu dem Fremdling: »Es soll dir hier kein Leid geschehen, das verspreche ich dir. Aber ich frage dich noch einmal nach deinem Namen und nach dem Namen deines Volkes, und dann wollen wir dir Speise und Trank anbieten und dich unter uns willkommen heißen.«

Doch der Fremde schien für Koshmars diplomatisches Manöver genauso unzugänglich zu sein wie gegenüber dem Machtgedröhn Harruels. Er starrte nur weiter Koshmar an, als habe sie schieren Unsinn von sich gegeben.

Sie pochte sich dreimal mit dem Zeigefinger auf die Brust und sagte laut und deutlich: »Koshmar.« Dann zeigte sie auf ihre zwei Leibgardisten und sagte: »Harruel. Konya. Koshmar, Harruel, Konya.« Dann streckte sie den Finger wieder gegen den behelmten Fremdling aus und setzte eine fragende Miene auf. »Damit haben wir dir unsere Namen preisgegeben. Und nun wirst du uns den deinen nennen.«

Doch der Behelmte schwieg weiter.

»Das können wir den ganzen Tag so weitermachen«, sagte Harruel tief angewidert. »Überlaß den Kerl mir, Koshmar, und ich verspreche dir, der quasselt in fünf Minuten!«

»Nein.«

»Aber wir müssen rauskriegen, warum der hier ist, Koshmar. Nimm doch mal bloß an, der ist der Topmann einer ganzen Heerschar von solchen wie er, die da draußen nur darauf lauern, uns umzubringen und Vengiboneeza für sich zu erobern!«

»Ich danke dir«, sagte Koshmar eisig. »Auf solch einen Gedanken wäre ich allein nie gekommen.«

»Ja, aber wenn er das wirklich ist? Es steht doch fast hundertprozentig fest, daß er für uns nichts als Ärger bedeuten kann. Aber wir brauchen Sicherheit. Und wenn er uns eben nichts sagen will, dann werden wir ihn eben töten müssen.«

»Ach, glaubst du wirklich, Harruel?«

»Wo er jetzt hier drunten war und alles in Augenschein genommen hat, und wo er weiß, wie wenige wir nur sind ... ja, da können wir ihn doch nicht einfach so wieder zu seinen Leuten zurückgehen und denen alles über uns berichten lassen.«

Koshmar nickte. Die Fakten waren ihr die ganze Zeit über längst klar gewesen, aber bloß ein dummer Ochse wie Harruel, dachte sie bei sich, kann so blöd sein und das einem Fremden, einem möglichen Feind direkt ins Gesicht sagen. Ja, vielleicht würden sie den Fremdling töten müssen. Die Vorstellung schmeckte ihr ganz und gar nicht, aber sie würde ohne Zögern das Nötige veranlassen, falls die Sicherheit ihres Stammes auf dem Spiel stand.

Tausend widersprüchliche Gedanken wirbelten heftig durch ihren Kopf. Fremde! Ein anderer Stamm! Ein Rivale um die Führerschaft!

Das bedeutete: Feinde, Auseinandersetzungen, Kampf, Tod, nicht wahr? Oder würden die anderen freundlich sein? Nein, ein Konflikt war nicht unvermeidbar, was immer Harruel glauben mochte. Angenommen, diese Fremden würden sich hier niederlassen? Vengiboneeza war doch zweifellos groß genug für einen zweiten Stamm ... und man kam zu einer Art friedlich-freundschaftlicher Beziehung zwischen den beiden Völkern. Aber wie wird so etwas aussehen, fragte sie sich – Freunde, die nicht unseresgleichen sind? Diese beiden Begriffe schlossen einander doch fast schon aus: *Freunde* und *Fremdrassige.* Unterschiedliche

Glaubensvorstellungen, fremde Götter, unvertraute Sitten und Gebräuche? Und wie sollte es überhaupt andere Götter geben können? Yissou, Dawinno, Emakkis, Friit und Mueri – das waren die Götter. Und wenn dieses fremde Volk andere Götter hatte, wo hatte die Welt dann noch einen Sinn?

Und würde es zwischen Angehörigen der zwei Stämme Kopulationsverbindungen geben? Wo würden die Nachkommen daraus leben – im Stamm der Mutter oder dem des Vaters? Und würde einer der Stämme auf Kosten des anderen wachsen und groß werden?

Koshmar schloß kurz die Augen und atmete tief bis auf den Grund ihrer Lungen durch. Ich wünschte, das Ganze wäre nur ein Traum, dachte sie.

Dort, woher dieser Mann gekommen war, mußte es viele andere wie ihn geben, ein ganzes Heer, solcher Fremdlinge in einem Lager jenseits der Mauer des Gebirges. Und es war sehr wahrscheinlich, daß überall in der Welt inzwischen auch andere Stämme ihren Auszug und Aufbruch unternahmen, seitdem die neue Wärme die Luft erfüllte. Sie, Koshmar, hatte ihr ganzes bisheriges Leben in einer Welt zugebracht, die aus sechzig Leuten bestand. Es war nahezu unmöglich, sich mit der Wahrheit abzufinden, daß es auf der Welt vielleicht sechstausend, oder gar sechzigtausend ›Leute‹ geben könnte ... alle die Namen, alle diese Seelen, alle diese unvertrauten Individuen, von denen jedes nach einem Plätzchen an der Sonne schrie.

Jemand pochte an die Tür.

Sie hörte Torlyris Stimme: »Hresh ist zurückgekommen, Koshmar.«

»Er soll hereinkommen!« antwortete sie.

Hresh sah seltsam aus: staubbedeckt und erschöpft – und auf einmal viel älter, als es seinen Jahren entsprach. Die Augen tief im Schatten. Er wirkte beinahe krank. Doch sobald er den Fremdling unter seinem Helm erblickt hatte, kehrte das vertraute vor Neugier glühende

Hresh-Gesicht zurück. Koshmar konnte fast hören, wie sich in seinem Schädel das Prasselfeuer der Fragen entzündete.

Rasch informierte sie ihn über die Gefangennahme und den Verlauf der bisherigen Verhörversuche. »Aber wir bekommen nichts aus ihm raus. Er tut so, als verstünde er kein Wort von dem, was wir sagen.«

»*Tut so?* Was aber, wenn er wirklich nichts versteht?«

»Du meinst also, er ist dumm wie ein Tier?«

»Ich meine, daß er eine andere Sprache spricht.«

Koshmar starrte ihn verwirrt an. »Eine andere Sprache? Ich weiß nicht, was das bedeuten soll, ›eine andere Sprache‹.«

»Es bedeutet – also eben eine andere *Sprache*«, sagte Hresh stockend. Seine Hände fuhren wie suchend in die Höhe. »Wir haben unsere Sprache, eine bestimmte Reihe von Lauten, mit denen wir Vorstellungen vermitteln. Also, stell dir mal vor, diese Leute da benutzen verschiedene Lautgruppen, verstehst du? Wo wir ›Fleisch‹ sagen, sagt sein Stamm vielleicht ›Mruk‹ oder ›Prosh‹.«

»Aber das sind doch Laute ohne Bedeutung«, warf Koshmar ein. »Was für einen Sinn hat denn ...«

»Für *uns* ergeben sie keinen Sinn«, sagte Hresh. »Aber sie könnten sehr wohl für andere Leute sinnvoll sein. Nicht gerade diese Laute. Die habe ich bloß so als Beispiele erfunden, verstehst du? Aber sie könnten doch ihr eigenes Wort für ›Fleisch‹ haben – oder für ›Himmel‹ – und für ›Speer‹ undsoweiter. Andere Wörter als wir für alles.«

»Aber das ist ja blödsinnig«, fuhr Koshmar ihn ärgerlich an. »Was soll das heißen, ein Wort *für* ›Fleisch‹? Fleisch ist Fleisch. Nicht *Mruk,* nicht *Prosh,* sondern *Fleisch!* Und Himmel ist eben *Himmel.* Ich hatte geglaubt, du könntest uns irgendwie weiterhelfen, Hresh, aber du gibst mir bloß blöde Rätsel auf.«

»Diese Vorstellungen sind auch für mich sehr fremdartig«, sagte der Junge. Er schien ungewöhnlich müde zu sein, als habe er Schwierigkeiten, seine Gedanken auszudrücken. Immer wieder fuhren die Hände wie suchend in die Luft. »Ich habe nie eine andere Sprache als die unsere gehört, ja nicht einmal daran gedacht, daß es eine andere geben könnte. Der Gedanke kam mir einfach so in den Kopf, während ich diesen Fremden ansah, aus dem Nichts. Aber denk doch mal nach, Koshmar, wie wenn die Hjjk-Leute eine eigene Sprache haben – und alle anderen Tierarten ebenfalls eine eigene – und jeder Stamm, der den Langen Winter überlebt hat, ebenfalls! Wir waren so lange allein und abgeschnitten von anderen, tausendmal und abertausendmal hundert Jahre lang. Vielleicht redete im Anfang jedermann in einer einzigen Sprache, aber im Verlauf einer dermaßen langen Zeit, Tausende von hundert Jahren ...«

»Ja, vielleicht«, sagte Koshmar unsicher. »Aber wenn das so ist, wie sollen wir uns dann mit diesem Mann verständigen? Denn irgendwie müssen wir das ja wohl. Wir müssen herausbekommen, ob er ein Freund ist oder ein Feind.«

»Wir könnten es mit dem Zweiten Gesicht versuchen«, sagte Hresh nach kurzem Nachdenken.

Bestürzt blickte Koshmar ihn an. »Das Zweite Gesicht darf man nicht unter *Leuten* anwenden.«

»In Extremfällen darf man«, sagte Hresh mit gespanntem Gesichtsausdruck. »Wir müssen hier an die Sicherheit des Stammes denken. Müßten wir darum nicht sämtliche Fähigkeiten einsetzen, über die wir verfügen, um herauszufinden, was wir wissen müssen?«

»Aber es ist ein derart schwerer Verstoß gegen ...«

Koshmar brach ab. Sie schüttelte den Kopf. Dann blickte sie zu Torlyri, die an der Tür stand.

»Was sagst du dazu? Ist es geziemend, so was zu versuchen?«

»Es ist gewiß unüblich. Aber ich sehe kein Fehl daran«, sagte die Opferfrau nach kurzem Nachdenken mit etwas unsicherer Stimme. »Er gehört nicht zu unserem Stamm. Also haben unsere Bräuche keine Gültigkeit – wahrscheinlich. Und wir laden dabei keine Schuld auf uns.«

»Die Götter schenkten uns die Gabe des Zweiten Gesichts, um uns zu helfen, wo Sprache und Sehen versagen«, sprach Hresh zu Koshmar. »Wie könnten sie etwas dagegen haben, wenn wir ihr Geschenk in einer Lage wie der jetzigen benutzen?«

Schweigend überlegte Koshmar. Der Fremdling verhielt sich weiter teilnahmslos und gab durch nichts zu erkennen, ob er irgend etwas begriffen hatte. Vielleicht spricht er tatsächlich in einer uns völlig fremden Zunge, dachte Koshmar. Die Vorstellung bereitete ihr Kopfschmerzen. Es kam ihr als ebenso absonderlich vor wie die Vorstellung, daß jemand am einen Tag Mann und am nächsten Frau sein könnte, oder daß der Regen von der Erde nach oben steigen könnte, oder daß ihr mit einem Lidschlag Yissous Segen entzogen und ein anderer zum Häuptling an ihrer Statt ernannt werden könnte. Keines dieser Dinge war möglich. Aber wir leben in einer Zeit voller zahlreicher Absonderlichkeiten, dachte Koshmar. Also ist vielleicht wahr, was Hresh sagte, und hier war einer, der mit anderen Wörtern redete, sofern er überhaupt reden konnte.

Sie wandte sich Hresh zu und sagte barsch: »Also gut. Du bist unser Sprachexperte. Setze also dein Zweites Gesicht ein und finde heraus, wer er ist und was er hier sucht!«

Hresh trat vor und stellte sich direkt vor den behelmten Fremdling.

Noch nie im Leben war er dermaßen müde gewesen. Was war das doch für ein Tag heute! Und noch war er nicht zu Ende. Aller Augen ruhten auf ihm. Er war gar nicht sicher, daß er das Zweite Gesicht noch einmal einsetzen *können* würde, so müde war er.

Der Behelmte blickte von seiner großen Höhe kühl und gleichgültig auf Hresh nieder, als wäre dieser weiter nichts als irgendein lästiges kleines Dschungeltier. Die gespenstischen roten Augen leuchteten in beunruhigend hellem Feuer. Hresh bildete sich ein, Zorn darin zu entdecken, Verachtung und ein festes Selbstwertgefühl. Aber keine Furcht. Nirgends ein Hauch von Furcht. Der behelmte Fremde wirkte irgendwie heldenhaft halbgöttlich.

Hresh raffte seine Kraft zusammen und sandte sein Zweites Gesicht aus.

Er erwartete, auf irgendwelchen Widerstand zu stoßen, einen Versuch, seinen Stoß abzufangen oder abzulenken, wenn dies möglich war. Doch der Fremde nahm mit unverändert kühlem Gleichmut Hreshs Annäherung entgegen, und dessen Bewußtsein tauchte leicht und tief in das des Helmträgers hinab.

Die Berührung dauerte kaum länger als den Bruchteil einer Sekunde.

Aber in diesem Augenblick erfuhr Hresh einen Eindruck von der großen Seelenstärke des Mannes, von seiner Charakterfestigkeit und seiner unbeugsamen Zielstrebigkeit. Er schaute auch in einem bruchstückhaft verhuschenden Moment die Vision einer Horde anderer Leute, die ähnlich aussahen wie dieser Mann hier, einen Trupp von Kriegern, auf einem dichtbewaldeten Hügel versammelt, sämtlich mit ähnlich ausgefallenen grotesken Helmen bedeckt wie er, von denen jedoch jeder besonders gestaltet war. Dann riß der Kontakt ab, und alles ringsum wurde finster. Hresh fühlte, wie ihm die Glieder zu Wasser wurden. Er taumelte torkelnd rückwärts, drehte sich im letzten Moment um sich selbst und landete platt auf dem Bauch vor Harruels Füßen. Und dies war das letzte, was ihm für lange Zeit bewußt war.

Als er wieder erwachte, lag er in Torlyris Armen, und sie befanden sich am anderen Ende des Gemachs. Sie drückte ihn an sich und summte beschwichtigend auf ihn ein. Nach und nach sah er wieder deutlicher, und da bemerkte er, daß Koshmar den Helm des Fremdlings mit beiden Händen festhielt und ihn mit merkwürdigem Gesicht betrachtete. Der Fremde lag schlaff auf dem Boden, und Harruel und Konya hatten ihn an den Fußknöcheln ergriffen und zerrten ihn ohne weiteres, als wäre er ein Sack Korn, aus dem Raum.

»Versuch noch nicht auf den Beinen zu stehen«, murmelte Torlyri. »Warte, bis du das Gleichgewicht wieder hast, und atme tief durch.«

»Was ist passiert? Wo bringen sie ihn hin?«

»Er ist tot«, sagte Torlyri.

»Ist im selben Augenblick zusammengebrochen, in dem du seinen Geist berührt hast«, sagte Koshmar von gegenüber. »Genau wie du. Wir dachten schon, ihr seid alle beide dahin. Aber du warst bloß bewußtlos. Er dagegen war tot, ehe er den Boden berührte. Das geschah, um das Verhör zu vermeiden, verstehst du? Er konnte sich irgendwie allein durch seinen Geist töten.« Sie rammte zornig den Helm auf das Bord, auf dem ihre Trophäen lagen. »Und jetzt werden wir nie das Geringste über ihn herausfinden«, sagte sie. »Wir werden nichts wissen, gar nichts.«

Hresh nickte düster.

Ihm fuhr der Gedanke durch den Kopf, daß dies irgendwie seine Schuld sei, daß er mit irgendeinem Schutzmechanismus hätte rechnen müssen bei dem Fremden, daß er sich nie dazu hätte hinreißen lassen dürfen, Koshmar zu einem Verhör mit Einsatz des Zweiten Gesichts zu überreden.

Vielleicht wäre es besser gewesen, wenn ich statt dessen den Wunderstein benutzt hätte, sagte er sich.

Aber wie hätte er das wissen sollen? Thaggoran hätte es vielleicht gewußt, aber er selbst, er stellte es immer wieder fest, er war eben kein Thaggoran. Ich bin noch dermaßen jung, dachte er kläglich. Nun, dem würde die

Zeit abhelfen. In ihm breitete sich eine tiefe Betrübnis aus. Er hätte von diesem Mann vielleicht neue erstaunliche Kunde erfahren können, von diesem fremdstämmigen Mann. Und er hatte statt dessen nur dazu beigetragen, ihn aus der Welt zu treiben.

Am besten, man dachte nicht darüber nach.

Er trat neben Koshmar. Sie stand mit grimmiger Miene über den Helm gebeugt und ließ wiederholt wie betäubt zornig die Finger über die Goldstrahlen gleiten. Dann warf sie Hresh einen Blick zu. Ihre Augen waren trüb und düster.

»Ich muß dir etwas sagen«, sprach Hresh. »Ich bin gerade aus dem Herzen der Stadt zurückgekehrt. Haniman und ich. Wir stiegen in ein Gewölbe unterhalb eines Gebäudes, und dort gibt es eine Maschine der Saphiräugigen, Koshmar. Eine noch funktionsfähige Maschine.«

Koshmar sah ihn nun genauer an. In ihren Augen strahlte wieder der Glanz ihrer Seele auf.

»Es ist eine Maschine, die dazu bestimmt war, Abbilder der Großen Welt zu zeigen«, erklärte ihr Hresh. »Nein, mehr als nur Abbilder. Sie zeigte einem die Große Welt direkt und leibhaftig. Ich habe meine Hände auf sie gelegt, Koshmar, und ich habe den Barak Dayir dabei benutzt.«

»Und konntest du etwas sehen?« fragte sie.

»Ja! Wundersame Dinge!«

9. Kapitel
Im Kessel

Damit begann Hreshs wahrer Vorstoß in die Geheimnisse von Venginboneeza. Die Maschine im Kellergewölbe unter dem Platz der Sechsunddreißig Türme hatte ihm den Zugang eröffnet; sie und der Barak Dayir.

Jedermann wußte, daß ihm eine große Entdeckung geglückt war. Haniman hatte es überall herumerzählt, und die Geschichte kitzelte sogar die dumpfsten, phantasieärmsten Hirne. Hresh stand im Mittelpunkt der Aufmerksamkeit des ganzen Volkes. Man glotzte ihn an, als wäre er soeben von einem Mahl am Tisch der Götter zurückgekehrt. »Und du hast tatsächlich die Große Welt erblickt?« wurde er zwanzigmal am Tag gefragt. »Wie war sie denn? Sag es mir! Sag es!«

Doch es war Taniane, welche die wirkliche Wahrheit sah. »Du bist auf etwas Schreckliches gestoßen, als du dort unten in diesem Loch warst. Es hat dich dermaßen verstört, daß du nichts darüber sagen magst. Aber es hat dich verwandelt, nicht wahr, Hresh? Und was es auch immer war, das kann ich sehen. Jetzt hängt eine Düsternis um deinen Geist, die früher nicht da war.«

Erstaunt blickte er sie an. »Nichts an mir hat sich verändert«, sagte er verkniffen.

»Doch, ich kann es sehen.«

»Du bildest dir da bloß was ein.«

»Mir kannst du es ruhig sagen«, bat sie schmeichelnd. »Wir sind doch immer Freunde gewesen, Hresh. Es wird deiner Seele wohltun, wenn du mit jemandem darüber redest.«

»Da gibt es nichts zu erzählen. Gar nichts!«

Und er wandte sich rasch von ihr weg, wie er es stets zu tun pflegte, wenn er befürchtete, jemand könne es ihm am Gesicht ablesen, daß er log.

Er konnte es nicht nur nicht über sich bringen, das Geheimnis, diese quälende Wahrheit, die er im Kellergewölbe unter den Sechsunddreißig Türmen entdeckt hatte, mit irgendeinem der anderen im Stamm zu teilen, nein, er vermochte es auch kaum auszuhalten, für sich allein daran zu denken. Ab und zu fühlte er es wie einen dumpfen Schmerz nahe dem Herzen; hin und wieder hörte er eine rauhe spöttische Stimme flüstern: *Kleiner Affe, Äffchen, kleiner Affe.* Aber dieser Enthüllung konnte er sich jetzt noch nicht stellen, sie war zu schmerzlich. Er schob sie fort, er verdrängte sie bis tief unter sein waches Bewußtsein.

Erleichterung für seine Seele fand er, indem er sich heftig in die Erforschung der Ruinen Vengiboneezas stürzte. Das von der Maschine und dem Barak Dayir angelegte Muster diente ihm als Leitplan. Wenn er den Wunderstein anwendete, boten ihm die kleinen roten Lichterpunkte, die er auf den erscheinenden geschlossenen Kreiszonen erblickte, die nötigen Hinweise; und damit begann er systematisch mit der Aufspürung der in der Stadt versteckten unbeschädigten uralten Maschinenmechanismen, von denen er ja nun wußte, daß sie zuhauf überall greifbar noch vorhanden waren, einige versteckt in verborgenen Gewölben, andere aber praktisch offen zutage liegend.

Es erstaunte ihn, daß so zahlreiche Schätze aus der Zeit der Großen Welt den Langen Winter überstanden hatten. Sogar Metall, dachte er, müßte doch eigentlich über einen dermaßen gewaltigen Zeitraum hin zu Staub zerfallen. Und doch – wohin immer er blickte, nun, da er wußte, wie er die richtigen fündigen Stellen ausmachen konnte – stieß er allerorts auf größere oder kleinere Wunderwerke. Die meisten der Apparaturen waren viel zu umfangreich, als daß er sie hätte bewegen können, aber viele schleppten sie zur Siedlung zurück, wo man ihm einen abgeschirmten Lagerraum für sie im Tempel einrichtete. Der füllte sich sehr rasch mit merkwürdigen blitzenden Geräten, deren Funktion und Zweck rätselhaft waren. Hresh untersuchte sie mit behutsamer Vorsicht. Solche Objekte zu entdecken, das war *eine* Leistung, aber zu bestimmen, wie man sie benutzen könnte, war etwas ganz anderes. Das war eine langwierige, eine schwierige und eine frustrierende Aufgabe und Arbeit.

Um Hresh formte sich eine Gruppe, die im Volk als »die Sucher« bekannt wurde und die ihm bei seinen Forschungs- und Erkundungsaufgaben helfen sollte.

Anfangs waren die Sucher nichts weiter als die Handvoll Leibwächter – Konya, Haniman, Orbin –, die regulär mit ihm zu seinem Schutz auszogen, wenn er die Stadt durchstreifte. Zu Beginn hatte Hresh sie als ein notwendiges Übel angesehen, als bloße Speerfuchtler. Doch es dauerte nicht lang, und sie kannten die Stadt beinahe ebenso gut wie er selber. Zwar versuchte er seine kartographischen Erkenntnisse für sich zu behalten, aber es war ganz unmöglich zu verhindern, daß auch die anderen sich allmählich in der Stadt zurechtzufinden lernten. Und inzwischen starteten sie sogar bereits eigene Expeditionen ohne ihn. Es entwickelte sich geradezu zu einer Art Prioritätenwettstreit und Rangelei, sobald es Hreshs Beschützern in die Schädel gedrungen war, wie enorm dessen Renommee gestiegen war, weil er dermaßen oft ›draußen in der Stadtwildnis‹ auf Expedition gewesen war. Und ab und zu brachten die Burschen dann ja auch irgendein kleines glitzerndes Wunderding aus der Ur-Vorzeit zutage, das sie unter einer umgestürzten Säule hervorgezerrt oder aus einem Wust von Schutt aus einem Untergeschoß herausgebuddelt hatten.

Hresh erhob bei Koshmar gegen diese Praktiken Protest. »Sie haben doch keine Ahnung«, sagte er. »Sie beschädigen möglicherweise die Dinge, die sie finden, wenn ich nicht da bin und die Arbeiten beaufsichtige.«

»Aber sie werden mit der Zeit einen Begriff bekommen«, antwortete Koshmar, »wenn sie erst einmal anfingen, ihren Verstand zu benutzen. Und sie können auch lernen, behutsam mit ihren Funden umzugehen. Diese Stadt ist dermaßen groß, daß wir alle Sucher einsetzen müssen, die wir dazu abstellen können.« Und nach einer Pause setzte Koshmar hinzu: »Sie brauchen einfach das Gefühl, Hresh, daß sie was Wichtiges tun. Sonst fangen sie an, sich zu langweilen, und werden unruhig, und das brächte uns alle in Gefahr. Ich sage, wir lassen sie ruhig herumstromern, wo sie wollen.«

Hresh mußte sich fügen. Er wußte, wann er sich davor hüten mußte, die Entscheidungen des Häuptlings anzuzweifeln.

Im Laufe der Zeit nahm die Zahl der Sucher zu. Die von Neugier auf die Wunder der Stadt Gepackten waren viele.

An einem Tag, als er gerade mit Orbin die reichen Fundstellen im Yissou-Tramassilu-Bezirk bearbeitete, stieß Hresh auf ein rätselhaftes kleines Behältnis, das mit raffiniert verschlungenen Ketten gesichert war. Er versuchte es zu öffnen, doch die Verkettung war zu schwierig und zu verschlungen, als daß seine oder Orbins plumpe Mannsfigur sie hätte lösen können. Nein, hier waren die Hände einer Frau, zartere und für solches Werk geeignetere Hände nötig.

Er brachte das Behältnis in die Siedlung zurück und übergab es Taniane, auf daß sie sich damit befasse. Ihre Finger flogen wie wirbelnde Sicheln, und Minuten später hatte sie den Behälter aus der Umhüllung gelöst. Im Innern war nichts weiter als die vertrockneten Knochen eines kleinen Tieres, steinhart, und ein Häuflein grauen Pulvers, das möglicherweise Asche war.

Taniane begab sich zu Koshmar und ersuchte um die Erlaubnis, sich den Suchern anschließen zu dürfen. »Vielleicht finden sie viele Schen wie diese kleine Kästchen«, sagte sie. »Und sie zerstören sie – oder werfen sie einfach weg. Meine Augen sind schärfer als ihre, und meine Finger sind viel geschickter. Schließlich, alles in allem, sind sie ja bloß *Männer*.«

»In dem, was du sagst, steckt Sinn«, antwortete Koshmar.

Und sie befahl Hresh, auf seine nächste Expedition Taniane mitzunehmen. Er akzeptierte das mit sehr gemischten Gefühlen. Taniane war in letzter Zeit gewachsen, und sie war seidenglatt und scharfsinnig geworden und hatte ihn auf eine seltsame und beunruhigende Art zu bezaubern begonnen, die er kaum begriff. Wenn sie in seiner Nähe war, empfand er ein rätselhaftes erregendes Wärmegefühl, aber gleichzeitig löste sie in ihm ein starkes Unbehagen aus, und manchmal war ihm in ihrer Nähe dermaßen ungut zumute, daß er es geradezu darauf anlegte, ihr aus dem Weg zu gehen. Aber er nahm sie in seine Suchergruppe auf, weil Koshmar es so befohlen hatte. Gleichzeitig jedoch achtete er sorgsam darauf, daß stets Orbin und Haniman ebenfalls zur Gruppe gehörten, wenn Taniane dabei war. Sie lenkten ihr Interesse ab und verhinderten, daß sie ihm unbequeme Fragen stellen konnte.

Und nach Taniane kam das Mädchen Bonlai an und wollte in die Gruppe der Sucher aufgenommen sein: Wenn Taniane mit hinausziehen durfte, dann ja wohl auch andere Mädchen, nicht wahr, forderte sie. Außerdem bekam sie auf diese Weise die Möglichkeit, in Orbins Nähe zu sein. Hresh vermochte darin keinerlei Vorteil zu erblicken, und diesmal überrundeten seine Argumente Koshmars Entscheidungsvorlieben. Bonlai, erklärte Koshmar bereitwillig, sei noch zu jung, um auf einen Forschungsausflug zu gehen. Leider konnte Hresh in dem Fall Sinistine, der Kopulationspartnerin

Jalmuds, mit dem Argument nicht durchdringen, und so wurde sie zur zweiten weiblichen Stammesangehörigen, die sich der Gruppe anschließen durfte.

Kurz darauf ersuchte der schüchterne, völlig unauffällige Jungkrieger Praheurt um Aufnahme in das Forschungsteam, und danach Shatalgit, ein Weib, das gerade das gebärfähige Alter erreicht hatte und nur allzu deutlich sichtbar darauf abzielte, sich mit Praheurt kopulativ zu paaren. Also hatte man inzwischen insgesamt sieben Sucher – fast ein Zehntel des ganzen Stammes auf Achse.

»Also – sieben, das reicht doch bestimmt«, sagte Hresh zu Koshmar. »Bald haben wir keinen mehr, der in den Gemüseplantagen arbeiten will oder sich um die Fleischtiere kümmert, und das ganze Volk stromert in den Ruinen herum.«

Koshmar verzog finster die Stirn. »Sind wir denn hergekommen, um den Acker zu bestellen und Früchte zu ernten ... oder um den Geheimnissen der Großen Welt auf die Spur zu kommen, die uns erlauben werden, sie in Besitz zu nehmen?«

»Aber wir haben doch schon eine ganze Menge von den Geheimnissen der Großen Welt entdeckt.«

»Ja, und sie bleiben weiterhin Geheimnisse«, sagte Koshmar scharf. »Du hast keine einzige Maschine bisher beherrschen gelernt.«

Hresh bemühte sich, seinen bitteren Ärger herunterzuschlucken. »Ich arbeite daran! Aber die Geheimwissenschaft der Großen Welt wird uns recht wenig nützen, wenn wir verhungern, während wir uns darum bemühen, wie wir sie für uns nutzbar machen können. Ich glaube, *sieben* Sucher sind genug.«

»Also schön«, sagte Koshmar.

Die ganze Zeit hindurch gab es nichts Neues von diesem Volk der Behelmten.

Harruel ließ es sich besonders angelegen sein, nach

ihnen Ausschau zu halten. Er war überzeugt, daß in dem gebirgigen Land über den nordöstlichen Ausläufern der Stadt weitere von diesen Fremdlingen lauerten, und er war gleichfalls fest davon überzeugt, daß sie irgendwann einen Anschlag auf den Stamm planten. Daß es Krieg geben werde, daran zweifelte er nicht im geringsten. Am besten wäre es, wenn sich das Volk sofort total militarisierte: sich durch Wehrübungen und Drill und Marschausbildung auf die künftigen Auseinandersetzungen vorbereitete. Doch keiner im Volk – nicht einmal Koshmar – brachte dafür Interesse auf. Also blieb Harruel vorläufig eine Einmannarmee. Und in Ermangelung von Dienstwilligen übernahm er auch gleich sämtliche Chargen vom Gemeinen bis zum General. Und in seiner Funktion als General schickte er sich selbst tagtäglich als Spähtrupp in die Vengiboneeza überragenden Berghänge.

Anfangs zog er allein los und sagte keinem, wohin er gehe. Den ganzen Tag lang durchstreifte er die Ruinenzonen der Oberstadt bis in die hinter ihnen liegende Wildnis, immer Ausschau haltend nach dem fernen Blitzen von Helmen. Es war ein einsames Werk, aber es gab ihm das Gefühl, etwas Sinnvolles zu tun. Seitdem sich das Volk in Vengiboneeza niedergelassen hatte, hatte er in dieser Hinsicht eine schmerzliche Leere empfunden.

Nach einiger Zeit erkannte Harruel, daß es töricht war, wenn er allein zu derartigen Patrouillengängen auszog. Wenn die Behelmten zurückkehrten, würden sie ja wahrscheinlich massiert auftreten. Und so stark er auch war, er würde wohl kaum mehr als jeweils zwei oder drei Gegner aufhalten können. Nein, er brauchte einen Gefährten auf seinen Streifzügen, damit im Falle eines Angriffs der andere noch sich davonstehlen und Alarm auslösen könne.

Zuerst versuchte er Konya zu rekrutieren. Immerhin war ja Konya dabeigewesen, als er den ersten Behelmten erwischte. Und Konya begriff, von welcher Art der Feind war, mit dem sie es zu tun hatten.

Doch zu Harruels tiefer Enttäuschung war Konya inzwischen schwer auf dieses widerwärtige Sucherzeug abgefahren, das Hresh sich ausgedacht hatte. Die ganze Zeit steckte er in den Ruinen der Stadt und stöberte nach nutzlosen und unverständlichen Gegenständen, anstatt zu exerzieren und sich zu stählen, wie es sich für den wahren Krieger gehört. Und er gab Harruel außerdem auch noch zu verstehen, daß er beabsichtige, das nicht zu ändern.

»Wenn die Behelmten zurückkommen sollten, werden wir uns schon angemessen um sie kümmern. Kein Grund zu Besorgnis. Wir schicken einfach den Hresh los, und der zerschmettert sie mit seinem Zweiten Gesicht. Aber in der Zwischenzeit bergen wir erstaunliche Dinge aus den Ruinen.«

»Ja, ihr bergt Schutt und Abfall«, sagte Harruel.

Konya zuckte die Achseln. »Hresh meint, sie sind wertvoll. Er sagt, das sind die Schätze aus den Weissagungen, und sie werden uns helfen, die Welt zu beherrschen.«

»Wenn wir von dem Volk der Behelmten niedergemetzelt werden, Konya, werden wir nichts weiter in Besitz nehmen als unser Grab. Komm mit mir und hilf mir, das Grenzland der Stadt zu bewachen, und gib dieses gimpelhafte Graben in nutzlosem närrischen Nichts auf!«

Konya jedoch wollte ihm nicht nachgeben. Harruel dachte flüchtig daran, es ihm zu befehlen, als sein König, daß er ihn auf seinen Wachgängen begleite. Doch dann fiel ihm ein, daß er ja noch nicht König sei und – außer in seinem Hirn – über nichts und niemanden herrsche. Es wäre also vielleicht nicht gerade klug, Konyas Vasallentreue jetzt schon auf eine so schwere Probe zu stellen. Also mochte er ruhig weiter mit Hresh nach diesem Glitzerzeug und Unsinn herumscharren;

er würde schon rechtzeitig wieder zur Vernunft zurückfinden.

Der Jungkrieger Sachkor setzte Harruels Überredungskünsten weniger Widerstand entgegen. Das war ein seriöser und pflichtergebener Soldat, ganz ohne den Ehrgeiz, ein Sucher werden zu wollen. Und seit er das Kopulationsalter erreicht hatte – anscheinend hatte er ein Auge auf das Mädchen mit Namen Kreun geworfen –, spähte Sachkor nach einer Möglichkeit, wie er sich im Stamm auszeichnen könne, um Kreuns Aufmerksamkeit auf sich zu lenken. Die Verbindung mit Harruel war dazu möglicherweise der rechte Weg. Harruel hegte einige Zweifel an Sachkors Vollwertigkeit als Held, denn er war schlank und wirkte nicht übermäßig kräftig; doch immerhin war er schnellen Fußes und mochte sich als Melder nützlich machen.

»Es halten sich Feinde in Verstecken in den Bergen auf«, erklärte Harruel ihm. »Sie haben rote Augen und auf dem Haupt häßliche Helme, und an einem dieser Tage werden sie herabsteigen und uns alle zu ermorden versuchen. Wir müssen darum beständig auf der Hut sein vor ihnen ...«

Also begleitete von da an Sachkor an jedem Morgen Harruel hinauf in das Bergland. Er wirkte überglücklich, weil er nun eine bedeutsame Aufgabe zu erfüllen hatte, und manchmal sprudelte er dermaßen vor Übermut über, daß er wild die bewaldeten Hänge in überschwenglich losschnellender Geschwindigkeit hinanpreschte. Harruel, der mächtiger und gewichtiger war und älter und bei weitem nicht so flink an den Füßen, fand dieses Betragen ärgerlich und befahl Sachkor, sich mehr in seiner Nähe zu halten. »Es wäre unklug«, sagte er, »wenn wir beide uns hier draußen voneinander trennten. Bei einem Angriff müssen wir einander beistehen.«

Aber sie wurden niemals angegriffen. Sie sichteten einige seltsame Wildtiere, von denen aber nur wenige feindselige Absichten zu hegen schienen; vom Volk der Behelmten zeigte sich keiner. Dennoch zogen sie jeden Tag auf Spähgang aus. Harruel wurde des ständigen Gebrabbels von Sachkor mehr und mehr überdrüssig, denn dabei handelte es sich vorwiegend um die unentwegte Lobpreisung des dichten dunklen Fells der Jungmaid Kreun und ihrer langen zierlichen Beine. Doch Harruel riß sich zusammen, indem er sich sagte, daß ein Krieger bereit sein müsse jegliche erdenkliche Art Unbill zu ertragen.

Es gelang Harruel, unter den beschäftigungslosen Jungkriegern ein paar weitere Rekruten zu gewinnen: Salaman und Thhrouk. Nittin, der gar kein Krieger war, sondern eher eines von den zur Kopulation bestimmten Mädchen des Volkes, schloß sich ihm gleichfalls an. Er sei es leid, sagte er, seine Tage inmitten einer Säuglingsstation zu verbringen. Und es bestand ja wahrlich auch kein Grund, die altmodische Kastenstruktur hier draußen in der Freiheit fortzusetzen, oder? Anfangs verwirrte solche Rede Harruel, aber nach einigem Nachdenken erkannte er, wie vernünftig Nittins Angebot war. Denn wenn er später einmal mit Koshmar um die Herrschaft über das Volk streiten wollte, würde er die Unterstützung von möglichst vielen Fraktionen im Stamm brauchen. Und Nittin, mit seinen Verbindungen zu den Weibern und zu weiteren Zuchtmännern, tat da neue Möglichkeiten auf.

Ein Versuch, auch Staip zu rekrutieren, führte allerdings ins Leere. Staip, ein halbes Jahr älter als Harruel, war stark und zuverlässig, aber ein irgendwie farbloser Mann, und Harruel erschien es, als besitze er überhaupt keinen Funken von Kämpferseele. Er tat, was ihm aufgetragen ward ... und ansonsten tat er gar nichts. Aus eben diesem Grunde hatte Harruel geglaubt, ihn leicht für sich einnehmen zu können; aber als er dann mit Staip sprach und den behelmten Mann erwähnte, die Bedrohung, die dieser darstelle, starrte Staip ihn nur begriffstutzig an und sagte: »Aber der ist doch tot, Harruel.«

»Das war nur der erste von denen. Aber da stecken mehr von denen in den Bergen und lauern nur darauf, über uns herzufallen.«

»Meinst du wirklich, Harruel?« fragte Staip gleichgültig.

Er konnte – oder wollte – nicht begreifen, wie wichtig es war, beständige Patrouillen durchzuführen; und nach einigem Hin und Her hob Harruel erzürnt die Hände gen Himmel und ließ den Mann einfach stehen.

Bei Lakkamai, dem vierten Seniorkrieger, widerfuhr Harruel ähnliche Widerwärtigkeit. Der wortkarge, übellaunige Lakkamai schien kaum zuzuhören, als Harruel ihn anging. Ungeduldig fiel er ihm ins Wort, noch ehe Harruel mit seinem Spruch zu Ende war. »Das geht mich nichts an. Ich werde nicht mit dir in den Bergen herumkraxeln, Harruel.«

»Aber wenn sich dort der Feind versteckt hält und darauf lauert, uns Böses zu tun?«

»Der einzige Feind sitzt in deinem verwirrten Hirn«, sagte Lakkamai. »Mich laß in Frieden. Ich habe eigene Aufgaben, die ich erfüllen muß, und zwar hier in der Stadt.«

Und Lakkamai ging davon. Harruel spuckte hinter ihm drein. Eigene Aufgaben, pah! Was konnte von höherer Wichtigkeit sein als die Verteidigung des Stammes? Aber Lakkamai, soviel war klar, würde sich nicht herumkriegen lassen, ebenso wenig noch weitere von den älteren Männern. Es sah also so aus, daß nur die Jungmänner bereit sein würden, sich dem hehren Heldentum zu verpflichten, jene, die noch voller voranstrebender Säfte steckten und nicht wußten, worauf sie ihren Ehrgeiz lenken sollten. Nun, so sei es denn, dachte Harruel. Genau die werde ich brauchen können, wenn ich mich anschicke, mein neues Königtum zu errichten, sie, und nicht Staip, nicht Lakkamai, ja nicht einmal Konya.

Koshmar war indessen kundig geworden, daß tagtäglich mehrere Männer unter Harruels Führung zu geheimnisvollen Ausflügen ins Bergland aufbrachen. Also ließ sie ihn rufen und verlangte eine Erklärung von ihm.

Harruel erläuterte genau, was er getan habe und warum, und er machte sich auf eine hitzige Auseinandersetzung bereit.

Zu seiner Verblüffung erfolgte keine. Koshmar nickte nur ruhig und sprach: »Du hast uns guten Dienst geleistet, Harruel. Dies Volk der Behelmten ist vielleicht die größte Gefahr, die uns droht.«

»Wir werden die Streifzüge fortsetzen, Koshmar?«

»Ja. Ja, das sollte man unbedingt. Vielleicht werden sich einige der anderen Männer anschließen wollen. Das einzige, worauf ich bestehe«, sagte sie, »wenn du künftig derlei Sachen organisierst, wirst du mich bitte vorher unterrichten, was du vorhast. Es gibt da nämlich ein paar im Volk, die vermuten, du bildest dir da vielleicht in den Bergen eine Privatarmee aus und hast vor, uns anzugreifen, um – wer weiß? – uns deinen Willen aufzuzwingen.«

Harruel erwiderte mit wütendem Augenfunkeln: »Den Stamm angreifen? Aber das wäre doch Wahnwitz, Koshmar!«

»Eben. Genau dies dachte auch ich.«

»Sag mir, wer derartige Lügen über mich verbreitet! Ich will ihm die Haut abziehen und sie ausstopfen lassen! Ich werde ihn zu einem Fußschemel machen! Ein eigenes Heer? Um den Stamm anzugreifen? – Götter! Wer ist der lästerliche Leumundschänder?«

Koshmar sagte: »Ach, es war weiter nichts als törichtes Getuschel, nichts weiter als Vermutungen. Als man es vor mich brachte, konnte ich nur lachen, und dann mußte auch der Tratscher lachen und eingestehen, daß für eine solche ungeheuerliche Sache wenig Wahrscheinlichkeit spreche. Keiner hat deine Ehre angetastet, Harruel. Niemand zweifelt an deiner Treue. Also geh denn nun und schare deine Mannen um dich, und dann nehmt eure Patrouillen wieder auf. Du erweist uns allen damit einen großen Dienst.«

Harruel trat ab. Er fragte sich, wer solche Gedanken in Koshmars Kopf geflüstert haben mochte.

Konya war der einzige, zu dem er jemals über seinen ehrgeizigen Plan gesprochen hatte, Koshmar aus der Stammesherrschaft zu vertreiben und selbst unter dem Titel eines Königs die Herrschaft über das Volk anzutreten. Und Konya hatte sich geweigert, an den Streifzügen teilzunehmen. Dennoch, Harruel vermochte es einfach nicht zu glauben, daß Konya ihn verraten haben könnte. Es war unmöglich.

Also? Wer dann?

Hresh?

Da hatte es einmal vor langer Zeit, erinnerte Harruel sich, diesen Vorfall gegeben, als Hresh gerade frisch zum Chronisten ernannt worden war, und er, Harruel, mit seinen Fragen über die geschichtliche Bedeutung der Königherrschaft an den Knaben herangetreten war. Hinterher war er zu der Überzeugung gelangt, daß es gefährlich sein könnte, Hreshs Aufmerksamkeit zu stark auf derlei Dinge zu lenken, und er hatte die Sache dem Jungen gegenüber nie wieder angeschnitten. Aber dieser Hresh verfügte über einen eigenartigen Verstand, einen brütenden Verstand, in dem die Dinge lange keimten und reiften, bis er die tieferen Zusammenhänge zwischen ihnen knüpfte.

War es aber Hresh, der Koshmar den Gedanken des Argwohns ins Ohr geflüstert hatte, so sah Harruel derzeit nicht, was er dagegen unternehmen könnte. Vernünftig wäre es allerdings, Hresh von nun an als einen Feind zu betrachten und sich dementsprechend zu verhalten. Aber die Zeit war noch nicht gekommen, sich ihm offen entgegenzustellen. Zuerst mußte alles klar durchdacht werden. Jedenfalls, man mußte sich vor diesem kleinen Hresh hüten: er war viel zu scharfsinnig, er sah die Dinge viel zu klar ... und er verfügte über große Macht.

Es fuhr Harruel auch durch den Sinn, daß Koshmar vielleicht nur darum seine täglichen Streifzüge vor die Stadt so freundlich begrüßte, weil er ihr auf diese Weise nicht in die Quere geraten konnte. Solange er sich halbe Tage lang in den Vorbergen herumtrieb, stellte er in der Siedlung keine Bedrohung ihrer Autorität dar. Vielleicht glaubte sie, daß das äußerst nett seinerseits sei.

Und so zog Harruel weiter Tag um Tag hinaus, gewöhnlich in Begleitung von Nittin oder Salaman, seltener der Sachkors. Irgendwie war ihm die Geduld abhanden gekommen, sich unablässig anhören zu müssen, wie wundervoll und wunderschön die von Sachkor geliebte Kreun war.

Das Volk der Behelmten blieb weiterhin unsichtbar. Widerwillig begann Harruel mit dem Gedanken zu spielen, daß es ›den Feind‹ vielleicht überhaupt nicht gebe. Womöglich war dieser erste Späher ein Einzelgänger gewesen, ein weitab allein und fern von seinem Volke umherstreifender Wanderer. Oder vielleicht hatten ihn die Helmträger auf dem Durchmarsch in der Nähe Vengiboneezas, das sie als bereits besiedelt von Koshmars Stamm erkannten, vorgeschickt, auf daß er herausfinde, wie man ihn empfangen würde; und als er dann nicht zurückkehrte, waren die Helmleute einfach weitergezogen.

Der Gedanke war nur schwer zu schlucken. Harruell hoffte, das Volk der Behelmten möge sich zeigen und möglichst auf Zwist und Kampf aus sein. Oder wenn schon nicht die Behelmten, dann eben irgendein anderer Feind – jeder, aber wirklich jeder beliebige Feind wäre ihm recht gewesen. Dieses satte, friedliche Stadtleben hatte ihn von den Fußsohlen bis zu den Haarwurzeln auf seinem Schädel, ja bis ins Mark seiner Knochen mit Unrast erfüllt. Wirklich, es schmerzte ihn bis ins Mark. Er sehnte sich nach einem richtig schönen fröhlichen Schlachtgemetzel, nach einem heftigen ausgedehnten Krieg.

Im Verlauf dieser spannungsgeladenen Periode eines ungestörten Friedens legte sich Harruels Kopulationspartnerin, Minbain, nieder und wurde von einem kräftigen, prächtigen männlichen Kind entbunden. Es gefiel ihm, daß er Vater eines Sohnes geworden war. Hresh wurde gerufen und vollzog das Namensritual. Und Hresh verlieh seinem neuen Halbbruder den Namen des Samnibolon, was Harruel ganz und gar nicht gefiel, denn Samnibolon war der Name des früheren Kopulationspartners der Minbain gewesen, Hreshs leiblichen Vaters. In gewisser Weise kam Harruel sich betrogen und geleimt vor, daß dieser Name in Verbindung mit seinem eigenen leiblichen Sohn ins Stammesregister zurückkehren sollte.

Und Hresh ist es, der mir dies angetan hat, dachte er grimmig.

Jedoch, der Alte Mann des Stammes hatte den Namen in Gegenwart der Eltern ausgesprochen und vor der Opferfrau, also war dieser Name nicht rückgängig zu machen. Samnibolon-Sohn-des-Harruel, so würde es von nun an heißen. Aber den Göttern sei gedankt, es war nur der Geburtsname. Der Knabe würde sich, wenn in neun Jahren sein Benamungstag kam, selbst seinen Dauernamen wählen, und Harruel wollte es sich gewißlich zur Aufgabe machen, daß *der* Name ein anderer sein sollte. Dennoch, neun Jahre, das war eine lange Zeit, wenn du deinen Erstgeborenen bei einem Namen rufen mußt, der dir im Mund wie eine vorwurfsvolle Bitternis aufquillt. Harruel gelobte sich insgeheim, daß er Hresh dies eines Tages auf irgendeine Weise heimzahlen werde.

Es war eine schwere Zeit für Harruel: Mond über Mond in friedlicher Folge – und dann, ein Sohn geboren, und er bekommt einen widerwärtigen Taufnamen. Grämlicher Ärger kochte brodelnd in Harruels Herzen. Nicht lange würde es währen, bis das Gift im Kessel überkochte.

* * *

Es ergaben sich kaum triumphale Erfolge, aber viele Mißgeschicke im Verlaufe der Bemühungen Hreshs, die Fundsachen zu begreifen, die er in den Ruinen Vengiboneezas ausgegraben hatte.

Die Leute der Großen Welt – oder die Mechanischen, die für sie als Handwerker und Instrumentenbauer gearbeitet hatten – waren offenbar bestrebt gewesen, ihre Geräte und Apparaturen für die Ewigkeit zu bauen. Manche von diesen waren einfache Konstruktionen, verschiedenfarbige Metallstreifen in raffinierten Mustern angeordnet. Es gab nur wenige Azeichen von Rost oder andere Abnutzungs- und Zerfallsmerkmale. Oft waren kostbare Steine eingelagert, die anscheinend Teile der Mechanik und nicht pure Schmuckstücke waren.

Manchmal bereitete es überhaupt keine Schwierigkeit, die Apparate zum Funktionieren zu bringen. Einige wenige besaßen kompliziert angeordnete Druckpunkte und Hebel, doch die meisten hatten nur allersimpelste Kontrollpaneele, wenn überhaupt. Wie aber sollte man wissen, welche Funktion eine Schaltung zu erfüllen hatte? Oder welche Katastrophe man auslösen könnte, wenn man sie auf falsche Weise betätigte?

Die anfänglichen Experimente, die Hresh durchführte, endeten in der Mehrzahl mit kleineren Katastrophen und selten erfolgreich. Da war etwa dieses Instrument – nicht länger als sein Arm –, das sofort nachdem er einen kupfernen Knubbel an seiner Schauze berührt hatte, damit begann, ein Netz zu weben. Mit märchenhafter Geschwindigkeit spuckte es feine klebrige, fast unzerreißbare Fäden aus seiner Schnauze und schoß sie in wilden Schleifen dreißig Schritt weit umher. Sobald er sah, was passierte, ließ Hresh zwar den Kontrollknopf los, aber inzwischen hatte er Sinistine, Praheurt und Haniman in einem festen Netz dieses Stoffes gefangen. Es dauerte Stunden, bis man sie wieder daraus losgeschnitten hatte, und Tage, ehe ihr Fell wieder völlig sauber war.

Ein anderer Apparat, den er zum Glück fern von Leuten und draußen im Tempelhof ausprobierte, schien Erde in Luft verwandeln zu können. Mit einem raschen Feuerstoß schnitt Hresh eine Grube aus dem Grund, die hundert Schritt breit und fünfzehn Schritt tief war, und es blieb nichts übrig von dem, was sich da zuvor befunden hatte – außer einem schwachen Brandgeruch. Vielleicht hatte der Apparat dazu gedient, Gelände zu roden, oder vielleicht war es eine Waffe. Voll Abscheu versteckte Hresh das Ding, wo es wohl kaum jemand je wieder würde finden können.

Eine lange schmale Schachtel mit kantigen Auswüchsen längs der Flanken entpuppte sich als Brückenbaumaschine. In den fünf Minuten, ehe es Hresh in verzweifeltem Bemühen gelang, das Ding abzuschalten, erbaute die Maschine eine bizarre Schwebebrücke vom Nichts ins Nichts, die mitten in der Luft endete, aber eine ganze Hauptstraße der Stadt ausfüllte. Als Baumaterial verwendete das Ding eine steinähnliche Substanz, die es – anscheinend – aus dem Nichts heraus produzierte. Eine ähnlich aussehende Maschine erwies sich als Mauernbauer: Mit dem gleichen aberwitzigen Eifer wie die Brückenbauerin begann sie auf Knopfdruck, willkürlich in der Straße hohe Wände zu errichten. Hresh griff auf seine Grabmaschine zurück, um die Brücke und die Wände wieder zu beseitigen; doch trotz aller Behutsamkeit eliminierte er gleichzeitig auch drei Häuser der Avenue. Er hoffte, daß sie ohne Bedeutung gewesen sein mochten.

Und dann gab es da Gerätschaften, die überhaupt

nicht zum Funktionieren bewegt werden konnten – und das waren leider die meisten –, und dann die anderen, die so gemein und hinterhältig und fragwürdig aussahen, daß es ihm als überstürzt erschienen wäre, sie jetzt schon überhaupt auszuprobieren. Diese legte Hresh beiseite, bis zu dem Tag, an dem er vielleicht etwas genauer wissen würde, was er tat.

Und dann gab es die Apparate, die bereitwillig einmal funktionierten und sich danach selbst zerstörten. Diesen Typ fand er von allen am widerwärtigsten und ärgerlichsten.

Ein solches Ding baute eine Sternkarte auf: eine weiche dunkle Kugel, vielleicht dreimal von der Länge eines Mannsleibes. Und auf ihrer Oberfläche waren sämtliche Himmelssterne in funkelnder Pracht aufgezeichnet. Während man sie noch ansah, bewegten sie sich; und wenn man mit einem Lichtspeer, der aus dem Apparat kam, auf einen der Sterne zeigte, ertönte eine Stimme und gab einen einzigen feierlichen Laut von sich, den Hresh für den Namen des betreffenden Sternes in der Sprache der Großen Welt hielt. Staunend und ehrfürchtig starrte er die Maschine an. Doch fünf Minuten später stiegen sich kräuselnde Rauchfäden von ihr auf, und die funkelnde Heerschar der Sterne verschwand von einem Augenblick zum andern, und Hresh saß da und empfand einen atembeklemmenden Schmerz wie bei einem unabänderlichen Verlust. Nie wieder gelang es ihm, diesen Apparat zur Funktion zu erwecken.

Ein anderes Gerät spielte Musik: eine tumultartige, das Firmament erfüllende Musik voller dumpfer klirrender Melodien, die jedermann im Stamm zusammenlaufen ließ, als wären die Götter über Vengiboneeza hereingebrochen und spielten im Wettstreit auf ihren Instrumenten. Auch dieses Gerät gab, kurz nachdem es zu funktionieren begonnen hatte, rauchend seinen Geist auf.

Ferner gab es ein Gerät, das mit Lettern aus goldenem Feuer eine unverständliche Botschaft in den Himmel schrieb. Sekunden darauf verröchelte die Maschine mit einem traurigen leisen Seufzer, und der Wind verwehte die merkwürdig kantige wilde Schrift.

»Wir zerstören viel und lernen dabei nur wenig Wissenswertes«, sagte Hresh bedrückt zu Taniane eines Tages, als drei solche Katastrophen sich ereigneten. Doch Vengiboneeza erwies sich als unglaublich reich bestücktes Lagerhaus für Kunstwerke und Relikte aus der Großen Welt. Nahezu Tag für Tag brachten die Sucher neue Schätze heran. Es war eine Schande und ein Jammer, auch nur einen davon sinnlos zu verschwenden, das wußte Hresh. Jedoch vielleicht gehörte eine gewisse Zerstörung unvermeidlich zum Lernprozeß. Er mußte einfach mit seinen Experimenten fortfahren – ungeachtet der Verluste und der Risiken. Es war seine Aufgabe. Und das Schicksal des Stammes stand auf dem Spiel. Und möglicherweise sein ganz persönliches Geschick gleichfalls: denn er war an seinen Platz gestellt, nicht bloßes merkwürdiges Spielzeug zu entdecken, sondern die Geheimnisse, vermittels derer sein Volk über die Erde herrschen sollte.

* * *

Die warme feuchte Jahreszeit kehrte wieder. Dies war der Winter, und als die kühlen östlichen Winde sich legten und die schweren Regenfälle begannen, machte Torlyri sich auf, um das Winter-Opfer darzubringen. Tag um Tag hing die Sonne tief am Himmel, weswegen Hresh diese Jahreszeit ›Winter‹ genannt hatte; doch Torlyri kam dies seltsam vor, denn die Witterung war doch so mild. Winter, das sollte doch eigentlich die kalte Jahreszeit sein. Sie hatten sie doch »Winter« genannt, diese bitterböse gerade zu Ende gegangene Zeit, den Langen Winter der Welt, in dem alles erstarrte und alles Lebendige hatte fliehen und Schutz suchen müssen.

Doch Torlyri begriff mehr und mehr, daß ein Unterschied bestand zwischen dem Langen Winter und einem ganz gewöhnlichen Winter. Es gab also Große Zyklen und kleinere. Der Lange Winter war die dunkle Weltkatastrophe gewesen, bewirkt von den stürzenden Todessternen, deren Staub und Rauch am Himmel die Strahlen der Sonne fernhielt, so daß eine grausame Kälte sich über die Welt senkte; aber dies war ein Ereignis der Großzyklen gewesen, die unendliche Zeiträume umfaßten und in langen, weit auseinander liegenden Intervallen Verderben brachten. Herabgesandt aus den fernen Himmeln, und alle Welt war davor auf die Knie gefallen. Nun würden Millionen Jahre verstreichen, ehe derlei sich erneut ereignete. Ganze Äonen des Lebens würden entstehen und wieder vergehen und keine Erinnerung haben an den letzten Langen Winter des Großzyklus und würden nichts wissen von der nächsten Katastrophe in einer fernen Zukunft.

Aber der gewöhnliche Winter war weiter nichts als eine der Jahreszeiten des Kleinzyklus. Und er konnte sich von einem Ort auf der Erde zum anderen stark unterscheiden. Hresh hatte ihr erklärt, was die Jahreszeiten verursachte, allerdings hatte sie noch immer eine recht verschwommene Vorstellung von dem Ganzen. Es hing irgendwie mit dem Lauf der Sonne um die Erde zusammen – oder mit dem der Erde um die Sonne, sie war nicht sicher, was von beidem. Es kam eine Jahreszeit, in der die Sonne kaum über den Horizont emporstieg, und das war der Winter. Im allgemeinen war Winter kalt – und er war es gewißlich gewesen, als sie die weiten Ebenen durchquerten, damals im ersten Jahr –, doch an bestimmten vom Glück begünstigten Orten war der Winter sanft und mild. Und hier war ein solcher Ort. Und darum hatten die Saphiräugigen, die Kälte schlecht vertrugen, hier ihre Große Stadt zu errichten beschlossen, vor langer, langer Zeit, ehe die Todessterne kamen.

Und so kreisten die Jahreszeiten. Wir haben wieder Winter, dachte Torlyrio, unseren warmen feuchten vengiboneezischen Winter. Und die Zeit vergeht, und wir werden allc älter.

Der Stamm wuchs sehr rasch an Zahl. Es lebten noch alle, die mit dem Großen Treck aus dem Kokon Vengiboneeza erreicht hatten, und die Siedlung wimmelte inzwischen von neugeborenen Kindern. Die vordem Kinder gewesen waren, wuchsen ihrer Reife entgegen. Taniane, Hresh, Orbin, Haniman – sie waren fast schon alt genug für die Einweihung in die Mysterien des Tvinnr. Und wenig später würden sie Kopulationspartner wählen. Und selbst Kinder haben.

Torlyri dachte darüber nach, wie das sein mochte, selbst ein Kind zu haben. Zu fühlen, wie Tag um Tag das Leben in einem wächst. Wie es pulsiert. Nach außen drängt. Und wie es wäre, wenn sie dann, sobald ihre Zeit gekommen war, da zwischen den Weibern zu liegen und die Beine zu breiten, damit dieses neue Leben herauskönne.

Als sie noch ein Mädchen war, hatte sie sich nie viele Gedanken über Kopulation oder Mutterschaft gemacht. Doch seit mindestens einem Jahr spielte sie nun mit der Vorstellung herum. Hier und jetzt in desem Neuen Frühling war dies auch keineswegs ein absonderlicher Gedanke. Seit der Sittenreform hatte es im Volk eine Unzahl neuer Kopulationspartnerschaften gegeben, und nahezu alle, die sich bislang noch nicht kopulativ gebunden hatten, hatten doch immerhin mit der Vorstellung geliebäugelt. Sogar Koshmar hatte gewitzelt über Torlyris plötzliche neckische Verspieltheit gegenüber diesem oder jenem Mann. Aber Koshmar schien sich keine ernsthaften Sorgen zu machen. Es war nicht Brauch, daß die Opferfrau sich einen Kopulationspartner wählte; und was den Kopulationsakt selbst anging, so wußte Koshmar ja, daß Torlyri daran nie ein besonders großes Interesse gehabt hatte.

Torlyris Erwählung zur nächsten Opferfrau war früh erfolgt, als sie kaum über die Mädchenjahre hinaus war. Das war unter der Häuptlingsschaft Themurs und der Zeit Gonnaris als Opferpriesterin gewesen. Diese beiden waren praktisch gleichaltrig gewesen, mußten also das Grenzalter gleichzeitig, mit nur einem Monat Abstand, erreichen und durch die Schleuse schreiten. Thekmur erwählte sich Koshmar als Nachfolgerin, und Gonnaris Wahl fiel auf Torlyri. Im Verlauf der folgenden fünf Jahre hatten sich Koshmar und Torlyri, die bereits Tvinnr-Partner waren, der Ausbildung für die großen Aufgaben unterzogen, die ihrer harrten; und dann waren für Thekmur und Gonnari deren Todestage gekommen, und für Koshmar und Torlyri war das Leben schlagartig und endgültig verändert.

Das war nun zwölf Jahre her. Torlyri war zweiunddreißig Jahre alt, fast dreiunddreißig. Wenn man noch im Kokon lebte, würde ihr eigener Todestag nur wenige Jahre entfernt sein und sie würde bereits eifrig ihre Nachfolgerin heranbilden. Aber niemand sprach mehr von Grenzalter oder Todestagen. Torlyri würde die Opferpriesterin bleiben, bis ihr natürlicher Tod zu ihr kam und sie hinwegnahm. Und sie dachte – anstatt ans lästige Sterben – an Liebeswerben.

Seltsam! Sehr seltsam!

Ab und zu hatte sie ein paar Kopulationsversuche unternommen – das taten fast alle, selbst jene, die ihrem Entwurf und ihrer Struktur nach nicht für die Fortpflanzung bestimmt waren –, aber Torlyri hatte derlei nicht sehr oft getan und nun schon seit langer Zeit nicht mehr. Angeblich war die Sache mit hoher Lust verbunden, doch ihr war es nie gelungen, diese dabei zu finden. Übrigens auch kein Unbehagen: sie hatte es nur als etwas Beiläufiges betrachtet und erlebt, einen gewissen Bewegungsablauf, den man mit dem Körper durchführte, etwa so befriedigend wie Fußboxen oder Handlaufen, vielleicht nicht einmal dies.

Ihre erste Erfahrung hatte sie mit vierzehn gemacht, kurz nach ihrem Tvinnr-Tag, also im üblichen Alter für solcherart Initiationen. Ihr Partner war Samnibolon, der später Minbains Kopulationspartner werden sollte. Er machte sich in einem abgeschiedenen Winkel des Kokons an sie heran und winkte ihr zu und hielt sie fest und streichelte ihren dunklen Pelz, bis sie schließlich begriff, was er vorhatte. Es schien daran nichts Böses. Also tat sie, wie sie es bei älteren Frauen gesehen hatte, und öffnete sich ihm und ließ ihn seine steife Kopulationsrute in sie schieben. Er bewegte sie rasch her und hin, und sie rollten irgendwie ineinander verstrickt herum, und irgendeine plötzliche Eingebung befahl ihr, die Beine anzuziehen und ihre Knie gegen seine Flanken zu pressen, was ihm sehr zu gefallen schien. Und nach einer Weile schnaufte er grunzend und ließ sie wieder los. Dann lagen sie still einige Zeit im Arm des andern. Samnibolon redete auf sie ein, wie schön sie sei und was für eine leidenschaftliche Frau sie werden würde. Und damit hatte es sich. Er kam ihr nie wieder zu nahe. Wenig später wurden Minbain und er Kopulationspartner.

Ein, zwei Jahre darauf zog sie der alte Krieger Binigav beiseite und bat sie, mit ihm zu kopulieren; und da er freundlich war und außerdem schon dem Grenzalter nahegerückt, tat sie ihm den Gefallen. Er war sanft, zärtlich und behutsam mit ihr, und nachdem er in sie eingedrungen war, verhielt er dort eine lange Zeit; sie aber verspürte weiter nichts als eine milde Wärme, aber wenig aufregend.

Das drittemal war mit Moarn, dem Vater jenes Moarn, der nun Stammeskrieger war. Moarn war bereits partnerschaftlich kopulationsverbunden, und deshalb überraschte es Torlyri, als er nach einem Fest nach ihr griff. Er hatte zu viel vom Samtbeerwein getrunken, und sie gleichfalls. Sie begrapschten und befummelten einander und umarmten sich. Torlyri war sich später nie ganz sicher, ob sie tatsächlich kopuliert hatten oder nicht: sie erinnerte sich, daß es da gewisse Schwierigkeiten gegeben hatte. Doch wie immer, es bedeutete kaum einen Unterschied. Auf jeden Fall war es kein buchenswertes Erlebnis gewesen. Und das war die Liste ihrer drei Kopulationserfahrungen: Samnibolon, Binigav und Moarn. Alle drei Männer waren schon lange tot; und sie – sobald sie in ihrem achtzehnten Jahr zur nächsten Opferfrau erwählt war – hatte nie wieder den Versuch unternommen, diesen Lebensbereich zu erforschen.

Doch nun ... aber jetzt ...

Seit Wochen schon hatte Lakkamai sie so seltsam angestarrt. Dieser stille, verschlossene, abweisende Mann, was bewegte er in seinem Kopf? Noch nie hatte jemand sie dermaßen fest angestarrt. In seinen grauen Augen leuchteten helle grüne Flecken, und das ließ ihn geheimnisvoll, unergründlich erscheinen. Es war, als versuche er, tief in ihre Seele hinabzublicken.

Jedesmal wenn sie sich plötzlich umschaute, stand da etwas entfernt Lakkamai und blickte sie an. Und dann wandte er stets hastig den Blick und gab vor, mit etwas, mit irgend etwas beschäftigt zu sein. Manchmal lächelte sie ihm zu. Manchmal aber kehrte sie ihm einfach den Rücken zu; und wenn sie sich ihm dann erneut zuwandte, fünf oder zehn Minuten später, stand er wieder da und starrte sie an.

Allmählich begriff sie.

Sie ertappte sich oft dabei, daß sie nun ihrerseits zu Lakkamai hinüberschaute, um zu sehen, ob er zu ihr herüberblickte. Und dann ertappte sie sich dabei, daß sie Lakkamai anschaute, einfach um des Vergnügens willen, ihn anzuschauen, sogar wenn er ihr den Rücken zukehrte. Er war so geschmeidig und graziös und dabei doch auch stark; nicht kräftig in der dickfleischigen Art von Harruel, sondern ausgestattet mit einer drahtigen, federnden Kraft, die sie an jenen armen Behelmten erinnerte, der beim Verhör durch Koshmar und Hresh gestorben war. Lakkamai war einer der ältesten Männer im Stamm, ein langgedienter Krieger, doch sein Fell, ein satter brauner und bläulichroter Pelz, zeigte noch keine Spur von Grau. Sein Gesicht war lang, Kinn und Kiefer kantig und scharf vorspringend, die Augen tief in den Höhlen liegend. In allen seinen Lebenstagen hatte er nur wenig Worte gemacht. So klein der Stamm war, so familiär und vertraulich das Dasein im Kokon gewesen war, Torlyri hatte nun das Gefühl, daß sie diesen Mann kaum kenne.

Eines Nachts träumte ihr, daß sie sich mit ihm kopulativ vereinte.

Das kam völlig überraschend für sie. Denn tatsächlich lag sie neben Koshmar auf dem Lager. Zufällig hatten sie am Abend getvinnert, zum erstenmal seit vielen Wochen. Ihre Seele hätte also von Koshmar ganz erfüllt sein müssen, während sie schlief. Statt dessen kam Lakkamai zu ihr, stand stumm über ihr und betrachtete sie eindringlich. Und sie hatte ihn zu sich gewinkt und ihn an ihre Seite niedergezogen – er schien neben sie zu schweben –, und Koshmar verschwand und es waren nur noch sie beide auf der Schlafmatte, und Lakkamai war in ihr, und sie fühlte eine plötzliche Hitze in ihrem Leib und wußte, daß er ihr ein Kind gemacht hatte.

Keuchend erwachte sie und saß dann bebend da.

»Was ist denn?« fragte Koshmar sogleich. »Ein Traum, war es ein Traum?«

Torlyri schüttelte den Kopf. »Nur ein flüchtiges Frösteln«, sagte sie. »Ein Winterhauch, der mir übers Gesicht huschte.«

Noch nie zuvor hatte sie Koshmar belogen.

Aber es hatte sie auch nie zuvor nach einem Mann verlangt.

Als Torlyri am nächsten Tag Lakkamai vor dem Tempel begegnete, vermochte sie seinem Blick nicht standzuhalten, so mächtig war das Gefühl in ihr, daß sie in der verflossenen Nacht sich wahrhaftig mit ihm gepaart hatte. Und wenn dieser Traum dermaßen lebendig für sie gewesen war, dann mußte doch auch er ihn gefühlt haben. Ihr schien, er müsse bereits alles von ihr wissen, wie sich ihre Brüste unter seinen Händen anfühlten, wie ihr Mund schmeckte, wie ihr Atem roch; und trotz ihres Alters kam sich Torlyri plötzlich wie ein ganz junges Mädchen vor, und ein recht törichtes überdies.

In der folgenden Nacht träumte sie er erneut von Lakkamai. Sie keuchte und stöhnte und zuckte in seinen Armen, und als sie erwachte, starrte Koshmar sie mit hellwachen Augen durch die Finsternis an, als fürchte sie, Torlyri sei dabei, den Verstand zu verlieren.

Und in der dritten Nacht kehrte der Traum erneut wieder, und er war sogar noch lebendiger. Sie vollzog Dinge mit Lakkamai, die sie andere niemals bei der Kopulation hatte tun sehen, von denen sie sich nie auch nur hätte vorstellen können, daß jemand auf sie verfallen könnte; und diese Dinge bereiteten ihr eine höchste und schärfste Lust.

Sie vermochte das nicht länger zu ertragen.

Am nächsten Morgen setzten die Regengüsse, die viele Wochen lang über der Stadt niedergeprasselt waren, endlich aus, und ein klarer blauer Winterhimmel brach wie ein Trompetenstoß durch die Wolkendecke. Torlyri vollzog das Sonnenaufgangsopfer wie gewohnt; und danach begab sie sich äußerst ruhig und gelassen zu dem Haus, in dem die unvermählten Krieger lebten. An der Hausecke auf der Veranda hing ein Käfig mit drei kleinen scharfäugigen schwarzen Geschöpfen darinnen, die von den Kriegern gefangen worden waren und nun immer rund und rund im Kreis herumliefen und zornige grelle hohe Töne ausstießen. Torlyri schenkte ihnen ein trauriges mitleidvolles Lächeln.

Lakkamai stand vor dem Haus, als habe er sie erwartet. Schweigsam wie stets, scheinbar ganz gelassen, lehnte er an der Wand und schaute sie an, während sie auf ihn zukam. Die kühlen festen Augen hatten nichts mehr von dem heftigen fragenden Starren, mit dem er sie in jüngerer Zeit so oft angeblickt hatte. Aber ein Winkel seines Mundes bewegte sich mehrmals kurz und zuckend und verriet so seine innere Gespanntheit. Er schien sich dessen nicht bewußt zu sein.

»Komm«, sagte Torlyri leise. »Komm und spaziere mit mir. Die Regen haben nachgelassen.«

Lakkamai nickte. Seite an Seite machten sie sich auf, ließen jedoch dabei soviel Platz zwischen sich, daß der breite Harruel leicht zwischen ihnen hätte gehen können. An den Behausungen des Stammes vorbei schritten sie, vorbei am Tor zum sechseckigen Turm aus Purpurstein, der nun der Tempel war, vorüber an dem Garten mit Büschen und Blütenpflanzen, den Boldirinthe und Galihine und ein paar andere so eifrig pflegten, und vorbei an dem schimmernden Teich aus rosa Strahlung, der einst die Lust der Saphiräugigen gewesen war. Keiner sprach ein Wort. Sie blickten fest geradeaus. Torlyri hatte das Gefühl, aus dem Augenwinkel kurz Hresh zu sehen. Konya, Taniane, ja vielleicht sogar Koshmar, während sie so dahinschritten. Doch keiner rief sie an, und sie bewegte den Kopf nicht, um jemanden genauer zu erkennen.

Jenseits des Gartens der Frauen und des Lichterteichs der Saphiräugigen befand sich ein weiterer Garten, ein verwilderter, ungepflegter, wo über einem dichten Teppich von bläulichem Moos Schlingreben und krummästige Bäume und fremdartige prallbäuchige, schwarzblättrige Gesträuche in aberwitziger Üppigkeit wuchsen. Hierhin setzte Torlyri den Fuß, und Lakkamai ging neben ihr, doch nun etwas näher. Noch immer sagte keiner ein Wort. Sie gingen vielleicht zwei Dutzend Schritte weiter, bis sie an eine Stelle kamen, wo das Unterholz sich lichtete und fast eine Art Laubhütte bildete. Hier wandte sich Torlyri lächelnd Lakkamai zu; und er legte ihr die Hände auf die Schultern, wie um sie mit sich auf das Moos herabzuziehen, aber da war kein Ziehen nötig. Wie ein Leib sanken sie zu Boden.

Sie hätte nicht sagen können, ob er in sie eindrang oder ob sie sich hüllend um ihn schmiegte; jedenfalls preßten sie sich plötzlich dicht gegeneinander, und ihre Leiber vereinten sich. Das Moos unter ihnen gab ein leises Seufzen von sich. Es war sattgetränkt von den vielen Regentagen, und Torlyri stellte sich vor, daß durch ihrer beider Bewegungen das Wasser in die kleine flache Mulde gepreßt werde, in der sie lagen, so daß sich um sie herum allmählich ein kleiner Teich bildete. Ihr sollte es lieb sein. Mit Wonne wollte sie in diese weiche Wärme tauchen.

Lakkamai bewegte sich in ihr. Und sie klammerte sich an ihn und krallte sich in die kantigen Muskeln unter dem dicken Fell auf seinem Rücken.

Es war nicht ganz so wie in ihrem Traum. Aber es war auch ganz und gar nicht so, wie sie es von Samnibolon und Binigav und Moarn in Erinnerung hatte. Die Verschmelzung, die Vereinigung war bei weitem nicht so tief oder erfüllend wie beim Tvinnr – und wie hätte dies auch möglich sein sollen? –, doch war sie viel tiefer, als sie dies jemals von einer Kopulation vermutet hätte. Während sie Lakkamai fest umschlungen hielt, dachte Torlyri voll Verwunderung, daß dies hier weit über eine Kopulation hinausreichte: es war wohl wirklich so, wie ein Verschmelzen sein muß. Und in diesem Augenblick erstaunter Bewußtwerdung erhob sich eine schrille Stimme in ihrem Innern, die fragte: *Was habe ich getan? Was wird Koshmar dazu sagen?*

Torlyri ließ die Frage unbeantwortet, und sie wiederholte sich nicht. Sie verlor sich in der wundersamen Stille, welche die Seele Lakkamais war. Nach einiger Zeit machte sie sich von ihm frei, und dann lagen sie ein Stückchen auseinander, und nur ihre Fingerspitzen berührten sich.

Sie dachte daran, ihn mit der Spitze ihres Sensororgans zu streicheln, aber nein, nein, das wäre dem Tvinnr zu ähnlich gewesen. Nein, es *wäre* ein Tvinnr gewesen. Und ihr Tvinnr-Partner war Koshmar, nicht Lakkamai. Aber Lakkamai war ihr Kopulationspartner.

Torlyri wälzte diese Gedanken im Kopf herum. Wieder und wieder.

Lakkamai ist mein Kopulationspartner. Lakkamai ist mein Mann.

Sie war zweiunddreißig und seit einem Dutzend Jahren die Opferpriesterin des Stammes, und nun hatte sie plötzlich nach solch langer Zeit einen Mann und Kopulationspartner. Wie merkwürdig! Wie äußerst merkwürdig!

An einem kühlen klaren Wintertag, als der letzte Sturm seine Wut gen Osten ausgetobt hatte und der nächste noch nicht von der westlichen See herangefegt kam, machte Hresh sich erneut auf, um das häßliche abstoßende Gebäude, das er ›die Zitadelle‹ getauft hatte, zu erforschen. Der Vorschlag stammte von Taniane, und sie begleitete ihn. Seit kurzem hatte sie es sich zur Gewohnheit gemacht und war auf viele seiner Exkursionen mitgegangen. Koshmar schien derzeit nichts dagegen zu haben, wenn er ohne einen Krieger zu seinem Schutz in den Ruinen umherstreifte. Und Hresh hatte Tanianes Beitritt zu der Gruppe der Sucher rasch schätzen gelernt. Zwar war immer noch etwas an ihr, das ihm Unbehagen bereitete und ihn verunsicherte, wenn er zu dicht in ihrer Nähe weilte, doch zugleich spürte er ein merkwürdig albernes Vergnügen, wenn er mit ihr allein die entfernteren Bezirke der Stadt durchstreifte.

Hresh hatte eigentlich nicht zur Zitadelle zurückkehren wollen. Er meinte jetzt zu wissen, worum es sich da handelte, und er fürchtete sich vor der Bestätigung, daß seine Vermutung richtig sei. Das seltsame Bauwerk jedoch faszinierte Taniana, und sie bettelte und bohrte immer wieder, bis er ihr endlich nachgab. Und nachdem er einmal dazu entschlossen war, entschied er sich dafür, dem Geheimnis der Zitadelle auf den Grund zu kommen, und sei es mit Gewalt, was immer auch die Folgen davon sein würden. Sag ihr nichts, sondern laß sie selbst sehen. Sie soll ihre eigenen Schlußfolgerungen ziehen. Vielleicht, dachte er, ist die Zeit gekommen, ein Stück der schrecklichen Wahrheit mit jemandem zu teilen, die ich in mir verschließe. Und vielleicht war Taniane genau die richtige Person dafür.

Der Pfad zur Zitadelle war schwierig und bestand aus grauen Steinplatten, die von der Zeit und den Erdbeben in alle Richtungen verschoben waren und die während der Winterregen von einer dichten pelzigen Schicht glitschiger grüner Algen überwuchert waren. Zweimal rutschte Taniana aus und Hresh mußte sie abfangen, einmal am Oberarm, das andre Mal beim Schenkel und dem Kreuz; und jedesmal brannten ihm von der Berührung die Finger ganz seltsam. Und in den Lenden und in seinem Sensororgan rührte sich etwas. Er ertappte sich über dem Wunsch, sie möchte noch ein drittesmal ausrutschen, aber sie tat es leider nicht.

Dann waren sie oben und traten auf die Felszunge, auf der die Zitadelle in einsamer Majestät über Vengiboneeza brütete. Hresh überquerte den Teppich des kurzen dichten breitblättrigen Grases, das um den Bau herum wuchs, und trat an die Kante und spähte hinaus. Unermeßlich weit breitete sich unter ihm die Stadt und leuchtete in dem fahlen milchigen Winterlicht. Er blickte auf die zerbrochenen weißen Gebäudestümpfe hinab, auf zierliche Schwebebrücken, die zu Trümmerhügeln zusammengesunken waren, auf Straßenläufe aus schimmerndem Stein, durchsetzt von lebhaften Grün- und Blautönen, die sich bis zum Horizont dehnten. Schwer atmend vom Anstieg, stand Taniane dicht bei ihm.

»All dies habe ich gesehen, als es noch lebendig war«, sagte Hresh nach einer Weile.

»Ja. Haniman hat mir davon erzählt.«

»Es war absolut wunderbar. So viele Sachen, die sich gleichzeitig ereigneten, so viele verschiedene Leute, eine solche Energie. Erstaunlich. Und sehr niederschmetternd.«

»Niederschmetternd?«

»Ich hatte nie so recht begreifen können, was eine Hochzivilisation wirklich ist, bis ich die Große Welt erblickt hatte. Und mir war auch nie klar geworden, wie weit wir noch davon entfernt sind, zivilisiert zu sein. Ich hatte mir vorgestellt, das muß so ungefähr wie in einem Kokon sein, nur um vieles größer und mit mehr Leuten, die mehr Beschäftigungen nachgehen. Aber das ist es gar nicht, Taniane. Es besteht ein Unterschied in der Qualität, nicht bloß in der Quantität. Es gibt einen bestimmten Punkt, an dem eine Zivilisation sich erhebt, an dem sie beginnt, ihre Eigenkraft zu entfalten, und dann wächst sie aus sich selbst heraus immer weiter, nicht nur aus der Summe der Aktionen der Menschen, aus denen sie besteht. Kannst du mich überhaupt verstehen? Unser Stamm ist für so etwas viel zu klein. Wir haben unsere kleinen Aufgaben zu erledigen, und das tun wir, und am nächsten Tag machen wir es genauso, aber darin steckt nicht das gleiche Sinnpotential, nicht die gleichen Möglichkeiten der Umgestaltung, eines explodierenden Wachstums. Dazu braucht man eine größere Zahl von Leuten. Nicht bloß ein paar hundert. Man braucht Tausende – Millionen ...«

»Aber das werden wir eines Tages haben, Hresh.«

Er zuckte die Achseln. »Bis dahin ist es noch sehr weit. Und zuerst gibt es ungewöhnlich viel Arbeit zu leisten.«

»Auch die Große Welt hat klein angefangen.«

»Ja«, sagte er, »das halte ich mir auch immer vor.«

»Also das war es, was deine Seele dermaßen bekümmert hat, seit du damals heimkehrtest, nachdem du geschaut hast, was du da geschaut hast?«

»Nein«, sagte Hresh. »Das war es nicht. Das war was anderes.«

»Kannst du es mir sagen?«

»Nein. Ich kann es keinem sagen.«

Lange blickte sie ihn schweigend an. Dann lächelte sie und berührte ihn sacht an der Schulter. Er schauderte unter der Berührung und hoffte, sie möge es nicht bemerkt haben.

Er drehte sich um und betrachtete eine Weile die Zitadelle. Diese massiven grünlich-schwarzen Wälle, die gigantischen Steinsäulen, das niedrige schwere Schrägdach: ein Bauwerk, das Macht und Stärke verriet, sogar Anmaßung und kolossale Selbstsicherheit. Hresh schloß die Augen und sah wieder die hochgewachsenen bleichen Unbehaarten, die Menschen aus seiner Vision, geistergleich durch diese türenlosen Mauern gleiten, nachdem sie sie mit einem Finger berührt hatten, als wären diese Mauern aus Dunst und Rauch. Wie hatten sie das bewerkstelligt? Und auf welche Weise könnte es auch ihm möglich sein?

»Dreh dich um!« befahl er.

»Warum?«

»Ich muß etwas machen und will nicht, daß du es siehst.«

»Aber Hresh, warum wirst du denn auf einmal so geheimnisvoll.«

»Bitte!«

»Wirst du was mit dem Wunderstein machen?«

»Ja«, fuhr er sie ärgerlich an.

»Ach, den brauchst du vor mir doch nicht zu verstekken.«

»Bitte, Taniane!«

Sie schnitt ihm eine Grimasse, drehte ihm aber den Rücken zu. Er griff in seine Schärpe, zog den Barak Dayir hervor, und nach einem Augenblick der Unschlüssigkeit berührte er ihn mit der Spitze seines Sensororgans, und er hörte durch die Klüfte und Abgründe der Luft seine starke Zaubermusik heraufschwellen, bis sie seine Seele erfüllte. Er begann zu zittern. Er fing die Kraft des Steins ein und stellte sie ein und zentrierte sie, und auf den Mauern der Zitadelle begannen dichte rote, gelbe und weiße Wirbel aufzuleuchten. Tore, dachte er.

»Gib mir deine Hand«, sagte er.

»Was hast du vor?«

»Wir werden hineingehen. Gib mir deine Hand, Taniane!«

Sie starrte ihn seltsam an, dann legte sie ihre Hand in die seine. Der Wunderstein verstärkte seine Sinneswahrnehmungen derart, daß Tanianes Handfläche wie Feuer auf seiner Haut brannte und er die Heftigkeit der Berührung kaum zu ertragen vermochte; aber es gelang ihm irgendwie, und mit einem leichten Zerren führte er sie auf den nächstgelegenen Lichtwirbel zu. Dieser wich bei seiner Annäherung, und er trat ohne Schwierigkeiten durch die Mauer und zog Taniane hinter sich drein.

Im Innern öffnete sich gewaltiger leerer Raum, der von einem trüben gespenstischen Licht erhellt war, das von überall her, ohne sichtbare Quelle aufschien. Sie hätten sich in einer Höhle befinden können, die halb so weit war wie die Welt und halb so hoch wie ein Berg.

»Bei Yissous Augen«, wisperte Taniane. »Wo sind wir?«

»In einem Tempel, glaube ich.«

»Wem gehört er?«

»Denen ...« Hresh streckte die Hand aus.

Hoch in der Luft über ihnen bewegten sich Menschen umher, schwerelos wie Staubkörner. Sie schienen aus den Wänden aufzutauchen, und sie schwebten zu zweit und zu dritt in den Höheren Regionen des gewaltigen Raumes umher und schienen offesichtlich in ernste Gespräche vertieft, und dann verschwanden sie am gegenüberliegenden Ende wieder in der Wand. Sie ließen sich durch nichts anmerken, ob sie sich der Gegenwart von Taniane und Hresh bewußt waren oder nicht.

»Träumeträumer!« murmelte sie. »Sind die wirklich da?«

»Vielleicht sind es nur Visionen. Aus einer anderen Zeit. Von damals, als diese Stadt noch voll Leben steckte. Oder aber *wir* träumen *sie.*« Immer noch hielt er mit der einen Hand den Barak Dayir umklammert. Er steckte ihn wieder in seinen Beutel und hakte diesen an seiner Schärpe fest. Sofort verschwanden die Geistergestalten über ihren Köpfen, und man sah nichts weiter als die vier nackten rauhen Steinwände, die trüb in dem dünnen Geisterlicht glommen, das von ihnen selbst ausging.

»Was war los?« fragte Taniane. »Wohin sind sie verschwunden?«

»Der Wunderstein hat sie uns vor Augen gebracht. Sie waren gar nicht wirklich hier, nur ihre Abbilder. Ein Schein über Tausende von Jahren herüber.«

»Ich versteh das nicht.«

»Ich auch nicht«, sagte Hresh.

Er machte ein paar vorsichtige Schritte bis zu der Wand, zu der Stelle, an der sie hereingelangt waren, und strich mit der Hand über den Stein. Er fühlte sich höchst unnachgiebig und etwas warm an, genau wie der Barak Dayir selbst auch. Ein Schauder lief Hresh das Rückgrat entlang. Nichts war hier in diesem ganzen riesenhaften Raum, gar nichts, keine zerschlagenen Bildwerke, keine umgestürzten Thronsessel, kein Hinweis auf irgendwelche Bewohner.

»Mir ist nicht gut hier«, sagte Taniane. »Gehn wir lieber!«

»Gut.«

Er kehrte ihr den Rücken zu und holte wieder den Wunderstein hervor, doch diesmal gab er sich keine besondere Mühe, ihn ihrem Blick zu entziehen. Sie schaute mit geweiteten Augen zu und schlug das Yissou-Zeichen. Und kaum hatte er den Stein berührt, da begannen die Wände wieder in hellem Licht zu erstrahlen und die gespensterhafte Luftprozession der Menschen hoch droben zog wieder dahin. Hresh sah, daß Taniane sie mit offenem Mund und ganz verdutzt beschaute. »Träumeträumer«, sagte sie noch einmal. »Sie sehen genauso aus wie er. Wie Ryyig. Wer waren sie?«

Hresh gab ihr keine Antwort.

»Ich glaube, ich weiß es«, sagte sie.

»Weißt du es?«

»Es ist eine verrückte Vorstellung, Hresh.«

»Dann sag sie mir nicht.«

»Aber dann sag mir doch wenigstens, was *du* glaubst.«

»Ich bin nicht sicher«, sagte Hresh. »Ich bin mir in gar nichts mehr sicher.«

»Du glaubst, was ich auch glaube.«

»Vielleicht«, sagte er. »Vielleicht auch nicht.«

»Nein, wir glauben beide das gleiche. Hresh, ich habe Angst.«

Er sah, daß sich ihr Fell sträubte und daß ihre Brüste zu wogen begannen. Er wünschte, daß er den Mut aufbrächte, sie an sich zu ziehen und ganz fest an sich zu drücken.

»Komm!« sagte er. »Wir sind lang genug hier drin geblieben.«

Wieder ergriff er sie an der Hand und führte sie durch das Schleusentor in der Mauer. Draußen wandten sie sich beide um und blickten zurück, und danach schauten sie einander nur wortlos an. Noch nie hatte er Taniane derart erschüttert erlebt. Und in seiner Seele schwebte noch immer diese seltsame Prozession der Träumeträumer durch die Luft über seinem Kopf, geheimnisvoll, aufs höchste aufregend und quälend, zauberisch, und beschied ihn erneut mit dem Spruch, den er nicht hören wollte.

Schweigend stiegen sie über den glitschigen gewundenen Steinpfad wieder in die Stadt hinab. Auf dem ganzen Weg zurück in die Siedlung wechselten sie nicht ein einziges Wort.

Als sie dort anlangten, vernahmen sie zorniges Rufen, lautes Geschrei, die gellenden höhnischen Schnatterlaute der Dschungelaffen. Alles steckte voll von ihnen, zu Dutzenden schwangen sie sich kapriolend zwischen den Dächern umher.

»Was ist denn los?« fragte Hresh, als Boldirinthe, einen Speer schwingend vorbeigerannt kam.

»Siehste das denn nicht?«

Weiawala, die hinter ihr angelaufen kam, blieb stehen und erklärte ihnen die Situation. Die Affen waren plötzlich aufgetaucht und hatten die papierenen Nester irgendeiner Insektenart mitgeschleppt. Diese Nester platzten auf, wenn sie auf der Erde aufschlugen, und gaben Schwärme von glitzernden langbeinigen Ekeln frei, die mit gezackten Kneifern ausgerüstet waren, die tiefe Wunden verursachten. Ihr Zubiß brannte wie glühende Kohlen, und sie ließen sich auch nicht wegreißen, sondern man konnte sie nur mit dem Messer aus der Haut herauspuhlen. Die Wanzen hatten sich über die ganze Niederlassung ausgebreitet, und die Affen ebenso, die allerdings von hoch oben herab lachten und kreischten und hin und wieder ein weiteres Insektennest herabschleuderten. Der gesamte Stamm war damit beschäftigt, sie zu vertreiben und das Stechgeziefer unter Kontrolle zu bekommen.

Es währte Stunden, bis im Dorf wieder Ruhe einkehrte. Und dann schien keiner mehr sich Gedanken zu machen, wo Hresh gewesen war oder was er getan hatte. Noch später am selben Abend sah er Taniane ganz allein dahocken und ins Leere starren; und als Haniman zu ihr hinüberging und zu ihr redete, ließ sie ihn zornig abfahren und ging aus dem Raum.

Auf halbem Weg den Hang des Mount Springtime, des ›Frühlingsberges‹, hinauf lag ein scharfgezähnter Felskamm, den Harruel oft als Hochsitz und Ausguck benutzte, wenn er seinen Wachdienst über Vengiboneeza erledigte. Der Kamm krängte aus der Bergflanke heraus wie eine Art Terrasse, so daß Harruel, blickte er hangaufwärts, den Sattel im Blickfeld hatte, den jede eindringende Heerschar beim Abstieg vom Gipfel würde durchqueren müssen. Aber von hier aus konnte er auch in der anderen Richtung ganz Vengiboneeza überblikken, das sich drunten vor ihm breitete, als wäre es ein Lageplan.

Dort saß Harruel manchmal Stunde um Stunde, selbst im Regen, in der Gabelung eines gewaltigen Baumes mit schimmernder Borke und dreikantigen rötlichen Blättern. In der letzten Zeit war er mehr und wieder allein ins Gebirg hinaufgezogen. Seine frischrekrutierten Soldaten hatten sich für ihn mehr und mehr zu einem Ärgernis entwickelt, denn er erkannte natürlich, wie ungeduldig sie waren und wie stark sie daran zweifelten, daß sich jemals Eindringlinge zeigen würden.

Oft überfielen ihn jetzt düstere Gedanken. Er kam sich wie in einer Art Traum gefangen vor, in dem alles zu starrer Unbewegtheit verdammt ist. Die Monde, sogar die Jahre verstrichen, und er saß hier in dieser uralten Ruinenstadt in der Falle – genauso wie er es einst im Kokon gewesen war. Aber irgendwie hatte es ihm im Kokon nichts ausgemacht, daß jeder neue Tag genauso verlief wie der vorherige. Hier aber, hier, wo die ganze Welt ganz knapp außerhalb seines Zugriffs lag wie eine schimmernde Perle, hier kochte und brodelte Ungeduld in Harruels Herzen. Er war zu der Überzeugung gelangt, daß er für Großes geboren war. Aber wann konnte er endlich damit beginnen, diese Größe zu erlangen? Wann? Wann?

Während der langen Regenperiode waren solcherlei Gefühle immer stärker in ihm angestiegen, bis sie nahezu unerträglich geworden waren. Er brachte ganze Tage in seinem Gabelbaum zu, naß bis auf die Haut, miefend, muffig und mürrisch zornig. Wütend schoß er düstere Blicke zur Stammessiedlung unter sich am

Stadtrand und brüllte seine Verachtung für dieses armselige, teigig-träge Volk hinab. Er starrte erbittert den Berg über sich an und schrie höhnische Herausforderungen gegen den eindringenden Feind empor, der so hartnäckig sich weigerte zu erscheinen. Er wurde steif und wund. Der ganze Körper schmerzte ihn, und sein Hirn pochte. Hin und wieder stieg er von seinem Baum herab und pflückte sich Beeren von den Sträuchern in der Nähe. Und mehr als einmal fing er irgendein Niederwild mit bloßen Händen und tötete es und verspeiste es roh.

Einmal verbrachte er eine ganze Nacht zusammengekauert in seinem Baum, obschon der Regen ohne Unterlaß in schweren dicken Tropfen niederrauschte. Wozu sollte es schon gut sein, wenn er heimkehrte? Minbain war vollauf mit ihrem Baby beschäftigt; an Kopulation war sie derzeit ganz und gar nicht interessiert. Und der Regen kühlte immerhin seine Wut. Ein wenig.

Am Morgen traf ihn überraschend strahlender Sonnenschein wie ein Hieb auf den Mund. Harruel blinzelte benommen und glotzte und richtete sich auf, und hatte keine Ahnung, wo er sich befand. Dann fiel ihm wieder ein, daß er ja im Baum übernachtet hatte.

Bestürzt nahm er einen Augenblick lang an, was er sah, seien Goldstachelhelme auf der ganzen Breite des gezackten Felskamms zu seiner Linken. Die Invasion? Endich? Nein, nein. Es war nur das Morgenlicht, tief hinterm Horizont, das durch die Wassertröpfchen stach, die auf jedem Blatt blitzten.

Er schwang sich zur Erde hinab und humpelte steifgliedrig in die Stadt, um sich dort etwas zu essen zu beschaffen.

Auf halber Bergeshöhe kam ihm eine Gestalt ins Blickfeld. Zunächst glaubte er, es könnte Salaman sein oder Sachkor, die sich auf die Suche nach ihm begaben, nun da die Regen aufgehört hatten. Doch nein: das war ein Weib. Ein Mädchen. Groß und schlank, mit einem

Fell von ungewöhnlich schwarzer Tönung. Harruel erkannte sie nach einiger Zeit als die junge Kreun, Sachkors Angebetete, die Tochter der alten Thalippa. Sie winkte ihm zu und rief: »Ich suche Sachkor! Ist er nicht bei dir?«

Harruel glotzte sie an, gab aber keine Antwort. Er hatte einst, vor vielen Jahren, mit Thalippa kopuliert. Das war eine Hitzige gewesen damals, diese Thalippa. Nach all den Jahren schlüpfte die Erinnerung aus den Tiefen seines Gedächtnisses wieder herauf. Sie hatte ihn mit ihren Krallen zerkratzt, diese Thalippa. Er erinnerte sich auf einmal wieder an den schweren süßen Moschusduft, den sie ausströmte. Erstaunlich, daß man sich nach fünfzehn Jahren noch an so was erinnert. Vor einem halben Leben war das gewesen.

»Niemand weiß, wo er ist«, sprach Kreun weiter. »Gestern früh war er noch da, und dann war er plötzlich verschwunden. Ich bin zu dem Ort gegangen, wo die Jungmänner sind, aber dort war er auch nicht. Salaman meinte, vielleicht ist er hier oben im Berg bei dir.«

Harruel zuckte die Achseln. Früher einmal hätte dies alles vielleicht eine Bedeutung gehabt. Jetzt aber hielt ein seltsamer Bann seinen Geist umklammert.

»Es ist so lange her, Thalippa.«

»Wie?«

»Komm zu mir! Komm näher, damit ich dich anschauen kann, Thalippa.«

»Ich bin Kreun. Thalippa ist meine Mutter.«

»Kreun?« sagte er fragend, als habe er den Namen nie zuvor gehört. »Ach, ja. Kreun.«

Zwischen seinen Schenkeln fühlte er glühende Hitze und einen scheußlichen bohrenden Schmerz. Viele Tage in diesem Baum, und nun noch eine ganze Nacht lang war er im Regen dort gehockt. Hatte Wache gehalten für dieses Torenvolk, für dieses dumme, achtlose Volk. Hatte sie gegen einen Feind beschützt, an den sie nicht einmal glauben mochten. Und währenddessen verstrichen leer und nutzlos seine Lebenstage, wo doch die ganze Welt nur darauf wartete, daß er sie in seine Arme reiße.

»Ist was nicht in Ordnung mit dir, Harruel? Du siehst so seltsam aus.«

»Thalippa ...«

»Nein, ich bin Kreun!« Und nun begann sie vor ihm zurückzuweichen, und in ihrem Blick lag Furcht.

Sachkor tat ganz recht, dermaßen viel über das Mädchen zu schnattern. Kreun war sehr schön. Diese langen schlanken Beine, der üppige dunkle Pelz, die hellgrünen Augen, in denen nun Angst aufzuckte. Merkwürdig, daß ihm das nie aufgefallen war, wie hinreißend Kreun aussah; aber schließlich war sie ja jung, und man schenkte Mädchen keine Beachtung, bevor sie nicht das Tvinnr-Alter erlangt hatten. Sie war ein Wunder an Schönheit. Seine Minbain war herzlich gut und liebevoll, doch ihre Schönheit war ihr schon vor Jahren verlorengegangen. Kreun hingegen begann gerade zu ihrer höchsten Schönheit zu erblühen.

»So warte!« rief Harruel.

Kreun blieb stehen, die Brauen unsicher zusammengezogen. Er torkelte den Pfad hinab auf sie zu. Als er dicht bei ihr war, zog sie scharf die Luft ein und versuchte davonzulaufen, doch er griff mit seinem Sensororgan zu und erwischte sie am Hals. Es ging ein Sirren von ihr aus, er fühlte es, und es verdoppelte seinen rasenden Wahnsinn. Ohne Schwierigkeiten holte er sie zu sich heran, packte sie an den Schultern und warf sie bäuchlings auf die nasse Erde.

»Nein! Nicht! Bitte ...«, wimmerte sie.

Sie versuchte wegzukriechen, doch sie hatte gegen ihn keine Chance. Er stürzte sich auf sie und packte sie von hinten an den Armen. Die Hitze in seinen Lenden war inzwischen unerträglich geworden. Irgendwo tief in seiner Seele mahnte eine leise Stimme: Was du tust, ist unrecht, man darf keine Frau mit Gewalt gegen ihren

Willen nehmen, und die Götter werden dich dafür zur Rechenschaft ziehen. Aber Harruel vermochte nicht gegen diese wilde Wut anzukämpfen, gegen die Raserei, gegen den Zwang, die ihn überwältigt hatten. Er preßte die Schenkel gegen das seidige fellweiche Hinterteil des Mädchens und stieß zu. Sie brach in einen gurgelnden Schmerzensschrei aus, in den sich Entsetzen mischte. »Es ist mein Recht«, keuchte er ihr immer und immer wieder entgegen, während er sein Glied tiefer und tiefer in sie hineinstieß. »Ich bin der König. Es ist mein Recht.«

10. Kapitel
Fluß und Abgrund

Koshmar sprach: »Also soll es Lakkamai für dich sein, ja?« Es war der dritte Tag nach dem Ende der Regenzeit. Koshmar und Torlyri waren bei Einbruch der Nacht allein in dem Haus, das sie gemeinsam bewohnten. Es war nach dem Mahl, zu dem sich der ganze Stamm zur Feier des Mitwinterfestes des Ernährers versammelt hatte – alle, außer dem immer noch geheimnisvoll abwesenden Sachkor, nach dem inzwischen Tag um Tag Suchtrupps ausgeschickt wurden.

Torlyri, die sich bequem ausgestreckt hatte, setzte sich hastig auf. Noch nie hatte Koshmar einen derartigen Ausdruck auf ihrem Gesicht gesehen: Furcht und eine irgendwie schafsdümmliche Schuldbewußtheit, etwas, das kecker Herausforderung ziemlich nahe kam, alles vermischt und gleichzeitig.

»Du weißt es also?«

Koshmar lachte rauh. »Wer wüßte es nicht? Hältst du mich für ein Kind, Torlyri? Nachdem ihr zwei euch seit Wochen in jedem Winkel der Siedlung geradezu mit den Augen verschlungen habt – nachdem du mit jedem dritten Satz, den du anfängst, Lakkamais Namen sagst, während du früher ein ganzes Jahr und noch ein halbes dazu verstreichen lassen konntest, ohne je einen Anlaß zu finden, von ihm zu reden ...«

Torlyri senkte beschämt den Blick. »Und – du bist zornig auf mich, Koshmar?«

»Hat sich das so angehört? Als wäre ich wütend darüber, daß *du* glücklich bist?« Doch in Wirklichkeit war Koshmar viel tiefer beunruhigt, als sie selbst dies je für möglich gehalten hätte. Seit geraumer Zeit wußte sie nun schon, daß so etwas geschehen werde, und sie hatte sich selbst immer vorgeredet, daß sie dann stark sein würde, wenn es einmal eintraf. Doch jetzt, wo es so gekommen war, bedrückte es ihr Herz wie eine schwere Last. Nach einer Weile sagte sie: »Du hast bereits mit ihm kopuliert, nicht wahr?«

Torlyris »Ja« war kaum vernehmbar.

»Früher einmal, als wir noch Mädchen waren, vor langer Zeit, hast du das getan. Mit Samnibolon, wenn ich mich recht erinnere. Minbains Samnibolon, stimmt's?«

Torlyri nickte. »Ja, und noch ein, zwei anderen. Aber ich war damals noch sehr jung. Und es ist so unendlich lang her.«

»Und es bereitet dir Vergnügen?«

»Jetzt, ja«, sagte Torlyri leise. »Damals, früher, da empfand ich nichts dabei. Jetzt, sehr.«

»Großes Vergnügen?«

»Manchmal«, sagte Torlyri mit rauher, schuldbewußter Stimme.

»Das freut mich ungemein für dich.« Koshmar klang schrill und gezwungen. »Du weißt ja, daß ich in der Kopulation nie etwas gefunden habe. Aber angeblich bringt es einem ja was, sagt man.«

»Vielleicht muß man es mit der richtigen Person tun.«

Koshmar schnaubte durch die Nase. »Für mich gibt es dafür keine richtige Person, und das weißt du genau! Wenn du ein Mann wärst, Torlyri, würde ich nur allzu gern mit dir kopulieren ... glaube ich. Aber wir haben ja unser Tvinnr, du und ich. Das haben wir, und mir genügt es. Ein Stammeshäuptling *braucht* nicht zu kopulieren.«

Ebenso wenig wie die Opferpriesterin, fügte Koshmar stumm hinzu.

Sie wandte den Blick ab, damit Torlyri ihr nicht den Gedanken aus den Augen ablesen könne. Sie hatte geschworen, Torlyri in nichts zu behindern, wie schmerzlich dies auch für sie selbst werden mochte.

Torlyri sagte: »Da du gerade von Tvinnr sprachst ...«

»Ja, sprich auch du mir von Tvinnr, Torlyri! Wann immer es dich danach gelüstet!« Vor plötzlichem Eifer begann sie rascher zu atmen. Je stärker die Bindung Torlyris an Lakkamai wurde, desto heftiger verlangte es Koshmar nach Zeichen der Zuneigung zu ihr. »Willst du – jetzt? Jetzt gleich? Aber gern. Komm!«

Torlyri verzog überrascht und möglicherweise nicht gerade erfreut das Gesicht. »Wenn du es wünschst, sicher, Koshmar. Aber das war es eigentlich nicht, was ich habe sagen wollen.«

»Ach?«

»Ich wollte dir gerade sagen, daß es an der Zeit für Hreshs Tvinnr-Tag ist. Wenn ich ihn von seinen Maschinen und seinem Wunderstein lang genug weglokken kann, muß ich ihn jetzt bald wegführen, damit er eingeweiht werde.«

»Schon so weit«, sagte Koshmar kopfschüttelnd. »Hresh hat schon seinen Tvinnr-Tag?«

Es war eine der Aufgaben der Opferfrau, die jungen Leute im Stamm in die Geheimnisse des Tvinnr einzuführen, und Torlyri hatte das Ritual stets mit höchster liebevoller Behutsamkeit vollzogen. Koshmar hatte nie etwas gegen all diese Tvinnr-Akte mit anderen gehabt, obwohl diese ja viel stärker intim waren als eine Kopulation. Die Einweihung war Torlyris von den Göttern ihr auferlegte Pflicht. Wenn das alles irgendeinen Sinn haben sollte, dachte Koshmar, dann sollte ich mir mehr Sorgen darüber machen, daß sie mit Hresh tvinnern wird, als über ihre Kopulation mit Lakkamai. Und dennoch ist es genau umgekehrt. Die Tvinnr-Akte Torlyris mit dem Jungvolk stellten für Koshmar keine Bedrohung dar. Aber die Kopulation mit Lakkamai – die Kopulation – mit Lakkamai ...

Ach, Kopulation ist ein Nichts, dachte sie ärgerlich.

Sie warf sich Mangel an Logik vor. Und dann sagte sie sich, daß der ganze Komplex weit über alle Logik hinausreiche ... Es gibt eine Logik des Herzens, redete sie sich zu, von der die Vernunft sich nichts träumen läßt.

»Taniane hatte ihr erstes Tvinnr, Orbin auch schon, und nun ist Hresh an der Reihe«, sagte Torlyri. »Und danach kommt Haniman.«

»Wie rasch die Zeit verstreicht. Manchmal sehe ich ihn noch immer als den kleinen Frechdachs, der sich an dir vorbei aus der Schleuse stehlen wollte, damals als die Eisfresser kamen und der Träumeträumer erwachte. Dieser bemerkenswerte Tag scheint mir jetzt so schrecklich weit zurückzuliegen. Ebenso wie Hreshs Kindheit.«

»Alles war so seltsam«, sagte Torlyri. »Etwa, daß der Alte Mann des Stammes noch nicht einmal alt genug sein sollte zum Tvinnern.«

»Glaubst du, es wird ihn verändern, wenn er mal damit anfängt?«

»Ihn verändern? Wieso denn das?«

»Wir sind so stark von ihm abhängig«, sagte Koshmar. »In seinem merkwürdigen kleinen Kopf steckt so viel Wissen. Aber Kinder verändern sich manchmal, sobald sie erst einmal mit dem Tvinnr beginnen. Hast du das denn vergessen, Torlyri? Und Hresh ist ja wirklich noch ein rechtes Kind. Das dürfen wir nämlich niemals vergessen. Sobald er einen Tvinnr-Partner gefunden hat, könnte es geschehen, daß er sich für viele Monate ganz und gar dem Tvinnr hingibt und darin völlig aufgeht, und was geschähe dann mit der Erforschung von Vengiboneeza? Es wäre durchaus möglich, daß Hresh sogar schon Interesse an Kopulation zeigte.«

Mit einem Achselzucken sagte Torlyri: »Na und? Wenn schon! Was wäre denn daran so schlimm?«

»Er hat Verantwortung, Torlyri.«

»Er ist ein Junge, der auf dem Sprung steht, Mann zu werden. Beabsichtigst du etwa, ihm seine Jugend zu verweigern? Soll er doch tvinnern, soviel es ihm Spaß macht. Und soll er doch kopulieren, wenn es das ist, was er möchte. Von mir aus soll er doch sogar kopulieren und Kinder zeugen!«

»Kinder zeugen? Der Stammeschronist soll eine Partnerin nehmen und Kinder zeugen?«

»Koshmar, wir leben im Neuen Frühling. Es besteht keinerlei Notwendigkeit, ihn durch veraltete Bräuche in Fesseln zu legen.«

»Aber der Alte Mann des Stammes soll keine Familie gründen«, sagte Koshmar störrisch. »Genauso wenig wie der Häuptling oder die Opferfrau. Tvinnr-Beziehungen, das ja. Kopulieren, sofern einer danach Verlangen hat, ja. Aber einen *ehelichen* Partner nehmen? Wie könnte dies geschehen? Wir sind von den Göttern Erwählte, und damit sind wir abgesondert von den anderen und ihnen enthoben.« Koshmar schüttelte den Kopf. »Aber wir sind abgeschweift. Wann hattest du vor, Hresh zu initiieren?«

»In zwei Tagen, oder in dreien. Falls er keine zuwiderlaufenden anderen Pflichten hat.«

»Gut«, sagte Koshmar. »Dann erledige es, so rasch wie möglich. Aber sag mir Bescheid. Und danach müssen wir ihn im Auge behalten und aufpassen, daß er sich nicht verändert.«

Lächelnd sagte Torlyri: »Ich bin sicher, er wird hinterher kein anderer sein. Vergiß nicht, er besitzt den Barak Dayir, Koshmar. Was könnte die Tvinnr-Einweihung ihm bringen, was der Wunderstein ihm nicht längst fünfzigfach tiefer geschenkt hat?«

»Vielleicht. Ja, vielleicht.«

Das Schweigen lastete lange und war schon unbehaglich.

»Koshmar?« sagte Torlyri schließlich.

»Ja?«

Torlyri zögerte. »Möchtest du jetzt noch – tvinnern?«

»Aber selbstverständlich«, sagte Koshmar. Auf einmal wieder weicher gestimmt und eifrig.

»Bevor wir anfangen, noch eine Frage.«

»Sprich!«

»Du sagtest, die Opferfrau sollte keinen Ehemann haben.«

Koshmars Blick wurde starr. Ihr war nicht bewußt gewesen, daß die Lage dermaßen ernst sei.

»Das ist nie der Brauch gewesen«, sagte sie kühl. »Weder der Stammesführer, noch der Alte Mann, noch die Opferpriesterin. Kopulieren, das ja. Tvinnr – selbstverständlich. Aber eine Ehepartnerschaft mit Kindern ... *niemals!* Wir sind *besondere* Leute!«

»Ja. Schon gut, das weiß ich ja.«

Und wieder trat Schweigen ein. Ein häßliches diesmal.

Schließlich sagte Koshmar: »Erbittest du die Erlaubnis, Lakkamai als deinen festen Zeugungspartner zu nehmen, Torlyri?«

»Wir würden gern feste Ehepartner werden, ja«, antwortete Torlyri ausweichend.

»Und du bittest mich um die Einwilligung.«

Torlyri schaute sie mit festem Blick an. »Wir leben im Neuen Frühling, Koshmar.«

»Willst du damit sagen, daß ihr meine Zustimmung überhaupt nicht mehr braucht? Sag, was du denkst, Torlyri! Sprich aus, was in deiner Seele ist!«

»Ich habe nie zuvor derartige Gefühle gehabt.«

»Das ist zweifellos richtig«, erwiderte Koshmar scharf.

»Aber was soll ich denn tun, Koshmar?«

»Deine Pflichten und Aufgaben gegenüber den Göttern und dem Volk erfüllen«, sagte Koshmar. »Führe Hresh weg und weihe ihn ein! Vollzieh deine täglichen Opferrituale! Spende denen um dich von deiner Güte, wie du dies stets getan hast!«

»Und – Lakkamai?«

»Mit Lakkamai verfahre so, wie du es wünschst.«

Und zum drittenmal versank Torlyri in Schweigen. Koshmar ließ es gewähren, und es dauerte und dauerte.

Schließlich fragte Torlyri: »Möchtest du vielleicht jetzt, Koshmar?«

»An einem anderen Tag«, sagte Koshmar. »Um die Wahrheit zu gestehen, ich fühle mich heute abend sehr erschöpft, und ich glaube, es würde kein gutes Tvinnr werden.« Damit wandte sie sich ab. Dann sagte sie noch bedrückt: »Ich wünsche für dich nur Freude, Torlyri. Du verstehst das doch? Ich wünsche nichts anderes, als daß du glücklich bist.«

Inzwischen machte Hresh sich mehr und mehr allein in die Ruinen auf, als wolle er Koshmar zu einem Verbot herausfordern; doch die schien sich darum nicht zu kümmern, ja vielleicht bemerkte sie es gar nicht. Meistens war sein Ziel die Große Welt. Diese plumpe Maschine mit den vielen Hebeln und Knöpfen im Kellergewölbe unter dem Platz der Sechsunddreißig Türme übte auf ihn eine unwiderstehliche Anziehungskraft aus.

Inzwischen wußte er, daß der steinerne Schwebeblock, der ihn nach unten trug, automatisch nach einer gewissen Zeitspanne aus der Kellerhöhle wieder aufwärts fuhr; also hatte er nun Haniman oder sonst jemanden nicht länger nötig, um den Abwärtsmechanismus in Gang zu setzen. Und wenn es da irgendwelche Gefahren gab, so war er gern bereit, sich auf sie einzulassen, wenn er dabei nur verhindern konnte, daß andere an seinen Reisen in die ferne Vergangenheit teilnahmen. Die Große Welt, das war seine ganz persönliche Schatzhöhle, und er wollte in ihr herumstöbern, wie es ihm gerade gefiel.

Die Prozedur war jedesmal dieselbe. Man aktivierte den schwarzen Steinquader; man stieg zu der Maschine hinab; man ergriff den Barak Dayir mit dem Sensororgan; man faßte an die Hebel ... und die Große Welt erwachte blitzschnell, greifbar nahe, lebendig und bestürzend zum Leben.

Er trat niemals zweimal zum gleichen Zeitpunkt in diese Welt ein. Die äußere Struktur der Stadt schien jedesmal anders zu sein. Es war, als habe diese Maschine die lange Geschichtsdauer des sagenhaften Vengiboneeza in sich gespeichert, diese ganzen hundertmal tausend Jahre des Wachstums und der Verwandlungen, und als böte sie ihm willkürlich beliebige Vergangenheitsschnipsel ... manchmal aus dem Früh-Vengiboneeza, das noch in den Anfängen der prachtvollen Entfaltung steckte, manchmal aber war es auch eine Variante der Stadt, die zweifellos aus den allerletzten Jahren datierte, denn, so ähnlich war die Struktur dem Aufrißplan der Ruinenstadt.

Es gab keinen drastischeren Beweis für die lebensstrotzende Dynamik, von der das alte Vengiboneeza beherrscht gewesen sein mußte, als diesen beständigen Wandel, der Hresh hier vor Augen geführt wurde. Selten einmal stieß er auf ihm vertraute Orientierungspunkte und Landmarken – die Hafenboulevards, die sechsunddreißig Türme der Plaza, den Turm, den sein Volk zum Tempel gemacht hatte, die Villenviertel an den Berghängen. Manchmal waren diese Bezugspunkte vorhanden, ein andermal wieder fehlten sie. Die flache, wuchtige, drohende Zitadelle blieb als einziger Ort unveränderlich und unerschütterlich sie selbst, wann immer Hreshs Seele sich über den Abgrund der Äonen zurück in die Vergangenheit schwebte.

Einmal verlor er sich in einer Zeit, in der entlang den Straßen in den tieferliegenden Stadtteilen hohe weiße Palisaden wie Reihen von Speeren errichtet waren und die Stadt voll von Seeherren war, die in Scharen in ihren schimmernden Silberkaleschen vom Uferkai heraufparadierten. Ein andermal wirbelten droben Paniere aus einer unerklärlichen Energie in knisterndem Wirrwarr buntfarbiger Lichter, und eine gewaltige Pilgerschar von Hjjk-Leuten wand sich in den Berg hinab, unzählbare Millionen von ihnen, die hintereinander sich in die Stadt fädelten, die sie in sich aufnahm, als sei ihre Kapazität unermeßlich und unbegrenzt. Oder es zeigte sich Hresh ein Aufzug einer Schar von Menschen – widerwillig gestand er ihnen jetzt diesen Status zu, da er kaum anders konnte, obschon er noch immer verzweifelt hoffte, bei der Auswertung seiner Entdeckungen einer Fehlinterpretation aufgesessen zu sein –, fünfzig, sechzig an Zahl von diesen haarlosen, dünngliedrigen Geschöpfen, die sich dann auf einem weiten Platz der Stadt dicht unterhalb der Zitadelle niederließen. Dort tauschten sie dann stumm ihre Gedanken aus, und er war von dieser Kommunikation völlig ausgeschlossen, so sehr er sich auch bemühte, ihr Geheimnis zu enträtseln.

Doch überwiegend war Vangiboneeza eine Stadt der Saphiräugigen. Sie beherrschten sie. Auf jeweils zehn Angehörige der anderen Rassen, die Hresh erblickte, kamen mindestens hundert von diesen Reptilischen, wenn nicht tausend. Er sah sie, wohin immer er blickte: dickschenkelig, mit langen Kinnbacken, monströs von Körpergestalt, mit funkelnden Augen, Kraft und Weisheit und selbstsichere Gelassenheit ausstrahlend.

Es war für Hresh weiter nicht schwer, in ein Gespräch mit den Wesen zu kommen, denen er in Vengiboneeza begegnete, selbst mit den Meeresherren, selbst mit den Menschen. Jedermann verstand ihn, und jedermann war ausnahmslos höflich. Doch mehr und mehr zwang sich ihm die Erkenntnis auf, daß es sich dabei nicht um reale, wirkliche Unterhaltungen handle. Vielmehr waren es nette Phantasmagorien, Illusionen, die der Apparat erzeugte, der sein Tor in die Vergangenheit war. Er selbst war nicht wirklich *dort* in der Großen Welt, die vor siebenmal hunderttausend Jahren unter dem Niedersturz der Todessterne gestorben war, sondern war vielmehr nur in irgendeine Projektion verstrickt, ein Faksimile, einen Abklatsch, der zwar höchst lebensecht wirkte, es jedoch nicht war, und der ihn in sich hineinsaugte, als wäre er, Hresh, wirklich auf einer Wanderung durch die gewaltige Stadt.

Besonders deutlich wurde dies, weil er sich natürlich in seiner gewohnten Art und Weise in die Gespräche mit den Bewohnern stürzte: voller Fragen. Aber irgendwie entbehrten die Antworten, die er erhielt, der Substanz. Zwar *schienen* sie etwas zu bedeuten und auszusagen, doch schien sich dieser Sinn jedesmal zu nichts zu verflüchtigen, wenn er die Antworten in seinem Geist aufzunehmen versuchte; es war wie eine Speise, die man bei einem Traum-Festmahl genießt. Hresh erfuhr überhaupt nichts von denen, die er auf den Straßen des versunkenen Vengiboneeza traf und befragte. Alles war wahrhaftig verloren und versunken und dahin, unzugänglich gemacht für ihn durch die grausame Hürde der Zeit.

Dennoch, was er sah, war atemberaubend, und er reifte daran und wurde reicher – und auch von großer Ehrfurcht erfüllt gegenüber der vergangenen Größe und Pracht.

Die Saphiräugigen tauchten anscheinend im alten Vengiboneeza auf und verschwanden wieder, wie es ihnen beliebte, sie waren da und wieder fort, und das mit verblüffender Geläufigkeit. *Pop* – da waren sie, und *pop*, schon waren sie wieder verschwunden.

Für ihre außerstädtischen Reisen besaßen sie ein weiteres Wunderding: Himmelskarossen wie schimmernde rosig-goldene Blasen, die lautlos zu Boden sanken und aus sich wie durch Zauber an den Flanken öffnende Schleusen ihre Fahrgäste entließen. Hresh sah Hunderte solcher Blasenballons droben in der Luft lautlos und rasch dahinreisen. Nie stießen sie gegeneinander, auch wenn sie manchmal sehr dicht zusammenzukommen schienen. Und im Innern saßen die Saphiräugigen, gemächlich und gelassen.

Ein drittes Mittel der Ortsveränderung – sofern es sich dabei um so etwas handelte – bestand in rätselhaften

Vorrichtungen, die auf kleinen glatten Plattformen aus grünem Stein montiert waren. Es handelte sich dabei um schmale vertikale Röhren aus dunklem Metall, etwa so lang wie ein voll ausgewachsener Mann, die sich am oberen Ende zu haubenbedeckten glatten Kugeln weiteten, die nicht größer waren als der Kopf eines Menschen. Ein seltsam heftiges Licht, blau und rot und grün, spielte um die Öffnungen an diesen Kugeln, als entströmte es irgendeinem hochenergetischen Apparat in ihrem Innern.

Ab und zu näherte sich einer der Saphiräugigen mit noch gelasseneren und ruhigeren Bewegungen als gewöhnlich einem der Podeste, auf denen diese Apparate standen. Gewöhnlich begleiteten ihn dabei andere Angehörige seiner Art fast körpernah, manchmal sogar, indem sie ihre kleinen Unterarme ihm auf den massiven Leib legten. Aber immer wichen dann diese begleitenden Saphiräugigen zurück und ließen den Abreisenden allein auf die Plattform steigen. Und der schob sich nahe an die Kugel an der Spitze der Röhre heran, bis sein gewaltiges Kinnbackengesicht vom Licht, das aus ihrem Innern kam, hell leuchtete; und dann wurde das Geschöpf plötzlich ins Innere der Kugel gesogen. Hresh sah nie genau, auf welche Weise dies vor sich ging, und er begriff auch nicht, wie da Platz sein sollte für den gewaltigen Körper der Saphiräugigen in solch einer kleinen glühenden Kugel. Es gelang ihm auch nie, den Moment des Übergangs zu erfassen, den Augenblick, in dem der Saphiräugige, der in die Kugel starrte, hineingesogen wurde und dem Blick entschwand.

Doch wohin immer die Reise der Saphiräugigen auch führen mochte, es war offensichtlich eine Reise ohne Wiederkehr: viele gingen in die Kugelgebilde an der Spitze der Tubus ein, doch Hresh sah niemals einen dort herauskommen.

Wie es schien, war keiner dieser Apparate in das moderne Vengiboneeza herübergerettet worden. Hresh schaute sie ausschließlich bei seinen Visionstouren. Im real-existenten Ruinenhaufen der Stadt vermochte er nicht einmal Reste oder Spuren dieser grünen steinernen Plattformen auszumachen, auf denen diese Röhrenkonstruktionen montiert gewesen waren.

Nachdem er aber viele Male das Ritual der Haubenkugeln beobachtet hatte, entschied Hresh sich endlich, es selbst einmal in Augenschein zu nehmen. In einer mondlosen Nacht betrat sein träumender Geist einen verlassenen weiten Platz. Nahebei stand ein Baum, dessen Äste sich unter der Last riesenhafter keilförmiger brauner Nüsse bogen, von denen jede größer war als die Spannweite seiner beiden Hände. Er türmte diese Nüsse übereinander, zu einem Haufen, der hoch genug war, ihm von der Spitze den Blick in die Kugelöffnung zu erlauben. Das war ein ziemlich schwieriges Unternehmen. Die kantenglatt gestapelten Nüsse rutschten und glitten nämlich immer wieder unter ihm weg, und er mußte sich an der Kugelhaube festhalten, um nicht zu stürzen. Und so klammerte er sich fest und schob den Kopf dicht an die Öffnung heran.

Gewiß wußte er, daß damit eine Gefahr verbunden war. Er konnte hineingezogen und fortgetragen werden – wohin? In eine andere Welt? Zur Heimstatt der Götter? Und natürlich war auch seine gänzliche Vernichtung möglich, denn mehr und mehr hatte sich in ihm der Verdacht bestärkt, daß die Saphiräugigen diese Gerätschaften dazu benutzten, ihrem Leben ein Ende zu setzen, wenn ihr Todestag für sie endlich gekommen war. Doch die Versuchung, einmal einen Blick in solch ein Ding zu werfen, war unwiderstehlich. Und außerdem, redete er sich vor, ist das Ganze ja bloß eine Vision. Wie sollte ihm ein Apparat, den es in seiner Realität überhaupt nicht gab, der mindestens siebenmal hunderttausend Jahre vor seiner Geburt zu existieren aufgehört hatte, irgendwie schaden können?

Ja, aber wenn da gar niemand wirklich lebt, meldete

sich in seinem Innern eine Stimme, wie ist es dann möglich, daß diese ganzen großen Nüsse von dem Baum gepflückt und da so aufgestapelt werden?

Hresh wischte diesen Einwand beiseite. Er schaute ins Innere dieser Kapsel.

Im Kern befand sich etwas Seltsames: ein Bereich von äußerster Schwärze, also schon wirklich dermaßen schwarz, daß davon eine Art Lichtstrahlung ausging, die das Licht überstrahlte. Verwirrt starrte er darauf und wußte plötzlich, daß ihm Einblick nicht nur in eine andere Welt, sondern in ein völlig fremdes Universum gewährt werde, einen Bereich, ganz und gar jenseits der Machtsphäre der Götter. Zwar war dieser Schwärzebereich sehr klein – Hresh meinte, er könne ihn leicht in einer Hand einfangen –, aber es wohnte ihm eine große Energie inne. Sie haben kleine Bruchteile dieses fremden Universums eingefangen, überlegte er sich, und sie in diesen runden Metallbehältnissen gespeichert; und wenn sie aus dem Machtbereich der Götter fortzureisen gedenken, dann gehen sie zu einem von diesen Behältnissen, und die Schwärze dort schaufelt sie in sich hinein und transportiert sie davon.

Ruhig und unbeirrt wartete er, daß auch er fortgebracht werde. Er war völlig im Bann dieser Maschinerie. Mochte sie ihn also hintragen, wohin sie wollte.

Aber er gelangte nirgendwohin. Er starrte das Ding an, bis ihm die Augen weh taten; und dann tauchten zwei Gestalten aus dem Schatten auf – ein Saphiräugiger und ein Vegetalischer – und winkten ihm zu.

»Du, geh da weg!« flüsterte der Vegetalische mit einer irgendwie raschelnden Stimme. »Da lauert Gefahr, du Kleiner.«

»Gefahr? Wo denn? Ich kann doch meine Hand einfach so reinstecken – und es passiert nichts.«

»Geh dennoch weg von dort!«

»Also, schön, ich geh hier weg, wenn du mir erklärst, worum es sich da handelt.«

Das Vegetalgeschöpf legte keusch seine Petalblätter zusammen; der Saphiräugige stieß sein zischelnd-höhnisches Kichern aus. Dann erläuterten sie ihm den Apparat, wobei sie beide gleichzeitig redeten, aber er begriff völlig, was sie zu ihm sagten, jedenfalls so lange, wie sie zu ihm sprachen. Und das verwirrte und verwunderte ihn über alle Maßen; aber es war wie alles übrige, was er während seiner Besuche in der Großen Welt aufnahm, es war ebenso substanzlos und unbefriedigend wie Traumspeise, und wenn da den Sprüchen vielleicht im ersten Augenblick, in dem sie gesprochen wurden, ein Sinn anhaftete, so entglitt er ihm doch sogleich wieder, so sehr er sich auch mühte, ihn festzuhalten.

Er trat von dem Podest herunter, und sie führten ihn zu einem Ort voller Lichter und Gesang. Aber alles, woran er sich hinterher zu erinnern vermochte, war eine von ihm getroffene Schlußfolgerung, nicht aber irgend etwas, das *sie* ihm erläutert hatten. Und das ging etwa dahin, daß mittels dieser Apparaturen die Bewohner der Großen Welt ihr Leben zu beenden pflegten, wenn sie erkannten, daß ihre Zeit zum Sterben gekommen war.

Aber wozu sollten sie sterben wollen? Er fragte sich das, und er fand darauf keine Antwort.

Und dann überlegte er: Die wußten doch, daß die Todessterne kommen würden, und trotzdem blieben sie da und warteten, bis sie kamen.

Aber – warum? Warum sollten sie so etwas tun?

Und auch darauf fand er keine Antwort.

In Hreshs Visionen gab es einen Ort, an dem vor dem Himmel die ganze Welt abgebildet war. An der Außenwand eines niederen zehnseitigen Gebäudes war eine flache Scheibe aus einem silbrighellen Metall schräg hängend angebracht; und wenn er auf einen Knopf daneben drückte, schoß aus dem Nirgendwo ein Speer von scharfer Helligkeit und traf auf diese Scheibe, und vor seinen Augen erwachte ein gewaltiger Weltglobus zu leuchtendem Leben. Er wußte sofort, daß es sich um die Welt handelte, denn er hatte Abbildungen davon in den Chroniken gesehen. Dort waren die Bilder flach, dies hier war gerundet, aber er wußte trotzdem, daß es die Welt war, denn es stand in den Chroniken, daß die Welt in Wirklichkeit so sei. Hresh hatte aber nie gedacht, daß es solch eine Menge Welt geben könnte. Er konnte ganz um die Kugelwelt herumwandern, und es gab etwas auf allen Seiten. Er sah vier gewaltige durch riesige Meere getrennte Landmassen. Weite ausgedehnte Städte zeigten sich ihm, überzogen von einem Spitzengewebe von Straßen, breit wie Flüsse aus Licht, und Seen und Ströme, und Berge und Ebenen. Und obwohl das alles nur Bilder in der Luft waren, konnte Hresh die brausende starke Brandung der großen Meere fühlen und die Last der Gebirge, und wenn er sich die Darstellung der Städte beschaute, entstand in ihm die Illusion, und er glaubte wirklich, winzige Gestalten in den winzigen Straßenschluchten umherwimmeln zu sehen.

Eine dieser Landmassen war riesenhaft groß und füllte beinahe das ganze Antlitz der Welt aus. Und wenn er auf die andere Seite des Globus ging, sah er dort zwei weitere Landflächen, eine über der anderen, und die vierte befand sich am unteren Rand der Welt und war ein eisiger Ort, von dem deutlich fühlbare Kälte ausging.

»Aber wo ist Vengiboneeza?« fragte Hresh, und nahe der linken Kante der oberen Landmasse auf der Globushälfte mit zwei Landmassen blitzte ein scharfgrünes Licht auf.

»Und Thisthissima?« fragte er. »Mikkimord? Tham?«

So rasch, wie er weitere Städtenamen aus der Großen Welt aussprechen konnte, blinkten sie als Lichter auf dem Globus auf, der sich zu drehen begann, um sie ihm zu zeigen. Dann aber war sein geringer Vorrat an Namen erschöpft, und er trug dem Ball auf, ihm gleichzeitig alle Städte zu zeigen. Dem Wunsch wurde sogleich Folge geleistet, und es blinkten dermaßen viele Lichtpunkte auf, und die Kugel drehte sich dermaßen rasch, daß er momentan geblendet zurückwich und vor Entsetzen die Hände über die Augen legte. Und als er danach wieder hinzuschauen wagte, war der Weltglobus verschwunden.

Er unternahm nie wieder einen Versuch, ihn zum zweitenmal heraufzubeschwören. Aber das Bild dieser runden Welt mit ihren weiten Meeren und den kolossalen Landmassen, die überall von den blendenden Lichtern ihrer Myriaden Städte übersät waren, würden ihm nie wieder aus der Erinnerung fallen. Und er begriff nun, wie groß die Große Welt wirklich gewesen war.

Ein anderes Ding, das ihm die Unermeßlichkeit der verloren gegangenen Welt vor Augen führte, war ein Konstrukt, von dem er annahm, es müsse der Baum des Lebens sein, von welchem Thaggoran zuweilen gesprochen hatte.

Es war eigentlich kein richtiger Baum, überhaupt nicht, sondern eher so etwas wie ein Tunnel oder eine Anordnung von Tunnels, denn die Struktur lag über viele hundert Schritt waagerecht auf einem offenen parkähnlichen Gelände gebreitet. Der Boden lag unter dem Geländeniveau, und darüber wölbten sich Bogendächer aus einem so vollkommen durchsichtigen Material, daß es schien, als wäre da überhaupt keine Bedachung. Im Zentrum lag eine große Hauptgalerie, von der kleinere Passagen abzweigten und von diesen wieder weitere, noch engere.

An der Spitze jeder Verzweigung lag eine gerundete Kammer, und in jeder dieser Kammern hauste eine Kleinfamilie von Tieren, eine jegliche anscheinend in ihrer für sie natürlichen Umgebung, denn manche der Kammern waren trocken und wüstenähnlich, andere hingegen feucht und voll saftigen Laubwuchses. Man konnte durch diesen Baum des Lebens von einem Ast zum nächsten wandern, ohne die dort wohnenden Geschöpfe im geringsten zu stören.

Als der Stamm über die großen Ebenen zog, hatte Hresh derartige Tiere nicht gesehen. Doch sie ähnelten einigen, die er im Bestiarium, dem Buch der Tiere, in den Chroniken abgebildet gesehen hatte. Also mußten es wohl die Geschöpfe sein, die auf der Welt gelebt hatten, ehe die Todessterne kamen: die ausgestorbenen Tiere, die verschwundenen Mitbewohner der früheren Welt.

Da gab es riesenhafte gemächlich trottende schwarzrote Geschöpfe mit Hörnern wie Trompeten, die sich an den Spitzen zu weiten Schellen öffneten, und es gab da zierliche Langbeiner, mit fahlgelbem Fell und runden, erschreckten Augen, so groß, wie Hreshs Hand lang war, und da gab es auch wilde, kleine niedrige und flache Kreaturen, die aus nichts weiter als aus Schnauze und Zähnen und Krallen zu bestehen schienen. Es gab da etwas Braungelbes mit schwarzen Streifen, das durch einen Morast watete, auf vier dürren Beinen hoch darüber stakte und mit seinem langen Hals und dem langen zähnestrotzenden Schnabel nach unten stieß, um unselige grüne Geschöpfe aus dem Schlick zu fischen.

Es gab dort rundliche trommelähnliche Tiere, die aus ihren prallgespannten Bäuchen fröhlich-dröhnende Geräusche von sich gaben. Es gab schlangenhafte Tiere mit drei Köpfen. Und scheue kleine mit gewaltigen Ohren, von grünem Moos und dichten winzigen flachen Blättern bedeckt, so daß Hresh nicht hätte sagen können, ob es sich um Tiere oder um Pflanzen handelte.

Er wanderte verwundert und benommen durch all diese Kammern, und ihre Vielfalt und Vielzahl verwirrte ihn. Eine schwere Traurigkeit kam über ihn, als er daran dachte, daß höchstwahrscheinlich alle dieser Tiere inzwischen von der Welt getilgt worden waren, es sei denn jemand hätte sie in einen Kokon gesteckt und bewahrt, so daß sie dort die eisigen Jahrhunderte abwarten konnten. Er bezweifelte dies allerdings. Nein, sie waren wohl alle dahin, tot und verschwunden mit den Saphiräugigen.

Bei einer Kammer fast an der höchsten äußersten Spitze des liegenden Lebensbaumes stieß er auf etwas, das ihn vollkommen überraschte: eine Gruppe von Geschöpfen, die aussahen wie Angehörige seiner eigenen Gattung und die ihren Lebensbeschäftigungen auf ziemlich ähnliche Art in einem verkleinerten Stammeskokon nachgingen.

Sie sahen nicht haargenau so aus wie Hresh selbst. Auf den ersten flüchtigen Blick hin schien es ja so, doch bei genauerer Inspektion erkannte Hresh, daß ihre Sensororgane dünner waren und in anderem Winkel am Körper hingen, daß die Ohren groß waren und weit hinten am Schädel saßen, was ihm außerordentlich seltsam erschien, und daß ihr Fell ungewöhnlich dicht und sehr grobhaarig war. Die Erwachsenen waren kürzer als die seines Stammes, und ihre Leiber waren nicht so untersetzt. Die Hände saßen in einem ungewohnten Winkel an den Gelenken und hatten lange schwarze Finger und grellrote Handflächen, nicht die rosafarbenen, wie Hresh sie hatte.

Er fühlte eine Beklemmung in der Brust. Diese Entdeckung war verheerend.

Es war, als stellten diese Tiere da eine frühere Version seines »Volkes« dar, ein erster Entwurf. Sie waren ihm ebenso ähnlich, wie sie sich von ihm unterschieden. Doch vermochte er die Ähnlichkeiten eben nicht zu bestreiten. Die Verwandtheit. Ja, das waren Wesen ihm ähnlicher Art. Mußten es sein. Aber eben ur-uralt. So also hatte das ›Volk‹ ausgesehen in den Tagen der Großen Welt ...

Es stand geschrieben im Buch der Tiere, daß Dawinno-der-Zerstörer unablässig damit beschäftigt war, die

Formen und Gestalt aller Geschöpfe der Welt zu verwandeln. Und diese Veränderungen waren so gering, daß man sie von einer Generation zur nächsten kaum wahrzunehmen vermochte, doch in dem Verlauf einer derart gewaltigen Zeitspanne konnten sie sich zu bedeutsamen Unterschieden auswachsen. Und hier sah Hresh nun den Beweis dafür. Die Rasse, die nach dem Ende des Langen Winters aus den Kokons hervorgekrochen war, unterschied sich stark von jener, die sich dort vor siebenmal hunderttausend Jahren versteckt hatte.

Aber hinter dieser Wahrheit verbarg sich eine noch tiefere und viel bestürzendere. Hresh hätte sie gern ignoriert, wenn es ihm möglich gewesen wäre. Aber es gab davor kein Entrinnen.

Es konnte kaum Zweifel daran geben, daß dieser Baum des Lebens da nichts weiter war als eine Sammlung von Tieren, die man hier möglicherweise zur Belustigung der Bewohner von Vengiboneeza angelegt hatte. Es gab hier keine Seeherren, keine Hjjks, keine Vegetalischen, keinen Vertreter eines der zivilisierten Völker der Großen Welt: nur ganz schlicht und einfach – Tiere. Und Hreshs eigene Urahnen befanden sich hier, mitten unter den Tieren.

Seine Muskeln zuckten in zorniger Abwehr. Aber es gab kein Ausweichen, die Beweise waren nicht zu leugnen. Stückchen um Stückchen, Schritt für Schritt hatte diese Stadt ihn gezwungen, das zu erkennen und anzuerkennen, was er so mühevoll zu unterdrücken versucht hatte, seit sein Volk Einzug in Vengiboneeza gehalten hatte: In den Tagen der Großen Welt war seine Rasse als keineswegs zu den Menschlichen gezählt, sondern als einfache Tiere angesehen worden, nicht von gleichem Rang wie die Sechs Völker. Hochentwickelte, überlegene Tiere möglicherweise, aber eben doch nur Tiere, die man auf diese Weise in Gefangenschaft zur Schau stellen durfte, als ein Objekt unter vielen anderen, hier an diesem Ort, wo man die Tiere der Vorzeit besichtigen konnte.

Hresh fühlte sich benommen, durcheinander, am Boden zerstört. Lange stand er in dumpfer Betäubung da und stierte stumm vor sich hin. Die Leute in der Kammer – nein, die Geschöpfe in der Kammer ... diese *Tiere*, die seine Verwandten waren – beachteten ihn nicht. Aber vielleicht konnte keines der im Baum des Lebens zur Schau gestellten Tiere jene sehen, die gekommen waren, um sie anzusehen.

Er winkte ihnen zu. Er trommelte gegen die durchsichtige Wand ihrer Kammer. Mit rauher, brüchiger, trotziger Stimme: »Ich bin Hresh – euer Bruder! Ich bin gekommen, euch frohe Botschaft zu bringen ... daß die Kinder eurer Kindeskinder die Erbschaft und den Besitz der Welt antreten werden!« Aber die Wörter kamen wirr und stolpernd aus seinem Mund, und die Geschöpfe in der Kammer blickten nicht einmal auf.

Nach einiger Zeit stahl er sich davon und kehrte wieder nach draußen auf den Boulevard zurück. Er sah die grüne Zitadelle der Träumeträumer hoch über sich am Hang hocken. So düster das Bauwerk war, nun brannte es ihm mit dem wütenden Glast von tausend Sonnen entgegen. Er zuckte zusammen und wandte sich ab. Dort war der Ort für Menschen. Dies wußte er inzwischen mit zweifelsfreier Gewißheit. Ihr Tempel, ihre Herberge und ihr ganz persönliches Hauptquartier oder ihre Zentrale, oder was sonst. *Ihr* Ort, dachte er. Nicht der unsrige. Ein Ort für Menschen. Und was immer wir uns einbilden mögen, daß wir sind, *das* sind wir nicht.

Und wieder einmal glaubte er, das scheußliche zischelnde Lachen der Wächter am Stadttor zu vernehmen.

Kleiner Affe. Äffchen. Verwechsel nie deinesgleichen mit Menschen, Kind!

Er machte, daß seine Vision verblaßte, und tauchte aus dem antiken Vengiboneeza auf wie ein Ertrinkender, der sich mit heftigen Armbewegungen an die Oberfläche des Wassers rudert.

Nach seiner Rückkehr in die Siedlung sprach er mit keinem, nicht einmal zu Taniane, über das, was er gesehen hatte. Jedoch fühlte er sich seltsam ihr gegenüber, so als wäre er für sie durchsichtig. Sie starrte ihn aus der Ferne versteckt und zurückhaltend an, als wollte sie ihm zu verstehen geben: *Du hast ein schreckliches Geheimnis in dir, das du nicht mit mir zu teilen wagst, aber ich kenne es schon.*

In seiner Verwirrtheit und seinem Gram hielt er sich mehrere Tage lang von ihr fern, und als sie dann wieder miteinander redeten, handelte es sich um belanglose Dinge und war nichts weiter als eine Plauderei, oberflächlich und voller sorgfältiger Aussparungen. Er war nicht in der Lage zu etwas anderem in seinem derzeitigen Zustand, und sie schien dies zu wissen.

Einige Tage darauf brachen erneut die wilden Dschungelaffen über die Siedlung herein und zerschmetterten unter Geheul und Gekreisch Fenster, schleuderten Dreckbrocken und Kot und wieder die Nester der Stechinsekten herunter. Hresh funkelte die Eindringlinge voll wütenden Abscheus an. Jede Faser in seinem Herzen stöhnte bei der Vorstellung, daß das ›Volk‹ und diese ekelhaft dreckigen kreischenden Tiere vielleicht enge Verwandte sein könnten, wie die Künstlichen, die Wächter der Saphiräugigen dies behauptet hatten. Doch als dann Staip und Konya sich aufs Dach begaben und ein halbes Dutzend der Angreifer aufspießten, fror Hresh vor Entsetzen, mußte gegen die Tränen ankämpfen und sich abwenden. Er konnte es nicht ertragen, zuzuschauen, wie man sie so einfach abschlachtete. Ihm war das wie Mord. Er wußte nicht, was und wie er denken sollte, und er hatte das Gefühl, als könne er überhaupt nichts mehr verstehen und begreifen.

Minbain arbeitete auf dem Feld. Sie setzte die Frühlingsstecklinge der jungen Flammensaatpflanzen, als Torlyri zu ihr trat und sagte: »Ich bin auf der Suche nach Hresh. Hast du eine Ahnung, wo er sein könnte?«

Minbain lachte. »Oh, vielleicht ist er grad auf dem Mond. Oder er schwimmt von einem Stern zum andern. Wer weiß denn schon, wohin sich Hresh aufmacht? Ich jedenfalls weiß es nicht, Torlyri.«

»Also, vermutlich wandert er wieder in den Ruinen herum.«

»Wahrscheinlich. Ich habe ihn seit zwei, drei Tagen nicht mehr zu sehen bekommen.« Schon lange hatte Minbain damit aufgehört, Hresh als ein Kind ihres Leibes zu betrachten. Er war ein Wesen außerhalb ihres Begriffshorizontes, etwas so Rasches und Seltsames und Unvorhersehbares wie ein Wetterleuchten oder ein Blitz. Sie richtete ihr Augenmerk wieder auf das Pflanzbeet. Aber nach einer Weile blickte sie wieder auf und fragte: »Du hast nicht etwa zufällig Harruel irgendwo gesehen? Der ist mir nämlich *auch* schon seit einer ganzen Weile nicht mehr unter die Augen gekommen.«

»Ist er nicht die meiste Zeit auf Patrouille droben in den Bergen?«

»Viel zu viel Zeit«, sagte Minbain. »Wenn ich ihn mal in einer von fünf Nächten im Haus habe, ist das schon 'ne Sensation. In dem Kerl braut sich was Ungutes zusammen.«

»Soll ich mal mit ihm reden? Wenn ich ihm auf irgendeine Art helfen kann ...«

»Paß bloß auf, wenn du das versuchst! In letzter Zeit jagt er mir Angst ein. Zorn kocht in ihm hoch, wenn man es am wenigsten erwartet. Und noch merkwürdigere Sachen. Er stöhnt im Schlaf, schlägt um sich, ruft die Götter an. Also, ich will dir mal eins sagen Torlyri, er macht mir Angst. Aber trotzdem wäre es mir schon lieber, er würde seine Nächte häufiger daheim verbringen.« Und mit einem schiefen Lächeln fügte sie hinzu:

»Es gibt da ein paar Dinge an ihm, die ich stark vermisse.«

»Ich kann mir, glaube ich, vorstellen, was du meinst«, sagte Torlyri und lächelte gleichfalls.

»Wozu brauchst du denn Hresh? Hat er schon wieder was angestellt?«

»Nein, sein Tvinnr-Tag ist fällig«, sagte Torlyri.

»Sein Tvinnr-Tag?« Minbain blickte überrascht auf. »Wer hätte an so was gedacht! Jetzt ist der auch schon alt genug! Wir rasch die Zeit vergeht! Und mir ist überhaupt nichts aufgefallen.« Und dann schüttelte sie den Kopf. »Ach, Torlyri, Torlyri, wenn der Hresh nun schon alt genug fürs Tvinnr ist, wie alt muß dann ich inzwischen sein!«

»Da mach dir mal keine Sorgen, Minbain. Man sieht dir dein Alter wirklich nicht an.«

»Dafür sei Yissou Lob und Preis.«

Und wieder wandte Minbain sich ihrer Arbeit zu.

Torlyri sprach: »Sollte ich zufällig Harruel über den Weg laufen, dann werde ich ihm sagen, daß du ihn gern hin und wieder mal zu Gesicht bekommen möchtest.«

»Und ich tu das gleiche, falls ich über Hresh stolpern sollte.«

Die Wunde, die ihm bei der Besichtigung des Lebensbaumes geschlagen worden war, brauchte lange, um zu heilen. Hresh schwor sich, er werde nie wieder in den Keller der Sechsunddreißig Türme hinabsteigen und er werde nie wieder eine Reise in das lebendige Vengiboneeza unternehmen. Doch je mehr Tage vergingen, desto stärker machte sich seine angeborene Neugier wieder bemerkbar, und er begriff, daß er seinen Schwur nicht lange würde halten können, aber er schwor sich feierlich, sollte er ein zweites Mal auf den Baum des Lebens stoßen, er würde keinen Fuß hineinsetzen. Es verlangte ihn nicht im geringsten danach, diesen Ort jemals wiederzusehen, in dem seine Vorfahren eingepfercht hockten wie wilde Tiere, zum Ergötzen und zur Belehrung zivilisierter Wesen.

Als er aber dann tatsächlich dorthin zurückkehrte, entdeckte er keine Spur von dem Ort, wo der Baum des Lebens sich befunden hatte. Erneut war die Stadt stark verändert, und an Bauten, die er von früheren Besuchen in Erinnerung hatte, waren da nur noch die Zitadelle und eine Handvoll anderer noch übrig. Er empfand deswegen eine große Erleichterung, denn er argwöhnte, wenn er wieder auf den Baum des Lebens gestoßen wäre, er wäre doch wieder hineingegangen, trotz seines Schwurs, trotz allem.

»Ach, da bist du ja endlich«, sagte Torlyri. »Ich such dich schon den ganzen Morgen überall!«

Hresh kam verdreckt und zerzaust über den gebogenen Boulevard vom Emakkis-Boldirinthe-Viertel zum Nordteil der Stadt auf sie zugeschlendert. Auf seinem Gesicht lag der ferne abwesende Ausdruck eines Menschen, der sich halb hier und halb in einer anderen Welt befindet.

Er kehrte sich Torlyri zu, als habe er nicht die geringste Ahnung, wer sie sein mochte. Sein Blick wich dem ihren ein wenig aus. »Bin ich für etwas zu spät dran?«

»Weißt du, was heute für ein Tag ist?«

»Friit?« sagte er dumpf. »Nein, heut ist Mueri. Ich bin sicher, es ist Mueri.«

»Heute ist dein Erster Tvinnr-Tag«, sagte Torlyri lachend.

»Heute?«

»Ja, heute.« Sie streckte ihm die Arme entgegen. »Das ist für dich ganz unwichtig, was?«

Hresh ging nicht darauf ein, sondern starrte auf seine Füße. Mit der linken großen Zehe begann er Muster in die weiche Erde zu zeichnen. »Ich hab gedacht, morgen ist der Tag«, sagte er mit dunkler ängstlicher Stimme. »Ehrlich, Torlyri ... ehrlich!«

Sie erinnerte sich daran, wie er damals vor der Kokonschleuse auf dem Felssims gestanden hatte, zitternd in der eiskalten Luft, und wie er sie angefleht hatte, Koshmar nicht zu verraten, daß er sich hinauszuschleichen versucht hatte. Jetzt war er Jahre älter, sehr verändert, ernster geworden durch seine Aufgaben im Stammesverband; und dennoch, in Wahrheit hatte er sich überhaupt nicht verändert, oder doch? Nein, nicht in irgend etwas Wesentlichem. Er war jetzt fast schon ein Mann, nicht länger der wilde verängstigte Junge, ›Hresh-der-die-Antworten-weiß‹, das war er nun, der Hüter und Pfleger der Chroniken, der Anführer der Sucher, ohne Zweifel der Gescheiteste im ganzen Stamm, und dennoch, irgendwie war er auch ›Hresh-der-Fragesack‹ geblieben, das eigenwillige, sprunghafte, aufmüpfige Kind. Vergißt der doch glatt den eigenen Tvinnr-Tag! Zu so etwas war wirklich niemand außer Hresh fähig.

Vor drei Tagen hatte sie ihm aufgetragen, sich auf die endgültigen Initiationsrituale in seine Mannheit vorzubereiten. Das hieß, daß er hätte fasten sollen, den Leib äußerlich und innerlich reinigen, er hätte bestimmte Gesänge singen müssen, meditieren müssen. Aber – hatte er das getan, wenigstens teilweise? Wahrscheinlich nicht. Was Hresh für wichtig hielt, das bestimmte einzig und allein er selbst.

Aber wenn er sich nicht vorbereitet hat, dachte sie, wie kann er dann erwarten, sein erstes Tvinnr zu feiern? Sogar er, Hresh, mußte sich doch darauf gebührlich vorbereiten. Sogar er.

Also sagte sie: »Du siehst seltsam aus. Hast du wieder an den Maschinen der Großen Welt herumgespielt, ja?«

Er nickte.

»Und du hast Sachen geschaut, die dich beunruhigen?«

»Ja«, sagte er.

»Möchtest du mit mir darüber reden?«

Hastig schüttelte Hresh den Kopf. »Eigentlich nicht.«

In seinen Augen hing noch immer dieser halb abwesende Ausdruck. Er schien auf irgendeinen Punkt hinter ihrer linken Schulter zu starren, als ertrage er höflicherweise die Unterhaltung, ohne irgendwie sichtlich an ihr teilzuhaben. Er hatte sich in einen Schmerz vergraben, dem Torlyri einfach nicht auf die Spur kommen konnte. Immer mehr verstärkte sich in ihr die Überzeugung, daß es falsch wäre, ihn am heutigen Tag zu seinem ersten Tvinnr zu führen.

Aber wenigstens konnte sie versuchen, seinen Schmerz zu lindern.

Also sandte sie Energie zu ihm hinüber und Wärme, berührte ihn, hüllte ihn ein. Hresh starrte weiter ins Leere. In einer seiner Wangen zuckte und pulsierte etwas.

Nach einer Weile sprach er wie von weit weg: »Während wir hier stehen, kann ich rings um mich herum überall die Vergangenheit sehen. Das alte Vengiboneeza. Das Vengiboneeza aus der Zeit der Großen Welt.« Seine Stimme klang merkwürdig heiser. Seine Unterlippe bebte. Und jetzt blickte er ihr zum erstenmal direkt in die Augen, und sie sah eine Fremdartigkeit in seinem Blick und auch Furcht, wie sie dies niemals zuvor dort erblickt hatte. »Manchmal, Torlyri, weiß ich nicht, wo ich bin. Oder *in welcher Zeit.* Die antike Stadt überlagert diese jetzige, sie hebt sich und breitet sich wie eine Maske darüber, wie eine Vision, wie ein Traum. Und das macht mir Angst. Weißt du, daß ich nie zuvor wirklich vor irgend etwas Angst gehabt habe, Torlyri? Ich will einfach nur die Dinge erkennen und begreifen. Und darin ist ja nichts, weswegen man sich ängstigen müßte, kann gar nichts zum Fürchten sein. Aber manchmal sehe ich Dinge, wenn ich nach Vengiboneeza hineingehe, die ... die ...« Seine Stimme schwankte. »Die antike Stadt erwacht für mich zum Leben. Und wenn dies geschieht, lagert sie sich über diesen Trümmern hier wie eine leuchtend goldene Maske, die so schön ist, daß es mir Entsetzen einflößt. Und dann komme ich in diese Stadt, diese Ruinenstadt, zurück, und dann liegt *die* über der alten Stadt wie ... wie ein Knochenschädel über einem Gesicht.«

»Hresh ...«, sagte sie leise und zog ihn an die Brust.

»Ich will lernen, Torlyri. Alles lernen über alles, was da ist und jemals war. Aber manchmal ... manchmal sind die Sachen, die ich dabei finde ...«

Er glitt aus ihrer Umarmung und trat ein paar Schritte beiseite, und dann stand er so da, wandte ihr den Rükken zu und starrte zum Berghang hinauf.

»Vielleicht warten wir doch besser noch ein Weilchen mit deinem ersten Tvinnr«, sagte sie nach einer Weile.

»Nein. Heute ist der richtige Tag.«

»Heute ist deine Seele in tiefer Unruhe.«

»Es sollte trotzdem zum richtigen Zeitpunkt, am vorbestimmten Tag geschehen.«

»Aber wenn du durch andere Dinge dermaßen abgelenkt bist, daß du nicht in den Tvinnr-Zustand eingehen kannst ...«

»Ich spüre, daß ich schon ruhiger werde«, sagte Hresh. »Einfach dadurch, daß ich in deiner Nähe bin ... mit dir reden kann.« Er wandte ihr plötzlich wieder das Gesicht zu. Er schien zu wachsen. Plötzlich sprach er mit dunklerer, vor Entschlossenheit zitternder Stimme. »Komm, also! Komm, Torlyri! Es wird spät, und wir haben Wichtiges zu tun.«

»Glaubst du ganz wahrlich, du solltest ...?«

»Unbedingt!«

»Ja, aber hast du die erforderlichen Vorbereitungen getroffen? Alles, was du dafür tun mußt?«

»Es wird genügen«, sagte Hresh. Er lachte sie kurz mit einem strahlenden Lächeln an. Auf einmal wirkte er wach, begierig, erregt. »Darum sollten wir jetzt in deine Kammer gehen, Torlyri. Heute ist mein Tvinnr-Tag! Kannst du mir vergeben, daß ich das vergessen habe?

Du weißt ja, ich muß an so vielerlei denken. Allerdings, wer könnte schon seinen eigenen Tvinnr-Tag vergessen? Also, komm nun, und lehre mich die Kunst, Torlyri! Ich warte schon mein ganzes Leben darauf, daß dieser Tag endlich kommt!«

Es war, als sei er von einem Augenblick zum nächsten aus einem Schlaf erwacht oder vom Krankenlager aufgestanden. Urplötzlich schien all seine Trübsal und seine Benommenheit von ihm gewichen zu sein. War dem wirklich so, fragte sich Torlyri, oder spielte er ihr dies nur vor? Aber er wirkte wahrlich wieder ganz wie sein wahres Selbst, von einem Moment zum nächsten wiederhergestellt: der übersprudelnde, ungeduldige Hresh, der ›Hresh-voller-Fragen‹, stets hungernd nach neuen Erfahrungen. Vielleicht hatte er an diesem Vormittag mitten unter den Mysterien des alten Vengiboneeza ein Erlebnis zuviel gehabt, aber was für eine düstere Wolke sich dort über ihn gelegt haben mochte, nun, in diesem Augenblick, schien sie von ihm gewichen zu sein.

Dennoch war sie sich seinetwegen nicht ganz sicher.

»Es schadet nichts, wenn wir einen Tag länger warten«, sagte sie.

»Heute, Torlyri. Der Tag ist heute!«

Sie lächelte und umarmte ihn noch einmal. Hresh war einfach nicht kleinzukriegen. Wie hätte sie ihn abweisen können?

»Also schön, dann komm mit! So sei es denn: Heute ist der Tag.«

Im Kokon hatte das Tvinnr-Ritual grundsätzlich in besonderen kleinen Kammern stattgefunden, die etwas abseits von der zentralen Wohnkammer lagen. Schließlich handelte es sich ja dabei um eine sehr private Sache, um den allerpersönlichsten intimen Akt, den es gibt. Sogar die Kopulation konnte in Sichtweite anderer ausgeführt werden, ohne Anlaß zu erstaunten Reaktionen zu bieten, aber das Tvinnr, nein, das niemals!

Seit der Stamm sich in Vengiboneeza niedergelassen hatte, war der Brauch der besonderen und abgesonderten Tvinnr-Kammern etwas in Vergessenheit geraten. Hier konnte man jederzeit privat und ungestört in den eigenen Wohnräumen oder in irgendeinem verlassenen Gebäude der Stadt tvinnern. Die Gefahr, daß jemand dabei stören würde, war gering. Doch ein Erst-Tvinnr, das war etwas anderes, das war eine hochkomplizierte Sache, und so hatte Torlyri dafür eine besondere Kammer eingerichtet, die in einer Galerie unter dem Tempel lag und wo eine zufällige Störung unmöglich war. Dorthin führte sie nun Hresh.

Als sie den Tempel betraten, tauchte aus den Schatten der Mueri-Seitenkapelle die hohe schlanke Gestalt des Mädchens Kreun auf. Als sie dicht bei ihnen angelangt war, blieb sie stehen und wandte sich Torlyri zu, als wolle sie zu ihr sprechen; aber über ihre Lippen drang nur ein Seufzer, dann eilte sie rasch davon und war bald nicht mehr zu sehen.

Torlyri schüttelte den Kopf. Seit etwa zwei Wochen war das Mädchen sehr seltsam geworden. Natürlich war sie zutiefst verstört über das Verschwinden Sachkors, den sie hatte heiraten wollen: er hatte sich in dünne Luft aufgelöst, dieser Sachkor, und keiner fand irgendeine Spur von ihm in der Stadt. Hresh hatte unter Zuhilfenahme seines Wundersteins entschieden, daß Sachkor noch am Leben sein müsse. Doch sogar Hresh hatte keine Ahnung, wo Sachkor sich befinden mochte. Dies war merkwürdig; doch der Grad, in dem sich Kreun in sich selber verschlossen hatte, erschien ihr sogar noch viel seltsamer. Kummer allein schien als Ursache dafür nicht zu genügen. Das Mädchen war völlig verändert seither, ein ganz anderer Mensch, sie war gereizt und redete nicht mehr und brütete nur vor sich hin. Hielt sich abseits. Weinte viel. Das alles dauerte schon viel zu lange. Torlyri beschloß, sie sich einmal beiseite zu nehmen, um ihr die Last auf ihrer Seele, was immer es sein mochte, ein wenig zu erleichtern.

Aber nicht heute. Dieser Tag gehörte Hresh.

Eine breite gewundene Steinrampe, wie sie die Architekten der Saphiräugigen so gern verwandten, führte zu Torlyris Tvinnr-Gemach hinab. Glühbeerenbüschel in Wandleuchtern verströmten ein bleiches orangerötliches Licht.

Als sie die Rampe hinabzuschreiten begannen, sagte Hresh urplötzlich: »Ich habe über die Götter nachgedacht, Torlyri.«

Das kam ihr überraschend. Er sollte in diesem Augenblick ans Tvinnrn denken, und nicht an sowas. Aber eigentlich überraschte sie ihre Überraschung gar nicht. Vieles von dem, was Hresh von sich gab, war überraschend. Und Hresh tat selten das, was irgendwer von ihm erwartete.

»Hast du das?« fragte sie sanft.

»Bei meinen Nachforschungen habe ich etwas gesehen«, sagte er. »Eine Maschine der Uralten, die mir Tiere zeigte, wie sie in der Zeit der Großen Welt gelebt haben. Manche waren den heutigen Tieren ziemlich ähnlich, aber trotzdem waren sie anders. Die Tiere, die durch die Zeiten hindurch aus der Großen Welt überlebten, haben auf deutlicher oder weniger deutliche Art viele Veränderungen erfahren.«

»Ja, vielleicht ist es so«, sagte Torlyri und überlegte, wohin dieses Gespräch führen mochte.

»Ich fragte mich also, welche der Götter derartige Veränderungen bewirkt«, fuhr Hresh fort. »Also, es ist Dawinno, der sie verwandelt hat. Er ist es doch, Torlyri, nicht wahr? Der im Ablauf der Jahre alle Wesen verwandelt? Dawinno schafft neue Formen aus den alten.«

Torlyri blieb auf der Rampe stehen und blickte Hresh prüfend und verwundert an. Dieser kleine Junge, der heute zum Mann werden sollte – und dann schwirren ihm derartige Gedanken durch den Kopf ... wahrlich, es gab keinen so wie Hresh und sicherlich hatte es auch nie zuvor einen wie ihn gegeben!

»Dawinno nimmt das Alte weg, ja«, sagte Torlyri behutsam. »Er schafft Platz für das Neue.«

»Nein, er *bringt* das Neue aus dem Alten *hervor.*«

»Ist das deine Lesart der Sache, Hresh?«

»Ja. Ja – Dawinno ist der Verwandler der Formen!«

»Also gut«, sagte Torlyri, die immer weniger begriff.

»Aber Verwandlung ist eben nichts weiter als Verwandlung«, sagte Hresh. »Es ist keine Schöpfung.«

»Ja, vermutlich ist es so.«

Seine Augen leuchteten nun beinahe fiebrig.

»Aber wo beginnt dies alles? Bedenke doch nur, Torlyri, welche Götter wir verehren. Wir beten zum Ernährer und zum Tröstergott, zum Heilgott. Und zum Schützer und zum Zerstörer. Aber es gibt keinen Gott, den wir als den Erschaffenden – den Schöpfer bezeichnen würden. Wem also verdanken wir unser Leben, Torlyri? Wer hat die Welt gemacht? Ist es Yissou?«

Seit Beginn des Gespräches hatte Torlyri sich unbehaglich gefühlt, doch jetzt steigerte sich dieses Gefühl rasch und in bedenklichem Maße.

»Yissou ist der Beschützer«, sagte sie.

»Eben. Aber nicht der Schöpfer. Wir wissen ganz einfach nicht, wer der Schöpfer ist. Wir denken sogar überhaupt nie daran. Hast *du* dir je Gedanken darüber gemacht, Torlyri? Hast du?«

»Ich vollziehe die Riten. Ich diene den Fünf Erhabenen.«

»Und diese Fünf müssen einem Sechsten dienen! Aber *wer* ist er? Wieso haben wir für ihn keinen Namen? Warum gibt es keine Riten, ihn zu ehren? Er hat die Welt gemacht und alles, was in ihr ist. Dawinno verwandelt die Welt schließlich nur. Und wenn ich mir so die Beweise für seine Umgestaltung anschaue, beginne ich eben mich zu fragen, wie die Ur-Gestaltung war, verstehst du mich? Es gibt einen höheren Gott als Dawinno – und wir wissen gar nichts von ihm. Siehst du das ein, Torlyri? Begreifst du? Er entzieht sich uns, hält sich vor uns verborgen. Aber bei ihm ist die höchste Macht. Er besitzt die Schöpferkraft. *Er* kann etwas aus dem Nichts machen. Und er kann alles in jegliches andere umgestalten. Ja, es könnte sogar sein, daß er sich derartig widerwärtige und hirnlose Bestien nimmt wie diese Affen, die uns dermaßen quälen, und sie zu etwas verwandelt, das ... das fast menschlich ist. Er kann alles, was er will, Torlyri. Er ist der Schöpfer! Ja, vielleicht hat er sogar die Erhabenen Fünf erschaffen!«

Sie starrte ihn entsetzt an.

Sie war keine hirnlose Frau, aber es gab für sie bestimmte Bereiche, in die sie lieber nicht fragend vordringen wollte. Niemand tat dies. Es gehörte sich einfach nicht, Spekulationen über die Natur und das Wesen der Götter anzustellen; man hatte einfach zu tun, was sie befahlen. Und so hatte sie es ihr Leben lang gehalten, getreulich und gut. Die Fünf herrschten über die Welt – ihr genügten die Fünf.

Und da war nun dieser Hresh und legte ihr Gedanken vor, die sie als zutiefst beunruhigend empfand. Ein Schöpfergott, sagte er. Nun, es war ja klar, daß alle Dinge einmal ihren Anfang genommen haben mußten, wenn sie jetzt schon wirklich einmal innehielt und darüber nachdachte, aber das mußte vor sehr, sehr langer Zeit gewesen sein, und in welcher Weise konnte es die jetzt und heute Lebenden beeinflussen? Es war einfach töricht, sich über derlei Gedanken zu machen. Die Vorstellung allerdings, daß da vielleicht einmal eine Zeit gewesen war, in der die Himmlischen Fünf selbst noch nicht waren, daß ein anderer sie ins Dasein gerufen haben könnte, das ließ Torlyri den Kopf schwindlig werden. Denn wenn die Fünf einen Erschaffer gehabt hatten, dann hatte ja möglicherweise auch dieser Erschaffer seinerseits wieder einen, der ihn erschaffen hatte, und dieser wieder war womöglich von einem noch höherrangigen Gott erschaffen worden ... und ... und ... und ...

Und das hörte nie auf. Ihr Kopf drehte sich.

Und dann noch diese Geschichte mit den zu Menschen werdenden Affen. Was sollte denn das für einen Sinn haben?

Ach, Hresh, Hresh, Hresh!

Ruhig, aber mit Festigkeit sagte sie: »Wir wollen unsere Gedanken jetzt auf das Tvinnr lenken, Hresh.«

»Wenn du so willst.«

»Nicht nur, weil ich es so will. Sondern weil wir aus diesem Grund hierher gekommen sind.«

»Also schön«, sagte er. »Dann tvinnern wir eben heute, Torlyri.«

Sie lächelte ihm zärtlich zu und legte ihm beide Hände in seine Hände. Plötzlich kam es ihr so vor, als sei sie der Neophyt und Hresh derjenige, der die Einweisung vornehmen sollte. Es verwirrte sie wie immer, wenn sie mit diesem Jungen zu tun hatte. Sie sagte sich vor, daß er ja wirklich nichts weiter sei als ein Knabe, ein Junge von nur dreizehn Jahren, und daß er ihr kaum bis zur Brust reichte, und daß der Grund ihres Hierseins *seine* erste Tvinnr-Erfahrung sei, nicht die ihre.

Also stiegen sie gemeinsam weiter abwärts, bis sie an der niederen Steingalerie und dem Spitzbogen anlangten, der in ihr kleines Tvinnr-Gemach führte. Aber während sie durch die schmale Tür traten, Torlyri mußte sich ein wenig bücken wegen der Höhe, nahm sie plötzlich eine Veränderung in Hreshs Körpergeruch wahr, und sie wußte, daß erneut eine kleine Veränderung der Situation sich ereignete. Kaum hatten sie den Ort betreten, hatte Hresh die Führung übernommen. Aber vielleicht – dachte sie – wird ihm jetzt doch allmählich bewußt, daß er wirklich jetzt zum erstenmal tvinnern soll. Das Ereignis nahm für ihn reale Wucht an. Und von daher rührte dieser Duft von Beklommenheit und Furcht, der von ihm ausströmte. Er mochte gut und gern Hresh-der-Chronist sein, Hresh-der-Weise, doch daneben war er halt auch nur der kleine Junge, und daran begann er sich nun wieder zu erinnern.

Das Tvinnr-Gemach war ein zwölfwandiger Raum, durch Maßwerk aus Blausteinrippen voneinander abgesetzt; diese Rippen stießen an der Decke zu einem komplexen Kreuzgewölbe zusammen, das halb in den Schatten verborgen war. Es war ein kleiner Raum, möglicherweise früher einmal eine Vorratskammer der Saphiräugigen; für den persönlichen Gebrauch von derartig voluminösen Personen, wie sie es waren, zweifellos viel zu winzig. Doch für Torlyris Zwecke genügte der Raum allemal. Sie hatte ein Lager aus übereinander gestapelten Pelzen hergerichtet, und in den Wänden gab es Nischen, in die sie gewisse heilige Gegenstände gesetzt hatte. Von Wandampeln schimmerte flackerndes grüngelbes Licht von Glühbeeren, dünn, jedoch ausreichend.

»Leg dich da nieder und bereite deine Stille vor«, befahl Torlyri. »Ich muß einige Gebete und Rituale machen.«

Sie trat von einer Nische zur anderen und rief nacheinander die Großen Fünf an. Die heiligen Amulette und Talismane in den Nischen waren alt und wohlvertraut, sie hatte sie aus dem Kokon mitgebracht, und sie waren ölig und glatt von dem langen Gebrauch. Es war sehr wichtig, für ein Erst-Tvinnr die Gunst der Götter zu erlangen: der Neophyt war dabei weit offen für die äußeren Kräfte und Mächte, und wenn die Götter nicht in ihn eingehen wollten, dann taten dies möglicherweise »andere« Kräfte. Zwar hatte Torlyri keine Ahnung, wer oder was diese Mächte sein mochten, doch sie gab sich große Mühe, ihnen keine Gelegenheit zu bieten.

So schritt sie also durch das Gemach, schlug die vorgeschriebenen Zeichen, murmelte die vorgeschriebenen Worte. Sie erbat von Yissou, er möge Hresh vor Schaden schützen, wenn seine Seele sich entblößte. Sie rief Mueri an, dem Jungen die Bedrückung zu nehmen, die seinen Geist zu trüben schien. Und sie betete zu Friit um die Heilung aller Narben, welche seine Verwirrung an ihm hinterlassen haben mochten. Und zu Emakkis flehte sie, er möge ihm Kraft und Ausdauer schenken. Vor der Altarnische Dawinnos blieb sie lange stehen, denn sie wußte, daß der Zerstörer der Gott war, dem Hresh sich ganz besonders ergeben hatte; und wenn denn Dawinno tatsächlich – wie Hresh behauptet hatte – der Große Verwandler und Umgestalter war, dann war es ja nur vernünftig, seine besondere wohlwollende Gnade auf die bevorstehende Verwandlung herabzuflehen.

Die Nischenschreine waren so angeordnet, daß jeweils zwischen ihnen eine blanke Facettenwand lag, so daß es insgesamt in dem zwölfflächigen Raum sechs davon gab. Aber da Torlyri für die sechste Nische nie Verwendung gefunden hatte, hatte sie sie leer gelassen. Jetzt jedoch, als sie ihren Umgang beendete, blieb sie davor stehen und rief zu ihrer eigenen Verblüffung eine Gottheit an, die sie nicht kannte, diese geheimnisvolle Nummer Sechs, von der Hresh noch vor kurzem gesprochen hatte.

»Wer immer du sein magst«, flüsterte sie, »das heißt, falls es dich überhaupt gibt, höre auf die Worte, die Torlyri spricht. Ich erflehe von dir, daß du achthabest und wachst über diesen absonderlichen Knaben, der dich liebt, daß du ihm Stärke schenkest und ihn bewahrst für all das, was ihm zu tun bestimmt ist auf dem Angesicht dieser deiner Welt. Das ist es, was Torlyri von dir wünscht, im Namen der Fünf, die dein sind. Amen.«

Und bestürzt über ihr Verhalten starrte sie in die schattendunkle Vertiefung der sechsten Nische.

Dann machte sie kehrt und kniete sich neben Hresh auf das Pelzlager. Er beobachtete sie mit großen aufmerksamen Augen.

»Hast du deine Ruhe hergestellt?« fragte sie.

»Ja, ich glaub schon.«

»Du bist nicht sicher?«

»Ich habe meine Stille erreicht, ja.«

Torlyri bezweifelte dies ziemlich stark. Die Traumverschwommenheit, die eigentlich in seinem Blick hätte liegen sollen, war nicht da. Wahrscheinlich hatte er sich nicht einmal in der Technik geübt, obwohl sie ihn darin unterrichtet und ihm aufgetragen hatte, Übungen zu machen. Aber möglicherweise war Hreshs Gehirn durchaus in der Lage, in einen Tvinnr-Zustand überzugehen, selbst wenn in ihm nicht vollkommene Stille herrschte. Man konnte eben nie etwas mit Gewißheit annehmen, wenn man es mit Hresh zu tun hatte.

Aus der Dawinno-Nische hatte sie einen heiligen Gegenstand genommen, einen glatten, weißen Stein, um dessen Leibung ein grobes grünes Fasergespinst geknüpft war. Dies drückte sie nun als Schutzzauber Hresh in die linke Hand und schloß ihm die Finger darüber. Der Stein würde ihm helfen, sich scharf zu konzentrieren. In der anderen Hand hielt er bereits das Amulett, das einstmals Thaggoran gehört hatte.

In feierlichem Ritualton sprach sie: »Dies bedeutet die äußerste Freude für uns vom Volk. Dies ist die Vereinigung der Seelen, die unsere Gabe und Besonderheit ist. Wir gehen in Demut und ehrfürchtiger Scheu in die Verschmelzung. Wir vollziehen das Tvinnr voll freudigen Entzückens.«

Torlyri fühlte, wie die Spannung in ihr anwuchs.

Wie oft hatte sie das Ritual durchexerziert, und mit wie vielen vom Volk! Beinahe die Hälfte von ihnen hatte sie zum Erst-Tvinnr geführt; nie aber war sie vor der Aufgabe gestanden, ihre Seele mit einem Wesen wie Hresh zu verschmelzen. In sein Bewußtsein einzudringen ... und das seine in ihres dringen zu lassen – auf einmal war sie ganz überraschend von einer Unruhe erfüllt. Und so fand sie es denn hier und jetzt, im allerletzten Augenblick, nötig, selber eine Stillung durchzuführen, die harmlosen schlichten Übungen zu absolvieren, wie sie gewöhnlich nur Neulinge während der Trainingszeit praktizieren mußten. Hresh schien zu merken, daß sie sich ungewöhnlich verlegen fühlte; sie sah, daß seine bohrenden Augen sie beunruhigt anschauten, ganz so, als hätte sich erneut die Gewichtung verschoben, und er wäre der Meister und sie der junge Neophyt.

Doch der Augenblick verging. Und sie war ganz ruhig.

Sie legte die Arme um ihn, und sie lagen eng beisammen.

»Ergötze dich mit mir«, sagte sie leise. »Ruhe bei mir.«

Ihre Sensororgane berührten einander. Er zögerte – sie konnte es fühlen, an der plötzlichen blitzschnellen Versteifung der Muskeln ... aber dann entspannte er sich, und sie begannen das Tvinnr.

Anfangs war er etwas unbeholfen (aber so waren sie ja immer alle), doch schon bald begriff er die Bewegungen, und von da an wurde es leicht. Torlyri spürte die ersten zarten Zuckungen der Vereinigung, und sie wußte, es würde keine Komplikationen geben. Hresh ging in sie ein. Sie ging in Hresh ein. Die Verbindung war eindeutig da. Sie fühlte die einzigartige Struktur seiner Seele, ihre Färbung, ihren Klang.

Und er war sogar noch seltsamer, als sie bisher gedacht hatte. Sie hatte mit großer Einsamkeit gerechnet, und – ja, die fand sie in ihm. Aber seine Seele besaß eine Tiefe und war so reich und erfüllt, wie sie dies niemals zuvor erfahren hatte. Die Stärke seines Zweiten Gesichts war überwältigend, selbst jetzt schon in den Anfangsstadien des Tvinnr. Aber auch jetzt schon konnte sie die Macht fühlen, die ihm zu Gebote stand und die er zurückhielt. Die Kraft seines Bewußtseins war wie die eines wild über ein gigantisches Wehr in den Abgrund stürzenden Flusses. Konnte sie Schaden erleiden, wenn sie sich mit einem solchen Geist vereinte?

Nein. Nein. Kein Harm würde je von Hresh hervorgehen können.

»Verschmilz mit mir im Tvinnr«, sagte Torlyri und tat sich ihm ganz auf.

11. Kapitel

Der Traum, der nicht enden wollte

Hinterher erhob sich Hresh und stand eine Weile neben dem Lager und blickte auf die schlafende Torlyri hinab. Sie lächelte in ihrem Schlummer. Er hatte befürchtet, er könnte sie womöglich verletzt haben, als sein Bewußtsein in voller Stärke in das ihrige eindrang. Aber nein: Sie würde nun ein Weilchen schlafen und dann wieder aufwachen.

Allein stieg er die Wendeltreppe hinauf und verließ den Tempel. Es war besser, er war nicht mehr da, wenn sie erwachte. Es hätte sie vielleicht beschämen können, wenn sie ihn beim Aufwachen noch an ihrer Seite gefunden hätte, wie wenn sie Tvinnr-Partner wären. Sie brauchte ein wenig Zeit, um zu sich selbst zurückzufinden und ihre Ausgeglichenheit wiederzugewinnen. Er wußte, daß die unerwartete Wucht ihrer Vereinigung eine starke Wirkung auf sie gehabt hatte.

Was Hresh selbst betraf, so war seine erste Tvinnr-Erfahrung sowohl lustvoll wie auch erleuchtend gewesen. Eine Lust, ganz ohne Zweifel, in Torlyris warmer Umarmung zu liegen, ihre sanfte Seele mit der seinigen verschmelzen zu fühlen, in diesen merkwürdigen köstlichen Zustand der Kommunion überzugehen. Nun endlich verstand er, warum Tvinnr solch hohe Wertschätzung genoß, warum man es für eine Wonne erachtete, die noch viel stärker war als sogar die Kopulation.

Aber auch eine Erleuchtung war ihm zuteil geworden: Er hatte Torlyri zeit seines Lebens gekannt, doch nun erkannte er, daß er sie nur ganz beiläufig und oberflächlich gekannt hatte. Eine gute Frau, eine freundliche

Frau, sanft und liebevoll gegenwärtig im Stamm – die die Riten vollzog, mit den Göttern redete und allen Bedürftigen Trost und Labsal spendete, eine Art Mutter für alle. Ja, so war Torlyri. Doch nun hatte Hresh erkannt, daß es andere Wesenszüge in ihr gab. In ihr ruhte große Stärke, eine erstaunliche Festigkeit der Seele. Angesichts ihrer körperlichen Kraft – sie war beinahe so stark wie ein Krieger, und in mancher Hinsicht sogar stärker – hätte er damit rechnen müssen. Solche Kraft war oft die Spiegelung innerlicher Stärke, doch er hatte sich von Torlyris Wärme, ihrer Sanftheit, ihrer Mütterlichkeit dermaßen täuschen lassen, daß er dies nicht bemerkt hatte.

Daneben aber gab es auch gewöhnliche, menschliche Aspekte an Torlyri. Sie war nicht einfach nur Ritenvollzieherin und Trostspenderin, sondern außerdem auch eine Person mit privater Existenz, mit persönlichen Ängsten, Zweifeln, Bedürfnissen und Schmerzen. Und darüber nachzudenken hatte Hresh sich bisher nicht die Mühe gemacht. Beim Tvinnr mit ihr, gerade jetzt vor wenigen Minuten jedoch, hatte er ihr heftiges Verlangen nach einem Stammeskrieger entdeckt – nach Lakkami, vermutlich; Torlyri und Lakkamai steckten in letzter Zeit beständig beisammen –, und er hatte herausgefunden, wie vielschichtig und kompliziert ihre Beziehung zu Koshmar war, und noch etwas ... eine Leere in ihr, eine Ödnis, die damit zusammenhing, daß sie kein Kind geboren hatte. Sie war die Mutter für den ganzen Stamm und dennoch niemandes leibliche wirkliche Mutter, und dies schien sie zu bedrücken, wahrscheinlich auf derart verdeckte Weise, daß sie sich dessen selbst nicht bewußt war. Hresh aber erkannte dies jetzt, und dieses Wissen hatte ihn verändert. Er begann zu begreifen, wie schwierig und verwickelt das Erwachsensein ist. Es gab dermaßen viele Lebensaspekte, die einfach nicht leicht und glatt einzuordnen waren, sondern die umherzuckten und unterschwellige Störungen bewirkten, wenn man einmal erwachsen war. Dies war – vielleicht – die wichtigste Lehre, die er aus seinem Erst-Tvinnr mitnahm.

Also – Lust und Erleuchtung. Aber war es nicht auch irgendwie ein wenig enttäuschend gewesen? Doch, das ebenfalls. Es war nicht die erschütternde, Furcht und Ehrfurcht einflößende Erfahrung gewesen, auf die er gehofft hatte. Das Erlebnis war hinter seinen Erwartungen zurückgeblieben, jedoch nur, weil er im Besitz des Wundersteins war. Beim Tvinnr erreichte man nur die Seele einer einzelnen anderen Person; mit der Hilfe des Barak Dayir hingegen kam man in Berührung mit der Seele der Welt. Schon bei seinen frühen unbeholfenen Versuchen mit dem Wunderstein war er hoch über die Wolken hinausgestiegen, er hatte über Meere hinweggeschaut, er hatte in die Zeiten vor der Ankunft der Todessterne hinabgespäht. Was bedeutete im Vergleich damit schon das Tvinnr?

Er machte sich klar, daß er ungerecht dachte. Der Barak Dayir eröffnete ihm nahezu unbegreifliche Weiten. Aber Tvinnr – das war eine ganz intime, persönliche Kleinwelt. Jedoch das eine bedeutete nicht die Negation des anderen. Und wenn er beim Tvinnr eine leise Enttäuschung verspürt hatte, so nur deshalb, weil der Wunderstein ihn bereits gelehrt hatte, wie er die Grenzen seines eigenen Denkens und Bewußtseins überschreiten konnte. Ohne diese Vorerlebnisse wäre ihm das Tvinurerlebnis vermutlich als eine überwältigende Erfahrung erschienen. Aber der Wunderstein hatte ihn offenbar dafür untauglich gemacht, ihm sozusagen den Gaumen verdorben. Dennoch bestand kaum Anlaß, das Tvinnr auf die leichte Schulter zu nehmen. Es war etwas ganz Außergewöhnliches, etwas Erstaunliches.

Er nahm sich vor, so bald wie möglich ein weiteres Tvinnr zu veranstalten. Und zwar mit Taniane.

Dieser Gedanke sprang ihm mit derartiger Heftigkeit ins Gehirn und kam so urplötzlich, daß ihm davon die

Luft wegblieb, wie wenn jemand ihm einen fürchterlichen Hieb zwischen die Schulterblätter versetzt hätte. Seine Kehle wurde strohtrocken, der Atem ging ihm stockend. Sein Herz begann zu hämmern und dumpf zu dröhnen wie eine Trommel, und so laut, daß es die anderen unbedingt hören müßten, glaubte er. Tvinnr mit Taniane! Was für eine erstaunliche Idee!

Für ihn war das Mädchen ein Rätsel. Schon seit langem hatte er eine Art mysteriöser Verbindung und Hingezogenheit zu ihr verspürt. Aber furchtsam hatte er sich dagegen gewehrt, weil es eine Ablenkung von seinen wesentlichen Aufgaben bedeutet hätte; und überdies hatte er auch befürchtet, er könnte dadurch zu etwas Üblem verführt werden.

Sie war inzwischen Frau, und eine schöne Frau, und außerdem verfügte sie auch noch über eine ungewöhnlich hohe Intelligenz. Und ehrgeizig war sie auch. Sie träumte davon, eines Tages Koshmars Rang als Stammeshäuptling einzunehmen, daran gab es wohl kaum Zweifel. Jeder mit nur einem Quentchen Grips mußte das erkennen, wenn er sah, mit welch neiderfülltem Blick sie Koshmar betrachtete. Und manchmal ertappte Hresh sie auch dabei, wie sie ihn aus der Ferne beobachtete, wie sie dabei so seltsam starrte, wie die Frauen es tun, wenn ein Mann sie interessiert. Und manchmal schaute auch er selber sie sich ganz fest an, aus der Ferne, und wenn er glaubte, sie habe ihn nicht bemerkt. Oft betrug sie sich kindisch ihm gegenüber und kokett. Sie lief ihm nach, sie verlangte, daß er sie auf seine Expeditionen in die Ruinen mitnehme, sie beschoß ihn mit Fragen, deren Beantwortung durch ihn für sie von höchster Wichtigkeit zu sein schien. Er wußte nicht so recht, wie er sich das alles deuten solle. Gelegentlich kam ihm der Gedanke, daß sie nur mit ihm spiele und daß sie eigentlich und wirklich an Haniman interessiert sei.

Und das wäre wahrlich unerträglich quälend gewesen

– für einen *Haniman* als ihren Favoriten abzublitzen. Nein, das war ein Risiko, das einzugehen er keine Lust hatte.

Heute jedoch schien alles anders zu sein. Er hatte seine erste Tvinnr-Erfahrung hinter sich, und die ganze komplizierte Welt der Erwachsenen lag offen vor ihm. Er mochte ja der ›Alte Mann‹ des Stammes sein, aber schließlich war er daneben auch noch ein junger *Mann*, und er sehnte sich nach Taniane.

Also begab er sich auf die Suche nach ihr.

Es war in der Mitte des Nachmittags, und es hatte aufgeklart und die Sonne schien. Das Himmelsdach schien auf und nieder zu schwingen, als hinge es an Schnüren. Die Ränder aller Dinge, die Hresh sah, wirkten verblüffend scharf, die Begrenzungen zwischen einem Objekt und dem nächsten waren wie mit dem Messer geschnitten. Die Farben vibrierten und pulsierten. Es war, als hätte das Tvinnr seine Seele für unendlich viele starke neue Eindrücke geöffnet.

Aus einer Seitengasse tauchte Orbin auf und kam pfeifend auf Hresh zugeschlendert.

Hresh hielt ihn an. »Hast du Taniane gesehen?«

»Da drüben.« Orbin wies auf ein Gebäude, in dem einige der jüngeren Funde der Sucher aufbewahrt wurden. Dann wollte er weiterschlendern, blieb aber stehen und warf Hresh einen zweiten prüfenden Blick zu. »Stimmt was nicht?«

»Was nicht stimmen? Wieso?« Hresh war ziemlich aufgeregt. »Was meinst du damit, was nicht in Ordnung?«

»Deine Augen sind so komisch.«

»Das bildest du dir bloß ein, Orbin.«

Orbin zuckte die Achseln. »Hm, vielleicht.«

Und er begann wieder zu pfeifen. Und mit einem Lächeln, das unangenehm wissend und hochmütig war, strolchte er davon.

Bin ich wirklich dermaßen leicht zu durchschauen?

fragte sich Hresh. Mit einem einzigen Blick auf mich kann Orbin alles herauslesen, was in mir vorgeht?

Er lief eilig zu dem Lagerhaus der Sucher, wo er auf Konya und Praheurt und Taniane stieß, aber zu seiner großen Erleichterung war Haniman nicht dabei. Sie standen allesamt über ein unvertrautes Fundexemplar von Maschine gebeugt, von der in merkwürdigen Winkeln Arm- und Beingliedmaßen aus Metall hervorstrebten, und sie stocherten zaghaft daran herum.

»Hresh!« rief Praheurt laut. »Komm mal her und schau dir an, was Konya und Haniman mitgebracht haben von ...«

»Später«, sagte Hresh. »Taniane, ich möchte mit dir reden. Willst du?«

»Aber sicher.« Sie blickte zu ihm auf. »Worum geht's denn, Hresh?«

»Vielleicht – draußen?«

»Wieso, können wir nicht hier reden?«

»Bitte, nein. Draußen!«

»Also, wenn du darauf bestehst ...« Sie schaute verwundert drein und machte eine Handbewegung zu Praheurt und Konya, als wollte sie ihnen bedeuten, daß sie gleich zurückkehren wolle. Hresh geleitete sie ins Freie.

Der warme Windhauch war betäubend. Hresh war ganz benommen von der Schönheit des dichten Fells von Taniane und von dem gespenstischen Glanz und Schimmer ihrer seltsamen Augen. Sie standen schweigend da, während er nach Worten suchte, nach einem Anfang. Verstohlen spähte er umher, um sich zu vergewissern, daß kein Haniman irgendwo in der Nähe lauerte.

»Also die Sekunde Zeit hättest du dir schon nehmen und dir anschauen können, was wir heute gefunden haben«, sagte sie. »Wir sind uns zwar nicht sicher, was es ist, aber ...«

»Ach, vergiß das jetzt mal«, sagte er mit gepreßter

Stimme. »Taniane ... ich habe heute mein Erst-Tvinnr gemacht.«

Sie sah überrascht, ja vielleicht sogar ein wenig beunruhigt drein, weil er damit so direkt herausplatzte. Ihr Blick war gesenkt, unter den Lidern verborgen. Aber dann verwandelte sich ihr Gesichtsausdruck. Es breitete sich ein nicht völlig unbefangenes Lächeln über ihre Züge, und sie sagte – mit vielleicht etwas zu betonter Begeisterung: »Oh, Hresh, wie wahnsinnig ich mich für dich freue! Es war ein sehr schönes Tvinnr, nicht wahr?«

Er nickte. Irgendwie lief die Sache nicht in die erwünschte Richtung. Also schwieg er weiter.

»Was wolltest du mir denn sagen, Hresh?«

Er holte tief Luft. »Ich will mit dir tvinnern, Taniane«, blubberte er hervor.

»Tvinnern – mit dir?«

»Ja. Gleich jetzt.«

Einen Entsetzensaugenblick lang glaubte Hresh, Taniane könne in schallendes Gelächter ausbrechen. Aber nein, nein, ihre Augen waren weit aufgerissen, die Lippen entblößten die Zähne, in ihrer Kehle zeigte sich eine seltsame Schluckbewegung.

Sie sieht aus, wie wenn sie Angst hätte, dachte er.

»Jetzt?« sagte sie. »Gleich? Tvinnern?«

Und nun konnte er natürlich nicht mehr kneifen. »Ja. Komm mit! Wir können weit in die Stadt hineingehen. Ich kenn da einen guten Platz, ich zeige ihn dir.«

Er griff nach ihr, und sie wich vor ihm zurück.

»Nein – bitte, nicht, Hresh. Nicht – du machst mir angst.«

»Aber das will ich doch gar nicht. Komm, tvinnere mit mir, Taniane!«

Sie wirkte schockiert, oder vielleicht war sie auch beleidigt, oder nur ganz einfach verärgert, er hätte nicht sagen können, was genau mit ihr los war.

»So hab ich dich ja noch nie gesehen. Hast du den

Verstand verloren? Ja, ganz bestimmt, das muß es sein. Du bist verrückt geworden.«

»Aber, ich habe doch bloß gesagt ...«

Sie blitzte ihn wütend an. »Wenn du nicht verrückt bist, dann mußt du ja wohl glauben, daß ich es bin. Du kannst doch nicht einfach so auf jemand zukommen und ihn bitten, er soll mit dir tvinnern, Hresh! Weißt du das denn nicht? Und dieser wilde Blick in deinen Augen. Du solltest dich mal selber sehen!« Taniane schauderte zusammen und machte mit den Händen eine abwehrende, nein mehr, eine ihn fortjagende Bewegung. »Geh weg von mir! Bitte. Bitte! Laß mich bitte in Ruhe, Hresh!« Und nun war da auch ein Schluchzen in ihrer Stimme, und sie wich noch weiter von ihm zurück.

Und Hresh stand wie gelähmt da, war entsetzt und fühlte sich elend. Das bleierne Gefühl, alles falsch gemacht zu haben, bemächtigte sich seiner mehr und mehr. Er erkannte, wie überstürzt und vorschnell er gewesen war, wie plump, wie dümmlich. Und damit hatte er alles verspielt, an diesem einen Tag, der ein Tag gewaltiger Freude hätte sein sollen.

Was bin ich doch für ein Narr! dachte er.

Dort stand sie, zehn Schritt von ihm entfernt, stand ebenso erstarrt und bewegungslos und stierte ihn an, als hätte er sich plötzlich in eine Bestie der Wildnis verwandelt, in ein abscheuliches Untier mit geifernden Lefzen und flammenden Augen. Er sehnte sich danach, daß sie sich einfach umdrehen und davonlaufen möchte, daß sie ihn mit seiner Schmach und seiner Beschämung allein lassen möchte, doch sie blieb immer nur weiter dort wie festgewurzelt stehen und starrte ihn auf diese merkwürdige Weise an.

Und dann, während er gleichfalls starr dastand und am liebsten in Grund und Boden versunken wäre, ertönte von weither, vom Stadttor vielleicht, ein heiseres Geschrei und erlöste ihn zunächst einmal von weiteren Qualen.

»Die Behelmten! Die Helmleute kommen! Die Behelmten kommen!«

Koshmar lag im Halbschlummer in ihrer Bettkammer, als sich das Alarmgeschrei erhob. Es war ein schlechter, ein bedrückter Tag für sie gewesen, der schlimmste in einer ganzen Reihe von schlechten Tagen. Nicht einmal das Ende der Regen und der Übergang zu diesem klaren Trockenwetter hatte sie aus ihrer düster-dumpfigen Niedergedrücktheit emporheben können. Ihre Seele war geschwollen von einem Gedanken: Torlyri und Lakkamai, Lakkamai und Torlyri.

Dabei sollte sich doch deswegen gar nichts ändern müssen. Tausendmal hatte sie sich das vorgebetet. Torlyri würde immer und ewig ihre Tvinnr-Partnerin bleiben. Und Tvinnr war die einzig wahre, einzig echte Verschmelzung. Wenn Torlyri nun auf einmal ein Verlangen nach der Kopulation verspürte, oder sogar nach einer Zeugungspartnerschaft – obwohl, wer hätte je davon gehört, daß eine Opferpriesterin sich einen Mann genommen hätte? –, also, selbst dies sollte eigentlich nichts ändern. Torlyri würde trotz allem noch immer ihren Tvinnr-Partner nötig haben. Und dieser Partner, der würde sie sein. Koshmar!

Würde sie das wirklich sein?

Es war unter Zeugungspaaren üblich, daß der geschlechtliche Partner auch der Tvinnr-Partner sei. Im übrigen Stammesvolk kopulierte man (oder auch nicht), mit jedem, zu dem man Lust verspürte, aber daneben hatte man eben seinen ganz eigenen und persönlichen Tvinnr-Partner. Doch dies war das Gesetz des Kokons gewesen. Und nun lebten sie im Neuen Frühling.

Mit all ihrer Seelenkraft hatte es Koshmar danach verlangt, die Frau zu sein, die den Stamm aus dem Kokon in den Neuen Frühling führen würde. Nun, dies hatte sie getan, und was hatte es ihr eingetragen? Nichts als Verwirrung, Zweifel und Elend? Da lag sie, am hellichten Nachmittag, in sich verkrochen und verzweifelt, auf ihrem Bett, während um die Türme von Vengiboneeza blitzende silberne Sonnenspeere tanzten. Und sie? Stunde um Stunde brütete und brütete sie. In diesem Augenblick jetzt schien ihr die Zukunft nur aus unlösbaren Rätseln und Verzweiflung zu bestehen. Nie hatte sie sich dermaßen hoffnungslos gefühlt.

Eine heisere Stimme vor ihrem Fenster krächzte: »Die Behelmten! Das Helmvolk! Die Behelmten kommen!«

Und fast ehe der Sinn des Gebrülls ihr bewußt werden konnte, war Koshmar von ihrem Bett aufgesprungen, und ihr Herz pochte heftig, ihr Fell sträubte sich stachlig, ihr Körper und ihr Geist waren in voller Kampfbereitschaft.

Eine wilde wütende Freude quoll in ihr auf. Versuchte ein feindlicher Stamm einzudringen? Na gut! Sollen sie nur kommen. Denen würde sie es schon besorgen. Ihr war das gerade recht. Es war besser, mit den Waffen gegen einen Feind zu kämpfen, als sich hier in aberwitzigen elendigen Grübeleien zu vergraben.

Sie wählte aus ihrem Maskenarsenal die Nialli-Maske, welche die wildeste und grimmigste von allen war. Nialli, so ging die Sage, war ein Häuptling gewesen, in deren Herzen sich der Mut von zehn Kriegern versammelt hatte. Die Maske war ein blitzendes schwarzgrünes Ding, halb so breit wie lang, und mit sechs scharfen blutroten Stacheln bestückt, die auf allen Seiten steil hervorragten. Das Ding lastete schrecklich schwer auf Koshmars Wangenknochen. Schmale Sehschlitze ermöglichten ihr eine gewisse Sicht.

Sie warf sich eine gelbe Rangschärpe um die Schultern. Sie ergriff ihren Häuptlingsspeer. Und sie lief auf die Straßenkreuzung hinaus, die vor dem Tempelturm lag.

Wild und wie verrückt liefen die Leute vom Volk in sämtliche Richtungen.

»Haltet ein!« brüllte Koshmar. »Allesamt – stillgestanden! Her zu mir! Hierher!«

Sie erwischte die junge Weiawala am Handgelenk, als diese an ihr vorbeirannte. Das Mädchen schien vor Entsetzen halb von Sinnen, und Koshmar mußte sie heftig rütteln und schütteln, ehe sie sich einigermaßen wieder unter Kontrolle bekam. Aus ihr brachte Koshmar schließlich bruchstückhaft heraus, was vorging. Eine Heerschar häßlicher Fremder, die auf furchtbaren tierischen Ungeheuern ritten, waren durch das Südtor in die Stadt eingezogen, drüben an jenem Ort, wo die Mechanischen der Saphiräugigen plaziert waren. Sie führten Sachkor als Gefangenen mit sich. Und sie strebten hierher, auf die Siedlung zu.

»Wo sind die Krieger?« fragte Koshmar.

Konya, erklärte einer, war bereits zum Tor. Staip und Orbin waren zu ihm geeilt. Auch Hresh war bei ihnen, wahrscheinlich auch Praheurt. Lakkamai war angeblich im Anrücken. Keiner hatte Harruel gesehen. Koshmar sah Minbain in der Menge und schrie ihr zu: »Wo ist dein Mann?« Aber Minbain wußte es nicht. Boldirinthe sagte, sie habe gesehen, wie Harruel, mürrisch und düster, wie so oft in jüngster Zeit, am frühen Morgen allein in die Berge aufgebrochen war.

Koshmar fauchte und spuckte. Die Feinde vor dem Tor, und ihr kräftigster und kundigster Krieger schlich sich in die Berge, um dort zu schmollen! Und dann noch eben jener, der ein solches Theater veranstaltet hatte, daß man Tag und Nacht Wache und Ausschau halten müsse gegen einen Angriff der Behelmten ... und wo war er jetzt, wo die Behelmten wirklich kamen?

Nun was! Wenn nötig, sagte sie sich, kann ich auch ohne Harruel zurechtkommen.

Sie schwenkte ihren Speer über dem Haupt. »Die Frauen und Kinder – in den Tempel, und verbarrikadiert die Pforten des Allerheiligsten hinter euch! Die übrigen – mir nach! Salaman! Thhrouk! Moarn!« Sie schaute sich verwundert um. Wieso war Torlyri nicht da? Sie konnte nur mit Mühe sehen unter der Nialli-Maske; die scharf vorspringenden Stachelstrahlen verhinderten die Sicht zu beiden Seiten fast ganz. Aber es war eine schreckeinflößende Maske. »Torlyri?« fragte sie. »Hat jemand Torlyri gesehen?« Denn Torlyri war im Kampf so viel wert wie irgendein Mann.

Dann erinnerte sie sich, daß Torlyri ja mit Hresh fortgegangen war, um ihm seine Erst-Tvinnr-Initiation zu erteilen. Ja, schön und gut, aber Hresh war ja angeblich drunten an der Pforte, um die Eindringlinge abzuwehren. Also, wo war Torlyri? Und wie kam Hresh dazu, sein unersetzliches Leben am Tor aufs Spiel zu setzen? Jedenfalls, sie durfte nicht noch mehr Zeit verlieren. Koshmar wandte sich zu Threyne, die mit vor Angst glasigen Augen dastand und ihr Kind an sich preßte, und scheuchte sie zornig zum Tempel. »Lauf schon! Versteck dich! Wenn du Torlyri dort triffst, sag ihr, sie kann mich am Südportal finden. Und sag ihr, sie soll ihren Speer mitbringen!«

Dann rannte Koshmar über den Großen Boulevard in Richtung auf den Platz am Tor zu.

Auf halber Strecke gewahrte sie ihre Krieger, die in Reih und Glied quer den Boulevard absperrten: Orbin, Konya, Staip, Lakkamai, Praheurt. Auch der alte Anijang war dabei – und Hresh. Sie blickten gen Süden und standen unbeweglich wie Statuen, völlig ohne Bewegung und dermaßen weit auseinander, daß sie als Verteidigungslinie praktisch nutzlos waren. Koshmar begriff nicht, warum sie sich dermaßen blöd aufgestellt hatten.

Als sie dann jedoch näehr herankam, blieb auch sie plötzlich stehen und starrte verblüfft zum Südtor.

Über den Boulevard kam langsam ein phantastischer Zug näher.

Die Behelmten waren wirklich erschienen: dreißig, vierzig, fünfzig, vielleicht mehr. Und sie ritten auf den erstaunlichsten Reittieren, die Koshmar jemals gesehen hatte oder sich hätte vorzustellen vermögen. Riesige ungeschlachte Bestien waren das. Kolossale Ungeheuer, groß wie wandelnde Berge, doppelt so hoch wie ein Mann oder höher, und dreimal so lang, wie sie hoch waren. Bei jedem ihrer Schritte wankte die Erde wie bei einem Beben. Der dicke, zottige, verfilzte Pelz dieser gewaltigen Tiere brannte scharlachrot schmerzlich in den Augen. Die hochschädeligen Köpfe waren lang und schmal, mit Ohren wie Schüsseln und höhlentiefen schwarzgesäumten Nüstern und feurig glühenden bestürzend großen Augen. Ihre vier mächtigen Beine, die im Knie merkwürdig gebogen waren, endeten in schrecklichen gekrümmten schwarzen Klauen, die nach hinten bis fast zur Höhe der wulstigen Knöchel hochgebogen waren. Auf ihrem Rücken ragten zwei turmhohe Höcker empor, mit einer Art natürlichem Sattel dazwischen, der auf jedem Tier zwei Behelmten bequemen Sitz bot.

Aber waren die Bestien schon schrecklich, auf denen die Behelmte Horde nach Vengiboneeza hereingeritten kam, so waren diese selber wie Gestalten aus einem Alptraum.

Alle hatten sie die gleichen karmesinroten Augen wie jener Späher, den Harruel und Konya vor langer Zeit gefangen hatten, und ein feines Goldfell. Und jeder von ihnen trug einen riesigen schauderlichen Helm, von denen nicht zwei einander glichen. Der eine war ein dreieckiger Turm aus Metallplatten mit dunklen vorragenden Bolzen ringsum und mit einem Goldflammenmuster vorn am Visier. Ein anderer Helm war wie eine gewölbte Schüssel aus Schwarzmetall mit zwei riesenhaften spiegelblanken Metallaugen am Oberrand. Ein anderer war eine kahle tiefgezogene Halbmaske, gekrönt von drei rechteckigen schildartigen Platten darüber. Ein Krieger trug ein Ding, das aussah wie ein lackierter, mit Silber bestäubter Berg; wieder ein anderer einen verblüffenden rotgelben Kegel mit gewaltigen Hörnern; ein weiterer eine scharfe Pickelhaube aus Gold, von der sich zwei grüne Ringelschwänze in unendliche Höhen wanden. Es war nichts Menschliches an diesen Helmen. Sie wirkten wie aus einer fremden Welt, einer dunklen Schreckenswelt. Es war schwer zu unterscheiden, wo der Krieger endete und wo der Helm begann, und dies machte die Eindringlinge nur noch furchterregender und abstoßender.

Sachkor ritt in der Mitte des Trupps auf einem der größten der scharlachroten Bestien. Man hatte auch ihm einen Helm aufgesetzt, kleiner zwar als sämtliche anderen, doch genauso fremdartig, mit gebogenen Eisenplatten, die wie die Petale einer umgestülpten Blüte angeordnet waren und über denen ein goldener Stachel aufragte. Auf dem Buckel des mächtigen Geschöpfes sah seine schlanke Gestalt ziemlich verloren aus, und er hockte still dort, als träumte er. Sein Gesicht war ausdruckslos.

Dieser Stamm ist gewißlich ein Stamm von Ungeheuern, die auf Ungeheuern reiten, dachte Koshmar. Und sie sind durch das Tor hereingedrungen; und damit ist für uns alles verloren. Doch wir werden tapfer kämpfen und sterben, ehe wir ihnen Vengiboneeza preisgeben.

Sie blickte zu Konya, zu Staip, zu Orbin.

»Nun?« rief sie. »Wollt ihr dastehen und nur Maulaffen feilhalten, während sie anrücken? Greift an! Tötet ihrer so viele, wie ihr könnt, bevor sie uns erschlagen!«

»Angreifen? Wie könnten wir angreifen?« Konya sprach sehr ruhig, doch mit einem Ton, der weitum zu hören war. »So schau dir doch die Größe ihrer Reittiere an! Wir können niemals derart hoch hinaufreichen. Diese Monster würden uns einfach zerstampfen, als wären wir Ungeziefer.«

»Was soll der Unsinn? Stoßt einfach auf die Beine und Bäuche der Bestien zu und bringt sie zu Boden! Und dann erledigt die Reiter!« Koshmar schwang ihren Speer. »Vorwärts! Sturmangriff!«

»Nein!« sagte Hresh plötzlich. »Das sind keine Feinde.«

Verwirrt schaute Koshmar ihn an. Dann brach sie in ein rauhes Lachen aus. »Recht hast du, Hresh. Es sind nichts weiter als Gäste. Sachkor hat sie herbeigeführt, sie und ihre kleinen Schoßtierchen, um uns mal zu besuchen, und sie werden mit uns das Abendmahl teilen und morgen wieder abziehen. Ist es das, was du glaubst?«

»Sie sind nicht zum Kampf gekommen«, sagte Hresh. »Richte dein Zweites Gesicht auf sie, Koshmar. Sie kommen in friedlicher Absicht.«

»Friedlich!« sagte Koshmar verächtlich und spuckte aus.

Doch in Hreshs Gesicht sah sie einen ihr völlig neuen Ausdruck, einen Ausdruck von derartiger Festigkeit und Eindringlichkeit, daß er ihr durch und durch fuhr. Plötzlich hatte sie das Gefühl, es wäre vielleicht unklug, sich Hresh in dieser Sache zu widersetzen, denn manchmal schaute er Dinge, die kein anderer sonst zu sehen vermochte. Mühsam beruhigte sie sich, zwang die brodelnde Kampfeslust in ihrer Seele nieder und sandte ihr Zweites Gesicht der heranrückenden Horde entgegen.

Und Hresh hatte die Wahrheit gesprochen.

Sie vermochte dort keine Feindschaft auszumachen, keinen Haß, keinerlei Bedrohung.

Doch selbst nun brachte Koshmar es nicht über sich, dem Willen des Knaben nachzugeben. Zornig schüttelte sie den Kopf. »Eine List«, sagte sie. »Verlaß dich da auf mich, Hresh. Du bist weise, aber du bist noch jung und weißt nichts von der Welt. Diese Leute da haben eine Methode, den Schein zu erwecken, als brächten sie keine Gefahr. Doch betrachte dir doch die Rüstungen, die sie tragen! Sieh die Ungeheuer, auf denen sie reiten!

Nein, die sind gekommen, um uns zu töten, Hresh, und um uns Vengiboneeza zu entreißen.«

»Nein!«

»Und ich sage, *ja!* Und ich sage, wir müssen sie schlagen, ehe sie uns vernichten!« Und Koshmar stampfte wütend mit dem Fuß auf den Boden. »Harruel! Wo ist Harruel? Er würde das verstehen! Der wäre jetzt bereits dort vorn mitten unter ihnen und würde sie von ihren Tieren schleudern!« Sie blickte alle der Reihe nach an, von Orbin zu Konya, von Konya zu Staip, von Staip zu Lakkamai. Dann sprach sie: »Nun? Wer von euch kommt mit mir? Wer kämpft an meiner Seite? Oder muß ich allein in den Kampf gehen und sterben?«

»Siehst du denn nicht, Koshmar?« Hresh zeigte an ihrer Schulter vorbei.

Sie wandte sich um. Das donnernde Stampfen der großen schwarzkralligen Beine hatte aufgehört. Die anrückende Horde hielt vielleicht hundert Schritt, vielleicht etwas weniger vor ihnen auf dem Boulevard an. Eins nach dem anderen begannen die riesenhaften roten Tiere niederzuknien, wobei sie ihre seltsam konstruierten Knie auf bizarre Art knickten. Die behelmten Reiter sprangen ab. Und schon strebte ein Halbdutzend der Eindringlinge mit Sachkor in ihrer Mitte über den großen Boulevard auf sie zu, als wollten sie verhandeln.

»Koshmar?« rief Sachkor.

Sie hielt den Speer angriffsbereit. »Was haben sie dir getan? Wie haben sie dich gefangen? Haben sie dich gefoltert, Sachkor?«

»Du verstehst das falsch«, sagte Sachkor ruhig. »Sie haben mir kein Leid getan. Und sie haben mich auch nicht gefangen genommen. Ich bin aus der Stadt gezogen, um sie zu suchen, weil ich glaubte, daß sie irgendwo in der Nähe sein müßten, und als ich sie schließlich fand, empfingen sie mich mit Freuden.« Seine Stimme klang ganz fest. Er sah älter aus, weiser, gesetzter, als er es bei seinem Verschwinden zu Beginn des Jahres gewesen war. »Diese Leute sind das Beng-Volk«, sprach er weiter, »und sie haben ihren Kokon schon viel früher verlassen als wir. Sie kommen von einem fernen Ort am anderen Ufer des großen Flusses, an dem wir einst lebten. Sie sind anders als wir, doch sie hegen gegen uns keinen Haß.«

Hresh nickte dazu. »Er spricht die Wahrheit, Koshmar.«

Koshmar begriff noch immer gar nichts. Sie hatte ein Gefühl, wie wenn sie hilflos von einem dahinschießenden Sturzbach davongerissen würde. Krieg und Kampf konnte sie begreifen, das da aber nicht.

»Sie belügen dich«, murrte sie störrisch. »Es ist eine Hinterlist.«

»Nein, Koshmar. Keine List. Und kein Trug.«

Sachkor wies auf zwei der Behelmten, und diese traten vor und stellten sich an seine Seite. Der eine war alt und hatte pfiffige Augen, und er wirkte irgendwie vertrocknet und runzlig, was Koshmar ein wenig an Thaggoran, ihren Stammeschronisten, erinnerte. Sein Pelz war fahlgelb, beinahe weiß; er trug einen spitzkegeligen Helm, der sich aus prächtig punzierten verschiedenfarbenen Metallreifen zusammensetzte und in einer gerundeten Spitze endete. Gewaltige schwarze Metallohren sprangen an den Seiten hervor wie Flügel.

»Dies ist Hamok Trei«, sagte Sachkor. »Er ist ihr Häuptling.«

»Der? Ein *Mann* als Häuptling?«

»Ja«, sagte Sachkor. »Und dieser hier ist ihr Weiser Mann, also was wir den Chronisten nennen würden. Sein Name lautet Noum om Beng.« Er deutete auf einen wuschelbärtigen Mann, beinahe so alt wie Hamok Trei, aber noch verhutzelter und verwitterter als dieser. Er war erstaunlich hochgewachsen, weit größer als Harruel, doch dermaßen schlank und zerbrechlich, daß er kaum kräftiger als ein Schilfrohr wirkte. Noum om Beng stand nach vorn gekrümmt da. Sein Helm war ein verblüffendes Ding aus schwarzem Metall mit Büscheln grober schwarzer Haare, und ein Paar langer gekrümmter blauroter Auswüchse, vielgliedrig und gezackt und irgendwie an Fledermausflügel erinnernd, ragte seitlich nach oben.

Noum om Beng trat ein, zwei Schritte dichter an Koshmar heran und schlug eine Reihe Zeichen in die Luft vor ihr, die beinahe die Zeichen der Großen Fünf hätten sein können, nur daß sie es eben nicht waren. Die Gesten waren verschieden und ergaben für Koshmar keinen begreifbaren Sinn. Irgendwelche heiligen Symbolzeichen waren es gewiß, aber sie mußten zu einer vollkommen anderen Götterschar gehören.

Aber, wie denn das? Wie konnte es andere Götter geben? Der Gedanke ergab keinen Sinn. Und sie erinnerte sich, wie Hresh es ihr damals zu erklären versucht hatte, als sie den Behelmten zu befragen versucht hatten, daß der Fremdling vielleicht eine andere Sprache spreche – also andere Wörter als sie benutze, auch wenn deren Bedeutung die gleiche sei. Widerstrebend hatte Koshmar diese Möglichkeit zugegeben, so verwirrend sie auch sein mochte. Aber auch noch andere *Götter?* Fremde Götter? Es gibt keine anderen Götter als die Fünf. Und dieses Volk da würde kaum zu nicht-existierenden Göttern beten, außer es war ein Volk von Verrückten. Und dafür hielt Koshmar die Behelmten nicht.

So sprach sie zu Sachkor: »Woher kommt dir Kunde von ihren Namen und ihrem Rang? Kannst du mit ihnen reden?«

»Ein wenig«, sagte Sachkor. »Anfangs konnte ich sie überhaupt nicht verstehen, und sie mich auch nicht. Doch ich stürzte mich in die Aufgabe, und nach und nach gelang es mir, ihre Sprache zu erlernen.« Er lächelte. Er schien sich Mühe zu geben, aber keine allzu gewaltige, nicht zu zeigen, wie zufrieden er mit sich war.

»Dann sage diesem Häuptling da, er soll etwas zu mir sprechen.«

»Der Häuptling spricht selten. Noum om Beng spricht an seiner Stelle.«

»Dann bitte *diesen.*«

Sachkor wandte sich dem gespenstischen Greis zu und sagte etwas zu ihm, das für Koshmars Ohren wie das Gebell einer Bestie klang. Noum om Beng runzelte die Stirn und zupfte an seinem schütteren weißen Bart. Sachkor bellte noch einmal, und darauf nickte der Alte und bellte etwas zurück. Und mit großem Nachdruck sprach Sachkor ein drittesmal. Aber was er diesmal gesagt hatte, war wohl nicht ganz richtig gewesen, denn Noum om Beng wandte taktvoll den Blick ab, während die anderen in der Parlamentärgruppe der Behelmten in scharfes Gelächter ausbrachen. Sachkor wirkte beschämt; Noum om Beng lehnte sich schwankend zur Seite und sprach flüsternd mit Hamok Trei, dem Häuptling.

Koshmar ihrerseits murmelte Hresh zu: »Was glaubst du, was da vorgeht?«

»Es ist wahre Rede«, antwortete Hresh. »Sachkor versteht sie, wenn auch nicht gut genug. Ich selbst kann sie auch beinahe verstehen. Die Worte sind wie bei uns, aber alles ist ein bißchen verdreht und auseinandergerissen. Mit dem Zweiten Gesicht kann ich die zugrundeliegende Bedeutung erfühlen – oder doch wenigstens den Schatten von Bedeutung.«

Koshmar nickte. Inzwischen war ihr Vertrauen in Hreshs Einblick in die Geschehnisse gewachsen, und es erschien ihr immer unwahrscheinlicher, daß die Behelmten in kriegerischer Absicht hergekommen sein könnten. Sogar ihre Helme verloren allmählich etwas von ihrer Schrecklichkeit, je mehr sie sich an sie gewöhnte. Sie waren dermaßen wuchtig und dermaßen deutlich und raffiniert auf Abschreckung hin gearbeitet, dachte Koshmar, daß sie in Wirklichkeit sogar eher komisch als sonstwie wirkten; obwohl – auf ihre lächerliche Art waren sie dennoch sehr beeindruckend. Doch ein Rest Argwohn hielt sich noch in ihrer Brust. Sie war in dieser Sache ganz hilflos, unfähig sich verständlich zu machen, ja selbst zu verstehen, und als Ratgeber und Richtschnur und für alles andere hatte sie diesen Jungen, der der Alte Mann ihres Stammes war, und diesen unreifen Jungmann Sachkor, ausgerechnet die zwei aus dem ganzen Stamm, und sie mußte sich auf sie verlassen. Das war peinlich. Alles in allem – sie fühlte sich zutiefst unbehaglich.

Noum om Beng wandte nun seine Aufmerksamkeit wieder Koshmar zu und begann mit Lauten zu reden, die ihr wie ein Gemisch von Geheul und Gebell tönten. Es fiel ihr nicht leicht, sich an die Art zu gewöhnen, wie diese Bengs sich auszudrücken beliebten, und mehrmals kostete es sie einige Mühe, nicht zu grinsen. Doch obschon sie überhaupt nichts verstand, erkannte sie doch, daß es sich um eine feierliche, floskelnreiche Rede handelte, um etwas Gewichtiges und Wichtiges.

Sie lauschte also angestrengt und schüttelte von Zeit zu Zeit zustimmend den Kopf. Da es anscheinend nicht zum Kampf kommen würde – jedenfalls nicht unmittelbar, gebührte es sich einfach, daß sie diese Fremdlinge mit staatsfraulicher Würde empfing.

»Kannst du irgendwas verstehen?« flüsterte sie Sachkor nach einer Weile zu.

»Ein wenig. Er sagt, sie kommen in Frieden und suchen Tauschhandel und Freundschaft. Er bedeutet dir, daß Nakhaba sein Volk nach Vengiboneeza geführt hat, und daß sie eine Weissagung haben, daß sie hierher gelangen und hier Freunde finden würden.«

»Nakhaba?«

»Ihr Hauptgott«, sagte Sachkor.

»Aha«, brummte Koshmar. Noum om Beng fuhr in seinem feierlichen Gebell fort.

In ihrem Rücken vernahm Koshmar Schritte und Gemurmel. Weitere Stammesangehörige fanden sich ein. Sie blickte sich um und sah die meisten der Männer und sogar ein paar von den Frauen – Taniane, Sinistine, Boldirinthe und Minbain.

Auch Torlyri war eingetroffen. Das gab ihr ein gutes Gefühl, sie hier zu sehen. Sie wirkte ungewöhnlich angespannt und erschöpft; trotzdem, ihre bloße Nähe spendete Koshmar großen Trost. Sie trat neben Koshmar und berührte sie sacht am Arm.

»Man hat mir gesagt, Feinde sind in die Stadt gedrungen. Wird es zum Kampf kommen?«

»Es sieht nicht so aus. Anscheinend sind das keine Feinde.« Koshmar zeigte auf Noum om Beng. »Der da ist ihr Alter Mann. Er hält uns gerade eine Ansprache. Ich fürchte, er findet kein Ende damit.«

»Und was ist mit Sachkor? Geht's ihm gut?«

»Er hat sie entdeckt. Ist allein losgezogen und hat sie aufgespürt und sie nach Vengiboneeza geführt.« Koshmar legte einen Finger auf die Lippen. »Aber ich soll eigentlich zuhören.«

»Um Vergebung«, flüsterte Torlyri.

Noum om Beng sprach noch eine kleine Weile weiter, dann kam er zum Ende seiner Rede und brach praktisch mitten in einem Heulen ab und trat wieder neben Hamok Trei zurück. Koshmar blickte Sachkor fragend an.

»Worum ging es bei dem Ganzen?«

»Um die Wahrheit zu sagen, ich hab nicht sehr viel davon mitbekommen«, sagte Sachkor mit entwaffnendem Lächeln. »Aber der Teil ganz zum Schluß war ganz klar. Er lädt uns alle heute abend zu einem Fest ein. Sein Volk spendiert das Fleisch und den Wein. Sie halten mit großen Fleischtierherden dicht vor der Stadt. Wir sollen ihnen einen Platz anweisen, wo sie ihr Lager aufschlagen können, und wir sollen ihnen etwas Holz für ihr Feuer geben. Den Rest erledigen sie.«

»Und du glaubst, ich sollte ihnen trauen?«

»Das glaube ich.«

»Und du, Hresh?«

»Sie sind bereits in der Stadt, und sie sind mindestens

so viele wie wir, und ich vermute, diese roten Zotteltiere da könnten sich in einem Kampf als scheußlich erweisen. Da sie behaupten uns freundlich gesonnen zu sein, und sich ja auch tatsächlich so aufzuführen scheinen, sollten wir ihr Freundschaftsangebot zunächst einmal als ehrlich gemeint annehmen, bis wir einen Grund haben, unsere Ansicht zu ändern.«

Koshmar lächelte. »Schlaukopf Hresh!« Und zu Sachkor sprach sie: »Was ist mit dem Behelmten, der im vergangenen Jahr hier war? Fragen sie nicht, was mit dem geschehen ist?«

»Sie wissen, daß er tot ist.«

»Auch, daß er von unsrer Hand starb?«

Sachkor wirkte jetzt ein wenig nervös. Er sagte: »Da bin ich mir nicht ganz klar darüber. Ich glaube, sie nehmen an, er ist eines natürlichen Todes gestorben.«

»Wollen wir's hoffen«, sagte Koshmar.

»Jedenfalls haben nicht wir ihn getötet«, sagte Hresh. »Er hat sich selbst getötet, während wir ihm ein paar Fragen zu stellen versuchten. Wenn wir einmal ihre Sprache besser beherrschen, werden wir ihnen das alles erklären können. Und bis dahin ist es, glaube ich, die beste Taktik ...«

Ein seltsamer Ausdruck trat in Hreshs Augen, und er verstummte.

»Was ist dir?« fragte Koshmar. »Wieso hörst du so einfach auf zu sprechen? Rede weiter, Hresh, rede!«

»Sieh dorthin«, sagte Hresh leise. »Da kommt nun wirklich echter Ärger.«

Er wies nach Osten und hinauf zu den Berghängen direkt über ihnen.

Harruel kam unheildrohend und gewaltig den Bergpfad herab.

* * *

Also war der von ihm so lang befürchtete Einmarsch der Feinde eingetreten, und niemand hatte sich die Mühe gemacht, Harruel zu Hilfe zu rufen! Und Koshmar hatte ihnen einfach die Stadt geöffnet und sie verschenkt!

Der Gestank des Übels war in Harruels Nüstern gedrungen, als er einsam und mürrisch brütend in seiner Astgabelung auf dem Sägezackenkamm hockte, wo sein Wachtpostenstand und Ausguck war. Dunkle Unheilsgespenster waberten in seiner Seele, und seine Augen waren vor Wut wie geblendet. Er starrte in das dichte Unterholz des über ihm drohend aufragenden Berges und sah nichts, gar nichts. Doch dann war dieser Gestank zu ihm gedrungen, dieser abscheuliche Gestank von Verderbnis und Fäulnis; und er schaute wieder hin und sah zottelige rote Ungeheuer durch das Südtor in seine Stadt stampfen, und auf ihrem Rücken ritten jeweils zwei Behelmte.

Wer hätte damit rechnen können, daß der Angriff von Süden her erfolgen werde? Und wer hätte sich träumen lassen können, daß die drei mechanischen Wächter, die die Saphiräugigen am Säulentor aufgestellt hatten, einfach beiseite treten und diese Kreaturen einziehen lassen würden?

Es ist ihr Kot, den ich rieche, dachte Harruel. Der abscheuliche Geruch ihres Dungs, den mir der Wind heranweht.

Er raste den Berghang hinab, den Speer im Anschlag, das Herz voll heftiger Kampfeslust.

Der Pfad lief in vielen Kehren hinunter und hinab, und bei jeder Wendung bekam er bessere Sicht auf die Ereignisse drunten. Eine ganze Heerschar der Fremdlinge war eingedrungen: Er sah die Helme in der Nachmittagssonne blitzen. Und wie es aussah, war fast der ganze Stamm ihnen entgegengezogen. Da war Koshmar, da war Torlyri, da war auch Hresh. Und auch die meisten der anderen standen in kleinen Gruppen beisammen. Koshmar trug eine ihrer Kampfmasken, aber es gab gar keinen Kampf. Sie *redeten.*

Redeten!

Ah, da schau an, dort standen zwei Behelmte, vielleicht Häuptlinge, bei Koshmar und Hresh. Waffenstillstandsverhandlungen mit dem Feind, und der Feind hatte seine Kampftiere innerhalb der Mauern! Wollte Koshmar etwa die Stadt ohne einen einzigen Streich preisgeben? Ja, so mußte es sein, sagte sich Harruel. Koshmar verschenkt die Stadt. Sie unternimmt keinen Versuch, die Aggressoren hinauszuwerfen, nein, sie überantwortet uns einfach in die Sklaverei.

Das hätte er denn doch nicht von ihr erwartet. Koshmar war doch aus dem Stoff, aus dem man Krieger macht! Wieso also diese Feigheit? Diese glatte Unterwerfung? Sie steht ganz bestimmt unter dem Einfluß dieses Hresh, entschied Harruel. Der ist kein Kämpfer, dieser Junge. Und er ist dermaßen schlau, daß er sogar Koshmar um seinen kleinen Finger wickeln kann.

Mit mächtigen Schritten nahm Harruel die letzten paar Kehren des Weges und stieg auf den großen Torboulevard nieder. Nun hatten sie ihn alle gesehen; und sie überlegten und brabbelten. Geschwind stieß er in ihre Mitte vor.

»Was geschieht hier?« fragte er. »Was treibt ihr denn da alle? Wie konnte der Feind in die Stadt gelangen?«

»Es gibt hier keinen Feind«, sagte Koshmar gelassen.

»Keinen Feind? Keinen Feind?« Harruel funkelte die ihm zunächst stehenden Behelmten an, die zwei Alten hinter Koshmar. Ihre harten kleinen roten Augen waren trüb und unruhig. Der eine davon sah aus wie ein König – kalt, erhaben. Der zweite war sehr hochgewachsen – Götter, war der Mann groß! Harruel wurde bewußt, daß er zum erstenmal in seinem Leben einem Menschen gegenüberstand, der größer war als er selbst. Aber der ausgedörrte zerknitterte alte Leib des Behelmten war so leicht und spillerig wie der eines Wasserläufers. Ein deftiger Windhauch, und er würde in zwei Stücke zerbrechen. Harruel verspürte eine Versuchung, die beiden mit zwei raschen Speerstößen niederzustechen, zunächst den Stolzen, dann den Gebrechlichen. Aber die Stimme in seinem Innern, die ihn vor übereiltem Tun zurückhielt (oder es doch versuchte), sprach zu ihm und warnte ihn, was er beabsichtige, sei Wahnsinn, und er dürfe nichts unternehmen, ohne die Lage genauer zu überschauen.

Er näherte sein Gesicht dem der zwei hageren alten Behelmten, die ihn ihrerseits mit einer Mischung von Hochmut und Neugier musterten.

»Wer seid ihr zwei?« röhrte Harruel. »Was habt ihr hier zu suchen?«

Koshmar sagte: »Tritt zurück, Harruel! Es besteht kein Anlaß für solch ein Getöse.«

»Ich verlange zu wissen ...«

»Verlange nichts von mir«, sagte Koshmar. »*Ich* befehle hier, und du hast zu gehorchen! Mach Platz, Harruel! Diese Leute sind das Beng-Volk, und sie kommen in Frieden.«

»Das ist es, was *du* glaubst«, sagte Harruel.

Immer noch hielt ihn rasender Zorn gepackt, der ihn beinahe überwältigt hätte. Seine Haut fühlte sich glühend heiß an; es tobte in seinen Augäpfeln, sein Fell klebte von Schweiß. Er konnte das Eindringen von Fremden nicht dulden! Beklommen blickte er die in der Nähe Stehenden an: Hresh und Torlyri und Sachkor ...

Sachkor?

Was hatte Sachkor hier zu suchen? Der war doch vor einer halben Ewigkeit verschwunden.

»Du«, knurrte Harruel. »Wo kommst du denn auf einmal her? Und wieso stehst du hier mitten in einer Versammlung von Führern, als wärest du jetzt auch eine wichtige Persönlichkeit?«

»Ich habe die Behelmten hergeführt«, erklärte Sachkor hochnäsig. In seinen Augen blitzte ein vollkommen neues anmaßendes Funkeln. Er wirkte wie verwandelt, wie ein neuer Mensch und war ganz und gar nicht mehr der, an den Harruel sich erinnerte. »Ich bin ausgezogen, sie zu suchen, und ich habe bei ihnen gelebt und gelernt, in ihrer Zunge zu reden. Und ich führte sie nach Vengiboneeza, damit sie mit uns Handel treiben und friedlich mit uns leben können.«

Harruel war dermaßen verblüfft über das, was Sachkor da soeben gesagt hatte, und vor allem darüber, *wie* er es gesagt hatte, daß ihm die Antwort wie ein Kloß im Halse steckenblieb. Es verlangte ihn danach, Sachkors grinsendes Gesicht mit seinen beiden Händen zu packen und es wie eine reife Frucht zu zerquetschen. Aber er hielt sich im Zaum. Er stand wie erstarrt da. Er gab einen Augenblick lang ein rauhes Keuchen von sich wie ein Tier, dann gelang es ihm schließlich zu sprechen: »Du hast diese da *hergeführt?* Du hast unseren Feinden geholfen, in die Stadt zu gelangen? Daß du ein Narr bist, das wußte ich, Junge, aber ich hätte niemals geglaubt, daß du so ...«

»Sachkor!« rief eine andere Stimme laut, die Stimme einer Frau.

Kreuns Stimme.

Sie kam die Straße herausgerannt, atemlos, ab und zu stolperte sie über brüchige Stellen der uralten Pflasterung. Allgemeine Unruhe kam auf. Die vom Stamm öffneten ihr eine Gasse, und sie rannte direkt auf Sachkor zu und stürzte sich mit solcher Kraft in seine Arme, daß sie beide fast gegen Harruel geprallt wären.

Harruel trat finsteren Blicks ein, zwei Schritt zurück. Kreuns süßer Moschusduft drang scharf in seine Lungen. Seit jener Begegnung beim Abstieg vom Berg, nach der Regennacht im Baum, hatte er sie kaum zu Gesicht bekommen, und es war ihm gar nicht angenehm, sie jetzt wiederzutreffen. Das Kindweib würde bloß Ärger bedeuten. Während all der langen Wochen, in denen Sachkor verschwunden war, hatte sie wie eine zerbrochene Puppe in den dunkelsten Winkeln der Siedlung gekauert, sich von allen ferngehalten und kaum je mit den anderen gesprochen, ganz als habe Harruel eine düstere Verwandlung in ihrer Seele bewirkt, an jenem Tag, da er sie mit Gewalt genommen hatte.

Nun aber hatte sie nur Augen für Sachkor. Sie klammerte sich eng an ihn, sie schluchzte, sie lachte, flüsterte ihm zärtliche Worte zu. Die beiden führten sich auf wie lang von einander getrennte Liebespartner, und nicht wie zwei normale junge Leute, die spielerisch ein bißchen miteinander kopuliert hatten.

»Sie haben mich dazu zu bringen versucht, daß ich glaube, du bist für immer fort«, murmelte Kreun, indem sie das Gesicht fest an Sachkors schmale Brust preßte. »Sie haben gesagt, du bist irgendwie einfach aus der Stadt verschwunden, oder im Berg abgestürzt, und du würdest nie, nie wiederkommen. Aber ich hab es gewußt, daß du zurückkommst, Sachkor! Und jetzt bist du zurückgekommen!«

»Kreun – ach, Kreun, wie hast du mir gefehlt!«

Sie schaute ihn mit weit aufgerissenen Augen an, ganz hingebungsvolle Anbetung. Harruel, der dies mitansehen mußte, fand es ekelhaft und albern. »Ist es wahr, daß du die Behelmten gefunden und hierher geführt hast, Sachkor?« fragte sie.

»Ja, ich hab sie gefunden. Ich hab auch mit ihnen reden gelernt. Und ich hab sie geführt und ...«

»Das alles ist ja sehr rührend«, mischte Harruel sich ein. »Aber im Augenblick müssen wir uns um wichtige Stammesangelegenheiten kümmern. Also verzieh dich, Mädchen. Dieses ganze Gebabbel kostet uns nur Zeit.«

»Du!« schrie Kreun und wirbelte herum, ohne dabei aber Sachkor loszulassen.

»Was ist denn?« fragte Sachkor, als das Mädchen bebend zu weinen begann. »Was bekümmert dich denn so, Kreun?«

»Harruel ... Harruel ...«, schluchzte sie.

»Was ist mit Harruel?«

Sie schauderte zusammen. Ihre Zähne schnatterten, und ihre Worte kamen verquollen und undeutlich von ihren Lippen. »Er ... er ... Harruel ... droben auf dem Bergpfad ... er hat ... er hat mich ...«

»Das Mädchen hat den Verstand verloren«, rief Harruel ärgerlich und versuchte Kreun fortzuscheuchen.

Nun trat Koshmar näher, und auch Torlyri, und beide sahen beunruhigt aus. Harruel verspürte Zorn, und dahinter eine tiefe schneidende Scham. Das Ganze entwickelte sich zu einer Katastrophe. Wider sein Wollen tauchte in seiner Seele das Bild Kreuns auf, wie sie damals mit dem Gesicht auf der regenfeuchten Erde gelegen hatte, den Hintern nach oben, sein Glied tief in ihrem Leib, wie sie sich aufgeilend in seinem Griff gewunden, wie ihr Sensororgan wild umhergepeitscht hatte ...

Krieger nehmen Frauen nicht mit Gewalt, sagte Harruel zu sich. Ein Krieger sollte es nicht *nötig* haben, einer Frau Gewalt anzutun.

Ich werde alles abstreiten, dachte er.

Es war nicht ich, der so etwas getan hat, es war irgendein Dämon in mir, der es tat.

»Was ist das alles? Worum geht es?« fragte Koshmar in wütendem Zorn.

»Ja, Kind, sag es uns«, sprach Torlyri auf ihre sanftere Art. »Was willst du uns sagen? Was hat Harruel da getan, dort auf dem Bergpfad?«

»Mich niedergeworfen«, sagte Kreun fast flüsternd. »Auf die Erde geworfen. Und sich auf mich gestürzt und mich ...«

»Nein!« brüllte Harruel. »Lügen! Nichts als Lügen!«

Alle starrten ihn nun an, sogar die Behelmten.

»Hat mich festgehalten«, flüsterte Kreun. »Mich mit Gewalt genommen.«

Sie wandte sich schaudernd ab und verdeckte das Gesicht mit den Armen.

Sachkor sprang vor, funkelte Harruel von unten an, packte ihn grob am Arm, bestand darauf zu erfahren, was an jenem Tag zwischen ihm und Kreun geschehen sei. Für Harruel war er wie ein ärgerliches kleines kläffendes Tier oder vielleicht auch wie ein summendes Dschungelinsekt. Harruel schlug ihn ganz beiläufig und mühelos beiseite, wie man es mit einem ärgerlichen Insekt so macht. Sachkor landete heftig flach auf der Erde und lag einen Augenblick lang benommen im Staub. Dann setzte er sich auf, war wie betäubt, schien aber Kraft für einen neuen Angriff zu sammeln. Harruel schüttelte drohend den Speer gegen ihn, als Warnung, daß Sachkor ihn nicht weiter ärgern solle.

»Schluß mit dem Zwist!« schrie Koshmar. »Senk deinen Speer, Harruel!«

»Das werde ich nicht. Sieh doch, er schickt sich an, erneut loszuspringen!«

Und wirklich hatte Sachkor sich halb aufgerichtet und kniete nun blinzelnd und in sich hineinmurmelnd da. Harruel nahm Kampfhaltung an und machte sich auf den Ansprung bereit.

Koshmar sagte zornig: »Halte dich im Zaum, Sachkor! Und du, Harruel, runter mit dem Speer, oder ich lasse ihn dir wegnehmen!«

Sachkor blieb entschlossen zum Kampf. Kauernd sagte er: »Also, was ist die Wahrheit, Harruel? Hast du Kreun wirklich Gewalt angetan?«

»Ich hab ihr überhaupt nichts getan.«

»Er lügt!« rief Kreun.

Ergrimmt sagte Koshmar: »Genug davon! Wir haben Gäste bei uns. Diese Angelegenheit fordert einen Richtspruch, aber zu einer anderen Zeit. Kreun, zurück in die Siedlung! Orbin, Konya bringt Harruel weg, bis er sich beruhigt hat. Wir werden heute abend diese Sache untersuchen.«

»Ich will die Wahrheit darüber wissen«, sagte Sachkor, »und zwar will ich sie *jetzt* wissen!«

Harruel glotzte erstaunt, denn er spürte plötzlich die Kraft von Sachkors Zweitem Gesicht auf sich gerichtet. Das war ganz überraschend, es war verboten, das durfte nicht sein, dieses schmachvolle Sondieren in seiner Seele. Harruel kam sich nackt und wie gehäutet vor, entblößt bis auf die Muskeln und die Knochen. Verzweifelt mühte er sich, Schutzschilde vor den Zugang zu seinem Gehirn zu errichten, um Sachkor fernzuhalten, und quälte sich jede Erinnerung an jenes Erlebnis mit Kreun zu verbergen. Doch er vermochte gar nichts zu verdekken. Je stärker er sich mühte, es zu verstecken, desto heftiger loderte alles wieder in ihm auf: Kreuns fester Leib, zuckend und sich windend unter ihm, das Gefühl ihres glatten Hinterteils an seinen Schenkeln, die plötzliche heiße Lust des Zustoßens, die pulsierende Wonne, als er sein Mannesfeuer in sie ergoß.

Sachkor brüllte laut auf, erhob sich und sprang mit einem wilden Wahnsinssatz Harruel an.

Koshmar schrie und versuchte zwischen die beiden zu treten, aber sie kam zu spät. Harruel, noch schaudernd unter dem Schock, den ihm das Eindringen Sachkors in seine Seele versetzt hatte, reagierte instinktiv und streckte den Speer vor, so daß Sachkor direkt auf ihn prallte.

Alle brüllten gleichzeitig. Dann folgte eine schreckliche äußerste Stille. Sachkor schaute auf den Speerholm, der aus seiner Brust ragte, als verwirre es ihn, daß er dort stecke. Er gab ein leises rasselndes Geräusch von sich. Harruel ließ die Waffe los, gab ihr aber dabei einen leichten Stoß. Taumelnd blickte Sachkor umher, immer noch Erstaunen im Blick, dann sank er seitwärts zu Boden. Kreun schoß herzu und sank wie ein geworfener Mantel neben ihm nieder. Torlyri kniete sich zu ihr und versuchte sie von Sachkor fortzuziehen, doch sie wollte nicht von ihm weichen.

Die Helmleute, sichtlich erstaunt über die Ereignisse, tauschten leise Bemerkungen in ihrer merkwürdigen

Bellsprache und begannen sich hinter ihre riesigen Tiere in Sicherheit zu bringen.

Koshmar trat zu Sachkor, befühlte ihm die Wangen und die Brust, legte Hand an den Speer und versuchte ihn zu bewegen, dann blickte sie ihm lange in die unbeweglichen starren Augen. Dann erhob sie sich.

»Er ist tot«, sagte sie verwundert. »Harruel, was hast du getan!«

Ja, dachte Harruel. Was hab ich getan?

Für Hresh war dieser Tag wie ein nichtendenwollender Traum; einer von jener Gattung der Träume, aus denen man erschöpft aufwacht, als hätte man überhaupt nicht geschlafen. Ein Traum, der mit der Reise in die Große Welt begann, danach sein Ersttvinnr, und dann seine dumme tollpatschige Pleite bei Taniane und der Einzug des Volks der Behelmten in Vengiboneeza, auf ihren erstaunlichen roten Riesentieren, und die Heimkehr von Sachkor, und nun dies ... und nun dies ...

Nein. Nein. Nein. Das war alles zu viel, das war viel zu viel!

Sachkor lag auf der Seite und bewegte sich nicht mehr, und Harruels Speer hatte ihn ganz durchbohrt. Und Harruel stand über ihm, mit gefalteten Armen, gewaltig, maßlos, mit eisigem Gesicht. Torlyri hielt die schluchzende Kreun in den Armen. Die Behelmten hatten sich fünfzig Schritt weit in Richtung Torweg zurückgezogen und starrten von dort herüber, als begönnen sie zu glauben, daß sie mitten in das Lager von Rattenwölfen marschiert seien.

Koshmar sagte: »So etwas ist noch nicht zuvor geschehen, nicht wahr, Hresh? Daß einer vom Stamm einem anderen das Leben raubt?«

Hresh schüttelte den Kopf. »Niemals. Ich habe nirgendwo in den Chroniken von so etwas gelesen. Nie. Nirgends.«

»Was hast du getan, Harruel?« sagte Koshmar noch

einmal. »Du hast Sachkor getötet, der einer von uns war. Der ein Stück deiner selbst war.«

»Er ist mir in den Speer gesprungen«, sagte Harruel dumpf und wie betäubt. »Du hast es gesehen. Ihr alle habt es gesehen. Er brüllte wie ein Irrsinniger und raste auf mich los. Ich habe den Speer ganz gewohnheitsmäßig hochgenommen. Ich bin ein Krieger. Wenn ich angegriffen werde, verteidige ich mich. Er ist direkt in den Speer gelaufen. Du hast es gesehen, Koshmar.«

»Aber du hast ihn dazu veranlaßt«, sagte Koshmar. »Kreun sagt, du hast ihr Gewalt angetan, an jenem Tag, als Sachkor verschwand. Sie wollten heiraten. Es ist wider die Sitte, einer Frau Gewalt anzutun. Dies wirst du doch gewiß nicht bestreiten.«

Harruel schwieg. Hresh fühlte die Wellen heranbranden: Verärgerung, Verwirrung, Furcht und Trotz gingen von Harruel aus. Fast erbärmlich wirkt er, dachte Hresh. Doch trotzdem gefährlich.

Er kann Sachkors Tod nicht gewollt haben, entschied Hresh. Aber dennoch, Sachkor war tot.

»So etwas muß seine Strafe finden«, sagte Koshmar.

»Er ist ganz allein in den Speer gerannt«, wiederholte Harruel hartnäckig. »Ich hab mich nur verteidigt.«

»Und die Vergewaltigung Kreuns?« fragte Koshmar.

»Auch dies streitet er ab«, schrie Kreun. »Aber er lügt! Er lügt genauso, wie wenn er behauptet, er hat Sachkor nicht töten wollen. Er hat ihn gehaßt. Immer schon. Sachkor hat es mir gesagt, ehe er fortging, und er hat mir noch viele andere Dinge über Harruel gesagt. Er hat gesagt, Harruel will Koshmar entmachten. Harruel will über den Stamm herrschen. Harruel sagt, er wird König sein, und das ist so etwas wie ein männlicher Häuptling. Harruel ...«

»Still«, sagte Koshmar. »Harruel, leugnest du die Vergewaltigung?«

Harruel schwieg.

»Wir müssen dem auf den Grund kommen«, sagte

Koshmar. »Hresh, hol die Schimmersteine. Wir werden das Orakel befragen. Nein, noch besser, hol lieber deinen Wunderstein! Wir werden Harruel mit diesem befragen. Wir werden herausfinden, was zwischen ihm und Kreun war, wenn da wirklich etwas war, und wir werden ...«

»Nein«, sagte Harruel plötzlich. »Diese Untersuchung ist unnötig. Und ich werde sie nicht zulassen. Und was die Aussage von Kreun angeht, da gab es keinen Zwang.«

»Lügner!« schrie Kreun.

»Es gab keine Gewalt«, fuhr Harruel fort, »aber ich will nicht abstreiten, daß ich mit ihr kopuliert habe. Ich war auf dem Berg, um den Stamm gegen seine Feinde zu beschützen, eben jene Feinde, die jetzt direkt in unsere Mitte geritten kamen. Ich saß dort die ganze Nacht im Regen, um den Stamm zu schützen. Und am Morgen stieg ich herab, und ich traf Kreun, und Kreun wirkte meinen Augen angenehm, und ihr Duft war mir angenehm in den Nüstern, und so griff ich nach ihr und nahm sie und kopulierte mit ihr, und das ist die Wahrheit der Geschichte, Koshmar.«

»Und du tatest dies mit ihrer Zustimmung?« fragte Koshmar.

»Nein!« schrie Kreun. »Ich habe nicht eingewilligt! Ich war auf der Suche nach Sachkor und fragte Harruel, ob er ihn gesehen hatte, und daraufhin packte er mich – er war von Sinnen, er nannte mich Thalippa, er hielt mich für meine eigene Mutter – er packte mich und warf mich nieder auf die Erde und ...«

»Ich sprach zu Harruel«, sagte Koshmar. »Also, Harruel, war das Geschehen einverständlich? Hast du sie gebeten, mit dir zu kopulieren, wie ein Mann ein Weib bittet – oder ein Weib einen Mann?«

Wieder schwieg Harruel.

»Dein Schweigen spricht dir das Urteil«, sagte Koshmar. »Auch ohne die Befragung mit dem Barak Dayir bist du verurteilt und verflucht, weil du Dinge getan hast, die bisher in diesem Stamm unbekannt waren, indem du Kreun ohne ihre Einwilligung genommen hast und indem du Sachkor niederge ...«

»Ihre Einwilligung war nicht nötig«, sagte Harruel plötzlich.

»Nicht nötig? Nicht *nötig?* «

»Ich nahm sie, weil ich das Bedürfnis hatte, nachdem ich auf Wache für den Stamm eine schwere und einsame Nacht zugebracht hatte. Und weil ich sie begehrte, da sie mir schön und begehrenswert erschien. Und weil es mein Recht war, Koshmar.«

»Dein *Recht?* Ihr *Gewalt* anzutun?«

»Ja, mein *Recht*, Koshmar. Denn ich bin König und kann tun und lassen, was mir beliebt.«

Ihr Götter, schützt uns vor dem, dachte Hresh entsetzt.

Koshmars Augen wurden so groß, daß es schien, als würden sie ihr aus den Höhlen springen. Sie glotzte geradezu vor bestürzter Verblüffung.

Dann schien sie eine gewaltige Anstrengung zu machen, ihre Gefühle unter Kontrolle zu halten. Sie wandte sich mit gepreßter Stimme scharf an Hresh: »Was heißt dies, das Gerede um dieses Wort ›König‹, das mir in diesen Tagen so oft an die Ohren schallt? Würde mir der Chronist das erklären?«

Hresh fuhr sich mit der Zunge über die Lippen. »Es handelt sich dabei um einen Titel aus der Zeit der Großen Welt«, sagte er heiser. »Das Wort bedeutet eigentlich einen dank seiner Vornehmheit und seiner vorzüglichen Abstammung zur Führerschaft geeigneten Mann. Also, einen männlichen Stammeshäuptling, ganz so, wie Kreun das vorhin gesagt hat.«

»Es gibt in unserem Stamm keine Manns-Häuptlinge«, sagte Koshmar.

Von Harruel schwoll daraufhin eine gewaltige Woge heran, kraftvoll und fremdartig. Hresh spürte sie mit seinem Zweiten Gesicht auf, und ihre Stärke warf ihn beinahe um; es war, als stünde er in einem Sturmwind, der die Bäume samt ihren Wurzeln aus dem Erdboden riß.

»Die Herrschaft der Weiber ist vorbei«, sagte Harruel. »Denn vom heutigen Tage an bin ich König.«

Ruhig gab Koshmar Konya, Staip und Orbin ein Zeichen.

»Umzingelt ihn!« befahl sie. »Ergreift ihn! Er hat den Verstand verloren, und wir müssen ihn vor ihm selbst schützen.«

»Keiner komme mir nahe!« sagte Harruel. »Wage niemand es, mich zu berühren!«

»Du magst ja vielleicht König sein«, sagte Koshmar, »doch in dieser Stadt bin ich Häuptling und Führerin. Und der Häuptling befiehlt: Packt ihn!«

Harruel drehte sich um und blitzte Konya kalt an, der völlig bewegungslos blieb. Dann schaute Harruel Staip und Orbin an. Und auch sie rührten sich nicht.

Und dann wandte er sich wieder Koshmar zu.

»Du kannst von mir aus Häuptling sein, soviel du willst, Koshmar«, sagte er mit dunkler ruhiger Stimme. »Die Stadt gehört dir. Oder vielmehr, sie gehört jetzt dem Volk der Behelmten. Ich werde mich hinwegbegeben von hier und damit künftig dir keinen Anlaß zu Besorgnis bieten.«

Er ließ seine Blicke schweifen. Unterdes hatte sich der ganze Stamm eingefunden und stand wartend da. Auch die Frauen mit den Kindern, die sich im Tempel verbarrikadiert hatten, als die Kunde von den Eindringlingen kam, waren herzugeeilt. Harruels schwerer düsterer Blick heftete sich bald auf diesen, bald auf jenen. Hresh fühlte, wie dieser schwarze, bedrohliche Blick sich auf ihn senkte, und, unfähig, ihm zu begegnen, richtete er seine Augen zu Boden.

Harruel sprach: »Wer will mit mir ziehen? Diese Stadt hier bedeutet Krankheit und Übel, und darum müssen wir aus ihr fortziehen! Wer unter euch will mit mir an der Gründung eines großen Königreiches, weit weg von hier, mitwirken? Du, Konya? Du, Staip? Du? Und du? Und du?«

Noch immer standen alle starr und stumm. Das Schweigen war schrecklich.

»Warum sollten wir uns noch länger in dieser Totenstadt zusammenkauern? Ihre Tage des Ruhms sind seit langem dahin! So seht doch, der stinkende Kot der Tiere unserer Feinde häuft sich bereits auf dem Boulevard. Und dabei wird es nicht bleiben. Diese Stadt wird im Mist der Fremden begraben werden. Tretet hier herüber, ihr, denen die Weiberherrschaft ein Ärgernis geworden ist! Kommt auf meine Seite, ihr, die ihr euch nach Land sehnt, nach Reichtum und Ruhm! Wer hält zu Harruel und zieht mit ihm? Wer? Wer?«

»Ich ziehe mit dir«, sagte Konya mit rauher, brüchiger Stimme. »Wie ich vor langem mich verschworen habe.«

Hresh hörte, wie Koshmar heftig einatmete.

Konya schaute hinüber zur anderen Seite des Kreises von Stammesangehörigen, wo Galihine stand, seine Zuchtpartnerin. Ihr Leib zeigte die Schwellung eines heranreifenden Ungeborenen. Nach kurzem Zögern schritt sie mitten durch den Kreis und stellte sich an Konyas Seite.

»Wer noch?« fragte Harruel.

»Das ist der reine Wahnsinn«, sagte Koshmar. »Fern von der Stadt werdet ihr zugrundegehen. Ohne Häuptling und Führerin werden euch die Götter mit Abscheu strafen, und ihr werdet vernichtet werden.«

»Wer sonst will noch mit mir ziehen?« fragte Harruel.

»Ich«, sprach Nittin. »Und Nettin mit mir.«

Nettin sah ziemlich verdattert drein, als hätte er ihr einen Schlag mit einer Keule versetzt. Dennoch schritt sie gehorsam durch den Kreis zu ihrem Mann hinüber. Ihren Säugling, Tramassilu hielt sie fest mit beiden Armen umfangen.

Harruel nickte.

»Ich komme mit«, sagte Salaman überraschend. Weiawala folgte ihm, ebenso der Jungkrieger Bruikkos, und, nach einem kurzen Zögern, auch das Mädchen Thaloin, die vor zwei Tagen erst dem Bruikkos als feste Gefährtin anverlobt worden war. Hresh fühlte, wie sich in seinem Herzen eine schauerliche Kälte ausbreitete. Er hatte nicht damit gerechnet, daß irgendeiner vom Stamm es in Erwägung ziehen könnte, Harruel Gefolgschaft zu leisten; aber was jetzt geschah, war eine Katastrophe! Der Stamm brach auseinander!

»Auch ich gehe mit dir«, sagte Lakkamai.

Torlyri stieß sogleich einen leisen, halberstickten Schrei aus. Sie biß sich auf die Lippe, trat beiseite und wandte das Gesicht ab, jedoch nicht so schnell, daß Hresh den Ausdruck der Bestürzung drauf nicht hätte sehen können. Auch Koshmar sah bedrückt und betroffen aus; und Hresh erkannte, wie sehr dieser Ausdruck von Furcht geprägt war, denn Koshmar mußte es ja mit Entsetzen erfüllen, daß Torlyri womöglich mit Lakkamai gehen und die Stadt verlassen würde. Aber Torlyri blieb.

Nun wandte sich Harruel an seine Partnerin.

»Minbain?«

»Ich komme«, sagte sie ruhig. »Wohin du gehst, dahin will auch ich gehen.«

»Und du – Hresh?« fragte Harruel schließlich. »Deine Mutter schließt sich uns an, dein jüngerer Bruder, Samnibolon, zieht mit uns. Und du, willst du zurückbleiben?« Und er kam auf Hresh zu und stellte sich drohend und groß vor ihm auf. »Wir werden deine Kenntnisse und Künste in unsrem neuen Leben gut verwenden können. Du würdest unser Chronist sein, genau wie du es hier warst, und was immer du dir wünschen magst, Knabe, es soll dein sein. Also, kommst du mit mir?«

Hresh vermochte nicht zu antworten. Sprachlos

stierte er seine Mutter an und dann Koshmar und Torlyri – und Taniane.

»Also?« fragte Harruel drohender. »Kommst du?«

Hresh spürte, wie die Welt rings um ihn zu wirbeln begann.

»Also?« fragte Harruel noch einmal.

Und Hresh senkte die Augen und sagte: »Nein.« So leise sagte er es, daß keiner verstand.

»Was? Was hast du gesagt? So sprich doch lauter!«

»Nein!« wiederholte Hresh, diesmal deutlicher. »Ich gedenke hierzubleiben, Harruel.« Und er spürte, wie ihm das Blut wild durch den Körper schoß, und dies verlieh ihm Kraft und Festigkeit. »Wir alle werden eines baldigen Tages Vengiboneeza verlassen müssen«, sagte Hresh. »Aber diese Zeit ist noch nicht gekommen. Und es soll nicht auf diese Weise geschehen. *Ich* bleibe hier. Ich habe hier noch einige Aufgaben zu erfüllen.«

»Elender kleiner Knecht!« schrie Harruel. »Du verlauste mickrige hinterhältige Wanze!«

Sein langer Arm sauste durch die Luft. Hresh sprang zurück, jedoch nicht rasch genug. Harruels Fingerspitzen fuhren ihm über die Wange, und die Wucht selbst eines derart oberflächlichen Streichs war derart gewaltig, daß Hresh durch die Luft geschleudert wurde und als bebendes Häuflein auf dem Boden landete. Und da lag er nun eine Weile und zitterte. Dann kam Torlyri zu ihm und richtete ihn auf und drückte ihn zärtlich an die Brust.

»Wer noch?« fragte Harruel. »Wer unter euch will mir noch folgen? Wer? Wo seid ihr? Wer? Wer noch?«

12. Kapitel
Wie seltsam, daß sie fort sind

Dieser Tag sollte später als ›Tag der Spaltung‹ in die Geschichte eingehen. Elf erwachsene Stammesmitglieder waren davongezogen, und zwei Kinder; und noch lange danach sagte man im Volk: Wie seltsam, daß sie fort sind – und lauschte in die Stadt wie nach dem Verhallen eines gewaltigen Gongs.

Es dauerte sogar mehrere Wochen, ehe Hresh sich überwinden konnte, das Ereignis in die Chronik einzutragen. Er war sich bewußt, daß er seine Pflicht vernachlässigte, und dennoch verschob er es immer wieder, bis er eines Morgens feststellte, daß er nicht mehr sicher war, ob es nun zehn oder nur sieben Erwachsene gewesen waren, die auszogen. Da begriff er, daß er einen Bericht über die Geschehnisse anfertigen müsse, bevor ihm das Ganze noch undeutlicher zu werden drohte. Dies war er denen schuldig, die in künftigen Tagen die Chronik lesen würden. Und so schlug er das Buch auf und drückte die Finger gegen das kühle Pergament der nächsten leeren Seite und sagte, was er zu sagen hatte, und dies war: Daß der Krieger Harruel sich wider die Herrschaft der Stammesführerin Koshmar erhoben und eine Rebellion angezettelt habe und aus der Stadt gezogen sei, und mit ihm gezogen seien die Männer Konya, Salaman, Nittin, Bruikkos und Lakkamai und die Weiber Galihine, Nettin, Weiawala, Thaloin – und Minbain.

Am schwersten ward ihm, den Namen seiner Mutter einzutragen. Als er es versuchte, wollte der Name nicht richtig erscheinen, und seine Fingerballen druckten *Mulbome* und dann, nachdem er das getilgt hatte, *Mirbale*, ehe es ihm gelang, den Namen richtig auf dem Blatt erscheinen zu lassen. Lange saß er da und starrte die gezackten braunen Lettern an, als er den Eintrag beendet hatte, und legte immer wieder die Fingerspitzen auf das Blatt um wieder und wieder zu lesen, was er geschrieben hatte.

Ich werde meine Mutter niemals wiedersehen, sagte er sich. Aber den Sinngehalt dieser Worte vermochte er nicht völlig zu begreifen, so oft er sie auch vor sich hinsagte.

Manchmal fragte sich Hresh, ob er nicht mit ihr hätte ziehen sollen. Als er sie damals angesehen hatte, als Harruel ihn aufforderte mitzukommen, hatte er das stumme Drängen in ihrem Blick gelesen. Und es hatte ihm weh getan, daß er sich abwenden, ihr die Bitte verweigern mußte. Dieser Entschluß war qualvoll gewesen; aber auch wenn es die endgültige Trennung von der Mutter bedeutete, wie hätte er seinen Stamm im Stich lassen können und all das, was in Vengiboneeza noch unerledigt auf ihn wartete, und all das, was er von dem Volk der Behelmten lernen könnte ... und Taniane, ja, auch Taniane! –, um mit diesem Scheusal Harruel und seiner Handvoll Anhänger in die Wildnis zu ziehen? Nein, das war nicht das Schicksal, das er für sich bestimmt glaubte.

Minbains Verlust war der einzige tiefe Schmerz, den er fühlte. Gewiß, er empfand Mitgefühl mit Torlyri, weil sie ihren Partner verloren hatte; doch Lakkamai hatte ihm recht wenig bedeutet, ebenso Salaman oder Bruikkos oder sonst einer von denen, die mit Harruel gezogen waren. Sie waren weiter nichts als Leute, bekannte Gesichter, Teile des Stammes. Nie war er ihnen nahe gewesen, so wie er Torlyri oder Taniane oder Orbin oder sogar Haniman sich nahe fühlte. Von denen war keiner fortgezogen, oder ihr Weggang hätte ihm sehr weh getan. Doch Minbain war ein Teil seiner selbst gewesen und er von ihr, und dies alles war nun auseinandergerissen und gespalten. Von dem Tag an, an dem

Harruel sich Minbain zur Gefährtin genommen hatte, hatte Hresh die dunklen Wolken sich zusammenbrauen sehen. Denn was Harruel berührte, das veränderte und verschlang er am Ende.

Wie seltsam, daß der Mann nicht mehr da war. Er hatte dermaßen viel Raum eingenommen im Volk – eine düstere, launenhafte und in wachsendem Maße auch furchterregende Persönlichkeit – und nun auf einmal war da eine leere Stelle. Es war fast, als wäre der große grüne Berg über der Stadt plötzlich verschwunden. Man mochte diesen Berg vielleicht nicht gerade lieben, und vielleicht kam er einem auch überwältigend und bedrohlich vor, doch man hatte sich daran gewöhnt, ihn da aufragen zu sehen, und sollte er verschwinden, so würde dies das Gefühl einer beunruhigenden Leere zurücklassen.

Und war es schon beklemmend, daß der Stamm in einer einzigen Stunde derart einschneidend geschrumpft war, so war es noch viel beunruhigender, daß da eine ganze Horde von Fremden sich ganz in der Nähe niederlassen wollte.

Wenige Stunden nach Harruels Abspaltung war der gesamte Beng-Stamm auf den großen roten Bestien, die sie »Zinnobären« nannten, in die Stadt eingezogen. Und es gab ihrer mehr, als man im Volk vermutet hatte: gut über hundert, darunter etwa dreißig, die allem Anschein nach Krieger waren. Sie besaßen achtzig oder neunzig Zinnobären, manche waren Reittiere, andere trugen Lasten. Weitere Packtiere, kleiner und blaugrün mit komischen dickknöcheligen Beinen, folgten im Troß. Es dauerte den ganzen Tag, bis der Zug der Beng durch das Tor in die Stadt gezogen war.

Koshmar bot ihnen den Dawinno-Galihine-Distrikt zur Niederlassung an. Es war ein anziehender Teil der Stadt, gut erhalten, mit Brunnen und Plätzen und ziegelgedeckten Gebäuden – und in beträchtlicher Entfernung von der Siedlung des Volkes. Hresh war wenig begeistert, daß sie dieses Stadtviertel erhalten sollten, da es dort Sachen gab, die er nicht richtig erforscht hatte. Doch Koshmar wählte den Bezirk gerade darum aus, weil es ein isolierter Sektor in der Stadt war und mit dem Hauptareal nur durch eine schmale Zufahrt verbunden, die zu beiden Seiten dicht mit einsturzgefährdeten, wackeligen Bauten bestanden war. Sie war der Meinung, daß es im Falle eventueller zwischen den zwei Stämmen ausbrechender Feindseligkeiten dem Volk möglich sein werde, die Beng festzunageln, indem man diese brüchigen Bauten zum Einsturz brachte und durch die Trümmer die Zufahrtsstraße blockierte.

Haniman überbrachte Hresh diese Neuigkeit; der aber schüttelte den Kopf. »Sie begeht einen Riesenfehler, wenn sie das glaubt. Die Beng haben dreimal soviele Krieger wie wir. Und diese riesigen gezähmten Bestien. Es gibt keine Möglichkeit, wie wir sie je innerhalb von Dawinno Galihine unter Blockade halten könnten.«

»Aber wenn die alten Häuser einstürzen, wie sollten sie dann herauskönnen?«

Hresh lächelte. »Sie würden die Zinnobären einsetzen, um die Trümmer beiseite zu räumen. Meinst du etwa, das würde denen schwerfallen? Und dann würden sie direkt auf unsere Siedlung zugepoltert kommen und alles niedertrampeln, was sich ihnen entgegenstellt.«

Haniman vollführte eine ganze Kette heiliger Abwehrzeichen in der Luft. »Yissou soll uns schützen, meinst du wirklich, daß es dazu kommt?«

Mit einem Achselzucken sagte Hresh: »Sie sind viele, wir nur wenige, und wir haben gerade die meisten unserer besten Krieger verloren. Wäre ich an Koshmars Stelle, ich würde äußerst liebenswürdig zu den Beng sein – und im übrigen das Beste hoffen.«

Tatsächlich aber schienen die Beng kein Interesse am Kampf zu haben. Wie sie es versprochen hatten, luden sie das Volk des Stammes in der ersten Nacht zu einem

Fest ein und spendierten großzügig Fleisch und Früchte und Wein. Das Fleisch stammte von Tieren, wie sie Hresh noch nie vorher gesehen hatte; kurzbeinige, rundliche Tiere mit flachen schwarzen Nasen und dichtwolligen grauen rotgestreiften Decken. Auch die Früchte, die das Beng-Volk mitgebracht hatte, waren unbekannt, leuchtend gelb mit drei geschwollenen in einem Nippel endenden Lappen, sahen sie wie Brüste aus, und sie besaßen ein süßes moschusartiges Aroma.

Es gab danach noch weitere Feste, und man gab sich allgemein Mühe, den Anschein von Freundlichkeit zu erwecken, obwohl es dem allem an Wärme mangelte. Oft stellten sich vier oder fünf der behelmten Beng in die Siedlung des Volkes, standen da herum, glotzten, zeigten mit den Fingern und versuchten Gespräche anzuknüpfen. Doch was sie in der ihnen eigenen Bellsprache sagten ergab für keinen einen Sinn, nicht einmal für Hresh.

Manchmal zog Hresh seinerseits mit ein paar Gefährten aus, um diese Besuche zu erwidern. Das Helmvolk hatte sich in Dawinno Galihine eingenistet, als entspreche es perfekt ihren Bedürfnissen, und sie hatten damit begonnen, Schutt fortzuräumen und mit erstaunlicher Zielstrebigkeit und Schnelligkeit beschädigte Bauten zu restaurieren. Unablässig bosselten sie fieberhaft in ihrem Stadtsektor herum, sie gruben und hämmerten und reparierten. Hresh erschienen die Neukömmlinge viel, viel mehr Energie und Unternehmungsgeist zu besitzen als sein eignes Volk, auch wenn er dabei zugeben mußte, daß er selbst gegenüber dem Neuen und Exotischen ein gewisses positives Vorurteil hegte. Besonders ein Bau schien im Mittelpunkt ihrer Mühen zu liegen: ein schmaler schwarzer Steinturm, schimmernd, wie von Wasser überflossen, und um den sich in Reihen angeordnete offene Ringgalerien zogen. Hresh versetzte es einen Stich, als er die bengischen Arbeiter auf diesem feingestalteten nach oben zu sich verjüngenden Turm herumkrabbeln sah, denn es war eines der Bauwerke, zu deren Erforschung er bisher nie gekommen war. Und wenn er sich ihm jetzt näherte, betrachteten ihn die Beng mit Unbehagen, und einmal sprach ihn ein scharfnasiger Obrist in einem wuchtigen Bronzehelm mit brüsken wegscheuchenden Gesten an, was ja nicht eben wie eine Einladung zur Besichtigung aussah.

Wie es seine Art war, gierte Hresh danach, mehr über dieses neue Volk in Erfahrung zu bringen. Er wollte Bescheid wissen über die Geschichte und alles hören, was ihnen auf ihrer Wanderung durch die Welt nach Vengiboneeza widerfahren war. Er überlegte, ob es ihnen vielleicht gelungen war, mehr als er über die Zeit der Großen Welt herauszufinden. Es drängte ihn, von ihrem Gott, Nakhaba, zu hören und darüber, wie er sich von Göttern des eigenen Stammes unterscheide. Und fünfzig weitere Fragen blubberten in seinem Hirn. Er wollte alles erfahren. Alles, alles, *alles!*

Aber – wo beginnen, und wie?

Da er noch immer nicht viel Sinn in der Bengsprache zu entdecken vermochte, versuchte Hresh es mit der Sprache der Gestik. Er zog einen quadratschädligen klobigen Behelmten beiseite, der irgendwie gemütlich und zugänglich aussah, und mühte sich, ihn mittels umständlicher Gestikulation auszufragen, wo das Helmvolk in früherer Zeit gelebt habe. Der Beng antwortete ihm mit dröhnendem Lachen, bellte und rollte wild die scharlachroten Augen. Doch nach einiger Zeit schien er doch zu begreifen, worauf Hreshs mühselige Pantomimik hinaussollte, und er begann seinerseits Zeichen zu machen. Er wedelte eindrucksvoll mit den Armen, seine funkelnden Augen rollten von einer Seite zur andern. Hresh gewann den Eindruck, als wolle der Mann ihm bedeuten, daß die Beng von Süden und Westen gekommen seien, von nahe dem Rand eines gewaltigen Ozeans. Aber ganz sicher war er sich dessen nicht.

Die Sprachbarriere stellte ein ernsthaftes Problem

dar. Durch den versteckten Einsatz seines Zweiten Gesichts erwarb Hresh sich einiges Gefühl für Rhythmus und Tonalität der bengischen Sprechweise, und es schien ihm beinahe, als verstünde er auch die Bedeutung des gesprochenen. Doch zu *glauben*, daß man die Bedeutung von etwas verstehe, das war eben leider nicht das gleiche, wie etwas wirklich zu verstehen. Wann immer er sich bemühte, einen Bengsatz in seine eigene Sprache zu übersetzen, begann er zu tasten, und es mißlang ihm.

Koshmar erteilte ihm den Befehl, sich eifrig der Erlernung der bengischen Sprache zu widmen. »Dring in das Geheimnis ihrer Worte ein«, sagte sie, »und tu es rasch! Sonst stehen wir ihnen hilflos gegenüber.«

Eifrig und voller Zuversicht begab er sich ans Werk. Wenn einer wie Sachkor ihre Sprache erlernen konnte, dann würde vermutlich auch er keine Schwierigkeiten damit haben.

Wie sich herausstellte, war die Sache jedoch mühsamer, als er erwartet hatte. Zunächst wandte er sich an Noum om Beng, da dieser gebrechliche verhutzelte Alte im Beng-Stamm den gleichen Rang innehatte wie Hresh bei seinem Volk. Noum om Beng hatte sich in einem labyrinthischen Gebäude niedergelassen, das in den Tagen der Großen Welt möglicherweise ein Palast gewesen war. Es lag dem Spiralturm direkt gegenüber, und hier thronte er auf einer schwarzen Steinbank, über die eine festliche vielfarbige Webdecke gebreitet lag, und hielt den ganzen Tag lang Hof in der hintersten und unzugänglichsten Kammer des Hauses, einem kahlen, leeren schmucklosen Gemach mit weißen Wänden.

Er schien gern bereit, ihn zu unterrichten, und sie verbrachten immer wieder lange Stunden zusammen; Noum om Beng redete, und Hresh lauschte aufmerksam und mühte sich – mit höheren Erwartungen, als von Erfolg gekrönt –, die Bedeutung des Gesagten aus der Luft zu erhaschen.

Es fiel Hresh überhaupt nicht schwer, die Bezeichnungen für Dinge zu erlernen: Noum om Beng brauchte nur auf etwas zu zeigen und das Wort zu sagen. Doch wo es um abstrakte Begriffe ging, fand Hresh die Geschichte weitaus zäher und komplizierter. Nach und nach gelangte er zu der Überzeugung, daß Sachkors Behauptung, die Beng-Sprache zu verstehen, zu einem Teil leichte Wörter, zu drei Teilen Herumraterei und zu sechs Teilen Angabe gewesen sein müsse.

Allerdings gab es eine Verwandtschaft zwischen den Sprachen der Beng und seiner eigenen, dessen war Hresh sich gewiß. Die Sätze und Satzteile wurden auf ähnliche Weise aneinandergefügt, und bestimmte Bengwörter erschienen ihm wie traumerlebte Verzerrungen von Wörtern aus der Sprache des Volkes. Vielleicht waren beide Sprachen Abkömmlinge einer einzigen Ursprache, die jedermann gesprochen hatte, ehe die Todessterne gekommen waren. Doch schien es, daß während der vieltausendjährigen Isolation, in welcher die Stämme Schutz vor dem Langen Winter in ihren Kokons gesucht hatten, jeder Stamm für sich damit begonnen hätte, seine Sprechweise unmerklich zu verändern, bis dann, mit der Zeit, eine kleine Veränderung und noch eine und noch eine zu einem völlig verschiedenen, eigenständigen Wortschatz und grammatikalischen Formen führte.

Die langsamen Fortschritte, die Hresh machte, bereiteten ihm Verzweiflungsqualen. Er hatte nahezu alle anderen Forschungsarbeiten aufgegeben, um sich ausschließlich und ganzzeitlich auf das Bengstudium zu konzentrieren. Jedoch auch nach vielen Wochen verstand er nur sehr wenig. Mit Nuom om Beng zu reden, das war wie wenn man zu sehen versuchte und dabei ein dickes schwarzes Tuch um den Kopf gewickelt hat. Es war, wie wenn man das Geräusch des Windes hören wollte, während man in einem dunklen Schlund, tief drunten in der Erde begraben liegt.

Zwischendurch: [redacted] Hresh kommt nicht recht voran mit dem Studium der Beng-Sprache. Er kann nur fünfzig, sechzig einfache Wörter und weiß doch nicht, wie er sie auf nützliche Weise zusammenfügen muß, um Informationen zu übertragen - oder zu gewinnen... [redacted] Aber manchmal ist so etwas einfacher, als man denkt. Wenn man zum Beispiel Appetit auf eine kleine Mahlzeit zwischendurch hat, braucht man wirklich nur ein paar Worte, um sich verständlich zu machen, beziehungsweise, um eine nützliche Information zu gewinnen. Und diese Worte fügen sich wie von selbst zusammen: ein Löffel, fünf Minuten Geduld und... [redacted]

Er kannte fünfzig, sechzig einfache, leichte Wörter, doch hieß das ja nicht, daß er die Sprache der Fremden sprechen konnte. Noch immer wußte er nicht, wie er diese paar Wörter auf nützliche Weise zusammenfügen mußte, um Information zu übertragen – oder zu gewinnen. Und alles übrige an dieser Sprache war ihm wie gewaltiger Rauch und Dunst. Noum om Bengs trockene Flüsterstimme redete und redete und redete, und was Hresh betraf, so konnten dies durchaus Dinge von höchster Wichtigkeit sein, doch es gelang ihm nicht, mehr als ein Wort unter Tausenden zu erhaschen und zu begreifen. Der Greis war höflich und geduldig. Doch er schien nicht zu erkennen, wie wenig Hresh tatsächlich verstand.

»Du könntest es doch mal mit Tvinnr mit ihm versuchen«, schlug Haniman eines Tages vor.

Hresh war wie vom Donner gerührt. »Aber ich weiß ja nicht einmal, ob sie sowas wie Tvinnr überhaupt kennen!«

»Sie haben doch ihre Sensororgane, oder?«

»Ja, das schon, aber nimm mal an, sie benutzen sie ausschließlich für das Zweite Gesicht? Und stell dir mal vor, was wäre, wenn Tvinnr bei ihnen als eine Abscheulichkeit gilt?«

Das Thema Tvinnr war für Hresh sowieso eine leidige und schmerzliche Angelegenheit. Die Erinnerung an seinen katastrophalen Fehlschlag, als er mit Taniane hatte tvinnern wollen, brannte ihn noch immer im Herzen. Seit jenem Tag hatte er es nicht über sich gebracht, mehr als nur ein paar flüchtige Worte zu ihr zu sagen oder ihr direkt in die Augen zu schauen – oder auch nur daran zu denken, mit jemandem anderen zu tvinnern. Außerdem konnte er sich auch kaum vorstellen, woher er die Kühnheit nehmen sollte, dem alten Noum om Beng anzubieten, mit ihm zu tvinnern. Das war doch eine viel zu intime und viel zu private Sache! Vor drei oder vier Jahren hätte er möglicherweise versuchen können, etwas derart Verrücktes vorzuschlagen; doch nun, seit er etwas älter war, verlangte es ihn weit weniger nach der Befriedigung eines zügellosen Appetits.

»Du solltest das aber doch mal versuchen«, drängte Haniman. »Wer weiß? Vielleicht findest du dabei den Zugang zu ihrer Sprache, den du suchst.«

Die Aussicht, sich in der Umarmung des hageren, ausgedorrten Noum om Beng auf ein Lager zu betten, seinen schalen Atem auf den Wangen zu fühlen und mit ihm Sensororgankontakt zu haben, erfüllte Hresh keineswegs mit Freude. Jedoch, wenn er dies tun mußte, um den Schlüssel zu den Geheimnissen der Bengsprache zu finden ...

Aber Hresh konnte sich nicht überwinden, seine ausgefallene Bitte direkt vorzutragen. Es war ihm zu peinlich, zu dreist. Statt dessen tapste er in seinem kargen Wortschatz umher und versuchte zu erklären, wie sehr er sich wünschte, daß er einen rascheren und direkteren Weg fände, die Beng-Sprache zu erlernen und zu sprechen. Dabei blickte er auf Noum om Bengs Sensororgan und dann auf sein eigenes. Leider schien der alte Behelmte jedoch den überdeutlichen Fingerzeig nicht zu verstehen.

Vielleicht gab es eine andere Möglichkeit. Zweites Gesicht? Ab und zu hatte Hresh kleine behutsame Sondierungen in das Bewußtsein einiger Behelmter versucht, ohne dabei allerdings jemals sehr tief einzudringen. Doch bei Noum om Beng hatte er dies niemals gewagt. Er erinnerte sich nur allzu gut daran, wie sich damals jener erste Kundschafter der Beng selbst getötet hatte, als Hresh es bei ihm mit dem Zweiten Gesicht versucht hatte. Noum om Beng war zu klug und erfahren, als daß Hresh hätte glauben dürfen, er werde es nicht merken, wenn er ihn sondierte, und außerdem wußte er nicht, wie der alte Mann auf das Eindringen in seinen Geist reagieren würde.

Es blieb also nur der Barak Dayir. Sein Talisman, sein

Zauberschlüssel für alles. Höchstwahrscheinlich bot er die einzige wirkliche Hoffnung, daß Hresh jemals die Sprache der Beng einigermaßen klar würde verstehen lernen.

Als er das nächste Mal Noum om Beng besuchen ging, kam der Wunderstein, säuberlich in den alten abgetragenen Samtbeutel verstaut, mit ihm.

Er saß eine Stunde oder mehr Noum om Beng zu Füßen und lauschte dem unverständlichen Monolog des Alten. Die wenigen Wörter, die er verstand, schwebten aufreizend an ihm vorbei wie helle Blasen in einer dunklen Gaswolke, und wie gewohnt begriff er gar nichts von dem, was Noum om Beng sagte. Schließlich hielt der ausgemergelte alte Mann inne und schaute Hresh an, als erwarte er, daß dieser nun seinerseits eine ebenso lange Rede vom Stapel lasse.

Statt dessen holte Hresh den Barak Dayir hervor und ließ ihn aus dem Beutel in die Handfläche fallen. Goldenes Licht und eine schwache Wärme strahlten von ihm aus. Er murmelte die Namen der Fünf Erhabenen und schlug ihre Zeichen mit der anderen Hand, und dann hielt er das spitz zulaufende polierte Steinstück so, daß Noum om Beng es sehen konnte.

Die Reaktion des Alten war unmittelbar und dramatisch, als hätte er dreißig oder vierzig Jahre von seinem Alter in einem Augenblick von sich abgestreift. Die roten Augen glühten in plötzlichem Scharlachfeuer und leibhaftiger Lohe. Er stieß einen rauhen keuchenden Laut aus und erhob sich von seinem Sitz – und sank vor Hreshs ausgestreckter Hand so rasch in die Knie, daß die langen Purpurschwingen seines Helmes Hresh beinahe ins Gesicht getroffen hätten.

Noum om Beng sah ergriffen, ehrfürchtig und erstaunt aus. Ein Strom sich überstürzender Worte schäumte über seine Lippen, wovon Hresh jedoch nur eines verstehen konnte, das Noum om Beng viele Male wiederholte.

»Nakhaba! Nakhaba!«
Großer Gott! Großer Gott!

Im Verlauf jener ersten seltsamen Wochen nach dem Auszug Harruels und der Spaltung des Stammes überraschte Taniane sich oft dabei, daß sie dachte: Wäre ich doch mit ihm gezogen.

Dies hätte sie ganz gewiß getan, falls Hresh sich dazu entschlossen hätte. Als Harruel damals mit so wildem Gesicht Hresh aufgefordert hatte, zwischen seinem Stamm und seiner Mutter zu wählen, hatte Taniane den Atem angehalten und gewußt, daß sich jetzt ihr eigenes Schicksal entscheiden werde. Doch Hresh hatte es abgelehnt mit fortzuwandern; und Taniane hatte langsam ausgeatmet und aus ihrem Gehirn die Erklärung verbannt, die sie sonst einen Augenblick später abgegeben hätte: die Absage an ihr Volk und an das Leben in Vengiboneeza.

Und so war sie also noch immer hier. Aber warum? Und zu welchem Zweck?

Wäre sie mit den anderen ausgewandert, ein ganz neues, ein beschwerliches schwieriges Leben hätte sich ihr aufgetan. Wie hart das Leben außerhalb der Stadt sein kann, das wußte sie ja bereits. Und sie konnte sich auch recht gut vorstellen, welche neuen Lasten und Beschwernisse die Herrschaft eines ›Königs Harruel‹ mit sich bringen würde.

Der Mann war brutal, ungehobelt, grausam und gefährlich. Er hatte ein kaltes Herz und ein hitziges Temperament. Möglich, daß er nicht immer so gewesen war, doch Taniane hatte beobachtet, wie er sich seit dem Tag des Aufbruchs in die Welt mehr und mehr verändert hatte, sich mehr und mehr selbstherrlich und autonomistisch betragen hatte. Murrend und grollend, aufmukkend wider jegliche Entscheidung Koshmars, die Alleinmärsche ins bergige Grenzland, wann immer er Lust dazu verspürte, der Aufbau seiner eigenen kleinen Verteidigungsstreitmacht, ohne Koshmar erst um die Erlaubnis zu bitten, und endlich die direkte Konfrontation mit dem Häuptling, die Machtprobe – und die Vergewaltigung von Kreun, auch dies, wie er sie so einfach zu Boden warf und sie gegen ihren Willen mißbraucht hatte ...

Ja, so war Harruel. Wahrscheinlich kopulierte er dort draußen in der Wildnis jetzt mit sämtlichen Frauen, die mitgezogen waren, und nicht nur mit seiner Gefährtin, Minbain; auch mit Thaloin und Weiawala und Galihine und Nittin. Denn er war ja jetzt der ›König‹. Und er konnte tun, was in seinem Belieben stand. Er würde auch mit mir kopulieren, wenn ich mitgegangen wäre, dachte Taniane. Aber andererseits, es gab Schlimmeres, als mit einem König zu kopulieren.

Sie machte sich Gedanken darüber, warum Kreun ihn wohl abgelehnt hatte. Vielleicht deshalb, weil ihr der Kopf dermaßen voll war von dem Sachkor; ja, bestimmt deswegen. Zwang, das war nicht recht, aber normalerweise brauchte ja auch niemand mit Gewalt zur Kopulation gezwungen zu werden. Es genügte üblicherweise, wenn jemand einen höflich dazu einlud. Hätte Harruel Taniane in der Siedlung aufgefordert, sie hätte gewiß mit ihm kopuliert. Aber – er hatte sie eben nie aufgefordert. Immer war er für sich geblieben, immer nur hatte er finster dreingeblickt und in sich hineingebrummt. Vielleicht hat er mich für zu jung gehalten, dachte sie plötzlich bestürzt. Dabei war sie ja nicht viel jünger als Kreun, und die hatte ja auch seine Aufmerksamkeit erregt. Kreun ist sehr schön, behaupten die Leute, sagte sich Taniane, aber immerhin, von mir sagt man das ja auch.

Die Vorstellung, mit Harruel zu kopulieren, erregte sie. Ach, diese ganze männliche Kraft, diese ganze unheimliche Gewalttätigkeit ... in der Umschlingung ihrer Beine! Ihn vor Lust stöhnen zu hören! Das harte Zupakken seiner Finger an dem Fleisch ihrer Arme!

Ja, schön und gut, aber Harruel, der war jetzt da draußen, irgendwo in der Wüste und Wildnis, und sie, sie hockte noch immer in Vengiboneeza, und sie wartete noch immer darauf, daß sie endlich älter sein werde, daß endlich *ihre* Zeit komme. Aber vielleicht kam die nie. Koshmar strotzte von Lebenskraft. Und das Grenzalter war abgeschafft. Taniane hatte sich früher immer träumerischen Wunschvorstellungen hingegeben, daß *sie* eines Tages Häuptling und Stammesführerin sein werde. Und nun erkannte sie, daß die Verwirklichung ihres Traumes in immer fernere Zukunft entschwand.

»Aber – würdest du denn Häuptling werden, wenn du jetzt bei Harruel wärst?« fragte Haniman sie mit einem zweifelnden Blick. Haniman war in jüngster Zeit ihr Hauptfreund und ihr Kopulationspartner. Er wollte zwar auch immer gern mit ihr tvinnern, aber das hatte Taniane ihm nie erlaubt. »Harruel ist doch selbst Häuptling. Was sonst soll ›König‹ bedeuten. Außerdem hat er schon eine Gefährtin. Da gäb es doch für dich gar keinen Platz mehr.«

»Minbain wird immer älter. Das Leben in der Wildnis ist schwer. Vielleicht stirbt sie in ein, zwei Jahren.«

»Und dann würde Harruel *dich* erwählen? Klar, vielleicht würde er. Oder er nimmt dem Salaman die Weiawala weg, oder die Thaloin dem Bruikkos. Harruel ist König. Er kann tun, was ihm beliebt.«

»Ich glaube, er würde *mich* wählen.«

Haniman lächelte. »Und damit wärst du die Gefährtin des Königs. Aber hättest du damit irgendwelche Macht? Hat Minbain dadurch Macht gewonnen?«

»Ich bin anders als Minbain.«

»Ja, das ist allerdings wahr. Und du hältst dich für fähig genug, einen Brocken von Harruels Autorität und Macht für dich abzuzwacken, geht es darum?«

»Es läge im Bereich meiner Möglichkeiten, ja«, sagte Taniane.

»Wie Hresh es ausdrücken würde: es läge auch im Bereich deiner Möglichkeiten, fliegen zu lernen, indem du mit den Armen wedelst, wenn du dich nur lang genug darum bemühst. Aber auch das ist nicht sehr wahrscheinlich, außer durch ein Wunder.«

»Fliegen, das nicht. Aber ich hätte bestimmt Mittel und Wege gefunden, wie ich Harruel um den Finger wickeln kann.« Taniane lächelte hinterhältig und verstohlen. »Und Harruel wird nicht ewig leben. Es ist ziemlich gefährlich, dort draußen im wilden Land. Weißt du noch, die Rattenwölfe? Und die Blutvögel? Wenn also dem Harruel etwas widerfahren würde, was meinst du, würde dann Konya König werden? Oder würden die Auswanderer aus der Stadt vielleicht dem Alten Brauch den Vorzug geben wollen und sich ein Weib zum Häuptling erwählen, was meinst du?«

Haniman lachte, scharf und schnaubend. »Wie bist du doch bezaubernd, Taniane! Aus dem Nichts beschwörst du dir Hauptrollen herauf – als Harruels Bettgefährtin, an Minbains Stelle, und als Harruels Herrin, sobald du sein Bett teilst ... und dann gar noch als Harruels Nachfolgerin, wenn er tot ist. Aber wie die Dinge nun mal liegen, bist du jetzt hier, und der Harruel ist irgendwo, ziemlich weit weg, und er verschwindet mit jedem Tag weiter von hier.«

»Das weiß ich«, sagte sie und wandte das Gesicht weg.

Plötzlich legte sich Hanimans Hand auf ihr Knie, und dann bewegte sie sich ein Stückchen weiter nach oben, den Schenkel hinauf, und hielt inne, wo ihre Schenkel zusammenstießen. Taniane wehrte die Hand nicht ab.

Ihre Gedanken verdüsterten sich. Sie lebte hier, und Harruel war weit, und – wie Haniman ihr so deutlich vor Augen geführt hatte – sie braute sich da ein Wunschsüppchen von großen Dingen für sich selber zusammen – aus dem Nichts. Sie hatte ihre Wahl getroffen; also mußte sie jetzt auch damit leben.

Wenn doch nur dieser Hresh nicht so ein Idiot wäre!

Immer noch spürte sie ein schmerzliches Zucken, wenn sie an Hreshs Blödheit zurückdachte, damals, als er sich so saudumm an sie rangemacht und sie gebeten hatte, mit ihm zu tvinnern. Selbstverständlich hätte sie nur allzu gern mit ihm! Aber sie hatte sich gezwungen gefühlt, ihn abzulehnen. Denn wenn sie damals, in jenem Augenblick, so bereitwillig auf sein Verlangen eingegangen wäre, dann hätte sie auch jegliche Hoffnung begraben können, diesen Jungen so für sich zu gewinnen, wie sie es beabsichtigte. Sicher, er hätte mit ihr getvinnert, und dann hätte er dankeschön gesagt und wäre abgezogen, um in der wilden Freude der Neuentdeckung, wie sie über einen kommt in den ersten Tvinnr-Tagen, vielleicht gleich danach mit Bonlai oder Sinistine oder Thaloin zu tvinnern – oder auch mit Haniman, wer konnte das schon wissen? –, und dann würde sich die wilde Begeisterung legen, und Hresh würde eine feste Tvinnr-Partnerschaft mit jemand eingehen. Mit *irgendeinem.* Und nicht unbedingt mit ihr, Taniane. Ihre Absicht, als sie ihn abgewiesen hatte, war gewesen, daß er abzog, beleidigt, um sich anderwärts eine gewisse Tvinnr-Erfahrung zu holen, um dann zu ihr zurückzukehren und in etwas geziemenderer, taktvollerer Weise erneut zu bitten (und sie wegen der Abfuhr natürlich nur um so mehr zu begehren). Und dann hätte sie ihn mit Freuden akzeptiert. Nur – das hatte er eben nicht getan. Statt dessen hatte er seither kaum je ein Wort mit ihr gesprochen; er hatte sich von ihr ferngehalten, ganz so, als würde es ihm brennenden Ärger verursachen, sie auch nur anzuschauen.

Der Trottel! Der Allerweiseste im Stamm – und dennoch ein solcher Dummkopf!

Hanimans Hand schlich sich weiter zwischen Tanianes Schenkel. Mit der anderen Hand begann er ihre Schulter zu streicheln. Die Hand glitt zu ihrer Brust.

»Magst du mit mir kopulieren?« fragte er.

Sie nickte, weil sie immer noch an Hresh dachte und

daran, daß sie die Tvinnr-Partnerin des gescheitesten Kopfes im Stamm hätte werden können, und was für vielfältige Kenntnis und Wissen sie auf diese Weise hätte erlangen können; ja, daß sie den Hresh sogar zu einem ewiglichen Bund hätte haben können, wenn es denn schon inzwischen das Sittengesetz erlaubte, daß der Alte Mann des Stammes eine ›eheliche‹ Partnerschaft eingehe. Schließlich, das Sittengesetz hatte sich ja schon soweit gelockert und verändert, daß es der Opferfrau gestattet war, sich mit Lakkamai zusammenzutun, oder etwa nicht? Allerdings – das hatte Torlyri auch wenig geholfen, als Harruel die Stammesspaltung provozierte. Also, wenn ich Hresh zum ehelichen Mann bekäme, dachte Taniane, dann wären mein Einfluß und meine Macht nur wenig geringer als die von Koshmar, und wenn Koshmar dann noch stürbe ...

»Und magst du mit mir danach tvinnern?« fragte Haniman.

»Das, nein«, sagte Taniane. »Nein, mit dir will ich nicht tvinnern.«

»Jetzt nicht – oder überhaupt niemals?«

»Jetzt nicht, aber vielleicht auch nie.«

»Ach so«, sagte er. »Mein Pech. Aber du möchtest schon mit mir kopulieren?«

»Ja, aber sicher doch.«

»Und wenn ich dich nun bitten würde, meine feste Gefährtin zu werden?«

Taniane blickte ihn lange und fest an.

»Darüber laß mich mal noch ein bißchen nachdenken«, sagte sie. »Vorläufig wollen wir einfach nur mal kopulieren, einverstanden?«

Für Torlyri war es eine Zeit der Düsternis und Beklemmung. Sie hatte das Gefühl, als wäre das Licht aus ihrer Seele gewichen und als sei sie in einen Klumpen schwarzer Schlacke verwandelt worden.

Soviel Schmerz – und wegen eines Mannes!

Wie schnell, wie abgrundtief war sie von Lakkamai abhängig geworden! Wie leicht verwundbar, wie schutzlos für den Schmerz, als er sie verließ! Kaum erkannte sie sich selbst wieder in dieser fremden, niedergeschmetterten Frau, die an keinem Morgen aufwachen konnte, ohne mit der Hand nach der leeren Stelle auf dem Lager zu tasten, an ihrer Seite, wo Lakkamai geschlafen hatte, und ohne dann in der Erinnerung wieder seine hallende Stimme zu hören, mit der er Harruel gelassen erklärt hatte, daß er sich dem Trupp der Aussiedler aus Vengiboneeza anschließen wolle.

Torlyri hatte mehr als dreißig Jahre zufrieden und ohne größeres Bedürfnis nach einem Manne gelebt. Ihre Liebe zu Koshmar und ihre Aufgaben als Opferfrau hatten ihr Leben hinlänglich erfüllt. Doch dann war der Neue Frühling gekommen, und der Große Aufbruch, und alles war verändert. Auf einmal kopulierte alles, verehelichte sich alles, plötzlich wurden ganze Scharen neuer Kinder in die Welt gesetzt wie nie zuvor. Und Torlyri hatte sich inmitten diesem gewaltigen Aufblühen des Stammes ebenfalls gefühlt wie eine Knospe, die sich öffnete und dem Licht entgegenreifte. Sie war verwandelt. Auch sie sehnte sich nun nach der Kopulation, sogar nach fester Partnerschaft und Kindern. Und darum hatte sie sich Lakkamai hingegeben, und nun war Lakkamai mit Harruel fortgezogen; und Torlyri fühlte sich verzweifelt und verlassen, auch wenn sie sich immer wieder vorsagte, sie stehe sich ja nicht schlechter als vorher, ehe sie sich mit Lakkamai eingelassen hatte.

»Komm zu mir!« sagte Koshmar. »Tvinnre mit mir!«

»Ja«, sagte Torlyri. »Mit Freuden.«

Koshmar war in diesen schweren Tagen ein großer Trost für sie. Sie tvinnerten oft, viel häufiger als während der ganzen verflossenen Jahre, und jedesmal fühlte Torlyri dabei, wie Koshmar Kraft, Wärme und Liebe in sie herüberströmte.

Torlyri wußte, daß sie Koshmar durch ihre vernarrte Liebe zu Lakkamai tief verletzt hatte. Koshmar hatte das zwar nie mit Worten gesagt, doch nach allen den Jahren ihrer intimen Gemeinsamkeit war es unmöglich, daß Koshmar ihre wahren Gefühle von Torlyri hätte verbergen können, beim Tvinnern, aber auch sonst. Und dennoch war Koshmar bereitwillig zurückgewichen, damit Torlyri tun könne, wie sie wünschte. Und jetzt, wo die Affäre vorbei war, wo Lakkamai Torlyri ganz beiläufig und ungerührt hatte fallen lassen, zeigte Koshmar keinen Hauch von vorwurfsvollem Verhalten, weder Selbstgefälligkeit noch Grausamkeit, sondern nur Liebe, Wärme und Kraft.

Es konnte ihr nicht leichtfallen. Aber sie meisterte es.

Und das, wie Torlyri wußte, in einer Zeit persönlicher hoher Angespanntheit. Der Abfall Harruels hatte sie tief getroffen. Denn nie zuvor hatte Koshmar sich einer derartigen Verhöhnung ausgesetzt gesehen. Keinem Häuptling war dies je widerfahren. Vor dem gesamten Stamm verspottet zu werden, ihre Autorität mißachtet, beschimpft, stehengelassen zu werden – von elf Angehörigen des eigenen Stammes, die ihr einfach den Rükken zukehrten und davonliefen – was für eine Demütigung für Koshmar, was für eine Erniedrigung! Und dazu dann noch diese große Horde von Behelmten, die in die Stadt gezogen kamen, voller Betriebsamkeit und Energie, und mit ihren stinkenden Tierkolossen, ihren fremdartigen Sitten und Bräuchen, ihrer seltsamen Gewandung. Einst war einmal ein Kokon eine ganze geschlossene Welt gewesen, und Koshmar die höchste Herrscherin in dieser Welt; jetzt aber war das Volk in eine weitaus größere Welt vorgestoßen, und sie war nichts weiter als Häuptling eines kleinen und überdies gespaltenen Stammes, der eine kleine Nische in einer riesigen Stadt bewohnte, und in dichter Nähe einen anderen Stamm, viel größer, der bedrohlich näherrückte, der anmaßend sich auszubreiten und überzugreifen im Begriff schien.

All dies drohte die helleuchtende Sonne von Koshmars Macht zu verfinstern. Es waren schwere Schläge für ihr Ansehen, für ihr Selbstvertrauen, ja wider ihren hochgemuten Sinn selbst. Aber dank ihrer außergewöhnlichen Elastizität hatte Koshmar all diese Tiefschläge ausgehalten. Und sie hatte noch Kraft übrig, um davon ihrer Geliebten, Torlyri, zu spenden. Und dafür war ihr Torlyri mächtig dankbar.

Während sie beieinander lagen, gruben sich Koshmars Finger liebevoll in Torlyris dichten schwarzen Pelz. Die so vertraute Wärme, die enge, vertraute Nähe der Geliebten war tröstlich. Torlyri spürte, wie Koshmar zitterte, und sie lächelte ihr zu.

»Du«, flüsterte Koshmar. »Meine Liebste und Freundin. Meine einzige Liebe.«

Ihre Sensororgane berührten sich. Die Seelen glitten in die Vereinigung hinüber.

Und dann fragte sich Torlyri, wie es möglich gewesen sei, daß sie jemals Lakkamai mehr ersehnt hatte als Koshmar.

Hinterher allerdings, als sie sich in die Erlösungsstille sinken ließ, die nach dem Tvinnr eintritt, erkannte sie, daß dies eine törichte und sinnlose Frage war. Was sie von Lakkamai erhalten hatte, war etwas ganz und gar anderes als die Liebe, die sie und Koshmar einander schenkten. Von Lakkamai waren ihr Leidenschaft geworden, Aufregung, ein erregendes Mysterium. Es hatte eine Vereinigung mit ihm gegeben, die sie irrtümlich für eine Verschmelzung der Seelen gehalten hatte; doch nun erkannte sie, daß es nur eine Vereinigung der Körper gewesen war: gewiß, eine starke Verschmelzung, von hoher Intensität, aber nicht etwas von Dauer. Er hatte sie begehrt, sie hatte ihn begehrt, und eine Zeitlang hatten sie sich gegenseitig die Stillung dieses Verlangens geben können. Es war etwas Echtes, Reines gewesen, aber nicht von Dauer. Und dann hatte er aufgehört, sie zu begehren, oder er hatte etwas anderes mit schärferem Verlangen begehrt, und als Harruel seinen Aufruf tat, wer ihm Gefährte und Begleiter sein wolle bei seiner Eroberung des wilden Landes, war Lakkamai vorgetreten, ohne auch nur in Torlyris Richtung zu blikken, ohne auch nur einen Gedanken an sie zu verschwenden. Und er hatte sie auch nicht gebeten, mit ihm zu ziehen. Vielleicht hatte er sich gedacht, daß sie dazu nicht bereit sein würde – daß sie unweigerlich loyal sein und ihre Aufgaben als Opferfrau nicht aufgeben würde. Oder aber, es war ihm gleichgültig gewesen. Vielleicht hatte er ja alles bekommen, was er von Torlyri hatte haben wollen, und war jetzt mit ihr fertig und war bereit für ein neues Abenteuer.

Torlyri fragte sich erneut, ob sie mit ihm gezogen wäre, ob sie den Stamm und ihre Pflicht und Koshmar und alles vielleicht doch preisgegeben hätte, wenn Lakkamai sie nur darum gebeten hätte.

Sie wich der Beantwortung dieser Frage geflissentlich aus. Und sie war froh, daß sie ja eigentlich nicht gestellt worden war.

Harruel zog vor den anderen her, wenn sie marschierten, allein und abgesondert, mit dem Mantel königlicher Erhabenheit und Enthobenheit bedeckt. Dadurch betonte er seine Macht und seine Besonderheit. Außerdem bekam er dabei Gelegenheit zum Nachdenken.

Ihm war klar, daß er ohne festen realen Plan losgezogen war, mit keiner anderen Strategie, als einfach immer weiter und weiter zu ziehen, bis es den Göttern gefallen würde, ihm zu eröffnen, welches Schicksal sie ihm bestimmt hatten. Vengiboneeza – trotz des bequemen angenehmen Lebens, das sich dort bot – war nicht sein ihm bestimmtes Schicksal gewesen. Vengiboneeza war eine Totenstadt, und außerdem war es schon im Besitz anderer Völker gewesen. Es war weiter nichts als ein Ort, an dem man sich zeitweilig Unterschlupf suchte, um zu warten. Aber – *worauf* zu warten? Auf nichts, dachte er. Darauf, daß die weißgebleichten Ruinen einstürzen und uns in Wolken von Staub ersticken? Und selbst wenn es gelingen sollte, Vengiboneeza wieder zu irgendeiner Art Leben zurückzuführen, wenn man die Bauten restaurierte, die Maschinen irgendwie zum Funktionieren bringen könnte, so wäre das doch das Leben *dieser anderen*. Die Vorstellung, in der alten verlassenen Totenstadt fremder Leute leben zu sollen, war ihm widerwärtig. Ihm wäre dies erschienen, als müsse er in den schmutzigen Bettlaken eines anderen schlafen. Nein, Vengiboneeza war kein Ort für Harruel.

Er war nicht sicher, wo es einen Ort für ihn geben mochte. Aber er beabsichtigte, so lange weiterzuziehen, bis er ihn entdeckte.

An diesem Tag allerdings waren sie so weit gezogen, wie es ihnen möglich war. Die Nacht näherte sich. Sie waren in einen angenehmen Landstrich vorgestoßen, der voller gemächlich sich schlängelnder sanfter Täler war, üppig bestanden von Teppichen neuen Grases, der grünen und der roten Art. Direkt vor ihnen fiel das Land scharf ab, und was dahinter lag, erschien Harruels Augen als seltsam schön und von schöner Besonderheit.

Inmitten der weiten Wiesenfläche unter ihnen lag ein gewaltiges kreisförmiges Becken, weit und flach, und von einem scharfgezeichneten begrenzenden Rand umringt. Im Zentrum lag ein dichter Wald, dunkel und geheimnisvoll, der reichliche Jagdbeute versprach.

Das Becken sah zu ebenmäßig aus, als daß es hätte natürlichen Ursprungs sein können. Harruel dachte darüber nach. Wer hatte solch eine riesige Anlage erbauen können? Und warum? Und wenn es sich um eine Stadt oder ein Heiligtum aus den Tagen der Großen Welt handelte, wieso konnte man dann keine Spur von Ruinen und Resten von Bauten ausmachen? Von oben her war weiter nichts sichtbar als eine weite flache Senke, fast vom gleichen Durchmesser wie Vengiboneeza selbst es war, eine perfekte Kreisform, und darum herum ein Randwulst, und mit einem dichten Bestand von Gesträuch bewachsen. Doch, was immer das dort unten war, es war dem vorzuziehen, woher sie gerade kamen.

Denn fast eine Woche lang waren sie nun durch einen feindseligen deprimierenden Waldgürtel gezogen, in dem das Gezweig dermaßen verfilzt und durchwuchert war von wirren schimmernden schwarzen Rebgewächsen, daß die Sonne niemals bis auf den Grund dringen konnte. Der Boden des Waldes war trocken und unfruchtbar, von einer mehligen Puderschicht bedeckt. Die einzige Pflanze, die dort gedieh, war ein großes bleiches kuppelartiges Gewächs, fleischig und unheimlich, das urplötzlich innerhalb von Sekunden aus dem Erdboden hervorschoß, unglaublich rasch. Das Zeug war klebrig, und wenn man es anfaßte, brannte es an den Fingern. Aber unheimliche langbeinige kleine Blaupelzgeschöpfe hüpften abends durch den Wald und suchten diese flachen platten düsteren Dinger, und wenn sie eines gefunden hatten, bohrten sie sich direkt mitten hinein und fraßen es von innen heraus auf. Diese Geschöpfe waren schwer zu fangen, außer man stieß auf sie, während sie fraßen, denn dann waren sie dermaßen von ihrer Gier beherrscht, daß man sie an ihren Beinen packen konnte. Aber leider, als Speise waren sie kein Genuß, denn ihr Geschmack war in geröstetem Zustand sogar noch weniger schmackhaft als in rohem. Harruel war erleichtert, als sie diesen Ort wieder verließen.

Er wandte sich um und blickte den breiten Kamm zurück, den sie gerade überwunden hatten, und er spähte ins abendliche Dämmern, das von Osten her sich über sie zu senken begann. Der Himmel war beinahe schwarz, mit Ausnahme einer Stelle, wo ein einzelner goldener Lichtspeer auf eine hochragende Wand von feuergesäumten Wolken stieß. Konya und Lakkamai sah er nicht weit hinter sich, der Rest seiner Leute schleppte sich in weit auseinanderliegenden Grüppchen halbwegs fast bis zum Wald hin zurück.

Harruel legte die Hände an den Mund und schrie zurück: »Wir lagern hier. Weitergeben!«

Aus dem Süden wehte ein warmer Wind. Er versprach Regen. Große ungeschlachte graugefiederte Vögel mit leuchtend silbernen Hälsen, die lang und gekrümmt waren, klatschten aus den Baumwipfeln hervor und zogen in einem mächtigen Schwarm ab nach Nordosten. Sie sahen wenig anheimelnd aus, aber sie sangen im Flug wie eine ganze Götterschar. Vor zwei Wochen, am anderen Ende des Waldes, hatte Harruel Schwärme von kleinen zarten Vögeln mit grün-blauen Schwingen gesehen, die im Flug wie eine Handvoll Edelsteine blitzten, und *sie* hatten gegeifert und gekreischt wie eine Horde Teufel. Er fragte sich, warum es derartige Inkongruenz zwischen Stimme und körperlicher Schönheit geben konnte.

Wäre Hresh bei ihm gewesen, Harruel würde ihm diese Frage vorgelegt haben. Aber Hresh war nicht bei ihm.

Mit überkreuzten Armen stand er wartend da, bis Konya und Lakkamai ihn eingeholt hatten. »Es gibt gutes Wasser hier«, sagte Harruel. »Und da an den Sträuchern reichlich Beeren. Und ich glaube, morgen werden wir dort unten Jagdwild in Mengen finden.« Er zeigte in den Kessel unter ihnen. »Da, nun schaut mal da hinunter. Was haltet ihr davon?«

Konya trat bis an den Rand, wo das Land plötzlich abbrach, und spähte in die dunstige grüne Senke hinab.

»Seltsam«, sagte er nach einiger Zeit. »Wie eine große runde Schüssel. Sowas hab ich noch nie gesehen.«

»Nein, ich auch nicht«, sagte Harruel.

»Da muß es alles mögliche Wild massenhaft geben. Schau mal, dort, die Ränder sind ja wie eine Rundbarriere, siehst du? Das Wild kann hinein, aber es wird ihm dann schwerfallen, wieder herauszukommen. Also bleibt es dort und wächst und gedeiht.«

»Eine Stadt«, sagte Lakkamai, der ernst hinabspähte. »Hier muß in alter Zeit einst eine Stadt gewesen sein.«

»Da bin ich mir gar nicht so sicher. Nein, ich glaube, das da haben die Götter erschaffen. Aber das werden wir ja morgen feststellen.«

Inzwischen rückten die anderen nach. Harruel begab sich beiseite, während sie das Lager aufschlugen.

Auch danach hätte er Hresh befragen können, über das gewaltige flache Becken dort unten im Talgrund. Warum es dort war, und wie es geformt worden war. Bei Hresh konnte man mit Sicherheit mit irgendeiner Antwort rechnen. Manchmal riet und rätselte er ja bloß herum, doch in den meisten Fällen bediente er einen schon mit echten Wahrheiten. Seine Bücher verrieten ihm fast alles, außerdem besaß er noch Hexerkräfte – oder vielleicht göttliche Kräfte – und konnte weiter sehen als gewöhnliche Leute und vielleicht sogar noch über das Zweite Gesicht hinaus.

Auch wenn Harruel dem Hresh nicht gerade freundschaftlich zugetan war, auch wenn ihm der Junge stets als lästig, schlau und gerissen, ja sogar als gefährlich erschienen war, so konnte er doch nicht bestreiten, daß Hresh über ein ungewöhnliches und besonderes Gehirn verfügte und sich eine profunde Kenntnis aus der Lade mit den Chroniken ergattert hatte. Aber wie sich gezeigt hatte, wollte Hresh nicht mitziehen. Harruel hatte an jenem Tag der Stammesspaltung einen Augenblick lang daran gedacht, ihn zu zwingen, war jedoch zu dem Schluß gelangt, daß dies unklug wäre, wenn nicht unmöglich. Koshmar hätte eingreifen können. Oder Hresh selber hätte selbst irgendein Unheil anrichten können, das ihn am Mitgehen gehindert hätte. Keinem war es je gelungen, Hresh zu etwas zu veranlassen, das er nicht tun wollte, nicht einmal Koshmar.

Doch Harruel war trotzdem losgezogen und hatte eine Richtung gewählt, ohne Hreshs Rat und Weisheit. Sie zogen nach Süden und Westen, den ganzen Tag lang der Sonne nach, bis sie unterging. Es wäre unsinnig gewesen, in die andere Richtung zu ziehen, denn von dorther waren sie ja gekommen, und dort hinten gab es nichts als leere Ebenen, verrostete Mechanische und umherziehende Heerscharen von Hjjk-Leuten. Aber in der eingeschlagenen Richtung barg sich das Versprechen des noch Unbekannten. Und es war ein grünes fruchtbares Land und schien voll von der drängenden pulsierenden Lebenskraft des Neuen Frühlings zu sein.

Tag um Tag hatte Harruel das Tempo bestimmt, und die übrigen hatten sich abgewechselt, um mit ihm Schritt zu halten. Er schlug ein rasches Marschtempo an, wenn auch nicht so rasch, wie wenn er alleine dahingezogen wäre. Minbain und Nettin hatten Kleinkinder auf dem Arm und mußten sich schließlich um sie kümmern. Und Harruel gedachte zwar ein strenger und starker König zu sein, jedoch kein törichter. Der starke König, so glaubte er, verlangt seinem Volke mehr ab, als es ohne Forderung zu tun bereit wäre, doch er fordert nicht mehr von ihm, als es zu geben imstande ist.

Er wußte, daß sie ihn fürchteten. Dafür sorgten schon seine Größe und seine Kraft und seine finstere Natur. Aber er wollte, daß sie ihn auch liebten, oder doch wenigstens verehrten. Dies mochte sich als gar nicht leicht erweisen zu erzielen; er argwöhnte, daß ihn die meisten für ein brutales wildes Tier hielten. Vielleicht trug die gewaltsame Kopulation mit Kreun daran die Schuld. Nun, es war in einem Anfall von Geistesverwirrung geschehen, und er war nicht stolz darauf, es getan zu haben; aber geschehen war eben geschehen. Er hatte eine höhere Meinung von sich selbst als die anderen, denn er kannte sich selbst besser. Sie vermochten seine innerliche Vielschichtigkeit nicht zu erkennen, sie sahen nur sein hartes wildwütiges Äußeres. Aber sie werden mich kennenlernen, dachte Harruel. Und dann werden sie erkennen, daß ich auf meine Art ein herausragender Mann bin, ein starker und gewitzter Anführer, ein Mann des Schicksals, ein Mann, zum König geeignet. Nicht ein wildes Tier, nicht ein Ungeheuer. Nein, stark, aber zugleich auch weise.

Eine Stunde lang, bis es dunkel wurde, um noch zu sehen, jagten die Männer, und die Weiber sammelten kleine fest az··rblaue Beeren und runde stachelhäutige rote Nüsse. Dann ließen sich alle am Lagerfeuer nieder und aßen. Nittin, der zwar nie zum Krieger ausgebildet worden war, der jedoch – wie sich erwies – erstaunlich geschickt mit den Händen war, hatte am Bach, der durch den Wall floß, ein glattes, schnelles Tier auf Fischjagd erbeutet; es hatte einen langen schlanken purpurroten Leib und eine dichte Mähne von steifen gelben Haaren am Hals und Nacken. Die Hände an den kurzen Stummelarmen wirkten beinahe wie Menschenhände, die Augen funkelten vor Intelligenz. Das Tier bot gerade genug Fleisch, um sie alle zu sättigen, und es wurde kein Fetzchen davon fortgeworfen.

Danach war Kopulationszeit.

Es war nun alles anders als in den alten Tagen, den Tagen im Kokon, wo die Leute vom Stamm kopuliert hatten, wenn und mit wem sie Lust hatten, obwohl damals meist nur die vermählten Paare, die Zuchtpaare, daran als an einer fortgesetzten Aktivität Interesse hatten. In Vengiboneeza hatte sich dies geändert, und dort hatten nahezu alle sich feste Partner gesucht, um Kinder zu bekommen. Dabei hatte sich eine neue Sitte, entwikkelt, ein neuer Brauch, wonach die vermählten Partnerpaare in der Regel nur mit ihrem festen Partner kopulierten. Auch Harruel selbst hatte sich an diese neue Sitte gehalten – bis zu jenem Tag mit der Kreun, als er vom Berge herabstieg.

Aber hier auf dem Treck hatte Lakkamai keine feste

Partnerin, denn er hatte ja Torlyri nicht mitgebracht. Dies schien ihn aber nicht besonders zu bedrücken, daß er als einziger hier unvermählt war, während alle übrigen es waren. Doch Lakkamai beklagte sich selten über etwas. Er war ein Schweiger. Dennoch bezweifelte Harruel, daß Lakkamai sich damit zufriedengeben werde, den Rest seines Lebens ohne Kopulation zu verbringen, und es gab im Trupp niemanden, mit dem er hätte kopulieren können, außer den Gefährtinnen der anderen Männer und dem Kind Tramassilu, die aber erst in vielen Jahren das ausreichende Alter zum Kopulieren erlangt haben würde.

Außerdem kam hinzu, daß Harruel, nun da er selbst auf den Geschmack gekommen und ein brennendes Interesse am Kopulieren entwickelt hatte, nicht daran dachte, sich bis ans Ende seiner Tage mit Minbain zu begnügen. Je älter sie wurde, desto mehr schwanden die Reste ihrer früheren Schönheit, und die mühsame Aufzucht des Kindes Samnibolon raubte ihr viel Kraft. Wohingegen Konyas Galihine noch in der Blüte ihres Weibstums stand, und die Maiden Thaloin und Weiawala glühten in der Hitze ihrer Jugend, und sogar Nettin war nicht ganz saftlos. Also hatte Harruel eines Abends, ziemlich zu Beginn des Trecks schon, den neuen Brauch verkündet; und in jener Nacht hatte er sich Thaloin zur Kopulationspartnerin erwählt.

Wenn Minbain etwas dagegen einzuwenden hatte, so behielt sie es für sich, ebenso wie Bruikkos, der Gefährte Thaloins.

»Wir werden kopulieren, wie es uns gefällt«, erklärte Harruel. »Wir alle – nicht nur der König!« Er hatte aus der Kreun-Affäre die Erfahrung gelernt, daß er besser behutsam verfahre, wenn er Sonderprivilegien für sich beanspruchte: Er durfte sich bis zu einem gewissen Punkt vorwagen, aber nicht weiter, sonst würden seine Leute sich wider ihn erheben und ihn stürzen oder ihn schlagen, wenn er schlief.

Aber er war dann doch nicht entzückt, als Lakkamai und Minbain einige Nächte später sich davonmachten, um zu kopulieren. Doch es war nun einmal Gesetz, und er konnte sich schwerlich dagegen auflehnen. Also schluckte er sein Mißvergnügen hinunter. Und mit der Zeit gewöhnte er sich daran, daß die anderen Männer mit Minbain kopulierten; und er selbst tat das sowieso, wie es ihm beliebte.

Inzwischen machte sich niemand mehr über das Thema der Kopulation weiter Gedanken. Zur Kopulationszeit an diesem Abend erwählte sich Harruel die Weiawala. Ihr Fell war weich und schimmerte, und ihr Atem duftete warm und angenehm. Wenn sie überhaupt einen Fehler hatte, dann den, daß sie zu leidenschaftlich war und sich immer und immer wieder aufs neue an ihn drängte, bis er sie schließlich wegstoßen mußte, um sich ein wenig auszuruhen.

In der Ferne schnatterten und röhrten und sangen Tiere grell durch die Nacht. Dann begann es zu regnen, wolkenbruchartig, und ihr Feuer erlosch. Niedergeschlagen kauerten sie sich alle dicht zusammen und wurden triefnaß. Weiter drüben hörte Harruel jemand brummen, daß man in Vengiboneeza doch wenigstens ein Dach überm Kopf gehabt hatte. Er fragte sich, wer das gesagt hatte: das konnte ein potentieller Störenfried werden. Doch Weiawala klammerte sich wieder an ihn und lenkte ihn ab, und er vergaß das Murren. Nach einer Weile ließen die Regengüsse nach, und er versank in Schlaf.

Am anderen Morgen brachen sie ihr Lager ab und stiegen rutschend und kullernd die vom Regen glattgemachte Hangflanke hinab. Jene, die am Abend zuvor dem gewaltigen Becken inmitten des Graslandes wenig Aufmerksamkeit geschenkt hatten, betrachteten es nun bei der Annäherung mit Interesse. Besonders Salaman schien davon fasziniert zu sein und blieb mehr als einmal stehen, um hinabzustarren.

Als sie dann tief genug hinabgestiegen und so nahe herangekommen waren, daß sie nicht länger die ganze weite Mulde oder Schüssel erkennen konnten, sondern nur mehr die Biegung des ihnen nächstgelegenen Abschnitts des Randes, sagte Salaman plötzlich. »Ich weiß, was das ist.«

»So, weißt du das?« sagte Harruel.

»Es muß ein Ort sein, an dem ein Todesstern auf die Erde niedergeschlagen ist.«

Harruel lachte rauh auf. »Oh, du Weitschauender! Du Hüter der Weisheit!«

»Verspotte mich, wenn es dir beliebt«, sagte Salaman. »Ich glaube trotzdem, daß es so ist. Da, sieh dir einmal das an!«

Auf der Strecke vor ihnen lag eine Vertiefung, in der sich der Regen gesammelt hatte, die aber nun kaum mehr als ein Tümpel voller weichen grauen Schlammes war. Salaman packte einen Steinbrocken, so schwer, daß er ihn kaum zu heben vermochte, und schleuderte ihn mit aller Kraft in einem hohen Bogen von sich, so daß er mit lautem Platschen mitten in den Tümpel fiel. Schlamm spritzte überall weit umher und traf Nittin und Galihine und Bruikkos.

Salaman überhörte ihr zorniges Protestgeschrei. Er rannte los und zeigte auf die Stelle, an der der Steinbrocken niedergestürzt war. Er lag in dem aufgeweichten Boden halb begraben, und ringsum war der Modder gleichmäßig weggedrängt worden und formte einen kreisrunden Krater mit deutlich abgezeichnetem Rand.

»Siehst du? Verstehst du?« fragte er. »Der Todesstern fällt in die Mitte des Graslandes. Und die Erde fliegt nach allen Seiten davon. Und das ist dann, was dabei herauskommt.«

Harruel stierte ihn verdutzt an.

Er hätte nicht gewußt, wie er entscheiden könnte, ob das, was Salaman da behauptete, wahr sei oder nicht. Wer hätte schon sagen können, was sich hier vor Hunderten von tausend Jahren wirklich abgespielt hatte? Was ihn allerdings erstaunte und beunruhigte, das war die scharfe Logik in Salamans Argumentation. Dies alles so durchzudenken, sich den Krater vorzustellen, zu vermuten, wie er sich gebildet haben konnte, sich bewußt zu werden, daß er die gleiche Wirkung erzielen könne, indem er einen Stein in den Schlamm schleuderte – also, wahrlich so etwas hätte man vielleicht von Hresh erwartet, aber von keinem anderen sonst. Und Salaman hatte bislang nie Anzeichen eines dermaßen scharfsinnigen Intellekts gezeigt. Er war nichts weiter gewesen als ein ruhiger Jungkrieger, der gehorsam seine Pflicht tat.

Harruel sagte sich, es werde wohl klug sein, diesen Salaman scharf im Auge zu behalten. Er konnte sich als sehr wertvoll erweisen. Aber er konnte auch zu einem Problem werden.

Konya sprach: »Wir können sehen, wie der Stein im Schlick liegt. Wieso können wir dann dort drunten nicht auch den Todesstern liegen sehen? In der Mitte da ist doch nichts weiter als Grün.«

»Es ist so viele Jahre her«, sagte Salaman. »Vielleicht ist der Todesstern schon lange verschwunden.«

»Und der Krater selbst ist geblieben?«

Salaman zuckte die Achseln. »Die Todessterne waren vielleicht aus einem Stoff gemacht, der nicht lang bestehen kann. Vielleicht waren es gewaltige Eisbälle. Oder feste Feuermassen. Wie sollte ich das wissen? Hresh – der könnte sowas vielleicht wissen, aber doch nicht ich. Ich sag euch ja nichts weiter, als daß ich *glaube*, daß dieser Kessel vor uns auf diese Art entstanden ist. Es liegt ganz in deinem Belieben, meiner Meinung zu sein, oder auch nicht, Konya.«

Sie zogen dichter heran. Als sie aber dem Rand ganz nahe gekommen waren, sah Harruel, daß dieser um kein Zehntteil so scharfgezeichnet war, wie es aus der Höhe den Anschein gehabt hatte. Der Rand war abgetragen und abgerundet und an einigen Stellen kaum noch erkennbar. Von oben aus hatte er sich durch den Kontrast zu dem umliegenden Grasland abgehoben – hier unten aber war erkennbar, daß die Stürme der Zeiten ihn geglättet und ausgewaschen hatten. Und da er dies erkannte, empfand Harruel um so höhere Achtung vor Salamans Theorie, und vor Salaman selbst ebenfalls.

Konya sagte: »Wenn aber hier wirklich ein Todesstern eingeschlagen hat, denn sollten wir besser da nicht reingehen.«

Harruel stand auf dem Kamm und blickte in das dichte Buschland darunter, wo er bereits schwerfällige Tiere ziehen sah. Er warf einen Blick zu Konya zurück.

»Wieso nicht?«

»Weil es ein von den Göttern verfluchter Ort ist. Ein Ort des Todes.«

»Also mir sieht das da doch ziemlich lebendig aus«, antwortete Harruel.

»Die Todessterne wurden ausgesandt als ein Zeichen für den Zorn der Götter. Sollten wir uns also an einen Ort begeben, an dem solch ein Zorneszeichen begraben liegt? Der Hauch der Götter ruht auf diesem Ort. Hier ist Feuer. Und hier ist Verderben.«

Harruel erwog dies eine Weile.

»Ziehn wir doch darum herum«, sagte Konya.

»Nein!« Harruel klang apodiktisch. »Das hier ist ein Ort des Lebens. Was immer für Zorn die Götter gehegt haben mögen, er galt der Großen Welt, nicht uns. Denn warum hätten uns sonst die Götter über den Langen Winter hinweg beschützt und bewahrt? Es beliebte den Göttern, jenen die Welt aus den Händen zu nehmen, die in ihr gelebt hatten, und sie uns zu überantworten. Wenn also hier ein Todesstern niederfiel, so ist dies ein geheiligter Ort.«

Seine eigene geschickte Argumentation beeindruckte ihn selbst, ebenso wie dieser urplötzliche Sprudel von

Beredtheit, von dem ihm allerdings wegen der Mühsal der Schädel dröhnte. Außerdem wußte er, daß er in diesem Falle auf Konyas Warnungen keine Rücksicht nehmen durfte. Es gab nur eine Entscheidung: Vorwärts, immer nur vorwärts gehen. Das war die Art der Könige.

Konya blieb hartnäckig: »Harruel, ich glaub aber wirklich, wir sollten ...«

»Nein!« rief Harruel laut. Er zog sich zum Kraterrand empor und hinüber und fiel halb, halb kletterte er in das begrünte Becken darunter. Die Tiere, die dort weideten, beäugten ihn ruhig und furchtlos. Vielleicht hatten sie niemals zuvor menschliche Wesen oder andere Feinde zu Gesicht bekommen. Dieser Ort war eine abgeschirmte Schutzzone. »Mir nach!« rief Harruel. »Hier gibt es massenhaft Fleisch, soviel einer nur fressen kann!« Und er stürzte weiter, und all die übrigen, auch Konya, verloren keine Zeit und folgten ihm.

In Koshmars Brust brannte nun eine beständige Wut; doch sie verbarg dies – dem Stamm zuliebe – und Torlyri zuliebe, aber auch in eigenem Interesse.

Es verstrich keine Stunde, in der sie nicht im Geiste diesen Tag der Stammesspaltung wiedererlebte. Die Szene verfolgte sie bei Tage und kehrte nachts in Alpträumen wieder. »Die Weiberherrschaft«, hörte sie Harruel sagen, »ist vorbei!« Sie hörte es wieder und immer wieder. »Vom heutigen Tage an bin ich der König.« *König!* Was für ein absurdes lächerliches Wort! Ein *männlicher* Stammeshäuptling! So etwas war für Kreaturen wie die Beng denkbar, aber doch nicht für das Volk! »Wer kommt mit mir?« hatte Harruel gerufen. Seine rauhe scharfe Stimme hallte unablässig in ihr nach. »Diese Stadt hier bedeutet Unheil und Krankheit, und wir müssen aus ihr fortziehen! Wer kommt mit mir und begründet mit mir ein großes Königreich, weit weg von hier? Wer zieht mit Harruel? Wer? Wer?«

Konya. Salaman. Bruikkos. Nittin. Lakkamai.

»Wer zieht mit Harruel? Wer? Wer? Sei du Häuptling, soviel es dir beliebt, Koshmar. Die Stadt gehört dir. Ich aber werde aus ihr fortziehen und dir kein Ärgernis mehr sein.«

Minbain. Galihine. Weiawala. Thaloin. Nettin.

Einer nach dem anderen waren sie auf Harruels Seite übergewechselt, und sie stand da wie ein versteinertes Weib, und ließ sie fortgehen, denn sie wußte, daß sie nichts tun konnte, es zu verhindern.

Die Namen der Dahingezogenen waren für sie wie ein ätzender Tadel. Sie hatte kurz daran gedacht, Hresh zu bitten, er möge sie nicht in die Chronik eintragen, ja den gesamten Vorfall zu unterschlagen. Aber dann war ihr bewußt geworden, daß die Eintragung ein Muß war, und zwar umfassend und ohne Beschönigungen: die Spaltung des Stammes, die Niederlage des Häuptlings. Denn genau dies war es, eine Niederlage, und die schlimmste, welche jemals ein Stammeshäuptling hatte hinnehmen müssen. Aber die Chronik durfte nicht nur eine Aufzeichnung der Triumphe sein. Koshmar rief sich selbst strikt zur Raison. Nein, in den Chroniken mußte die Wahrheit niedergelegt sein, und zwar die gesamte Wahrheit, wenn sie für jene irgendeinen Nutzen haben sollten, die sie in unausdenklicher Zukunft – vielleicht – lesen würden.

Einer von sechs Erwachsenen des Stammes hatte sich dafür entschieden, ihre Oberherrschaft abzuschütteln. Nun war der Stamm erschütternd geschrumpft, nur noch ein ärmlicher Rest, einige seiner kühnsten Krieger waren verschwunden, und vielversprechende Jungfrauen und junge Mütter und zwei Kinder, die die Hoffnung auf die Zukunft garantiert hatten. Hoffnung? – Was für eine Hoffnung konnte es denn jetzt noch geben? »Die Stadt gehört dir«, hatte Harruel gesagt. Aber dann hatte er hinzugefügt: »Vielmehr, sie gehört jetzt den Behelmten.« Und ja, dies war die Wahrheit. Diese Leute schwärmten überall in Vengiboneeza umher. Sie waren überall. Inzwischen war es wahrhaftig *ihre Stadt* geworden. Trafen sie in irgendwelchen vorstädtischen Bezirken auf Angehörige des Volkes, so gab es zornige finstere Blickwechsel, und manchmal auch scharfe Worte, als verübelten die Leute vom Bengvolk es, daß jemand in ihren Bereich eindringe. Und Hresh und seine ›Sucher‹ zogen nur noch gelegentlich in die Ruinenbereiche, um nach den Schätzen der Großen Welt zu graben; Hresh allerdings ging anscheinend doch ziemlich regelmäßig in das Beng-Viertel, um dort mit deren Altem Mann zu konferieren. Die Beziehung zwischen den beiden schien irgendwie völlig abgehoben und persönlich zu sein, vollkommen unbeeinträchtigt von den Spannungen, die sich zwischen den zwei Völkern immer mehr abzeichneten. Aber im übrigen hatte sich der Stamm in sich selbst zurückgezogen, man blieb überwiegend in der Siedlung oder in deren Nähe und leckte die Wunden, die der Tag der Spaltung geschlagen hatte.

Hin und wieder fragte sich Koshmar, ob es nicht die klügste Entscheidung wäre, wenn man sich ganz und gar aus Vengiboneeza zurückzöge, ins weite freie Land zurückkehrte und ganz von vorn begönne. Doch jedesmal, wenn solche Gedanken in ihr heraufdrangen, würgte sie sie wieder hinunter. In dieser Stadt sollte ihr Volk seinem Schicksal begegnen; so stand es im Buch des Weges. Und was wäre das schon für ein Schicksal, sich davonzustehlen wie feige Tiere und die Stadt einem anderen Stamm zu überantworten? Das ›Volk‹ war mit einem Ziel und einer Aufgabe hierher gekommen – und die Aufgabe war noch nicht gelöst. Also müssen wir bleiben, dachte Koshmar.

Aber wenn ich Harruel jemals wieder begegne, schwor sie sich, dann werde ich ihn mit meinen eigenen zwei Händen töten. Ob er wacht oder im Schlafe liegt, wo ich ihn finde, will ich ihn töten.

»Hast du Schmerzen?« fragte Torlyri sie eines Nachmittags.

»Schmerzen? Was denn für Schmerzen?«

»Dein Mundwinkel war ganz verkniffen, ganz merkwürdig. Wie wenn dir was weh täte und du dagegen ankämpfst.«

Koshmar lachte. »Ein Faserchen Essen, das sich zwischen den Zähnen verfangen hat, weiter nichts, Torlyri.«

Sie gestattete keinem Einblick in die stürmische Verwirrung, die in ihr herrschte. Hocherhobenen Hauptes schritt sie durch die Siedlung, stolz und mit breiten Schultern, als sei gar nichts geschehen. Wenn sie mit Torlyri tvinnerte – und sie taten dies in jüngster Zeit häufig, denn Torlyri war tiefverletzt durch Lakkamais Treulosigkeit und bedurfte der stützenden haltenden Liebe Koshmars in hohem Maße –, so strengte sich Koshmar gewaltig an, um die Unruhe in ihrer Seele vor der Geliebten zu verbergen. Und begab sie sich unter das restliche Stammesvolk, so strahlte sie Fröhlichkeit aus, Optimismus und das werbeträchtige Selbstvertrauen eines Politikers. Es blieb ihr gar nichts anderes übrig. Ihre Leute waren völlig durcheinander durch die Spaltung und durch den Einzug der Behelmten. Eine Spätreaktion hatte sich bei den meisten Hiergebliebenen bemerkbar gemacht. Leute, die während des gesamten Aufenthaltes im Kokon die einzigen auf der ganzen Welt zu sein geglaubt hatten, mußten nun damit zurande kommen, daß *Fremde* praktisch mitten unter ihnen lebten. Das war nicht leicht zu verarbeiten. Sie fühlten den Druck, die Bedrängung durch die Seelen der Behelmten in ihrer engen Nachbarschaft und empfanden dies wie den Druck auf ihren eigenen Seelen, den man unter der schwerlastenden, verdichteten, aufgeladenen Luft vor einem Sommergewitter wahrnimmt. Und dann – der Verlust der Elf – der scharfe Bruch in dem Geflecht des Stammes, das Auseinanderreißen von Freundschafts- und Familienbindungen, die ein Leben lang stetig gehalten hatten, die bloße Wucht einer derartig großen Umstellung und Veränderung – ach ja, das war schwer zu ertragen, sehr schwer, auch dies!

Angesichts so vieler Schmerzen und Bekümmerung ringsum konnte Koshmar es sich nicht erlauben, sich durch ihre persönlichen Verletztheiten schwächen zu lassen. Jedoch ging sie oft in ihren kleinen Kapellenschrein und kniete dort nieder und sprach zu dem Geist der Thekmur und zu den Geistern anderer Häuptlinge vor ihr, und daraus erwuchs ihr einiger Trost, soviel eben die Weisheit ihrer Vorgängerinnen zu bieten hatte. Sie hatte ein gewisses wohlduftendes Kraut gefunden, das in den Spalten der Mauern der Stadt wuchs, und wenn sie dies auf ihrem Altarfeuer verbrannte, benahm es ihr die Sinne und machte sie schwindlig, und dann vermochte sie die Stimmen der Thekmur und Nialli und Sismoil zu hören, und der anderen, die vor ihrer Zeit gewesen waren. Und, den Göttern sei Dank, sie zeigten Koshmar auch keinerlei Verachtung! Sie waren barmherzig und freundlich, obwohl sie doch als Häuptling versagt hatte. Ja, obwohl sie ein Versager war.

Aber die wesentliche und Hauptaufgabe war nun, daß das Volk einen Weg fände, mit dem Volk der Behelmten zu leben. Und sich natürlich gegen ihr weiteres Vordringen mit allen Mitteln – außer dem offenen Krieg – zur Wehr zu setzen. Es galt, eine Teilung der Stadt zu arrangieren, die nicht den Charakter einer demütigenden Absonderung wie in einem Seuchenfall an sich trug: *ihr* Sektor, *unser* Sektor und hier der *gemeinsame* Sektor.

Aber wie es schien, hatten die Beng da andere Vorstellungen.

»Sie wollen uns da überhaupt nicht mehr reinlassen«, berichtete Orbin eines Tages und zog eine ziemlich abgegriffene Kopie des von Hresh angefertigten Stadtplans hervor, auf dem er einen Stadtquadranten weit oben im Nordosten, nahe dem Bollwerk der Berge bezeichnete. »Sie haben quer über den Zugang zum ganzen Bezirk ein Seil gespannt, und als Praheurt da gestern in die Nähe kam, haben sie ihn angebrüllt und ihn fortgescheucht.« Und Haniman hatte eine ähnliche Geschichte zu berichten. »Da«, sagte er. »Da, längs der Uferlinie. Da stellen die jetzt so 'ne Art Bildnisse auf. Aus Holz, und mit Matten aus Fell bedeckt, und sie sehen ziemlich verärgert aus, wenn wir zu dicht rankommen.«

»Zählt sie«, befahl Koshmar. »Ich will ganz genau wissen, wieviele Beng es da gibt. Macht mir Listen, schreibt mir jeden einzelnen hinein gemäß der Form seines Helms.« Sie unterbrach sich. »Ihr könnt doch alle schreiben?«

»Hresh hat mich ein wenig in dieser Kunst unterrichtet«, sagte Haniman.

»Schön, dann nimmst du eine Zählung vor. Denn wenn wir gegen sie kämpfen müssen, dann müssen wir schon auch wissen, womit wir es effektiv zu tun haben werden.«

»Und du gedenkst, gegen sie zu kämpfen, Koshmar?« fragte Haniman.

»Ja, sollen wir uns denn von denen vorschreiben lassen, wohin wir gehen dürfen und wohin nicht?«

»Aber sie sind dermaßen viele! Und wir haben Harruel und Konya nicht mehr bei uns!«

Koshmar funkelte ihn wütend an. »Diese Namen werden hier nie wieder genannt, Junge! Waren sie denn unsere einzigen Krieger? Nein, wir können in jedem Kampf auch so zurechtkommen. Geh und zähl die Beng. Geh schon und zähl sie!«

Nach einigen Tagen erstatteten Haniman und Orbin Bericht, daß es einhundertundsiebzehn Beng gebe, Frauen und Kinder eingeschlossen, möglicherweise aber hätten sie einige der in den Häusern lebenden Säuglinge nicht miterfaßt. Mindestens vierzig Beng schienen Krieger zu sein. Koshmar brütete über diesem Zahlenmaterial und war beunruhigt. Das Volk verfügte über nur noch elf Krieger, und die waren nicht sämtlich in Höchstkondition für den Kampf. Vierzig Kämpfer dagegen, das stellte wahrlich ein gewichtiges Aufgebot dar.

Und diese Tiere der Beng, ihre höckerigen Zinnobären, die frei und ungestört umhertrampelten und herumschnüffelten – auch sie fielen ins Gewicht, wenn auch auf andere Art. Sie zogen nämlich durch Vengiboneeza, wohin immer ihr Verlangen sie trieb, und kamen häufig direkt mitten in die Siedlung des Volkes, wo sie kleinere Bauten beschädigten, Sachen, die man zum Trocknen in der Sonne gebreitet hatte, verstreuten und zertrampelten und die Kinder in Angst und Schrecken versetzten. Koshmar war sich darüber im klaren, daß bei jedem Gefecht ihre Krieger gegen die auf diesen Bestien reitenden Krieger der Beng würden antreten müssen. Und ein solcher Kampf wäre der schlechte Irrsinn.

Es gibt keine Möglichkeit, wie wir uns gegen diese Leute wehren könnten, dachte sie. Sie werden uns Vengiboneeza wegnehmen, ohne auch nur den kleinen Finger zu rühren.

Wir sollten sofort von hier wegziehen – trotz der Weissagungen im Buch des Weges.

Nein. Nein. Nein. Nein.

»Du mußt uns allen die Sprache der Beng beibringen«, befahl Koshmar dem Hresh. Wenn die Beng – und das stand ja nun noch längst nicht sicher fest – tatsächlich Feinde des Volkes sein sollten ... In vielerlei Hinsicht bemühten sie sich nämlich um ausgesprochen höfliches, ja sogar freundliches Betragen ... jedoch, wenn es nötig werden sollte, mußte man in der Lage sein, sie auszuspionieren, und dazu mußte man verstehen, was sie sprachen. Hresh hatte irgendwie einen Weg gefunden, die Sprache zu meistern, ganz so, wie sie es erwartet hatte. Doch er behauptete, er sei noch nicht soweit, andere zu unterrichten. Er benötige ein festeres Fundament in der Sprache, zunächst einmal, und viel mehr Zeit für die Analyse und Klassifizierung seiner Kenntnisse, ehe er sein Wissen dem Stamm mitteilen könne.

Koshmar war klar, daß Hresh log; er verbarg einfach vor ihr und Torlyri, wie geläufig er bereits in der Zunge der Beng-Leute sprechen konnte. Immer schon war er so gewesen, immer schon hatte er sein Ansehen und seinen Einfluß zu steigern gewußt, indem er besonderes Wissen für sich behielt. Jetzt jedoch war es seine verdammte Pflicht, seine Kenntnisse den anderen mitzuteilen, und Koshmar gab ihm zu verstehen, daß sie sein Spielchen durchschaue.

»Nur noch ein paar Stunden mit Noum om Beng«, versprach Hresh. »Dann fange ich hier an und gebe Unterricht, Koshmar. Jeder kann es dann lernen.«

»Aber werden wir es denn lernen können?«

»Ach, das ja. Ja. Es gibt da keine wirklichen Schwierigkeiten an der Sprache, sobald man die Grundprinzipien einmal begriffen hat.«

»Das gilt vielleicht für dich, Hresh.«

»Wir alle werden bengisch reden wie die Beng«, sagte er. »Laß mir nur noch ein ganz klein bißchen Zeit, mich damit vertraut zu machen, dann werde ich – was ich weiß – mit allen und jedem teilen. Das verspreche ich dir.«

Koshmar lächelte und bedachte ihn mit einer Umarmung. Der herrliche Hresh! Der unersetzliche Hresh! Kein anderer hätte das Volk durch diese schwere Durststrecke hindurchführen können. Was wäre es für ein Unglück gewesen, wenn Hresh seiner Mutter, Minbain, gefolgt und mit dem Harruel davongezogen wäre! Aber Koshmar wußte auch, daß sie ihn niemals hätte ziehen lassen. In diesem Punkt wäre sie unerbittlich geblieben; hier hätte sie gekämpft, selbst wenn dies ihren Tod, den Tod von allen bedeutet hätte. Ohne Hresh war der Stamm verloren. Und sie wußte dies.

Sie sprachen eine Weile von dem Vordringen der

Beng und von den Sperren, die an verschiedenen Stellen der Stadt errichtet worden waren. Hresh war der Überzeugung, daß die Beng bestimmte Örtlichkeiten aus rein religiösen Gründen abgrenzten und nicht um ihren Anspruch auf dort möglicherweise befindliche Maschinen aus der Großen Welt zu fixieren. Doch sei er sich da bei weitem nicht sicher, sagte er, und es dränge ihn, sich wieder seinen eigenen Forschungen zu widmen, sobald die Bedingungen in der Stadt wieder sicherer geworden wären, damit nicht die Beng auf Sachen stießen, die für das Volk von Wert sein könnten.

Dann schwiegen sie. Allerdings gab es noch ein Thema, über das Koshmar mit ihm zu reden gedachte.

Nach einer Weile sagte sie also: »Sag mal, Hresh, zwischen dir und Taniane – gibt es da Schwierigkeiten?«

»Schwierigkeiten?« fragte er zurück und wich ihrem Blick aus. »Was denn für Schwierigkeiten?«

»Du möchtest gern mit ihr tvinnern.«

»Schon möglich.« Seine Stimme klang sehr dunkel.

»Hast du sie denn gebeten?«

»Einmal. Ich hab es ziemlich dumm angestellt.«

»Du solltest sie noch einmal bitten.«

Hresh sah ausgesprochen unbehaglich drein. »Sie kopuliert mit dem Haniman.«

»Kopulation und Tvinnr haben nichts miteinander gemein.«

»Ja, aber sie wird sich dem Haniman ehelich verbinden, oder nicht?«

»Keiner von den zweien hat irgendwas davon zu mir gesagt.«

»Aber sie werden es tun. Alle verbinden sich jetzt. Sogar ...« Er unterbrach sich.

»Sprich nur weiter, Hresh.«

»Sogar Torlyri hatte für eine Weile einen festen Geliebten«, sagte er und sah elendiglich verlegen aus. »Tut mir leid, Koshmar. Ich wollte nicht ...«

»Du brauchst gar nicht so zerknirscht zu sein. Meinst

du denn, ich hätte das zwischen Torlyri und Lakkamai nicht gewußt? Aber das ist ja genau, worauf ich hinaus will. Selbst wenn Taniane sich mit Haniman verbandelt, und wohlgemerkt, ich sage keineswegs, daß sie das tun wird, dann hat diese Verbindung noch immer nichts mit dem Tvinnern zu tun, ebenso wenig wie eine Kopulation. Sie könnte trotzdem deine Tvinnr-Partnerin sein, wenn du das willst. Aber – du mußt sie eben darum bitten. Sie wird nämlich nicht dich bitten, begreifst du?«

»Aber, ich hab dir doch gesagt, ich hab sie schon einmal gebeten. Es hat nicht geklappt.«

»Bitte sie erneut, Hresh!«

»Es wird auch beim zweitenmal nicht klappen. Wenn sie dazu bereit ist, mit mir zu tvinnern, warum gibt sie mir das dann nicht irgendwie zu verstehen?«

»Sie hat Angst vor dir«, sagte Koshmar.

Er blickte zu ihr auf. Seine riesigen Augen schimmerten vor Verblüffung. »Angst – vor mir?«

»Ja, weißt du denn nicht, wie außergewöhnlich du bist? Meinst du nicht, daß dein Gehirn den andern manchmal Furcht einjagt? Und das Tvinnr – die Begegnung zweier Bewußtheiten ...«

»Taniane hat selbst ein starkes Bewußtsein«, sagte Hresh. »Für sie besteht überhaupt kein Anlaß, sich vor dem Tvinnr mit mir zu fürchten.«

»Gewiß, sie ist stark.« Stark genug, um eines Tages Führerin und Häuptling zu sein, sagte Koshmar bei sich selbst. Nur nicht gar so rasch, wie es ihr wohl lieb wäre. »Aber sie weiß nicht, ob sie dir im Tvinnr gewachsen wäre. Ich glaube jedoch, sie wäre wohl bereit, das zu wagen, wenn du sie nur noch einmal bitten würdest.«

»Glaubst du das wirklich, Koshmar?«

»Ja, das glaube ich. Aber sie wird nie von sich aus und zuerst an dich herantreten. Du mußt schon derjenige sein, der bittet.«

Er nickte. Sie konnte die wilden Gedanken hinter seinen Augen rasen sehen.

»Also, dann werde ich es tun! Und – danke, Koshmar. Ja, ich *will* mit ihr tvinnern! Ich will es!«

Hastig wandte er den Blick ab. Er schien vor Ungeduld zu glühen.

»Hresh?«

»Ja?« Es kam zögernd.

»Bitte sie, aber nicht heute, verstehst du? Nicht, solange die Vorstellung davon noch so in deinem Hirn brodelt. Laß dir Zeit und denk zunächst einmal darüber nach. Nimm dir Zeit und denke!«

Hresh lächelte. »Mach ich«, sagte er. »Du bist sehr klug, Koshmar. Du durchschaust das alles so viel besser als ich.« Und er ergriff ihre beiden Hände und drückte sie. Dann schoß er wie ein Pfeil über den Platz davon.

Koshmar blickte ihm nach. Er ist so gescheit, dachte sie. Und doch noch dermaßen jung, fast noch ein Knabe, und dabei so ernst – und so töricht. Aber alles wird sich für ihn zum Guten wenden.

Es ist so leicht, dachte sie, *anderen* in derlei Dingen zu helfen.

Dann sah sie Torlyri nahe der Tempelecke stehen. Ein Behelmter war von irgendwo aufgetaucht und mühte sich ab, ihr etwas zu sagen, und die beiden führten eine lebhafte Pantomime auf, unter großem Gelächter, doch wie es schien, mit geringem Nutzen für das gegenseitige Verständnis. Aber Torlyri schien jedenfalls Spaß daran zu haben. Sie stieg allmählich aus der tiefen Niedergeschlagenheit wieder herauf, in die sie nach Lakkamais Fortgang versunken war. Ihre Pflichten als Opferfrau des Stammes sind gewiß eine starke Tröstung für sie, dachte Koshmar, nicht nur die Erledigung der Rituale, sondern die Tröstung, die sie anderen spendet, wenn sie die ängstliche Verwirrtheit zu lindern versucht, welche von der Spaltung und der Ankunft der Behelmten bewirkt wurde.

»So schau sie dir doch nur an!« sagte Koshmar zu

Boldirinthe, die gerade vorbeikam, und zeigte auf Torlyri und den Helmträger. »Seit Monaten hab ich sie nicht mehr so fröhlich gesehen.«

»Kann sie denn schon ihre Sprache sprechen?« fragte Boldirinthe.

Koshmar lachte glucksend. »Ich glaube keiner von den beiden hat die geringste Ahnung, was der andere ihm zu sagen versucht. Doch das spielt keine Rolle. Sie hat Spaß dran, oder nicht? Mich freut das. Ich bin immer froh, wenn Torlyri froh und glücklich ist.«

»Anderen zu helfen, das hebt einen über das eigene Selbst hinweg«, sagte Boldirinthe. »Es lenkt den Kopf vom eigenen Kummer ab.«

»Ja, so ist es«, antwortete Koshmar.

Der Behelmte war einer, der ihr vorher nie aufgefallen war, ein hagerer, aber kräftiger Mann, der jenem ersten, dem Kundschafter vor langer Zeit, sehr ähnlich sah. Vielleicht war er dessen Bruder. An seiner rechten Schulter war eine ausgedehnte nackte kahle Stelle, die sich bis zu seinem Hals erstreckte, als wäre ihm dort in viel jüngeren Jahren eine schreckliche Wunde geschlagen worden. Sein Helm war weit weniger scheußlich als die der meisten anderen, keine Hörner, keine vorstoßenden Klingen, keine glosenden Monster, nur eine schlichte hochgewölbte Schüssel aus vergoldetem Metall, bedeckt von dünnen roten Plättchen in Gestalt runder Laubblätter.

Koshmar beobachtete die beiden eine kleine Weile. Dann wandte sie sich ab.

Harruels Stimme erklang in ihrem Innern, wie so oft, wenn sie ihn am wenigsten zu hören wünschte. *Die Weiberherrschaft ist vorbei. Vom heutigen Tage an bin ich König. Wer will mit mir ziehen ... ein großes Königreich gründen ... fern von hier? Wer wird mit Harruel ziehen? Wer? Wer?*

Ich glaube, ich begebe mich jetzt in meine Kapelle, dachte Koshmar. Ich glaube, ich werde die Flamme entfachen und die Duftkräuterschwaden atmen, ich will nun mit Thekmur oder Nialli Zwiesprache halten.

Es war der Barak Dayir, der den Pfad der Verständigung zwischen Hresh und Noum om Beng aufgetan hatte.

Es war offenkundig, daß er vom ersten Augenschein an gewußt hatte, worum es sich dabei handelte. Diese lodernde Erregung, die erste und einzige Erregtheit, die Hresh jemals an Noum om Beng erkannt hatte, bewies dies zur Genüge. Der behelmte Uralte sah in dem Wunderstein ein Geschenk der Götter – ja er war für ihn gewissermaßen etwas an sich schon Göttliches. Er blieb lange Zeit auf den Knien davor liegen, ehe er sich schließlich mit einem langen forschenden Blick zu Hresh wandte, als wolle er wortlos fragen: *Weißt du, wie man dies benutzt?*

Als Antwort vollführte Hresh eine Pantomime: Wie er mit dem Sensororgan den Wunderstein umfaßte. Er imitierte gestenreich einen plötzlichen Energieausbruch in der Luft, eine gesteigerte Wahrnehmung um seinen Kopf. Noum om Beng bedeutete ihm, er solle genau dies bitte jetzt tun; und Hresh umschloß nach kurzem Zögern den Barak Dayir mit der geringelten Spitze seines Sensororgans und fühlte sogleich, wie die Kraft der Erleuchtung sich seiner Seele bemächtigte und sie weitete.

Kurz darauf legte Noum om Beng sein Sensororgan neben das Hreshs – ohne es direkt zu berühren, doch so dicht, daß dazwischen kaum ein Lichtschimmer sichtbar war –, und dann fand zwischen ihnen eine Bewußtseinsverbindung statt.

Es war nicht wie die Verbindung, die sich beim Zweiten Gesicht ergibt, und auch nicht die des Tvinnr, es war mit überhaupt nichts vergleichbar, was Hresh bei seinen früheren Experimenten mit dem Wunderstein erlebt hatte. Noum om Bengs Bewußtsein lag nicht offen vor ihm da. Doch gelang ihm ein Einblick, etwa so, wie man von außerhalb in eine Schatzkammer schaut. Für Hreshs Verständnis war das, was er sah, eine Reihe von inneren Behältnissen, wie versiegelte kleinere Parzellen, die mit peinlicher Genauigkeit dortselbst aufgebaut waren. Er wußte, daß dies nicht wirkliche Abteilungen waren, sondern bloße Gedankenbilder, geistige Gegenstücke.

Aus der Öffnung von Noum om Bengs Bewußtsein blies ihm ein fader Eiseshauch entgegen. Dort war auch ein eisiger Ort, so kalt wie die dunklen uralten Höhlen unter dem einstigen Kokon des Stammes es gewesen waren, durch die Hresh gelegentlich als Kind gewandert war.

»Dies ist für dich«, sagte Noum om Beng. Und er reichte Hresh ernst eines der kleinsten, säuberlich eingehüllten Päckchen aus einer der obersten Abteilungen. »Öffne es«, sagte Noum om Beng. »Nur zu, öffne es! Öffne es!« Mit zitternden Fingern zupfte Hresh an der Verpackung. Schließlich gelang es ihm, das Päckchen zu öffnen. Und dort lag eine Dose, die aus einem einzelnen lichtdurchleuchteten grünen Edelstein geformt war. Noum om Beng machte eine heftige Handbewegung. Hresh hob den Deckel der Büchse.

Das Juwel, die Verpackung, die Schatzkammer und alles übrige verschwanden blitzartig. Hresh fand sich allein in der Finsternis hockend wieder und blinzelte mit den Lidern und war verwirrt. Sein Sensororgan umklammerte fest den Barak Dayir. Nach einigem wurde er Noum om Bengs gewahr, der still am anderen Ende des Gemaches saß und ihn beobachtete.

»Laß jetzt den Verstärker los«, sagte Noum om Beng. »Du wirst Schaden nehmen, wenn du ihn weiter so festhältst.«

»Den – *Verstärker?* «

»Was du den Barak Dayir nennst. Laß ihn los! Nimm schon deinen blöden Schwanz da weg, Junge!«

Noum om Bengs dünne, scharfe Pfeifstimme knatterte und knallte wie eine Peitschenschnur. Hresh gehorchte sofort, steifte sein Sensororgan und ließ den Wunderstein zu Boden gleiten.

»Heb ihn auf, Junge! Und stecke ihn wieder in den Beutel!«

Hresh begriff, daß Noum om Beng in der Sprache der Beng zu ihm gesprochen hatte, und daß er in der Lage war, das Gesagte zu verstehen, selbst nachdem er den Barak Dayir fortgelegt hatte.

Er verstand die Bedeutung der Wörter, und er begriff, wie jedes der von dem alten Mann geäußerten Wörter mit den anderen darum herum in Verbindung stand.

Auf irgendeine Weise hatte Noum om Beng die Sprache des Volkes der Behelmten mit einem Schlage in Hreshs Schädel übertragen. Mit zittrigen Fingern verstaute Hresh den Stein. Der alte Mann starrte ihn weiter unverwandt an. Die seltsamen roten Augen blickten kalt, gefühllos, streng. In dem ist kein Funken Liebe, dachte Hresh. Nicht zu mir und auch nicht für sonst jemanden. Nicht einmal für sich selber.

»Du nanntest es einen ›Verstärker‹?« sagte Hresh mit Bengworten, die ihm leicht über die Lippen gingen, sobald er sie heraufbefahl. »Ich habe das Wort noch nie zuvor gehört. Was bedeutet es? Und was ist es, unser Wunderstein? Woher kommt es? Und was ist sein *Zweck?* «

»Du wirst mich als *Vater* ansprechen.«

»Wie könnte ich dies? Ich bin der Sohn des Samnibolon.«

»Gewiß, das bist du. Dennoch wirst du mich Vater nennen. Hresh-der-Antwortfinder, so nennst du dich doch gern selbst, nicht wahr? Aber, mein Kleiner, in deinem Kopf sind nur wenige Antworten, aber viele, viele Fragen.«

»Also, als ich jung war, da haben sie mich immer Hresh-den-Fragesack genannt.«

»Und das bist du noch immer. Komm her! Tritt näher! Noch näher!«

Hresh kauerte sich dem alten Mann zu Füßen nieder. Noum om Beng blickte ihn stumm lange prüfend an. Dann – urplötzlich und unerwartet – zuckte seine klauenhafte Hand auf und schlug Hresh auf die Wange, genau wie Harruel es am Tage der Spaltung getan hatte. Der Streich war vollkommen überraschend, und es lag eine überraschende Kraft in ihm. Hreshs Kopf fuhr heftig zurück. Tränen traten ihm in die Augen, und gleich nach den Tränen schoß Zorn in ihm auf, und er hatte alle Mühe, sich zu beherrschen und den Schlag nicht spontan zurückzugeben. Er ballte die Fäuste, biß die Zähne zusammen, preßte die Knie gegeneinander, bis die krampfartige Wut verflogen war.

Ich darf ihn niemals schlagen, befahl sich Hresh, wie gemein er mich auch herausfordert. Wenn ich ihm so einen Hieb versetzte, wie er mir, würde ich ihn totschlagen. Sein Genick würde zerbrechen wie ein verdorrter Zweig.

Und dann dachte er: Nein, das würde nicht geschehen. Denn ich wäre tot, ehe meine Hand sein Gesicht erreichen kann.

»Warum hast du mich geschlagen?« fragte Hresh verwirrt.

Statt einer Antwort schlug Noum om Beng ihn erneut, diesmal auf die andere Gesichtshälfte. Der Schlag war ebenso hart wie der erste, aber er kam weniger überraschend, und Hresh konnte die Wucht mildern, indem er mit dem Schlag mitging.

Hresh starrte den alten Mann an.

»Hab ich irgendwie dein Mißfallen erregt?« fragte er.

»Ich habe dir gerade eine dritte Ohrfeige gegeben«, sagte Noum om Beng, obschon sich seine Hand überhaupt nicht bewegt hatte.

Diese ruhige beiläufig geäußerte Behauptung verwirrte Hresh einen Augenblick lang. Aber wirklich nur ganz kurz, denn dann begriff er, worin seine Verfehlung bestanden haben mußte.

»Es tut mir leid, daß ich dich gekränkt habe ... *Vater*«, sagte er leise.

»Das ist besser. Schon besser.«

»Von nun an will ich den gebührlichen Respekt zeigen«, sagte Hresh. »Verzeih mir, Vater.«

»Ich werde dich noch viele Male schlagen«, sagte Noum om Beng.

Und er wich nicht von seinem Wort, was Hresh auch in jedem anderen Bereich feststellen sollte. Es verging kaum eine Begegnung, ohne daß Noum om Beng die Hand zum Schlag wider Hresh erhob, manchmal nur leicht, beinahe spöttisch-streichelnd, manchmal mit verblüffender Kraft, und stets dann, wenn Hresh am wenigsten damit rechnete. Es war ein rigoroses, ein sinnverwirrendes Training zur Disziplin, und oft hatte Hresh eine geschwollene Lippe oder ein Auge tobte, oder sein Kiefer schmerzte ihn noch tagelang später. Aber er schlug niemals zurück, und nach einiger Zeit erkannte er die Prügel als einen wesentlichen Bestandteil der Lehrmethode des Noum om Beng, als eine Art Akzentsetzung und Unterstreichung, die man einfach als ganz natürlich und ohne Widerrede hinzunehmen hatte. Zwar begriff Hresh nur selten sofort, was er gesagt hatte, um einen Strafhieb zu verdienen, aber gewöhnlich ging ihm dann später ein Licht auf, vielleicht eine halbe Stunde später, manchmal aber auch erst nach mehreren Tagen. Und es handelte sich immer um irgendeine Vernageltheit, eine Dummheit seinerseits, die ihm auf diese drastische Weise gewaltsam zur Kenntnis gebracht wurde, eine Denkschlamperei oder, einen vorschnellen, kurzsichtigen Denkschluß, oder einen Verstoß gegen das intellektuelle Zeremoniell.

Im Laufe der Zeit bedrückten Hresh weniger die Prügel als solche, sondern seine Erkenntnis der eigenen Unzulänglichkeit, durch die sie ausgelöst wurden. Was

Noum om Beng ihm nämlich im Verlauf der folgenden Monde demonstrierte, war dies: Daß er, Hresh, zwar gescheit sei, daß jedoch seine Geisteskräfte, auf die er bislang stets dermaßen stolz gewesen war, ihre Grenzen hatten. Diese Erkenntnis war schmerzlich. Und so hockte er denn steif und verkrampft seine Lernstunden bei dem Alten Mann der Behelmten ab und rechnete stets düster mit dem nächsten, platschend auf ihn hereinbrechenden Beweis, daß er es schon wieder einmal nicht geschafft habe, ein ihm von Noum om Beng gestecktes Ziel zu erreichen.

»Ja, aber worüber diskutiert ihr denn zusammen?« fragte Taniane ihn einmal, denn inzwischen hatten sie wieder miteinander zu sprechen begonnen, wenn auch zurückhaltend und natürlich, ohne jemals auf die damalige, unter einem so ungünstigen Stern erfolgte plumpe Aufforderung anzuspielen.

»Meistens redet er. Ja, eigentlich redet immer nur er. Und ... und überwiegend ist es Philosophie.«

»Das Wort kenne ich nicht.«

»Nachdenken über das Denken. Ideen von Vorstellungen. Sehr hoch und sehr wolkig. Ich kapiere nicht ein Zehntel von dem, was er mir vorsagt.« Noum om Beng, erklärte ihr Hresh, bestimme sämtliche Themen und lasse sich niemals in eine nicht von ihm vorbestimmte Richtung hin ablenken. Hresh war begierig, ihn über die Herkunft und die Geschichte des Volkes der Behelmten auszufragen, über den Zusammenbruch der Großen Welt, über die Befindlichkeiten anderwärts in der derzeitigen Welt, ach, über vieles andere mehr. Und hin und wieder bedachte ihn Noum om Beng mit verführerisch-quälenden Appetithäppchen und Köderbissen, aber kaum jemals mehr. »Er hat mir zu verstehen gegeben, daß das Helmvolk schon viel länger hier draußen in der Welt lebt als wir«, berichtete Hresh Taniane. »Und daß es da draußen noch viele andere Stämme gibt, und daß ein großer Teil der Welt von den Hjjk-Leuten beherrscht wird. Aber alle diese Informationen erhalte ich von ihm auf irgendwie nebelhaft verschwommene Weise, und ich muß auf eine Antwort hinter seinen Antworten lauschen.« Tatsächlich blieben die meisten von Hreshs Fragen glatt ohne Antwort; für einige bezog er Schläge, allem Anschein nach wegen ihrer Zudringlichkeit, auch wenn Hresh selbst nie irgendein Muster, eine Regel ausfindig zu machen vermochte, warum manche seiner Fragen an Noum om Beng diesen zum Prügeln veranlaßten, andere aber nicht. Die Frage nach dem Wesen der Götter konnte ihm an einem Tag einen Hieb eintragen, und ebenso leicht gelang dies mit der banalen und ganz unschuldigen Frage nach den Lebensgewohnheiten der Zinnobären an einem anderen Tag. Womöglich war es ja so, daß Noum om Beng schlechthin keine Fragen über irgend etwas gestellt zu bekommen wünschte; oder aber, es lag ihm daran, Hresh einfach in Unsicherheit schweben zu lassen. Und dies gelang ihm nun wahrlich gut.

»Er *schlägt* dich?« fragte Taniane verwundert.

»Das gehört zum Unterrichtsprogramm. Das hat überhaupt nichts Persönliches.«

»Aber – es ist doch dermaßen entwürdigend. Wenn da einer jemand so richtig mit der Hand schlägt ...«

»Es ist weiter nichts als die Unterstreichung eines philosophischen Gedanken«, sagte Hresh.

»Ach, du und deine Philosophie!« Aber Tanianes Stimme klang ganz lieb, und ihr Lächeln war warm und weich. Dann fügte sie hinzu: »Du, das verändert dich aber irgendwie, Hresh. Diese ganzen Gespräche mit dem Alten Mann.«

»Verändert mich?«

»Na ja, du bleibst immer so für dich, jetzt. Du redest ja kaum noch mit mir – oder mit sonstwem im Volk. Wenn du nicht bei diesem Noum om Beng bist, dann hockst du allein auf deinem Zimmer oder wanderst – wie ich mir zu vermuten gestatte – irgendwo durch die versteckten Hintergassen von Vengiboneeza. Mit uns Suchern ziehst du schon lange nicht mehr los.«

»Koshmar will überhaupt nicht, daß wir auf Forschungsausflüge gehen, ehe wir nicht verstanden haben, was die Beng vorhaben.«

»Ja – aber *du* gehst doch trotzdem. Ich weiß das. Und außerdem gehst du immer allein, und anscheinend suchst du auch gar nichts. Du strolchst bloß so ziellos herum.«

»Woher willst du denn das wissen?«

»Weil ich dir ein paarmal heimlich gefolgt bin«, sagte Taniane mit einem unverschämten Lächeln.

Er zuckte die Achseln, fragte aber nicht, warum sie dies getan habe, und so versandete ihr Gespräch. Vor dem Wahrheitsgehalt ihrer Rede allerdings konnte er sich nicht verschließen. In seiner Seele fanden Veränderungen statt, die er keinem anderen mitzuteilen zu können glaubte, da er sie ja kaum selbst begriff. Dies hing mit der Offenbarung des Lebensbaumes zusammen, wodurch Hresh so schlüssig bewiesen worden war, daß das Volk nicht das Recht hatte, sich für Menschen zu halten, und mit der Ankunft der Beng, mit dem Abfall Harruels und der Gesamtsituation des Stammes in Vengiboneeza ... und mit vielem anderem, nicht zuletzt mit seiner privaten Beziehung zu Taniane, beziehungsweise eben dem Nichtvorhandensein einer solchen. Aber es war einfach zuviel, als daß er sich damit gleichzeitig hätte auseinandersetzen können. Wie hatte Torlyri einmal zu ihm gesagt? Keiner kann gleichzeitig mit zwei monströsen Sachen fertigwerden, oder?

Und nun näherte er sich wieder einmal dem Gemach des Noum om Beng, und um seine Brust schnürte sich ein Reifen von Unruhe und Unbehagen, und in seinem Magen zuckte es. Diese Besuche entwickelten sich für ihn mehr und mehr zu einer Belastung.

Zu Beginn war es nicht so gewesen. Aber das war

viele Monde her. Damals war ihm Noum om Beng nur als ein seltsam fremdartiger verschrumpelter alter Mann erschienen, zerbrechlich und uninteressant und sonderbar. Er hatte für Hresh nichts weiter bedeutet als eine Ablagerung von ihm vertrautem Wissen, ein Fossil, eine Art Schriftenlade, die nur auf ihn wartete, daß er sie öffne und die Texte entziffere. Aber seit sie die Sprache des jeweils anderen zu sprechen vermochten, hatte Hresh allmählich mehr und mehr begriffen, wie Noum om Beng in Wahrheit war; er hatte die geistige Tiefe und Kraft des Mannes erkannt, auch seine eisige Nüchternheit und Kargheit, und es gelang ihm einfach nicht, ein Gefühl der ängstlichen Bestürzung zu unterdrücken, wenn er daran dachte, daß er diesem Mann seine Seele und sein Bewußtsein bloßlegen sollte. Seit Thaggorans Lebenstagen war Hresh keinem begegnet, der auch nur entfernt wie Noum om Beng gewesen wäre; und Thaggoran war eine ihm viel zu nahe vertraute Gestalt gewesen, und Hresh selber war viel zu jung gewesen, als daß irgend etwas in ihren Gesprächen ihm hätte Angst machen können. Aber jetzt mit Noum om Beng war dies anders. Dieser eröffnete Hresh unbegreifliche neue Welten, und das war durchaus furchteinflößend.

»Du wirkst bedrückt heute«, sagte Noum om Beng, als Hresh an diesem trockenen heißen Hochsommertag in sein Privatgemach trat. Die beiläufige Bemerkung kam fast so unerwartet wie einer der Schläge, die Noum om Beng so freizügig austeilte. Denn Noum om Beng zeigte nur selten, daß er sich der seelischen Befindlichkeit Hreshs bewußt sei oder gar Interesse dafür aufbringe.

Hresh nahm zu Füßen der Steinbank des Alten Platz und sagte: »Koshmar hat mich erneut gebeten, unserem Volk die Bengsprache beizubringen, Vater.«

»Nun, dann unterrichte sie! Warum zaudertest du so lange?«

Hresh spürte, wie es ihm heiß ins Gesicht stieg. »Dieses Wissen ist etwas, das mir ganz persönlich gehört. Ich hüte es eifersüchtig, Vater.«

Noum om Beng lachte. Es klang eher wie ein Husten. »Ja, glaubst du denn, du könntest das alles für dich allein behalten? Lehre sie, Junge! Gib es weiter! Es kommt der Tag, an dem alle Welt in der Zunge der Beng sprechen wird; bereite dein Volk darauf vor, auf daß es für sie nicht unerwartet komme!«

Hresh fuhr sich mit der Zunge über die Lippen. »Willst du damit sagen, daß die ganze Welt bengisch sein wird, Vater?«

»Ja, soweit sie nicht hjjkisch sein wird.«

Hresh dachte da an Harruel, der sich in der Wildnis sein kleines Königreich zu bauen versuchte, und er überlegte, wie *er* wohl sich in ein derartiges Realitätskonzept einfügen würde. Oder auch Koshmar, nebenbei. Doch er erwähnte Noum om Beng gegenüber nichts davon.

»Also glaubst du, daß es die Absicht der Götter war, als sie die Große Welt vernichteten, den Beng den Weg zur Oberherrschaft zu bahnen?«

»Wer will das schon wissen«, sagte Noum om Beng. »Was die Absichten der Götter sind? Die Götter sind grausam. Allem eifernden Streben winkt am Ende ein Hagel von Todessternen. So ist es geschehen, wieder und wieder, und so wird es sein in kommender Zeit. Uns ist es nicht gegeben, die Gründe dafür zu begreifen; wir vermögen nur immer weiter voranzustreben, ringend mit allem und dagegen kämpfend, um zu überleben, und um sodann zu wachsen und dann in Besitz zu nehmen. Und am Ende gehen wir zugrunde. Das zu verstehen ist unwichtig. Es geht nur um das Überleben und das Wachsen und die Eroberung, um mehr nicht.«

Niemals zuvor hatte Noum om Beng sich derart deutlich über seine Lebensphilosophie geäußert. Hresh – für den dies wie ein Hagelschauer von Schlägen war – saß zitternd da und mühte sich zu fassen, was er da soeben vernommen hatte.

»Also werden die Todessterne wiederkommen, um uns zu vernichten?« fragte er schließlich.

»Nicht für eine lange, lange Zeit. Jetzt sind wir vor ihnen sicher, und noch für eine so lange Spanne Zeit, daß wir sie unmöglich erfassen können. Aber kommen werden sie einst, wenn du und ich längst vergessen sind. Es liegt in der Art der Götter, die Todessterne immer und immer wieder über die Welt hereinbrechen zu lassen. So war es von Anbeginn aller Zeiten.«

»Darf ich aus deinen Worten schließen, daß die Todessterne, welche die Große Welt vernichteten, nicht die ersten waren, die auf diese Welt herabfielen?«

»So ist es. Millionen Jahre verstreichen zwischen jeder Heimsuchung der Schwärme der Todessterne. Dies weiß ich, Kind. Und dies Wissen ist auf mich gekommen von den Uralten. Die Todessterne stürzten auf die Große Welt herab, und sie fielen auf jene Welt, die vor der Großen Welt bestand. Und auf die Welt vor dieser Welt.«

Hresh brachte kein Wort hervor und saß nur starr da.

Noum om Beng sprach weiter: »Wir wissen nichts von diesen älteren Welten. Die Vergangenheit ist immer fort und vergessen, so sehr wir uns auch mühen mögen, sie zu retten. Sie lebt nur mehr in Schatten weiter und in Träumen und bläßlichen Bildern. Aber die Leute in der Großen Welt wußten diese Bilder zu deuten, und ebenso wußten dies die Menschlichen vor ihnen.«

»Die Menschlichen ... waren ... *vor* ihnen ...«

»Natürlich. Die Menschen waren sehr alt, als die Große Welt entstand. Aber die Todessterne sind noch älter. Es gab keine Menschen hier, als die Todessterne das vorletzte Mal herabstürzten; oder wenn sie bereits existierten, dann waren sie nichts als einfältige kleine Geschöpfe, so wie wir es nun sind, vor denen alles noch offen daliegt, und sie haben damals die Zeit der tödlichen Sterne wohl ebenso überstanden, wie wir es diesmal versuchten.«

Hresh war so starr, daß er nicht einmal mit einem Lid zucken konnte, während Noum om Beng diese Worte sprach. Und diese Worte trafen ihn wie die letzten Axthiebe, ehe ein gewaltiger Baum zu Boden bricht.

»Vor langer, langer Zeit«, fuhr Noum om Beng fort, »war eine Zeit der Größe für die Menschlichen, und sie beherrschten die Welt. Und ich glaube, daß sie sich an die Todessterne erinnerten, die niederstürzten, als ihre Rasse noch jung war, oder aber sie fanden die Erinnerung an sie wieder, ich vermag dir nicht zu sagen, wie es war. Und die Zeit der Größe der menschlichen Rasse – und sie war langdauernd – durchlief ihren ganzen Kreis in der Zeitspanne zwischen den Sternenschwärmen. Die Größe der Menschlichen erwuchs und verging in dieser Zeitspanne. Und danach erwuchs die Große Welt und erblühte, und über diese Große Welt brachen die jüngsten Todessterne herein. Und nun ist die Welt unser, und wir werden in ihr etwas Großes errichten, so wie es die Menschlichen getan haben und die Völker der Großen Welt nach ihnen; und eines Tages, in Millionen Jahren von heut an, werden die tödlichen Sterne wiederkehren. Dies ist die Wahrheit. So ist der Gang der Welt von allem Anfang an.«

Hresh saß still da und kämpfte gegen das Entsetzliche an, das er soeben vernommen hatte. Er zitterte unter der Last einer solch unvorstellbaren Vergangenheit, die sich vor ihm erhob wie ein Turm über den nächsten gestapelt bis hinauf zu den Sternen.

Nach sehr langer Zeit sagte er: »Aber wenn dies so ist, Vater, dann ist es doch ganz unwichtig, was wir tun, nicht wahr? Wir könnten wachsen und gedeihen und etwas noch Größeres schaffen als die Große Welt; und wenn das Rad sich dann um sich selbst gedreht hat, wird alles, was wir geschaffen haben, ebenso vernichtet werden wie die Große Welt. Auch sollten wir dann ja nicht glauben müssen, daß die Vernichtung, wenn sie kommt, als eine Strafe über uns kommt ... nicht um eine sündhafte, böse Zivilisation zu zerstören. Denn gleichgültig, ob wir gut sind oder böse, ob wir auf dem von den Göttern vorgeschriebenen Pfad wandeln, oder ob wir sie verhöhnen ... die Mördersterne kommen doch, so oder so. Und sie kommen immer wieder und brechen über uns herein, wenn ihre ihnen bestimmte Zeit naht, und sie stürzen herab über die Bösen und die Tugendsamen gleichermaßen, und ungerührt über die Faulen ebenso wie über die Fleißigen, über die Freundlichen wie über die Grausamen, so daß alles eins ist. Man könnte also auch ebenso gut gar nichts aufbauen, denn was immer wir bauen, es wird vernichtet werden ... Und das ist die Welt, welche die Götter für uns geplant haben? Das erscheint mir uns gegenüber als abscheulich brutal; aber, nun ja, die Götter entziehen sich unserem Verständnis. Wolltest du mir dies sagen, Vater?«

»Das ist es, was ich als die Wahrheit erkannt habe.«

»Nein«, sagte Hresh. »Solch eine Glaubensüberzeugung ist zu grausam. Denn sie unterstellt, daß es im Universum eine Fehlerquelle gibt, Schwachstellen, daß alles im Kern fundamental falsch ist.«

Noum om Beng saß still da und nickte vor sich hin. Über das verhutzelte Gesicht huschte etwas, was fast wie ein Lächeln aussah.

»Aber wir sterben doch, oder?« fragte er.

»Am Ende unseres Lebens, ja.«

»Und – ist dies eine Bestrafung?«

»Nein, weil wir an unser Ende gelangt sind. Die Bösen leben oft ein langes Leben, und die Guten sterben jung: Also kann der Tod nicht eine Strafe sein, ausgenommen natürlich, wir werden alle auf gleiche Weise gestraft.«

»Sehr exakt, mein Junge. Es hätte keinen Sinn; also, wie sollten wir je hoffen, es begreifen zu können? Die

Götter haben beschlossen, daß es für uns den Tod geben soll, und so ist jeder von uns ein Individuum, allein und sterblich. Aber die Götter haben auch das Ende der Großen Welt beschlossen; sie haben den Tod beschlossen für die Welt der Hjjk, die jetzt herrschen, und für die Welt der Beng, die danach kommen wird. Wenn du dies als einen Konstruktionsfehler des Universums bezeichnest, so irrst du. Denn – das Universum *ist* so. Das Universum ist vollkommen – nur *wir* sind mit einem Makel behaftet. Die Götter wissen, was sie anrichten und tun. Wir werden es niemals erfahren. Aber dies heißt nicht, daß wir einfach aufhören dürften, uns zu bemühen.«

Hresh schüttelte den Kopf. »Wenn alles keinen Sinn hat, wenn der Tod einen jeden unter uns einholt, wenn die Todessterne über unsere Zivilisationen niederstürzen, ja aber dann könnten wir doch ebenso gut gleich leben wie die wilden Tiere. Trotzdem tun wir es *nicht*. Wir plagen uns weiter. Wir planen, wir träumen, wir bauen.« Und mitgerissen von der eigenen Leidenschaft, rief er: »Und ich will wissen, *warum!* Ich werde mein Leben dransetzen, um herauszufinden – *warum!*«

Er merkte, daß er äußerst laut geredet hatte. Außerdem fiel ihm auch noch ein, daß er schon eine ganze Weile lang den Noum om Beng nicht mehr mit dem Ehrentitel ›Vater‹ angeredet hatte, auf den der Alte Helmgreis solch großen Wert legte. Und trotzdem hatte er deswegen noch keine Prügel bezogen. Wahrhaftig, dies war ein außergewöhnlicher Tag.

Noum om Beng erhob sich, was dauerte, denn er entfaltete und entfaltete und entfaltete sich zu seiner ganzen beeindruckenden Länge und füllte den ganzen Raum aus auf seine knitterig-zerbrechliche Weise wie ein Wasserläufer aus Papier, der eine andere Gestalt angenommen hat. Von sehr hoch oben blickte er zu Hresh herab, und man konnte unmöglich die Gedanken abschätzen, die über sein Gesicht huschten, auch wenn

Hresh recht sicher war, es müßten höchst gewaltige Gedanken sein.

Viel Zeit verstrich, ehe Noum om Beng sprach. »Ja. Weihe dein Leben der Suche nach dem Warum. Und dann komm zu mir und sage mir deine Antwort. Wenn ich dann noch leben sollte, wird es mich höchlich interessieren, sie zu vernehmen.« Dann lachte Noum om Beng. »Als ich in deinen Jahren war, bedrückte mich die gleiche Frage, und auch ich suchte nach einer Antwort. Wie du siehst, habe ich versagt und sie nicht gefunden. Aber vielleicht wird es dir anders ergehen. Vielleicht, mein Sohn. Vielleicht.«

13. Kapitel
Tvinnr

Der einstige Einschlagkrater des Todessterns – und mittlerweile waren sie sicher, daß es sich bei dem kreisrunden Becken um so etwas handeln müsse – war nunmehr die Hauptstadt von Harruels Königreich geworden. Die Territorialausdehnung von Stadt und Reich waren identisch, und der Kraterrand bildete die Grenze für beide. Harruel hatte seinem Reich den Namen ›Yissou‹ gegeben und die Stadt ›Yissoucity‹ getauft.

In Salamans Meinung war beides eine absurde Benennung. »Man sollte Königreiche nicht nach Göttern nennen«, sagte er in der gemeinsamen Hütte zu Weiawala. »Es wäre viel vernünftiger gewesen, wenn er die Stadt nach sich selbst benannt hätte, und das Königreich ebenso, was er wahrscheinlich sowieso lieber getan hätte, wenn er den Mut dazu gehabt hätte. Das wäre wenigstens ehrlich.«

»Aber indem er dem Reich den Namen Yissous gibt, stellt er es unter Yissous besonderen Schutz«, warf Weiawala sanft widersprechend ein.

»Als wäre Yissou nicht der Beschützer aller, die ihn lieben, ob mit oder ohne solche kleinen Aufmerksamkeiten von uns.« Salaman lächelte. »Aber Harruel ist in jüngster Zeit sehr fromm geworden. Wenn man mit ihm redet, heißt es immer nur Yissou-dies und Yissou-das, und Emakkis-schenke-uns-Rat-und-Führung, und Friitsoll-schützen! Das bringt er nach jedem zweiten Wort hervor! Aber diese ganze Frömmigkeit macht sich nicht besonders gut von der Zunge einer mörderischen Bestie wie Harruel, muß ich schon sagen.«

»Salaman!«

»Das sag ich zu dir. Nur zu dir.« Und er vollzog spöttische Unterwerfungsgesten in die Luft, als hätte Harruel soeben die Hütte betreten. »Einen schönen guten Tag, Euer Majestät! Möge Yissous Balsam auf Euch ruhen, Majestät! Was für ein prächtiger Tag ist doch heute in Yissoucity, Euer Majestät!«

»Salaman!«

Lachend umfing er sie von hinten und legte ihr die Hände auf die Brüste und küßte sie auf den weichen pelzigen Nacken.

»Yissoucity, ha! Ein dummer Name – ausgedacht von einem König, der ein Tor ist!«

Und es war nicht weit her mit dem Königreich, und auch nicht mit der City. Im grünen Zentrum des Kraters, dieser dichtbewaldeten Stelle, an der Salamans Argumentation zufolge vor langer Zeit der Todesstern niedergestürzt war, standen nun sieben primitive schiefe Holzhütten, die von Rebsträngen zusammengehalten wurden. Dies war Yissoucity. Jedes der verbandelten fünf Paare hatte einen wackeligen Schuppen für sich, auch der Einzelgänger Lakkamai hatte einen. Das siebte »Bauwerk« war keineswegs eleganter als der Rest, aber es war der Königliche Palast und Regierungssitz. Hier thronte Harruel jeden Tag eine oder zwei Stunden in Staatsgeschäften, obgleich es wenig Königliches für ihn zu tun gab. Streitfälle, die einer höchstrichterlichen Schlichtung bedurft hätten, ergaben sich nur selten in einer Sozialgemeinschaft von elf Erwachsenen und einer Handvoll Kindern, und bislang hatten sich auch noch keine Gesandtschaften aus fernen Reichen eingefunden, die man mit formellem Pomp hätte empfangen müssen. Doch da thronte er und spielte König inmitten dieser Ansammlung von Schuppen, die so taten, als wären sie eine Stadt.

Kein sehr prächtiger König, nein, und kein sehr großes Reich. Und von wegen Stadt ... Und dennoch, dachte Salaman, haben wir in so kurzer Zeit eigentlich doch schon ganz schön viel erreicht. Yissoucity war nun etwas mehr als zwei Jahre alt. Sie hatten das Unterholz größtenteils gerodet und Häuser, naja, Behausungen gebaut, und sie hatten Fleischtiere zusammengetrieben, die nunmehr auf einer weiten Koppel lebten, so daß man sie leicht fangen und schlachten konnte, wenn man Fleisch brauchte. Eine aus hohen Baumstämmen gefertigte Palisade war zu mehr als der Hälfte fertiggestellt und sollte um den gesamten Rand des alten Kraters verlaufen. Harruel sagte, sie diene zum Schutz gegen Feinde oder wilde Tiere, und vielleicht sah er ja auch wirklich nichts weiter dahinter. Gewiß würde sich der Zaun als nützlich erweisen, sollten jemals Feinde kommen. Doch Salaman erblickte darin auch eine Demonstration der Souveränität, eine Deklaration der Grenzen der königlichen Macht Harruels.

Und Salaman träumte von einem Tag, an dem unter seiner eigenen Oberherrschaft dieser Holzzaun durch eine Mauer aus Stein ersetzt werden würde. Aber dieser Tag lag noch in weiter Ferne, leider. Für derartige Großprojekte war der Stamm noch viel zu klein. Fünf Männer genügten nicht zum Bau gewaltiger Steinwälle. Außerdem war Harruel ja noch König. Und Harruel war seine Holzpalisade beeindruckend genug.

»Komm mit!« winkte Salaman Weiawala zu. »Die Luft hier drin ist dumpf. Steigen wir auf den Berg.«

Hinter der Grasweide lag eine erhöhte Stelle, südlich von der Kraterwand, an welche Salaman sich oft begab, um nachzudenken. Von hier aus konnte er die ganze Stadt überblicken, und den Wald dahinter, durch den sie auf dem Marsch von Vengiboneeza hergekommen waren, und wenn er sich auf die andere Seite wandte, konnte er die dunkle Horizontlinie der See weit drüben im Westen erspähen. Gewöhnlich begab er sich allein hierher, doch hin und wieder nahm er Weiawala mit sich. Manchmal kopulierten sie dann dort oder tvinnerten sogar. An diesem erhöhten Platz wehten stets frische leichte Winde, und Salaman fühlte sich hier stärker lebendig als irgendwo sonst.

Ohne zu sprechen schritten sie durch die kleine Hauptstadt und an der Viehkoppel vorbei zu dem Schlängelpfad, der den südlichen Kraterrand hinaufzog.

»Was denkst du denn?« fragte Weiawala nach einer Weile.

»An die Zukunft.«

»Wie kannst du an die Zukunft denken? Die Zukunft ist doch noch nicht geschehen, also was wäre da zum darüber Nachdenken?«

Er lächelte freundlich, ließ sie aber ohne Antwort.

»Salaman?« begann sie wenig später erneut, während sie den Hang hinaufkletterten. »Wirst du mir etwas sagen?«

»Was denn, Liebste?«

»Tut es dir jemals leid, daß du aus Vengiboneeza fortgegangen bist?«

»Leid? Nein, nicht eine Minute lang.«

»Obwohl wir es hier mit dem Harruel zu tun haben?«

»Ach, Harruel ist schon ganz in Ordnung. Er ist der König, den wir nötig hatten.« Salaman blieb stehen und blickte zurück auf das erbärmliche Häuflein grobgezimmerter Hütten, die ihre Stadt waren, und zu der halbvollendeten Palisade auf dem Kamm. Seine Hände ruhten sacht auf Weiawalas Schultern, und er streichelte ihr üppiges Fell. Sie trat einen Schritt zurück und kuschelte sich an ihn.

Nach einer Weile sagte sie: »Doch Harruel ist so eitel und aufgeblasen und so grob. Du verachtest ihn, Salaman, ich weiß es. Du hältst ihn für grobschlächtig und überheblich.«

Er nickte. Was sie sagte, entsprach natürlich der Wahrheit. Harruel war heftig, gewalttätig und grob und außerdem ein ziemlicher Dummkopf. Aber er war für den zeitweiligen Zweck der perfekte Mann gewesen, die absolut richtige Führergestalt an diesem geschichtlichen Schnittpunkt. Sein Mut war groß, und er verfügte über Schlauheit und Entschlußkraft und Ehrgeiz – und sehr großen Stolz. Ohne ihn hätte es niemals ein Yissoucity gegeben, auch nicht unter anderem Namen, und sie alle würden noch dort hinten zwischen den zerstörten Palästen Vengiboneezas ein bequemes faules Leben führen – ein Volk ohne Ziel, in träger endloser Erwartung der großen Dinge, die das Schicksal ihnen in den Schoß fallen lassen sollte.

Harruel hatte immerhin den Mut besessen und mit einer derartig richtungslosen Existenz der Selbsttäuschung gebrochen. Er hatte sich Koshmars Griff entwunden und hier etwas Neues, Nützliches und Notwendiges ins Leben gerufen.

»Harruel ist in Ordnung«, wiederholte er. »Soll er ruhig König sein! Soll er ruhig den Dingen Namen geben, wie es ihm gefällt! Dieses Vorrecht hat er sich verdient.«

Er zupfte an Weiawalas Hand, und sie setzten den Aufstieg fort.

Harruel würde nicht für alle Zeit König sein, das wußte Salaman.

Früher oder später würden die Götter ihn rufen, auf daß er ausruhe; und vielleicht war dies ja schon früher, möglicherweise, und nicht erst später. Seine Grobschlächtigkeit, seine Gewalttätigkeit und diese dumme Dickschädeligkeit mußten ihm früher oder später den Hals brechen. Und dann, dachte Salaman, wird Salaman an der Reihe und wird hier König sein, sofern Salaman da irgendwie mitzureden hatte. Salaman und die Söhne des Salaman – auf immer und ewiglich von da an. Sofern es dabei nach Salaman gehen würde!

Sie erreichten den Kraterrand und kletterten über die gerundete Spitze. Die Palisadenwand reichte noch nicht bis hierher. Zurückblickend, konnte er Yissoucity kaum noch erkennen, wie sie da genau im Herzen der Senke drunten lag. Die paar kleinen Hütten verloren sich in dem ringsum andrängenden Grün.

Aber Salaman war sich auch sicher, daß die Stadt nicht lange ein Haufen brüchiger Holzhütten bleiben werde. Eines Tages würde sich dort unten wahrlich eine großartige Stadt ausbreiten: so groß und so großartig wie Vengiboneeza vielleicht. Doch würde es keine Stadt aus zweiter Hand sein wie Vengiboneeza, das von den längst verschwundenen Saphiräugigen erbaut und als Ruinenberg von einem opportunistischen Rudel späterer Neusiedler übernommen worden war ... Nein, schwor sich Salaman, die neue Stadt würde Kunde geben von der schweren Plackerei und dem Schweiß und der schlauen Planung ihrer eigenen Bewohner, die sich zu Herren über alle umliegenden Regionen erheben würden, und dann über die Provinzen jenseits von diesen und eines Tages, sofern es den Göttern gefiel, über die ganze Welt. Die Stadt des Yissou würde die Hauptstadt eines Großreiches, eines Imperiums, sein. Und die Sohnessöhne Salamans sollten Herrscher sein in diesem Reich.

Nun, da er den Krater hinter sich gelassen hatte, strebte er rasch auf seinen privaten Hochsitz zu. Nach kurzem rief Weiawala: »So warte doch auf mich, Salaman, ich kann nicht so rasch laufen!« Er merkte, daß sie weit zurückgefallen war, und so hielt er inne, bis sie ihn eingeholt hatte. Zuweilen vergaß er, wie groß seine Ausdauer war und wie rasch und zielstrebig er sich bewegen konnte, wenn er auf etwas hinauswollte.

»Du hast es immer dermaßen eilig«, sagte sie.

»Ja. So ist das wohl.«

Er legte ihr den Arm um die Hüfte und fegte sie mit sich den Hang hinauf.

Es war die Zeit, in der Salaman zu seinem Recht kommen sollte. Er war siebzehn Jahre alt, fast achtzehn, ein starker Jungkrieger in vollem Saft.

Im Kokon war er nur einer unter vielen gewesen, hatte herumgespielt mit Fußboxen und Ringen, Höhlensegeln und so und hatte sich gefragt, ob das Kopulieren tatsächlich so angenehm sein könnte, wie die älteren Jungen andeuteten. Doch obwohl sein Geist scharf war und er die Dinge klar und präzise erkannte, gab es für ihn keinen Anreiz, den anderen seine Intelligenz zu beweisen, dafür um so mehr Grund, sie verborgen zu halten. So durchlebte er eine ganz und gar nicht außergewöhnliche Knabenzeit und erstrebte weder etwas besonders noch erwartete er das Besondere. Damals hatte er geglaubt, so werde sein Leben bis ans Ende seiner ihm bestimmten Tage sein, ein langer angenehmer Reigen einander gleichender Tage.

Aber dann war die Zeit des Auszugs gekommen, der lange Marsch über die Steppen. In diesem Jahr war Salaman in seine Mannheit eingetreten und war zu seiner vollen Kraft erblüht; denn war er auch von kerniger Statur, so doch breit in den Schultern, hatte kräftige Arme und steckte voller Energie und Durchhaltevermögen. Vielleicht war von allen Kriegern nur Konya stärker – und selbstverständlich Harruel. Doch in der fremdartigen neuen Welt außerhalb des Kokons durchlief Salaman eine geistig-seelische Blütezeit. Er begann sich nach einer Zeit zu sehnen, in der er ein bedeutender Mann im Stamm sein würde, geehrt und geachtet. Jedoch fiel er keinem auf, weil er so ruhig war.

Manche von den Männern waren wortkarg und ruhig. Salaman vermutete, weil sie nichts zu sagen wußten. Konya war ein solcher, auch Lakkamai. Aber Salamans Stummheit hatte einen anderen Grund. Es könnte gefährlich werden, so hatte er schon immer geargwöhnt, wenn er seine Fähigkeiten zu früh an den Tag brächte, jedenfalls angesichts der allgemeinen gewaltsamen Entwicklung der Dinge zur jetzigen Zeit.

Das Beispiel Sachkors stand ihm nur zu deutlich vor Augen. Auch Sachkor war intelligent gewesen; und

Sachkor war jetzt tot. Intelligenz genügte also allein nicht – man brauchte auch Weisheit und Klugheit –, und Sachkor, als er im Alleingang auszog, um das Helmvolk aufzuspüren, es dann mit sich in die Stadt zurückzubringen und sich dann noch als Vermittler zwischen den beiden Stämmen aufführen zu wollen, Sachkor hatte nicht gerade große Klugheit bewiesen.

Sachkor war zu früh zu weit gegangen. Er hatte sich als zu gescheit und als zu ehrgeizig gezeigt. Und eben diese Gescheitheit und Gewandtheit hatten ihn für Harruel zu einer direkten Bedrohung werden lassen. Auch Hresh war gescheit, weitaus klüger als irgendwer sonst, doch er war kein Krieger, hielt sich abseits, tat nur Dinge, die außer Hresh keinen interessierten; keiner brauchte zu befürchten, daß Hresh eines Tages nach der höchsten Macht greifen würde. Aber Sachkor war ein Krieger, und sobald er die Behelmten in die Stadt geführt hatte, hatte er sich in direkte Gegnerschaft zu Harruel begeben. Und zusätzlich war Sachkor nicht gescheit genug gewesen, sich in der Kreun-Sache zurückzuhalten und Harruel nicht herauszufordern. Keiner, der sich blindlings in einen Kampf mit Harruel einließ, hatte besonders gute Chancen, lang genug zu leben, daß sein Pelz weiß werden konnte.

Darum hatte Salaman es in Vengiboneeza vorgezogen, das Ressort Klugheit dem Hresh und das Heldenfach dem Sachkor zu überlassen. Unauffällig hatte er sich Harruel nützlich zu machen gewußt, und als es zu dem Bruch mit Koshmar kam, hatte er sich rasch auf Harruels Seite geschlagen. Inzwischen war es soweit gekommen, daß Harruel auf ihn angewiesen war, weil er die meiste Denkarbeit für ihn erledigte. Gewissermaßen war Salaman so etwas wie der Alte Mann dieses neuen Stammes geworden, den Harruel begründet hatte. Jedoch ließ Salaman es sich höchlichst angelegen sein, niemals den Eindruck aufkommen zu lassen, daß er ein Rivale für Harruel sein könnte; er blieb stets der getreue Gefolgsmann, der stumme Stellvertreter. Salaman hatte sehr wenig Ahnung von Geschichte – das war Hreshs persönliches Studiengebiet gewesen –, doch stellte er sich vor, daß es bei plötzlichen Machtwechseln gewiß oft die stillen Stellvertreter waren, die in die höchsten Ränge aufrückten.

Solche Gedanken behielt Salaman allerdings für sich und teilte sie mit niemandem. Nicht einmal zu Weiawala hatte er ein Wort über seine Erwartungen in den künftigen Jahren verloren, obwohl sie möglicherweise während ihrer Tvinnr-Erlebnisse einen Teil der Wahrheit aufgeschnappt haben mochte. Doch selbst dabei versuchte er seine Pläne vor ihr zu kaschieren. Seine Parole lautete: Vorsicht.

Sie hatten die angestrebte Höhe nun erreicht. Weiawala stand um ihn geschlungen bei ihm, während er zum Meer hinüberstarrte. Offenbar war sie kopulationswillig.

Die Sonne war hell und stand hoch, die Luft war klar, fast leuchtete sie vor Durchsichtigkeit. Der Himmel war ein scharfes Blau. Stark und süß wehte der Wind aus dem Süden, warm und trocken. Vielleicht würde er an Stärke zunehmen und das Land versengen, doch hier und jetzt war es ein sanfter und freundlicher Wind, ein Wind für die Liebe.

Alle Welt lag an diesem Tag vor ihm ausgebreitet.

Salaman stellte sich vor, daß er alles sehen könnte, die Ruinenstädte der Großen Welt, die Pockennarben der Krater der Todessterneinschläge, die kahlen Ebenen, durchzogen von Eisflüssen, die schrecklichen Wabenbauten, in denen die Hjjk lebten. Und darübergelagert die neue junge Welt, den Neuen Frühling, *seine* Welt, die Welt seines Volkes. Er sah eine Vision dessen in umfassender Vielfältigkeit, alles wachsend, drängend, vor Leben berstend. Es fand eine wundersame Genesung statt, nach der entsetzlichen Zeit der Todessterne. Und er war mittendrin, er und seine Söhne und die Söhne seiner Söhne, die Großen im künftigen Weltenreich des Yissou.

Plötzlich sagte Weiawala: »Nettin kriegt schon wieder ein Kind, stell dir vor!«

Ihre Rede zerstörte sein Traumgespinst, so wie ein Vogelkreischen im Morgengrauen tiefen heiteren Schlaf durchstößt. Er spürte Zorn in sich aufwallen. Flüchtig bedauerte er, daß er sie heute mit hierher genommen hatte; aber dann beruhigte er sich und rang sich ein Lächeln und ein Nicken ab. Weiawala war seine Liebste; Weiawala war seine Genossin. Ich muß sie hinnehmen, wie sie eben ist, sagte er sich. Auch wenn sie mich stört und ablenkt.

»Das erste, was ich höre. Gute Nachricht.«

»Ja. Der Stamm wächst jetzt rasch, Salaman.«

Und so war es. Weiawala hatte bereits einen Knaben zur Welt gebracht, dem sie den Namen Chham gaben, und Galihine hatte ein Mädchen namens Therista geboren, und Thaloin hatte dem Stamm einen neuen Ahurimin geschenkt. Und nun schwoll Nittins Bauch schon wieder an.

Nur Minbain war zu Harruels unverhohlenem Mißvergnügen nicht wieder schwanger geworden, seit man sich in Yissoucity niedergelassen hatte. Vielleicht ist sie schon zu alt, überlegte sich Salaman. Manchmal konnte man Harruel, wenn er zuviel Samtbeerwein getrunken hatte, mit ihr zanken und brüllend einen weiteren Sohn von ihr fordern hören. Aber man zeugt eben keine Söhne, indem man seine Partnerin anbrüllt, wie Salaman mehr als einmal zu Weiawala gesagt hatte.

Außerdem fand Salaman es sowieso ziemlich kurzsichtig von Harruel, unbedingt auf einem weiteren Sohn zu beharren. Was die Stadt in diesem Entwicklungsstadium nötig brauchte, waren mehr gebärfähige Weiber. Ein einziger Mann allein konnte in einer einzigen Woche ein ganzes Rudel Kinder zeugen, wenn er sich ein wenig Mühe gab. Schließlich brauchte ein

Mann ja nicht länger als einen Augenblick, um ein Kind in eine Frau hineinzupumpen. Aber jedes Weib konnte bestenfalls pro Jahr nur ein Kind hervorbringen. Also blieb das Jahreswachstum des Stammes durch die Anzahl der Frauen begrenzt; und deshalb, überlegte Salaman, brauchen wir dringend mehr Frauen und müssen Töchter zeugen, nicht Söhne, daß wir in der folgenden Generation über sehr viel mehr Gebärmütter verfügen.

Aber vielleicht war dies eine für Harruel zu komplizierte Vorstellung. Oder er wollte einfach mehr Söhne haben, damit sie ihm seinen Thron bewahren halfen. Möglich, daß es dies war. Harruels kleiner Knabe, Samnibolon, wies bereits Anzeichen von ungewöhnlicher Kraft auf: ein künftiger Krieger, ohne Zweifel. Und Harruel machte sich vielleicht Sorgen wegen seiner alten Tage und wartete ungeduldig auf noch ein paar derartige Brocken wie Samnibolon als Schutz und Stütze für seine Greisenjahre.

Weiawala schob ihren Arm unter den seinen. Salaman spürte die Hitze ihres Schenkels auf seinem Fell. Dann streifte ihn ihr Sensororgan sanft.

Nein, sie will nicht kopulieren, dachte er. Sie will tvinnern.

Salaman war davon nicht begeistert. Aber schließlich konnte er es ihr kaum verweigern.

Tvinnern war bislang das schwächste Glied in ihrer Verbindung gewesen. Weiawala war eine großartige Kopulationspartnerin, aber lausig im Tvinnr, so einfältig war ihre Seele. Da war nichts, keine Fülle, keine Weite. Wäre er in Vengiboneeza geblieben, er hätte sich aller Wahrscheinlichkeit nach zwar trotzdem mit ihr verehelicht, doch für sein Tvinnern hätte er sich doch wohl lieber an jemanden wie Taniane gewandt. Die besaß Feuer – und Tiefe. Doch hier gab es keine Taniane, und Harruel versuchte die Bildung von Tvinnr-Beziehungen der alten Art in Yissoucity möglichst zu verhindern, denn die Bevölkerung war so gering, daß zu befürchten war, derartige Beziehungen, die herkömmlicherweise ja extramarital stattzufinden pflegten, könnten zu Feindseligkeit und Zerwürfnissen führen. Ab und zu hatte Salaman mit Galihine getvinnert, und die besaß einen Hauch von Geistesfunkeln, nach dem ihn verlangte; aber dies war eben nur selten geschehen. Wenn er nun überhaupt tvinnerte, dann mit Weiawala, wenn auch ohne große Begeisterung. Und so berührte er sie nun, Sensororgan gegen Sensororgan, um die Aufforderung dankend zu erwidern.

Doch als er mit ihr in Kontakt kam, fühlte Salaman etwas Seltsames, etwas Beunruhigendes, etwas äußerst Unvertrautes, das aus großer Ferne an seine erweckten Sinne drang.

»Hast du das gespürt?« fragte er und zog sich von ihr zurück.

»Was denn?«

»Ein Laut. Wie Donner. Als unsere Sensororgane sich berührten.«

»Ich hab nichts gespürt, bloß dich ganz nah bei mir, Salaman.«

»Ein Dröhnen im Himmel. Oder in der Erde. Ich war nicht sicher, woher. Und ein bedrohliches Gefühl – wie von einer Gefahr.«

»Ich hab aber nichts gemerkt, Salaman.«

Wieder berührte er ihr Sensororgan mit dem seinen.

»Nun? Spürst du ...?«

»Still, Weiawala!«

»Ich muß doch sehr bitten!«

»*Bitte!* Stör jetzt nicht und laß mich hören!«

Sie verzog beleidigt das Gesicht und nickte kurz. In der endlich eingetretenen Stille lauschte er erneut, zapfte die Energien ihres Sensororgans an, um die Reichweite und Empfindlichkeit seines eigenen zu verstärken.

Donner in den Hügeln im Süden? Aber der Tag war doch hell und klar.

Trommeln?

Tierhufe auf der Erde? Eine gewaltige dahinziehende Herde?

Es war alles zu schwach und undeutlich. Er fing nur einen Hauch auf, ganz schwach, eine zarte Vibration, eine Empfindung, daß etwas nicht in Ordnung sei. Vielleicht würde er über sein Zweites Gesicht mehr herausfinden. Doch Weiawala begann die Geduld zu verlieren. Ihr Sensororgan glitt an dem seinen auf und ab und überlagerte seine Wahrnehmungen mit ihrem wildflutenden dumpfen Verlangen. Vielleicht bilde ich mir das Ganze ja nur ein, dachte er. Vielleicht fange ich nichts weiter auf als Ameisen, die durch einen unterirdischen Tunnel in der Nähe marschieren. Und er verdrängte die Sache aus seinem Kopf.

In diesem Augenblick, in dem Weiawala sich heiß und bebend an ihn schmiegte, konnte er unmöglich sich irgendwelchen Besorgnissen wegen eines fernen Donners an einem hellen Sonnentag oder wegen des eingebildeten Trommelns ferner Hufe hingeben. Tvinnern, jedes, sogar dieses lauwarme mit der breiseeligen Weiawala, war etwas Unwiderstehliches. Er wandte sich ihr zu. Nebeneinander sanken sie zur Erde. Seine Arme umschlangen sie, die Sensororgane stießen zueinander, und ihr Bewußtsein strömte in die Vereinigung hinüber.

Torlyri entdeckte Hresh in seinem Gemach im Tempel, wo er über den Chronikbänden brütete. Sie gab ein warnendes Hüsteln von sich, als sie eintrat – man drang nicht überraschend bei dem Chronisten ein, wenn er die Heiligen Bücher aus der Lade genommen hatte –, und er blickte beinahe schuldbewußt zu ihr hin und verdeckte in merkwürdiger Hast das Buch. Wie wenn ich mir anmaßen möchte, den Geheimnissen des Chronisten nachzuspionieren! dachte Torlyri.

»Was gibt es?« fragte er scharf.

»Störe ich dich? Ich kann später wiederkommen.«

»Ich habe nur gerade ein paar unbedeutende historische Einzelheiten eingetragen«, sagte Hresh. »Nichts von Bedeutung.« Seine Stimme klang leicht, übertrieben beiläufig. »Also, was kann ich für dich tun, Torlyri?«

»Also Ja.« Sie trat ein paar Schritte näher zu ihm hin. »Lehre mich die Worte, die das Helmvolk spricht. Zeig mir, wie man mit den Beng redet.«

Seine Augen wurden groß. »Ach! Aber sicher.«

»Willst du das tun?«

»Ja«, sagte Hresh. »Ja, das will ich, Torlyri. Gewiß. Nur laß mich erst noch ein paar Wochen länger ...«

»Jetzt!« sagte sie.

»Ach«, sagte er noch einmal, als hätte sie ihm einen Stoß unter das Herz versetzt, und bedachte sie mit einem derart bestürzten Blick, daß sie lächeln mußte.

Torlyri erteilte in der Regel keine Befehle, darum hatte ihn offenbar ihr frischer Ton überrascht. Sie stand da und betrachtete ihn ernst und fest und war nicht bereit, ein Quentchen ihres so plötzlich errungenen Vorteils wieder preiszugeben. Hresh schaute unbehaglich drein und schien seine Antwort mit bei ihm ungewohnter Sorgfalt zu erwägen, als sondere er erst diese Möglichkeit aus, dann jene. Und sie betrachtete ihn weiter mit untypischer Festigkeit, stand sehr dicht neben ihm, so daß er sich ihrer ganzen Größe und Kraft sinnlich bewußt wurde.

Schließlich sagte er ein wenig bedrückt: »Also schön. Ich denke, ich beherrsche die Sprache inzwischen soweit. Vielleicht kann ich sie dir auf vernünftige Art übertragen. Ja. Ja, ich glaube, ich werde es können.«

»Jetzt?«

»Du meinst, jetzt, in diesem Augenblick?«

»Ja«, sagte sie. »Es sei denn, du hast gerade vordringliche Pflichten.«

Auch darüber dachte er lange nach. Dann sagte er

nach einer ausgedehnten Pause: »Nein. Wir können es jetzt tun, Torlyri.«

»Ich bin dir sehr dankbar. Wird es lang dauern?«

»Nein. Nicht lange.«

»Sehr gut. Sollen wir es hier drin tun?«

»Nein«, sagte Hresh. »In deiner Tvinnr-Kammer.«

»Was?«

»Wir werden es beim Tvinnern tun. Das ist die schnellste Methode. Und die beste, meinst du nicht?«

Und nun war Torlyri an der Reihe, verstört zu sein. Aber als die Opferpriesterin hatte sie ja schon mit Hresh getvinnert; sie hatte das mit allen im Stamm getan; für sie war es nicht weiter schwierig. Also nahm sie ihn mit in ihr Tvinnr-Gemach, und wieder betteten sie sich zueinander und umarmten sich, und ihre Sensororgane verflochten sich, und sie wurden eins in ihren Seelen. An jenem seinem Erst-Tvinnr-Tag hatte Torlyri in Hresh eine große Fremdheit und Seltsamkeit wahrgenommen und die Kompliziertheit seines Denkens gespürt, und eine Einsamkeit in ihm, die er vermutlich sich selbst nicht eingestand; und nun spürte sie all dies erneut, aber viel intensiver, so als leide er Schmerzen. Sie vergaß ihr Verlangen und wollte Hresh in Liebe und Wärme einhüllen und seinen Kummer lindern, doch war dies etwas, das er nicht zu erlauben beabsichtigte. Sie hatten an diesem Tag andere Aufgaben zu erfüllen. Und so wuchtete er hastig eine Barriere nieder, um seine persönlichen Gefühle abzuschirmen – Torlyri hatte nicht gewußt, daß es möglich sei, dies zu tun, sich dermaßen vollständig vom Tvinnr-Partner abzuschotten; doch natürlich war Hresh ja nicht wie andere Leute – und dann, verborgen hinter dieser undurchdringlichen Wand, griff er zu ihr herüber, benutzte die Tvinnr-Vereinigung als Brücke und begann sie ganz nüchtern und sachlich in der Sprache der Beng zu unterrichten.

Als später der Bann gebrochen und ihre Seelen wieder getrennt waren, redete er zu ihr in der Bengsprache, und sie verstand ihn und antwortete ihm in eben dieser Sprache.

»So, das wär's«, sagte er. »Nun kannst du also die Sprache ebenfalls.«

Dieser schlaue Hresh! Natürlich beherrschte er die Zunge der Beng schon eine ganze Weile vollkommen. Das war ihr auf einmal klar. Koshmar hatte recht gehabt: Hresh hatte sie alle nur hingehalten, hatte nur vorgegeben, daß er weiteres Studium benötige, damit er der einzige bleibe, der im Besitz des Geheimnisses war. Torlyri hatte schon früher festgestellt, daß er sich gern an solche kleine Geheimnisse klammerte. Aber vielleicht lag es im Wesen der Chronisten, aus ihrem Wissen Rätsel und Geheimnisse zu machen? Damit der Stamm um so stärker von ihnen und ihrem Spezialwissen abhängig ist, dachte sie.

Aber andererseits hatte er sich ja nicht geweigert, sie zu unterrichten. Und jetzt hatte sie erreicht, wozu sie zu ihm gekommen war. Nun hatte sie sich das Rüstzeug verschafft und konnte das tun, wovor sie sich scheußlich fürchtete: Sie konnte zu dem Beng mit der vernarbten Schulter gehen und ihm erklären, wie sehr es sie nach ihm verlangte und – war dies Wirklichkeit? Konnte es sein? – daß sie ihn liebte.

Als die Sache mit Torlyri erledigt war, kehrte Hresh in sein Privatgemach zurück. Dort saß er still eine Weile, fast ohne zu denken, da und gewährte seinem Geist Erholung nach dem Energieabfluß, den er ihm zugemutet hatte. Dann stand er auf und trat ins Freie. Der Tempelplatz war leer. Die spätnachmittägliche Sonne stand an diesem Sommertag noch hoch im Westen, aber sie sah verquollen und kraftlos aus, während sie dem Meer entgegensank.

Ziellos begann er rasch von der Siedlung aus nordwärts zu wandern.

Die Tage waren lang dahin, in denen er sich die Mühe machte, Koshmar noch um ihre Erlaubnis zu bitten, ehe er sich auf Forschungsarbeit in Vengiboneeza begab, oder gar einen Krieger als Schutzbegleitung anforderte. Inzwischen ging er, wann immer es ihm beliebte, wohin immer es ihm beliebte. Ungewöhnlich allerdings war, daß er die Siedlung zu so fortgeschrittener Tagesstunde verließ. Seit geraumer Zeit schon hatte er keine Nacht mehr außerhalb verbracht. Während er jedoch heute immer weiter dahinwanderte und während die Schatten immer länger wuchsen, wurde ihm allmählich bewußt, daß es ja Nacht wurde und daß er dennoch immer noch weiter fortstrebte. Aber dies schien weiter nicht wichtig zu sein. Und er wanderte weiter.

Auch nach all den Jahren, die Hresh inmitten der Ruinen zugebracht hatte, war es klar, daß er kaum das ganze Vengiboneeza erforscht haben konnte. Der Bezirk, in den er jetzt vorstieß (seiner Vermutung nach: Friit Praheurt – oder vielleicht Friit Thaggoran), war ihm fast vollkommen unbekannt. Die Gebäude waren in schlechtem Erhaltungszustand, erdbebengeschädigt, verschoben, eingestürzte Fassaden zuhauf, hochgekantete Fundamente, und er mußte sich vorsichtig einen Weg über Gipsberge, verwuchtete Platten und nicht mehr identifizierbare Bildwerkhaufen suchen. Ab und zu entdeckte er Anzeichen, daß die Beng sich hier zu schaffen gemacht hatten: Fetzchen farbiger Bänder, um einen Pfad zu markieren; den sternzackigen grellgelben Farbklecks, den sie auf die Wände von Gebäuden pinselten, die sie für ›Heiligtümer‹ hielten; gelegentlich auch duftende Dunghaufen von ihren Zinnobären. Aber von den Beng selber sah er nichts.

Bei Einbruch der Nacht hockte er auf einem hohen pyramidenförmigen Hügel zertrümmerter Alabastersäulen, die vielleicht einst den Portikus zu einem verfallenen Tempel mit weitausladenden Seitenflügeln gebildet haben mochten, der vor ihm lag. Kleine Pelztiere mit langen schmalen Leibern und kurzen geschäftig hastenden Beinchen huschten in seiner Nähe umher und waren völlig unbeeindruckt und furchtlos. Sie wirkten harmlos. Eines rannte ihm bis zum Knie herauf, und dort saß es eine lange Weile, reckte den Kopf und spähte gescheit ringsum, saß aber sonst ganz still. Als Hresh es zu streicheln versuchte, lief es davon.

Die Dunkelheit nahm zu. Doch Hresh machte keine Anstalten zur Heimkehr. Er überlegte, ob er die Nacht hier verbringen könne.

Koshmar wird eine Stinkwut auf mich haben, dachte er.

Torlyri wird sich ganz schwere Sorgen machen. Und vielleicht auch Taniane.

Er zuckte die Achseln. Koshmars Verärgerungen spielten für ihn keine Rolle mehr. Wenn Torlyri über sein Verschwinden bekümmert war, nun, sie würde es rasch vergessen und vergeben, sobald er zurückkehrte. Und was Taniane betraf – Taniane, die würde wahrscheinlich nicht einmal bemerken, wenn er an diesem Abend nicht in die Siedlung zurückkehrte. Dachte er. Und so verdrängte er sämtliche drei Frauen aus seinem Bewußtsein. Und er verdrängte alles andere und jeden anderen aus dem Bewußtsein: das Volk, die Beng, die Große Welt, die Menschlichen und die Todessterne. Er saß nur da und war still und sah zu, wie die Sterne nach und nach auftauchten. Ruhe wuchs in ihm herauf. Es war fast wie bei einer Trance.

Aber als dann die Nacht wirklich hereingebrochen war, erblickte er aus dem Augenwinkel eine flüchtige helle Bewegung und war sofort wieder hellwach. Sein Herz hämmerte, und der Atem ging hastig und stoßweise.

Er stand auf und blickte sich um. Ja, ganz gewiß, da bewegte sich etwas: dort drüben, nahe dem Fundament der Tempelruine. Zuerst glaubte er, es handle sich um ein kleines kugeliges Tier, das hervorgekommen war, um Witterung von einer möglichen Beute aufzunehmen, doch dann sah er im weißen Schein des Sternenlichts den Metallschimmer und die Gelenkbeine. Was war das? Irgendeine Art Mechanischer? Aber die waren doch alle tot! Und das da sah den Mechanischen aus der Großen Welt nicht im geringsten ähnlich, die er in seinen Visionen erblickt hatte, aber auch nicht wie jene toten und verrostenden Mechanischen damals auf dem Berghang während des langen Trecks nach Westen. Die damals waren riesige, furchteinflößende Wesen. Aber dies hier hatte beinahe etwas Komisches an sich ... ein kleines wuselndes Ding, vielleicht halb so groß wie er selbst, kugelig, und es bewegte sich mit feierlich ernster Zielstrebigkeit auf merkwürdigen kleinen Metallstäbchen vorwärts.

Dann sah er ein zweites dieser Dinger. Und noch eines. Und dann wühlte ein Halbdutzend sich durch die trümmerübersäte Straße. Ruhig trat Hresh auf sie zu. Sie beachteten ihn gar nicht. Auf ihrer Oberseite waren kleine Globuskeln angebracht und verstrahlten scharfe Lichtstrahlen, die umherzuckten, als suchten sie etwas. Hin und wieder blieb eines der Dinger stehen und stocherte mit Metallarmen, die wie Peitschen aus dem Leib schossen, in den Ruinen herum. Manchmal griff einer zwischen zwei Trümmerblöcke, als wolle er an einer darunter verborgenen Sache etwas richten oder reparieren.

Hresh hielt die Luft an. Schon seit langem hatte er überall in Vengiboneeza Anzeichen dafür entdeckt, daß Reparaturarbeiten irgendwie die ganze Zeit über durchgeführt würden – daß die Stadt, trotz all ihrer Zerstörungen, noch immer und dennoch von unsichtbaren Kräften umsorgt wurde, von irgendwelchen Gespensterkräften, von Kräften der Großen Welt, die hinter den Kulissen auf sture und unbeirrbare Weise wirkten, um den Ort wieder funktionstüchtig zu machen. Eigentlich war seine Vermutung logisch, dachte er. Ein großer Teil der Stadt befand sich in einem betrüblichen

Zustand, aber doch keineswegs in einem derart furchtbaren Verfallszustand, wie man dies nach einer dermaßen langen Zeitspanne hätte erwarten müssen, und einige Stadtbezirke schienen fast gar nicht beschädigt zu sein. Also, er, Hresh, konnte sich durchaus vorstellen, daß da irgendwelche Wesen in der Stadt umherwuselten und versuchten, die Stadt wieder zusammenzukleistern. Aber es gab keinen handfesten Beweis dafür, daß es derartige Geschöpfe gebe. Keiner hatte jemals eines gesehen, und natürlich hatten sich auch nur wenige im Volk die Mühe gemacht, darüber auch nur spekulativ nachzudenken, denn *falls* solche Wesen gegenwärtig wären, würden sie ja höchstwahrscheinlich Geister sein, also Anlaß zu Angst und Schrecken.

Aber – da waren sie. Kleine rundliche Maschinen, die in den Trümmern herumstocherten.

Auch sie schenkten ihm ebenso wenig Aufmerksamkeit wie die kurzbeinigen Pelztierchen es getan hatten. Er näherte sich ihnen von hinten und beobachtete sie bei ihrer Arbeit. Ja, es war eindeutig, sie versuchten aufzuräumen, Ordnung zu schaffen: sie saugten die Steinstaubwolken in sich hinein, sie schoben große Tragbalken und Blöcke zu ordentlichen Haufen zusammen, sie stützten Bögen und Türeinfassungen ab. Dann berührte einer von ihnen, während Hresh hingerissen zusah, mit einem metallenen Auswuchs eine rote Steintür, die schrägwinkelig im Boden saß, und die Tür glitt beiseite wie auf gutgeölten Gleitschienen. Von drinnen strömte scharfes Licht. Hresh spähte an dem kleinen Mechanischen vorbei und erblickte einen hell erleuchteten unterirdischen Raum, in welchem in Reihen angeordnet allerhand funkelnde Maschinen standen, die anscheinend durchaus funktionstüchtig waren. Es war ein erregender, ein fast unerträglich quälender Anblick für ihn: eine neue Schatzkammer aus den Tagen der Großen Welt, und er hatte nichts von ihr gewußt! Er beugte sich vor und spähte fasziniert.

Dann berührte ihn eine Hand von hinten – und er sprang vor Furcht und Verblüffung in die Luft, und dann spürte er, wie man ihn packte und festhielt.

Eine rauhe Bengstimme bellte: »Wer bist du? Was hast du hier zu schaffen?«

Hresh wand sich in dem Griff und erblickte einen ziemlich beleibten Krieger des Helmvolks, ein Pfannkuchengesicht, finster und beinahe so erschreckend in seiner dummen Bedrohlichkeit wie Harruel. Auf dem Kopf trug er einen monströsen Bronzekegel als Helm, von dem gewaltige abstruse Metallgeweihe hervorsprangen, die schrecklich hoch in die Luft ragten. Die scharlachroten Augen des Mannes waren böse und furchterregend, seine Lippen zornig zusammengepreßt. Und hinter ihm erhob sich der ungeschlachte Riesenleib eines Zinnobären.

»Ich bin Hresh vom Stamme des Koshmar-Volkes«, sagte Hresh mit so fester Stimme, wie er es nur konnte, obwohl seine Stimme selbst ihm in den eigenen Ohren keineswegs als besonders sicher erschien.

»Du hast hier nichts zu suchen«, lautete die barsche, eisige Antwort.

»Aber hier ist das Heiligtum des Gottes Dawinno, zu dem ich eine heilige Wallfahrt gelobt habe. Ich möchte dich bitten, wegzugehen und mich meine Gebete verrichten zu lassen.«

»Es gibt keinen Gott Dawinno. Und Leute deiner Gattung dürfen hier nicht herkommen.«

»Auf wessen Befehl?«

»Auf Befehl des Hamok Trei, König der Beng. Ich bin dir heute abend durch die halbe Stadt gefolgt, aber du wirst nicht wieder fremdes Gebiet betreten. Dein Leben ist verwirkt.«

»Verwirkt?«

Der Beng hatte einen Speer, und an seinem Leibgurt hing in einer Scheide ein kurzes Breitschwert ... Hresh blickte starr vor sich hin und versuchte seine Angst zu verhehlen. Der Beng war doppelt so groß wie er, also wäre ein wie immer gearteter Kampf nicht in Frage gekommen, sogar wenn Hresh bewaffnet gewesen wäre, was nicht der Fall war. Kehrtmachen und fliehen, das war wohl ebenso illusorisch und dumm. Aber vielleicht konnte er diesen Krieger mit dem Zweiten Gesicht verwirren, aber auch dies war eine riskante und unsichere Sache. Dennoch, hier sterben zu sollen, allein, von der Hand eines Fremden ... und nur weil er an einen Ort gegangen war, an dem Hamok Trei ihn nicht haben wollte ...

Hresh richtete sein Sensororgan auf und schickte sich an, es einzusetzen. Fest richtete er seinen Blick auf die unerbittlichen Scharlachaugen des Behelmten. Der Beng hob seinen Speer.

Wenn er mich damit berührt, dachte Hresh, dann will ich ihn mit all meiner Stärke strafen. Und es ist mir gleich, ob ich ihn dabei töte oder nicht.

Aber dies war nicht nötig. Der Behelmte wies mit einer raschen brüsken Bewegung mit dem Speer auf Hresh und danach über seine Schulter, einigermaßen vage in Richtung auf die Siedlung des Helmvolkes. Er hatte also weiter nichts im Sinn, als Hresh vor den Hamok Trei zu führen. »Du wirst mit mir reiten«, sagte er und wies auf seinen Zinnobären. Und so einfach, als wäre Hresh aus Luft, hob ihn der Beng mit einer Hand hoch und setzte ihn zwischen den voluminösen Buckeln des Riesentieres ab. Dann sprang er ebenfalls herauf und berührte mit seinem Sensororgan den Schädel des Zinnobären am Hinterkopf. Und das gewaltige rote Vieh setzte sich mit langsamen qualvollen Schaukelbewegungen, die Hresh augenblicklich Magenkrämpfe verursachten, in Richtung auf die Beng-Siedlung in Gang.

Doch es erschien dann Noum om Beng, nicht Hamok Trei, und saß in jener Nacht zu Gericht. Der gebrechliche Alte, den Hreshs Fänger aus seinen Gemächern holte, kam verwirrt dahergestolpert. Doch als man ihm die Situation erklärt hatte, begann er zu lachen.

»Du darfst nicht an verbotene Orte gehen, Junge«, sagte der Chronist der Beng, und gab Hresh einen sanften Backenstreich. »Hast du die Markierungen nicht gesehen?«

Hresh antwortete nicht. Er war nicht willens, sich von den Verbotsschildern der Beng in seinen Streifzügen durch die Stadt behindern zu lassen.

Noum om Beng schlug ihn erneut, noch leichter diesmal, wie das Streicheln mit einer Feder war es. Dann wandte er sich ab. Dem Krieger, der Hresh gefangen genommen hatte, befahl er brüsk: »Bring den Knaben zu seinem Volk zurück.«

Im kaltschimmernden Licht des mitternächtlichen Mondes fand Hresh sich wieder in seiner Siedlung ein. Alles schlief, außer Moarn, der Wachdienst hatte. Während der Beng-Krieger davonritt, blickte Moarn Hresh ohne besonderes Interesse an.

Es währte lange, bis der Schlaf zu Hresh kam, und dann träumte er von kleinen schimmernden mechanischen Geschöpfen, die wie stumme Heerscharen durch endlose zerstörte Straßen rollten, und von seltsamen geheimnisvollen Objekten, die in den Tiefen der Erde verborgen lagen.

Am nächsten Morgen machte er sich für den mächtigen Zorn Koshmars bereit, der auf ihn niederfallen würde. Aber zu seiner Erleichterung – und irgendwie auch zu seiner Kümmernis – schien keiner seine Abwesenheit überhaupt bemerkt zu haben.

Hundertmal hatte Torlyri die Worte geprobt. Doch als sie sich nun der Siedlung der Behelmten näherte, waren sie aus ihrem Kopf wie fortgeblasen, und sie fühlte sich völlig verloren, durcheinander und verwirrt und war nicht einmal fähig, ihre eigene Sprache richtig zu sprechen, geschweige denn die der Beng.

Seit dem Tvinnr mit Hresh waren drei Tage verstrichen. Doch erst heute hatte sie genug Mut fassen und diesen Gang antreten können. Es war ein heißer, feuchter Morgen, ein hartnäckiger schwüler Wind fegte graue Staubwolken in den ausgetrockneten Straßen auf und wirbelte sie ärgerlich um Torlyri herum. Immer wieder dachte sie daran, lieber wieder umzukehren. Ihr Besuch erschien ihr auf einmal als völliger Wahnsinn. Nie im Leben würde es ihr gelingen, sich verständlich zu machen. Doch auch wenn es möglich wäre und wenn es ihr gelingen sollte, den Mann zu finden, den sie treffen wollte, wozu sollte das gut sein? Sie würde nichts als Schmerz davon haben, dessen war sie sich sicher, und Schmerz und Kummer hatte sie bereits zur Genüge erfahren.

Angespannt und mit verkniffenem Gesicht zwang sie sich zum Weitergehen. Die lange enge Zufahrt zwischen den zerstörten weißen Häuserfassaden hinab, die in den Bezirk Dawinno Galihine führte. Am Eingang zur Beng-Siedlung tauchte ein behelmter Wachposten auf und blickte sie forschend an.

»Wirst du erwartet?« fragte er. »Was ist dein Geschäft? Wen zu sprechen bist du hier?«

Er sprach in der scharfen bellenden Bengzunge. Seine Worte hätten für Torlyri unverständliches Kauderwelsch sein müssen. Und doch hatte sie keinerlei Mühe, ihren Sinn zu begreifen. Also hatte es geklappt! Hresh hatte sie – getreulich seinem Wort – tatsächlich die fremde Sprache verstehen gelehrt!

Aber ob sie sie auch selbst nun zu sprechen vermochte?

Ihr fielen keine Worte ein. Sie steckten tief in ihrem Gehirn und wollten ihr nicht auf die Lippen steigen. *Ich bin gekommen, um den Mann mit der Narbe auf der Schulter zu besuchen*, das hatte sie sagen wollen. Aber sie fand es einfach unmöglich, sich zu überwinden und diesem Posten da so etwas zu sagen. Sie war an diesem Tag schüchtern wie ein junges Mädchen; und die Stimme des Mannes hatte für ihre Ohren kalt und feindselig geklungen, und seine Worte waren wie eine Abfuhr, eine Zurückweisung für sie gewesen, obwohl sie wahrscheinlich nichts weiter als eine Routinebefragung darstellten. Furcht überkam sie. Die Entschlossenheit, die sie hierher geführt hatte, war nie besonders fest gewesen, und jetzt kam sie ihr völlig abhanden. Sie war gar nicht gekommen, um jemanden zu besuchen; das Ganze war ein Irrtum; und sie hatte hier nichts zu suchen. Ohne zu antworten machte sie kehrt und wollte weggehen.

»Warte!« sagte der Beng. »Wohin willst du, Weib?«

Sie rang mit sich selbst und blieb stehen. Noch immer brachte sie kein Wort hervor.

Schließlich gelang es ihr nur dies zu stammeln: »Bitte ... bitte ...«

Sie merkte, daß sie bengisch gesprochen hatte. Wie seltsam das war, daß sie diese fremden Wörter verwendet hatte! Nun mach schon, dachte sie. Sag das übrige auch noch. *Ich bin gekommen, um den Mann mit der Narbe auf der Schulter zu besuchen.* Nein, sie konnte es noch immer nicht sagen, nicht zu diesem finster blickenden Fremden – und zu gar keinem. Sie konnte es ja kaum zu sich selber sagen.

»Du bist die Opferfrau?«

Torlyri blickte ihn groß an. »Du kennst mich?«

»Alle kennen dich, ja. Warte hier! Genau hier an dieser Stelle, Priesterin. Hast du mich verstanden?« Er zeigte auf den Boden. »Hier. Stehenbleiben!«

Sie nickte.

Aber ich kann ja ihre Sprache sprechen! dachte sie verwundert. Und ich verstehe, was er zu mir sagt. Und dann mache ich den Mund auf, und herauskommen ihre Wörter.

Der Posten machte scharf kehrt und verschwand in der Beng-Siedlung.

Und Torlyri stand da und zitterte. Er will, daß ich hier warte, sagte sie sich. Warte – worauf? Auf wen? Was soll ich nur tun?

Warte sagte eine Stimme tief in ihrem Innern.

Die Minuten glitten dahin, und der Wachposten kehrte nicht zurück. Der heiße staubgeschwängerte Wind wehte mit solcher Wucht durch die Schlucht der leeren alten Gebäude, daß sie sich mit den Händen das Gesicht gegen ihn schützen mußte. Und wieder dachte sie daran, sich still und rasch zu entfernen, ehe jemand herankam. Und wieder zögerte sie. Sie wollte weder bleiben noch fortgehen. Und nun begann ihre eigene Unentschlossenheit ihr Spaß zu bereiten und sie zum Spott zu reizen. Du, in deinem Alter! sagte sie sich. Solche Befürchtungen? Solch eine lächerliche Schüchternheit? Wie eine kleine Göre. Wie ein ganz kleines junges dummes Mädchen!

»Opferfrau! Hier ist er, Opferpriesterin!«

Der Wachposten war zurückgekehrt. Und an seiner Seite war *er*. Sie hatte nicht zu fragen brauchen; der Posten hatte Bescheid gewußt. Wie ausgesprochen peinlich! Aber auch – um wieviel einfacher für sie.

Der Posten trat zurück, der andere kam näher. Torlyri sah die Narbenschulter, sah seine wunderschönen forschenden roten Augen, den hohen gewölbten Goldhelm. Sie begann zu zittern und befahl sich erzürnt, damit aufzuhören. Niemand hatte ihr diesen Augenblick aufgezwungen. Sie selbst hatte ihn so gewollt. Nur sich allein konnte sie bestenfalls beschuldigen.

Und im nächsten Augenblick merkte sie, daß sie gleich zu weinen beginnen würde. Trotzdem gelang es ihr nicht, sich wieder unter Kontrolle zu bringen. Ihre Furcht war zu gewaltig. Hier stand ihre Seele auf dem Spiel. Solange keiner von beiden die Sprache des anderen verstehen oder sprechen konnte, war der kleine Flirt, den Torlyri sich erlaubte, durchaus ungefährlich, nicht mehr als ein unschuldiges Spiel, ein angenehmer

Zeitvertreib. Sie konnte noch immer so tun, als wäre da gar nichts zwischen ihnen beiden, daß nichts versprochen und nichts gewagt worden war, nichts war geschehen und verbindlich. Und wahrlich, dem war so. Leider.

Doch nun, daß sie die Bengsprache verstand ...

Nun, da sie ausdrücken konnte, was sie auf dem Herzen hatte ...

Der Wind blies nun noch heißer und heftiger, so daß die schwere Staubfracht, die er mit sich trug, den Himmel über Dawinno Galihine verdunkelte. Torlyri hatte den Eindruck, der Wind würde – falls er nur noch um ein weniges stärker werden sollte – diese wackeligen Bauten niederwehen, die den Stürmen und Erdbeben von siebenmal hunderttausend Jahren standgehalten hatten.

Der Narbenschultrige starrte sie seltsam an, als sei er über ihr Kommen erstaunt, und dabei hatte sie doch bereits viele Male zuvor der Beng-Siedlung Besuche abgestattet. Lange sagte er kein Wort. Und sie auch nicht.

Schließlich sagte er: »Opferfrau?«

»Torlyri ist mein Name.«

»Torlyri. Es ist ein sehr schöner Name. Du verstehst, was ich zu dir sage?«

»Wenn du langsam sprichst. Und du? Verstehst du auch mich?«

»Du sprichst unsere Worte sehr schön. Sehr schön. Deine Stimme ist so weich.« Er lächelte und hob beide Hände an die Seiten seines Helmes und ließ sie dort für einen Augenblick liegen, als sei er unentschlossen. Dann schnürte er hastig den Kinnriemen auf und nahm den Helm ab. Sie hatte ihn noch nie mit unbedecktem Haupt gesehen, ja, sie hatte noch nie irgendeinen der Beng-Männer ohne Kopfschmuck erblickt. Die Verwandlung war beunruhigend. Auf einmal erschien ihr sein Kopf seltsam klein und seine Statur wie geschrumpft, auch wenn er – von der ungewohnten Färbung des Fells und der Augen abgesehen – nun genauso aussah wie irgendein Mann in Torlyris eigenem Stamm.

Der Posten, der sich etwas abseits herumgetrieben hatte, hustete demonstrativ und wandte sich ab. Torlyri begriff, daß die Helmabnahme irgendwie eine Art Einladung zur Vertraulichkeit darstellen mußte oder vielleicht ein gar noch bedeutungsschwangerer Akt der Verpflichtung und Preisgabe sein konnte. Das Zittern, das verflogen war, ohne daß sie es bemerkt hätte, begann von neuem.

Er sprach: »Mein Name lautet Trei Husathirn. Willst du mit mir in mein Haus kommen?«

Sie setzte an, ihm zu sagen ja, und gern. Doch sie hielt sich im Zaum. Gut, sie verstand die Sprache der Beng – oder doch immerhin so bruchstückhaft, wie Hresh sie erlernen und sie ihr hatte beibringen können –, aber woher sollte sie die versteckten Bedeutungen hinter den Wortbedeutungen wissen? Was bedeutete »Willst du mit mir in mein Haus kommen?« wirklich? War es eine Aufforderung zur Kopulation? Zum Tvinnern? Vielleicht sogar zur Ehelichkeit? Yissou, steh mir bei, wenn dem so ist, dachte sie, wenn er annimmt, ich verpflichte mich und gelobe mich ihm an als seine eheliche Gefährtin, wo ich doch nichts weiter von ihm weiß als seinen Namen! Oder bedeutete der Satz weiter nichts als eine Feststellung, daß man ja nicht in einer glühend heißen, staubigen windgepeitschten Straße stehen müsse, wenn man an einem weitaus angenehmeren Ort gemütlich bei Wein und Gebäck sitzen könne?

Sie stand da, blickte ihm forschend ins Gesicht und betete um göttliche Leitung.

In dieses Schweigen hinein sprach er – und er klingt irgendwie verletzt, dachte sie, obwohl ja der Tonfall der Bengsprache dermaßen heftig ist, daß man da nicht sicher sein kann: »Du willst also nicht mit mir kommen?«

»Das habe ich nicht gesagt.«

»Dann laß uns gehen.«

»Du mußt aber verstehen – ich kann nicht lange bleiben ...«

»Natürlich. Nur eine kleine Weile.«

Er wandte sich zum Gehen; doch sie blieb immer noch bewegungslos stehen.

»Torlyri?« sagte er und streckte die Hand nach ihr aus, ohne sie allerdings zu berühren.

Ohne seinen Helm wirkte er seltsam verletzlich. Sie wünschte sich, er möge ihn wieder aufsetzen. Es war nämlich der Helm gewesen, durch den er zuerst ihre Aufmerksamkeit auf sich gelenkt hatte; dieser schlichte schimmernde goldene Kuppelhelm, mit dem feinen Blattzierat, so ganz anders als die alptraumhaften gespenstischen Monstrositäten, welche die meisten seiner männlichen Stammesgenossen bevorzugten. Ja, sein Helm war es gewesen und dann – etwas in seinen Augen, und die Art, wie er lächelte, und seine Haltung. Aber von dem Mann hinter diesen Augen wußte sie ja noch immer gar nichts.

»Torlyri?« bat er fast kläglich.

»Also schön. Ein kurzer Besuch.«

»Du willst also! Nakhaba!« In seinem Entzücken glühten seine unheimlichen roten Augen wie Feuersonnen. »Ein kurzer Besuch, o ja! Komm, komm mit! Ich habe etwas für dich, Torlyri, ein Geschenk, etwas Kostbares, ganz speziell für dich. Also, komm!«

Rasch schritt er am Wachposten vorbei und wandte sich nicht einmal um, ob sie ihm auch folge. Der Posten machte eine Handbewegung, die sie nicht deuten konnte, die ihr aber freundlich vorkam: vielleicht ein heiliges Segenszeichen – oder aber vielleicht auch nur eine harmlose Obszonität, Torlyri schlug das Yissou-Zeichen zu ihm hin, dann lief sie hinter Trei Husathirn drein.

Sein Haus, wie er es genannt hatte, war ein einziger Raum. Er lag im Erdgeschoß eines baufälligen Palastes der Saphiräugigen, einem Gebäude aus weißem Stein, dessen gefügte Blöcke von einem geheimnisvollen gelben Feuer im Innern zu glühen schienen. Trei Husathirns Wohnung war ein karg ausgestatteter Ort: ein Stapel von Fellen diente als Bettlager, ein schlichter Standaltar oder dergleichen in einer Nische, an der Wand ein paar Speere und Wurfstöcke, einige kleine Korbtruhen, die Kleidung oder andere persönliche Gegenstände enthalten mochten.

Torlyri entdeckte nirgends Anzeichen für die Gegenwart einer Frau in dieser Einrichtung. Daraufhin überkam sie eine heftige freudige Erleichterung; und dann war sie beschämt, weil sie solch große Erleichterung verspürte.

Trei Husathirn kniete vor seinem Altar nieder und flüsterte einige Worte, die sie nicht hören konnte, dann legte er mit sichtlicher Ehrerbietung seinen Helm in die Altarnische. Und dann erhob er sich und trat auf sie zu, und sie standen da, von Angesicht zu Angesicht, und keiner sprach ein Wort.

Sie dachte an all die Worte, die sie ihm zu sagen sich vorgenommen hatte, sobald sie endlich einmal allein sein sollten, nun da sie sich endlich angemessen mit ihm unterhalten konnte, und sie erkannte nun mit einem Schlag, wie aberwitzig die kleine Rede war, die sie sich zusammengebastelt hatte. Ihm von Liebe reden? Wie? Mit welchem Recht? Sie waren einander Fremde. Bei den gelegentlichen Begegnungen, wenn Angehörige des einen Stammes zu Gast bei dem anderen weilten, hatte es ihnen Spaß gemacht, einander zu beäugen, einander zuzublinzeln, zu grinsen und auf Gegenstände zu deuten und zu lachen, weil ihnen etwas auf einmal lustig vorgekommen war, und nur die Götter mochten wissen, warum. Aber nichts war je zwischen ihnen vorgegangen. Nichts. Bis vor wenigen Minuten hatte sie nicht einmal seinen Namen gekannt. Und er hatte weiter nichts von ihr gewußt, als daß sie die Opferfrau ihres

Stammes sei, und auch das war vielleicht für ihn ohne irgendeine reale Bedeutung. Und nun standen sie da, von Angesicht zu Angesicht, und waren stumm und hatten alle beide nicht die geringste Vorstellung davon, was sie als nächstes tun oder sprechen sollten.

Zu ihrem Entsetzen hob sich Torlyris Hand zu seiner rechten Schulter und fuhr zart über die lange schmale Narbe, die von dem fleischigen Teil seines Oberarms bis seitlich an den Hals verlief. Dort waren die Pelzhaare ausgegangen, und die glatte rosigsilberne Haut fühlte sich seltsam an – wie feines altes Pergament. Als ihr bewußt wurde, was sie tat, wich sie hastig zurück, als hätte sie ihre Hand in eine Feuerlohe gesteckt.

»Von den Hjjk«, sagte er. »Als ich ein Junge war. Ihre Schnäbel, sehr scharf. Drei von ihnen sind dafür gestorben.«

»Es tut mir ja so leid.«

»Oh, es ist lange her. Ich denke selten daran.«

Das Zittern überkam sie wieder. Torlyri zwang sich zur Beherrschung. Seine Augen ruhten ohne Schwanken auf ihrem Gesicht, auf ihren Augen, und sie zwang sich, seinem Blick standzuhalten. Sie waren beide fast gleich groß, aber schließlich war sie ja ziemlich hochgewachsen für eine Frau. Er strahlte eine große Kraft aus. Eindeutig – er war ein Krieger, und gewiß ein tapferer.

Und nun war er an der Reihe und berührte sie. Sacht fuhr er mit den Fingern über die scharfe weiße Spirale, die von ihrer rechten Schulter über die Brust bis zur Hüfte durch ihr Fell verlief, und dann strich er mit der Hand über den seitenverkehrten Streifen an ihrer linken Flanke.

»Sehr schön«, sagte er. »Dieses Weiß. Nie habe ich etwas Vergleichbares gesehen.«

»Es ... es ist nicht weit verbreitet bei uns.«

»Du hast ein Kind, Torlyri? Mit diesem Weiß?«

»Ich habe keine Kinder. Nein.«

»Einen Mann? Du hast einen Mann?«

Sie sah den gespannten Ausdruck in seinem Gesicht.

Am einfachsten wäre es gewesen, wenn sie ihm erzählt hätte, was schließlich die reine Wahrheit war: Nein, ich habe keinen Mann. Doch war dies nur ein Teil der Wahrheit, doch sie wollte dringend, daß er mehr erfahre. »Ich hatte einmal für eine Weile einen Mann«, sagte sie. »Aber er ging fort.«

»Ach.«

»Er ging weit fort. Ich werde ihn nie wiedersehen.«

»Das tut mir sehr leid, Torlyri.«

Sie brachte ein zuckendes Lächeln zustande. »Ach, wirklich?«

»Es tut mir leid, daß du verletzt worden bist, ja. Nicht, daß der Mann fortgezogen ist. Nein, das könnte ich nicht behaupten.«

»Ach«, sagte diesmal sie.

Dann waren sie wieder stumm, doch nun war es ein anderes Schweigen als das vorherige verlegene und steife.

Dann sagte sie: »Es war in meinem Stamm niemals Brauch, daß die Opferfrau sich einem Gefährten verbindet, aber als wir dann aus dem Kokon auszogen, veränderte sich alles und es kamen neue Sitten auf. Und mir wurde bewußt, daß auch ich wie alle anderen mich nach einem Gefährten sehnte, und so nahm ich mir denn einen. Aber ich hatte meinen Mann nur für kurze Zeit, und all dies geschah erst kürzlich. Du verstehst, was ich dir sage, Trei Husathirn? Den Großteil meines Lebens habe ich ohne Mann verbracht, und es hat mich nicht gestört. Und dann hatte ich einen Mann, und ich glaube, ich war glücklich mit ihm; und dann hat er mich verlassen, und das tat sehr weh. Es gibt Zeiten, da glaube ich, es wäre mir besser geschehen, wenn ich nie einen Mann gehabt hätte, als daß ich einen hatte, um ihn dann so zu verlieren.«

»Nein«, sagte er. »Wie kannst du so sprechen? Du hast doch Liebe erfahren, oder? Der Mann geht fort, doch das Wissen um die Liebe, die du erlebt hast, kann nie fortgehen. Oder würdest du lieber die Liebe niemals in deinem Leben erfahren haben?«

»Oh, ich habe Liebe erfahren, eine andere Art Liebe als die zwischen ihm und mir. Die Liebe Koshmars, meiner ...« Sie brach ab, denn sie merkte, daß sie das Bengwort für Tvinnr-Partner nicht kannte. »Meine Freundin«, sagte sie schließlich halbherzig. »Und die Liebe meines ganzen Stammes. Ich weiß, daß ich von den Leuten sehr geliebt werde, und ich liebe sie alle auch.«

»Das ist nicht dieselbe Art von Liebe.«

»Vielleicht. Vielleicht.« Sie holte tief Luft. »Und du? Hast du eine Frau, Trei Husathirn?«

»Ich hatte einst eine, ja.«

»Ach.«

»Sie ist tot. Die Hjjk ...«

»Zur selben Zeit wie dies?« Sie zeigte auf die Narbe.

»In einem späteren Kampf. Viel später.«

»Hattet ihr viele Kämpfe mit den Hjjk?«

Trei Husathirn zuckte die Achseln. »Sie sind überall. Sie fügten uns Leiden zu, und ich glaube, auch wir machten sie leiden. Obwohl sie scheinbar keinerlei Schmerz zu fühlen scheinen, weder in ihren Körpern noch in der Seele.« Er schüttelte den Kopf und verzog das Gesicht, als verursache es ihm Brechreiz, wenn er über die Hjjk reden mußte. »Aber ich sagte dir, ich habe ein Geschenk für dich, Torlyri.«

»Ja. Aber es wäre nicht nötig ...«

»Bitte«, sagte er. Er suchte in einem seiner Flechtkörbe herum und holte einen Helm hervor; nicht einen von der scheußlich abschreckenden Sorte, sondern einen kleineren, wie Torlyri sie bei manchen Bengfrauen gesehen hatte. Er war aus einem schimmernden roten Metall gefertigt und auf Hochglanz poliert und spiegelte hell, beinahe wie ein Spiegel, war dabei jedoch in der Linie zierlich und angenehm, ein Stumpfkegel mit zwei gerundeten Spitzen und einem komplizierten Schlängelmuster, das von Meisterhand ins Metall geschnitten war. Schüchtern reichte er ihr den Helm hin. Sie starrte das Kleinod an, ohne es entgegenzunehmen.

»Es ist wunderschön«, sagte sie. »Aber das könnte ich nicht annehmen.«

»Du wirst es. Bitte!«

»Es ist viel zu wertvoll.«

»Es ist sehr wertvoll. Deshalb schenke ich es dir.«

»Was bedeutet es«, fragte Torlyri nach einer Pause, »wenn eine Frau von einem Mann einen Helm annimmt?«

Trei Husathirn blickte verlegen drein. »Daß sie Freunde sind.«

»Aha«, sagte sie. »Sie hatte von Koshmar als von ihrer *Freundin* gesprochen. »Und Freundschaft zwischen Mann und Frau? Was bedeutet dies?«

Er wirkte noch verlegener. »Es bedeutet ... es bedeutet ... du mußt das verstehen ... es ... bedeutet ... ach, Torlyri, muß ich es denn sagen, muß ich? Du weißt es doch! Du weißt!«

»Ich habe mich einem Mann als freundliche Freundin gegeben, und er hat mich verletzt.«

»Das geschieht. Aber nicht immer.«

»Wir sind aus verschiedenen Stämmen – es gibt keinen Präzedenzfall ...«

»Du sprichst unsere Sprache. Du wirst auch unsere Art erlernen.« Wieder hielt er ihr den schimmernden Helm hin. »Zwischen uns schwingt etwas. Das weißt du. Das weißt du von Anfang an. Auch als wir noch nicht miteinander sprechen konnten, war da etwas. Dieser Helm ist dein, Torlyri. Viele Jahre lang bewahrte ich ihn in diesem Korb auf, jetzt aber gebe ich ihn dir. Nimm ihn! Bitte!«

Und nun zitterte er. Das konnte sie nicht ertragen. Sacht nahm sie den Helm aus seinen Händen und hielt ihn sich über das Haupt, als wolle sie ihn anprobieren, aber dann, ohne daß er ihr Fell berührt hätte, nahm sie ihn und drückte ihn gegen ihren Busen und legte ihn dann sorgsam beiseite.

»Ich danke dir«, flüsterte sie. »Ich will ihn bis ans Ende meines Lebens ehren und hochschätzen.«

Wieder berührte sie seine Narbe. Leicht und liebevoll. Seine Hand legte sich auf den weißen Streifen, der an ihrer linken Schulter begann und wanderte dann über ihren Leib bis zur Brust, und dort hielt sie inne. Sie bewegte sich auf ihn zu. Und dann nahm er sie in seine Arme und zog sie zu den aufgeschichteten Fellen.

Unter dem heißen beißenden Wind aus dem Süden fühlte Taniane, wie sich in ihrem Herzen ein heftiges körperliches und seelisches Verlangen zu rühren begann.

Ihr ganzer Unterleib und ihre Schenkel und bis tief hinein in ihre weiblichen Teile waren von einem pulsierenden Drängen erfüllt, das weiter nicht schwer zu begreifen war. Es würde ihr guttun, heute zu kopulieren. Vielleicht war Haniman irgendwo greifbar in der Nähe, sonst würde sie auch mit Orbin vorliebnehmen. Orbin sagte nie nein.

Aber dann verspürte sie auch diese Spannung in der Stirn und in den unteren Nackenwirbeln und tiefer hinab, das ganze Rückgrat entlang, und dies sprach eher zugunsten eines Tvinnr. Sie hatte schon lange nicht mehr getvinnert. Ja eigentlich tat sie es sowieso ziemlich selten, einfach weil ihr dazu ein Partner fehlte, der ihren Geist anrühren konnte. Doch heute schien ihr Verlangen und ihr Bedürfnis wirklich dringlich zu sein. Aber vielleicht verwechsle ich es bloß mit dem Verlangen nach einer Kopulation, und vielleicht verschwindet dieser andere Druck, sobald ich die Lust gefunden, die mein Körper ersehnt?

Aber noch etwas anderes beunruhigte sie, und es war

weder Kopulationsverlangen noch Tvinnr-Verlangen: Es war eine Ruhelosigkeit, ein tiefliegendes Gefühl der Ungeduld und des Unbehagens, das aus keiner eindeutigen Wurzel zu entspringen schien. Sie spürte es in den Zähnen, hinter den Augen, in der Magengrube; aber sie wußte, dies waren nur die äußeren Erscheinungen eines seelischen Schmerzes. Das Gefühl war ihr nicht unvertraut, doch war es heute intensiver als gewöhnlich, als habe es der unablässige, zum Wahnsinn treibende trokkene Sturmwind zu brennender Hitze angefacht. Irgendwie stand das in Zusammenhang mit dem Abzug Harruels und seiner Gefolgsleute – inzwischen hatte Taniane sich zu der Überzeugung verstiegen, daß sie in fernen Ländern voller Wunder die allertollsten Abenteuer erleben müßten, während sie hier sinnlos im staubigen zerbröckelnden Vengiboneeza in der Falle saß ... Und es hatte auch etwas zu tun mit der sich immer mehr ausbreitenden Nähe der Beng. Die Beng gaben sich als Freund, aber es war eine Freundschaft von merkwürdiger Art. Auf ihre freundliche Weise hatten sie langsam, doch stetig fast sämtliche Bezirke der Stadt ganz in Besitz genommen, als wären sie die Herren der Stadt und Koshmars Stamm nichts weiter als eine verlotterte armselige Bande von Eindringlingen, die die Beng liebenswürdigerweise hier duldeten. Koshmars Passivität, ihr Stillhalten angesichts dieser Ausbreitung ärgerte Taniane gleichfalls. Koshmar hatte sich überhaupt nicht darum bemüht, mit diesen Beng zu verhandeln. Sie hatte nichts unternommen, der Ausdehnung ihrer Macht entgegenzuwirken. Sie zuckte bloß die Achseln und ließ diese Leute tun, was ihnen gefiel.

Koshmar schien überhaupt schon lange kaum noch sie selber zu sein. Taniane hatte den Eindruck, daß der Abfall Harruels sie wohl zerstört haben mußte. Und wie es aussah, gab es da auch noch irgendwelche Schwierigkeiten zwischen Koshmar und Torlyri. Man traf Torlyri in jüngster Zeit kaum noch jemals in der Siedlung an, denn sie verbrachte die meiste Zeit fern bei den Beng. Es ging das Gerücht, daß Torlyri sich einen bengischen Liebhaber gesucht habe. Wieso tolerierte Koshmar so etwas? Was war denn bloß *los* mit Koshmar? Wenn es ihr an der Kraft mangelte, weiterhin Häuptling zu sein, warum trat sie dann nicht ab und machte jemandem mit ein bißchen mehr Mumm Platz? Außerdem war Koshmar inzwischen bereits jenseits des ehemaligen Grenzalters. Wenn der Stamm noch im Kokon lebte, dachte Taniane, wäre Koshmar inzwischen in ihren Tod hinausgegangen, und ich wäre höchstwahrscheinlich jetzt Stammeshäuptling. Doch die Altersbegrenzung gab es nicht mehr, und Koshmar weigerte sich, die Macht aus den Händen zu geben.

Taniane hegte kein Verlangen danach, Koshmar gewaltsam zu stürzen, außerdem glaubte sie auch nicht, daß sie im Volk Unterstützung finden würde, sollte sie es versuchen, obschon sie die einzige Frau im Stamm mit dem richtigen Alter und dem rechten Geist und Mut war, um Häuptling zu werden. Aber geschehen mußte etwas. Wir brauchen eine neue Führung, dachte sie, und zwar bald. Und die neue Führung, sagte sie sich, muß Mittel und Wege finden, um die Übergriffe der Beng zum Stillstand zu bringen.

Sie überquerte den Platz und trat in das Lagerhaus, in dem die Artefakte aus der großen Welt aufbewahrt wurden. Sie hoffte, Haniman hier zu finden, um das einfachste der Bedürfnisse zu erledigen, die ihr an diesem Morgen zu schaffen machten.

Doch statt Hanimans stieß sie auf Hresh, der trübsinnig zwischen den rätselhaften uralten Gerätschaften umherstapfte, die er und seine Sucher gesammelt hatten und die man seit der Ankunft der Beng weitgehend vernachlässigt hatte. Er blickte von irgendeinem Kram auf, sprach sie jedoch nicht an.

»Stör ich?« fragte sie.

»Nicht sonderlich. Willst du irgendwas?«

»Ich war auf der Suche nach ... naja, das spielt keine Rolle. Du siehst bedrückt aus, Hresh.«

»Genau wie du.«

»Es ist dieser Mistwind. Ob der je wieder aufhört zu blasen, was meinst du?«

Er zuckte die Achseln. »Er wird aufhören, wenn er aufhört. Im Norden hängt Regen, und diese trockne Luft strömt darauf zu.«

»Du durchschaust so viele Dinge, Hresh.«

Er wandte das Gesicht ab und sagte: »Ich begreife kaum überhaupt etwas.«

»Irgendwas macht dich aber *wirklich* elend.«

Sie schob sich näher an ihn heran. Mit hängenden Schultern stand er da und sagte nichts, spielte nur uninteressiert mit einem silbrigen komplizierten Gerät herum, dessen Funktionszweck bislang keiner hatte bestimmen können. Wie mager er ist, dachte sie. Wie wenig stabil! Und auf einmal quoll ihr das Herz über vor hertiger Liebe zu ihm. Sie erkannte, daß effektiv er vielleicht sich vor ihr fürchtete, er, dessen große Weisheit und rätselhaften Geisteskräfte *sie* als dermaßen furchteinflößend empfunden hatte. Sie hätte gern den Arm um ihn gelegt, so wie Torlyri es gewohnt war zu tun, um ihn zu trösten und ihn dann in eine warme Umarmung zu ziehen. Doch er war durch einen Vorhang von Kummer entzogen, hinter dem er sich verbarg.

Sie sagte: »So erzähl mir doch, was dich beunruhigt.«

»Hab ich gesagt, irgendwas täte dies?«

»Das kann ich dir am Gesicht ablesen.«

Ärgerlich schüttelte er den Kopf. »Laß mich in Ruhe, Taniane! Suchst du Haniman? Ich weiß nicht, wo er ist. Möglich, daß er mit Orbin unten am Wasser zum Fischen ist, oder ...«

»Ich bin nicht wegen Haniman hergekommen«, sagte sie. Und dann hörte sie sich zu ihrer eigenen großen Überraschung hinzufügen: »Ich hab dich gesucht, Hresh.«

»*Mich?* Was hast du denn mit mir im Sinn?«

In ihrer Verzweiflung improvisierte sie: »Könntest du mich ein paar Worte der Bengsprache lehren? Was meinst du? Nur ein bißchen davon?«

»Was, du auch?«

»Hat dich denn schon jemand darum gebeten?«

»Torlyri. Dieser Beng, den sie da hat, der mit der Narbe, mit dem sie immer so herumgealbert und geflirtet hat – sie liebt ihn, hast du das nicht gewußt? Vor ein paar Tagen ist sie zu mir gekommen und hat einen ganz merkwürdigen komischen Ausdruck in den Augen gehabt. Lehre mich bengisch, sagte sie. Du mußt mir das Beng beibringen. Sofort mußt du es mich lehren. Sie hat darauf *bestanden.* Hast du jemals erlebt, daß Torlyri hartnäckig etwas gefordert hätte?«

»Und du, was hast du getan?«

»Ich habe ihr beigebracht, wie man auf bengisch spricht.«

»Hast du tatsächlich? Ich dachte immer, du kannst selber noch nicht genug davon, um anderen mehr als ein paar Worte beizubringen.«

»Nein«, sagte Hresh mit sehr leiser Stimme. »Ich habe gelogen. Ich spreche die Bengsprache wie ein Beng. Ich habe den Barak Dayir benutzt, um es vom Alten Mann ihres Stammes zu erlernen. Aber ich behielt das alles für mich, so war das Ganze. Nur, Torlyri konnte ich die Bitte nicht verweigern, als sie mich dermaßen dringlich bat. Und nun spricht also auch sie bengisch.«

»Und ich bin die nächste, die es lernen wird.«

Hresh wirkte ganz aufgeregt und unendlich verlegen. »Taniane – bitte – Taniane ...«

»Bitte, was? Es ist deine Pflicht, mich zu unterrichten, Hresh. Uns alle zu unterrichten. Diese Leute sind unsere Feinde. Und wir müssen in der Lage sein, sie zu verstehen, wenn wir uns mit ihnen auseinandersetzen wollen, verstehst du denn das nicht?«

»Sie sind nicht unsere Feinde«, sagte Hresh.

»Ja, das versuchen sie die ganze Zeit uns glauben zu machen. Nun, vielleicht sind sie's, oder sie sind es nicht, aber wie sollen wir je herausfinden, was sie sind, wenn wir nicht dahinterkommen, was sie sagen? Und du bist der einzige, der das weiß – außer jetzt auch noch Torlyri, vermutlich. Aber was ist, wenn dir etwas geschähe? Du *kannst* dieses Wissen einfach nicht länger für dich behalten, Hresh. Besonders, wo du ja jetzt eingestanden hast, daß du es lehren kannst. Wir müssen alle bengisch sprechen und sie verstehen lernen, und nicht etwa bloß, damit wir losrennen können wie Torlyri, um uns einen Geliebten unter den Beng zu angeln. Unser Überleben hängt davon ab. Oder bist du da anderer Ansicht?«

»Vielleicht. Ja, ich denke schon.«

»Also, dann bring es mir bei! Ich will gleich heute damit anfangen. Wenn du glaubst, ich brauche dazu Koshmars Erlaubnis, dann komm, gehen wir sofort zu Koshmar. Du müßtest auch sie unterrichten. Und dann auch alle anderen von einiger Bedeutung im Stamm.«

Hresh schwieg. Er sah ganz verloren und ängstlich aus.

»Was ist denn? Was stimmt denn nicht?« fragte Taniane. »Ist es so schrecklich, daß ich Beng lernen will?«

Ohne sie anzublicken, sagte Hresh mit leiser Elendsstimme: »Um es zu lernen, muß man tvinnern.«

Tanianes Augen blitzten. »Na und? Wo liegt da die Schwierigkeit?«

»Ich hab dich einmal gebeten, mit mir zu tvinnern, und du hast mich abgewiesen.«

Also *das* war es. Einen Augenblick lang war sie verlegen. Dann erkannte sie, daß er ja noch viel verlegener war als sie, und sie sagte lächelnd und so sanft, wie sie es nur über die Lippen bringen konnte: »Das war nur wegen der Form, in der du mich gebeten hast, Hresh. Da du da einfach so angeschwirrt bist, kaum hatte dir Torlyri gezeigt, wie man es macht, und zu mir gesagt hast: Na, los, Taniane, gehn wir die Geschichte gleich mal an! Das hat mich beleidigt, hast du das denn nicht verstanden? Wir sind dreizehn Jahre miteinander aufgewachsen und haben beide auf den Tag gewartet, an dem wir alt genug für das Tvinnr sein würden, und dann kommst du an, Hresh, und du hast es verdorben durch deine blöde, ungehobelte, plumpe ...«

»Ich weiß«, sagte er mißmutig. »Du brauchst es mir nicht noch mal unter die Nase zu reiben.«

Sie bedachte ihn mit einem lebhaften koketten Blick. »Aber auch wenn ich damals nein gesagt habe, dann hieß das ja nicht zwangsläufig, daß ich dich auch beim nächstenmal abweisen würde, wenn du mich bittest.«

Hresh schien den Blick nicht bemerkt zu haben. »Das hat mir Koshmar auch gesagt«, antwortete er im selben bleiernen Ton wie zuvor.

»Du hast darüber mit Koshmar gesprochen?« fragte Taniane und mühte sich, ihr Lachen hinunterzuschlukken.

»Ja. Sie schien das alles schon zu wissen. Und sie sagte, ich soll dich eben noch einmal bitten.«

»Nun, Koshmar hat recht.«

Hresh starrte sie an. Kalt sagte er: »Du willst damit andeuten, daß du jetzt, wo du etwas Besonderes dabei zu gewinnen erwartest, wenn du mit mir tvinnerst, jetzt wärst du dazu bereit, stimmt das?«

»Hresh, du bist der widerlichste und ärgerlichste Kerl, der mir je begegnet ist!«

»Aber, was ich sage, ist wahr.«

»Du liegst in höchstem Maße schief. Das Ganze hat überhaupt nichts damit zu tun, ob und daß du mir Beng beibringen sollst. Ich habe seit damals immer nur darauf gewartet, daß du dich wieder an mir interessiert zeigst.«

»Aber Haniman ...«

»Dawinno hole den Haniman! Er ist weiter nichts als jemand, mit dem ich kopuliere! *Du* bist der Tvinnr-Partner, den ich mir wünsche, Hresh! Wie kann jemand nur so furchtbar dumm sein? Warum zwingst du mich, diese ganzen Dinge auszusprechen, sie sind doch eindeutig klar!«

»Du willst es also *meintwegen?* Für mich selber – nicht weil ich dir beim Tvinnern die Bengsprache beibringen kann?«

»Ja.«

»Ja, aber warum hast du das dann denn nicht gesagt, Taniane?«

Sie warf die Hände in Verzweiflung in die Luft. »Oh ... *du!*«

Er schwieg lange. Sein Gesicht schien völlig ausdruckslos geworden zu sein.

Schließlich fragte er ruhig: »Ich war wohl sehr blöde, ja?«

»Ja, wirklich *sehr* blöde.«

»Ja. – Ja, das stimmt wohl.« Ruhig blickte er sie einen weiteren langen stillen Augenblick lang an. Dann sprach er: »Kopuliere mit mir, Taniane.«

»Kopulieren? Nicht tvinnern?«

»Zuerst die Kopulation. Ich habe noch nie mit jemandem kopuliert, weißt du?«

»Nein ... ah ... das wußte ich nicht.«

»Also, willst du? Auch wenn ich es vielleicht nicht besonders gut mache?«

»Aber natürlich will ich, Hresh. Und du wirst es genausogut machen wie irgendwer sonst.«

»Und hinterher würde ich gern mit dir tvinnern, Taniane. Ja?«

Sie nickte und lächelte. »Ja.«

»Aber nicht bloß, um dich die Bengsprache zu lehren. Sondern nur um mit dir zu tvinnern. Und später – beim nächstenmal – kann ich dir dann Beng beibringen, in Ordnung?«

»Versprichst du es?«

»Ja. Ja. Ja.«

»Jetzt?« fragte sie.

»O ja. Ja, jetzt.«

Im hellen klaren Morgen zog Salaman zu seiner Grabstelle, um weiterzubuddeln. Er hatte zwar schon längst jede echte Hoffnung aufgegeben, dort jemals auf etwas Nützliches zu stoßen, doch die Arbeit dort hatte den Vorteil, daß er dabei konzentriert denken konnte.

Er hatte kaum fünf Minuten gegraben, als sich ein breiter Schatten über ihn legte, und als er aufblickte, sah er Harruel droben stehen, die Hände in die Hüften gestemmt, und zu ihm herabspähen. Der König schwankte in bedenklicher Weise vor und zurück, als werde er gleich in die Grube stürzen. Ziemlich früh am Tag, dermaßen betrunken zu sein, dachte Salaman, selbst für Harruel.

»Hast du's noch immer nicht aufgegeben, wie?« fragte Harruel und lachte. »Bei Dawinno, sei besser vorsichtig, oder du gräbst dort unten noch mal einen Eisfresser aus!«

»Die Eisfresser sind alle fort«, sagte Salaman, ohne seinen Arbeitsrhythmus zu unterbrechen. »Viel zu warm für Eisfresser in unseren Tagen. Nimm dir eine Schaufel, Harruel! Und komm runter und grab ein bißchen! Die Arbeit wird dir guttun.«

»Pah! Glaubst du denn, ich hab nichts Besseres zu tun?«

Salaman gab darauf keine Antwort. Harruel zu nekken, das war immer ein riskantes Spielchen. Und er war so weit gegangen, wie er es wagte. Also bückte er sich wieder über sein Werk, und nach einer Weile hörte er den König langsam unter Schnaufen und Grunzen davontaumeln.

Salamans Graben war eine lange gewundene Ausschachtung, die kreuz und quer wie eine riesenhafte dunkle Schlange durch den Mittelpunkt von Yissou City verlief, an der Rückseite des Königlichen Palastes entlang, dann zwischen den Häusern von Konya und Galihine und Salaman und Weiawala hindurch, und darauf im Bogen um Lakkamais Domizil herum. Der

Graben war tiefer als ein Mann groß ist und etwa so breit wie die Schulterbreite eines Mannes.

Das meiste hatte Salaman selbst gegraben – gelegentlich hatten Konya und Lakkamai ihm geholfen – in seiner unablässigen Suche nach irgendeinem Überrest des Todessternes, der seiner Überzeugung nach hier niedergefallen war. Seit den Gründungstagen der Stadt war es ihm fast täglich gelungen, eine oder zwei Stunden für diese Arbeit abzuzweigen. Er grub dann meist eine Weile, behutsam, gedankenverloren, dann trug er die ausgehobene Erde zum Beginn des Grabens, damit dieser nicht den Fußgängerverkehr der Hauptstadt total lahmlegte. Dadurch wurde er zur Zielscheibe von ziemlich viel Spott und mehr als nur ein wenig Bissigkeit. Doch er fuhr stetig in seinen Ausgrabungen fort.

Den anderen redete Salaman ein, daß ein Stück von einem echten Todesstern ein heiliger Talisman sein würde, der alle Arten von Übel abwehren könnte. Und nach einiger Zeit glaubte er es sogar selbst. Hauptzweck seiner Grabarbeiten aber war es, sich selbst den Beweis zu liefern, daß der Krater tatsächlich durch den Aufprall eines niederstürzenden Sternes geformt worden sei. Theorien erfordern die Verifizierung, sagte Salaman sich stets immer wieder selbst. Man durfte sich nicht auf bloße Vermutungen stützen. Und darum grub er weiter. Er träumte davon, daß seine Schaufel gegen etwas Metallisches stoße und er eine gewaltige Masse, einen erstarrten Eisenklumpen in der Erde dicht am Stadtrand fände und den anderen zuriefe: Kommt und schaut! Kommt und schaut!

Aber bisher hatte er noch nichts gefunden, nur Steine und die dicken Wurzeln von Bäumen und ab und zu Überreste toter Tiere, die irgendein Aasfresser dort vergraben hatte. Vielleicht ruhte der Todesstern so tief im Boden, daß er nicht hoffen durfte in fünf Lebenszeiten bis zu ihm hinuntergraben zu können; oder, wie er von Anfang an vermutet hatte, die Todessterne hatten aus einem nicht dauerhaften Material bestanden, waren Feuerbälle gewesen oder Kugeln aus Eis, die ihre entsetzlichen Schäden anrichteten, aber keine Reste zurückließen. Die eine Hypothese, die er nicht zu akzeptieren bereit war, weil er überzeugt war, daß sie falsch sei, bestand darin, daß dieser gewaltige kreisförmige Krater mit seiner so regelmäßigen Gestalt und dermaßen offensichtlich ein Fremdelement in dem sonst glatten kahlen Tal, von irgend etwas anderem als einem Todesstern hätte gebildet worden sein können. Eine ganze Hochzivilisation war durch die Einwirkung dieser niederstürzenden Sterne vernichtet worden; Salaman zweifelte nicht daran, daß sie schreckliche Narben zurückgelassen haben müßten, und daß diese Narben sich als Krater von dieser Gestalt zeigen müßten, in dem Harruel Yissou City zu errichten beschlossen hatte.

An diesem Morgen beschäftigten die Todessterne Salaman während des Grabens allerdings nicht vordringlich. Heute ging ihm eine seltsame Botschaft aus der weiten Ferne – sofern es sich um eine Botschaft gehandelt hatte – nicht aus dem Sinn, die zu ihm gedrungen war, während er und Weiawala droben auf dem Hochsitz, südlich vom Krater, ihre Sensororgane zusammengelegt hatten.

Dieses hartnäckige trommelnde Pulsieren. Dieses Stampfen, dieser rumpelnde Lärm. Die furchteinflößende Tiefenströmung einer Bedrohung. Alles nur in seiner Phantasie? Nein. Nein. Das Signal war schwach gewesen; die Entfernung mußte sehr groß sein; doch Salaman war sicher, daß er nicht geträumt hatte. Es war schwach gewesen, aber wirklich. Dort draußen war etwas in Bewegung, ein Zucken in der riesigen Weite des Kontinents. Vielleicht stellte dies eine Bedrohung für ihre Stadt dar. Vielleicht war es nötig, Vorsichtsmaßnahmen zu ergreifen.

Voll Furcht, zitternd, naß vom eigenen Schweiß, grub er wie ein Wahnsinniger mehr als eine Stunde lang und hackte auf die Erde ein, als lägen dort sämtliche Antworten begraben. Am ganzen Leib war er mit feuchtem Sand bedeckt. Sein Fell wurde davon ganz verklumpt. Er knirschte ihm zwischen den Zähnen, und er spuckte und spuckte, ohne sich davon befreien zu können. Er grub mit derart irrsinniger Wut, daß der Aushub hinter ihm in weitem Bogen davonspritzte. Es kümmerte ihn kaum, wohin er die Erde schleuderte. Nach einiger Zeit machte er eine Pause; das Herz pochte heftig, die Augen schwammen vor Erschöfung. Er stützte sich auf sein Grabscheit und begann nachzudenken.

Hresh würde wissen, was man tun müßte, sagte er sich.

Nehmen wir mal an, du besprichst die Sache mit Hresh. Also, welchen Rat würde Hresh dir geben? *Ich hab da eine Nachricht aufgefangen, aber sie war unklar. Es könnte sich um etwas von sehr hoher Wichtigkeit handeln, doch das kann ich nicht feststellen, weil ich sie nicht klar entziffern kann. Sag du mir, was du tun würdest.*

Und Hresh würde sagen: *Wenn eine Botschaft unklar ist, Salaman, beleuchte sie mit einem helleren Licht!*

Ja. Hresh hatte auf alles eine kluge Antwort.

Salaman ließ die Schaufel fallen und kletterte aus dem Graben. Erstaunt blickte er auf die Schusselarbeit zurück, die er an diesem Morgen geleistet hatte, die unebene, gezackte Schnittkante, der Dreck überall verteilt. Mißbilligend schüttelte er den Kopf. Das muß ich später wieder in Ordnung bringen, dachte er. Später.

So müde er war, er zwang sich zu laufen. Er bog um Lakkamais Haus, überrollte dabei fast den erstaunten Bruikkos und sprintete auf dem Pfad zum Südrand des Kraters los. Eine dämonische Energie steuerte ihn. Er fühlte Yissou auf seiner rechten Schulter hocken, und Dawinno auf der linken, und sie ergossen ihre Kraft in ihn; und da war der Gott der Heilung, Friit, und der lief direkt vor ihm her und lockte ihn weiter. Stolpernd, kletternd, keuchend schaffte Salaman es bis zum Kraterrand, setzte darüber hinweg, kam wieder zu Atem und rannte dann gehetzt weiter den Pfad zu seinem Hochstand hinauf, seinem persönlichen Ausguck.

Die Erde lag in ihrer ganzen grünen Herrlichkeit unter ihm ausgebreitet.

Er spähte zu den sonnenbestrahlten Südbergen und gönnte sich eine kurze Rast, um Atem zu schöpfen und seine Energien zu sammeln. Dann erhob er sein Sensororgan und sandte sein Zweites Gesicht aus, diese besondere Wahrnehmungsfähigkeit, mit der alle Leute von seiner Art begabt waren und auf die sie zurückgreifen konnten. Sein Sensororgan wurde so steif wie eine Kopulationsrute. Er richtete es auf den leuchtenden Horizont und ließ seine ganze Energie hineinströmen.

Und wieder hörte er dieses pochende, pulsierende Geräusch: ein leises undeutliches Dröhnen, das in den fernen Bergen widerhallte.

Vermittels des Zweiten Gesichts näherte Salaman sich dem Saum eines Begreifens, was dieses Geräusch sei – aber es war wirklich nur eine vage Ahnung. Er sah einen farbigen Blitz, ein Fetzchen grellen schmerzenden Scharlachrots. Was hatte dies zu bedeuten? Danach andere Farben: gelb und schwarz, gelb, schwarz, gelb, schwarz, pulsierend, stoßend, abwechselnd und sich beständig wieder und immer wieder ablösend.

Und mit diesen Empfindungswahrnehmungen überkam ihn ein tiefes Entsetzen und Angst, und er stürzte davon zu Boden, und bebend lag er auf dem Bauch da und grub die Finger tief in den üppigen lehmigen Grund, wie um sich dort festzuklammern.

Etwas kommt von dort auf uns zu, etwas Furchtbares. Doch was? Was? Er hatte die Botschaft unter ein helleres Licht gehalten, doch das Licht war noch immer nicht hell genug. Er jedoch glühte nun von erfinderischen Einfällen. Das Tvinnr allein hatte ihm nicht ausreichende Deutlichkeit seiner Vision verschaffen können; das Zweite Gesicht ebenfalls nicht, obschon dabei die

Wahrnehmung vertieft gewesen war. Doch wenn er Tvinnr und Zweites Gesicht verband und gleichzeitig einsetzen würde ...

Sofort war Salaman wieder auf den Beinen und rannte den Kraterhang hinab und in die Stadt zurück. Bei seiner wilden überstürzten Talfahrt löste er allerart kleineres Geröll und sogar größere Brocken vom Grund, so daß ihn eine Minilawine begleitete und er sich mehrfach die Knöchel überanstrengte; wovon er sich allerdings nur kurz aufhalten ließ. Ihm war bewußt, daß eine Art Wahnsinn ihn befallen hatte, daß die Glut der Götter in ihn eingedrungen war.

»Weiawala!« brüllte er, als er die Mitte ihrer kleinen Stadt erreicht hatte. »Weiawala! Wo bist du? Weiawala!«

Sie trat aus dem Haus von Bruikkos und Thaloin und schaute sich stirnrunzelnd um. Als sie ihn erblickte, bedeckte sie den Mund mit der Hand.

»Was ist denn dir geschehen, Salaman? So wie jetzt habe ich dich ja noch nie gesehen! Du bist ja vollkommen schweißnaß – und überall voller Dreck ...«

»Das spielt jetzt keine Rolle.« Er packte sie am Handgelenk. »Komm! Komm mit mir!«

»Bist du verrückt geworden?«

»Komm! Rauf zum Hochstand!«

Und er begann sie fortzuzerren. Jetzt trat Thaloin aus dem Haus, blinzelte gegen die Sonne und betrachtete erstaunt die Szene, die sich da vor ihr abspielte. Ihr Anblick gab Salaman die Inspiration zu einem Experiment. Wenn ein Tvinnr-Partner eine Mentaltransmission aus weiter Ferne verstärken konnte, dann wäre es vielleicht möglich, daß *zwei* eine weit größere Aufnahmekapazität ergeben würden. Und mit raschem Griff packte er auch Thaloin und begann beide Frauen zum Kraterpfad zu zerren.

»Laß doch los, du!« rief Thaloin. »Was hast du denn ...?«

Thaloin fest im Griff der einen, Weiawala in dem der

andern Hand, schleppte er sie hinter sich her. Das Lärmen und wütende Gezeter zog Zuschauer an – Lakkamai, Minbain, das Kind Samnibolon –, die einander verwirrte Blicke zuwarfen. Als Salaman am Königlichen Palast vorbeikam, trat Harruel aus der Hintertür, brütend, mißgelaunt und mit düsterem Gesicht, schwankend und taumelnd, im Elendsstadium, kurz vor dem Schwinden seiner Trunkenheit. Er wies auf Salaman und lachte heiser und verquollen.

»*Zwei* auf einmal, Salaman? *Zwei?* Nur ein König hat das Recht auf zwei Weiber gleichzeitig! Also – gib mir mal die ... gib mir die da ...«

Harruel grapschte nach Weiawala. Fluchend rammte ihm Salaman die Schulter gegen die Brust. Harruel riß die Augen weit auf. Verdutzt schrie er auf und taumelte mit wirbelnden Armen rückwärts, dem Rand des Salamanischen Grabens zu. Er verlor das Gleichgewicht und stürzte hinein. Salaman blickte sich nicht nach ihm um. Er packte nur Weiawala und Thaloin fester und zog sie mit sich fort, hinauf und immer höher den steinigen Pfad zum Kraterrand hinan. Er wußte, daß er für die zwei Frauen zu rasch voraneilte: sie stolperten und rutschten und fielen immer wieder hin, aber er zerrte sie weiter und schleppte sie immer höher hinauf. Thaloin war viel kürzer als Weiawala und konnte kaum Schritt halten, doch er legte immer wieder eine kleine Pause ein und half ihr weiter. Die Frauen leisteten keinen Widerstand. Wahrscheinlich waren sie zu der Überzeugung gelangt, sie seien einem Verrückten in die Hände geraten und es wäre für sie am sichersten, wenn sie auf seine Wünsche eingingen.

Als sie am Hochstand angelangt waren, warf Salaman sie an der Auslugstelle zu Boden und warf sich dann neben sie. Alle drei lagen so eine Weile keuchend, pfeifend und nach Luft ringend da.

»Und jetzt werden wir tvinnern«, sagte Salaman schließlich.

Weiawala glotzte erstaunt. »Du – und ich – und Thaloin – sollen tvinnern?«

»Ja, alle drei zusammen.«

Thaloin stieß ein Wimmern aus. Salaman funkelte sie an.

»Alle drei!« sagte er noch einmal, drängend wie unter dem Zwang des Wahnsinns. »Dies ist wichtig für die Sicherheit der Stadt! Also los, tvinnert mit mir und gebt mir eure Energie und gebt mir euer Zweites Gesicht gleich dazu! Los, tvinnert! *Tvinnert!*« Die beiden Frauen lagen wie gelähmt da und bebten schweigend. Salaman griff nach Weiawalas Sensororgan und wickelte es um seines, und darüber legte er das von Thaloin. Mit so weicher und verführerischer Stimme, wie es ihm möglich war, sagte er: »Bitte! Tut, wie ich euch heiße! Überlaßt euch dem Tvinnr!«

Aber sie waren zu verschreckt und zu erschöpft, als daß sie so schnell auf seine Wünsche hätten eingehen können, wie er es wollte. Doch er streichelte sie, er liebkoste sie, er stimulierte und erregte sie an ihren Geschlechtsteilen, als beabsichtige er, mit ihnen zu kopulieren, nicht zu tvinnern; und nach einer Weile fühlte er, wie die Vereinigung mit Weiawala einsetzte, und wie dann sich Thaloin schüchtern und verängstigt ihm ebenfalls anschloß.

Ein Tvinnr mit zwei Partnern zugleich? Hätte jemand sich so etwas jemals träumen können? Bilderfluten überschwemmten Salaman, verwirrten ihn zunächst, machten ihn ganz hilflos. Doch er zwang sich dazu, sie auseinander zu sortieren und sich unter ihnen zurechtzufinden. Nach und nach schwand die Verwirrung. In ihm breitete sich das göttergleiche Gefühl aus, allsehend zu sein.

»Jetzt das Zweite Gesicht«, drängte er. »Setzt euer Zweites Gesicht ein! Ja, so ist es recht ...«

Und er sah.

Mit Hilfe der beiden Frauen konnte er seine Wahrnehmungssonden bis in die Himmel senden und weiter, bis weit nach Süden und Norden und Osten und Westen. Es war ein wundersames und ein sinnenverwirrendes Gefühl. Was vordem ein dumpfes Grollen gewesen war, hatte sich zu einem schrecklichen Donnern verstärkt, ein mächtiges hämmerndes Trommeln, das wie ein unablässiges starkes Beben der Erde war. Und es kam nicht von den Bergen im Süden her, sondern weit aus dem Norden, wie er erkannte: was er da vordem aufgefangen hatte, war nur der Widerhall der Botschaft gewesen, die vom Hochland im Süden zurückgeworfen wurde.

Er sah die großen roten Tiere des Beng-Volkes, diese gewaltigen Zottelbestien, die sie Zinnobären nannten – eine gigantisch große Herde von Tausenden und Abertausenden, eine brodelnde rote See von Zinnobären, eine wogende rote Masse riesenhafter stampfender Geschöpfe, die ganze Hügel überrollten und ganze Täler ausfüllten – unterwegs, auf dem Marsch, eine erschrekkende riesige Masse von amoklaufenden mächtigen Tieren in weiter Ferne, die nach Süden drängte – auf Yissou-City zu ...

Und mitten unter ihnen, die großen Tiere vorantreibend ...

Hjjk-Leute! Eine kolossale Heerschar der gelbschwarzen Insektenartigen, die in nichtzählbaren Massen anrückten. Salaman sah die unzähligen kugeligen Facettenaugen blitzen, und er hörte das scheußliche Knacken ihrer grausamen Kiefer.

Die Hjjk waren im Anmarsch ... mit ihren Zinnobären ... und sie würden alles, was sich ihnen in den Weg stellte, niederwalzen und vernichten. Und sie kamen in diese Richtung gezogen ...

Für Taniane war es das merkwürdigste Tvinnr, das sie jemals gehabt hatte. Sie hatten es direkt hinterher gemacht, nachdem sie kopuliert hatten, und das war wohl keine ganz so großartige Idee gewesen; denn obwohl Hresh für einen, der von sich behauptete, es nie zuvor getan zu haben, durchaus annehmbar als Kopulationspartner war, schien er doch dermaßen damit beschäftigt, alles richtig zu machen, so daß seine Befangenheit schließlich für Taniane etwas peinlich und problematisch geworden war. Und vielleicht war davon ein Rest dann in ihr Tvinnern übergeflossen. Als sie sich seinem Geist aufgetan hatte, war er mit einer atemberaubenden seelischen Flutwelle über sie hereingebrochen, doch beinahe sofort hatte sie gespürt, daß er etwas zurückhielt, daß er Sperren aufbaute und ihr bestimmte Bereiche seiner Seele vorzuenthalten gedachte. Aber das war keine anständige Art des Tvinnr. Und dennoch und trotzdem, trotz dieser rätselhaft unerklärlichen Zurückhaltung seinerseits, war es für sie eine überwältigende Vereinigung gewesen, stark, heftig und unvergeßlich. Sie wußte, daß sie nur einen Bruchteil seines Wesens erfahren hatte. Aber dieser Bruchteil war bei weitem mehr, als sie jemals von irgendeinem anderen Tvinnr-Partner erhalten hatte.

Danach lagen sie still im Tvinnr-Gemach und lauschten den Stößen des heißen Windes, der durch die Straßen fuhr.

Nach einiger Zeit sagte sie: »Darf ich dir etwas anvertrauen, Hresh?«

»Ist es etwas, das zu erfahren mich freut?«

»Da bin ich mir nicht sicher.«

Er zögerte. »Ach, sag es dennoch!«

Sie fuhr ihm sacht mit der Hand über den weichen Pelz auf der Unterseite seines Armes. »Du wirst es aber nicht falsch aufnehmen, ja?«

»Wie könnte ich das vorher wissen?«

»Also gut. Na schön! Was ich dir sagen wollte, ist, daß du – also – irgendwie löst du in mir drin Dinge aus, Hresh, die so mächtig sind, daß sie mir Angst einjagen. Mehr nicht.«

»Ich weiß nicht, wie ich das verstehen soll.«

»In einem guten Sinn. Ehrlich.«

»Hoffentlich«, sagte er und legte ihr seinerseits die Hand auf den Arm und streichelte sie genauso wie sie ihn; und danach schwiegen sie wieder eine Zeitlang. Ihr Kopf ruhte an seiner Brust, und sie konnte sein Herz schlagen fühlen – laut wie eine Trommel in seinem Leib.

»Hat dir Torlyri nicht beigebracht, daß du beim Tvinnr überhaupt nichts zurückhalten darfst?« fragte Taniane später.

»Und? Habe ich etwas zurückgehalten?«

»Es ist mir jedenfalls so vorgekommen.«

»Die Sache ist für mich noch ziemlich neu, Taniane.«

»Ach, kaum viel neuer als für mich. Aber ich weiß, wie ein Tvinnr sein sollte, und darum weiß ich, daß du dich vor mir versteckt hast, oder doch wenigstens einen Teil von dir. Und das hat mich geschmerzt, Hresh, weil ich das Gefühl haben mußte, daß du mir nicht vertraust, ja, sogar daß du mich auf irgendeine Art ... benutzt hast ...«

»*Nein!*«

»Ich will dir keinen Kummer machen. Ich versuch bloß dir irgendwie zu sagen, wie ich mich dabei so gefühlt habe – damit es beim nächstenmal besser geht ... ich will nämlich, daß es ein nächstes Mal gibt, Hresh, das begreifst du doch, daß ich das will, ja? Und ein übernächstes Mal und immer weiter ...«

»Ich habe mich nicht zurückgehalten, Taniane.«

»Also gut. Vielleicht habe ich es nicht richtig begriffen.«

Er entzog sich ihr, richtete sich auf dem Ellbogen auf und blickte sie direkt an. »Wenn ich überhaupt etwas vor dir verborgen habe«, sagte er, »dann das, was ich über die Welt, über das Volk, über die Beng, die Große Welt herausgefunden habe – Dinge, die ich noch immer überprüfe, Dinge, die mich durcheinandergeschüttelt haben wie ein Erdbeben, Taniane – Dinge von so gewaltiger Bedeutung, daß ich gerade erst am Anfang stehe, sie zu erfassen. Sie liegen ganz dicht da, am Rand meiner Seele, und vielleicht wollte ich sie dir nicht übertragen, als wir tvinnerten, weil ... weil ... ach, ich weiß nicht – weil ich vielleicht glaubte, es würde dir weh tun, wenn du etwas von diesen Dingen erfährst, und darum habe ich sie zurückgehalten ...«

»Sag es mir!« forderte sie.

»Ich bin nicht sicher, ob ich ...«

»Sag es mir!«

Er blickte sie prüfend an. Nach einer Weile sprach er: »Damals, als ich den Barak Dayir benutzt habe, damit wir beide in dieses langgestreckte Gebäude aus dunkelgrünem Stein eindringen konnten, wo wir die Geister der Träumeträumer sahen, wie sie herumschwebten – weißt du noch, Taniane?«

»Aber natürlich!«

»Was meinst du, was dieses Gebäude war?«

»Ein Tempel«, sagte sie. »Ein Tempel aus der Großen Welt.«

»Aber wessen Tempel?«

Sie zog die Brauen zusammen. »Der Tempel der Träumeträumer.«

»Und wer waren diese Träumeträumer?« fragte Hresh.

Sie gab ihm nicht sogleich eine Antwort. Zögernd fragte sie: »Du willst doch wissen, was ich damals wirklich dachte, nicht wahr?«

»Ja.«

»Aber lach mich nicht aus, wenn ich es dir sage.«

»Ganz bestimmt nicht.«

Sie sagte: »Ich habe geglaubt, daß die Träumeträumer jene Menschen waren, von denen in den Chroniken steht. Nicht wir. Und daß es genauso ist, wie die Künstlichen der Saphiräugigen gesagt haben, als wir nach Vengiboneeza kamen – daß wir uns irren, wenn wir uns für Menschliche halten, weil wir nichts weiter sind als irgendeine Art von intelligenten Tieren. Daß wir nicht Teil der Großen Welt waren, überhaupt nicht. Und das glaube ich seit jenem Tag, als wir in diesem Gebäude waren. Aber ich weiß, daß ich mich irren muß. Das *kann* doch nicht wahr sein, oder? Es ist doch weiter nichts als ein Haufen aberwitziger Unsinn, Hresh? Die Träumeträumer sind vielleicht von irgendeinem anderen Stern gekommen. Und wir sind menschliche Wesen, ganz so, wie wir dies immer geglaubt haben.«

»Nein, wir sind nicht Menschliche.«

»Nicht?«

»Ich habe den Beweis gesehen. Man kann daran nicht herumdeuteln. Überall in den Ruinen der Großen Welt siehst du Abbilder und Statuen der Sechs Völker ... und wir sind nicht unter ihnen! Aber die Träumeträumer sind da vertreten. Und es gab einen Ort in Alt-Vengiboneeza – ich habe ihn geschaut, Taniane, in einer der Visionen, die mir die Maschine aus der Großen Welt ermöglichte –, an dem man alle möglichen Tiergattungen eingesperrt hatte, nicht zivilisierte Geschöpfe, sondern nur wilde Tiere. Und dort hatten sie einen Käfig, und in dem befanden sich unsere Vorfahren. Beinahe genauso wie wir waren sie – und in einem Käfig! Zur Schau gestellt! Nichts weiter als Tiere.«

»Nein, Hresh!«

»Oh, sehr intelligente Tiere. So gescheit, daß sie für uns Kokons bauten, als der Lange Winter kam – oder vielleicht haben wir die Kokons sogar selbst eingerichtet, da bin ich mir noch gar nicht sicher –, damit wir dort den Winter überdauern könnten. Und Dawinno hat uns verändert, uns mit mehr Intelligenz begabt, uns dermaßen intelligent gemacht, daß wir die Schriften der Chroniken fehlinterpretieren und uns für menschliche Wesen halten konnten. Für *die* Menschlichen. Aber das waren wir nicht, und ich weiß es. Und der Alte Mann der Beng weiß es gleichfalls. Seine Leute haben nie auch nur einen Augenblick lang geglaubt, sie wären etwas wie die Menschlichen, die in den Tagen der Großen Welt lebten.«

»Aber wenn die Menschlichen, wie es in den Chroniken heißt, das Erbe der Erde antreten sollen, nun da der Winter vorbei ist ...«

»Nein«, unterbrach Hresh. »Die Menschlichen sind alle dahin und tot. Ich vermute, sie sind allesamt im Langen Winter zugrunde gegangen, außer unserem Ryyig, dem Träumeträumer, und der war vielleicht der letzte Menschliche. Nein, *uns* ist die Erde als Erbe zugesprochen, Taniane. Doch um dieses Erbe antreten zu können, müssen wir erst zu Menschlichen werden.«

»Da kann ich dir nicht folgen. Wenn wir nicht menschlich sind, wie könnten wir ...?«

»Indem wir leben *wie* Menschen. Wir tun es ja schon jetzt – beinahe. Wir haben eine Sprache, wir haben eine Schrift, eine Tradition und Geschichte. Wir können bauen. Wir können unsere Kinder unterrichten. All dies sind Eigenschaften der Menschlichen, den Tieren fehlen sie. Tiere funktionieren durch Instinkt in dem, was sie tun. Unser Tun ist von Wissen, Kenntnis und Überlegung bestimmt. Verstehst du? Nicht bloß die Träumeträumer waren Menschliche, Taniane! Alle Sechs Völker der Großen Welt waren es! Die Menschlichen waren Menschen und die Saphiräugigen auch, und die Vegetalischen ...«

»Die Hjjk etwa auch, Hresh?«

Hresh zögerte. »Also, wenn *menschlich* mit zivilisiert gleichzusetzen ist, dann ja. Wenn es bedeutet, daß man über die Fähigkeiten verfügt, zu lernen, etwas zu gestalten und zu schaffen, die Welt zu verändern. Nach diesem Maßstab sind sogar die Hjjk menschlich. Eben eine andere Art Mensch, mehr nicht. Und auch wir werden Menschen sein. Die neuen Menschen, die allerneueste Form von Menschen. Wenn wir wachsen und bauen und – denken. Wir müssen von hier fort, weg von diesem Vengiboneeza, das als erstes, und wir müssen etwas schaffen und aufbauen, das wirklich eigenständig *unser* ist! Wir können uns einfach nicht weiter in diesen Ruinentrümmern verstecken. Wir müssen ein eigenes Vengiboneeza erbauen, eine Zivilisation, die nicht nur zusammengeklittert ist aus den Trümmern und dem Schutt der vorhergegangenen. Verstehst du, was ich dir klarmachen will?«

»Ja. Ich ... ich glaube, ich verstehe, Hresh. Es ist fast genau wie das, was Harruel gesagt hat.«

»Ja. Irgendwo hatte er begriffen, und dann ist er aufgebrochen, um das zu tun, was wir tun müssen. Und so grobschlächtig, dumm und brutal er sein mag, zumindest hat er begonnen, etwas aufzubauen. Und das ist auch unsere Aufgabe. Wir müssen beides begreifen – die Vergangenheit und die Zukunft. Das nämlich sind die wirklich Menschlichen – Leute, die etwas weitertragen, die Verbindungen herstellen zwischen dem Gewesenen und dem Kommenden. Und darum ist es für uns wichtig, die Erforschung dieser Ruinen abzuschließen, damit wir dabei alles entdecken, was aus der Großen Welt für uns künftig vielleicht noch von Nutzen sein kann. Und dann müssen wir es mitnehmen, wenn wir aus Vengiboneeza fortziehen, und es umsetzen für unsere eigenen Zwecke, um das aufzubauen, was wir zu bauen haben.« Und nun lächelte Hresh. »Seit die Beng hier eingezogen sind, haben wir uns nicht viel um unsere Suche gekümmert, nicht wahr? Aber vor ein paar Nächten war ich allein unterwegs. Ich habe ganz am anderen Ende der Stadt ein neues Lagerhaus entdeckt. Die Beng haben mich erwischt, ehe ich hineinkonnte – ich bin mir nicht sicher, ob sie schon wissen, was es dort alles gibt, aber auf jeden Fall wollen sie uns von dort fernhalten. Und so etwas können wir natürlich nicht durchgehen lassen. Komm, wir gehen zusammen dorthin! Und dann schauen wir uns einmal an, was es dort drinnen gibt. Ja? Alles klar, Taniane?«

»Alles klar, sicher«, sagte sie. »Wann?«

»In einem Tag, in zweien. Bald.«

»Ja. Bald.«

Er streckte die Arme nach ihr aus, und sie dachte schon, er wolle erneut tvinnern; doch er wollte sie nur umarmen, und danach sprang er sogleich auf und streckte ihr die Hand hin, um auch ihr aufzuhelfen. Er müsse dringend Koshmar sprechen, sagte er. Die Sachen müßten diskutiert werden. Und außerdem stünden noch weitere wichtige Aufgaben an. Immer Aufgaben, immer Dinge, die er besprechen mußte. Und schon war er fort, und sie stand allein da und konnte nur den Kopf schütteln.

Hresh, dachte sie bei sich ... wie seltsam du doch bist, Hresh! Aber – wie wundervoll, voller Wunder!

Der Kopf wirbelte ihr. Nicht-menschlich – wir müssen uns zu Menschlichen machen, uns vermenschlichen – wir müssen aufbauen – in Berührung sein mit der Vergangenheit und der Zukunft gleichermaßen ...

Dann wanderte sie zum Hauptplatz der Siedlung und stand einfach so da und versuchte, ruhiger zu werden. Jemand näherte sich ihr von hinten. Haniman.

»Du komm und tvinnre mit mir«, flüsterte er.

»Nein.«

»Immer sagst du nein.«

»Bitte laß mich in Ruhe, Haniman!«

»Dann komm wenigstens kopulieren.«

»Nein!«

»Nicht einmal das?«

»Laß mich zufrieden, ja!«

»Was ist denn los, Taniane? Du wirkst so bedrückt.«

»Bin ich.«

»Aber sag mir doch, was dich bekümmert.«

»Laß mich in Ruhe!« sagte sie.

»Ich will doch bloß versuchen, was zu tun, damit du dich besser fühlst. Das ist eine alte Sitte bei uns Menschen, weißt du nicht? Frau in Not – Mann kommt und bietet Notnagel.«

Sie funkelte ihn zornig und erbittert an. »Wir sind keine Menschen!« schrie sie.

»Was?«

»Hresh sagt es. Und er hat die Beweise dafür. Wir sind nichts weiter als Tiere, genau wie die Wächter am Tor es gesagt haben. Die Träumeträumer waren die Menschlichen, und sie sind jetzt alle tot. Du bist weiter nichts als ein Affe mit einem größeren Gehirn, und ich ebenso, Haniman. Geh doch und frag Hresh, wenn du mir nicht glaubst! Und jetzt geh weg und laß mich in Frieden, ja? Laß mich in Ruhe! Laßt mich alle in Ruhe!«

Haniman konnte sie nur verdattert anstarren.

Dann wich er rückwärts von ihr fort. Taniane, eine Hand auf den Mund gepreßt, schaute ihm nach.

Im Dämmer der Kapelle, in den Rauchschwaden des schwelenden Feuers sah Koshmar maskierte Gestalten vor sich auftauchen. Diese da, mit dem schrecklich kriegerischen Schnabel, war Lirridon. Das war Nialli, die schwarz-grüne Maske mit der Wehr blutroter Stacheln. Und hier Sismoil, gesichtslos, rätselhaft. Und da, Thekmur. Und dort Yanla. Und hier Vork.

Sie klammerte sich an die Altarkante, um nicht das Gleichgewicht zu verlieren. Ein eisiger Schweiß war ihr am Leib ausgebrochen, und hinter ihrem Brustbein verspürte sie einen brennenden Schmerz. Ihre Kehle war ausgetrocknet, und sie wußte, daß diesen Durst nicht einmal ein Ozean würde stillen können.

»Koshmar«, sagte Thekmur. »Arme traurige Koshmar.«

»Arme bemitleidenswerte Koshmar«, sagte Lirridon.

»Wir weinen Tränen um dich, Koshmar«, sagte Nialli.

Sie blickte starr zu den überheblichen Gestalten hin, die vor ihr auf und ab stolzierten, und schüttelte erbost den Kopf. Das Letzte, was sie sich von ihren dahingeschiedenen Vorgängerinnen erwartete, wäre Mitleid gewesen.

»Nein!« sagte sie, und ihre Stimme drang kaum aus ihrer Kehle, war nur ein heiseres hohles Röcheln. »Derlei dürft ihr mir nicht sagen!«

»Komm, geselle dich zu uns, Koshmar!« sagte Yanla, die vor so vielen Jahren Häuptling gewesen war, daß nichts als ihr Name und ihre Maske die Erinnerung an sie am Leben erhielt. »Komm und bette dich in unsere Arme! Du warst lang genug Führerin und Häuptling.«

»Nein!«

»Ruhe dich aus bei uns!« sagte Vork. »Schlafe in unserem Schoß und erfahre die Freude des Friedens für immer!«

»Nein!!!«

Thekmur, die ihr wie eine zweite Mutter gewesen war, kniete an Koshmars Seite nieder und sprach weich: »Wir kamen zum Tag unseres Todes, und wir gingen hinaus in die Kälte und legten uns nieder am ödeisigen Ort zum Tode. Was klammerst du dich so keck und wild an dein Leben, Koshmar? Du hast das Grenzalter erreicht und es überschritten, Koshmar. Und deine Müdigkeit ist gewaltig. Ruhe du nun aus, Koshmar!«

»Der Winter ist vorbei. Es gibt keinen eisigen Ort des Sterbens mehr. Hier – in der Zeit des Neuen Frühlings – hat das Grenzalter keine zwingende Bedeutung mehr.«

»Der Neue Frühling?« fragte Sismoil. »Glaubst du denn, er sei wahrlich erschienen? Wahrlich und wirklich, der Neue Frühling?«

»Ja! Ich glaube es, ja!«

»Schlafe du nun, Koshmar! Und laß ein andres Weib wachen über dein Volk und es führen. Du hast die Hälfte deines Stammes verloren ...«

»Nein! Nicht die Hälfte! Bloß ein paar Leute!«

»Die Beng rücken eurer Siedlung immer näher.«

»Ich werde die Beng niedermetzeln!«

»Ein jüngeres Weib wartet und wetzt ihren Witz für die Macht. Gib sie preis, übergib sie ihr, Koshmar!«

»Wenn ihre Zeit gekommen ist, nicht früher!«

»Ihre Zeit *ist* gekommen.«

»Nein. Nein und nein.«

»So schlafe du nun, Koshmar.«

»Nein, das denn wirklich noch nicht. Dawinno soll euch holen! Ich bin noch ziemlich lebendig, merkt ihr das denn nicht? Und ich herrsche! Ich bin der Führer!«

Koshmar war aufgesprungen und fuchtelte wütend mit den Armen, um die Rauchschwaden zu vertreiben, von denen das kleine Gemach erfüllt war. Doch dies kam sie teuer zu stehen: der dumpfe Schmerz unter ihrem Brustbein verstärkte sich auf bestürzende Weise heftig und stach tief in ihr Inneres, hart und scharf wie ein Stahl. Doch sie war nicht bereit, dieses Mißgeschick zur Kenntnis zu nehmen und sichtbar werden zu lassen. Sie stieß die auf Drehzapfen ruhende Steintür der Kapelle auf, ließ frische Luft hereinströmen, und die bläßlichen Gestalten der toten Stammeshäuptlinge wurden dünner, durchsichtig und verschwanden schließlich ganz. Mit ersticktem Husten taumelte Koshmar ins Tageslicht hinaus. Sie griff nach einem verwitterten Steinstück der Balustrade und klammerte sich dort fest, bis die krampfartigen Schwindelgefühle wieder vergingen.

Nie wieder betrete ich dieses Heiligtum, schwor sie sich. Sollen doch die Toten tot bleiben und unter sich. Ich brauche ihr Weisheitsgeraune nicht.

Langsam schritt sie an den sechs zerstörten und den fünf intakten Bögen vorbei, über den Platz mit den rosa Marmorplatten, die fünf Treppenfluchten aus Megalithen hinan. Sie wandelte an dem Stumpf des eingestürzten schwarzen Turmes vorbei, und dann nach Süden und Westen durch die Stadt in Richtung auf die Beng-Siedlung zu. Hin und wieder sah sie einen der Zinnobären, der allein umherstreifte und das Unkraut aus den zerbröckelnden Pflastersteinen zupfte. Über die Dächer sauste eine Affenhorde an ihr vorbei, kreischend wie üblich, und sie aus sicherer Entfernung mit Gegenständen bewerfend. Sie bedachte sie nur mit einem Blick voller Abscheu. Zweimal sah sie Behelmte in einiger Entfernung, Männer, die schweigend ihren unerforschlichen Aufgaben oblagen; nicht einer gab zu erkennen, daß er ihr Nahen irgendwie zur Kenntnis genommen hätte.

Sie war noch immer ein gutes Stück von der Beng-Siedlung entfernt, in einem Bereich voll riesenhafter umgestürzter Standbilder und spiegelheller Kioske, die zu silbrigen Scherbenhaufen zusammengesunken waren, als sie weit vor sich die schlanke Gestalt Hreshs erblickte. Er kam auf sie zugelaufen und brüllte und rief ihren Namen.

»Was ist denn?« fragte sie. »Warum bist du mir hier heraus nachgefolgt?«

Er ließ sich auf der Schulter einer umgestürzten marmornen Kolossalstatue nieder und blickte erwartungsvoll zu ihr herauf. »Um mit dir zu reden, Koshmar.«

»Hier?«

»Ich möchte nicht, daß irgend jemand vom Volk uns zuhört.«

Koshmar bedachte ihn mit einem strengen abweisenden Blick. »Also wenn dies wieder irgendso ein neuer phantastischer Plan ist, den du mir vorlegen möchtest, dann solltest du vielleicht wissen, bevor du damit anfängst, daß du mich gerade in einem Moment erwischst, in dem ich allein und ungestört sein will, also triffst du mich in höchst unzugänglicher Laune an. In einer *äußerst* unzugänglichen.«

»Also, ich nehme an, das werde ich dann ja wohl riskieren müssen. Ich wollte mit dir darüber sprechen, daß wir diese Stadt verlassen müssen.«

»Du?« Ihre Augen begannen zornig zu funkeln. »Hast du vor wegzulaufen? Zu Harruel, ja?«

»Aber nein, nicht zu Harruel. Nein. Und auch nicht bloß ich allein, Koshmar. Wir alle.«

»Alle?« Der heiße stechende Schmerz unter dem

Brustbein kehrte zurück. Sie hätte gern mit der Hand dagegen gedrückt. Aber dies würde Hresh auf ihre Zwangslage aufmerksam gemacht haben. Also beherrschte sie sich sehr mühsam. »Was für Torheiten sind das jetzt schon wieder? Ich habe dich doch gewarnt, daß du mich mit verrückten neuen Plänen verschonen sollst ...«

»Darf ich trotzdem sprechen, Koshmar?«

»Sprich!«

»Ich möchte dich an den Tag erinnern, als wir vor Jahren hier in Vengiboneeza eingezogen sind. Wie die Künstlichen der Saphiräugigen uns verspottet haben und mich einen ›kleinen Affen‹ nannten und uns erklärten, wir seien etwas anderes als richtige menschliche Wesen.«

»Wir gaben die angemessene Antwort, und die Torhüter haben uns als Menschliche akzeptiert und uns eingelassen.«

»Akzeptiert, ja. Aber sie haben niemals zugestanden, daß wir Menschliche von der Art der Großen Welt seien. ›Ihr seid *jetzt* die Menschen‹, das haben sie gesagt. Weißt du nicht mehr, Koshmar?«

»Das Ganze ist sehr lästig, Hresh.«

»Was würdest du sagen, wenn ich dir berichte, ich habe unumstößliche Beweise dafür gefunden, daß die Wächter die Wahrheit gesprochen haben? Daß die Träumeträumer die wirklichen Menschlichen der Großen Welt gewesen sind, daß unsere Art damals kaum mehr war als Tiere?«

»Absurder Unsinn, Junge!«

»Ich habe die Beweise.«

»Absurde Beweise. Ich sagte damals, daß es möglicherweise vielerlei Arten von Menschlichen gegeben haben könnte, daß aber wir die einzige Art sind, die noch existiert. Und deshalb gehört die Welt mit Recht uns. Es besteht keine Notwendigkeit, Hresh, das Ganze wieder durchzuhecheln. Überhaupt, was hat es damit zu tun, daß wir aus Vengiboneeza fortziehen sollen?«

»Weil«, dozierte Hresh, »wenn wir menschliche Wesen sind und wenn wir die einzigen sind, die es noch gibt, wir von diesem Ort hier weichen sollten, um uns eine eigene Stadt zu erbauen, wie Menschen dies tun, anstatt als Okkupanten in den Ruinen irgendeines anderen uralten Volkes zu hausen.«

»Das ist das gleiche Argument, das auch Harruel vorgebracht hat. Es war Hochverrat, und es hat den Stamm gespalten. Wenn du glaubst, was er glaubt, dann solltest du fortgehen und bei ihm leben, wo immer er und seine Gefolgschaft sich aufhalten mögen. Willst du dies? Dann geh! Geh, Hresh!«

»Ich will, daß wir allesamt weggehen. Damit wir menschlich werden können.«

»Wir *sind menschlich!*«

»Dann sollten wir fortziehen, damit wir unserem Schicksal gemäß als Menschen leben können. Verstehst du denn nicht, Koshmar, der Unterschied zwischen Menschen und Tieren ist doch der, daß die Tiere einfach nur von einem Tag zum anderen leben, wohingegen die Menschen ...«

»Genug!« sagte Koshmar sehr ruhig. »Die Diskussion ist beendet.«

»Koshmar, ich ...«

»*Schluß!*« Sie legte die Hand auf die Brust und preßte sie fest dagegen und begann zu reiben. Der Schmerz war so heftig, daß sie sich am liebsten zusammengekrümmt und ihre Knie umklammert hätte, doch sie zwang sich, aufrecht sitzen zu bleiben. »Ich bin hier herausgegangen, um allein zu sein und über Dinge nachzudenken, die mich betreffen«, sagte sie. »Du hast dich mir trotzdem aufgedrängt, mich in meiner Privatspähre gestört, obwohl ich dich bat, es nicht zu tun, und hast allen möglichen alten Unsinn hervorgezerrt, der für unsere jetzigen Lage von keinerlei Bedeutung ist. Wir sind *keine* Affen. Dieses schnatternde Gezücht auf den Dächern, das sind Affen, und sie sind keine Verwandten von uns. Und wir *werden* aus Vengiboneeza fortziehen, ja, wenn die Götter mir verkünden, daß unsere Zeit dafür gekommen ist. Es *mir* verkünden, Hresh, nicht dir! Ist dies klar? Gut. Gut. Und jetzt laß mich in Ruhe!«

»Aber ...«

»Laß mich in Ruhe, Hresh!«

»Wie du wünschst«, sagte er und wandte sich um und ging langsam zur Siedlung zurück.

Als er außer Sichtweite war, krümmte Koshmar sich zusammen. Sie fröstelte, und Welle um Welle wallte der Schmerz durch ihren Leib. Nach einer kleinen Weile vergingen die Krämpfe, und sie richtete sich schweißgebadet auf, und das Hämmern in ihrem Herzen wurde allmählich schwächer.

Der Junge meint es gut, dachte sie. Er ist so ernsthaft, so eindringlich mit erhabenen Dingen wie Schicksal und Ziel beschäftigt. Und höchstwahrscheinlich hatte er sogar recht, daß das Volk von hier fortziehen sollte, um die Erfüllung seiner Geschicke anderwärts zu suchen. Ob wir nun Menschliche sind oder Affen, dachte Koshmar, und sie zweifelte nicht im geringsten daran, was das Volk sei, es kann uns nichts Gutes bringen, wenn wir noch viele Jahre länger hierbleiben in Vengiboneeza. Soviel war klar. Irgendwann müssen wir weiterziehen und müssen uns einen eigenen Ort bauen.

Aber nicht jetzt schon. Jetzt fortziehen, das würde den Sieg der Beng bedeuten. Der Abzug des Volkes durfte nicht mit dem Anschein des Makels behaftet sein, daß er unter dem von den Beng ausgeübten Zwang erfolgte, denn dies würde ein Schandfleck sein auf dem Ehrenschild des Volkes und dem ihrer eigenen Führerschaft bis ans Ende aller Zeiten. Man würde Hresh zu dieser Einsicht bewegen müssen. Und jeden anderen gleichfalls, den es ungeduldig zum Aufbruch drängte.

Taniane? Es könnte sein, daß sie dem Hresh diesen Floh ins Ohr gesetzt hat, dachte Koshmar. Taniane war ein ungeduldiges Kind, sie glühte vor Ehrgeiz. Es könnte sogar sein, daß sie sich bereitmachte, einen zweiten Abfall, eine neue Spaltung des Stammes anzuführen. Taniane und Hresh waren in jüngster Zeit ziemlich dicke Verbündete geworden. Und, spekulierte Koshmar weiter, vielleicht ist Hresh nur deshalb heute zu mir gekommen, um mir eine versteckte Warnung zukommen zu lassen, daß ich eine veränderte Politik zu dulden beginnen muß, weil es sonst einen gewaltsamen Wechsel gegen meinen Willen geben wird.

Nichts wird unter Zwang und gegen meinen Willen geschehen, dachte Koshmar wütend. Nichts!

Dann schloß sie die Augen und verkroch sich wieder in sich selbst und hockte nur so da.

Ich bin so furchtbar müde, dachte sie.

Sie ruhte, ließ ihren Kopf ganz leer werden, ließ ihren Geist in das lindernde Dunkel der Leere entschweben. Lange Zeit später blinzelte sie und richtete sich wieder auf, und sie sah, daß noch ein weiterer Besucher sich eingestellt hatte. Die klar erkennbare weißgestreifte Gestalt Torlyris kam winkend und lächelnd auf sie zu.

»Ach, hier bist du«, rief Torlyri. »Hresh hat mir gesagt, daß du hier irgendwo sein müßtest.«

Auch du? dachte Koshmar. Bist du gekommen, um mich mit dieser Sache zu plagen?

»Irgendwelche Probleme?« fragte sie.

Torlyri blickte erstaunt drein. »Probleme? Nein, gar nichts. Die Sonne scheint hell. Alles ist in Ordnung. Aber du bist schon einen halben Tag lang fort. Ich habe dich vermißt, dich gesucht, Koshmar. Ich habe mich danach gesehnt, bei dir zu sein, deine Nähe zu spüren. Um die Wonne des mit dir Zusammenseins wieder zu genießen, die stets die höchste Lust meines Lebens gewesen ist.«

Koshmar gewann keine Wonne aus Torlyris Worten.

Sie klangen ihr bleiern in den Ohren, sie klangen unaufrichtig, ja ausgesprochen verlogen. Es fiel ihr schmerzlich schwer, Torlyri für unaufrichtig zu halten, die doch allezeit das Inbild von Liebe und Wahrheit gewesen war; doch Koshmar begriff, daß Torlyri jetzt aus einem Gefühl schuldhaften Unbchagens so zu ihr rede und nicht bestimmt von dem Gefühl, das sie einst für Koshmar gehegt hatte. Dies war nun zu Ende. Torlyri hatte sich verändert. Lakkamai hatte sie verändert, und ihr Behelmter hatte das Werk vollendet.

Sie sprach: »Ich mußte ziemlich ernst über einiges nachdenken, Torlyri. Also ging ich weg, um allein zu sein.«

»Aber ich hab mir Sorgen gemacht. Du wirkst in letzter Zeit so müde.«

»Ach, tat ich das? Ich hab mich aber nie besser gefühlt.«

»Koshmar, Liebe ...«

»Sehe ich krank aus? Hat mein Fell den Glanz verloren? Ist die Glut aus meinen Augen geschwunden?«

»Ich sagte nur, du wirktest müde«, sagte Torlyri. »Nicht, daß du krank bist.«

»Ach ja, das stimmt.«

»Komm, laß uns hier ein Weilchen zusammen sitzenbleiben!« sagte Torlyri. Sie sank auf einen glatten rosaroten Marmorblock, der am anderen Ende sich zu einem grinsenden Gesicht eines Saphiräugigen aufwölbte, ganz zähnefletschende Kieferbacken, und lud Koshmar ein, sich neben sie zu setzen. Ihre Hand ruhte sacht auf Koshmars Handgelenk, das sie zärtlich streichelte.

»Ist da etwas, das du mir sagen möchtest?« fragte Koshmar nach einer Weile.

»Ich will nur bei dir sein. Schau doch, wie prachtvoll dieser Tag ist! Je weiter wir in den Neuen Frühling kommen, desto höher und höher steigt die Sonne am Himmel empor.«

»Ja, so ist es.«

»Kreun trägt ein Ungeborenes, das Kind des Moarn. Bonlai trägt jetzt auch ein Kind von Orbin. Der Stamm beginnt zu wachsen.«

»Ja. Gut.«

»Praheurt und Shatalgit werden bald ihr Zweites bekommen. Sie haben Hresh gebeten, es nach deiner Mutter zu taufen, Lissiminimar, wenn es ein Mädchen wird.«

»Ah. Wird mich freuen, den Namen wieder zu hören«, sagte Koshmar.

Sie fragte sich, wie die Dinge dieser Tage zwischen Torlyri und ihrem Behelmten stehen mochten. Sie wagte nie, sie danach zu fragen. Irgendwie war es ihr gelungen, die Beziehung zu Lakkamai zu ertragen, sogar daß sie mit Lakkamai kopulierte; aber ein Mann wie Lakkamai, der kaum je ein Wort sprach und der innerlich so völlig leer zu sein schien, konnte ja auch kaum eine Bedrohung für Koshmar sein. Nein, zwischen Torlyri und Lakkamai war weiter nichts als körperliche Lust gewesen. Aber diese neue Affäre da, die mit dem Behelmten – diese Munterkeit und Lebenslust, wenn sie und er zusammen waren, ihre Bewegungen, das Leuchten in ihren Augen – und die langen Stunden, die sie drüben in der Beng-Siedlung zubrachte – nein, nein, das war etwas anderes, etwas viel, viel Tieferes.

Ich habe sie an ihn verloren, dachte Koshmar.

Nach einem weiteren Schweigen sagte Torlyri: »Die Beng möchten uns wieder zu einem ihrer Feste einladen, nächste Woche. Ich überbringe hiermit die Aufforderung von Hamok Trei. Sie möchten, daß wir alle kommen; und sie wollen ihre ältesten Weinkrüge kredenzen und die besten ihrer Fleischtiere schlachten. Es gilt, den Ehrentag ihres Gottes Nakhaba zu feiern, der der höchste unter ihren Göttern ist, wie ich glaube.«

»Was kümmert es mich, wie die Beng ihre Götter benennen?« sagte Koshmar scharf. »Ihre Götter existieren nicht. Ihre Götter sind Hirngespinste.«

»Koshmar ...«

»Es wird für uns kein gemeinsames Feiern mit den Beng geben, Torlyri!«

»Aber – Koshmar ...«

Sie drehte sich abrupt herum und starrte der Opferpriesterin ins Gesicht. Ein Gedanke war ihr plötzlich gekommen, dermaßen überstürzt, daß ihr der Kopf wirbelte davon und sie hastig zu atmen begann. Sie sprach: »Was würdest du dazu sagen, wenn ich dir mitteilte, daß wir in zwei, drei Wochen aus Vengiboneeza fortziehen werden, spätestens in einem Mond?«

»*Was?*«

»Ja, und deshalb werden wir alle unsere ganze Zeit dafür einsetzen müssen, um mit unseren Vorbereitungen für den Wegzug zurande zu kommen. Wir werden keine Zeit übrig haben für Feste mit den Beng.«

»Wegziehen – aus Vengiboneeza ...?«

»Ja. Denn hier wartet auf uns nichts außer Ärger und Unruhe, Torlyri. Das weißt du doch. Ich weiß es. Hresh kam zu mir und sprach: ›Zieh du hinweg! Zieh fort!‹ Ich wollte nichts davon hören. Doch dann erkannten meine Augen die Wahrheit. Und der Weg, den ich gehen muß, wurde klar. Ich fragte mich, was wir tun müßten, um uns zu retten, und die Antwort ward mir – daß wir von diesem Ort hier fortgehen müssen. Hier lauert der Tod, Torlyri. Da, schau! Siehst du, wie der steinerne Saphiräugige uns angrinst? Er lacht über uns. Wir kamen hierher, nur um ein wenig herumzugraben und ein paar nützliche, brauchbare Dinge aus der früheren Welt zu finden, und wir sind hier hängengeblieben – wieviele Jahre sind es nun schon? In einer Stadt, die nie die unsrige war. In einer Stadt, die uns sogar in ihren Steinen verspottet. Und jetzt ist es außerdem noch eine Stadt voller anmaßender Fremdlinge, die lächerliche Kleidung tragen und nichtexistierende Götter anbeten.«

In Torlyris dunklen Augen zitterte Erschrecken. Koshmar sah es und begriff mit einem Gefühl des

Elends, daß ihre List erfolgreich gewesen war, daß sie die Wahrheit aus Torlyri hervorgelockt hatte, diese Wahrheit, die sie so gefürchtet hatte, aber auch so verzweifelt zu erfahren genötigt war.

»Sprichst du im Ernst?« stammelte Torlyri.

»Ich lasse den Marschbefehl gerade formulieren und werde ihn sehr bald verkünden. Wir werden alles mitnehmen, was irgend von Wert für uns sein könnte, alle diese seltsamen Gerätschaften, die Hresh und seine Sucher angesammelt haben, und dann ziehen wir davon, in das warme Südland, wie wir es schon vor einem Jahr hätten tun sollen. Harruel hatte recht. In dieser Stadt lauert Giftiges. Er hat mich nicht bewegen können, dies zu erkennen, und darum ist er davongezogen. Nun, Harruel ist ein Hitzkopf, und Harruel ist auch ein Tor; aber in diesem Fall hatte er einen klareren Durchblick als ich. Unsere Zeit in Vengiboneeza ist vorbei, Torlyri.«

Torlyri saß da wie betäubt.

Mit plötzlich aufsteigender Energie griff Koshmar nach ihr. Eine Leidenschaft, wie sie sie seit Wochen, seit Monden nicht mehr gefühlt hatte, begann in ihr aufzulodern. Mit heiserer Stimme bat sie: »Komm nun, Torlyri, Geliebte, liebe, liebe Torlyri! Wir sind hier ganz allein. Komm und laß uns tvinnern – es ist so lange her, so lange, nicht wahr, Torlyri – und dann kehren wir in die Siedlung zurück.«

»Koshmar ...«, setzte Torlyri an und konnte nicht weitersprechen.

»Wollen wir tvinnern?«

Torlyris Lippen und Nasenflügel bebten. In den Augenwinkeln standen ihr Tränen.

Mit leiser gedämpfter Stimme sagte sie: »Ja, ich will mit dir tvinnern, wenn es das ist, was du wünschst.«

»Ist es denn nicht auch, was *du* wünschst? Du hast doch gesagt, daß du nach mir gesucht hast, wegen der Lust, in meiner Nähe zu sein. Und gibt es denn eine bessere Art, mir nahe zu sein, als wenn wir tvinnern?«

Torlyri hielt den Blick zu Boden gesenkt. »Ich habe heute schon getvinnert«, sagte sie. »Es war – meine Pflicht, du verstehst –, jemand kam zu mir, der den Trost der Opferfrau brauchte, und ich darf dies doch niemals verweigern – und ... und ...«

»Und nun bist du zu müde, es so bald erneut zu tun.«

»Ja. Genau dies ist es.«

Koshmar blickte sie fest an. Torlyri wandte sich beiseite.

Sie will nicht mit mir tvinnern, dachte Koshmar, weil dann ihre Seele offen für mich daliegt und ich sehen kann, wie tief sie diesen Behelmten liebt. Ist es das?

Nein. Nein. Denn wir haben ja vor gar nicht allzu langer Zeit getvinnert, und ich weiß ja schon, was sie für diesen Behelmten empfindet, und sie weiß auch, daß ich das erkannt habe. Es ist etwas anderes, das sie vor mir verbergen möchte, ja, das muß es sein. Etwas Neues, etwas noch Schwerwiegenderes. Und ich glaube, ich kann erraten, was es ist.«

»Also gut«, sagte Koshmar. »Ich nehme an, ich werde den Nachmittag überleben, ohne zu tvinnern.«

Sie erhob sich und bedeutete Torlyri, desgleichen zu tun.

»Koshmar, werden wir wirklich in ein paar Wochen aus Vengiboneeza fortziehen?« fragte Torlyri.

»In einem Mond, so ungefähr. Vielleicht in sechs Wochen.«

»Vorhin hast du gesagt, höchstens ein Mond.«

»Wir werden ziehen, wenn wir dazu bereit sind. Wenn wir für die Vorbereitungen einen Mond brauchen, dann ziehen wir in einem Mond. Dauert es zwei Monde, dann eben erst in zweien.«

»Aber unser Aufbruch ist beschlossene Sache?«

»Nichts könnte mich in meinem festen Entschluß dazu wankend machen.«

»Ach«, sagte Torlyri und wandte sich ab, als hätte Koshmar ihr einen Schlag versetzt. »Dann ist alles aus.«

»Was meinst du damit?«

»Bitte, laß mich, Koshmar!«

Koshmar nickte. Nun verstand sie auf einmal alles genau. Torlyri wollte nicht mit ihr tvinnern, denn da war etwas, das Torlyri ihr nicht einzugestehen wagte, und dies war: Wenn das Volk tatsächlich aus Vengiboneeza davonziehen sollte, dann würde sie, Torlyri nicht mit ihnen ziehen. Sie gedachte bei ihrem Behelmten zu bleiben; denn sie konnte sich mit Sicherheit ausmalen, daß Koshmar dem Behelmten gewiß nicht erlauben würde, mit dem Volk zu ziehen, sofern dieser überhaupt so etwas zu tun wünschen mochte.

Ich habe Torlyri auf immer und ewig verloren, dachte Koshmar.

Sie schritten schweigend nebeneinander zur Siedlung zurück.

14. Kapitel

Endzeit

Für Hresh war es eine erregende Zeit, und sie brachte ihm die Erfüllung vieler Träume und vieles, das er nie zu erlangen gehofft hätte.

Taniane war seine Tvinnr-Partnerin und auch seine Kopulationsgefährtin geworden. Nun, da alle Schranken zwischen ihnen gefallen waren, hatte er erkannt, daß sie während der ganzen gemeinsamen Kindheit und frühen Erwachsenenjahre mit unablässiger verlangender Liebe auf ihn geschaut hatte. Während er hingegen dafür blind war, in seine Studien der Chroniken vergraben und später mit der Erforschung der vengiboneezischen Ruinen beschäftigt, und ganz und gar nicht begriffen hatte, welcher Art ihre Gefühle für ihn waren – oder auch seine für sie.

Haniman war für Taniane nur ein Zeitvertreib gewesen. Ein Reservegeliebter, wenn sie sich langweilte, und vielleicht auch in der Absicht gewählt, Hresh eifersüchtig zu machen. Und Hresh hatte die Beziehung zwischen den beiden arg falsch interpretiert, was allesamt zu spüren bekommen hatten.

Doch dies alles war nun bereinigt. Nacht um Nacht lagen nun Taniane und Hresh die ganze Nacht beisammen, Brust an Brust, Sensororgan an Sensororgan geschmiegt, in einer Vereinigung ihrer Körper und Seelen, die dermaßen intensiv war, daß Hresh angesichts dieses Wunderbaren oft ganz schwindelig wurde. Er war fest entschlossen, Koshmar um die Erlaubnis zu bitten, Taniane als eheliche Gefährtin nehmen zu dürfen, sobald er nur den Mut dazu aufbringen würde. Zwar hatte er in den Chroniken dafür noch keinen Präzedenzfall entdecken können, daß der Alte Mann des Stammes sich eine eheliche Gefährtin genommen hätte, aber andererseits stand da auch nichts, was dem zuwidergelaufen wäre. Torlyri hatte das mit Lakkamai getan; und wenn die Opferfrau das tun durfte, jetzt in der Neuen Zeit, dann warum nicht auch der Chronist?

Hresh wußte auch von Tanianes brennendem Ehrgeiz und daß sie Koshmar für alt, ausgebrannt und am Ende betrachtete und an ihrer Stelle Häuptling zu werden wünschte.

Taniane unternahm nicht den Versuch, ihre Visionen der Stammeszukunft vor ihm zu verbergen. »Wir werden gemeinsam herrschen, du und ich! Ich werde Häuptling sein, du der Alte Mann; und sobald wir Kinder haben, werden wir sie so aufziehen, daß sie nach uns herrschen können. Wie könnte auch jemand ein gemeinsames Kind von uns übertreffen? Ein Kind, das deine Klugheit und Weisheit und Hartnäckigkeit besitzt und dazu meine Kraft und Energie? Ach, Hresh, Hresh, wie wundersam sich doch alles für uns gefügt hat!«

»Noch ist Koshmar Häuptling«, mahnte er sie ernüchternd. »Und wir zwei sind noch nicht einmal verehelicht. Und es gibt eine Menge Arbeit hier in Vengiboneeza.«

Zwar hatte Koshmar seine Behauptung zornig verworfen, daß der Stamm die Stadt verlassen müsse, und das Thema auch nicht wieder aufgegriffen, aber Hresh wußte, daß ihre Auswanderung unvermeidlich war. Früher oder später würde Koshmar einsehen, daß das Volk in Vengiboneeza in trübe Trägheit versank und daß außerdem auf jeden Fall die Beng die Lage für den Stamm untragbar machten. Und dann würde Koshmar ohne Vorwarnung (o ja, *er* kannte sie!) den Befehl erteilen, daß man alles zusammenpacken und die Stadt aufgeben müsse. Deshalb war es für ihn von allerhöchster Wichtigkeit, die Ruinen nach möglicherweise weiteren nützlichen Dingen zu durchstöbern, solange er noch Zeit dazu hatte.

Aus Furcht vor Begegnungen mit Beng-Patrouillen zog er in jüngster Zeit nur noch nachts auf Streifzüge aus. Wenn die Dunkelheit über die Siedlung hereinbrach und alles still wurde, erhoben sich Taniane und er und zogen Hand in Hand nach Vengiboneeza, wobei sie auf Zehenspitzen schlichen. Sie schliefen jetzt kaum noch, und ihre Augen glänzten vor Übermüdung. Aber ihr aufregendes Vorhaben hielt sie in Trab.

Dreimal versuchte er das unterirdische Versteck zu erreichen, wo er die Reparaturmaschinen an der Arbeit gesehen hatte, aber jedesmal erspähte er dort Beng-Posten in der Nähe und konnte darum nicht näher herangelangen. Stumm verfluchte er sein Mißgeschick. Er malte sich aus, daß die Beng dort herumschnüffelten und die Relikte selbst plünderten, daß sie Sachen von höchster Wichtigkeit in die Finger bekämen, und er verspürte einen scharfen stechenden Schmerz, der ihm wie ein Messer durch die Seele fuhr. Doch es gab noch unendlich viele andere Stellen zu erforschen. Unter Benutzung des Schatzplanes mit den aneinanderstoßenden Kreisen und der roten Lichter als Wegweiser, liefen sie hastig durch Korridore und Kellergewölbe, Galerien, unterirdische Kammern und Gänge und suchten atemlos hastig bis zum Morgengrauen, wo sie dann manchmal erschöpft einer in des anderen Armen für ein zwei Stunden schliefen, ehe sie in die Siedlung heimkehrten.

Sie machten zahlreiche Entdeckungen. Doch kaum etwas davon schien von unmittelbarem oder auch nur potentiellem Wert zu sein.

In einer mächtigen Kammer mit Kalksteinwänden in dem als Mueri Torlyri bekannten Stadtviertel stießen sie auf eine einzeln dastehende Maschine, die zehnmal so hoch war wie einer vom Volk, in perfektem Erhaltungszustand, ein kuppelförmiges schimmerndes Ding aus perlweißem Metall mit eingelegten farbigen Steinbändern und zuckenden Ovalen von grünem und rotem Licht, und mit rundlichen Armen, die aussahen, als könnten sie auf Knopfdruck sich in vielerlei Richtungen bewegen. Sie wirkte beinahe wie ein riesenhaftes Götzenbild, diese Maschine. Doch wozu diente sie?

Eine weitere Kaverne, die auf allen Seiten von Inschriften in einer verwirrenden gewundenen Lineatur bedeckt war, der zu folgen den Augen weh tat, enthielt glänzende Glasbehälter mit dunklen Metallwürfeln, aus denen auf den Klang einer Stimme hin schimmernde Lichtwellen ausgingen. Diese Würfel waren klein, nicht breiter, als wenn Hresh beide Hände nebeneinander legte, doch als er eines der Behältnisse öffnete und einen Kubus herauszuholen versuchte, ließ dieser sich nicht bewegen. Das Metall, aus dem der Würfel bestand, war anscheinend so dicht, daß es zu heben seine Kräfte überstieg.

Eine lange vornehme Galerie, die teilweise durch das Eindringen eines unterirdischen Wasserlaufs zerstört worden war, wies noch immer – wenn auch durch mineralische Sedimente stark verkrustet – eine Art langen Spiegel auf drei scharfdornigen Beinen auf. Taniane trat darauf zu und stieß einen erstaunten bestürzten Schrei aus.

»Was hast du entdeckt?« rief Hresh ihr zu.

Sie zeigte auf den Spiegel. »Da in der Mitte ist mein Spiegel. Aber auf dieser Seite – schau nur, das bin ich als Kind. Und auf der rechten Seite da, diese krumme vertrocknete Alte – oh, Hresh, soll ich so aussehen, wenn ich einmal alt bin?«

Noch während sie sprach, brach aus dem Spiegel ein prasselnder tumulthafter Lärm hervor, den sie nach kurzem als ihre eigene Stimme erkannte – oder doch zu erkennen glaubte, nur eben verzerrt und verstärkt; aber sie redete in einer ihr unbekannten Zunge, vielleicht jener der Saphiräugigen. Und kurz darauf wurde der Spiegel trüb, und der Lärm hörte auf, und Brandgeruch stieg ihnen in die Nasenlöcher. Also zogen sie achselzuckend weiter.

Später in derselben Nacht stieß Hresh auf eine silberne Kugel, die klein genug war und bequem in eine Hand paßte. Als er einen erhabenen Knopf an der Oberseite berührte, erwachte der Ball zum Leben, stieß ein scharfes durchdringendes Geheul aus und pulsierte gleichmäßig grünes Licht. Kühn näherte er ein Auge der winzigen Öffnung, aus der das Licht strömte, und vor ihm tat sich eine lebendige Szene aus den Tagen der Großen Welt auf.

Er sah ein Halbdutzend Saphiräugige auf einer hellen Plattform aus weißem Stein stehen. Es war in einem Bezirk der Stadt, den er nicht erkannte. Der Himmel wirkte seltsam öde und bleiern, und wütend wallende Spiralwolken wehten darüber hin, als tobte ein entsetzlicher Sturm heran; aber die Saphiräugigen drehten sich ruhig einer dem anderen zu und verneigten sich gemessen in einer Art gelassenem Ritual.

Der Apparat schien in viel kleinerem Maßstab die Abbilder aus der Großen Welt zu replizieren, wie sie ihm jene riesige Maschine mit den Knöpfen und Hebeln auf dem Platz der Sechsunddreißig Türme gezeigt hatte. Hresh verstaute die Kugel, um sie später genauer zu untersuchen, in seinem Gürtel.

In der folgenden Nacht arbeiteten sie auf der genau entgegengesezten Seite der Stadt in einem von Trümmern erfüllten Gewölbe, wo sich das Terrain langsam zu den Vorbergen hob, und diesmal war es Taniane, die eine außergewöhnliche Entdeckung machte: in einer dumpfigen schimmelbedeckten Zisterne, fünf Etagen unter dem Straßenniveau. Sie stolperte auf höchst wortwörtliche Weise darüber, indem sie an einem Steinblock ausrutschte, der durch ihren Stoß beiseiteschwang und eine Geheimkammer freigab.

»Hresh!« rief sie. »Hierher! Schnell!«

Im Augenblick, da die Tür aufging, war der verborgene Raum zu schimmerndem goldenem Leuchten erwacht. In seiner Mitte stand auf einem Jadepodest ein metallener Tubus mit runder kappenförmiger Öffnung an der Spitze, aus der verwirrende farbige Bilder stoßartig und flackernd entströmten. Taniane wollte darauf zugehen, doch Hresh packte sie grob am Handgelenk und hielt sie zurück.

»Warte«, sagte er. »Dieses Ding ist gefährlich.«

»Du weißt also, was es ist?«

»Ich hab so was schon mal gesehen – in meinen Visionen«, beschied er sie. »Ich hab gesehen, wie die Saphiräugigen sie benutzten.«

»Wofür?«

»Um sich selbst das Leben zu nehmen.«

Taniane stieß ein Keuchen aus, als habe er sie geschlagen.

»Um sich das *Leben zu nehmen?* Warum sollten sie so etwas tun wollen?«

»Ich kann mir nicht vorstellen, warum. Aber ich habe gesehen, wie sie es taten. Diese glühende Öffnung oben – sie kann alles aufsaugen, was ihr nahekommt, egal wie groß es ist. Und im Innern ist eine Art Schwärze, die so was wie eine Schleuse anderswohin ist, oder vielleicht auch nirgendwohin. Die Saphiräugigen sind zu dem Ding gegangen und haben praktisch direkt die Nase da hineingesteckt, und plötzlich hat es sie verschlungen. Ich habe keine Ahnung, wie, aber plötzlich waren sie weg. Es ist ein unheimliches Ding, aber sehr verführerisch. In meiner Vision bin ich zu einem hingegangen, und das hätte auch mich erwischt, nur daß ich es ja eben nur in einer Vision erlebte. Aber das da ist echt.«

Er gab ihren Arm frei und ging langsam auf die Maschine zu.

»Hresh – *nein,* mach das nicht ...«

Er lachte. »Ich wollte es bloß mal testen.«

Er hob ein Fragment eines Bildwerks vom Boden auf, schwang es ein paarmal hin und her und warf es sodann aus der flachen Hand auf die Schlitzhaube zu. Das Steinstück schwebte kurz wie aufgehängt knapp außerhalb des Bandes von flackerndem zischendem Licht, dann verschwand es. Hresh stand erwartungsvoll da, lauschte auf den Aufprall des Steinchens auf dem Boden. Aber es geschah nichts.

»Es funktioniert! Es funktioniert immer noch!«

»Versuch es noch einmal!«

»Klar doch!« Er nahm ein weiteres Steinstück, ein schmales, so lang wie sein Arm, und hielt es behutsam an die Öffnung der Maschine. Er fühlte ein Brennen in der Hand und dem Unterarm, und plötzlich hielt er nichts mehr in der Hand. Er starrte seine Finger an.

Er trat näher heran.

Was passiert, wenn ich meine Hand hineinstecke? überlegte er.

Er verharrte auf demselben Fleck vor der Metallsäule, wippte auf den Fußballen nach vorn, runzelte die Stirn, überlegte. Die Versuchung war erstaunlich stark. Diese Maschine war heimtückisch. Er gedachte jener riesigen röhrenden Maulköpfe vor langer Zeit, damals auf der großen Sandebene, wie die ihn zu sich hingezogen hatten mit ihrem unerbittlichen Trommelgedröhn. Hier war es ähnlich. Er konnte fühlen, wie das Ding ihn in sich hineinzuziehen suchte. Halb war er bereit, dies geschehen zu lassen. Mehr als nur halb, vielleicht. Das Ding würde ihm ... vielleicht ... Frieden schenken. Vielleicht ...

Taniane mußte wohl erraten haben, was ihm durch den Kopf ging, denn sie trat hastig zu ihm, packte ihn bei den Schultern und zog ihn zurück.

»Was hast du grad eben gedacht?« fragte sie.

Hresh schauderte zusammen. »Ich war bloß neugierig. – Vielleicht – zu neugierig.«

»Hresh, laß uns von hier verschwinden. Irgendwann mal wirst du dermaßen neugierig werden, daß es dir leid tun wird.«

»Warte«, bat er. »Ich möchte nur noch etwas überprüfen.«

»Hresh, das Zeug ist todbringend!«

»Das weiß ich. Warte. So warte doch.«

»Hresh!«

»Ich werde diesmal vorsichtiger sein.«

Er schob sich, halb in der Hocke, etwas näher, wandte die Augen von der hellen Lichtzone an der Spitze weg. Dann neigte er sich nach vorn und legte den Arm um die Mitte des Metalltubus, und wie er es irgendwie beinahe erwartet hatte, konnte er ihn mühelos von seinem Postament aus Grünstein heben. Die Röhre fühlte sich warm an, und sie war hohl; wahrscheinlich hätte er sie mit leichtem Zudrücken seines Armes zerquetschen können. Und ohne Schwierigkeiten trug er das Ding dann durch den Raum und stellte es gegen eine Wand ab. Die Flackerlichter der Haube, die erloschen waren, als er das Ding hochhob, setzten sofort wieder ein.

»Hresh? Was machst du denn da?«

»Es ist beweglich, siehst du? Wir können es mit uns nehmen.«

»Nein! Laß es in Ruhe, Hresh! Es jagt mir Angst ein.«

»Mir auch. Aber ich will mehr darüber rausfinden.«

»Du willst *immer* mehr über alle Dinge herausfinden. Aber das da wird dich umbringen. Laß es hier, Hresh!«

»Nein, das lasse ich nicht da. Es ist vielleicht das einzige seiner Art auf der ganzen Welt, das es noch gibt. Willst du denn, daß es den Beng in die Hände fällt?«

»Also – wenn es sie auffrißt, wie es den Stein verschluckt hat, den du ihm gegeben hast, dann wäre das womöglich gar keine so schlechte Idee.«

»Aber wenn sie verhindern, daß es ihnen schadet, und wenn sie einen Verwendungszweck dafür entdeckten?«

»Es dient zu nichts, Hresh, außer dem Zerstören. Wenn du dir Sorgen machst, daß sie es kriegen könnten, dann schmeiß doch einen schweren Stein drauf, vielleicht geht es dann kaputt. Aber laß uns jetzt hier verschwinden!«

Er blickte sie lange fragend an.

»Ich verspreche dir, Taniane, daß ich mit dem Ding vorsichtig umgehen werde. Aber ich beabsichtige, es mitzunehmen.«

Sie seufzte.

»Hresh ...«, sagte sie und schüttelte resignierend den Kopf. »Ach, Hresh. Ach, du ...«

Harruel lag in Entzückungstaumelträumen gefangen. Die Welt war von einem Teppich von Blumen in hundert sanften Farben bedeckt, und ihre weichen Düfte erfüllten die Luft wie Musik. Er lag in einem glatten Steinzuber, Weiawala im einen, Thaloin im anderen Arm, und warmer goldener Süßwein bedeckte sie alle drei und schwappte ihm gegen das Kinn. Und rings um ihn her standen die Söhne seines Fleisches, ein ganzes Dutzend, hochgewachsene prachtvolle Krieger, ihm gleich an Gesicht und Heldentugend, und sangen mit schmetternden Stimmen ein Preislied auf Harruel.

»Harruel!« brüllten sie. »Harruel, Harruel, Harruel!«

Und dann mischte sich auf einmal ein Mißklang in das alles, und jemand sang mit brüchiger, verrosteter, kreischender Stimme.

»Harruel! Harruel!«

»Nein, du nicht«, stammelte er mit schwerer Zunge. »Du machst alles kaputt. Wer bist du überhaupt? Kein Sohn von mir, mit so einer Stimme! Geh fort! Geh weg!«

»Harruel, wach auf!«

»Hör auf, mich zu belästigen. Ich bin der König.«

»Harruel!«

Eine Hand legte sich ihm an den Hals, Finger gruben sich tief ins Fleisch. Er fuhr sogleich empor, stieß ein rasendes Röhren aus, während sein Traum in Trümmern um ihn zerscherbte. Weiawala – fort Thaloin – fort. Der lustvoll-fröhliche Chor seiner Söhne – alles dahin und fort, fort, fort! Eine graue knirschende Weintresterschicht lag auf seinem Hirn und erstickte seine Seele. Er hatte Schmerzen an zehn verschiedenen Körperstellen, und jemand hatte es gewagt, mit *seinem* Mund Kotbrokken zu essen. Minbain ragte über ihm auf. Und sie hatte ihn nicht an der Kehle gepackt, sondern seitlich im Nakken. Er konnte den Griff ihrer Finger noch spüren. Sie sah ganz wild aus und ganz durcheinander, als hätte sie etwas Wichtiges zu melden.

Zornig grollte er: »Wie kannst du es wagen, mich zu stören, wenn ...«

»Harruel, die Stadt wird angegriffen.«

»... ich versuche ein wenig Ruhe zu finden nach ...« Er holte schnaufend Luft. »*Was?* Angegriffen? Wer? Koshmar? Ich bring sie um! Ich werd sie auf dem Feuer braten und fressen!« Harruel rappelte sich auf die Beine und röhrte: »Wo ist sie? Bringt mir meinen Speer! Ruft Konya! Salaman!«

»Sie sind bereits draußen.« Minbain rang ärgerlich die Hände. »Und es ist nicht Koshmar. Da Harruel, dein Speer, dein Schild. Es sind die Hjjk-Leute, Harruel! Die greifen uns an. Die Hjjk!«

Er stand ganz auf und taumelte auf die Tür zu. Von draußen drang Waffengetöse und stach störend durch sein nebeldumpfes Wahrnehmungsvermögen.

Was? Hjjk-Leute? Hier?

Salaman, der hatte doch neulich irgendwas gesagt, daß er einen Angriff von einem Heer von Hjjk befürchtete. Irgendeine Vision, die er gehabt hatte, oder ein wüster Traum. Harruel hatte wenig damit anfangen können, aber er glaubte sich dunkel zu erinnern, daß Salaman gesagt hätte, die Eindringlinge seien noch weit weg, sie würden erst in vielen, vielen Monden eintreffen. Das hat er jetzt davon, wenn er sich auf seine Visionen verläßt, dachte Harruel.

Der Kopf schmerzte ihn. Die Lage erforderte klares Denken. Er hielt an der Tür inne, packte die Schüssel voll Wein, die dort immer bereitstand, und hob sie an die Lippen. Sie war noch mehr als zur Hälfte gefüllt, doch er leerte sie in vier heftigen Schlucken.

Besser. Viel besser jetzt.

Er trat hinaus.

Draußen herrschte das Chaos. Momentan fiel es ihm schwer, seine Augen scharf einzustellen. Dann begann der Wein zu wirken, und er begriff, daß die Stadt in höchster Gefahr war. Ein Haus brannte bereits. Die Tiere der Koppel waren frei und stoben in sämtliche Richtungen davon, wiehernd und blökend. Er hörte Rufe, Kreischen, das Weinen von Kindern. Dicht am Rand der gerodeten Siedlungszone befand sich ein Schwarm der Hjjk, zehn, fünfzehn, zwei Dutzend, mit Waffen, die zu kurz für Schwerter waren, zu lang, als daß es Messer hätten sein können. Jeder der großen, kantigen vielarmigen Hjjk-Männer hatte mindestens zwei Klingen, manche auch drei oder sogar vier, mit denen sie in bedrohlichen stoßenden Bewegungen durch die Luft fuhren. Sie tanzten herum und herum und stießen dieses trockene raschelnde Zischen aus, von denen sie ihren Namen hatten. Harruel sah ein getötetes Kind als armseliges Häufchen daliegen, daneben blutbedeckte Tiere, überall Hab und Gut des Stammes wild verstreut.

»Harruel!« brüllte er und stürzte sich mitten in das Getümmel. *»Harruel! Harruel! Harruel!«*

Salaman, Konya und Lakkamai waren bereits tapfer am Werk und stachen und spießten mit ihren Langspeeren auf die Feinde ein. Burikkos hatte sich irgendwie zwei Hjjk-Klingen verschafft, hielt in jeder Hand eine und stand mitten unter den Angreifern, sprang und drehte sich wie ein Irrsinniger und schlitzte die orangeroten Atemröhren auf, die an den Seiten der Köpfe der Hjjk verliefen. Auch Nittin kämpfte, und sogar die Frauen wuchteten wild und wütend Knüppel, Sicheln, Feldhacken, was immer ihnen in die Hände kam.

Das plötzliche Erscheinen Harruels in ihrer Mitte feuerte sie alle an. Er spürte eine Erregung, eine wilde Kampfeswut unter den Verteidigern.

Er entdeckte seinen Sohn, Samnibolon, in der vordersten Linie. Obgleich kaum mehr als ein Kind, schwang er einen Asthaken und hieb damit erbarmungslos auf die starren, vielgelenkigen Beine der Hjjk ein. Harruel stieß einen Freudenschrei hervor bei diesem Beweis für die heldenhafte Natur seines Sohnes und einen zweiten Schrei, als Samnibolon einen der Feinde zum Taumeln brachte. Galihine schmetterte dem verwundeten Hjjk eine kugelköpfige Keule in den Rücken, und Bruikkos machte eine beiläufige Wendung und versetzte ihm mit einem seiner beiden Messer den Todesstoß.

Stolz und Wein ließen in Harruel die Kampfeslust hoch auflodern. Mit wütender Freude hieb und stach er um sich. Während er sich an Salamans Seite vorankämpfte, setzte er seine gewaltige Größe und sein Gewicht bestmöglich ein und stieß und stach die Hjjk an, um sie aus dem Gleichgewicht zu werfen und stürzte sie auf ihre zahlreichen Knie, ehe er sie mit dem Speer erledigte. Die beste Stelle für den Todesstoß war, wie er entdeckte, die Stelle, wo die Beine an den harten Panzerleib stießen; dort drang der Speer leicht ein, und so stieß er und stieß immer wieder mit guter Zielgenauigkeit und tödlicher Wirkung.

Dann war er neben Salaman, und gemeinsam rückten sie auf eine Gruppe von drei Hjjks vor, die Rücken an Rücken dastanden und ihre kleinen Schwerter schwangen, als wären es Stichel.

»Wo sind die hergekommen?« fragte Harruel. »Sind die aus der Vision, die du gehabt hast?«

»Nein«, sagte Salaman. »Was ich sah, das war eine gewaltige Herde von Zinnobären – und ein Riesenheer von Insektenleuten ...«

»Und wieviele sind denn die da?«

»Zwanzig, vielleicht. Kaum mehr. Ein Spähtrupp,

glaube ich, vor dem Hauptheer ausgeschickt. Lakkamai und Bruikkos sind per Zufall im Wald auf sie gestoßen, und sie kamen sofort auf die Stadt losgestürmt.«

»Wir werden sie töten, Mann um Mann«, sagte Harruel.

Und er sah auch bereits acht oder zehn der Insekten-Wesen tot auf der Erde liegen, vielleicht auch mehr.

Er sprang vorwärts und rammte seinen Speer in die Dreiergruppe der Hjjks, sprengte sie auseinander. Salaman nahm sich zur gleichen Zeit den Linksäußeren vor, streckte ihn zu Boden mit kräftigen Stößen seiner Waffe. Harruel drehte sich um und trieb seinen Speer in den schwarz-gelben Schildpanzer des Geschöpfes, das da unten lag, und er fühlte dabei befriedigt, wie es knackte.

Ehe er jedoch seine Waffe zurückziehen konnte, rannte der zweite Hjjk auf ihn zu und zeichnete eine feurige Linie über den Arm, und zwar mit seinem Schnabel, wie Harruel sah, nicht mit seiner Klinge. Harruel zuckte zusammen und knurrte. Er hob sein Bein und versetzte dem Hjjk einen furchtbaren Stoß, der ihm den Kiefer zertrümmerte. Nittin tauchte von irgendwoher auf und zerschnitt ihm die Atemschläuche. Tot sank der Hjjk in sich zusammen.

Zwischen Speerstößen keuchte Salaman: »Wir schaffen es! Es können nicht mehr als sechs, sieben von denen übrig sein. Sie sind gemein, aber sie haben wirklich keine Ahnung, wie man kämpft, was?«

»Sie kämpfen immer nur in Schwärmen«, sagte Nittin. »Zehn von ihnen auf einen von den Gegnern, so mögen die's, wie Hresh mir gesagt hat. Aber diesmal haben sie nicht genug Männer geschickt. *Hinter dir, Harruel!*«

Harruel wuchtete sich herum und sah zwei Hjjks ihn gleichzeitig angehen. Er mähte beide mit einem weiten Schwung seines Speers zu Boden, dann trieb er das Stumpfende der Waffe in eine schmale freiliegende, empfindliche Halsgrube. Salaman tötete den zweiten Angreifer.

Harruel grinste. Nun konnte er das Ende des Kampfes bereits absehen, und er begann sich bereits auf den Wein zu freuen, der seiner beim Siegesfest harrte.

Lakkamai hetzte einen panisch fliehenden Hjjk den Pfad zum Kraterrand hinauf. Konya und Galihine hatten einen weiteren Feind in der Ecke bei Nittins Haus in der Zange. Ein dritter war in diesen Höllengraben von Salaman gestürzt, und zwei der Frauen vom Stamm droschen auf seine Klauen ein, als er versuchte herauszuklettern.

Harruel stützte sich müde auf seinen Speer. Alles ist vorbei, erkannte er mit einem freudigen Gefühl.

Doch war dieser freudige Aufschwung nur von kurzer Dauer. Erschöpfung und Schmerz überwältigten ihn. In seiner Brust war ein schreckliches Gehämmer, und die Wunde an seinem Arm zuckte und blutete stark. Der Wein, der ihn im Kampfestaumel getragen hatte, hatte seine Kraft verloren, und Harruel war nun nichts weiter als mürrisch und müde.

Als er nun zur Stadt zurückblickte, sah er, daß das Feuer im Palast wütete. Die Tiere waren alle entwichen. Er vermochte nicht zu sagen, wessen Kind dort tot lag, doch nun sah er, daß auch eine der Frauen tot oder doch schwer verwundet war. Also war der Sieg doch nicht so überwältigend, wie es den Anschein gehabt hatte.

Trübnis überwältigte ihn.

Dies ist die Strafe der Götter, die über mich gekommen ist, dachte er.

Für alle meine Missetaten. Für die Notzucht an Kreun. Und für alle meine übrigen Grausamkeiten und Rasereien, und für jeden niedrigen unwürdigen Gedanken, und für meine überhebliche Anmaßung. Dafür, daß ich die Hand wider Minbain erhob. Und dafür, daß ich mir den Kopf mit einem Übermaß des Weins verneble. Die Hjjk sind gekommen, um diese Stadt zu vernichten, die ich errichtet habe und die mein Denkmal werden sollte. Wir haben zwar diese wenigen getötet, aber was ist mit dem riesigen Heer, das Salaman in seiner Vision geschaut hat? Wie wollen wir diese Massen abwehren? Wie sollen wir gegen diese ungeheuerlichen Zinnobären kämpfen, wenn sie durch unsere Straßen gedonnert kommen? Wie sollen wir denn überhaupt überleben, wenn das Hauptheer anrückt?

Wieder war die Nacht warm, und die Luft hing schwer und erstickend. Es war nunmehr beständig warm. Blasse Erinnerung war nur noch die Zeit der rauhen Kälte direkt nach dem Ende des Langen Winters. Doch trotz der klebrigen Wärme des Abends fühlte Koshmar ein Frösteln aus ihren Knochen heraufsteigen und sich nach außen ausbreiten über ihren ganzen Leib und in Schaudern zwischen ihrem Pelz und ihrer Haut dahinlaufen. Dieses Frösteln wich in jüngster Zeit nie mehr von ihr.

Ruhelos durchstreifte sie die Siedlung. Sie schlief beinahe nicht mehr, sondern wanderte weit in die Nacht hinaus, trieb mit verwirrtem Kopf von einem Haus zum anderen. Manchmal stellte sie sich vor, sie sei ihr eigenes Gespenst und schwebe gewichtslos, schwerelos, unsichtbar und stumm dahin. Doch der Schmerz blieb ihr stets getreulich nahe und mahnte sie an die Bürden ihres Fleisches.

Sie hatte zu keinem ein weiteres Wort über einen Auszug aus Vengiboneeza gesagt. Es war ja auch nur eine List gewesen, um Torlyri die Wahrheit zu entlokken, ob sie denn mitgehen oder bleiben würde; und da Koshmar nun diese Wahrheit erfahren hatte – denn sie war sicher, daß Torlyri ihren Behelmten niemals aufgeben würde –, brachte sie es nicht über sich, den Befehl zum Auszug zu erteilen. Hresh hatte das Thema ihr gegenüber nicht wieder angeschnitten, auch Torlyri nicht. Der Plan ruhte in nebliger Schwebe. Macht mein

Kranksein mich so unfähig schwach, die Organisation unseres Auszugs anzugehen? fragte sie sich. Oder liegt es einzig daran, daß ich weiß, er bedeutet das Ende für meine Liebe zu Torlyri, und ich bringe das nicht über mich?

Sie vermochte nicht zu sagen, was von beidem zutraf. Ihre persönliche kummervolle Depression war hoffnungslos verstrickt in ihre öffentlichen Pflichten. Sie war so müde, müde, müde, so zutiefst beunruhigt, so tief verwirrt. Sie konnte nichts weiter tun, als abwarten und hoffen, die Zeit werde alles so oder so wenden. Vielleicht wich diese Krankheit von ihr, und ihre Kraft würde wiederkehren. Oder Torlyri mochte ihrer betörten Liebe zu diesem Beng überdrüssig werden. Die Zeit ist meine einzige Verbündete.

Plötzlich stach ihr Helle ins Auge. Ein vereinzelter Lichtstrahl drang aus einem der unbenutzten Gebäude am gegenüberliegenden Ende des Platzes am Südrand der Siedlung. Dann war auf einmal wieder alles dunkel, als sei hastig eine Blende geschlossen worden. Koshmar runzelte die Stirn. Dort drüben hatte keiner etwas zu suchen, schon gar nicht zu dieser nächtlichen Stunde. Das ganze Volk lag im Schlaf, außer Barnak, der Wachdienst hatte, und ihn hatte Koshmar gerade vor einer kurzen Weile den Nordrand der Siedlung kontrollieren sehen.

Sie machte sich auf, um die Sache zu untersuchen; vielleicht hatte sich ein Trupp von Bengspionen eingeschlichen und verbarg sich hier mitten im Gebiet des Volkes. Was waren diese Beng doch für ärgerliche Störenfriede! Sie hatte ihnen nie vertraut, trotz all ihres Lächelns und all ihrer Feste. Sie hatten ihr Torlyri gestohlen. Bald würde ihnen auch Vengiboneeza gehören. Dawinno lasse ihnen die Hoden verdorren!

Das Gebäude war einstöckig und hatte fünf Seiten und war aus leicht rosigem Stein, der so glatt war wie Metall, oder vielleicht handelte es sich um ein Metall mit der Textur von glattem Stein. In jede der fünf Fronten war ein dreieckiges Fenster geschnitten, das von musselinfeinen Gazeplanen verdeckt war, die jedoch fest wie Holz waren. Koshmar drückte sacht gegen eine von ihnen. Sie gab nicht nach. Sie trat an ein anderes Fenster und drückte kräftiger. Die Markise gab nur einen kleinen Spalt breit nach, aber genug, einen gelben Lichtstrahl durchzulassen. Sie hielt den Atem an und öffnete die Blende etwas weiter, dann beugte sie sich vor und spähte hinein.

Sie blickte in einen vertieften Raum, dessen Boden unterhalb des Niveaus des Platzes lag. Das blakende Licht von Talglampen stellte die einzige Beleuchtung dar. In der Raummitte stand eine aus weißem Stein gehauene Statue, eine hohe langgliedrige, kantige, schlanke Gestalt mit einem hohen Kuppelschädel, jedoch ganz ohne Sensororgan: allem Anschein nach war es ein Abbild von Ryyig, dem Träumeträumer. Um die Statue waren belaubte Baumzweige angeordnet, aufgehäufte Früchte, einige kleine Tiere in Flechtkörben. Neben diesen Opfergaben kauerten mit gesenkten Köpfen fünf Angehörige des Volkes und flüsterten leise vor sich hin. In dem trüben Licht konnte Koshmar Haniman erkennen, Kreun, Cheysz und Delim. Und die dort, mit dem Rücken zum Fenster, war das Preyne? Nein, Jalmud war es, ja Jalmud.

Mit wachsender Bestürzung betrachtete Koshmar die Szene, und bald überkamen sie Schock und Abscheu. Sie vermochte nicht zu hören, was dort drin gesagt wurde, die Stimmen waren zu leise, doch schienen sie irgendwelche Gebete zu murmeln. Ab und zu schob einer der Kauernden ein Zweigbündel oder Früchte näher auf die Statue des Träumeträumers zu. Cheysz hatte den Kopf fest auf den nackten Boden des Gemachs gepreßt; auch Kreun kauerte tiefgebückt, während Haniman in einer schaukelnden Bewegung vor und zurückwippte, die einen beinahe hypnotischen Rhythmus besaß. Er schien der Anführer zu sein, der Vorbeter: er sprach, und die anderen wiederholten seine Worte.

Als sie sich endlich loszureißen vermochte, rannte Koshmar zum Tempel zurück. Mit wild pochendem Herzen stürzte sie zu Hreshs Gemach und hämmerte gegen seine Tür.

»Hresh! Hresh! Wach auf! Ich bin's, Koshmar!«

Er spähte durch den Türspalt. »Ich arbeite über den Chroniken.«

»Die können warten. Komm sofort mit mir! Da ist etwas, das du unbedingt sehen mußt.«

Gemeinsam eilten sie über den Platz. Barnak, dem schließlich Koshmars hastiges Gerenne doch aufgefallen war, tauchte von irgendwoher auf und unternahm halbherzig Nachforschungen, doch sie wies ihn mit einer heftigen Handbewegung zurück. Je weniger aus dem Volk diese Sache zu Gesicht bekamen, desto besser. Dann führte sie Hresh an den fünfseitigen Bau, bedeutete ihm, er solle schweigen, und zog ihn an das Fenster, dessen Sichtschirm sie spaltbreit geöffnet hatte. Er spähte angestrengt hinein; nach einem Augenblick packte er in plötzlicher Erregung den Sims, zog sich höher und schob den Kopf fast durch das Fenster hinein. Als er wenig später wieder zurücktrat, waren seine Augen vor Erstaunen weit aufgerissen und sein Atem ging heftig und stoßweise.

»Nun? Was glaubst du, was die da drin treiben?«

»Mir scheint, es handelt sich um eine Art religiöses Ritual.«

Koshmar nickte kräftig zustimmend. »Genau! Ganz richtig! Aber welchen Gott verehren die da drinnen?«

»Gar keinen Gott«, sagte Hresh. »Die Statue da ist das Abbild eines Menschen – eines Träumeträumers ...«

»Eines Träumeträumers, genau. Sie erweisen einem Träumeträumer göttliche Ehren, Hresh! Was soll das denn? Was für eine neue Religion ist da erwachsen?«

Wie in Trance sprach Hresh: »Sie halten die Menschlichen für Götter – sie beten zu den Menschen ...«

»Den Träumeträumern. *Wir* sind die Menschen, Hresh.«

Hresh zuckte die Achseln. »Wie du willst. Aber ich glaube, diese fünf da drin denken etwas anders darüber.«

»Ja«, sagte Koshmar. »Sie sind bereit, sich in Affen zu verwandeln, genau wie es bei dir der Fall zu sein scheint. Und sie wollen niederknien und dieses uralte Stück Stein anbeten.« Plötzlich tat Koshmar ein paar Schritte beiseite, setzte sich nieder und ließ verzweifelt den Kopf auf die gekreuzten Arme sinken. »Ach, Hresh, Hresh, wie unrecht tat ich, nicht auf dich zu hören! Wir verlieren unsere Menschenhaftigkeit hier in Vengiboneeza. Wir verlieren uns selbst, Hresh. Wir verkommen zu Tieren. Ich zweifle nun nicht mehr daran, daß du recht hattest. Wir müssen diesen Ort sofort verlassen ...«

»Koshmar ...«

»*Sofort!* Ich werde es am Morgen verkünden. Wir packen zusammen und ziehen fort, in zwei Wochen, oder auch weniger. Ehe sich dieses Gift noch weiter unter uns ausbreiten kann.« Unsicher erhob sie sich. Und mit so fester Stimme, wie es ihr möglich war, setzte sie hinzu: »Und schweige über das, was du gesehen hast, allen gegenüber!«

Es war das, was Hresh sich gewünscht hatte, und seine Seele hätte eigentlich in überschwenglicher Freude über Koshmars Entschluß jauchzen müssen. Denn jetzt lag ja die erwachende Welt mitsamt all ihres Glanzes und ihrer Wunder vor ihm offen da, und es drängte ihn, auszuziehen und ihre unerschöpflichen Geheimnisse zu enträtseln.

Zugleich jedoch lastete ein Gefühl wie von einem herben Verlust auf ihm und tiefe Traurigkeit. Seine Arbeit in Vengiboneeza war noch nicht beendet. Koshmars Entscheidung schnitt wie ein Messer durch ihn hindurch und drohte ihn von allem in der Stadt zu trennen, das es noch auszugraben und zu retten gab. Und alle Überreste aus der Großen Welt, das wußte er, die sie zurückließen, würden schließlich den Beng in die Hände fallen.

Die Siedlung brodelte von heftiger Geschäftigkeit. Das Vieh mußte zusammengetrieben und marschbereit gemacht werden; Feldfrüchte waren abzuernten; aller Besitz, die bewegliche Habe des Stammes mußte verpackt werden. Es gab kaum genug Zeit, sich ein wenig auszuruhen, nun da das Aufbruchsdatum nur wenige Tage entfernt lag. Hin und wieder stellten sich einige Beng in der Siedlung ein und betrachteten verwirrt, was sich da ereignete. Koshmar eilte von einer Aufgabe zur nächsten, und sie wirkte dermaßen abgehetzt und ausgelaugt, daß man allgemein über ihren Zustand tuschelte. Torlyri bekam man derzeit nur selten zu Gesicht, und wenn jemand Trost und Linderung nötig hatte, wandte er sich an Boldirinthe, die sich an Torlyris Stelle dazu bereitgefunden hatte. Und wenn Torlyri wirklich einmal auftauchte, sah auch sie ungewohnt düster und verkrampft aus.

Hresh hörte, wie einige im Stamm wetteten, daß der Auszug einfach nicht bis zu dem von Koshmar gesetzten Zeitpunkt zu bewerkstelligen sein werde, daß er um eine Woche, einen Mond, drei Monde verschoben werden würde. Die hektische Arbeit jedoch ging weiter, und es wurde kein Aufschub verkündet.

Hresh sagte zu Taniane: »Das ist unsere letzte Chance. Wir müssen die Sucher zusammentrommeln und soviel Schätze aufraffen, wie wir finden und mitnehmen können.«

»Aber Koshmar will doch, daß wir alles liegenlassen und uns nur auf den Abmarsch vorbereiten.«

»Koshmar begreift das nicht.« Hresh blickte finster

drein. »Ich glaube, sie lebt immer noch so halb in der Vergangenheit, im Kokon.«

Obschon ihr nicht recht behaglich war bei der Vorstellung, sich dem Befehl Koshmars zu widersetzen, gab Taniane schließlich dem Drängen Hreshs nach. Doch erwies es sich als schwierig, das alte Sucher-Team zusammenzubekommen. Konya war mit Harruel davongezogen; Shatalgit und Praheurt hatten bereits ein Kleinkind auf dem Hals und erwarteten in Kürze ein weiteres, also konnten sie die Extrazeit für die Suche nicht aufbringen; die überängstliche Sinistine berief sich auf Koshmars Anordnung, alle laufenden Projekte einzustellen und sich auf den Aufbruch zu konzentrieren, und davon ließ sie sich nicht abbringen.

Es blieben also nur Orbin und Haniman übrig. Haniman eröffnete ihnen brüsk, er sei an gemeinsamen Unternehmungen mit ihnen nicht interessiert, und wollte sich auch keinerlei weitere Argumente anhören. Orbin folgte dem Beispiel Sinistines und erklärte, er werde Koshmars Edikt gehorchen.

»Aber wir brauchen dich«, sagte Hresh. »Es gibt Stellen, wo die Wände eingestürzt sind, wo schwere Balken uns den Weg versperren. An solch schwer zugänglichen Stellen könnten die besten Funde liegen. Deine Kraft wäre uns so nützlich dabei, Orbin.«

Orbin sagte achselzuckend: »Die Siedlung muß abgebrochen werden. Dabei ist meine Kraft ebenfalls nützlich. Und Koshmar sagt ...«

»Ja. Ich weiß, was sie sagt. Aber das da ist wichtiger.«

»Für dich.«

»Ich flehe dich an, Orbin. Wir waren doch einst Freunde.«

»Waren wir das?« fragte Orbin teilnahmslos.

Der Hieb war tief und schmerzte. Spielkameraden in der Kindheit, gewiß, das waren sie gewesen; doch war dies Jahre her, und was hatte ihm Orbin schon bedeutet – oder er Orbin –, seit jenen Tagen? Jetzt waren sie einander fremd. Hresh war der gewitzte Weise, der Alte Mann des Stammes, Orbin nichts weiter als ein schlichter Krieger, brauchbar möglicherweise wegen seiner Muskeln, aber sonst ein Nichts. Hresh gab weitere Versuche auf. Er würde mit Taniane die abschließenden Erkundungen eben allein durchführen müssen.

Und wieder schlichen sie sich unter dem Schutze der Dunkelheit davon. Und wieder zog es Hresh zu der Stelle, an der er die Reparateure, die Künstlichen, bei der Arbeit beobachtet hatte; und diesmal trug er den Barak Dayir bei sich.

»Dort schau mal!« rief Taniane. »Ein Beng auf der Mauer!«

»Ja, ich hab ihn gesehen.«

»Vielleicht dringen wir hier unerlaubt ein?«

»Unerlaubt?« erwiderte er hitzig. »Wer war zuerst hier in Vengiboneeza, wir oder die Beng?«

»Aber wir sind früher immer umgekehrt, wenn wir auf Beng-Zeichen gestoßen sind.«

»Diesmal eben nicht«, sagte Hresh.

Sie gingen weiter. Die große Trümmerpyramide aus zerborstenen Säulen kam in Sicht. Von der Fassade des zertrümmerten Tempels gegenüber baumelten Beng-Fähnchen. Zwei der künstlichen Reparateure zogen vorbei, schenkten Hresh und Taniane jedoch keine Aufmerksamkeit, sondern widmeten sich gänzlich ihrer ernsten Aufgabe, in dem Schutt herumzustochern und schwankende Wände abzustützen.

»Dort drüben«, sagte Taniane leise.

Er warf einen Blick nach links. Auf einem weißen Steingebäude zeichneten sich im Mondlicht die schrecklichen Schatten zweier Benghelme ab wie scheußliche Schmutzflecken. Die zwei bulligen Bengkrieger waren von ihrem gemeinsamen Reittier, einem Zinnobären, gestiegen, standen nun neben diesem und sprachen ruhig miteinander.

»Sie sehen uns nicht«, sagte Taniane.

»Ich weiß.«

»Können wir uns irgendwie an ihnen vorbeischleichen?«

Hresh schüttelte den Kopf. »Wir lassen uns sehen.«

»Was?«

»Wir müssen.« Er zog den Wunderstein heraus und hielt ihn ein Weilchen in der Handfläche. Taniane starrte ihn in einer Mischung von Furcht und Faszination an, wie auf ihrem Gesicht abzulesen war. Plötzlich verspürte auch Hresh selbst Furcht: nicht vor dem Anblick des Barak Dayir, sondern wegen des riskanten komplizierten Gebrauchs, den er von ihm zu machen gedachte.

Er senkte die Hand und ergriff mit seinem Sensororgan den Talisman. Die Musik des Wundersteins begann in seiner Seele zu erklingen. Sie besänftigte ihn und seine Befürchtungen ein wenig. Er winkte Taniane, sie solle ihm folgen, und trat ins Freie und schritt direkt auf die beiden Beng zu, die ihm überrascht und mißbilligend entgegenblickten.

Und jetzt – die Kontrolle über sie erlangen, ohne ihnen Schaden zuzufügen, ganz besonders, sie nicht zu töten ...

Leicht berührte Hresh ihre Seelen mit der seinen. Er fühlte, wie die zwei Beng zurückzuckten, fühlte sie zornig gegen ihn ankämpfen, um sich zu befreien von der Besitzergreifung durch Hresh. Zitternd hielt Hresh den Kontakt aufrecht, ließ ihn nicht abreißen. Er konnte nicht jenen ersten Behelmten von vor so langer Zeit vergessen, der lieber gestorben war, als daß er einen andern so in sich eindringen lassen wollte. Vielleicht war mein Zugriff damals zu grob, dachte Hresh. Ich darf diese beiden nicht umbringen. Vor allem darf ich sie auf keinen Fall töten. Aber der Barak Dayir lenkt mich ja jetzt.

Die Beng wanden sich und wehrten sich, und dann gaben sie nach und wurden schlaff und standen da und glotzten ihn an wie dumme Dschungeltiere. Hresh stieß endlich den lang gestauten Atem aus. Es funktionierte! Er hatte die zwei gefangen!

»Ich bin gekommen, um diesen Ort zu erforschen«, beschied er sie.

Die Augen der Beng blitzten vor Anspannung. Aber sie konnten sich seinem Zugriff nicht entwinden. Erst nickte ihm der eine zu, dann auch der zweite.

»Ihr werdet mir jegliche Hilfe leisten, die ich von euch verlange«, sagte Hresh. »Ist das klar?«

»Ja.« Eine rauhe, zornige, widerwillig geflüsterte Zusage.

Ein Strom der Erleichterung sprudelte durch Hresh. Er hielt sie fest wie in einem Zuggeschirr. Aber es würde ihnen kein Harm geschehen.

Taniane schaute ihn voll Staunen an. Er hob lächelnd einen Finger an die Lippen.

Dann blickte er zu einem der Künstlichen, der in der Nähe Reparaturen ausführte und rief ihn zu sich. Sein kleines mechanisches Hirn reagierte sofort und ohne Zögern, er drehte sich um seine Achse und eilte dann rasch auf den roten steinernen Türeingang im Straßenpflaster zu, den Hrehs seinerzeit gesehen hatte. Einer der Metallarme wickelte sich ab und berührte die Tür, die sogleich auf ihren Gleitschienen beiseiteglitt.

»Komm!« sagte Hresh zu Taniane.

Sie stiegen in die hellerleuchtete unterirdische Kammer hinab, die offen vor ihm dalag. Eine Unmenge komplizierter feiner schwieriger Maschinen stand perfekt gewartet schimmernd vor ihnen. Ein Dutzend oder mehr der Reparaturknirpse hasteten durch die Reihen der Apparate, um anscheinend kleinere Wartungsarbeiten durchzuführen; und am anderen Ende des gewaltig großen Saales sah Hresh einen dieser Reparateure an einem seinesgleichen arbeiten, der völlig still dastand. Auf diese Weise also hatten diese Dinger so viele tausend Jahre überdauert! Der eine Künstliche repariert den anderen, dachte Hresh. Da können die ja ewig halten!

Dem Apparat, der ihm den Zugang geöffnet hatte, befahl Hresh: »Erkläre mir die Funktionen dieser Geräte!«

Anstelle einer Antwort öffnete der Apparat eine Nische in der Wand, zog einen goldbronzenen Ball hervor, klein genug, daß Hresh ihn in der Hand halten konnte. Die metallene Außenhaut war durchscheinend, und Hresh konnte darunter eine kleinere Kugel aus blitzendem unvergänglichem Quecksilber sich drehen sehen. Es gab keinen Steuerknopf noch sonst irgendein sichtbares Bedienungsinstrument. Doch als er sie mit seinem durch den Barak Dayir verstärkten Bewußtsein berührte, öffnete sich die Seele der kleinen Kugel für ihn, als klappte sie an Scharnieren auf, und er tauchte in verwirrende neue Wissensgebiete ein.

»Hresh?« fragte Taniane. »Hresh, alles in Ordnung?«

Er nickte. Er fühlte sich benommen, verblüfft und ehrfurchtsvoll. In einem betrunken machenden Datenschwall informierte ihn die Kugel blitzschnell über die Verwendungszwecke der Dinge, die er vor sich sah. Dieses Gerät da: das war ein Mauerbauer. Das andere: es pflasterte Straßen. Dieses maß die Tiefe und Stabilität von Fundamenten. Dieses errichtete Säulen. Das andere zerschnitt Stein und Fels. Dieses schaffte Schutt weg. Und dies ... und das ... und dies ...

Er hatte Apparate wie diese vor langer Zeit bereits einmal gesehen, als er zum erstenmal zur Erforschung der Ruinen aufgebrochen war. Er erinnerte sich nun, wie sie damals Amok gelaufen waren, als er versucht hatte, sie in Gang zu setzen, wie sie ganz irre Wände errichtet und Brücken gebaut und Gruben ausgehoben und Gebäude eingerissen hatten, als handelten sie einzig nach eigener Lust und Laune. Er hatte damals diese Maschinen verstecken müssen, denn sie waren schlimmer als nutzlos: sie waren gefährlich, sie waren zerstörerisch, sie waren unkontrollierbar.

Dieser kleine Goldball mit dem Quecksilberkern da in seiner Hand, erkannte Hresh, das mußte das Hauptkontrollgerät sein, dem alle übrigen zu gehorchen hatten. Mit seiner und der Hilfe dieser Maschinen würde er ein ganzes Vengiboneeza erbauen können! Ein zielstrebiges Gehirn, gesammelt im Brennpunkt dieser Kugel, konnte die Heerscharen der Städtebaumaschinen auf jede nötige Aufgabe lenken. Keine Brücken mehr aus dem Nichts ins Nichts, keine Mauern mehr, die verrückt mitten durch breite Boulevards wuchsen ... nur noch ordentliche Konstruktionen gemäß seinem Plan, wie immer er ihn gestalten wollte. Er würde der Baumeister sein, diese Kugel sein Polier und die anderen Maschinen die Bauarbeiter.

»Was hast du da, Hresh? Was soll das Ganze?«

»Wunder und Wunderdinge«, sagte er mit gedämpfter Stimme. »Wunder und Wunderdinge.«

Er deutete auf die beiden Beng, die durch den Eingang wie betäubt hereinglotzten. Zwar kämpften sie noch immer gegen seine Kontrolle an, vermochten sie aber nicht zu brechen.

»Ihr da!« rief er. »Hier herein! Tragt all das da hinaus und ladet es auf euren Zinnobären!«

Sie gingen ein dutzendmal her und hin, ehe alles, was Hresh als wichtig erschien in die Siedlung des Volkes geschafft war. Kurz vor dem Morgengrauen ließ er die Behelmten mit seinem wärmsten Dankeschön ihrer Wege ziehen – nachdem er alles aus ihrem Bewußtsein getilgt hatte, was sie in dieser Nacht getan hatten.

Im Tempel verpackte Torlyri bei flackerndem Kerzenschein mit wildem Eifer sämtliche heiligen Gegenstände für die Reise, die sie vor sich hatten. Ab und zu hielt sie inne und lehnte sich gegen die kühle Steinwand und holte tief seufzend Luft. Manchmal begann sie auch unkontrollierbar zu zittern. Es waren nur noch wenige Tage bis zum Aufbruch aus Vengiboneeza.

Hresh würde sich um die Chroniken und alles, was dazugehörte, kümmern. Das übrige, all das, was der Stamm im Verlauf seiner vieltausendjährigen Existenz in Abgeschlossenheit des Kokons angesammelt hatte, fiel in ihre Kompetenz und Verantwortung. Kleine geschnitzte Amulette, und Schüsseln und Statuetten, diesem oder jenem Gott heilig, und Stäbe, die bei der Heilung von Krankheiten Anwendung fanden, und helle polierte Steinchen, deren Herkunft und Zweck in Vergessenheit geraten waren, die jedoch von einer Opferfrau zur nächsten als geschätzte Talismane weitergereicht wurden.

Während der vergangenen zwei Nächte hatte Boldirinthe ihr packen geholfen. Doch tags zuvor hatte sie sich bei der Arbeit plötzlich zu Torlyri gewandt und gefragt: »Weinst du, Torlyri?«

»Weine ich?«

»Ich sehe die Tränen auf deinen Wangen.«

»Das ist nur Müdigkeit, Boldirinthe. Weiter nichts als Übermüdung.«

»Es macht dich traurig, was, wenn du daran denkst, daß wir von hier fortgehen? Wir waren glücklich in Vengiboneeza, nicht wahr?«

»Die Götter fügen unsere Geschicke. Die Götter geben ...«

»Wenn ich dir irgendwie Trost bieten kann ...«

»Der Trösterin Trost spenden? Nein, Boldirinthe. Bitte.« Torlyri lachte. »Du mißverstehst, was du hier siehst. In mir ist keine Traurigkeit. Ich bin nur sehr müde, weiter nichts.«

An diesem Abend arbeitete sie allein. Sie spürte die Tränen schwer an die Lider herandrängen, und sie wußte, beim kleinsten Reiz würden sie fließen; und sie konnte den Gedanken nicht ertragen, Gegenstand des Mitleids für Boldirinthe oder sonst jemanden zu werden. Nein, wenn sie zusammenbrechen sollte, dann mußte sie dabei allein sein.

Mit bebenden Fingern wickelte sie die geheiligten Dinge in Fellstücke oder legte sie in gewebte Behältnisse und verstaute sie in die Körbe, die der Stamm mit auf die Reise nehmen sollte. Hin und wieder küßte sie einen Gegenstand, ehe sie ihn wegtat. Es waren die Dinge, die ihr Handwerkszeug während ihres ganzen Lebens gewesen waren, durch die sie die fortgesetzte Güte und das dauernde Wohlwollen der Götter sichergestellt hatte. Es waren nichts weiter als kleine Stücke aus Stein oder Knochen oder Holz oder Metall, doch es wohnte göttliche Kraft in ihnen und Macht. Und mehr noch, sie hatte sie mit ihrer Liebe überhäuft. Sie waren ihr so vertraut wie ihre eigenen Hände. Und jetzt verschwanden sie eines nach dem anderen in ihren Körben.

Je mehr sich die Borde leerten, desto heftiger spürte Torlyri, wie das Schicksal direkt auf sie zugeeilt kam. Ihre Zeit wurde sehr knapp.

Sie vernahm Schritte vor dem Allerheiligsten. Stirnrunzelnd blickte sie auf.

»Torlyri?«

Boldirinthes Stimme. Sie ist also trotzdem gekommen, dachte Torlyri verärgert. Sie ging zur Tür, steckte den Kopf hindurch und sagte: »Ich habe dir doch erklärt, daß ich heute nacht allein arbeiten muß. Einige dieser Talismane dürfen nur meine Augen sehen, Boldirinthe.«

»Das weiß ich«, sagte Boldirinthe sanft. »Es ist auch nicht mein Wunsch, dich in deiner Arbeit zu stören, Torlyri. Doch bringe ich dir eine Nachricht, und ich dachte mir, du würdest sie gern hören.«

»Von wem?«

»Von deinem Behelmten. Er ist hier und wünscht mit dir zu sprechen.«

»*Hier?*«

»Direkt vor dem Tempel. Im Schatten.«

»Kein Beng darf dieses Haus betreten«, sagte Torlyri, die ganz aufgeregt wurde. »Sag ihm, er soll warten. Ich werde zu ihm hinauskommen. Nein. Nein. Ich will nicht, daß uns heute nacht jemand zusammen sieht.« Sie rang die Hände und befeuchtete sich die Lippen. »Du kennst das Lagerhaus, ist hinter dem Bau hier, dort wo Hresh die Sachen untergebracht hat, die er in der Stadt ausgegraben hat? Geh und sieh zu, ob sich dort jetzt jemand aufhält, und wenn es leer ist, dann führe ihn dorthin. Dann kehre zu mir zurück und sage es mir.«

Boldirinthe nickte und verschwand.

Torlyri versuchte wieder an die Arbeit zu gehen, doch es war hoffnungslos, sie warf Dinge um, ließ sie beinahe fallen, sie konnte sich nicht mehr an die Bannsegen erinnern, die sie zu sprechen hatte, wenn sie das Gerät von seiner Stelle hob. Nach ein paar Minuten gab sie es ganz auf. Sie kniete an ihrem kleinen Altar, die Ellbogen auf der Kante, den Kopf gesenkt, und sie betete um Seelenruhe.

»Er wartet dort auf dich«, sagte Boldirinthe leise hinter ihr.

Torlyri verschloß den Schrein mit den Heiligtümern und löschte die Kerze. Im Finstern hielt sie kurz inne, umarmte Boldirinthe zärtlich, gab ihr einen flüchtigen Kuß und flüsterte ihr Dank. Dann durchschritt sie den Gang und die Pforte, die auf den Tempelplatz führten, bog um das vieleckige Gebäude und ging auf Hreshs Lagerhaus zu.

Die Nacht war warm und mild, kein Lüftchen regte sich, hellgeränderte Streifenwolken überlagerten den Mond. Trotzdem fröstelte Torlyri. Sie spürte wie sich ihr Leib verkrampfte.

Trei Husathirn hielt ein einzelnes Glühbeerzweiglein in der Hand und lief in dem Schein wie ein Tier im Käfig in dem Lagerhaus auf und ab, als Torlyri eintrat. Er trug seinen Helm, und er erschien ihr größer, als sie ihn in Erinnerung hatte. Sie hatte ihn mehrere Tage lang nicht mehr getroffen; sie hatte einfach in der Siedlung zu viel

Arbeit zu tun gehabt. Er stapfte umher, steckte hier und dort neugierig die Nase in die Sammlung von Gerätschaften und Apparaten, die Hresh und seine Sammler hier angehäuft hatten. Als er Torlyri kommen hörte, wirbelte er herum und warf wie zum Schutz die Arme hoch.

»Ich bin's doch bloß«, sagte sie und lächelte.

Sie stürzten aufeinander zu. Seine Arme umfingen sie, und er preßte sie so fest an sich, daß er ihr fast die Luft aus den Lungen drückte. Sie fühlte seinen Körper beben und zucken. Nach einer Weile trennten sie sich. Sein Gesicht sah erschöpft und zugleich verkrampft aus.

»Was sind dies für Maschinen?« fragte er.

Achselzuckend sagte Torlyri: »Das müßtest du schon den Hresh fragen. Er hat sie überall in der ganzen Stadt gefunden. Es sind Sachen aus der Großen Welt.«

»Und sie funktionieren?«

»Woher soll ich das wissen?«

»Und wenn ihr fortzieht, wird er sie mitnehmen?«

»So viele, wie er kann, wie ich unseren Hresh kenne.« Plötzlich überlegte sie sich, ob es vielleicht ein Fehler war, Trei Husathirn hier hereingelassen zu haben. Vielleicht durfte er diese Dinge gar nicht sehen. Gewiß, er war ihr Gefährte und Geliebter, so etwas wie ihr ehelicher Genosse, aber trotzdem blieb er ein Beng, und diese Dinge hier waren Stammesgeheimnisse.

Auch seine harte, eifrige Stimme beunruhigte sie. Er wirkte beinahe furchtsam.

Sie griff nach seiner Hand und hielt sie fest.

»Weißt du, wie ich mich nach dir gesehnt habe?« fragte sie.

»Du hättest zu mir kommen können!«

»Nein, nein. Das war unmöglich. Alles muß sorgfältig und richtig verpackt werden – Segen und Gebete müssen gesprochen werden –, eigentlich dauert das Wochen und Wochen. Ich sehe nicht, wie ich damit je rechtzeitig zu Ende kommen soll. Du hättest heute nacht nicht kommen sollen, Trei Husathirn.«

»Ich mußte aber mit dir sprechen.«

Das klang falsch. Er hätte sagen sollen: Ich habe dich sehen müssen, ich wollte dich sehen, ich habe es fern von dir nicht mehr ausgehalten ... Aber er *mußte* mit ihr *sprechen?* Worüber?

Sie ließ seine Hand los und trat etwas zurück. Sie fühlte sich unsicher und unbehaglich.

»Was ist denn?« fragte sie.

Er antwortete zunächst nicht. Dann sagte er: »Hat sich am Tag des Auszugs irgend etwas geändert?«

»Nichts.«

»Also sind es nur noch ganz wenige Tage.«

»Ja«, sagte Torlyri.

»Was sollen wir denn tun?«

Sie wollte die Augen abwenden, doch sie zwang sich, ihn weiter fest anzublicken. »Was willst du tun, Trei Husathirn?«

»Du weißt doch, was ich will. Mit dir gehen.«

»Aber wie sollte das möglich sein.«

»Ja«, sagte er. »Wie sollte mir das möglich sein? Was weiß ich denn schon von euren Bräuchen, euren Göttern, eurer Sprache, von irgendwas? Alles was ich von eurem Volk kenne und weiß, bist du. Ich würde mich nie einfügen können.«

»Mit der Zeit vielleicht doch«, sagte sie.

»Glaubst du wirklich?«

Und nun wandte sie wirklich den Blick ab.

»Nein.« Sie brachte das kleine Wort kaum über die Lippen.

»Zu dem gleichen Schluß komme auch ich, nachdem ich mir das Problem tausendmal hin- und herüberlegt habe. In Koshmars Stamm ist kein Platz für mich. Immer würde ich der Außenseiter bleiben, der Fremde. Sogar der Feind.«

»Gewiß doch kein Feind.«

»Doch, für Koshmar und die anderen, glaube ich.« Plötzlich zerquetschte er die Glühbeerendolde in der Hand und schleuderte sie zu Boden. In der Finsternis fürchtete sich Torlyri auf einmal vor ihm. Was hatte er vor? Wollte er sie beide wegen ihrer unmöglich gemachten Liebe töten? Doch er nahm nur ihre beiden Hände in die seinen und zog sie wieder an sich und hielt sie wieder fest umschlungen. Dann sprach er mit einer leeren Stimme, wie von weit her: »Auch müßte ich dann meine Helmbrüder verlassen, meinen Häuptling, meine Götter und ihnen treulos werden. Und ich müßte Nakhaba abschwören!« Er zitterte. »Ich würde alles aufgeben und zurücklassen. Und ich wüßte nicht mehr, wer ich selber bin. Ich wäre verloren.«

Ihre Hand fuhr streichelnd über sein Ohr, seine Wange, die haarlose vernarbte Stelle an seiner Schulter. In einem flüchtigen Lichtschimmer sah sie sein Gesicht und die glitzernde Tränenspur darauf. Dieser Anblick, glaubte sie zunächst, werde auch ihre Tränenflut auslösen, doch nein, nein, sie hatte keine Tränen mehr.

»Was sollen wir tun?« fragte er noch einmal.

Torlyri ergriff seine Hand und drückte sie auf ihre Brust. »Da. Komm, leg dich hier zu mir nieder! Auf dem blanken Boden. Inmitten all dieser widerwärtigen Maschinen. Das wollen wir tun. Komm, bette dich zu mir. Hier, Trei Husathirn. Hier, zu mir, zu mir.«

Der Morgen war da. Hresh schaute voll Liebe auf Taniane hinab, die in tiefem Erschöpfungsschlaf nach der anstrengenden nächtlichen Sammelaktion vor ihm lag. Leise trat er aus dem Zimmer ins Freie. Überall Stille. Es hing ein schwerer süßer Duft in der Luft, so als habe sich vor kurzem eine nachtblühende Blume entfaltet.

Es war eine Nacht voller Wunder gewesen. Die letzten Hindernisse für den Auszug aus Vengiboneeza waren gefallen. Seine kleine Kugel aus Goldbronze bot die Garantie dafür.

Jetzt aber hielt Hresh eine andere Kugel in der einen Hand: den Silberball, den sie ein paar Nächte zuvor gefunden hatten. Bislang hatte er noch nicht die Zeit gefunden, ihn eingehend zu untersuchen, doch nun in der dunstigen Dämmerung, nach einer Nacht ohne Schlaf, einer Nacht, in der an Schlafen nicht zu denken gewesen wäre, einer Nacht voller heroischer Bemühung, lastete ihm das ungelöste Geheimnis der kleinen Kugel schwer auf dem Herzen. Sie schien ihn geradezu herauszufordern. Er blickte sich um, aber es war niemand in der Nähe. Alle in der Siedlung schliefen noch. Hresh versteckte sich zwischen zwei gewaltigen Alabasterstatuen von Saphiräugigen, die ihre Schädel verloren hatten, und berührten den Knopf, der die Kugel aktivierte.

Einen Augenblick lang geschah gar nichts. Hatte er beim ersten Versuch die Kugel leergebrannt? Oder hatte er diesmal den Stift nicht stark genug gedrückt? Er schloß die Hand um das Ding und überlegte. Doch dann stieß sie wieder diesen hohen scharfen Ton aus wie vordem, und wieder pulsierten kühle grüne Lichtstrahlen aus dem Instrument.

Hastig drückte er ein Auge an das winzige Guckloch, und wieder ward ihm die Große Welt sichtbar.

Diesmal war da auch Musik, nicht nur Bilder. Aus dem Nirgendwo drang eine langsame schwere Melodie aus drei ineinander verwobenen Klangsträngen, einer von trübgrauer Tonalität, einer der seine Seele als tiefblau berührte, und ein dritter in einem grellen aggressiven Orange. Die Musik klang wie ein Klagegesang. Hresh begriff: es war die passende Musik für die Letzten Tage der Großen Welt.

Und er entdeckte, daß er durch das winzige Guckloch Zugang fand zu einem breiten wechselnden Panorama der Stadt.

Ganz Vengiboneeza lag vor ihm ausgebreitet, während es seine letzten Stunden erlebte. Und der Anblick war furchtbar.

Der Himmel über der Stadt ist schwarz, und schreckliche schwarze Winde fegen über das Firmament und bilden Turbulenzströme, Schwarz auf Schwarz. Eine Staubdecke erstickend in der Luft. Schwächliche Strahlen der Sonne tanzen da und dort herein und sinken zu Boden, anstatt aufzutreffen. Dünne Frostränder beginnen sich an den Pflanzenspitzen, dem Saum von Teichen und Tümpeln, den Fenstern und in der Luft selbst auszuformen.

Hresh weiß: Ein Todesstern ist vor kurzem niedergestürzt. Es war einer der ersten, vielleicht gar der allererste.

Mit einem Aufprall, der die ganze Welt erschütterte, ist der Todesstern irgendwo in der Nähe von Vengiboneeza herabgefallen – oder vielleicht auch gar nicht da, sondern möglicherweise genau auf der anderen Seite der Welt –, und eine gewaltige Schuttwolke hat sich aufgetürmt, höher als die höchsten Berge. Die Luft ist dicht geschwängert davon. Alle Wärme der Sonne wird ferngehalten. Das einzige Licht, das hereinsickert, hat einen dünnen fahlen Winterschimmer. Die Welt beginnt einzufrieren.

Und dies ist nur der Anfang. Nacheinander werden die Todessterne niederstürzen, alle fünfzig, alle fünfhundert Jahre, wer weiß schon, wie oft, und ein jeder von ihnen bringt neues Unheil in der langen, unendlich langen Zeit des Langen Winters, der hereinbricht.

Doch für die Große Welt wird der erste Einschlag der entscheidende, der tödliche sein. Die Saphiräugigen und die Vegetalischen und die Seeherren und die übrigen sind Bewohner einer Welt mit einem milden gemäßigten Klima, in das der Winter niemals kommt. Winter, das ist hier nur eine schwache Erinnerung aus unendlich ferner Vorzeit, nichts weiter als ein von den Ahnen ererbter Traum. Und nun kehrt der Winter wieder; und von den Sechs Völkern der Welt werden ihn nur die Hjjk und die Mechanischen ohne besondere Schutzmaßnahmen überstehen können, obschon die Mechanischen – und dies kann Hresh nicht verstehen, aus welchem Grund? – es bevorzugen zugrunde zu gehen.

Denn die Zeit der Großen Welt ist die *Endzeit* aller Zeiten.

Ein scharfer Wind weht. In der Luft tanzen ein paar verstreute weiße Flocken. Die frische Kälte hat bereits dazu geführt, daß wilde Tiere in Panik in den Schutz fliehen, den Vengiboneeza gewährt. Hresh sieht sie überall, Hufe und Gehörn und Greifarme und Fänge, eine Masse angstblitzender Augen, keuchender Mäuler, schweißbedeckter Kiefer.

Die scharfen Winde spielen eine machtvolle Trommel in den Lüften und schlagen einen feierlichen Takt, der den Tieren zwingend befiehlt, hier Zuflucht zu suchen. Unter der Wut des schrecklichen Sturmes rennen und rennen und rennen sie immer weiter und weiter. Sie drängen sich dicht in den Straßen der Stadt, sie stieben her und hin, als werde wilde Bewegung allein genügen, ihre Leiber warm genug für das Überleben zu halten. Die wundervollen weißen Villen Vengiboneezas sind umzingelt. Wo immer Hreshs Vision ihn schauen läßt, übersteigen tausenderlei Tiere Mauern, gleiten sie über Türschwellen, schlüpfen in Schlafgemächer und besteigen die Betten. Gewaltige schnaufende Herden massiger Vierfüßler trampeln in wilder Panik über die Boulevards. Das rauhe Brüllen und Kreischen der vierbeinigen Eindringlinge unterstreicht brutal die gelassen-heitere Musik, die aus der Silberkugel strömt.

Und doch, und doch, und dennoch ...

Die Saphiräugigen ...

Hresh sieht, wie sie unbeirrt durch den Wirrwarr des Wahnsinns gehen und ihre Geschäfte erledigen. Die riesenhaften Krokodilwesen bleiben ruhig, entsetzlich ruhig. Es ist, als sei weiter nichts Ernstliches im Gange als ein leichtes Sommergewitter, das losbricht.

Ringsherum die brodelnde Masse vor Furcht wahnsinnig gewordener wilder Tiere, stampfend, sich aufbäumend, springend, ... und ruhig, gelassen, ohne das geringste Anzeichen von Furcht oder Bestürzung verstauen die Saphiräugigen ihre Schätze, diktieren Anweisungen, wie sie zu behandeln sein sollen, vollziehen die regulären Opfer für ihre Götter, die in diesem Augenblick ihnen den Untergang bescheren.

Hresh sieht, wie sie sich zu gemütlichen Grüppchen versammeln, um Musik zu hören, um die Farbenspiele auf riesigen Kristallen in den Häuserwänden zu betrachten, oder um sich unerregten vernünftigen Diskussionen über abstruse Themen hinzugeben. Ihr normales Leben geht in allen Stücken unverändert weiter. Ein paar, aber nur wenige, treten an die Maschinen mit den Lichthauben und werden aufgesogen; doch vielleicht ist auch dies die Normalität und ist ohne Bezug zu der nahenden Katastrophe.

Und doch wissen sie, daß der Untergang gekommen ist. Sie müssen es wissen! Sie können es doch nicht *nicht* erkennen! Nein, es berührt sie ganz einfach nur nicht.

Die Kälte wächst. Der Sturm wird wilder. Der Himmel ist sternenlos, ohne Mond, von einer überwältigenden tiefen Schwärze. Ein kalter Regen hat zu fallen begonnen, und er verwandelt sich in Schnee und dann zu harten Eisstückchen, ehe er den Boden erreicht. Ein tödlicher glitzernder durchsichtiger Überzug bedeckt jeden Baum, jedes Haus. Die Welt hat sich das Flitterkleid des Todes übergestreift.

Die anderen Völker reagieren nun, jedes auf seine eigene Weise, auf die Verwüstung.

Die Hjjks verlassen die Stadt. Sie haben sich in einer endlosen Doppelreihe aufgestellt, gelb und schwarz, gelb und schwarz, und ziehen durch das Südliche Tor davon. Sie zeigen keine Eile, sind vollkommen diszipliniert, ihre Evakuierung verläuft auf monströse Art in vollkommener Ordnung.

Auch die Seeherren ziehen davon. Und auch sie zeigen keine Panik, während sie sich ans Ufer begeben und im Wasser davongleiten. Doch das Wasser beginnt zu gefrieren, während sie hineintauchen, und es kann keinen Zweifel geben, daß sie in den Tod gehen. Sie müssen dies doch wissen.

Auch die Mechanischen verlassen die Stadt, über die prächtige Avenue, die sich durch die Vorberge hinauf zu der Bergkette und über sie hinweg gen Osten windet. Die blitzenden kuppelschädligen Maschinen bewegen sich hastig und ruckhaft voran. Vielleicht streben sie dem Treffpunkt auf den fernen Ebenen zu, wo Hresh und sein Stamm auf sie stoßen werden: tot und vom Rost der Jahrtausende bedeckt. Einmal, an einem Tag in sehr, sehr ferner Zukunft.

Für die Vegetalischen gibt es keinen Exodus. Sie liegen bereits im Sterben. Sie brechen in sich zusammen, wo sie stehen; verbrannte Blütenkelche, schlanke Stengel und Gliedmaßen, alles wird schwarz, die zerknitterten Blütenblätter rollen sich in sich selber. Und wenn sie umsinken, erscheinen Mechanische, die die Stadt noch nicht verlassen haben, und fegen sie zusammen. Die Stadt wird gewartet werden bis zum letzten Augenblick.

Von den Sechs Völkern fehlen einzig die Menschlichen; man sieht keine Spur von ihnen. Hresh sucht die ganze Stadt ab nach den bleichen länglichen Geschöpfen mit den düsteren Augen und den hochgewölbten Schädeln, doch nein, nein, kein einziger ist zu entdekken. Anscheinend sind sie bereits fortgegangen: die ahnungsvollen Schlauköpfe, bereits unterwegs – wohin? In die Sicherheit? Zu einem stillen Sterben anderwärts, wie es die Seeherren und die Mechanischen tun werden? Hresh vermag es nicht zu sagen. Er ist verwirrt und benommen von seiner Vision vom Ende Vengiboneezas. Er ist wie gebannt von diesen schwarzen Winden, die durch den schwarzen Himmel fegen, hypnotisiert von der feierlichen Todesmusik, von der Auswanderung der Geschöpfe der Großen Welt aus der Stadt und dem Einzug der wilden Waldbewohner in sie. Und er ist wie gelähmt durch diese unbegreifliche *Hinnahme* und Gleichmut, welche die Saphiräugigen einhellig zeigen, während die Endzeit über sie hereinbricht.

Und er schaut, bis er nicht länger zusehen kann. Doch bis zum Schluß beweisen die Saphiräugigen ihrem eigenen Untergang gegenüber Gleichgültigkeit.

Schließlich drückt Hresh mit zitterndem Finger den Schaltstift, und die Vision bricht ab, die Musik erstirbt. Und er sinkt, überwältigt und betäubt, auf die Knie nieder.

Er wußte, daß er gar nichts von dem begriff, was er soeben gesehen hatte.

Wie nie zuvor mahlte und brodelte es in seiner Seele von Fragen, und er hatte keine Antworten. Nicht eine einzige Antwort. Nichts. Gar nichts.

Als Koshmar sich am Morgen von ihrem Lager zu erheben versuchte, preßte sich ihr eine unsichtbare gewaltige Faust zwischen die Brüste und schleuderte sie wieder rücklings nieder. Sie war allein. Torlyri war die Nacht zuvor wieder in den Tempel gegangen, um mit dem Verpacken der Heiligtümer fortzufahren, und sie war gar nicht zurückgekommen. Ist sicher zu ihrem Beng abgehauen, dachte Koshmar. Eine Weile lag sie still da, keuchend, zuckend, rieb sich das Brustbein, unternahm aber nicht den Versuch, sich erneut zu erheben. Irgendein Feuer brannte in ihrer Brust. Mein Herz steht in Flammen, dachte sie. Oder es könnten auch die Lungen sein. Ich werde von innen her von einem Feuer verzehrt.

Vorsichtig mühte sie sich erneut, sich aufzusetzen. Diesmal stieß keine Faust sie zurück, doch ging es langsam und mühsam vonstatten, sie fröstelte und zitterte ziemlich stark und benötigte mehrere lange Pausen, in denen sie sich mit den Fingerspitzen abstützte und sich mühte, nicht wieder zurückzurutschen. Ihr war sehr kalt. Und sie war dankbar, daß Torlyri nicht hier war, sie nicht in ihrer Schwäche, ihrer Krankheit, ihrem Schmerz sehen konnte. Niemand durfte dies sehen; vor allem aber nicht Torlyri!

Vermittels des Zweiten Gesichts tastete sie sich vor ihr Haus und bemerkte dort Threyne, die mit ihrem Knaben, Thaggoran, vorbeiging. Mit brüchiger Stimme rief Koshmar sie an und stellte sich in der Tür auf, klammerte sich an den Pfosten, drückte die Schultern zurück, kämpfte darum, den Anschein zu erwecken, alles sei zum Besten bei ihr.

»Du hast mich gerufen?« sagte Threyne.

»Ja.« Koshmars Stimme klang rauh und zittrig, selbst für ihre eigenen Ohren. »Ich muß mit Hresh sprechen. Kannst du ihn für mich suchen und ihn mir schicken?«

»Aber gewiß, Koshmar.«

Doch Threyne zögerte und ging nicht sogleich um Koshmars Gebot auszuführen. Ihre Augen wirkten bedrückt und waren verschleiert. Sie sieht es, daß ich krank bin, dachte Koshmar. Aber sie wagt nicht, mich zu fragen, was es ist.

Koshmar blickte zu dem jungen Thaggoran. Er war ein kräftiger Knabe, langgliedrig, mit wachen Augen, aber schüchtern. Obwohl er bereits über sieben Jahre alt war, hielt er sich halb hinter seiner Mutter versteckt und lugte von dort verstohlen zu der Stammesführerin empor. Koshmar lächelte ihm zu.

»Wie groß er geworden ist, Threyne!« rief sie mit soviel Herzlichkeit, wie sie nur konnte. »Ich erinnere mich an den Tag seiner Geburt. Wir waren damals kurz vor Vengiboneeza, nahe dem Ort des Wasserläufers, als deine Zeit über dich kam. Und wir errichteten eine Laubhütte für dich und ein Lager, und Torlyri half dir durch die Stunden der Entbindung, und Hresh kam und verlieh dem Kind seinen Geburtsnamen. Du erinnerst dich doch daran, nicht wahr?«

Threyne warf Koshmar einen seltsamen Blick zu, und diese verspürte erneut einen schmerzhaften Stich in der Brust.

Sie muß ja denken, mein Hirn ist zu Brei geworden, sagte sich Koshmar, daß ich sie fragen kann, ob sie sich an den Tag erinnert, an dem ihr Erstgeborener zur Welt kam. Sie streckte die Hand aus – und mußte sich stark anstrengen, das Zittern in ihr zu unterdrücken – und strich dem Knaben leicht über die Wange. Er zuckte vor der Berührung zurück.

»Also, dann geh«, sagte Koshmar. »Schick mir Hresh!«

Hresh kam erstaunlich lange nicht. Vielleicht buddelt er zum letztenmal in den alten Ruinen herum, dachte Koshmar. Versucht verzweifelt zu erwischen, soviel er kann, ehe der Stamm aus Vengiboneeza wegzieht. Dann fiel ihr ein, daß Hresh ja inzwischen partnerlich verehelicht war – oder doch beinahe; vielleicht also war er gerade eifrig damit beschäftigt, mit Taniane zu kopulieren oder zu tvinnern, und wollte sich einfach bei diesem Geschäft nicht gern stören lassen. Die Vorstellung von einem partnerlich verbandelten Hresh erschien ihr als seltsam, oder daß er tvinnern sollte oder all dies tun, was eben zu derlei Aktivitäten gehörte. Für Koshmar würde er immer das wilde Kerlchen bleiben, das einst versucht hatte, sich heimlich aus dem Kokon zu schleichen, an einem lang vergangenen Morgen, um sich das Flußtal anzuschauen.

Endlich kam er. Seine Augen wirkten entzündet, er sah erschöpft aus wie jemand, der überhaupt nicht geschlafen hat. Doch sobald er Koshmars ansichtig wurde, holte er tief Luft und war plötzlich hellwach, als habe ihn ihr Anblick schockiert und vollkommen munter gemacht.

»Was ist dir geschehen?« fragte er sofort dringlich.

»Nichts. Es ist nichts. Komm herein!«

»Bist du krank?«

»Nein. Aber nicht doch!« Koshmar schwankte und wäre fast gefallen. »Ja«, sagte sie dann, halb flüsternd. Und da sie wieder taumelte, packte Hresh sie am Arm und führte sie zu einer mit Fellen bedeckten Steinbank. Dort saß sie lange, den Kopf vornübergeneigt, und Schmerz und Fieber schoß in Wellen durch sie hindurch. Nach einiger Zeit sagte sie dann sehr ruhig: »Ich sterbe.«

»Das kann nicht sein.«

»Komm kurz in meine Seele und spüre, was ich spüre, dann weißt du die Wahrheit.«

Erregt sagte Hresh: »Laß mir Torlyri holen!«

»Nein! *Nicht* Torlyri!«

»Aber sie ist im Besitz der Heilkünste.«

»Als ob ich das nicht nur zu gut wüßte, Junge. Aber mir liegt nicht daran, daß sie ihre Künste an mir versucht.«

Hresh kauerte sich vor sie hin und versuchte ihr ins Gesicht zu blicken, aber sie wich seinen Augen aus.

»Koshmar, nein! Nein! Du bist noch immer stark und kräftig. Dir kann Heilung werden, wenn du es nur erlauben ...«

»Nein.«

»Weiß Torlyri, wie krank du bist?«

Koshmar zuckte die Achseln. »Woher soll ich wissen, was Torlyri weiß oder nicht weiß? *Sie* ist eine Weise Frau. Ich habe noch zu keinem darüber gesprochen. Und ganz gewiß nicht zu ihr.«

»Wie lang schon bist du so krank?«

»Schon einige Zeit«, sagte Koshmar. »Es kam langsam über mich.« Und nun hob sie den Kopf und gewann ein wenig von ihrer einstigen Kraft zurück. Mit lauterer Stimme sprach sie: »Doch ich habe dich nicht rufen lassen, um mit dir über meine Gesundheit zu sprechen.«

Zornig schüttelte Hresh den Kopf. »Ich kenne mich selbst auch ein wenig in den Heilkünsten aus. Wenn du nicht willst, daß Torlyri etwas davon erfährt, gut. Sie braucht überhaupt nichts davon zu wissen. Aber erlaube mir, dieses Ungesunde von dir zu treiben. Laß mich Mueri anrufen und Friit und tun, was für dich getan werden muß.«

»Nein.«

»Nein?«

»Meine Zeit ist gekommen, Hresh. So laß es denn an dem sein, wie es kommen muß. Ich werde nicht mitziehen, wenn der Stamm Vengiboneeza verläßt.«

»Aber gewiß wirst du mit uns ziehen, Koshmar.«

»Ich befehle dir zu unterlassen, mir zu sagen, was ich tun werde und was nicht!«

»Aber wie könnten wir dich zurücklassen?«

»Ich werde tot sein«, sagte Koshmar. »Oder doch beinahe. Du wirst die Worte für die Toten über mir sprechen und wirst mich an einen friedvollen Ort bringen, und dann werdet ihr alle fortziehen. Ist der Befehl verstanden, Hresh? Es ist mein letzter Befehl, daß der Stamm hinwegziehe aus dieser Stadt. Doch ich erteile diesen Befehl, wissend, daß ich nicht bei euch sein werde, wenn ihr fortzieht. Hresh, du hast es dir dein Leben lang zur Aufgabe gemacht gehabt, meinen Anordnungen *nicht* zu gehorchen, aber vielleicht willst du mir dieses eine Mal das Recht zugestehen und meinem Wunsch folgen und ihn erfüllen. Ich wünsche keine Trauer, und ich wünsche nicht, daß man meinetwegen ein großes Getöse veranstaltet. Ich habe das Grenzalter erreicht; mein Sterbetag ist da.«

»Wenn du mir doch nur sagen würdest, was dich bedrückt, dann könnte ich eine Heilungs ...«

»Was mich bedrückt, Hresh? Daß ich noch lebe. Und dafür wird mir bald die Heilung werden. Und noch ein einziges derartiges Wort von dir, und ich entlasse dich aus deinem Amt, solang ich noch Häuptling bin. Wirst du nun endlich still sein? Es gibt wichtige Dinge, die ich dir sagen muß, ehe mich die Kraft verläßt.«

»Sprich!« sagte Hresh.

»Die Reise, auf die der Stamm sich begibt, wird eine sehr lange sein. Dies sehe ich voraus in meiner Todesweisheit: Daß euch die Reise führen wird an die entfernten Orte der Welt. Ihr könnt eine solche Fahrt nicht unternehmen, indem ihr alles auf dem Rücken mit euch tragt, wie wir es taten, als wir aus dem Kokon auszogen. Geh du also zu den Beng, Hresh, und bitt sie um vier oder fünf junge Zinnobären als Trag- und Lasttiere für uns. Wenn sie unsere Freunde sind, wie sie dies so lautstark immer betonen, dann werden sie uns dies nicht abschlagen. Wollen sie sie dir aber nicht geben, dann bitte Torlyri, sie solle ihren ... ihren Beng-Geliebten dazu bringen, ein paar Tiere zu stehlen, wenn es denn so sein muß. Achtet darauf, daß die Tiere, die ihr erhaltet, Männchen und Weibchen sind, so daß wir in künftigen Zeiten selbst Nachwuchs von ihnen erhalten können.«

Hresh nickte. »Das sollte nicht allzu schwierig sein.«

»Nein. Nicht für dich. Nächster Punkt. Es muß eine neue Führerin gewählt werden. Du und Torlyri werdet sie aussuchen. Ihr solltet eine ziemlich junge Frau wählen, jemand mit starkem Willen, aber auch mit starkem Körper. Sie wird den Stamm in vielen schwierigen Jahren führen müssen.«

»Gibt es eine, die du vorschlagen möchtest, Koshmar?«

Koshmar brachte ein Lächeln zustande. »Ach, Hresh, Hresh, mein Schlaukopf, bis zum Schluß! Wie respektvoll bittest du die sterbende Koshmar, ihre Wahl zu treffen, wo ich doch weiß, daß die Wahl längst entschieden ist!«

»Ich bat dich ganz ehrenhaft, Koshmar.«

»Tatest du das? Nun, dann will ich dir ehrenhaft antworten, wie du fragtest, und ich will dir sagen, was du bereits weißt. Es gibt im Stamm nur eine Frau, die das angemessene Alter hat und über die erforderliche innere geistige Stärke verfügt. Taniane soll meine Nachfolgerin sein.«

Und wieder atmete Hresh tief durch, biß sich auf die Lippe und wandte den Blick ab.

»Mißfällt dir die Wahl?«

»Nein. Ganz und gar nicht. Aber es macht alles, was geschieht, so viel wirklicher. Ich sehe klarer, als mir lieb sein kann, daß du nicht länger unser Häuptling sein wirst, daß eine andere, daß Taniane ...«

»Alles unterliegt dem Wandel, Hresh. Die Saphiräugigen herrschen nicht mehr über die Welt. Und nun noch ein Drittes: Werdet ihr, du und Taniane, ehelich verbunden sein?«

»Ich habe in den Chroniken geforscht nach Präzedenzfällen, die es dem Alten Mann des Stammes erlauben würden, sich eine feste Gefährtin zu nehmen.«

»Dazu besteht keine weitere Notwendigkeit. Du brauchst nicht weiter nach einem Präzedenzfall zu suchen, Hresh. *Du* bist der Präzedenzfall. Und sie ist deine Gefährtin.«

»Ist sie das, wirklich?«

»Führe sie zu mir, sobald du von der Beng-Siedlung wieder zurückgekehrt bist, dann will ich die nötigen Worte sprechen.«

»Koshmar, Koshmar ...«

»Aber sprich ihr noch nicht von ihrer Führerschaft. Noch gebührt sie ihr nicht, erst dann hat sie sie, wenn du und Torlyri sie ihr übertragen. Derlei Dinge müssen auf anständige, ordentliche Weise getan werden. Es kann keine neue Führerin geben, solange die alte noch am Leben ist.«

»Laß mich versuchen dich zu heilen, Koshmar!«

»Du erregst meinen Ärger. Geh du zu den Beng und erbitte von ihnen einige ihrer Zinnobären, Junge!«

Er blieb stehen.

»So geh schon!«

»Dann erlaube mir wenigstens, dies eine für dich zu tun.« Mit flatternden Fingern löste Hresh einen kleinen Gegenstand, den er am Hals hängen hatte, und drückte ihn ihr in die Hand. »Das ist ein Amulett«, sagte er, »das ich von Thaggorans Leichnam löste, am Tag, als uns die Rattenwölfe angriffen. Es ist sehr, sehr alt, und gewiß verfügt es über irgendwelche große Kraft, auch wenn es mir nie gelungen ist, herauszufinden, was für welche. Aber wenn ich das Bedürfnis verspüre, Thaggoran bei mir zu haben, dann greife ich zu dem Amulett, und ich fühle seine Nähe. Halte es du in deiner Hand, Koshmar, und laß Thaggoran zu dir kommen und dich hinübergeleiten in die Anderwelt.« Er legte es ihr in die Hand und schloß ihre Finger um das Amulett. Es fühlte sich scharfkantig an in ihrer Handfläche – und warm. »Er liebte und achtete dich männiglich«, fuhr Hresh fort. »Er sagte es mir oft.«

Koshmar lächelte. »Ich danke dir für diesen Schutzzauber, und ich will ihn bei mir tragen bis zum Ende. Aber dann wirst du ihn wieder an dich nehmen. Du wirst ihn nicht allzu lange entbehren müssen, glaube ich.« Sie machte eine ungeduldige Handbewegung. »Aber nun geh! Geh zu den Beng und bitte sie um einige ihrer Tiere! Geh, geh, Hresh!« Und dann wich die Schroffheit von ihr, und sie strich ihm mit der Hand über die Wange. »Mein Alter Mann ... mein Chronist.«

Wie es schien, hatte Noum om Beng ihn erwartet. Zumindest zeigte er kein Erstaunen, als Hresh, atemlos und verschwitzt nach dem schnellen Trab auf der ganzen Strecke zwischen seiner Stammessiedlung und dem Beng-Dorf in Dawinno Galihine, vor ihn hintrat. Der alte Behelmte befand sich in seinem nüchternen schmucklos kahlen Gemach und saß mit dem Gesicht der Tür zugewandt, als erwarte er einen Besucher.

Unter Hreshs Schädeldecke hämmerte es erbarmungslos. Seine Seele schmerzte von der zu heftigen Turbulenz in einem zu kleinen Behältnis. Der Kopf wirbelte ihm von alledem, was während dieser letzten paar hektischen Tage sich ereignet hatte. Und nun oblag es ihm auch noch, vor den alten Noum om Beng hinzutreten, und es war wohl die allerletzte Gelegenheit, mit ihm zu sprechen, und es gab noch dermaßen viel von ihm zu lernen. Die Fragen türmten sich in immer höherer Zahl in seinem Hirn; aber die Antworten entzogen sich ihm nur immer mehr.

»Setz dich!« sagte Noum om Beng und wies auf die Steinbank, auf der er selber saß. »Und ruhe. Komm erst einmal wieder zu Atem. Sauge die Luft tief in dich hinein! Tief!«

»Vater ...«

»Ruh dich aus!« sagte Noum om Beng streng. Hresh dachte schon, er werde ihm einen Backenstreich versetzen, wie er dies so oft in den Anfangstagen ihres Tutoriums getan hatte. Aber der Alte Mann blieb vollkommen bewegungslos. Nur seine Augen zuckten und geboten Hresh mit einem stahlharten Funkeln, er solle stillsitzen.

Langsam holte Hresh die Luft in sich herein, hielt sie in den Lungen, entließ sie, atmete erneut tief. Nach einer kleinen Weile wurde das Pochen in seinem Herzen schwächer, der Sturm in seinem Hirn schien sich zu mindern. Noum om Beng nickte zufrieden. Ruhig fragte er: »Wann verlaßt ihr diese Stadt, Knabe?«

»In ein, zwei Tagen.«

»Also habt ihr hier alles herausgefunden, was zu wissen euch nottut?«

»*Ich* habe nichts herausgefunden«, sagte Hresh. »Nichts, gar nichts. Ich schaufle Informationen in mich hinein, aber je mehr ich an Wissen ansammle, desto weniger verstehe ich.«

»Und so geht es mir auch«, sagte Noum om Beng sanft und leise.

»Aber, Vater, wie kannst du so etwas sagen? Du weißt doch alles, was es zu wissen geben kann!«

»Glaubst du das wirklich?«

»So will mir scheinen.«

»In Wahrheit, Junge, weiß ich sehr wenig. Nur das, was in den Chroniken meines Stammes auf mich gekommen ist und das, was ich selbst zu lernen imstande war, sowohl in meinen Irrungen und Irrwanderungen wie durch den Einsatz meines Denkens. Und es genügt nicht. Es genügt einfach nicht. Es wird nie genug sein können.«

»Vater, dies ist das letztemal, daß wir beisammen sind.«

»Ich weiß es. Ja.«

»Du hast mir so viele Dinge beigebracht. Aber alles stets umweglich, immer nur das, was hinter den Dingen, in den Dingen verschlossen liegt. Vielleicht wird die Bedeutung der Dinge in meinem Hirn knospen und aufbrechen, wenn ich älter geworden bin und über alles nachdenke, was du mir hier gesagt hast. Aber dürften wir heute, bitte, ganz direkt über jene großen Probleme sprechen, die mich verwirren? Ich flehe dich an.«

»Wir haben stets und immer sehr direkt und zielgerichtet miteinander gesprochen, Kind.«

»Mir kommt es aber nicht so vor, Vater.«

In früheren Tagen hätte dieser platte Widerspruch Hresh eine schmerzhafte Ohrfeige eingetragen. Er wartete nun auf sie, ja sie wäre ihm sogar willkommen gewesen. Doch Noum om Beng blieb weiterhin völlig bewegungslos. Nach langem, lastendem Schweigen sprach der Alte, und es klang, als rede er von einem fernen, hohen Berg herab: »Dann sage du mir, Hresh, was sind diese Dinge, die dich in Verwirrung stürzen?«

Hresh konnte sich nicht an ein einziges anderes Mal erinnern, bei dem ihn Noum om Beng bei seinem Namen genannt hätte.

Aus den Myriaden Fragen, die in seinem Denken heraufstiegen, versuchte Hresh *eine* auszuwählen, die wichtigste, ehe das Angebot wieder zurückgenommen werden konnte. Aber die Wahl war ihm unmöglich. Aber dann erblickte Hresh im Geiste eine graue gestaltlose See, die sich bis zum Horizont und darüber hinaus erstreckte bis hinauf zu den Sternen, eine Meeresflut, die das gesamte Universum bedeckte, eine See, die inmitten äußerster Finsternis in ihrem eigenen perlenden Licht schimmerte. Plötzlich flammte ein heller Funke über der Wasserfläche auf.

Hresh schaute Noum om Beng starr an.

»Sag du mir also, wer uns erschaffen hat, Vater.«

»Ja, aber natürlich der Schöpfer.«

»Nakhaba – ist er es, den du meinst?«

Noum om Beng lachte. Es war dieses seltsame kratzende, trockene Lachen, wie es Hresh nur ein-, oder zweimal vordem von ihm gehört hatte. »Nakhaba? Nein, Nakhaba ist ebensowenig der Schöpfer wie du oder ich. Nakhaba ist nur der Vermittler. Habe ich dir das nicht klar genug verdeutlicht?«

Hresh schüttelte den Kopf. Vermittler? Was sollte dies bedeuten?

»Nakhaba ist der größte und höchste Gott, den *wir* kennen können«, sagte Noum om Beng. »Aber er ist nicht der Höchste Gott von allen. Der Höchste Gott, der Schöpfer-Gott, bleibt unbekannt und ein Geheimnis, und er muß dies immer sein. Und nur die Götter kennen diesen Gott.«

»Ach so, ja, ach so«, sagte Hresh. »Und Nakhaba? Wer und was ist denn dann er?«

»Nakhaba ist der Gott, der zwischen uns und die Menschlichen tritt, der mit ihnen spricht und für uns eintritt, wenn wir den Anforderungen unseres Schicksals einmal nicht entsprochen haben.«

Hresh hatte das Gefühl, als verlöre er sich in immer fernere Unbegreiflichkeiten.

Verzweiflung, Unglaube, Verwirrung drohten ihn zu überwältigen.

»Ein Gott, der die Mittlerrolle erfüllt zwischen uns und den Menschlichen? Ja, aber dann sind die Menschlichen ja etwas Höheres als die Götter?«

»Größer als *unsere* Götter, Kind. Größer als Nakhaba und größer als eure Fünf. Aber nicht größer als der Schöpfer, der sie geschaffen hat, genau wie uns und wie alles andere. Begreifst du die Hierarchie, die Heilige Herrschaftsstruktur?« Mit der Fingerspitze zeichnete Noum om Beng weite Gebilde in die Luft: Da, an der allerhöchsten Spitze den Schöpfer, dann die Großen Sechs, über die Hresh einst sich Spekulationen hingegeben hatte; und hier die Menschen, etwas weiter darunter; und dann erst Nakhaba, und hier die fünf; und da, noch tiefer, wenn auch immer noch über den wilden Tieren, endlich: die gemeine Bevölkerung der Welt, die Kokonvölker, die Behaarten und Pelzigen.

Hresh starrte stumm und ungläubig. Er hatte um Aufklärung und Erleuchtung gebeten, und Noum om Beng hatte sie ihm in großmütiger Weise zuteil werden lassen. Doch er vermochte das nicht in sich aufzunehmen, er konnte es nicht verdauen.

Er rettete sich in einen vertrauten Winkel und fragte: »Also laßt ihr auch die Fünf gelten? Sie sind Götter für euch, genau wie für uns?«

»Aber gewiß sind sie das. Wir benennen sie zwar mit anderen Namen, aber wir lassen sie gelten; und wie könnten wir auch anders? Es muß doch einen Gott geben, der die Leute beschützt, und einen, der sie erhält, und einen, der sie zerstört. Und einen, der heilt und einen, der Trost bringt. Und natürlich einen, der vermittelt und ausgleicht.«

»Ein vermittelnder, ausgleichender Gott? Ja, das ist sinnvoll.«

»Und dies ist der eine Gott, den ihr vergessen habt. Er steht über den anderen Fünfen, und er reicht in weit höhere Regionen hinauf und spricht dort zu unserm Wohl mit *Jenen.*«

»Also sind die Menschlichen Götter?«

»Nein. Nein, das glaube ich eigentlich nicht«, sagte Noum om Beng. »Doch wer könnte das genau sagen? Nur Nakhaba hat jemals einen Menschen gesehen.«

»Oh, ich glaube, ich auch«, sagte Hresh.

Noum om Beng gab wieder dieses rauhe Kichern von sich. »Das ist wohl ziemlich verrückt, mein Kleiner.«

»Nein. Es gab da in unserm Kokon in den Tagen des Langen Winters einen, der immer schlief, der ganz allein in einer Wiege, einer Krippe, in der Hauptkammer lag. Man nannte ihn Ryyig, den Träumeträumer. Er war sehr lang und sehr blaß und rosa, und er hatte überhaupt kein Fell auf dem Leib, und sein Kopf stieg hoch über seiner Stirn empor, und seine Augen waren purpurblau und leuchteten seltsam. Sie sagten, er habe stets unter uns gelebt, und daß er am ersten Tag des Langen Winter zu uns in den Kokon gekommen sei, als die tödlichen Sterne niederzufallen begannen, und daß er schlafen werde, bis zum Ende des Winters; dann sollte er erwachen und seine Augen auftun und uns die Weissagung erteilen, daß wir nun hinausziehen müßten in die weite Welt. Und dann würde er sterben. So ward es geweissagt, vor langer Zeit, und so steht es geschrieben in den Büchern unserer Chronik. Und alles dies hat sich wahrlich dann so ereignet, Vater. Ich habe ihn gesehen. Ich war zugegen am Tag, an dem er erwachte.«

Noum om Beng starrte ihn mit seltsam saugendem-haftendem Blick an. Sein Gesicht war ganz erstarrt, die roten Augen leuchteten. Der harte Atem des alten Mannes schien immer lauter und lauter zu gehen, bis er klang wie das Schnaufen eines herannahenden Tieres.

Hresh sagte: »Ich glaube, unser Träumeträumer war ein Menschlicher. Ein Mensch. Daß er zu uns gesandt war, um mit uns zu leben und über uns zu wachen während der ganzen Zeit des Langen Winters. Und daß dann, als der Winter vorbei war, seine Aufgabe erfüllt war und er zu den Seinen berufen wurde.«

»Ja«, sagte Noum om Beng. Er bebte, wie eine überstraff gespannte Bogensehne. »So muß es geschehen sein, und wieso habe ich es nicht erkannt? Junge, soll ich dir etwas sagen? Auch wir hatten in unserem Kokon einen Träumeträumer. Wir waren uns nicht im geringsten bewußt, was für ein Geschöpf er sein mochte, aber wir hatten so einen bei uns, genau wie ihr. Das war vor langer Zeit, ehe ich geboren war, falls du dir eine so lange Zeit vorstellen kannst. Und wir hatten auch das, was du deinen Barak Dayir nennst. Es gibt in unseren Geschichtsbüchern Berichte davon. Doch unser Träumeträumer erwachte zu früh, während noch das Eis die Welt umklammert hielt. Und er führte uns aus dem Kokon, und er ging dabei zugrunde, und unser Barak Dayir wurde uns von den Hjjk geraubt. Nakhaba führte und leitete uns gut, und wir gelangten zu Größe, trotz unseres Verlustes, und Größeres sollte noch folgen: Denn, Junge, soviel erkenne ich mit Klarsicht, die ganze Welt wird *begisch* sein. Jedoch unser Los und unsere Aufgabe war um so vieles schwerer, weil wir in den letzten Jahren ohne einen Barak Dayir auskommen mußten. Während euer Volk – während du, mein Sohn – dieses magische Ding besitzt ...«

Noum om Bengs Stimme versank in ein Flüstern. Er blickte starr zu Boden.

»Ja? Und? Was ist die Bestimmung meines Volkes?«

»Wer weiß das schon?« sagte der alte Behelmte. Er klang auf einmal sehr erschöpft. »Ich weiß es nicht. Wahrscheinlich weiß es nicht einmal Nakhaba. Wer vermag schon im Buch des Schicksals zu lesen? Ich ... ich sehe unser eigenes Geschick – das eure ist mir nicht deutlich.« Er schüttelte den Kopf. »Nie hätte ich gedacht, daß unser Träumeträumer einer von den Menschlichen hätte sein können, doch jetzt erkenne ich, daß deine Vermutung recht überzeugend klingt und viel für sich hat. Ja, das war er wohl, ein Menschlicher.«

»Ich *weiß*, daß er ein Mensch war, Vater.«

»Woher könntest du dies sicher wissen?«

»Durch eine Vision, die mir wurde, als ich eine Maschine benutzte, die ich in Vengiboneeza fand und die mir die Große Welt zeigte. Sie ließ mich sehen die Saphiräugigen und Vegetalischen und alle die übrigen Rassen. Und sie zeigte mir auch die Menschlichen – die Menschen, wie sie hier durch eben diese Straßen schritten ... und sie sahen genauso aus wie unser Träumeträumer, der Ryyig hieß.«

»Wenn dem so ist, dann verstehe ich nun viele Dinge, die mir bisher unerklärlich waren«, sagte Noum om Beng.

Dies aber verblüffte Hresh, daß er es sein sollte, dem Noum om Beng Wissen zu vermitteln, und nicht umgekehrt. Jedoch, er blieb weiterhin verwirrt und saß stumm und zitternd da.

Noum om Beng sprach: »Hüte deinen Stein gut, Junge! Wenn du in Gefahr gerätst, verschlucke ihn. Er ist unendlich wichtig. Wir mußten doppelt so schwer ringen, wenn nicht mehr, um unsere Größe zu erlangen, weil wir mit unserem Stein sorglos umgingen.«

»Aber was ist der Barak Dayir dann? Ich vernahm, er sei etwas, das in den Sternen gemacht wurde.«

»Nein. Er ist ein Menschending«, sagte Noum om Beng. »Mehr kann ich dir dazu nicht sagen. Etwas, viel älter als sogar die Große Welt. Ein Ding, das die Menschen gemacht haben, so erkenne ich nunmehr, und das sie uns schenkten, damit wir es auf vielfältige Art benutzen. Aber, auf welche Art, das habe ich niemals herausgefunden, und du beginnst gerade erst, dies herauszufinden zu versuchen.«

Hresh griff nach dem Amulett des Thaggoran an seinem Hals, denn er fühlte sich von gewaltiger Spannung und Furcht bedrückt. Doch dann erinnerte er sich, daß er den Talisman ja Koshmar geschenkt hatte, damit sie leichter durch ihre Sterbestunden gleiten möge.

Er sagte: »Ach, Vater, ich wünschte, wir würden nicht so früh aus Vengiboneeza fortziehen.«

»Warum? Die Welt steht wartend für euch offen.«

»Ich möchte aber hierbleiben, bei dir, und ich möchte alles von dir lernen, was du mich lehren kannst.«

Und wieder lachte Noum om Beng. Ohne Warnung hob sich der stengeldürre Arm, und er versetzte Hresh mit der flachen Hand einen Schlag, der ihm die Lippe aufriß und die Wange taub werden ließ.

»*Dies* ist alles, was ich dir beibringen kann, mein Kind!«

Hresh leckte einen süßlichen Blutstropfen an der Unterlippe fort. Leise fragte er: »So soll ich denn jetzt von dir gehen? Ist dies dein Wunsch?«

»Ach, du kannst gern bleiben, solange du magst.«

»Aber du wirst mir keine Fragen mehr beantworten?«

»Ah, du hast also noch weitere Fragen?«

Hresh nickte, sagte aber nichts.

»Also, dann zögere nicht, frage!«

»Ich ermüde dich vielleicht, Vater.«

»So frag schon. Frag! Was du willst, mein Kleiner.«

Zögernd sprach Hresh: »Du hast mir einmal gesagt, daß die Götter all unser Mühen damit belohnen, daß sie die Todessterne über uns herabsenden, so daß also alles ganz ohne Sinn ist. Ich nannte dies einen Schwachpunkt, einen Makel im Universum, du aber sagtest: nein, nein, das Universum ist vollkommen – vielmehr sind wir es, die voll Makel und Fehler sind. Aber mir will immer noch scheinen, daß das ein Makel im Universum ist. Und du sagtest auch, daß wir uns trotzdem strebend weiter bemühen müßten, auch wenn du nicht sagen könntest, warum. Du sagtest, ich müßte das selbst herausfinden und wenn ich es getan hätte, sollte ich zu dir kommen und dir berichten, was ich erfahren hätte. Weißt du noch, Vater?«

»Ja, mein Sohn.«

»Vor nicht langer Zeit erfuhr ich eine weitere Vision der Großen Welt. Ich benutzte dafür ein anderes Gerät als das, welches mir die Menschlichen gezeigt hatten. Und diese neue Vision, Vater, die war erst heute nacht. Was ich schaute, war der letzte Tag der Großen Welt, als der erste der Todessterne kam und der Himmel sich schwarz verfinsterte, und als die Luft eisig wurde. Die Menschlichen waren bereits fort – ich könnte dir nicht sagen, wohin sie gezogen sind; und die Hjjks strebten den Bergen zu; und die Vegetalischen starben vor sich hin; und die Seeherren standen kurz vor dem Tod; und die Mechanischen machten sich auf und zogen irgendwohin, um dort zu sterben. Aber die Saphiräugigen – obwohl sie genau wußten, daß das Ende ihrer Zeit gekommen war – blieben ganz unbeeindruckt von alledem, was rings um sie sich ereignete. Sie zeigten weder Furcht noch Kummer. Und sie unternahmen auch nicht den leisesten Versuch, die niederstürzenden Todessterne von der Welt abzulenken, obwohl dies doch sicherlich in ihrer Macht gelegen hätte. Und das begreife ich nicht, Vater, ich *kann* es nicht verstehen! Wenn ich verstehen könnte, warum die Saphiräugigen ihre Vernichtung in scheinbarer Sorglosigkeit und so gleichmütig hinnahmen, dann könnte ich vielleicht auch sagen, warum wir ewiglich vorwärtsstreben müssen, auch wenn die Götter eines Tages alles vernichten werden, was wir aufgebaut haben.«

Noum om Beng sagte: »Wie lautete noch der Name, den ihr eurem Gott gebt, welcher der Zerstörer ist?«

Hresh blinzelte überrascht. »Dawinno.«

»Dawinno. Nun, und was verstehst du unter Dawinno? Glaubst du, er ist ein böser Gott?«

»Wie könnte ein Gott böse sein, Vater?«

»Du hast deine eigene Frage beantwortet, Sohn.«

Hresh fand nicht, daß er dies getan habe. Immer noch blinzelnd, hockte er da und wartete auf weitere Erleuchtung. Doch es ward ihm keine. Noum om Beng lächelte ihn freundlich und beinahe selbstgefällig an, als sei er sicher, Hresh die Lösung für alle seine drückenden Probleme an die Hand gegeben zu haben.

Doch unter dem Lächeln war des Gesicht des alten Behelmten aschgrau vor Erschöpfung; und Hresh selbst spürte, daß seine Hirnkapazität bis an die Grenzen der Leistungsfähigkeit angespannt war. Er wagte es nicht, nach weiteren Erklärungen zu fragen. Nein, hier mach ich Schluß, sagte er sich. Schon jetzt hatte er sich dermaßen viel auf die Seele geladen, daß er Jahre brauchen würde, um dies alles zu begreifen. So schien es ihm jedenfalls.

Er erhob sich, um zu gehen. »Ich sollte mich jetzt entfernen, Vater, und dich ruhen lassen.«

»Ich werde dich nie wiedersehen«, sagte Noum om Beng.

»Nein, ich glaube nicht.«

»Wir haben eine gute Arbeit geleistet, wir beide, mein Sohn. Unser beider Denken fügte sich gut zusammen.«

»Ja«, sagte Hresh. Noum om Bengs Stimme klang irgendwie so endgültig, daß Hresh sich fragte, wie lang dem alten Mann wohl noch an Lebenszeit beschieden sein mochte. Es strahlte von ihm ein derart starkes Todesbewußtsein und zugleich auch eine solch tiefe Ergebung darein aus, daß er so gelassen und gleichmütig wirkte wie irgendeiner von den Saphiräugigen, die gemächlich zuschauten, wie ihr Himmel vom Staubregen schwarz wurde, nachdem der Todesstern niedergefallen war. Und Hresh, der erst am selben Morgen Koshmar so ungeschminkt über ihren nahenden Tod hatte reden hören, fühlte sich ringsum von Sterben und Verfall und Tod umgeben. Wie machten sie das nur, daß sie es so gelassen hinnahmen, diese Sterbenden? Wie konnten sie nur so achselzuckend dem Nichts und dem Vergessensein entgegensehen?

Unentschlossen bewegte sich Hresh auf die Tür zu.

Eigentlich wollte er wirklich nicht so rasch Abschied nehmen, wußte aber, daß er es müsse.

Noum om Beng sagte: »Gab es da nicht noch etwas anderes, warum du an diesem Morgen zu mir kamst? Doch wohl nicht nur, um mit mir zu diskutieren?«

Yissou! Die Zinnobären!

Hreshs Gesicht wurde dunkel vor Scham. »Ja. Doch. Da war noch etwas«, sagte er schleppend. »Koshmar bat mich – unser Häuptling – sie meinte, ob ... also, ob wir vielleicht ... ob es möglicherweise möglich wäre, daß ihr ...«

»Ja«, sagte Noum om Beng. »Wir haben dies vorausbedacht, daß ihr sie brauchen werdet. Es ist bereits geregelt. Vier Jung-Zinnobären sollen euch gehören, zwei männliche, zwei weibliche. Unser Abschiedsgeschenk. Trei Husathirn bringt sie euch in einer Stunde hinüber, und er wird deinen Leuten zeigen, wie man sie lenkt ... und wie man sie züchtet. Das war dann doch alles, weswegen du kamst, nicht wahr, mein Sohn?«

»Ja, Vater.«

»Komm zu mir, Hresh!«

Hresh trat wieder näher und kniete vor dem alten Behelmten nieder. Noum om Beng erhob seine Hand, wie wenn er ihm einen allerletzten Schlag verabreichen wollte; dann aber lächelte er, schwächte den Schwung seines Armes ab und strich Hresh mit der Hand sanft und zärtlich über die Wange. Es war eine unmißverständliche Geste tiefster Zuneigung und Liebe. Dann bedeutete er ihm mit einem kaum merklichen Kopfnikken, daß er nun gehen dürfe. Es fiel zwischen den beiden weiter kein Wort. Aber dann, an der Tür, blieb Hresh stehen, und seine Augen trafen auf die roten Augen des Noum om Beng, doch ihm schien es, daß Noum om Beng ihn schon lange nicht mehr sehe und auch nicht mehr wisse, wer Hresh sei.

Als Hresh wieder in der Siedlung anlangte, war es bereits Mittag. Die Sonne schwebte in einem wolkenlosen Himmel. Hresh spürte, wie sich die Mittagsschwere heiß auf ihn niedersenkte wie ein schweres Tuch. Die winterliche Zeit voll Frost und Eiswinden lag weit zurück, in einer unendlich fernen Vergangenheit. Sein Fell war von Schweiß und Staub verklebt nach seinem Kuriergang zwischen der Siedlung und Dem Bezirk Dawinno Galihine. Sein Kopf hämmerte und tobte, die Augen schmerzten. Es kam ihm so vor, als hätte er seit einem Mond nicht mehr geschlafen.

Auf der Plaza herrschte hektisches Treiben, denn die Auflösung der Niederlassung näherte sich dem Höhepunkt. Aus den Behausungen wurden große Packballen gezerrt, Kisten wurden zugenagelt, die Räder der jüngst erst gebauten Wagen wurden geölt. Hresh sah Orbin unter drei ungeheuren Packen dahinschwanken; er sah Haniman hämmern wie ein hirnrissiger Halbidiot; Thrrouk brach eine Bresche in die Wand eines Hauses, das so alt sein mußte wie die halbe Ewigkeit, um ein Gepäckstück hindurchzuhieven, das für die Tür zu wuchtig ausgefallen war. Zwar hatte es einige brummige Widerworte gegen den Auszug gegeben – Haniman schien der Hauptvertreter der Opposition zu sein, er und noch ein paar andere, die Hresh damals nachts vor der Statue des Träumeträumers hatte knien sehen ... aber trotzdem entzog sich nicht einer seiner Pflicht, bei den Vorbereitungen für den Aufbruch, für die Wanderschaft mitzuwirken. Die instinktive Kooperationsbereitschaft des Volkes war viel zu tief verwurzelt.

Taniane kam aus Koshmars Haus gestürzt und winkte ihm von der Schwelle her zu.

»Hresh! Hresh, *hier* bin ich!«

Und er ging zu ihr. Sie stand merkwürdig schief da, als hätte sie sich am Rücken verletzt; die Schultern waren ganz hochgezogen, die Ellbogen eng an die Flanken gepreßt. Ihre Lippen zitterten. Sie trug eine blutrote Leibbinde, die er nie zuvor an ihr gesehen hatte.

»Was ist denn?« fragte Hresh. »Was ist passiert?«

»Koshmar ...«

»Ja, ich weiß. Es geht ihr sehr schlecht.«

»Sie stirbt. Wenn sie nicht schon tot ist. Torlyri ist bei ihr da drin. Aber sie will auch dich bei sich haben.«

»Bei dir alles in Ordnung, Taniane?«

»Das macht mir angst. Aber es geht schon. Bist *du* in Ordnung?«

»Ich hab nicht geschlafen. Und ich war bei den Beng, um sie zu bitten, uns ein paar Zinnobären abzugeben. Trei Husathirn wird sie bald rüberbringen.«

»Wer?«

»Torlyris Mann. Wir gehen besser hinein.«

Sie hielt ihn einen Augenblick lang fest. Ihre Hände schoben sich unter seine Arme, faßten ihn an den Ellbogen. So flüchtig die Berührung war, sie ließ einen stark geladenen Energiestrom zwischen ihnen fließen. Hresh fühlte die Stärke ihrer Liebe, und sie war ihm eine Stütze in seiner Erschöpfung. Dann trat Taniane beiseite, und er ging in die kleine Behausung der Stammesführerin.

Torlyri saß neben Koshmar. Die Opferpriesterin hatte den Kopf gesenkt, und sie hob ihn auch nicht, als Hresh hinter sie trat. Koshmars Augen waren geschlossen; die Arme lagen über den Brüsten gekreuzt; in den festgeschlossenen Fingern umklammerte sie immer noch Thaggorans Amulett. Noch schien sie zu atmen. Hresh legte Torlyri sacht die Hand auf die Schulter.

Die Opferpriesterin sagte: »Das ist alles meine Schuld und mein Fehl. Ich hatte einfach keine Ahnung, daß sie so krank ist.«

»Ich glaube, das Unheil überkam sie sehr rasch.«

»Nein. Sie muß es schon lange Zeit mit sich getragen haben. Es frißt sie von innen heraus auf. Und ich wußte nichts davon, nichts, bis zum heutigen Tag! Wie konnte es nur geschehen, daß ich es nicht gesehen habe? Nicht einmal, wenn wir tvinnerten? Wie konnte ich sie dermaßen vernachlässigen?«

»Torlyri – das sind in diesem Augenblick Fragen, die zu nichts führen.«

»Gerade in der letzten Stunde verlor sie das Bewußtsein. Heute morgen war sie doch noch völlig klar und da.«

»Ich weiß«, sagte Hresh. »Ich war bei ihr, und wir haben heute früh miteinander gesprochen. Sie sah krank aus, aber sie war keineswegs in diesem Zustand.«

»Du hättest mich suchen lassen sollen, damit ich es wußte.«

»Sie befahl, daß keiner etwas davon wissen sollte, Torlyri. Und ganz besonders *du* solltest nichts davon erfahren.«

Daraufhin hob Torlyri den Kopf. Ihre Augen blickten wild und wie irre; sie sah aus, daß Hresh sie kaum als die ruhige, sanfte Torlyri erkannte, die er sein Leben lang gekannt hatte. Zornig fuhr sie ihn an: »Und du, du hast getan, was sie dir befahl!«

»Sollte ich meinem Häuptling nicht gehorchen? Besonders da es ihr letzter Sterbenswunsch war?«

»Sie wird nicht sterben!« sagte Torlyri hartnäckig. »Wir werden sie heilen, du und ich. Du kennst dich in den Künsten aus. Du wirst dein Können mit dem meinigen verbinden. Geh! Geh und hole den Barak Dayir! Er muß doch eine Verwendung haben, die auch hier nützlich ist und die uns helfen kann, sie zu retten!«

»Wir werden ihr nicht mehr helfen können«, sagte Hresh so sanft, wie er nur konnte.

»*Nein!* Hol den Wunderstein!«

»Torlyri ...«

Sie funkelte ihn wild an. Auf einmal lösten sich die Schärfe und die Entschlossenheit von ihr, und sie begann zu schluchzen. Hresh kauerte sich neben sie und legte ihr den Arm über die Schultern. Koshmar gab einen leisen, weit entfernten Seufzer von sich. Vielleicht verhaucht sie mit diesem murmelnden Ton ihr Leben, dachte Hresh. Er hoffte, es möge so sein. Koshmar hatte genug gelitten.

Ohne ihn anzusehen, sagte Torlyri: »Ich kam heute morgen zu ihr, und ich sah, daß sie krank war, und ich bot ihr an, eine Heilung mit ihr vorzunehmen, und sie hat abgestritten, daß ihr irgendwas fehle ... Sie war so schwach, daß sie nicht auf den Beinen stehen konnte, und sie sagte zu mir, es ist weiter nichts, und geh doch weg und schau, ob sonst jemand deine Hilfe braucht! Ich versuchte mit ihr vernünftig zu reden. Ich hab mich mit ihr gestritten. Sie angebrüllt. Ich habe ihr gesagt, es ist noch nicht ihre Zeit, um zu sterben, daß sie noch viele Jahre lang leben könnte. Aber sie, nein, sie wollte nichts davon hören. Sie *befahl* mir, *mir*, wegzugehen! Ich konnte sie nicht überreden. Schließlich, sie ist Koshmar: eine nicht zu bremsende Kraft, und sie wird immer erreichen, was sie erreichen will, und wie sie es will. Selbst wenn das, was sie will, der Tod ist.« Torlyri hob den Kopf und schaute mit qualvollen Augen Hresh an.

»Warum nur will sie denn sterben?«

»Vielleicht weil sie sehr müde ist«, sagte Hresh behutsam.

»Ich konnte gegen ihren Willen keine Heilung versuchen, jedenfalls nicht, solange sie bei Bewußtsein war. Doch jetzt kann sie sich nicht mehr dagegen wehren, und wenn wir beide zusammenarbeiten – hol den Wunderstein, Hresh, hol ihn!«

Kosmars geballte Faust öffnete sich, und Thaggorans Amulett glitt auf den Boden.

Hresh schüttelte den Kopf. »Du willst ein Wunder haben, Torlyri.«

»Sie kann noch immer gerettet werden!«

»So schau doch!« sagte er. »Atmet sie noch?«

»Sehr schwach, aber ja, ja, sie ...«

»Nein, Torlyri. Sieh genauer hin! Oder setz dein Zweites Gesicht ein.«

Torlyri blickte starr auf Koshmar nieder. Dann legte sie ihr kurz die Hand auf die Brust. Dann faßte sie Koshmar an beiden Schultern und preßte die Wange dorthin, wo ihre Hand gelegen hatte, und rief immer und immer wieder den Namen der toten Stammesführerin. Hresh wich zurück. Er dachte daran, sich zu entfernen, fürchtete dann aber das Übermaß von Torlyris Gram. Nach einer Weile trat er wieder hinzu und zog sie behutsam von Koshmars Leichnam empor und hielt sie in seinen Armen und ließ sie schluchzen.

Die Opferpriesterin gewann ihre Ruhe rascher wieder, als Hresh erwartet hätte. Ihr stoßweises Schluchzen brach ab, und ihr Atem wurde wieder regelmäßig. Sie hob den Kopf, nickte Hresh dankend zu und lächelte.

»Ist Taniane draußen?« fragte sie.

»Vorher war sie es. Ich glaube, ja, sie ist wohl noch da.«

»Hol sie herein!« sagte Torlyri.

Sie wartete noch immer auf der Veranda, und sie stand noch immer so seltsam in sich verkrochen da. »Es ist vorüber«, sagte er.

»Ihr Götter!«

»Komm rein! Torlyri will mit dir sprechen.«

Gemeinsam traten sie ins Haus. Torlyri stand an der Wand mit den Masken der Häuptlinge. Sie hatte Koshmars Maske herabgenommen; sie war aus einem schimmernden grauen Holz geschnitzt, die Augenschlitze dunkelrot umrandet. Torlyri hielt sie in der linken Hand. In ihrer Rechten war Koshmars Amtsstab.

»Wir haben heute viel zu tun«, sprach Torlyri. »Wir müssen einen neuen Ritus ausarbeiten, denn dies ist das erstemal seit Menschengedenken, daß ein Häuptling auf andere Art gestorben ist, als durch die Erreichung ihres Grenzalters, und wir werden dafür neue Worte brauchen, um sie auf dem Weg in die andere

Welt zu begleiten. Darum werde ich mich kümmern. Auch müssen wir einen neuen Häuptling einkleiden. Taniane, dieses Zepter gehört dir. Nimm es, Mädchen! Nimm es!«

Taniane sah ganz benommen aus. »Sollte ... müßte es da nicht eine Wahl geben, vorher?«

»Du bist bereits gewählt. Koshmar selbst hat dich als ihre Nachfolgerin bestimmt und uns dies kundgetan. Dies ist dein Krönungstag. Hier, nimm Koshmars Maske und setz sie auf! Da, nimm sie! Und den Stab. Und nun müssen wir alle drei hinaustreten, damit alle wissen, was geschah und was als nächstes geschehen wird. Kommt! Jetzt gleich!«

Torlyri warf einen raschen Blick auf Koshmar. Dann schob sie die eine Hand in Tanianes, die andere in Hreshs Armbeuge und zog die beiden aus dem Sterbezimmer. Sie bewegte sich rasch und mit einer festen Sicherheit, wie sie Hresh lange nicht mehr an ihr erlebt hatte. Sie traten in die helle Mittagssonne hinaus, und sogleich hörte jegliche Arbeit auf und aller Augen richteten sich auf sie. Es herrschte eine gespenstische Stille auf dem Platz.

Und dann kamen die Leute vom Stamm angelaufen. Threyne und Shatalgit und Orbin, Haniman und Staip, Kreun und Bonlai, Tramassilu, Praheurt, Thhrouk, Threyne und Thaggoran, Delim, Kalide, Cheysz, Hignord, Moarn, Jalmud, Sinsitine, Boldirinthe – alle, alle, die ältesten und die jüngsten, manche hielten Werkzeuge in Händen, andere trugen Kleinkinder, andere hielten ihr Mittagsbrot umklammert, und allesamt warfen sie sich nieder vor Taniane und riefen ihren Namen, als sie ihren Amtsstab in die Höhe reckte. Torlyri aber lockerte den Griff um Taniane und Hresh nicht. Sie klammerte sich vielmehr mit ganzer Kraft an sie, und ihr Griff war schmerzhaft. Hresh fragte sich, ob sie sich deshalb so fest an ihn klammere, weil sie sonst zu Boden stürzen würde.

Doch nach einiger Zeit ließ Torlyri sie los und schob Taniane nach vorn, damit sie sich unter das Stammesvolk begebe.

Taniane glühte.

»Heute abend wird eine feierliche Zeremonie abgehalten werden«, sprach Torlyri mit fester klarer Stimme. »Inzwischen aber nimmt euer neuer Häuptling eure Ergebenheit und Treuegelöbnis entgegen und dankt euch für eure Liebe. Sie wird noch mit jedem einzelnen unter euch sprechen, einem nach dem anderen.« Zu Hresh sprach sie ein wenig leiser: »Laß uns jetzt wieder hineingehen«, und zog ihn an sich. Sie traten in das Häuschen zurück. Koshmar schien zu schlafen. Torlyri bückte sich und hob das herabgefallene Amulett Thaggorans auf und legte es in Hreshs Hände. Es war kaum ein paar Stunden lang nicht in seinem Besitz gewesen.

»Hier«, sagte sie. »Du wirst dies auf der Reise brauchen.«

»Wir sollten den Auszug verschieben«, sagte Hresh. »Bis das Ritual erfüllt und Koshmar gebührlich zur Ruhe gebettet ist.«

»Dies alles wird heute abend erledigt werden. Es darf keinen Aufschub geben.« Torlyri brach ab. »Ich habe Boldirinthe soviel wie möglich in die Aufgaben und Pflichten der Opferfrau eingeführt. Morgen werde ich sie die höheren Mysterien, die Geheimnisse, lehren. Und dann müßt ihr fortziehen.«

»Was sagst du mir da, Torlyri?«

»Daß ich hierzubleiben beabsichtige und meine künftigen Geschicke mit denen der Beng verbinde. Mit Trei Husathirn.«

Hresh Mund ging auf, aber da gab es nichts, was er hätte sagen können.

»Wäre Koshmar am Leben geblieben, vielleicht wäre ich mit euch gezogen. Aber sie ist dahin, und so bin ich frei, verstehst du? Und darum will ich hier bleiben. Der Behelmte kann sein Volk nicht verlassen, darum werde ich eine von ihnen werden. Aber ich werde auch weiterhin die Morgengebete für euch sprechen, ganz so, als machte ich die Fahrt mit euch. Wo immer ihr hingelangt, ihr werdet wissen, daß ich euch behüte, dich, Hresh, dich und den ganzen Stamm.«

»Torlyri ...«

»Nicht. Alles ist sehr klar und einfach – für mich.«

»Ja. Ja, ich verstehe schon. Aber es wird schwer werden, ohne dich.«

»Glaubst du, es wird für mich leicht sein, ohne euch alle?« Sie lächelte und winkte ihn zu sich, und er kam in ihre Arme. Sie umarmten einander wie Mutter und Sohn – oder vielleicht gar wie Liebende – und hielten sich lange eng umschlungen. Sie begann wieder zu schluchzen, brach aber wieder ab, gerade rechtzeitig, denn im nächsten Augenblick hätte auch Hresh zu weinen begonnen.

Sie ließ ihn los und bat: »Laß mich jetzt eine Weile mit Koshmar allein. Dann müssen wir uns zusammensetzen und das nötige Ritual ausarbeiten. Im Tempel, in zwei Stunden. Du wirst dort sein?«

»Im Tempel, ja. In zwei Stunden.«

Wieder verließ er das Häuschen. Weit drüben am anderen Ende des Platzes stand Taniane inmitten einer Gruppe von fünfzehn, zwanzig Stammesangehörigen. Sie standen dicht um sie geschart und dennoch gleichzeitig in achtungsvoller Distanz, als scheuten sie vor der Glut zurück, die durch ihre plötzliche Erhöhung von Taniane ausging. Sie trug noch immer Koshmars Maske. Der ganze Platz war nun von scharfem starkem Mittagslicht besonnt, das sämtliche Schatten schluckte, und die Hitze schien noch wachsen zu wollen. Hinter ihm lag Koshmar auf ihrem Totenbett, und Torlyri kniete bei ihr, vom Gram niedergedrückt. Hresh spähte nach links und sah vier Zinnobären über die Straße auf die Siedlung zustapfen; Trei Husathirn ritt auf dem vordersten männlichen Tier. Morgen werden wir hier fortziehen, dachte Hresh, und ich werde Koshmar niemals wiedersehen, und niemals mehr Torlyri, oder Noum om Beng, oder die Türme von Vengiboneeza. Doch irgendwie schien ihm dies alles richtig zu sein. Er war über seine Erschöpfung hinweg zu einem Zustand äußerster Ruhe und Gelassenheit vorgestoßen.

Er begab sich in sein Zimmer. Dort nahm er den Barak Dayir aus dem Beutel, streichelte ihn und liebkoste ihn und flehte ihn an, er möge ihm Stärke verleihen. Ein Menschending, das war der Wunderstein also. Kein Ding von den Sternen. Das hatte Noum om Beng gesagt. Und älter als die Große Welt war der Stein.

Hresh betrachtete ihn eindringlich. Er versuchte die Zeichen für sein gewaltiges Alter aus dem Schimmern herauszulesen, aus dem Muster der komplizierten verschlungenen eingekerbten Linien, aus dem warmen Glühen des ihm innewohnenden Lichtes. Er legte sein Sensororgan daran, und die Musik des Steines wuchs um ihn herum empor wie eine Säule. Leicht und geschmeidig trug sie sein Bewußtsein aufwärts und hinauf und er konnte alles schauen, was rings um Vengiboneeza lag. Und er blickte hierhin und blickte dorthin, und zuerst war ihm alles ein Wunder und wundersames Rätsel, doch lernte er rasch, seine Verwunderung zu beherrschen, indem er nur immer auf einen Teilbereich des wunderbaren überwältigenden Ganzen blickte; daraufhin nämlich gelang es ihm, eine Bedeutung in dem Geschauten zu erkennen. Er blickte gen Süden und sah den Rand eines vollkommenen Kreises auf einer weiten Grasebene sich erheben, und in diesem Rund erblickte er eine kleine Siedlung. Er sah Harruel in dieser Siedlung und seine Mutter, Minbain, und Samnibolon, der sein Halbbruder war, und er sah auch alle die anderen, die am Tage der Spaltung mit Harruel gezogen waren. Und dies war ihre Siedlung, die sie Yissou City genannt hatten. Dies alles wußte Hresh, indem er mit der Hilfe des Barak Dayir schaute. Sodann blickte

Hresh in die andere Richtung, weit gen Norden hinauf, zu jenem Ort, von dem er wußte, dort müsse er spähen, um zu erkennen, was zu sehen ihm bestimmt war, und wahrlich, er schaute eine gewaltige Herde von Zinnobären in Bewegung, nach Süden drängend, und sie ließen die Erde erbeben, als rüttelten die Götter an ihren Festen; und bei den Zinnobären waren Leute vom Hjjk-Volk, eine unzählbare große Heerschar von ihnen, die gleichfalls südwärst zogen, und zwar auf einem Treck, der sie unweigerlich zu dem Ort und der Stelle von Yissou City führen mußte. Hresh nickte. Natürlich, dachte er, die Götter, die über uns herrschen, haben beschlossen, daß dieses so kommen soll, und wer dürfte hoffen, den Willen der Götter zu begreifen? Die Hjjk sind auf dem Marsch, und Harruels Siedlung liegt auf ihrem Weg. Schön und gut. Jaja. Damit war eigentlich nur zu rechnen gewesen.

Er stieg von den Höhen wieder herab und nahm sein Sensororgan von dem Barak Dayir; und dann saß er nur still eine Weile da und dachte bei sich, was für ein langer Tag dies doch sei, und daß er noch kaum seine Mitte überschritten habe. Dann schloß Hresh die Augen, und der Schlaf traf ihn scharf wie ein niederfallendes Schwert.

In so vielen Visionen hatte Salaman inzwischen den Überfall auf Yissou City gesehen, daß das tatsächliche Ereignis, als es dann wirklich über die Stadt hereinbrach, ihm als übermäßig bekannt erschien und zunächst in seiner Brust kaum Gefühle auslöste. Seit dem plötzlichen Überfall jener kleinen Hjjk-Vorhut, jener unseligen Bande von Kundschaftern, waren einige Wochen verstrichen; und Salaman war seit jenem Kampftag regelmäßig, Tag um Tag, mit Weiawala und Thaloin auf den Hochkamm hinaufgestiegen, um dort mit ihnen zu tvinnern und sein Bewußtsein auszuschicken, so daß er sich über das Vorrücken der heranziehenden Heerscharen unterrichten könne. Und nun waren sie fast schon da; und jetzt konnte man sie auch ohne die Hilfe des Zweiten Gesichtes sehen.

Bruikkos erspähte sie als erster – denn in letzter Zeit hatte Harruel Posten auf dem Kraterrand aufgestellt, die Tag und Nacht Ausschau hielten.

»Hjjks!« schrie Bruikkos und kam kopfüber auf dem Kraterpfad in die Stadt gestürzt. »Da kommen sie! Es sind *Millionen!*«

Salaman nickte. Es war ihm, als brenne ein eisiger Stein in seiner Brust. Aber eigentlich fühlte er nichts: keine Furcht, keine Kampfeslust, keinen Stolz, daß seine Prophezeiung sich erfüllt habe. Nichts, einfach nur nichts. Er hatte diesen Augenblick schon viel zu viele Male vorher durchlebt.

Weiawala klammerte sich zitternd an ihn und klagte: »Was wird mit uns sein? Werden wir allesamt sterben müssen, Salaman?«

Er schüttelte den Kopf. »Nein, Liebste. Jeder von uns wird zehntausendmal tausend Hjjks töten, und die Stadt wird gerettet werden.« Seine Stimme klang gleichgültig und gefühllos. »Wo ist mein Speer? Und schenke mir Wein ein, süße Weiawala. Wein bewirkt, daß Harruel besser kämpft; vielleicht wirkt er auch auf mich so.«

»Die Hjjks!« kam von draußen heiseres Gebrüll. Bruikkos schlug gegen Türen und hämmerte gegen Wände. »Die Hjjk nahen! Sie sind da! Sie sind schon da!«

Salaman trank einen mächtigen Schluck des dunklen kühlen Weines, umgürtete seine Lenden mit seinem Schwert und griff nach seinem Speer. Auch Weiawala bewaffnete sich: es gab an diesem Tag keinen, der nicht kämpfen würde – außer den ganz kleinen Kindern, die man an einen Ort abseits gebracht hatte, wo sie auf einander achthaben sollten. Seite an Seite verließen Salaman und Weiawala ihr kleines Haus.

Es war ein Tag mit einem kalten Hauch in der Luft,

der erste solche, nach einer langen Periode mit feucht-warmem Wetter. Aus dem Norden blies ein kräftiger Wind. Er trug einen Geruch von trockener Schärfe mit sich, den Hjjk-Geruch, beklemmend und aufdringlich, einen Geruch nach altem Wachs und rostendem Metall und toten zerbröselnden Blättern; und unter diesem stechenden Geruch lagerte ein weiterer, üppig, schwer und voll, der satte Moschusduft von Zinnobären, in den der Hjjk-Geruch verwoben war, wie scharfe scharlachrote Metallfäden grell in eine schwere Wolldecke gewirkt.

Harruel kam in voller Wehr und Rüstung aus seinem halbniedergebrannten Palast gehumpelt. Seit dem ersten Hjjk-Überfall hatte Harruel es sich angelegen sein lassen, stets und überall hin in dieser klobig-unbeholfenen Manier eines im Kampf verwundeten Helden zu wanken; soweit allerdings Salaman wußte, war die einzige Verwundung, die Harruel abbekommen hatte, an seinem Oberarm gewesen. Und die Wunde war schlimm genug gewesen; doch Minbain hatte sie mit Kräutern und heißen Breiumschlägen gut behandelt, so daß die Wunde inzwischen zu einer gezackten roten Narbe in Harruels dichtem Pelz verheilt war.

Salaman fragte sich allerdings, ob Harruel an jenem Tag vielleicht eine andere Wunde davongetragen habe, eine viel tiefere Verletzung, vielleicht seines Herzens, die ihn dermaßen gelähmt und verkrüppelt hatte. Eines stand jedenfalls fest, seit damals war er noch düsterer geworden, noch grimmiger als sonst, und er bewegte sich auf diese merkwürdige neue ruckartige Weise voran, als verfügte er nicht länger über genügend Seelenstärke und Willenskraft, um seine Hüftbeine gerade zu halten.

Doch als er jetzt Salamans ansichtig wurde, verzog Harruel das Gesicht zu einem breiten Grinsen und winkte ihm beinahe fröhlich-herablassend zu. »Mann, riechste den Gestank? Bei Yissou, ehe die Nacht hereinbricht, werden wir die Luft davon wieder befreit haben, Salaman!«

Die Aussicht auf einen Kampf schien Harruels Seele heiterer gestimmt zu haben. Salaman nickte ihm beipflichtend zu und hob seinen Speer zu einer halbherzigen Solidaritätsbekundung.

Harruel schien Salamans Gleichgültigkeit bemerkt zu haben. Denn der König humpelte zu ihm herüber und schlug ihn herzhaft auf den Rücken; es war ein Schlag von derart knochenerschütternder Heftigkeit, daß Salamans Augen vor Zorn blitzten und er den Hieb beinahe mit gleicher Wucht zurückgegeben hätte. Aber Harruel beabsichtigte weiter nichts, als ihn zum Kampf zu ermuntern. Er lachte. Sein Gesicht war vor Erregtheit ganz rot angelaufen und hing hoch über dem Salamans.

»Wir werden sie alle umbringen, alter Junge! Wie? Was! Dawinno soll sie holen, wir werden diese Kakerlaken millionenweise zerquetschen! Meinste nicht auch, Salaman? Du hast das schon lang kommen sehen, wie? Also, dein Zweites Gesicht, ehrlich, die reinste Zauberei! Sag mal, siehste vielleicht auch unseren Sieg schon?« Harruel wuchtete sich um seine Achse und gestikulierte zu Minbain hinüber, sie sich am Säulenportal ihres Hauses herumdrückte. »Wein herbei, Weib! Bring mir Wein, und spute dich! Wir wollen auf den Sieg trinken!«

Weiawala sagte flüsternd zu Salaman: »Wozu will er noch mehr Wein saufen? Er ist doch jetzt schon betrunken!«

»Da bin ich gar nicht so sicher. Ich glaube, es ist eher die Erregung, daß er wieder in den Kampf zieht, die ihn trunken macht.«

»Die Euphorie des Sterbens, meinst du«, sagte Weiawala. »Denn wie könnten wir denn diesen Tag überleben? Irgendeiner unter uns?«

Und da begann auch Salaman klarzuwerden, daß er

endlich erwachte, endlich zu begreifen begönne, was nun auf sie alle zukommen werde. Seine gleichgültige Erstarrtheit fiel von ihm ab. Ja, er war bereit zu kämpfen, und gut zu kämpfen, und er war bereit, tapfer zu sterben, sollte es nötig sein. Salaman spürte auf einmal, wie seine Seele in ihm sich plötzlich aufschwang und weitete, und er begriff, was in Harruels Herzen vorgehen mochte, jedenfalls begriff er es zum Teil.

Für Harruel muß das erste Eindringen der Hjjk eine brutale und bittere Störung, ein Stachel gewesen sein. Seine absolute Herrschaft als König, ja seine Mannheit als solche waren in Gefahr gebracht worden. Das Kind Therista war getötet worden; die Frau Galihine war dermaßen schwer verletzt worden, daß es besser gewesen wäre, sie wäre gestorben; der Palast war in Brand gesteckt worden; die meisten der Fleischtiere waren aus der Koppel freigekommen, und es hatte ewig gedauert, bis man sie wieder eingefangen hatte. Und auch wenn der Feind mit einer vernichtenden Niederlage zurückgeschlagen worden war, so wußte doch jedermann, daß ein viel mächtigeres Heer im Anmarsch war, dem die Stadt auf gar keinen Fall würde standhalten können. Harruels kleine geschlossene Welt war von außen her angegriffen worden, und bald würde sie vernichtet sein.

Während der letzten paar Wochen war der König wahrlich in düsterer Stimmung gewesen. Er hatte sich dermaßen dem Trunk ergeben, daß die Weinvorräte der Stadt allein dank Harruels Sauflust nahezu erschöpft waren. Nacht um Nacht war er allein und humpelnd im Krater umhergestreift und hatte die Luft mit seinem trunkenen wütenden Grölen erfüllt. Mit Konya, seinem getreuesten und liebsten Gefolgsmann, hatte er sich auf einen Faustkampf eingelassen, bei dem Blut floß. Er hatte jede einzelne Frau des Stammes zu sich auf sein Lager befohlen, zuweilen ihrer sogar dreie auf einmal, und doch – so wurde berichtet – gelang ihm nicht mit einer von ihnen die Kopulation. In den kurzen Augenblicken relativer Nüchternheit hatte er mürrisch düstere Andeutungen über seine Sünden und Fehltaten gemacht, die er begangen habe, und von der Strafe gesprochen, die er verdiene und die ihm bald von Hjjk zuteil werden müsse. Was allerdings Salaman bestürzt veranlaßte, sich zu überlegen, was das denn für Sünden wären, die *er,* Salaman, begangen hätte, oder Weiawala ... oder das Kleinkind Chham; denn sterben würden sie allesamt, wenn die Hjjk Yissou City überrollten: Gerechte und Sünder, ohne Unterschied würden sie alle sterben.

Dennoch hatten sie alles ihnen Mögliche getan und sich auf den hoffnungslosen Kampf vorbereitet, der ihnen bevorstand. Die Zeit hatte nicht gereicht, um die Palisade auf dem Kraterrand ganz zu schließen, doch sie hatten eine kleinere Wehr errichtet: aus zugespitzten Pfählen, verbunden und gefestigt von Flechtwerk aus Reben, die den bewohnten Bereich der Stadt vollkommen einschloß. Dicht hinter dieser zweiten Palisade befand sich ein breiter und tiefer Graben, den Bretterstege überspannten, die man zurückziehen konnte, sobald die Eindringlinge sich näherten. Vom südlichsten Rand der Siedlung hatte man durch das dichte Unterholz einen schmalen Pfad gerodet bis in das verfilzteste Waldgebiet an einer der Kraterseiten; sollte alles andere fehlschlagen, so konnte die Bevölkerung noch immer einzeln oder zu zweit sich davonstehlen und sich im Wald zu verbergen suchen, bis die Hjjk-Armee der Suche nach ihnen überdrüssig würde und weiterzöge.

Aber mehr konnten die Verteidiger nicht tun. Sie waren nur zu elft, davon fünf Frauen, von denen eine verwundet war, und dazu eine Handvoll halbwüchsiger Kinder. Salaman hatte sich darauf eingestellt, daß dies der letzte Tag seines Lebens sein werde, und er hegte keinen Zweifel daran, daß die hochgemute Stimmung und Kraftprotzerei Harruels aus einem ähnlichen Erwartungszustand entspringen müsse. Doch obwohl

Harruel ganz offensichtlich lebensüberdrüssig geworden war, bei Salaman war dies keineswegs der Fall. Mehr als einmal im Verlauf der jüngsten Tage hatte Salaman daran gedacht, Weiawala und Chham zu nehmen und mit ihnen sich nach Vengiboneeza und in die Sicherheit davonzuschleichen, ehe die Hjjk einträfen. Aber dies wäre Feigheit gewesen; und außerdem war es wahrscheinlich auch zum Scheitern verurteilt, denn es war ein Marsch von vielen Wochen bis Vengiboneeza, vorausgesetzt, er würde überhaupt dorthin finden können, und was gab es in dieser ausgedehnten wilden Wüstenei zwischen hier und dort für einen einzelnen Mann und ein Weib und ein kleines Kind schon für Hoffnung, den zahlreichen wilden Tieren zu entrinnen?

Also: Ausharren und kämpfen – Kämpfen und Sterben. Es gab keine andere Wahl!

Salaman bezweifelte zwar, daß die Hjjk ihnen wirklich gezielt Böses antun wollten. Nach seiner einmaligen frühen Begegnung mit dem Insekten-Volk, damals vor langer Zeit auf der Grasebene, kurz nach dem Auszug des Stammes aus dem Kokon, hatte er eigentlich die Überzeugung gewonnen, daß die Hjjk ziemlich abweisende, in sich gekehrte, leidenschaftslose Geschöpfe seien, unfähig zu derart komplexen irrationalen Gefühlsregungen wie Haß und Habgier, Raffsucht und Rache. Jene, die vordem Yissou City angegriffen hatten, kämpften auf seltsam unpersönliche, desinteressierte Weise und schienen keinen besonderen Wert auf das eigene Leben zu legen, wodurch Salamans Ansicht über sie nur noch bestätigt worden war. Den Hjjk lag an nichts anderem als daran, die Kontrolle nicht zu verlieren. Und hier und jetzt, in dem sich nahenden Fall, waren sie anscheinend nur auf einer großen Wanderung, und die Siedlung Yissou City lag dabei zufällig auf ihrem Wege und bedeutete somit eine unbekannte, jedoch klare Bedrohung für den Supremat der Hjjk; also würden sie diesen Störfaktor als ein Ärgernis ausradieren. Mehr steckte nicht dahinter. Wahrscheinlich würden die Hjjk heute gewaltige Verluste erleiden. Da ihrer aber dermaßen *viele* waren, würden sie den Sieg davontragen.

Harruels Verteidigungsplan sah vor, daß alle – außer den Kleinkindern und der verwundeten Galihine – den Feind oben am Kraterrand erwarten sollten. Wenn die Eindringlinge sich zu nahe heranschöben, würden die Verteidiger sich in die Waldzone dicht unterhalb des Kraterrandes zurückziehen und mit ihrer Hauptstreitmacht jeden Hjjk zu töten versuchen, dem es gelang, über die hastig aufgestellte Hilfsbarrikade aus Gestrüpp und kräftigen Schlingpflanzen zu klettern, mit welcher der Stamm seinen Krater umgeben hatte. Sollten zu viele Hjjk durchdringen, würde man sich mehr und mehr auf die innere Wehrpalisade zurückziehen; und sollte die Lage sich noch gefährlicher entwickeln, würde man sich entweder innerhalb der Stadt eingraben und der Hjjk-Belagerung zu widerstehen versuchen, oder aber sich über den Südpfad in die dichten Wälder absetzen, wo man verstreut und versteckt abzuwarten gedachte, bis man gefahrlos wieder herauskommen könnte.

Salaman erschienen diese listenreichen Taktikpläne allesamt absurd und sinnlos. Jedoch ihm selbst fiel auch nichts Erfolgversprechenderes ein.

»Alle Mann an den Rand!« brüllte Harruel mit gewaltiger Stimme. »Yissou! Yissou! Die Götter mögen uns schützen!«

»Also komm, Liebste!« sagte Salaman. »Gehn wir auf unsern Posten!«

Er hatte sich die Stelle erbeten, und sie war ihm gewährt worden, die am Kraterrand seinem persönlichen Ausguck am nächsten lag, jenem Hochsitz, von dem aus er die Visionen der hereinbrechenden Horden gehabt hatte. Er fühlte sich dieser Stelle zutiefst verbunden, und da er ziemlich gewiß war, daß er heute sterben würde, und zwar schon beim ersten Ansturm der Hjjk, wie alle anderen aus der Stadt, hatte er sich diese Stelle des Kraterrandes ausgesucht, um hier den Tod zu finden. Stumm kletterte er nun mit Weiawala dort hinauf.

Als sie den Rand erreicht hatten, hielten sie inne, denn dicht dahinter lag die Dornenbarriere, das Gestrüpp, das sie während der letzten Tage so mühsam aufgeschichtet hatten, um das Vordringen der Hjjk zu bremsen. Doch dann überkam ihn plötzlich ein merkwürdiger Anfall von Neugier, ein abrupter überwältigender Hreshianischer Drang, sich dem Unerwarteten zu stellen, und er sprang über den Rand und begann sich durch das Dornengestrüpp einen Weg zu bahnen.

»*Waaas* machst du denn da?« schrie Weiawala. »Du sollst doch nicht da draußen sein, Salaman!«

»Ich muß sehen – einen letzten Blick ...«

Sie rief ihm noch etwas zu, aber der Wind riß ihre Stimme mit sich fort. Er hatte die Barrikade nun hinter sich gelassen und lief auf seinen Hochsitz zu. Atemlos, stolpernd hastete er hinauf.

Von hier aus lag alles gut sichtbar unter ihm.

Im Süden lagen die rundbuckeligen grünen Berge. Im Westen lag fern die See, ein goldener Streifen in der frühnachmittäglichen Sonne. Und im Norden, wo sich ein weites Hochplateau unendlich bis zum Horizont erstreckte, sah er die Invasoren. Sie waren wohl immer noch eine, vielleicht auch zwei Marschstunden entfernt, aber über ihre Zielrichtung konnte es keinen Zweifel geben: sie strebten schnurgerade auf das weite Weideland zu, in dessen Mitte der Krater lag. Und es war eine unzählbare Masse. Zinnobären und Hjjk, Hjjk und Zinnobären, aus dem Norden ergoß sich eine erstaunliche, eine erschreckende Prozession von solcher Länge, daß Salaman ihr Ende nicht zu erkennen vermochte. Es gab da eine zentrale Marschkolonne von Zinnobären in dichter Formation, die Nasen der einen dicht am

Schwanz derer vor ihnen; eine breitgefächerte flankierende Marschkolonne von Hjjks zu beiden Seiten der Tiere; und zwei weitere Zinnobären-Formationen am äußeren Rand der heranziehenden Streitmacht. Sowohl die Insekten-Wesen wie die riesigen Zotteltiere bewegten sich in straffer Ordnung und in stetigem Rhythmus vorwärts.

Salaman richtete sein Sensororgan auf und tastete vermittels des Zweiten Gesichts hinaus, um den Umfang seiner Wahrnehmungen über die nahende Streitmacht zu erweitern. Sofort bekam er die bedrückende bedrohliche Macht und Gewalt des nahenden Feindes in ganzer Stärke zu spüren: das unendliche lastende Gewicht der Überzahl.

Aber – was war denn das? Nun spürte er etwas Unerwartetes, etwas, das dem Klang der massiven Ausstrahlung zuwidertönte, die von der Invasorenarmee ausging. Er runzelte die Stirn. Er spähte nach rechts, in den dichten Urwald, der diesen Landstrich von jenem trennte, in dem Vengiboneeza lag.

Jemand kam aus dieser Richtung näher.

Er strengte sich stark an, um die Reichweite seines Zweiten Gesichts zu vergrößern. Verwirrt, bestürzt tastete er nach dem Ursprung der unerwarteten Sinneswahrnehmung. Er tastete sich weiter vor ... weiter ... weiter ...

Berührte etwas, das strahlend war und mächtig und das er als die Seele des Hresh-Antwortfinders erkannte.

Er berührte Taniane. Berührte Orbin. Berührte Staip. Berührte Haniman. Berührte Boldirinthe ... Praheurt ... Moarn ... Kreun ...

Götter! Ja, waren sie denn allesamt dort? Der ganze Stamm? Aus Vengiboneeza kommend? Heute? Im Anmarsch auf Yissou City? Aber – Torlyri konnte er nicht ausmachen. Und er fand keine Spur von Koshmar, und dies verwirrte ihn sehr; doch nun fühlte er auch die übrigen, Dutzende, alle, die aus dem Kokon zusammen mit ihm ausgezogen waren beim Großen Aufbruch. Sie waren alle da, kamen alle immer näher.

Es war unglaublich! Sie kommen gerade rechtzeitig, dachte er, um mit uns zusammen von den Hjjk ausgelöscht zu werden. Wir sind alle gemeinsam in die Welt aufgebrochen – nun sollen wir also alle zusammen sterben.

Ihr Götter! Warum nur waren sie gekommen? Und warum mußte es ausgerechnet *heute* sein?

Der Tag des Aufbruchs aus Vengiboneeza war endlich gekommen – Wochen, nachdem der Beschluß dazu offiziell verkündet worden war –, und es war wie ein Donnerschlag gewesen, der lang nach einem verheerenden Blitz erst krachte. Nach all den Wochen voller auslaugender mühsamer Schufterei, als es schon beinahe so aussah, als werde der Abbruch der Siedlung endlos immer und immer weitergehen, war der Auszugstermin endlich greifbar nahe, der Tag war da; was unerledigt war, mußte nun für ewig unerledigt bleiben; denn wieder einmal, zum zweitenmal, würde das Volk zu einem großen Exodus aufbrechen.

Taniane trug die Maske, die der kundige Künstler und Bildwerker Striinin gefertigt hatte: die Maske der Koshmar, mit starken Kinnbacken, schweren Lippen, gewaltig ausschwingenden Wangenbeinen, mit dunkelschimmernder Oberfläche aus poliertem Ebenholz – nicht eine Porträtmaske der dahingegangenen ehemaligen Stammesführerin, sondern das Bild ihrer unbezwingbaren Seele, durch die die düsteren durchdringenden Augen Tanianes glühten wie Fenster, die sich zu weiteren Fensterfluchten öffnen. In ihrer Linken hielt Taniane den Stab des Aufbruchs, den Boldirinthe unter den Reliquien aus der Zeit des Auszugs aus dem Kokon ausgegraben hatte; in der rechten Hand hielt sie Koshmars Speer mit der Obsidianspitze. Sie wandte sich Hresh zu.

»Wie lange noch, bis die Sonne aufgeht?«

»Nur noch ein paar Minuten.«

»Sobald wir das Licht sehen, will ich den Stab erheben. Und wenn jemand zaudert, so schickt Orbin hin, er soll ihm einen Schubs geben.«

»Der steht bereits da hinten bereit und überprüft sie alle.«

»Wo ist Haniman?«

»Bei Orbin«, sagte Hresh.

»Er soll zu mir kommen.«

Hresh gab das Signal durch das Glied nach hinten bis zu Orbin, wies auf Haniman und nickte. Die beiden Krieger wechselten ein paar kurze Worte; dann kam Haniman in seiner seltsam schwerfüßigen Bewegungsart nach vorn gelaufen.

»Du willst mir was sagen, Hresh?«

»Nur einen Augenblick, ja?« Hresh senkte die Augen in die Hanimans und hielt seinen Blick fest. »Es ist mir klar, daß du nicht gerade begeistert davon bist, mit uns fortzuziehen.«

»Hresh, nie ...«

»Aber, ich bitte dich, nein, Haniman! Es ist doch kein Geheimnis für mich, daß du über den Auszug maulst und brummst, seit Koshmar ihn verkündete.«

Haniman wirkte verlegen und unsicher. »Aber habe ich jemals gesagt, daß ich nicht mitgehen will?«

»Gesagt hast du es nicht, das stimmt. Aber was dir auf dem Herzen liegt, war ja schließlich auch für keinen ein Geheimnis! Wir können auf dem Langen Marsch keine unzufriedenen Störenfriede brauchen, Haniman. Ich will dir also sagen, wenn du hierbleiben willst, dann bleibe.«

»Um unter den Beng zu leben?«

»Um unter den Beng zu leben, ja.«

»Mach dich nicht lächerlich, Hresh. Wohin das Volk geht, da will auch ich hingehen.«

»Bereitwillig? Guten Willens?«

Haniman zögerte. »Aus ganzem Herzen«, sagte er dann.

Hresh streckte ihm die Hand entgegen. »Wir brauchen dich nämlich, weißt du. Dich und den Orbin und Staip – ihr seid unsere Stärke von nun an. Und vor uns liegen Berge von Mühsal. Wir schicken uns an, eine Welt zu erbauen, Haniman.«

»*Wieder* zu erbauen, meinst du.«

»Nein. Wir bauen alles neu und von Anfang an. Neu. Alles beginnt neu! Von der alten Welt ist nichts übrig, außer Trümmern. Aber Menschen haben seit Millionen Jahren immer wieder neue Welten errichtet – über den Ruinen der alten. Und genau das werden wir tun müssen, wenn wir uns für Menschen halten wollen.«

»Wenn wir uns für – *Menschen* halten wollen?«

»*Menschen,* genau«, sagte Hresh.

Über den Spitzen der Gebirgswand tauchte plötzlich das erste rötliche Morgenglühen auf.

»Achtung! Marschbereit!« rief Taniane. »In Reih und Glied! Abstand einhalten! Alle bereit?«

Haniman trabte an seinen Platz zurück. Taniane und Hresh übernahmen die Spitze, dahinter folgten die Krieger, dann die Arbeiter und die Kinder, und ganz am Schluß der Train, die Wagen, schwerbeladen, welche die riesigen sanften Zinnobären ziehen sollten. Hresh warf einen Blick zurück zu den hohen dunstumwehten Türmen Vengiboneezas und auf die breiten Flanken des Bergmassivs hinter ihnen. Am Rande der Siedlung standen einige Benge und schauten ihnen schweigend zu. Torlyri stand bei ihnen. Auf dem Kopf trug sie einen kleinen eleganten, spiegelblank blitzenden Helm aus Rotmetall. Was für ein seltsamer Anblick – Torlyri unter einem Helm! Hresh sah, wie sie die Hände hob und die heiligen Zeichen in die Luft schrieb: den Mueri-Segen, den Friit-Segen, den Emakkis-Segen. Den Segen Yissous. Er wartete, und als sie dann das letzte Segenszeichen schlug, das des Dawinno, trafen sich ihrer beider Augen, und sie sandte ihm ein warmes liebevolles Lächeln. Und dann sah er, wie ihre Augen sich mit Tränen füllten, und sie wandte sich ab, trat hinter die behelmten Beng und entschwand seinen Blicken.

»Singt!« rief Taniane. »Singt alle! Auf geht's! *Singt!*«

Dies war vor Wochen gewesen. Das ruhmreiche Vengiboneeza schien nur mehr ein verblassender Traum, eine dünne Erinnerung zu sein, und Hresh bedauerte nicht mehr, daß er die dortigen wundersamen Schätze hatte zurücklassen müssen. Nicht ganz so glatt war er mit dem schweren Doppelverlust von Koshmar und Torlyri fertig geworden. Torlyris sanfte Wärme und Koshmars wilde Stärke – verloren gegangen wie durch eine furchtbare Amputation, und an der Stelle, die sie einst im Stamm eingenommen hatten, gähnte eine tiefe Leere. Immer noch fühlte Hresh Torlyris gütige Nähe schwach über dem Stamm schweben, während sie in süd- und westlicher Richtung von Vengiboneeza davonzogen, aber Koshmars Geist war fort, ganz und gar verschwunden, und dies zu ertragen, das war sehr schwer.

Keiner machte Taniane die Führung streitig, keiner zog seine eigene Stellung in Zweifel. Sie schritten an der Spitze des Stammes einher. Taniane erteilte die Befehle, doch sie beriet sich häufig mit Hresh, der an jedem Tag die Marschrichtung wählte. Es fiel ihm leicht genug, die Route aufzuspüren, denn wenn auch mehr als vier ganze Jahreszyklen verstrichen waren, seit Harruels kleine Horde hier dahingezogen war, so hing doch der Widerhall ihrer Seelen noch immer in den Wäldern, und mit ganz minimaler Unterstützung durch den Barak Dayir konnte Hresh sie mühelos hören und ihren Signalen folgen. Und nun, da sie das Waldland hinter sich ließen, benötigte er den Wunderstein gar nicht mehr, um Harruel zu finden. Das umdüsterte Herz des

Königs dort drunten im Grasland strahlte eine grelle unüberhörbare Musik aus.

»Nur noch ein kleines Stück«, sagte Hresh. »Ich fühle ihre Nähe rings um mich herum.«

»Die der Hjjk?« fragte Taniane. »Oder die Harruels und seiner Leute?«

»Beide. Die Hjjk in unendlicher Zahl, nördlich von uns. Und Harruels Stadt direkt vor uns, unterhalb von uns, dort in jener runden Vertiefung im Grasland. Genau in der Mitte, wo es dunkel ist von Vegetation.«

Taniane starrte vor sich hin wie blind. Nach einiger Zeit sagte sie: »Besteht überhaupt Hoffnung auf Erfolg, Hresh? Oder sollen wir alle von diesen Insektenmillionen verschlungen werden?«

»Die Götter werden uns schützen.«

»Ach ja? Werden sie es wollen?«

Hresh lächelte. »Ich habe sie alle einzeln befragt. Sogar Nakhaba.«

»Nakhaba!«

»Ich würde sogar den Gott der Hjjk anflehen, uns freundlich gesonnen zu sein, wenn ich seinen Namen wüßte. Und den Gott der Zinnobären. Den Gott der Wasserläufer, Taniane. Die Götter der Großen Welt. Den unbekannten, unenträtselbaren Allerschaffer, den Schöpfergott. Man kann gar nicht genug Götter auf seiner Seite haben.« Er ergriff sie an ihrem weichen Oberarm und zog sie eng an sich, so daß sie die Überzeugung erkennen konnte, die in seinen Augen glomm. Mit leiser Stimme sagte er dann: »Alle die Götter werden uns heute beschützen, denn was wir tun, tun wir auf ihr Geheiß. Aber seinen ganz besonderen Schutz wird uns Dawinno zuteil werden lassen, der eine ganze Welt entvölkert und vernichtet hat, auf daß wir sie als Erbe übernehmen können.«

»Du scheinst dir da dermaßen sicher zu sein, Hresh. Ich wollte, ich könnte dies ebenfalls.«

Sicher? Einen wilden Augenblick lang fühlte er sich

von Zweifeln überwältigt und fragte sich, ob er wirklich auch nur ein Wort von dem glaube, was er da gesagt hatte. Die Wirklichkeit ihres Unterfangens, das sie sich da aufgeladen hatten, schien ihm auf einmal voll bewußt zu werden, und seine Willenskraft, die ihn bis hierher getragen hatte, schien zu erlahmen. Vielleicht kam dies von den Ausstrahlungen jener unzähligen Hjjk in weiter Ferne, die auf seine Seele niederprasselten. Oder aber es war einfach die plötzliche Erkenntnis, welch eine nie endenwollende Arbeit ihm bevorstehe, wenn er alles das leisten wollte, was zu erschaffen er sich erhoffte.

Er schüttelte sich den Kopf frei. Nein, sie würden am heutigen Tage obsiegen – und an allen künftigen Tagen. Er dachte an seine Mutter, Minbain, dort unten in dem Grasland, und er dachte an Samnibolon, seinen Bruder, Harruels Sohn, der den Namen von Hreshs lange totem Vater in eine neue Ära hinübertragen sollte. Nein, er würde nicht zulassen, daß sie alle heute stürben.

»Hier sollten wir das Lager aufschlagen«, beschied er Taniane. »Dann werden wir zwei allein weiter vorstoßen und die Verteidigungsmaßnahmen aufbauen.«

»Aber wenn uns Feinde entdecken, und wir gehen zugrunde, während wir dort draußen alleine sind, wer wird dann den Stamm führen?«

»Der Stamm hatte schon Anführer vor uns. Der Stamm wird auch nach unserem Tod Anführer finden können. Und außerdem, nichts wird uns an Übel geschehen, während wir tun, was wir tun müssen.« Hresh ergriff sie an beiden Armen, genau wie sie ihn am Todestag Koshmars gehalten hatte, und verströmte Kraft in sie hinüber. Tanianes Schultern strafften sich, ihre Brust hob sich heftiger mit ihrem volleren Atem. Dann lächelte sie und nickte. Sie wandte sich um und gab das Zeichen, das Volk möge anhalten und hier für die Nacht lagern.

Es dauerte eine Stunde, ehe alles zur Ruhe kam.

Dann übertrugen sie Boldirinthe und Staip das Kommando, und dann schlichen sich Hresh und Taniane ein Stückchen weit in westliche Richtung davon, bogen dann rechts ab und zogen in nördlicher Richtung weiter auf das schaufelförmige Flachplateau zu, das zwischen den Heerscharen der Hjjk und der von Harruel gegründeten Siedlung lag. Die Schatten wuchsen bereits länger, ehe Hresh den Ort erreichte, der ihm als am günstigsten erschien, um in den kreisrunden wallumzingelten Ort hinabzuschauen, den Harruel sich als Wohnsitz gewählt hatte. Aus dieser geringeren Entfernung erkannte Hresh, daß die geologische Rundformation eine Art Krater oder Trichter sein müsse, höchstwahrscheinlich hervorgerufen durch den Aufprall einer aus gewaltiger Höhe herabstürzenden Masse. Ja, höchstwahrscheinlich war hier ein Ort, auf den ein Todesstern niedergegangen war. Hresh bedachte dies eine Weile bei sich und überlegte, ob die Materie des Todessternes vielleicht dort noch immer begraben liegen könnte. Aber im Augenblick hatte er nicht die Zeit, der Sache auf den Grund zu gehen.

Sie hatten mit sich gebracht ein Instrument aus der Zeit der Großen Welt. Hresh hatte es an einem Ende getragen. Taniane am anderen: diesen metallenen Hohlzylinder, an dessen einer Seite diese seltsame Haubenkappe war, in der ein Bereich unbegreiflicher Schwärze gefangenlag, und an deren Öffnung ein grelles Licht zischelte und knisterte. Hresh trug das Haubenende, Taniane den Fuß. Das Metall fühlte sich warm an, und Hresh fragte sich, was für Zauberwerk in dem Ding eingesperrt sein mochte, und wie er dem jemals auf die Schliche kommen könne, ohne in seinem Forscherdrang hinweggeführt zu werden, wohin immer die Rohre jene katapultierte, die ihr zu nahe kamen.

»Hier, meinst du nicht auch?« fragte Hresh.

»Noch etwas näher an die Siedlung heran«, sagte Taniane. »Wenn dein Plan funktioniert und die Hjjk in

Verwirrung gestürzt werden, können wir von der einen Seite über sie hereinbrechen und Harruel und seine Krieger von der anderen.«

»Gut«, sagte Hresh. »Wir gehen ein bißchen näher ran. Und, Taniane, mein Plan wird Erfolg haben. Ich weiß es!«

Also gingen sie ein Stück näher heran. Inzwischen senkte sich allmählich Dunkelheit über das Land. Taniane wies auf eine etwas erhöhte Stelle mit einer flachen Felsplatte, auf der sie den Tubus aufbauen konnten, und es lagen auch weitere Gesteinsbrocken umher, mit denen sie das Gerät abstützen konnten. Hresh brachte es in Position. Sobald es senkrecht stand, erwachte das Instrument zum Leben und knisterte von rätselhaften Lichterfunken. Und wieder verspürte er diese heimtückische Verführungskraft, die von dem Ding ausging, fühlte seine raffinierte Verlockung. Aber er war bereit und gewappnet dagegen und streifte den Sog von sich ab. Er trat zurück und prüfte die Funktionsbereitschaft des Apparates, indem er einen Stein auf die Haube zu schleuderte. Der Lichtring blitzte bläulich auf und rot und in heftigem Purpurrot, und der Stein verschwand mitten in der Luft.

Hresh murmelte einen Dankspruch an die Adresse Dawinnos. Er war dem Gott zwar sehr verbunden für die von ihm gewährten Gunstbeweise, doch inzwischen schwoll in ihm auch mehr und mehr eine leise Selbstzufriedenheit an. Der Plan würde funktionieren.

»Aber wie willst du die Hjjk heranlocken?« fragte Taniane.

»Das überlaß ruhig mir«, sagte Hresh.

Harruel begriff nicht, konnte nicht begreifen, was los war. Die ganze Nacht hindurch hatten er und sein Volk wartend am Kraterrand ausgeharrt und gesehen, wie die Hjjk immer näher und näher herangerückt kamen, dann bei Sonnenuntergang haltgemacht hatten, und zwar in der offensichtlichen Absicht, erst bei Anbruch des nächsten Morgens auf den Krater vorzustoßen. Er hatte sich darauf eingestellt gehabt, heute, an diesem Tage, zu sterben, wenn das Hjjk-Volk in voller Wucht zum Angriff auf Yissou City ansetzte, und – um die Wahrheit zu gestehen – er war nicht nur zum Sterben bereit, sondern er sehnte sich geradezu danach, denn alle Lebenslust und alle Freude waren ihm vergällt. Und nun war die Morgendämmerung gekommen, und mit ihr der Angriff, sozusagen. Jedoch hatte er angenommen – und auch Salaman und Konya hatten es erwartet –, daß die Hjjk stumpfsinnig-brutal in planmäßiger Schlachtordnung angreifen würden, wie blindwütige Ameisen; denn etwas anderes waren sie ja im Grunde nicht, eine Art von Ameisen, wenn auch von vergrößerter Körpergestalt und mit weit höherer Intelligenz ausgestattet.

Statt dessen aber sah es so aus, als hätte die Hjjk ein kollektiver Wahnsinn befallen.

Ihre Stoßrichtung mußte sie direkt ins Zentrum des Kraters bringen. Aber während Harruel nun benommen und ungläubig zusah, löste sich ihre Schlachtreihe auf. Die Kampfkolonnen zerstreuten sich und schwärmten wirr und ungeordnet umher. Benommen stierte Harruel hinaus auf die Hjjk, die wirr in alle möglichen Richtungen über die Ebene rannten, kleine Grüppchen bildeten, die sofort wieder auseinanderbrachen und sich neu formierten und wieder auseinanderstoben. Alle schienen ziellos und kopflos um einen festen Kampfkern herumzuirren, der anscheinend standzuhalten schien inmitten der ganzen brodelnden, wogenden Masse.

War das eine List? Aber zu welchem Zweck?

Aber auch die Zinnobären schienen vom Wahnsinn befallen worden zu sein. Im ersten Frühlicht war Salaman mit der bestürzenden und verwirrenden Meldung zu Harruel gekommen, daß er gesehen habe, wie diese Riesentiere allesamt gen Westen davongedonnert und in den unwirtlichen Schluchten und Moränen verschwunden seien, die dort lagen. Doch wenig später erwies es sich deutlich, daß nur etwa die Hälfte der Zinnobären dorthin geflüchtet war. Die übrigen waren ausgebrochen und wanderten nun zu zweit oder dritt, oder auch ganz allein, überall auf dem Plateau im Norden umher. Aber ringsum herrschte völlige Verwirrung. Und natürlich war es noch immer eine Gefahr, derart viele Tiere dieser Größenordnung irgendwo in der Nähe der Stadt umherstreunen zu lassen. Eines jedenfalls schien sicher zu sein: Die Hjjk würden nicht mehr in der Lage sein, ihre Monster in geordneter Kampfformation auf den Krater zu und in ihn hinein als Kampfmaschinen einzusetzen. Die Hjjk hatten die Kontrolle über ihre Zinnobären völlig verloren. Und – wie es den Anschein hatte – auch über sich selbst.

Harruel schüttelte den Kopf. »Was kann sie bloß soweit bringen?« fragte er Salaman.

»Hresh – glaube ich.«

»Hresh?«

»Ja. Er ist irgendwo in der Nähe.«

»Ja, bist du denn auch schon verrückt geworden?« brüllte Harruel.

»Ich hab ihn in der vergangenen Nacht gespürt«, sagte Salaman. »Als ich oben auf meinen Hochsitz saß, wo ich die allererste Vision bekam von diesen Heerscharen, die nun rings um uns herumtoben. Ich sandte mein Zweites Gesicht aus und fühlte, daß Hresh ganz in meiner Nähe sei. Und andere von Koshmars Stamm ebenfalls, fast alle. Nur Koshmar selber nicht – und Torlyri. Sie sind unserer Spur durch den Wald gefolgt, und sie befanden sich direkt östlich von der Stadt.«

»Du bist so wahnsinnig wie die Hjjk da draußen«, knurrte Harruel. »Hresh sollte hier sein? Und das Volk?«

»Da, schau doch mal dort hinaus!« sagte Salaman. »Wer hätte so etwas bei den Hjjk und ihren Zinnobären bewirken können? Wer, außer Hresh? Meine allererste Vision hat mich nicht getrogen, Harruel. Also vertraue mir auch hierin!«

»Hresh!« brummte Harruel. »Und der sollte herkommen und uns unseren Krieg auskämpfen? Ja, wie denn, wo denn, was denn? Wie könnte so was geschehen? Wie?«

Und dann stand er da und glotzte vor sich hin, und während die Sonne höher heraufstieg, versuchte er in dem, was da im Norden geschah, irgendwie einen Sinn zu entdecken, so unbegreiflich es ihm auch erscheinen mochte. Das von Osten nun gewaltig heranströmende Licht erhellte mittlerweile die Hälfte des Plateaus. Ja, in dem Wirrwarr gab es tatsächlich einen festen Kern: die Hjjk schienen allesamt eifrig darum bemüht zu sein, an eine etwas erhöhtere Stelle als die andern zu gelangen, über dem gigantischen chaotischen Massenbrei von Insektenähnlichen, der sich da bereits angesammelt hatte. Haruel bemühte sich, Hresh irgendwo zu erspähen, doch von dem war nirgendwo etwas zu sehen. Salaman muß ihn sich erträumt haben, dachte er.

Thaloin kam vom Ostrand des Kraters angerannt. Sie fuchtelte wild mit den Armen. »Harruel! Harruel! Hjjks an der Ostflanke ... Konya wehrt sie ab, aber komm! Komm schnell!«

»Wie viele?«

»Nur ein paar. Ich glaube nicht mehr als etwa hundert.«

Salaman lachte. »Hundert – das sind nur ein paar, ja?«

»Wenig genug, verglichen mit dem, was da draußen auf dem Feld steht.« Harruel packte Salaman grob an der Schulter und rüttelte ihn. »Komm mit, Mann, wir müssen Konya raushelfen! Thaloin, gib die Parole weiter über den Festungsring, daß die Hjjk von Osten her durchzubrechen versuchen!« Er machte kehrt und stürzte auf die Kampfzone zu.

Harruel entdeckte, daß Thaloins zahlenmäßige Schätzung um etliches falsch war. An die dreihundert Hjjk-Kämpfer – eine Splittergruppe, die sich von dem in Auflösung begriffenen Hauptheer abgesetzt hatte – waren auf den Kraterwall zugestoßen und kamen nun heraufgeklettert. Sie hatten ein paar Zinnobären bei sich, nicht viele, doch genügend, um die Brustwehr aus Dornengestrüpp niederzutrampeln, die man zur Abwehr von Eindringlingen an der äußeren Kraterkammseite errichtet hatte. Konya wirkte riesenhaft und warf einen langen Schatten, wie er da den Kamm auf und ab stampfte und auf schwarzgelbe Soldaten mit gewaltigen Kneifkiefern eindrosch, die an allen möglichen Stellen über dem Rand auftauchten. Nittin war bei ihm und, zu Harruels Erstaunen, auch Minbain mit ihrem gemeinsamen Sohn, Samnibolon. Allesamt wehrten sie mit kräftigen Stößen die Eindringlinge ab.

Der König sog heftig die Luft in seine Lungen und stürzte sich dann mit seinem Kampfruf mitten ins Getümmel: »Harruel! Harruel!«

Ein Hjjk bäumte sich vor ihm auf und wackelte mit seinen glitzernden Gelenkbeinen. Harruel hieb ihm einen Arm ab, mit einem einzigen raschen Streich seiner Klinge, und legte den Speer ein und stieß den Hjjk rücklings den Hang hinab. An seiner Stelle tauchte ein neuer auf, und auch diesen zerschmetterte Harruel. Ein dritter fiel Salaman zum Opfer, der dicht bei ihm kämpfte. Harruel blickte zur Seite und sah, wie Samnibolon tapfer drauflosschackte. Und wieder einmal kämpfte sein Sohn herrlich und heldenhaft und nicht wie ein Kind, mit einer Flinkheit und Geschicklichkeit, die seine Jahre weit überstiegen.

»Harruel!« grölte der König, der volle hitzige Kampfeswahnsinn hatte ihn nun gepackt. »Harruel! Harruel!«

Er blickte über den Kraterhang hinab. Überall an den Wallflanken krabbelten die Hjjk umher, Hunderte von ihnen. Doch sie gingen planlos vor und bewegten sich wirr und ziellos. Nein, einen nach dem anderen, oder nötigenfalls auch zwei gleichzeitig, oder drei, wie damals bei jener ersten Schlacht.

Die anderen Hjjk, das Gros, die überwältigende massive Mehrzahl von ihnen, strebte noch immer auf jenen erhöhten Punkt auf dem Plateau zu. Sie wirbelten dort inzwischen herum, als wäre es ein Ameisenhaufen. Einen Augenblick lang brach der wahnwitzige Wirbel auf, und Harruel erhaschte einen Blick auf etwas metallisch Blitzendes, das sich inmitten des Gedränges befand, und er sah ein vielfarbiges scharfes Lichterblitzen; und dann drängten und rollten die Hjjk wieder zusammen, und was immer dort in der Mitte ihres Schwarmdrängens sich befinden mochte, war seinem Blick entzogen. Ferner gewann er den Eindruck, daß andere Hjjk, die sich in weiterer Entfernung befanden, mittlerweile vom Kampfplatz *weg*strebten – nach Norden zurückeilten, oder nach Osten in den Wald, oder in weitem Bogen um den Krater herum auswichen und südwärts strebten – irgendwohin, solange es nur nicht in eben diese Richtung, auf den Krater zu, war, solange sie nur aus diesem wahnwitzigen Schauspiel entrinnen konnten, das für ihr auf Disziplin und Ordnung getrimmtes Denkvermögen so widerwärtig wirken mußte.

Es gab also doch Hoffnung. Wenn die Verteidiger der Stadt den Krater gegen diese relativ kleine Handvoll Hjjk-Krieger zu halten vermochten, bestanden gute Chancen, daß sie diesen Tag lebend überstehen würden!

Harruel grinste, während er zwei weitere Hjjk niedermachte, die wie Gespenster vor ihm auftauchten.

Dann klopfte ihm Salaman auf den Arm. »Siehst du das dort? Nein, *dort,* Harruel! Am Waldrand?«

Harruel kehrte sich nach Osten und starrte in die Richtung, die Salaman ihm wies. Zunächst sah er gar nichts, denn er starrte direkt in den Feuerglast der Morgensonne. Dann aber fiel ihm ein, er könne sich die Augen mit der Hand beschirmen, und er versuchte es mit dem Zweiten Gesicht, und ja doch – aber ja ...

Dort waren Leute. Vertraute Gestalten. Orbin. Thhrouk. Haniman. Staip. Praheurt ... alles Krieger! Und Hresh. Taniane. *Das Volk!* Sie kamen aus dem Wald hervor, kamen heraus und näherten sich dem Krater! Sie kämpften sich den Weg zu seiner Stadt frei, zerschmetterten und schlugen die Hjjk nieder, wo sie sich ihnen in den Weg stellten. Verbündete! Verstärkung!

Aus Harruels Kehle drang ein gewaltiger Schrei.

Die Götter hatten ihn nicht verlassen! Nein. Sie hatten ihm an diesem Tag der Not und Gefahr seine Freunde zu Hilfe gesandt! Ihm waren alle seine Fehltaten vergeben. Er war aus der Schuld erlöst. Er sollte verschont sein!

»Yissou!« grölte er. »Dawinno!«

»Links von dir, Harruel!« sagte Salaman plötzlich.

Er blickte dorthin. Fünf Hjjk und ein Zinnobär, hochragend wie ein Berg. Harruel stürzte sich wütend mitten unter sie und hieb wild nach allen Seiten um sich. Und dann war Salaman bei ihm, und auch Konya nahte.

Etwas fuhr ihm brennend wie Feuer über den bereits einmal verwundeten Arm. Er wirbelte herum, sah, wie der Hjjk erneut ausholte, um ihm das Fleisch zu zerfetzen, und so zersäbelte er ihm die Gurgel querdurch. Dann bekam er einen Stoß in den Rücken. Sie waren jetzt überall um ihn herum, sie wucherten den Hang herauf wie Unkraut! Salaman rief seinen Namen, und Harruel wandte sich erneut um und schlug noch in der Bewegung zu. Umsonst. Umsonst. Die waren ja überall. Die Zinnobärbestie bäumte sich schnaubend auf. Als die gewaltigen Beine niederfuhren, quetschten sie einen Hjjk platt. Harruel lachte. Wieder und wieder und wieder stieß und schlug er zu. Es war zu früh, die Hoffnung sinken zu lassen. Und wir werden sie töten – einen nach dem anderen, jawohl! Aber dann zerschnitt ihm etwas

Scharfgezahntes den Rücken, und etwas genauso Scharfes stach ihn in den Schenkel. Von dem Schock begann er zu zittern und zu zucken. Er hörte Stimmen, Salamans Stimme, die von Konya – und Samnibolons kindliche Stimme. Sein Name, immer wieder. Er schwankte, stürzte beinahe, fing sich wieder, machte noch ein paar taumelnde Schritte. Er schwang seine Klinge und durchschnitt nur Luft. Aber er gedachte weiterzukämpfen, bis er zu Boden ging. Er konnte ja doch nichts sonst als kämpfen. Und seine Stadt würde leben, auch wenn er selbst nicht überlebte. Ihm war verziehen, er war erlöst. »Dawinno!« brüllte er. »Yissou! Harruel!« Blut strömte ihm über die Stirn. Und nun rief er nicht mehr Yissou an, sondern Friit-Heiler; und dann Mueri, die Trösterin. Aber immer noch kämpfte er weiter und hackte und stieß und säbelte. »Mueri!« brüllte er, und noch einmal: »Mueri!« Das zweitemal war es etwas leiser. Es waren der Feinde zu viele. Das war die einzige Schwierigkeit: Es – waren – einfach – zu – viele ... Aber die Götter hatten ihm seine Fehltaten vergeben.

Niemals zuvor hatte Hresh sich so seiner selbst sicher gefühlt wie in diesem Augenblick, da sich die Dämmerung zur Nacht verdichtete und die Schlacht bevorstand. Er war mit Taniane allein auf diesem weiten Grasfeld. Er hatte den Barak Dayir aus dem Sammetbeutel geholt – Taniane quollen fast die Augen aus dem Kopf vor Furcht und brennender Neugier, wie sie dies jedesmal so glühend-begierig getan hatte, wenn er den Wunderstein vor ihren Augen enthüllt hatte –, und dann hatte er ihn in die Biegung seines Sensororgans gelegt.

»Und jetzt sei mal still, während ich das da mache!« befahl er ihr.

Er schloß die Augen. Er griff hinüber in das Heer der Hjjk – ihr Götter, da waren ja Myriaden und Abermyriaden von ihnen! – und suchte geduldig zwischen ihnen herum, wählte aus und sortierte ihre dürren, unangenehmen Seelen, bis er fand, wonach er gesucht hatte: ein Paar, das sich von der Marschkolonne abgesondert hatte, um dem Kopulationstrieb nachgeben zu können. Denn schließlich mußte es ja in diesen Unmassen wenigstens einige wenige geben, die auch mal eine Pause einlegten und sich dieses Vergnügen gönnten. Wie sich herausstellte, entdeckte Hresh mehr als nur ein paar.

Eine Partnerkombination insbesondere hatte sich tief in den Akt und die Aktivität verstrickt – sozusagen mit Herz und Hand, mit Seele und Schnabel, mit Bauch und Beinen und Brustschild und Bauchschwingung – und war konvulsivisch mit Umarmungen beschäftigt. Hresh konstatierte es mit Schaudern. Das Weibchen war wuchtiger als das Männchen und hielt den Sexualpartner mit einem dermaßen seltsamen Würgegriff gefangen, als beabsichtige sie nicht etwa die Kopulation mit ihm, sondern als wollte sie ihn vielmehr auffressen. Aus dessen Leib waren rasch kleine Organe ausgetreten, die sich dann in bestürzender nervöser Hektik über die unteren Leibespartien des Weibchens bewegten. Es war recht scheußlich-fremdartig als Akt. Und dennoch, während Hresh dem zusah, empfand er es immer weniger als befremdlich. Die Körpergestalt, die Gliedmaßen und die Organe dieser Hjjk waren sehr anders als alles ihm sonst Bekannte, gewiß, doch der Trieb, der Drang, der Zwang, der diese zwei Geschöpfe zueinander hinzog, war nun wirklich nicht dermaßen anders als das, was ihm Taniane als begehrenswert erscheinen ließ, oder ihn für sie attraktiv machte. Diese zwei Hjjk strahlten ein starkes Verlangen nach Vereinigung aus; wahrscheinlich das hjjkische Äquivalent zu unserer Lust, dachte Hresh. Und dann eine zweite Ausstrahlung, die anscheinend die hjjkische Variante von Leidenschaft und Erfüllung der Lust darstellte.

Schön. Sehr gut. Genau so etwas hatte er zu finden gehofft.

Von diesen zwei kopulierenden Insekten hatte Hresh den Extrakt ihrer lustvollen und leidenschaftlichen Sexualemanationen gewonnen und mit Hilfe des Barak Dayir tief in sein Eigenbewußtsein aufgesogen. Und sobald er es sich verinnerlicht hatte, erschien ihm dieses fremde Lustverhalten in keiner Weise mehr als absonderlich und abstoßend; er verstand es jetzt, und er respektierte es. Ja, in diesem einen Augenblick hätte er auch gut und gern ein Hjjk sein können.

Aber er behielt diese Wesensextrakte nicht lange in sich. Er ließ sie weiterkreisen, er verwob sie zu einer wirbelnden Kraftsäule, die sich wie ein gewaltiger Turm bis in die Himmel erhob; und diesen Kraftturm plazierte er genau über dem Metalltubus, den er aus Vengiboneeza mitgeschleppt hatte.

Und dann sandte er seine Sucher ein zweitesmal ins Lager der Eindringlinge und ertastete dort ein Zinnobär-Weibchen, das an eben diesem Tag in ihre Brunftperiode gekommen war. Die Zinnobärin stand mit dem Hinterteil dicht an einem hohen Baum und stieß ein gräßliches gurgelndes Grölen und Schnauben von Liebesseufzern aus, und sie trampelte mit ihren schwarzzehigen Beinen, und ihre gewaltigen Segelohren flatterten wie zum Trocknen aufgehängte Laken im Wind. Drei, vier riesenhafte scharlachrote Männchen trabten aufgeregt um sie herum. Hresh drängte sich zwischen sie und holte sich von dem Weibchen die Essenz ihrer Brunft, internalisierte sich dies gleichfalls und intensivierte sie auf das Fünfzigfache. Auch daraus konstruierte er eine Säule und plazierte sie weit nach Westen, wo das Plateau abbrach und in ein Trümmerfeld von Steinen und Felsbrocken und Gebirgsbächen überging.

»So«, sagte Hresh zu Taniane. »Jetzt ist alles bereit. Ich hab getan, was ich konnte. Das übrige liegt jetzt bei den Kriegern.«

Das war erst vor wenigen Stunden gewesen, in stockdunkler Nacht. Dann war das Morgengrauen heraufgezogen und mit ihm die Schlacht. Und nun war alles vorbei.

Hresh wanderte über das Schlachtfeld, Taniane neben ihm, auch Salaman und Minbain waren dabei. Keiner sprach. Ein Schleier von Tod und Verwirrung hatte sich über alles gebreitet – und eine große Stille. Worte schienen unangemessen.

Die Hjjk waren fort. Hresh hätte nicht sagen können, wie viele von ihnen in die seltsame Lichtröhre mit ihrer noch seltsameren Dunkelheit im Innern verschwunden waren, doch waren es wohl Tausende gewesen, vielleicht sogar viele Tausende. Sie waren in schrecklicher wütender Hast auf das Instrument zugestürzt und von überall her darauf zugeeilt, doch es hatte sie mit unersättlicher Gier verschlungen, sobald sie in den Kraftkreis gerieten, und sie waren verschwunden. Die übrigen, jene, die von dem Apparat nicht angezogen wurden oder in Panik von ihm fortgehetzt waren, waren gleichfalls fort und in alle Winkel der Erde geflohen. Und die wenigen, die den Kraterrand zu ersteigen versucht hatten, waren von Tanianes Kriegern niedergemacht worden, als sie vorbeikamen, oder von Harruels Verteidigern getötet, die auf der Krone auf sie warteten.

Auch die Zinnobären waren in alle Winde zerstreut. Von der ganzen erstaunlichen Riesenherde sah man etwa nur noch ein Dutzend Tiere ziellos da und dort über das Plateau umhertaumeln. Fein, die konnte man umzingeln und einfangen und sie zähmen und so dem Gemeinwohl des Stammes nutzbar machen. Wie es schien, waren die übrigen Männchen ausnahmslos in das westliche Hinterland gerast, auf der Suche nach dem brunftigen Weibchen, das sie dort zu finden hofften, und die anderen Weibchen waren, vielleicht verwirrt oder verärgert durch diese aberwitzige Stampede, ebenfalls davongezogen, zurück in die Wildnis, aus der die Hjjk sie geholt hatten. Jedenfalls waren sie nicht mehr da.

Hresh lächelte. Es hatte so gut geklappt! Es hatte perfekt funktioniert!

Und die kleine Stadt – Yissou City nannten sie sie –, die kleine Siedlung war gerettet.

Er schaute sich um. Haniman saß still an einen rosenroten Felsblock gelehnt und betupfte sich ab und zu eine Schnittwunde an der Stirn. Seine Augen waren ganz glasig vor Übermüdung. Er hatte gekämpft wie ein Dämon, ja, das hatte der Haniman. Hresh hätte nicht geglaubt, daß in ihm dermaßen viel Ausdauer stecken könnte. Etwas weiter weg lag Orbin und schlief tief und fest. Mit einer Hand hielt er ein abgesäbeltes Hjjk-Bein fest, eine scheußliche Trophäe. Auch Konya schlief. Und Staip. Es war ein Tag voll schrecklichen Kampfes und voller Widersprüchlichkeiten gewesen.

Hresh wandte sich an Salaman. Der stille Krieger, den er in alten Zeiten kaum gekannt hatte, wirkte nun ganz verwandelt, rundum gewachsen: ein Mann voller Kraft und Kundigkeit und Können, ein Gigant.

»Wirst du nun König sein?« fragte Hresh ihn. »Oder dir sonst einen anderen Titel zulegen?«

»König, das will ich sein«, sagte Salaman ruhig. »Über ein Volk, das sich an den Fingern zweier Hände abzählen läßt. Doch ich denke, ich werde König sein. Er klingt gut, der Name ›König‹. Wir halten etwas von Königen in dieser Stadt und achten sie. Und wir werden die Stadt umbenennen – werden sie ›Harruel‹ nennen, zu seinen Ehren, der König war vor mir, obgleich ich hoffen möchte, daß Yissou auch weiterhin ihr Beschützer bleiben wird.«

»Harruel ist der einzige Gefallene?« fragte Hresh.

»Der einzige. Er stürzte sich unter die Hjjks, wo das Getümmel am dichtesten war, und schlug sie, als zerquetschte er Fliegen, bis es auf einmal zu viele für ihn wurden. Wir konnten nicht rechtzeitig zu ihm vorstoßen, um ihm zu Hilfe zu kommen. Aber er starb als Held!«

»Er wollte sterben«, sagte Minbain.

Hresh wandte sich seiner Mutter zu. »Das glaubst du?«

»Die Götter gönnten ihm keinen Frieden mehr. Er lebte in beständiger Pein.«

»Aber in seiner letzten Stunde strahlte er«, sagte Salaman. »Ich habe sein Gesicht gesehen. Es ging ein Leuchten von ihm aus. Was immer an Schmerz ihn gequält haben mochte, es war von ihm genommen in seinem letzten Augenblick.«

»Mueri mache es seiner Seele leicht«, murmelte Hresh.

Salaman zeigte auf die Stadt. »Werdet ihr eine Weile bei uns bleiben?«

»Ich glaube, nein«, antwortete Hresh. »Wir wollen heute abend mit euch ein Fest feiern. Doch danach wollen wir weiterwandern. Hier ist eure Stadt und Stätte. Wir dürfen euch hier nicht lange zur Last fallen. Taniane führt uns gen Süden, und wir werden uns dort einen eigenen Platz suchen, bis wir wissen, wohin die Götter uns als nächstes bringen wollen.«

»Also ist Taniane euer Häuptling«, sagte Salaman erstaunt. »Nun, das war ja wohl immer ihr Traum. Wie ist Koshmar gestorben?«

»Sie starb an ihrer Trauer, glaube ich. Und an Überdruß. Aber sie starb auch, weil sie erkannt hatte, daß ihre Aufgabe erfüllt war. Koshmar lebte als eine Edelin, und sie starb als eine Edle. Sie führte uns aus dem Kokon nach Vengiboneeza, und sie sandte uns von dort weiter zu unserem neuen Ziel, wie die Götter es ihr bestimmt hatten. Sie war ihnen eine getreue Dienerin. Ihnen und dem Volk.«

»Und Torlyri? Ist etwa auch sie tot?«

»Die Götter mögen es verhüten!« sagte Hresh. »Sie blieb aus freien Stücken zurück, um unter den Beng zu leben. Sie ist nun eine Beng, sagte sie. Als ich sie zuletzt sah, hatte sie einen Helm auf, kannst du dir so was vorstellen? Die Liebe hat sie völlig verändert.« Er lachte. »Ich glaube, sie wird sogar noch rote Augen bekommen – wie die Beng.«

Minbain trat nahe an ihn heran. »Und du, Hresh – was wirst du tun? Wenn du tun wolltest, was mir Freude macht, dann bleibst auch du zurück. Lebe hier unter uns. Willst du das tun? Hier ist ein guter Ort.«

»Und meinen Stamm im Stich lassen, Mutter?«

»Nein. Ihr allesamt sollt bleiben! Das Volk soll wiedervereint sein!«

Hresh schüttelte den Kopf. »Nein, Mutter. Die Stämme dürfen nicht wieder zusammengefügt werden. Ihr alle seid nun Harruels Volk und habt euer eigenes Schicksal. Was dies sein wird, vermag ich nicht zu sagen. Ich aber werde Taniane folgen, und wir werden gen Süden ziehen. Auf uns warten große Aufgaben. Die ganze Welt wartet dort auf uns, damit wir sie entdecken und erobern. Und außerdem gibt es noch sehr vieles, was ich erlernen will.«

»Ach, mein Hresh-voller-Fragen!«

»Immer, Mutter. Und immer dein.«

»Aber dann werde ich dich niemals mehr wiedersehen?«

»Wir haben doch schon einmal geglaubt, wir hätten uns für immer getrennt, und siehe, hier stehen wir beieinander. Ich glaube, Mutter, ich werde dich noch einmal wiedersehen. Auch meinen Bruder, Samnobolon. Doch wer kann wissen, wann das geschehen wird? Einzig die Götter.«

Dann entzog sich Hresh ihnen und wanderte beiseite, um eine Weile für sich zu sein, ehe das Festen und Schmausen begann.

Dies war ein merkwürdiger, ein des Merkens würdiger Tag, dachte er; aber schließlich war ja jeder Tag seltsam und merkwürdig – seit jenem ersten seltsamen Tag vor langer Zeit, als ich es mir in den Kopf setzte, aus dem Kokon zu schlüpfen ... als die Eisfresser sich unter unserer Höhle erhoben ... als der Träumeträumer erwachte und laut schrie ... Und nun ist Harruel tot, und Koshmar ist tot, und Torlyri ist eine Beng geworden, und Taniane ist Häuptling, und Salaman ist ein König ... und ich bin Hresh-der-Fragesack, der zugleich auch Hresh-der-Antwortwisser ist und der ›Alte Mann‹ unseres Stammes. Aber ich will mein Suchen und Vorwärtsstreben fortsetzen bis ans Ende und den Rand der Erde, und Dawinno soll mein Beschützer und Leitstern sein.

Der kühle Hochlandwind blies erfrischend um ihn. Sein Denken war klar und frei und friedlich. Eine Vision tauchte in ihm auf, wie er da so für sich stand, eine Vision der Großen Welt, und ganz ohne die Hilfe irgendeiner der Maschinen, wie er sie aus Vengiboneeza mitgeführt hatte. Er sah diese Welt ganz einfach vor sich, wie wenn er durch einen Zauber in sie hinübergetragen worden wäre. Und wieder war es die Große Welt an ihrem Letzten Tag, und die Luft von Dunkelheit erfüllt, und die schwarzen Winde wehten, und Frost und Eiseskälte breiteten sich überallhin; aber diesmal war er nicht Beobachter der Szenen, sondern selbst ein Bewohner dieser verlorenen Welt ... er war – ein Saphiräugiger. Er fühlte das Gewicht seiner gewaltigen Kinnbacken, die Schwere seiner mächtigen Schenkel und des Schwanzes. Und er wußte, dies war der Letzte Tag der Großen Welt ... der Saphiräugige, der Hresh-voller-Fragen war, wußte es. Keiner der Saphiräugigen würde den sich nahenden Untergang überleben. Die Götter hatten den Tod über ihre Welt gesandt.

Und Hresh-als-Hresh erkannte, daß es Dawinno-der-Zerstörer war, dessen Tag gekommen war, während Hresh als Saphiräugiger friedfertig auf seinen Tod wartete. Die Kälte, die auf seinen Leib eindrang, würde nach innen weiterziehen, bis sie sein Leben auslöschte. Ja, es war Dawinno. Der Gott, der Tod und Veränderung bringt, aber auch Erneuerung und Neugeburt. Und endlich verstand Hresh, was Noum om Beng ihm hatte sagen wollen. Daß es ein sündhaftes Vergehen gegen Dawinno gewesen wäre, hätte man die Todessterne, die auf jene Welt herabzustürzen drohten, abzuwenden versucht. Und die Saphiräugigen hatten dies gewußt. Und sie hatten sich dem Gesetz und Gebot der Götter gefügt. Sie hatten keinen Versuch zu ihrer eigenen Rettung unternommen, weil sie wußten, daß alle Zyklen ihren Gang nehmen müssen und daß sie selbst aus dieser Welt verschwinden müßten, um Platz zu machen für jene, die nach ihnen kommen sollten.

Ja. Ja, natürlich, dachte Hresh. Das hätte mir doch eigentlich einleuchten müssen, ohne daß Noum om Beng mir dermaßen viele Hiebe versetzen mußte. Sehr gescheit, der Bursche, hat der Alte von mir gedacht, aber – manchmal bin ich auch sehr langsam von Begriff. Thaggoran, der hätte mir gewiß alle diese Sachen erklären können, wäre er nur am Leben geblieben. Aber dann rief Dawinno auch den Thaggoran zu sich ... also mußte ich das alles ganz alleine lernen.

Dann lächelte Hresh. Eine andere Vision wurde in seiner Seele lebendig: eine schimmernde, leuchtende Stadt auf einem fernen hügeligen Hang, glühend in sämtlichen Farben des Universums, leuchtend in einem so feurigen Licht, daß es einem die Seele betäubte, sie anzuschauen. Keine Stadt der Großen Welt war diese hier, sondern eine *neue* Stadt, eine Stadt der künftigen Welt, jener Welt, die Hresh errichten würde. Aus dem Erdgrund stieg eine dunkle anschwellende Musik und umfing ihn ganz. Irgendwie hatte er das Gefühl, daß Taniane an seine Seite getreten sei.

»Schau da!« sagte er. »Diese großartige Stadt.«

»Eine von den Städten der Saphiräugigen?«

»Nein. Eine Menschenstadt. Und wir werden sie erbauen, zum Beweis dafür, daß auch wir Menschen sind!«

Taniane nickte. »Ja, jetzt sind wir die Menschlichen.«

»Nein, wir werden *Menschen* sein!« sagte Hresh.

Er dachte an die goldene Quecksilberkugel und an alle die Maschinen, die sie kontrollierte. Wunder, gewiß. Aber nicht *unsere* Wunder. Doch wir werden sie benutzen und uns unser eigenes Wunder schmieden. Für uns, dachte er, wird es ein unentwegtes endloses Weitergehen, ein immerwährender Aufbruch sein. Und jetzt hebt unsere Zeit der Pflicht an, der Kampf gegen die Vernichtung, um den Sieg, um die Beherrschung alter Künste und Fertigkeiten und neuer Techniken ... der lange mühsame Aufstieg. Und ich werde den Weg weisen. Ich werde den anderen sagen: »Folgt mir dorthin!« Und sie werden mir folgen ...

Hresh blickte gen Süden. Auf einem der nächstgelegenen Berghänge machte er eine Störung aus. Er sah, daß dort etwas Riesenhaftes sich schwerfällig aus dem Bauch der Erde hervorquälte. Es sah fast so aus, als ob ein Eisfresser sich aus dem tiefen Innern hervorwühlte. Aber – war das denn möglich? Ein Eisfresser? Ja, genau dies war es. Ein Eisfresser, vielleicht ein Spätling, der letzte, den die frohe Kunde endlich erreicht hatte, daß der Neue Frühling nun wahrhaftig gekommen sei. Und nun brach sich das monströse Geschöpf die Bahn an die Oberfläche frei und verwarf Bäume und Erdreich und gewaltige Felsplatten hierhin und dahin. Hresh erkannte das blinde Gesicht, den schwarzbestachelten Leib. Und nun war die Kreatur durchgestoßen; und nun lag sie keuchend im Licht der Sonne und starb. Hresh schaute gebannt zu, und wie er so schaute, platzte der Leib der unterirdischen Kreatur auf, und winzige andere Kreaturen – oder zumindest auf diese Entfernung winzig *aussehende* Geschöpfe – krochen dutzendweise, hundertfach daraus hervor: kleine schimmernde Wesen, die sich ringelten und eifrig schlängelten, eine

Heerschar kleiner Schlänglein, geboren aus dem gewaltigen toten Urzeitgeschöpf der vorherigen Welt. Die Jungen des Eisfressers, ja. Nicht häßlich-monströs wie der Koloß, der sie ins Leben geworfen hatte, nein, fein und befremdlich schön, helle schimmernde Geschöpfe, blau und leuchtend grün und samtschwarz, die wie Lichterspuren glitzernd dahinzogen. Davonstürzten in den sonnenhellen Tag ... in das Leben, das sich ihnen nun am Ende des Winters auftat. Erneuerung und Wiedergeburt, ja. Überall die Ablösung des Alten und Neugeburt.

Also würden sogar die Eisfresser überleben, gewissermaßen, in dieser Neuen Welt. In den Prophezeiungen hatte es geheißen, daß sie sterben müßten, wenn der Lange Winter endete, doch die Weissagungen hatten sich als zumindest fehlerhaft erwiesen. Aussterben würden sie nicht. Sie würden nur einfach verwandelt werden, in einen neuen Zustand übergehen. Aus der kahlen, kalten eisigen Verwesung des Winters, der Eiszeit, konnte neues Leben, neue Schönheit entspringen. Hresh sandte diesem neuen Leben seinen Segen entgegen: den Dawinno-Segen.

Wie heftig wünschte er sich, daß er dies alles nun Thaggoran sagen könnte!

Dann lachte er und nahm Thaggorans Amulett in die Hand.

»Ach, Thaggoran, mein Thaggoran, wenn ich damit beginnen wollte, dir all dies zu berichten, was ich erfahren und gelernt habe seit der Nacht, in der die Rattenwölfe kamen, ich würde ebenso viele Jahre brauchen, es dir zu sagen, wie ich brauchte, um es zu erleben«, sprach er laut. »Verstehst du? Da, die Eisfresser, das wird aus ihnen, wenn sie kalben. Und die Große Welt – ach, Thaggoran, ich habe sie gesehen, und ich weiß auch, warum sie so kampflos und friedfertig dem eigenen Tod entgegensah. Und die Beng – laß mich dir von den Beng erzählen, Thaggoran ... und von Vengiboneeza und von ...« Er umklammerte das Amulett fest mit der Hand. »Ich hab es doch gar nicht so schlecht gemacht, Thaggoran, nicht wahr? Ich hab doch die eine oder andere Sache gelernt, was? Und eines Tages – das verspreche ich dir! – werde ich dir das alles genau erzählen. Eines Tages, ja. Aber noch nicht sehr bald, Thaggoran, ja? Aber dann werden wir beisammensitzen und reden wie in den alten Zeiten. Aber noch nicht ganz so schnell, ja?!«

Hresh machte kehrt und wanderte wieder nach Yissou City zurück. Das Festgelage mußte bald beginnen. Er würde dasitzen, Taniane zu seiner Rechten und Minbain zu seiner Linken, und wenn diese Harruelleute noch Wein in ihrer Stadt auftreiben konnten, dann würde er davon soviel trinken, wie er nur trinken konnte – und darüber hinaus, denn dies würde eine Nacht und ein Siegesfest werden, wie man sie kaum jemals gesehen hatte. Ja, wahrlich! Er schritt rascher aus, dann begann er zu traben, und dann rannte er.

Und weit hinter ihm schlüpften die tausendmal tausend neugeborenen Eisfresser, glitzernd vor Lebenslust, davon und begannen ihrerseits das Fest ihres Eintritts in den Neuen Frühling der Welt zu feiern.